JN315779

〈増補版〉文学に見る反戦と抵抗

山口守圀

海鳥社

〈増補版〉文学に見る反戦と抵抗◉目次

装画◉姉川良男

〈増補版〉

文学に見る反戦と抵抗

1章　黒島伝治「二銭銅貨」と「豚群」

「独楽が流行っている時分だった」という書き出しではじまる黒島伝治の「二銭銅貨」（『文芸戦線』一九二六年一月号）は一〇枚ほどの小品である。

藤二は、兄の使い古した独楽を探し出して廻そうとするがうまくいかない。その使いこんで黒光りのしている独楽を、小半日も上り框の板の上で廻してみるが、どうしてもうまく廻らなかった。そこで、新しい独楽を買ってくれと母親にねだるのだが、生活に余裕のない彼女は買ってやることができなかった。

藤二の住んでいる「川添いの小さな部落」の子どもたちは「コッツリコ」という遊びをやっていた。独楽をぶつけ合って相手のを倒すという遊びである。ほかの子どもたちはみんな新しい独楽を持っているのに、藤二のだけが古独楽である。

「こんな黒い古い独楽を持っとる者はウラ（自分の意）だけじゃがの。独楽も新しいのを買うておくれ」とねだるが、「独楽は一ツ有るのに買わいでもえいがな」と、母親は藤二のいうたのみをきいてくれない。兄の健吉も「阿呆云え、その独楽の方がえいんじゃがイ！」という。兄のいうことは何でもきく藤二はしぶしぶ納得せざるをえない。そのかわり、独楽の緒だけは買ってやろうと母親は藤二をつれて雑貨店へ行く。何十本もある緒の中で一本だけ短いのがあった。一尺ばかりほかのより短いので一〇銭を八銭にまけてくれるという。一〇銭渡して二銭銅貨を釣り銭にもらった母親は「なんだか二銭儲けたような気がして嬉し」い気分になるのだった。

ある日のこと、隣りの部落に田舎廻りの角力がやってくる。藤二も、ほかの子どもたちのように見物に行きたかったが、稲刈りの最中であったため行くことができない。彼は粉ひきの牛の番を言いつけられる。嫌がる藤二に「そんなら雀を追いに来るか」と母親はいう。雀追いも嫌だという藤二を叱りつける。「そんなにキママを云うてどうするんぞいや！　粉はひかにゃならず、稲にゃ雀がたかりよるのに！」と母親の「けわしい声」がとんでくるのだった。藤二が小さい声で「皆角力を見に行くのに！」というと、「うちのような貧乏タレにゃ、そんなことはしとれゃせんのじゃ！」と母親の声が追いかけてくる。藤二はだだをこねるように短い独楽の緒を引っぱってのばそうとした。そこへちょうど帰ってきた父親に「何ぐず〱云よるんぞ！」と睨みつけられる。そこでしぶしぶ牛の番をすることになった。牛の番をしながら藤二は粉ひき小屋の柱に独楽の緒をかけ、両端をにぎって引っぱる。「コッツリコ」でいつも負けてばかりいるのは自分の緒が短いためだと思いこんでいたから、それを少しでも長くしようというのだ。牛はそのまわりをぐるぐる廻っていた。……

稲刈を終えた父、母、健吉の三人が帰ってくる。なんとなく粉ひき小屋がひっそりしている。「藤二は、どこぞへ遊びに行ったんかいな」といいながら荷をおろすと、母親は小屋へ行ってみた。そこには目をおおうような光景があった。頸《くび》がねじれ、頭を血だらけにした幼い藤二が倒れているではないか。牛に踏み殺されていたのである。その手には独楽の緒がしっかりと握られていた。父親は「畜生！」といいながら、藤二を見守るようにして立っている牛を三時間あまりもなぐりつづける。

それから三年の月日が流れた。だが今も、「あの時、角力を見にやったらよかったんじゃ！」、「あんな短い独楽の緒を買ってやらなんだらよかったに！」と藤二のことを思い出すたびに母親は涙を流すのだった。

＊

「豚群」（『文芸戦線』一九二六年一一月号）は小作争議をユーモラスに描いた作品である。小作料の問題で地主側と意見の一致をみない農民たちは、去年の秋の収穫以来、田畑の耕作を放棄していた。サボタージュである。田んぼは稲の切株が残ったままになったり、雑草が生えるままに放っておかれたりしている。争議が解決するまでに一年かかるか二年かかるかわからないので、農民たちはそのあいだの生計をたてるために豚を飼っていた。健二もその中の一人である。豚飼いもばかにはならなかった。「三十貫の豚が一匹あればツブシに売って、一家が一カ月食って行く糧が出る」からである。

小作料を納めない農民たちに対して地主側はこの豚を差押えるという手段をとってきた。健二たちは、どうせ差押えられるのなら、豚を放してしまうことによって対抗しようと考える。しかしこの戦術に反対する者もいた。その中心人物が宇一である。彼は小作農兼自作農で、豚を放されて自分の田んぼを荒されるのがこわかったのである。健二の親爺にしても、仔を孕んだ牝豚を放して死んでしまうことを考えると、息子たちのやり方に賛成しかねていた。健二は「そんなこた、それゃ我慢するんじゃ」と説得する。

健二が親爺と二人で豚小屋の掃除をしているところへ宇一がやってきて、「健二の視線を浴びるのをさけ」ながら呟いた。「お上に手むかいしちゃ、却ってこっちの為になるまい」。明らかに宇一にはみんなで決めたことを裏切るという気持ちがあった。彼はいま穂をつけている麦畑を持っているだけでなく、よく太った品種のよい豚を二〇頭も飼っていたから、その上品種の豚にほかの悪い種が混じることを心配していたのである。また小金もためていて一割五分の高い利息をとって村の者に貸しつけたりして、小作料が少々高くても生活に困ることはなかった。

ところで、去年の暮のこと、百姓だけではくらしのたたない村の若者たちは雇い主が地主でもある醤油屋へ稼ぎに行っていたが、突然賃金不払いを言い渡される。

健二も事務所へ呼ばれ、「都合で主人から暇が出た」と告げられる。仔細ありげな様子に、なぜかとたずねると、「お主の賃金もその話が片づいてから渡すものは渡すそうじゃ」と答える。その話というのは小作争議のことである。小作争議が解決するまで賃金も払わないし、しかもクビにするというわけだ。いくらでも金を稼ぎたいため醤油屋に働きにきていた宇一も賃金不払いを言い渡された一人であったが、その怒りを雇い主に向けるのではなく、「誰れが争議なんどやらかしたんかな」と百姓たちをうらむのだった。

妻と子どもを村に残して働きにきている留吉も、母親一人をおいてきている一六の京吉も解雇された仲間であった。ほかにも六、七人の小作人たちが追い出されていた。宇一は「誰が争議なんかおっぱじめやがったんかな。どうせ取られる地子は取られるんだ」、「こんなことをしちゃ却って、皆がひまをつぶして損だ。じっとおとなしくしておりゃえゝんだ」と不満の声を吐きつづけた。

やがて豚を差押えに三人の執達吏が村へやってくる。健二たちは小屋から豚を追い出したが、宇一とその味方についた百姓たちは豚を出さない。それは村の半数にのぼった。こんなに裏切者が出ては効果がない。全員が一致した行動をとってこそ地主や執達吏の鼻をあかすことができるのにと、健二たちはくやしがったが、ぐずぐずしているわけにはいかず、できるだけの小屋から豚を追い出した。

執達吏は豚のはいっている小屋にはいった。悪臭に顔をそむける。豚は突然の闖入者に驚いて騒ぎ出し、柵を突き倒して外へ走り出す。そのあとを追うが、追えば追うほど豚は逃げ出していく。そのうちに小屋から放たれていた豚の群が鼻先で土を掘り返したり、あばれ廻り出した。しばらくして執達吏たちにも豚が放たれた理由がわかった。小屋に封印されないようにするためだったのだ。

一人の年老いた執達吏を除いて二人の悪戦苦闘がつづく。二人は泥まみれになりながら、一日がかりでやっと二つか三つの豚小屋を差押えることができただけであった。しかも皮肉なことに彼らが封印したのは、地主に協力して豚を放たなかった者の小屋であった。

それから二週間ほどたったある日、健二が残飯桶を担いで宇一の豚小屋の近くを通ると、その中から二〇匹ばかりのやせこけた豚が「割れるような呻き声」を出して餌をほしがっている。どうせ地主に取られるならというわけで、宇一は自分の豚に餌をやっていなかったのだ。それから一週間ほどわめきつづけていた豚たちもやがて声をあげなくなってしまった。一匹残らず死んでしまったのである。これにくらべて、野に放たれた豚たちはいま柵の中で餌を食っている。

こうして健二たちの考えた戦術は見事に図に当たったのだった。「彼等は、やったゞけ、やり得だったのである」。これでこの作品はおわる。

＊

「二銭銅貨」をはじめて読んだのは三〇年以上も前である。その後何度読み返したことだろう。何度読んでも感動が薄れることのない作品である。

「二銭銅貨」は実際にあった事件をもとに書いたものといわれているが、「独楽が流行っている時分だった」と記されているだけで、いつのことか、どこでのできごとなのかは出てこない。特異な事件が題材となっているが、時と場所が明らかにされていないことがかえって当時の農村ではどこにでも起こりうることだという感じをあたえるといった効果を生んでいる。このことが作品に一般性、普遍性をあたえるのに大きな効果をあげているように思えるのである。時と場所が明記されていたら、作品が限定されたちいさいものになってしまっただろう。

この事件が示していることは農民の貧しさであり、日本の農村の縮図である。新しい独楽を買ってやるどころか、緒を買う二銭の金さえおしまなければならない母親（この二銭をおしんだことが、幼い息子の圧死という悲劇の原因をつくることになるのだったが）。また角力見物にも行かせることのできない農民の貧しさ。これらが少しのりきみもなくたんたんと描かれる。

独楽が古いうえに緒まで短いため、いつも「コッツリコ」の勝負に負けるのだと思いこんでいる藤二の気持ち、その緒を少しでも長くしようと、粉ひき小屋の柱にかけ、牛が廻っているのも忘れて無心に引っぱりつづける姿、すべての罪を背負うかのように六尺棒で三時間もなぐられる赤牛、そして牛をなぐりつづけることでしか怒りと悲しみをぶちまけることのできない父親……。

ここには作者の政治や社会に対する直接の怒りも叫びもないし、理屈めいたことも書かれてはいない。ただ事実だけが描かれる。それだけになおさら、貧しさが人の命を奪うことへの憤りと、貧しさ故に幼い命を落とさなければならなかった藤二への切なる気持ちとが伝わってくる。無言の告発こそ文学なのではなかろうか。

「豚群」は全く対照的な作品である。地主側の、小作料のかわりに豚を差押えるという手段に対して、農民たちが豚を小屋から放って対抗するという戦術がまんまと図に当って成功するという痛快な話である。子どもじみた抵抗の手段だという批判が当時なされたが、相手の下手な戦術に対してはかえって策を弄しないほうが成功する場合が多いものである。あるいは一種の戯画化とみてもよいだろう。

ともかくこの作品には農民の楽天性とユーモアがみちている。これは失うものを持たない者のみが有する強さなのだろう。一方、宇一のような、農民の中には小さな幸せ（？）を失いたくないために、あるいは目先の利益のために仲間を裏切るようなエゴイズムを持った者（これはしっぺ返しをくうことになるのだが）もいるのだ。この対照もおもしろい。

権力の手先として三人の執達吏が、小屋から逃げ出した豚の群を必死で追いかけ、自分の敵でもあるかのように棒でなぐりつける姿は悲劇であり喜劇でもある。ここに作者の権力への揶揄と痛罵があると私はこの作品を読みたい。

小作人として、醤油屋で働かなければ食っていけない労働者として二重の搾取をうけてきた農民たちのしたたかさと楽天性に、小気味よささえ感じられる作品である。

黒島伝治は、葉山嘉樹とならんで『文芸戦線』が生みだした（のちに対立するが）代表的作家であり、反戦小説、シベリア物とよばれる「橇」、「渦巻ける烏の群」などの名作、長編「武装せる市街」といった代表作があるが、私にとっていちばんすきな作品は、やはり「二銭銅貨」であり、「豚群」である。題材もテーマもちがうこの二つの作品にプロレタリア文学の原点があるように思うからだ。

（新日本出版社「日本プロレタリア文学集」第九巻「黒島伝治集」所収）

2章　プロレタリア文学の新発掘——「婦人作家集」を読む

若杉鳥子「母親」

三四人の作家、一一〇編の小説、初出の新聞・雑誌も二五、六種類にのぼる「日本プロレタリア文学集」全四一巻の中の「婦人作家集」三巻は、婦人作家によって創造されたプロレタリア文学の集大成であり、宝庫と呼ぶにふさわしい作品集である（別に、宮本百合子の初期の作品である「貧しき人々の群」ほか四編は第一巻の「初期プロレタリア文学集(1)」、伊藤野枝の「転機」ほか一編は第二巻「同(2)」、神近市子の「雄阿寒おろし」は「同(5)」に収録され、さらに宮本百合子の他の作品は第二八巻にまとめられている）。

「婦人作家集(1)」に収められた作品は、若杉鳥子、平林たい子、中本たか子、壺井栄の三一編である。若杉の「母親」（発表誌不明）は、娘の行動をとおして自己変革をとげていく母親像を描いたものである。会社を馘になった娘のみを子をときどきたずねてくる青年がいるが、母はその男にどうしても好意を持つことができなかった。「赤い女事務員」などと新聞に書きたてられたことから妹が馘になったことを知った兄は、あの青年のせいだとして強くなじり、みを子と言い争いになる。二人のやりとりを聞いていた母は、病気をおして働いている息子があわれにも思えるし、労働者は団結してたたかう以外に生きる道はないと反論する娘の気持ちもわかるような気がした。

兄とのいさかいがあった翌日、みを子は家を出る。一カ月余りたったある日、一通の手紙がきた。それによって、娘が検挙され「Y署」に留置されていることを知った母は「特高に何百遍も頭を下げ」てやっと引き渡してもらう。「Y署」を出て帰宅したみを子が目にしたものは、結核がひどくなり喀血して寝ている兄の姿であった。「あの人は今、どうしているんでい?」「やっぱりああいう人が男だ!」という兄。あれほどかたくなだった彼が青年のことを聞いてくれたのだ。その兄もやがて死ぬ。

それから半月ほどたって彼女は「活動」のためまた家を出る。母は残されていた彼女の持ち物をさがしているうちにノートにはさんであった手紙をみつける。あの山崎とかいう青年からのものだった。読み終わった母の目から涙がこぼれてきた。手紙の末尾に「あのやさしいお母さんに俺からよろしくとつたえてくれ」と書いてあったのだ。あの挨拶もろくにしない、ぶっきらぼうの青年が……。

母はやっと娘の居どころをさがしあてる。それは「無産者解放運動の犠牲者」を支援する組織――救援会の事務所であった。母は救援会の事務所をたずねていき、そこで検挙された人たちが残していった数々の衣服や帽子を目にする。それを「皹《ひび》だらけの大きい手で、一つ一つ撫で廻して見」た。着る人のない多くの服、かぶり手のないいくつもの帽子、その一つ一つが官憲の凶暴な弾圧の象徴であった。それから警察へ差し入れにいくのがみを子の母の日課となったのである。

会社を馘になっても弱音一つ吐かず「活動」をつづける娘、過労から病気になり何一つ楽しいことを味わうこともなく死んでいった息子、救援会の事務所に置かれた衣服や帽子……これらによって目ざめていく母親の姿が飾り気のない筆づかいで書かれた心あたたまる作品である。

中本たか子「鎖」

一人の少女が地獄のようなくらしの中から成長していく姿を描いたのが、米騒動の一場面からはじまる中本たか子の「鎖」（発表誌不明）である。

「おい、ハッちゃん、街へ行って見よう。大変なんだ」。友達の声に、おさらい帳をひろげていたハツは街へ出てみた。すると「米屋の前では、引張り出された米俵が幾つもごろごろと転がっていた。その間に、真白な米が、雪のようになだれ出て」いて「十数人の荒くれた男達が、手に手に棍棒やハンマーを持って米屋の前を固めている」。その男達をみた彼女は「あッ！」と声をあげた。土方をしている父がその中にいたのだ。かけつけた警官とのあいだに乱闘が始まり、父は検束されていった。ハツは気を失ってしまう。

父が監獄につながれたため、母はある大きな商家の飯焚きとして働くことになった。やがて小学校をおえたハツは周旋人の甘い口車に乗せられて「F紡績」に就職する。工場のまわりの煉瓦塀をみたとたん、いつか父に面会にいったことのある、あの監獄を彼女は思い出すのだった。

「F紡績」では朝は四時に起こされ一日中立ちどおしの仕事の連続であった。とうとうハツは過労のため倒れてしまう。そこへ見廻りの男がとんできて背中を蹴った。「馬鹿野郎、何をサボッているんだ！」。彼女はそのまま寝こんでしまった。すると寄宿舎の「婆ァ」がやってきて、寝ている彼女の横腹を蹴りあげ仕事にいかせようとする。ハツは「眼を瞑《と》じて、唇を強くかみしめた。涙に濡れた彼女の顔へ、唇の間からぬるぬる血液が流れて」くるのだった。

この工場でハツは七年間も働いた。辛苦の日々の中からしだいに、父を監獄に鎖で縛りつけたもの、この工場に自分を縛りつけてきたものが何であり、だれであるかを知っていった。

「F紡績」に労働組合がつくられ、ハツは「女闘士」となっていく。会社側は不況を理由に、寄宿舎の一〇畳の部屋に一二人もつめ込もうとしたため、もとの八人に戻せということを要求してストライキにはいることになった。ハツはその先頭に立ち、要求を勝ち取ることができたが、「プロレタリアの前衛」となったためスパイの手によって警察に連行される。「髪を束にして部屋中ひきずり廻され」たため「彼らの手には血の附いた抜けがみ」が絡みつき、「日毎に頭髪が薄くな」っていくほどの拷問をうけるが、屈することなく「前衛党の組織」を守ったのである。

〝女工哀史〟〝籠の鳥〟といわれてきた紡績工場の女工達が団結することによって要求を勝ち取っていく姿と、髪の毛が抜けるような拷問にも耐えて組織を守りとおす主人公ハツの人間像が力強く描かれている。

松田解子「乳を売る」

「婦人作家集(2)」には松田解子、佐多稲子、佐藤さち子、村山籌子、田島ユキの作品三四編が収められているが、その題材の特異性もあってもっとも強烈な読後感が残ったのは松田の「乳を売る」(『女人芸術』一九二九年三月)であった。

この作品は「市電をお茶ノ水で降りて雨しぶきの下に傘をひろげ、用意の地図どおり十分も行くと、黄褐色の鉄筋二階建が、無骨な両腕と正方形の腹部を雨空にさらして寝そべっているのが目に入った。近づくと強烈な消毒薬の臭気や、動く白ずくめの人間の脈搏が感じられた」という迫力ある描写で書き出される。光枝はまるで「ただ一人、敵国にでもふみこんだよう」な気持ちでこの柏原小児科病院の前に立った。いまから自分の乳をやるべき「若さま」と呼ばれている片野家の長男がこの病院にいるのだ。

中にはいると、血液検査を受けたら食事をとるように、そして母乳は三時間毎にしぼるからそのつもりでいるようにと言い渡された。血液検査がおわったとき三〇ぐらいの疲れ果てた女が現われて、自分には三歳になる子どもがいて、ここの「若さま」の乳母をしているという。この女の話から、片野家の屋敷では、朝は五時に起き夜は一一時まで一四〇グラムの乳を毎日七回もしぼられるということを光枝は知る。そこへ付き添いの女中がきてその女から乳をしぼろうとするが、きめられた分量にどうしても達しない。「あんた、自分の子にのませたんじゃない？」ということばを浴びせられた女は、唇をふるわせながらそれに耐えた。むりやり乳をしぼろうとするが「二十秒も経つと、それは糸のように細くなり、やがて一滴、一滴、もどかしく間をおいてしたたりはじめ」るのである。乳の出が悪くなった乳母の切ない気持ちが見事に描かれていて胸をうたれる場面である。それをみていた光枝は「この『敵国』で自分の子をころしてはなら」ぬと決意し部屋を出た。外には天皇の即位を祝う「祝御大典」と書かれた提灯が揺れている。

乳母となった一日目の夜、光枝は本でも読みたいと思ったが、病室には五燭光の薄暗い電灯が高い天井にさがっているだけで、とても字がみえるような部屋ではない。五燭光の電灯は「若さま」の「視神経を守るため」の配慮であった。彼女はじっと考えに沈む。「嬶や子どもを飢えさすやつはだれだ？」、何者かに問うた。すると所轄署の留置場にうずくまる母と子の姿がみえ始め「てめえ、餓鬼なんか背負ってこの運動ができると思っているのか！」と叫ぶ特高の顔が浮かんでくる。三・一五事件からまだ半年しかたっていない今、街には天皇即位を祝う提灯が揺れている。多くの人々を拷問にかけ投獄した元凶である男が祝福されているのだ。

光枝は乳の出をよくするために片野家で食事をとらされることになった。「牛の舌ほども広い」ビフテキ、三杯の味噌汁と二杯の白い飯、それにアジの乾物、どれもはじめて口にするものばかりであった。それらは上等の乳を少しでも多く出させるための〝餌〟なのである。

ところで、この屋敷の「太ったゴリラ」のような風貌をした主人は三つの会社の重役を兼ねるほどの金持ちで、妻の帯止めには五〇箇ものダイヤをはめこんでやるような男であった。妻は、古参の女中の話では、正月の七日間というもの、毎日二回ずつ裾模様を着替えてロータリークラブへ踊りにいくという。一方この片野家に使われている女達は一七時間も毎日働かされるという状態であったため、光枝の母乳の出もだんだん少なくなっていった。

ある時彼女はひまをみつけて街へ出てみた。家々には「御大典」を祝う日の丸の旗がはためき、アーチには奉祝提灯がさがっていた。

「若さま」は母乳によって健康をとりもどしていく。そんなある日、女中頭が柏原病院に持っていくようにと新聞紙に包んだものを渡した。光枝はそっとあけてみる。なんとそれは「若さま」の排泄物ではないか。後生大事に持っていき院長にみせると「たいへんよいお通じです」という返事。もう母乳はいらなくなったというわけだ。数日たって光枝は片野家をお払箱となった。彼女はながい悪夢からさめたような喜びと、明日からの生活の不安とを抱きながら、市電に揺られてわが家へ向かう。家にはまだ夫は帰っておらず空家同然となっていたが、彼女はわが子を抱きかかえながら言うのだった。「さア、またあしたからがんばろうね」と。

夫は三・一五事件で逮捕され、あとに残された（と思われる）光枝は七カ月の子どもをかかえ自分の乳を売ることによって生きていく。わが子には牛乳を飲ませながら金持ちの息子の乳母になる。そのことは自分のからだを切り売りすることだった。しかも上等の乳を多くしぼり取るためにうまいものを食べさせられるといった、まるで乳牛のような生活。一方では六人もの使用人をおいている片野家のくらしぶり。そして街には「御大典」を祝う日の丸の旗がひらめき、提灯が揺れている。階級的視点からとらえられた対比と諷刺が見事である。また、わが子を抱きかかえながら「あしたからがんばろうね」という光枝のことばに、何ものも失うことのないプロレタリアートの強さと明るさが象徴的に表現されている。題材も主題も婦人作家ならでは、と思わされる作品である。

田島ユキ「逆襲」

一九三一年の満州事変から翌年の上海事変へと日本が中国侵略を開始していく時期の製糸工場の実態を描いたのが田島ユキの「逆襲」(『文学新聞』一九三三年一月)である。

昼食の時間になった。朝から頭痛がしていたしげ子は「見番」に休ませてくれと頼むが、「貴様みたいに仕事怠けたがると、まっさきクビだ」とはねつけられる。そばにいた仲間のキミが「病気になってもコキ使われるなんて——」というと、お前たちの親はだれのおかげで食っているんだ。お前たちの給料で生活しているのだろう、頭が痛い、足が痛いですむと思っているのかと「見番」は悪態をつく。さらに説教がつづく。「いま日本の国は危急存亡の秋に立っているんだどお。支那やロシアや、国際連盟だってみんな日本の敵だあ。世界中のものを敵にまわして、軍隊や政府が命がけで戦おうとするとき、国民が気楽になっていられるか」、「それに日本の国は生糸で立っているんだど。お前等がしっかりしなかったら、兵隊がいかに強くても経済的にまけちまうわ」。

この製糸工場では一日一四時間ぶっとおしで機械がまわっていた。どんなにつらくても不平はいえない。〝ワシの手で繰るお蚕糸は、国の命をつなぐ糸〟とうたわれたように「『忠勇』なる兵士たち」が満蒙で血を流して戦っている日本にとって、製糸工場で働く女工たちは「可憐な戦士」でなければならなかったからだ。芋や菜っ葉だけの食事。フル回転する機械に追いまわされる毎日の労働。女工達の顔はだんだん青ざめていった。

限界を越えた労働強化のため病気になっても休ませてくれない会社側に対して女工達の怒りは爆発し、みんなで抗議にいこうとしたときだった。食堂の入口付近でしげ子が倒れたのである。蒼白になった顔はひきつっている。部屋に担ぎ込まれたが、それをみた「見番」は「風邪でもひいたんだよ」といっただけで立ち去った。始業を告げる汽笛が鳴る。「始まったってかまうもんか」。一二人の仲間たちは「逆襲の足取を高く廊下に踏み鳴らして」会社の事務所へ向かっていくのだった。

この作品は、国策のため虫けらのようにあつかわれてきた女工達が、たった一二人で会社側に「逆襲」していく姿をとおして、戦争遂行のためという美名のもとに苛酷な労働を強いられる製糸工場の実態を暴露した小気味よい短編である。

住井すゑ「土地の代償」

「婦人作家集⑶」に収録されているのは、二五人にのぼる作家の四五編。農民を描いた作品の一つに住井すゑの「土地の代償」(『婦人戦線』一九三〇年三月)がある。

なんとしても自分の土地がほしかった小作農の丑松は一段歩の田地を一〇〇〇円で買った。そのうちの三〇〇円は年一割の利息で借りた金である。丑松夫婦にとってはたいそうな額の借金だったが、自分の土地をもつことは農民としての格があがることであり、娘の嫁入支度をすることでもあった。親がたとえ一段歩の土地でも持つことは、小作人の娘から自作農兼小作農の娘に「出世」することを意味した。丑松夫婦は「土地があると、そこの娘は徽量よしに見えるからのう」と喜び合うのだった。だが村の者は、丑松が自前の土地を持つことを歓迎しないどころか「不届者」、「裏切者」とうしろ指をさし、非難した。「隣りに蔵が建てば腹が立つ」という農民のやっかみである。

この村では「苗代の稲が青くなる」ころに厄除けと縁結びの観音様をまつった大和岡寺詣での日がやってくる。娘は一九、息子は二五が厄除けのとしであり、縁結びのとしでもあった。丑松の娘お房はことしがちょうど一九歳、岡寺参りのとしにあたるのだ。丑松は観音様に参るようにすすめるが、彼女は帯揚がないといっていこうとしない。一つしかなかった帯揚を紡績工場に働きに出た妹が持っていってしまったため家にないのだった。そのうえお房には「一年中がんがんと鳴り喚」くようなひどい耳の病気があったからでもある。こんなからだの自分を嫁にもらってくれるものなどないとあきらめてもいた。そんなお房を丑松はどなりつける。仕方なしに彼女は参りにいくことにしたが帯揚がない。丑松は大きな弁当行李を持ち出してきて帯揚がわりにせよという。しぶしぶお房はそれを帯揚にしてお太鼓に結び、迎えにきた友人のお竹たちと家を出た。二里の道を歩き岡寺に着いてしばらくしたとき嵐がやってきた。いつもこの季節に吹く風である。お房達はお堂の縁の下にもぐり込んで嵐をさける。そのときだった。帯がほどけて中から弁当行李が出てきたのだ。「ああら、弁当行李やないの。まあうふふふう。おまはん弁当背負うて来たの」、「ご飯は入ってない？」、「あれ、まあ、何処の村の娘さんやろ」、「あんな娘、どんな男が貰うのやろ」。みんなで囃したてる。はずかしさと屈辱でお房は泣いた。縁の下から出ると「あんじょう結んだろ」というお竹の手を払いのけ、着物の裾をたくしあげながら歩いていった。やがて鉄道線路に出て歩いていたときである。「ごおっ」という音、それは耳の悪い彼女にも聞こえた。「汽車だ！」。立ち止まるお房。「矢のように突進して来る真黒な怪物」──一瞬、それが親の黒い顔、弁当行李を背負わせたあの丑松の顔にみえた。彼女は倒れた。けたたましい警笛の音。線路の下を歩いていたお竹達は這いあがってくるとその場に立ちすくんだ。ここで小説はおわる。

この作品には貧しさに立ち向かい、抵抗していく農民は描かれてはいない。しかし、わずかでも自分の土地を持ちたいし、それは娘の嫁入支度でもある。そのためには返すあてのない借金もする。また土地を持つ仲間をねたむ小作人たちの気持ちの中に当時の典型的な農民の姿がうまく表されている。

父の借金のため帯揚も買ってもらえないどころか耳の病気の治療さえできない娘のお房。そして汽車にはねられる──これらは結局「土地の代償」だったのだ。あまりにも高価な「代償」だったのである。貧しい農民の典型が描き出されており、胸に迫ってくる。無言の抗議の強さでもあろう。

この「婦人作家集」三巻には治安維持法が公布された一九二五年から太平洋戦争が始まる一九四一年までに発表された作品が収められている。それは絶対主義的天皇制のもとでファシズムの嵐が吹きすさんだ時期であり、治安維持法という凶器が、天皇制と戦争、資本家や地主のあくなき搾取に反対し立ち向かった人々を傷つけ命さえ奪った時代であった。辛苦をきわめた状況の中でこれらの作品は書かれたのである。

多様な題材、多彩な人物の生き方とたたかいをとおして戦争とファシズム、搾取と貧困をもたらすものとを告発した文学である。苛酷な弾圧のもと、肺腑をえぐるような苦闘の中から生み出された作品の数々であるといってよい。凶暴なファシズムと治安維持法下で、いやその弾圧の中だからこそ生まれることのできた作品であるといってもよいだろう。

辛酸をきわめる生活とたたかいの中でも展望と明るさを失わない作中の人物たち、それは自伝的作品でなくとも作者自身であり、分身であったと思いたい。ファシズムと天皇制に立ち向かうプロレタリア作家として執筆活動をおこなうことのきびしさ、婦人であることの、そして婦人作家であることのさまざまなハンディを乗り越えて書かれた幾多の作品。その一編一編から作者の不屈の魂とあたたかさとが伝わってくる作品集である。

そのほかに平林たい子「施療室にて」、壺井栄「大根の葉」、佐多稲子「キャラメル工場から」、高群逸枝「黒い恋」、大田洋子「朱い訪問着」、矢田津世子「反逆」など、多くの秀作が収録されている。

佐藤静夫氏による巻末の解説も懇切であり、作品の理解と鑑賞に大いに役立つであろうことを付言しておきたい。

3章　プロレタリア文学作品の中から

里村欣三「シベリアに近く」

猥談の好きな隊長は「明けても暮れても単調なだだっぴろい眼を遮切るもののない曠野」での毎日に退屈していた。軍属の高村と女の話をしていたときである。土煙をあげて軍曹がやってきた。苦力たちが給料の値上げを要求して座りこんで動かないというのだ。これは隊長の退屈をふっとばすものであった。急いで現場に駆けつけてみると、彼らは隊列をはなれ、草原に寝そべったり、あぐらをかいたりして「威嚇する銃剣や鞭に対して、執拗な沈黙と拒否の態度」をみせているではないか。それを目の前にした隊長は「わが陸軍の屈辱だ！」と怒り狂った。奴隷としか思っていない苦力の無言の抵抗が我慢ならなかったのである。苦力たちは悲鳴をあげながら輜重車に乗せられてしまう。

「ざまを見ろ！」、勝ち誇ったようにいいながら隊長は先頭にたって馬をとばした。ところが車に乗せられた苦力たちはまた座りこんでしまった。高村は「畜生共、横着なんです、また動こうとしないんです」といいながら鞭を振りまわす。車から落ちる苦力──。

輸送の予定がくるうことに苛立った隊長は、高村にたいして給料のピンハネをしていないかと疑いをかける。高村は、サボタージュを煽っているのはボルシエビキだという。

隊長が「動かぬ奴を撃ち殺せ」と叫ぶと兵の銃が火をふき、剣が振り廻され「悲鳴叫喚が、緑の曠野を四方に飛び跳ねる」惨状を呈した。傷つき血だらけになった苦力たちは輜重車に乗せられ、草むらにはいりこんだ者は銃弾に倒れる。

輜重車は前進しはじめた。「ボルシエビキ！」、このことばに隊長は退屈しているわけにはいかなくなった。車の列が通り過ぎたあとには傷ついた苦力たちの「瀕死の悲鳴」が残っていた。

「満州」がこの作品の舞台である。猥談と女が好きな将校とその相手をする部下の高村。軍隊のどこにでもいる人物であろう。

退屈しきっていた隊長にとって降って湧いたように起きた苦力のサボタージュ。日頃から人間とも思っていない彼らの態度は隊長の誇りをひどく傷つける。激怒した彼は部下に銃撃を命じる。そこは阿鼻叫喚の修羅場となった。

軍隊内の退廃と、上官の命とあれば無抵抗の人間を虫ケラのように殺戮しても何の痛みも感じない兵士の姿が描かれる。戦地では、「点景」でしかないかもしれないできごとをとおして、侵略戦争と日本帝国主義軍隊の非人間性と残酷さを作品は暴く。

典型的な上官である隊長はうまく描かれているが、それにくらべ軍属の高村の人物像がはっきりと彫り出されていないのにいささかの物足りなさを感じる。

（発表誌不明、「日本プロレタリア文学集」第一〇巻所収）

立野信之「豪雨」

「標的になった彼奴」、「軍隊病」、「泥濘」、「伝染病」など、一九二八年から翌年にかけて立野信之は軍隊を題材にした一連の作品を書いている。「豪雨」もそのひとつである。軍隊の内務班が作品の舞台となっているが、この特殊な〝社会〟こそまさに奴隷制度にちかい閉ざされた人間の檻であった。

主人公は、蒸汽船の火夫あがりで「文字はろくすっぽ読めない、が身体ですることなら何でも真面目にやって退ける」並木伊平という二等兵である。新兵たちは営庭に出て駆け足と呼称の訓練をうけなければならなかった。「変に腰を落し、脚を彎曲させ、船べりをかけるような恰好で走る」彼の姿はゴリラのようである。そのうえ、自分の名を呼称するとき「陸軍歩兵、二等卒、並木伊平で、ありまし！」というのだ。この「ありまし」が上官たちから嘲弄され、いびられる材料となった。彼にはもうひとつ欠点があった。それは銃剣術が全くの苦手だったことだ。これがまた上官の好餌となる恰好の題材を提供することになったのである。

一期の検閲が終り、優秀な者の中から「候班」とよばれる、上等兵候補を選抜する時期がきた。その候補に並木がえらばれたのである。「並木が？　うへえッ、でんすんばすら（電信柱）に花が咲くぞ、これ！」。二等兵たちが驚くのも無理なかったが、もっとびっくりしたのは並木本人である。「字も読めないでし！」と辞退する彼を上官は叱りつけた。「字は読めんでもよろし。戦争の役には立つ！」。並木は強引に承諾させられる。

「候班」の特訓がはじまった。早朝の銃剣術の訓練だ。これは並木がもっとも苦手とするものだった。脚を曲げ「変に腰を落して妙な奇声を発しながら」突きかかっていくが、何度やっても「木銃の先は致命部に触れ」もしない。蝮といわれる教官の伍長は、はずみをくって泳いだ並木の腰を木銃の台尻で強打した。彼は「つんのめり、重い面はコンクリートの堅い地面を噛んだ」。

夕食が終ると、また銃剣術の訓練がおこなわれた。この猛特訓で並木は木銃で腹を突かれ倒れる。悲鳴をあげていた彼はだんだん弱っていき、顔には紫斑が出てくる。病院に運ばれ手術を受けたが、看護兵の話によると、二銭銅貨ほどの穴が腸に二つもあいていたという。「中風でヨロヨロな」父親が見舞にきた。入院して七日目、容態が悪化。翌朝、瀕死の兵卒を残して連隊は行軍に出る。「ざッ、ざッ、ざッ、ざッ……」、行進が開始されたとき、並木は息を引きとる。外は豪雨だった。

「豪雨」は、帝国主義軍隊の非情さを、ひとりの兵の死をとおして見事に描いている。兵卒の死など何の痛痒も感じない集団の中にも存在した、虐げられる兵士たちの友情が、荒っぽいことばの中に切々と伝わってくる作品だ。

（初出は『戦旗』一九二八年一〇月、「日本プロレタリア文学集」第三巻所収）

神近市子「雄阿寒おろし」

この作品は、北海道から上京してきた叔父からの聞き書きという形式で書かれている。

連れていた犬が一斉に吠え出したのは「雄阿寒颪だな」、そういって仕事を終えた叔父が帰ろうとしたときであった。熊だと思って銃をかまえると「怪しい者ではありません」という人の声がする。出てきた若者は鉄道工事の現場から逃げてきたのだった。叔父は下請人たちの「残忍で執拗な復讐」を考えるとちょっと躊躇したが、その男をかくまってやることにする。

帰宅すると、叔父は雇男の与作を「脱走者の風評などを探らせ」るために外に出した。家族たちは脱走者をかくまった緊張感で眠れない。外から戻ってきた与作が変わった様子がないことを告げると、小屋にかくしていた若者を家の中に連れてきた。

このころ、北海道の北部には、鉄道工事のため「誘拐者」たちによって多くの人たちが送りこまれており、彼らは「犬でも顔をそむけるような食事が宛がわれ」、「反抗と逃亡を防ぐ為めには」「死でさえも平気で使用され」るような状態におかれていたのである。この地方では彼らを乗せてくる船を「人喰船」とよんでいた。脱走してきた若者も「甘い話」につられてやってきたひとりだったが、苛酷な労働にたえかね逃げてきたのだ。追手を逃れるため二昼夜も木の上に登ったままじっとしていたという。

三日ほど滞在していた彼は服をもらい、叔父の養父である老人から十分すぎる旅費をあたえられると、釧路へ向かって出立していった。この若者を見送る叔父の家族たちは「口にも言葉にも云い現せない幸福と勝利の感」を味わうのであった。

この話を「私」にしてくれた叔父はこういった。――近代文明の欠陥にやっと気づいた。それは「人の命を浅草紙でも使うように粗雑に扱う」ところだ。近代社会になって残虐な戦争が多くなったことでもわかるように、この物質文明は「人間を機械化し同時に虐待している」のだ――と。

これは一九二二年一月号の『種蒔く人』に発表されたもので、プロレタリア文学としては初期の作品である。「粗食と過労とで身体のつづく限り追い使われ」、働けなくなると線路の下に「生埋めになったり高い崖から不意に突落とされたり」して殺されていく労働者と、「植民地の暴君」である資本家やその手先である下請人たちの姿をとおして、資本主義社会の非人間性をこの作品は告発する。一方、脱走者を助ける叔父一家のヒューマンな行動。これが、残酷な題材にもかかわらず、さわやかな読後感をあたえてくれる作品にしている。また、人間を虫ケラのように扱う資本家と人間味あふれる叔父一家との対照もおもしろい。

（『日本プロレタリア文学集』第五巻所収）

宮本百合子「その年」

一九三二年から治安維持法が撤廃される四五年までの間に百合子が作品を発表できたのは、三年九カ月という短い期間でしかなかった。この短編はその間の一九三九年に書かれたものである（事前検閲のため発表されたのは二年後の『文芸』一月号であった）。

お茂登は、戦地へ向かう長男の源一に面会のため兵隊の宿舎に当てられている家にはいる。ほかにも客がいて、母子二人になれたのは夜になってからであった。彼の部隊はこの一五日には中国に向けて出発するという。戦地に向かう息子に、お茂登がいえることばは「体を大事にしろ」ということだけだった。

彼女の村では、ここ一年半ばかりの間に四〇人余りが出征し、その中にはもう「白木の箱にいれられて帰ってきたものもあった」。

戦地へ向かう日がきた。見送りには弟の広治がいった。彼も半年後には入隊することが決まっていたのだ。中国の源一から手紙がきたのは一カ月もたってからである。お茂登は返事の封筒に村の神社の土を入れ「肌身離さねばきっとかえれる」と書き送った。

二度目の手紙がきたころ、村は五月雨のため洪水に見舞われる。この大雨は「支那で大砲をどっさり撃った」からだという噂を生んだ。戦争は村に働き手の不足や物資の欠乏をもたらし、それはお茂登の身のまわりにも及んでくるのだった。二人の息子がいなくなったらトラック運送の仕事もできなくなるだろう。

やがてこの村を貫通する道路ができることになるという。彼女の家の背戸は削られ、奥のない家になってしまう。息子たちが帰ってきても居場所がなくなるのだ。

源一から手紙がきた。それには、夜の行軍のときハーモニカを吹いて兵士たちを慰めていることが書かれていた。お茂登は、二階の屋根の上でハーモニカを吹いていたころの源一を思い出すのだった。

弟の広治もやがて戦地にいくだろう。ひとを雇ってでもお茂登はトラック運送の仕事をつづけることにする。それは二人の息子を元気づけるためであった。

出征によって働き手がなくなっていく村、遺骨となって帰ってくる兵士、物資の欠乏によって苦しくなっていくくらし、村を貫通する軍用道路、そして長男を戦地へ送り出し、次男もやがて軍隊にとられる母親の息子への愛と悲しみ。これらをとおして、じわじわと庶民を困苦におとしいれていく戦争の姿が描かれる。ここには声高な反戦の叫びも悲惨な戦場の場面もない。しかし、戦争の波に洗われる庶民をとおして作者は侵略戦争をきびしく告発しているのである。執筆禁止と検閲のもとでは、これがぎりぎりの抵抗でもあったのであろう。それを思うとき、この作品を書いた宮本百合子の姿勢に胸を打たれる。

（『日本プロレタリア文学集』第二八巻所収）

大江賢次「煙草密耕作」

さしこみで苦しんでいた遍路を助けた伊作は、そのお礼に「弘法大師のありがたい種子」をもらって植えた。近所の百姓にもその種子を分けてやる。はじめは、向日葵だと思っていたが、大きくなるとヤニのにおいがしてきた。煙草の種だったのだ。収穫した葉を刻んで吸ってみると、安煙草の「あやめ」よりずっとうまい。

専売品の煙草の耕作が法にふれることを伊作は知らぬわけではなかったが、こんな山奥まで役人などくるはずはないとたかをくくっている。煙草の耕作は「一文惜しみの百知らず」の百姓たちのあいだに広まっていった。

この伊作たちの村は「九割までが小作人」であり、土地は不在地主K侯爵のものであった。「殿様」と呼ばれる地主の差配をしているのが、煙草などを売っている雑貨商の内田である。彼は差配として「内田の大将に睨まれりゃ『殿様』に睨まれたと同じ」だというほどの力をもっていたから、百姓たちはその機嫌をそこなわないために内田の店で高い品物を買わぬわけにはいかなかった。ところが煙草の売れ行きが減ってきたのである。内田はしぶる又市を懐柔して、その理由が伊作たちの「密耕作」にあることを聞き出してしまう。

内田の密告によってやってきた監察官は、犯罪となる証拠があれば警察ザタになるだろうという。そうなれば百姓たちに報復される。内田は恐ろしくなった。

山の畑で大根の間引きをしていた伊作は専売局の監察官と駐在巡査によって引っ張られていく。そして逮捕者は四四人にものぼった。裁判の結果、全員が有罪となり、一年四カ月から八カ月の刑を言い渡される。村の男たちの多くが刑務所行きとなったのだ。

善良なる百姓たちが軽い気持ちでやった煙草の「密耕作」が、裁判では「近来各地に起こりつつある小作争議にならって、過激思想を抱き、それのみならず団結せる実践を『暴動』にまで押進めている」とされ、法にふれる者が多数になれば〝争議〟として治安維持法まで適用して弾圧するという権力側の姿が描かれる。これに対して、それは「赤色恐怖症」であり、刈取り作業につかう鎌を凶器とみなすのは無茶である、そのようなやり方がかえって民衆の反抗意識を高め、自分たちの墓穴を掘ることになるのだ、と反論する弁護士のことばには説得力がある。

遍路からもらった「弘法大師のありがたい種子」を何かわからず植えたことが、専売法違反という事件にまで発展し、権力と衝突するという、降って湧いたようなできごとがユーモラスな筆づかいで描かれる。

素朴な農民の楽天性と一種のしたたかさを感じさせる作品だといってよかろう。それはさわやかでさえある。

（初出は『三田文学』一九三二年五月、「日本プロレタリア文学集」第一八巻所収）

鹿地亘「兵士」

田中義一内閣は、中国革命を圧殺し、「満州」、華北侵略を目的に、一九二七年六月一日、山東に軍隊を派遣した。第一次山東出兵である。この事件を背景に、補充兵S兄宛の手紙のかたちで書かれたのが「兵士」である。「僕」が入隊した兵舎から△△鉱山が見える。この鉱山でストライキが起こったとき、坑夫たちを銃弾で鎮圧したのがここの部隊であったことはきいているのだが、その後どうなったかはわからない。兵舎はまわりの世界から遮断された、いわば別世界であった。しかし、そうかといって全く世の中の動きがわからないわけでもなかった。それは「外界の気圧を測る」バロメーターがあったからだ。外の空気を運び入れてくれるのが中隊長の訓話であり、営内に貼られた各国の兵力を示すポスター、あるいは「危険思想防止」の宣伝などであった。

「軍備を縮小して戦争がなくなると思ったら大間違いじゃ。……戦争はきっとある」、「我が国の莫大な人口を養う為には、支那は是非とも必要である。鉄と石炭——此がなくては戦争は出来ぬ——その大部分は支那から補充されて居る。支那革命は実に我が国のこの特権をおびやかすものじゃ」。

帝国主義戦争を合理化する中隊長のことばから、「僕」たちは中国革命の進展と侵略戦争の準備が進められていることを知ることができた。また、ちかごろつとに銃剣の手入れがきびしくおこなわれるようになったことも戦争が近いことを思わせる。

あるとき「僕」はひとりの兵士を知る。がっちりした体格の若者で、労働者か農夫出身と思われたが、「ひどくむっつり屋らしく時々けわしい眼をして、顔をくもらせる」ところをみると、何かわけがあるのだろう。

軍隊は、質素や礼儀、忠節などの〝美徳〟を教えこまされるところでもある。空疎なことばを復唱しなければならない毎日、いやになるだろうと思っている「僕」にとって実は思いがけないことが起こっていたのだ。数人ずつあちこちに兵士たちの「塊り」ができ、話し合いをしているではないか。兵士たちは、自分の真の敵がだれであるかを知っていたのだ。「僕」も仲間になることができた。そんなとき、あの暗い感じの若者のことを知る。彼は△△鉱山の坑夫の息子で、祖父も父もそこで働いていたが、先ごろの争議のとき、軍隊の銃弾によって殺されたというのだ。このような悲劇はほかにもあっただろう。「僕」の頭からこの若い兵士のことが離れなくなっていった。

この兵士の所属する第二中隊で事件が起きる。「ぽたぽたと顎から落ちる汗が、どた靴にすわれ、ほこり土にしみ込んで行く」ほどの炎天下でおこなわれた教練のときであった。あまりの暑さに蛇のように嫌われている鬼隊長もたまらなくなり休憩をとったが、そのあいだにも訓辞をすることを忘れなかった。兵士たちの目の前には△△鉱山が赤い地肌をさらしている。「我々がまともに敵に向った時には……親、兄弟のことなど考えて居るひまはない」。坑夫あがりの兵士はじっと赤土の山を見ている。あの山の鉱山で祖父も父も射ち殺されたのだ。そのとき突然隊長がいった。「もし△△鉱山で暴動が起こったらどうする？　そのなかにお前たちの親兄弟がいたとしたら俺の射殺命令に従うか？」。だれも答えない。ぐるりと見過す隊長の目があの若い兵士の目と合う。「福島二等兵、お前は如何するか？」、「知らんのであります」。兵士はこのことばをくり返す。「き、きさまは俺を愚弄する気かっ！」。隊長の鉄拳がとんだ。三度目のこぶしがとび、足蹴りにしようとしたときだった。「獣めいた呻きが人々の耳を貫いた」と思ったら、隊長は松の木の根本に叩きつけられていた。起きあがろうとするところを「無数のどた靴が、隊長めがけて殺到」していった。……

この作品は軍隊という閉鎖社会における非人間性と、「目の前の敵」である隊長への抵抗を描いたものである。同胞である鉱山労働者に銃を向ける軍隊、中国侵略を当然のこととする中隊長――これらをとおして帝国主義軍隊の本質をあばきだしたのがこの「兵士」である。

祖父と父を殺した部隊に入営した坑夫あがりの兵士福島二等兵の思いが「上官暴行」というかたちで爆発する結末の部分は、その心理描写とともに緊張感があふれていて見事だ。あえて物足りない点をいえば、兵士たちが「塊り」となって話し合う場面が暗示的にすぎ、具体性を欠くところであろう。彼らが何を語り合っていたか、想像に難くはないのだが。具体的を欠くという点では主人公の「僕」についてもいえる。しかし、これらのことが、一兵営内のできごとをとおして帝国主義軍隊の姿をあばいた作品としての値打ちを大きく下げるものではないだろう。

（初出は『プロレタリア芸術』一九二七年一〇月、「日本プロレタリア文学集」第一六巻所収）

武田麟太郎「反逆の呂律」

三カ月の服役をおえ、監獄を出た仙吉は村へ帰った。姪の家に娘をあずけていたからである。泣いている娘の姿を見て彼は姪の仕打ちに腹を立てる。そのうえ、高い養育費を要求され姪夫婦と口論になり、一円札を投げると仙吉は村を出る。田畑もなく、小屋も取りあげられたのであった。地主と争ったものは村を追い出され、都会へ行くしかなかったのである。

娘を背負って村を出た仙吉は待ち伏せしていた若い連中に襲われる。地主の家に怒鳴りこんだとき、取り押さえようとした駐在の巡査を池に投げとばした報復であった。

都会へ出た仙吉はさまざまの職を転々とする。車夫、ごみ人夫、オイチニの薬売り、土方……。だがいつも「主義者」と、巡査を殴ったための前科一犯というレッテルがついてまわり、この境遇が彼を凶暴にしていった。

娘のウメ子が小学校に通うころ、仙吉はペンキ屋になっていた。仕事をしていると、学校へ行ったばかりのウメ子が帰ってきた。わけをたずねると、天長節だというのに袴をはいてこなかったため教師から「不忠者」呼ばわりされたというのだ。「貧乏人に天長節も糞もあるものか」といって憤慨した仙吉はペンキ屋の職を失い、ウメ子も学校でいじめられるようになった。こうしたなかで彼女は「反逆の呂律《ろれつ》」をおぼえていき、やがて燐寸工場の女工となる。

仙吉がつとめるようになった歯ブラシ工場では、労働争議を報じる新聞記事に関心が高まっていた。そしてこの工場でも賃上げ要求のストライキがおこり、「主義者」の仙吉はこれまで痛めつけられた「敵打ち」のつもりで先頭にたってたたかった。だが、組合員のなかにも「小ムツカシイ理屈を云ふ若いやつ」が出てくると、行動することを労働運動だと考えていた彼は、いや気がさしてきて組合分会長をやめてしまう。「お祭り騒ぎのように反抗したかった」仙吉にはそれが耐えられなかった。

工場をやめ、代書人になった仙吉のところへときどきやってくるスパイがいた。その男は、労働組合の活動家になっていたウメ子のことを告げ口するのだった。「お前の娘には虫がつくぞ」と。そのウメ子は、若い男とポスターを貼りながら映画に出てくる恋人同士のようだと思ったりする。しかし、「反逆の呂律の手ほどきをしてくれた」はずの父親は今の労働運動に反感をもち、娘にもつらく当たるのだった。

ある夕暮れ、代書の依頼人がくるのをぼんやりと待っていた「仙吉の眼は突然ギラとして、腰をあげた」。その目にうつったのは、川向こうから二人の背広にひきずられるようにしてやってくる小柄な女の姿であった。それはスパイに捕まり連行されていくウメ子ではないか。驚く父親に彼女はおじぎをした。それを見ながら仙吉は、やはり娘に「虫がついた」と思うのだった。——

この作品は、最底辺の生活を強いられた父親のもとで育った娘が女工として目覚めていくまでを描いたものである。地主にさからったため牢獄につながれ、出獄してからは「主義者」の烙印を押され「辛酸をなめつくす」父親と娘。そのなかで労働組合の活動家に成長していく娘の姿が描かれる。かつてはストライキの先頭にたった父親も発展していく労働運動についていけなくなり、今は過去の思い出にしがみついて生きている。この対比のなかに、新しいものが古いものを乗りこえていく歴史の必然をみるといったらいいすぎだろうか。

生きていく苦しみをとおして「反逆の呂律」をおぼえていった娘も逮捕される。それを見た仙吉にとっては、やはり「虫がついた」としか思えなかったにちがいない。この二つの意味がこめられたことばから父親の気持ちが切々と伝わってくる。

（初出は『１９２９』一九二九年一一月、「日本プロレタリア文学集」第一六巻所収）

橋本英吉「棺と赤旗」

この作品の舞台となっているのは「孤状にそりかえった半島に、呑み込まれるような食物のように見え」る島の炭坑である。そこは、石炭を掘れば掘るほど「地中の空虚は拡大するのだから、鉱夫はまるで半日は爆弾を調合し、あと半日は其の爆弾の上で眠る様な」ところであった。この炭坑で働いている「マイト岩」のあだ名をもつポンプ係の岩吉は、腕力自慢で短気な男である。彼といっしょに就職した松之助は小頭助手になっていた。小頭になるためには妻を持たねばならなかったから岩吉の妹を連れてきていた。出世のために妹を利用したことが岩吉には気にいらない。

炭坑では毎年盆前になると特別賞与を出すことになっていたが、炭坑主は結婚祝い金を配ることでそれをすまそうとした。そんなことを知らない坑夫たちは賞与のほかに結婚祝いの「お土産」がもらえると期待していたが、事業不振を理由に特別賞与は見送られてしまい、金一封を支給されただけであった。だまされた坑夫たちの怒りが爆発し、ストライキにまで発展する。

岩吉は全部のポンプを止めることを提案したが、反対する者はひとりもいなかった。翌朝、半島の人々は不思議な光景を見る。煙突からは煙も出ないし、汽笛も鳴らない。島は死んでいるようだ。ストを抑えこむために警官隊と壮士団が船でやってくる。半島の人々は坑夫たちに同情的であった。坑夫たちがどのような苦しい境遇にあるかを知っていたからである。

岩吉は警官隊と壮士団に対抗するためにつくられた非公然組織に属して活動するが、「敵」の力によって仲間がだんだん減っていくのにがまんできなくなり、日本刀を持って出ていく。「敵」の本営の裏へまわると、便所に立った頭目のひとりを襲う。「一フリ揮うと頭目の左腕は曲ったまま、便器の中に落ちた。瞬間、男は非常な速さで、便器のなかから濡れた片腕を拾い上げた」。岩吉は「敵」の逆襲をさけるために松之助の家にかくれる。会社側についた松之助は炭坑の仕事に出たまま帰ってこなかった。スト破りである彼らは坑内にはいったまま放置されているのだ。

五日間のストライキは坑夫たちの勝利におわった。岩吉たちは坑内にはいった。坑道には異臭が充満している。引き返そうとして懐中電灯を小さな坑道にさしこんでのぞいてみると、鼠の群がとび出してきた。そこには三〇人近い屍体が横たわっていて、鼻の穴から「蝿に似た黒い虫が音をたてて散」り、「鼠にかじられた部分は骨が白く露出してい」るではないか。この光景に、さすがの「マイト岩」もことばが出なかった。岩吉たちにとって、たとえ彼らが裏切り者であっても「資本家の餌食」になったことにかわりはない。

犠牲になった坑夫たちの葬儀がおこなわれる。その「屍を盛った棺と赤旗の列」が長くつづいているのが本島の人びとにもはっきりと見えた。

「棺と赤旗」は、主人公岩吉の「自然成長的な反抗」をとおして、当時の炭坑経営者の搾取の実態と非人間性を告発するとともに、たとえスト破りをしたものでも資本家の犠牲者であることにかわりはないという素朴な労働者の心情が見事に描かれた作品である。

文体も新感覚派風の表現と比喩が多くつかわれていて新鮮な感じをあたえる。ことに、棺と赤旗の列が長くつづいていく最後の場面は印象深い。（初出は『前衛』一九二八年一月、「日本プロレタリア文学集」第三二巻所収）

4章　森与志男「炎の暦」について

森与志男氏の長編小説「炎の暦」は、仙台の騎兵隊に入営した上田芳雄に妹の喜和が面会にいくところから書き起こされる。

盧溝橋事件によってはじまった中国に対する侵略戦争は、七月末の「北支」における日本軍の総攻撃によって本格化していく。そのためすでに中国に派遣されていたと思っていた芳雄から思いがけなく連絡があり、彼の部隊は九月末に仙台を出発し、深夜東京のT駅に停車するという。喜和は父の市蔵、母しの、それに姉の佐和夫婦と面会に出かける。大勢の見送りの人々で混雑する中、やっと芳雄をみつけることができた。これから宇品の軍港に向かうという。戦地へ赴くのだ。

見送りにきた人の中には芳雄の友人である小学校の教師高群學の姿もあった。芳雄は彼にいった。「あんまり深入りするなよ」。喜和にはその意味が理解できた。學たちが「危険な」研究をしていることを芳雄は心配していたのだ。「死ぬなよ」、これが芳雄への學のことばであった。喜和も出ていく列車の中の兄に「死なないで」と「掌をあわせて祈る」のであった。

東京港に近い、工場や倉庫が立ちならぶその一角にある高等女学校ともあと半年で喜和はお別れとなる。この学校では、校長が朝礼で、日本軍の杭州湾上陸、上海攻略、南京をめざして進撃中、といった戦況について訓示するのだったが、喜和たちの話題は人気俳優のことに集中し、戦局のことなどどこ吹く風といった調子であった。秋も深まっていくころから、彼女は教育関係の本を熱心に読むようになっていた。小学校の教師になろうと思ったからである。

芳雄が出征してから家にあまりこなくなっていた學に喜和は会いにいった。學の下宿の家主松浦夫婦は「きわさんが来ると、家の中に灯がついたようになっていいね」とその訪問を喜んでくれる。「世の中のできごとに敏感で、新聞を丹念に読んで」いる松浦は學とよく時局についての議論をする間柄で、よそではこんな話はあまりしないようにと忠告もしてくれるのだった。

映画を観るために二人は下宿を出る。歩きながら學は、「全く嫌な時代だなあ」、「人のこころからやさしさというものがどんどん失われていく。そのかわり殺伐な荒々しいものがひろがっている。教室で自由にかいてごらんと図画をかかせるとね、きわさん、子供たちは戦争の絵ばかりかくんですよ。弾がとびかい、サーベルや銃剣がひらめき、人の血がどくどく流れている、そんな絵ばかりかく」と空を仰ぎながらいう。子どもたちにも戦争のかげが覆いかぶさってきていることに憤慨するのだった。

映画館を出た二人は、スクリーンに描き出された人物たちのすばらしい生き方からうけた感動について語り合いながら通りへ出た。通りの向こう側には「無数の提灯が大きな火の河となって流れてい」る。人々は「万歳、万歳!」と叫びながら日本軍の南京攻略の成功に酔いしれているのだった。狂ったように歓呼する群集は提灯をかざしながら宮城の方へ向かっていく。その姿は二人から映画の感動をうばい去ってしまった。そのとき、四〇がらみの職人風の男がいきなり喜和の手をつかむと顔を寄せてきた。酒臭い。學がとめようとすると、その男は、皇軍の勝利をみんなが祝っているときになぜ万歳を叫ばないのか、お前は「朝鮮人か」といって突っかかってきた。「人につられて万歳するのは好みじゃありません」という學に男のこぶしがとぶ。「そいつは主義者だ」、「警察へ突き出せ」といいながら数人の男たちが寄ってきて學を路上に打ち倒し、蹴りつける。止めにはいった喜和もはじきとばされ、一瞬気を失ってしまった。「これじゃ色男も形なしだ」といいながら男たちは去っていった。

昭和のはじめのことである。「世の中の変化に応じて大胆に目先をかえてい」く父の市蔵は小学生の着る子供服の製造に目をつけた。もう不便な和服の時代ではなく、洋服の時代になったとして「学童服」の製造にふみ切ったが、そのもくろみは見事に適中したのだった。このように目先のきく市蔵は、戦争が本格化し、国民総動員のかけ声が高まっていく中で、青年団や防護団の活動がさかんになっていくのに目をつけ国民服の製造にふみ切ったが、これも予測どおり注文が殺到するようになる。

金まわりのよくなった市蔵にはいくつもの役職がつくようになった。また、警察署長、区役所の役人、社会大衆党の指導者、地廻りのやくざの親分まで彼の家に出入りするようになり、妻のしのはその応対に忙しくなった。この奇妙なとり合わせの人物が集まるのは、赤星製薬会社の争議を抑えこむためのものであった。市蔵の上田商会は青年団の制服の大量注文をうけたが、その青年団には赤星製薬が資金援助をしている。だからその製薬会社の争議は、制服を作らせてもらう立場の市蔵にとっては好ましいことではなかったのである。理由を知ったしのは夫の甲斐性だとして、その奇妙なとり合せの人物が集まることに納得するのだった。

一九三八年、新聞は連日中国戦線での「皇軍」の勝利を報じていた。一月早々、御前会議において「支那事変処理基本方針」を決定し、政府は「爾後国民政府を相手にせず」という方針をうち出したという新聞記事を暗い気持ちでみていたが、喜和の関心は「一組の男女」のことにあった。それは女優の岡田嘉子と杉本良吉の、樺太の国境を越えての〝逃避行〟のことであり、岡田の勇気ある行動と情熱に彼女の心はゆすぶられるのだった。あの學とは映画を観にいき暴漢に教われたとき以来一度も会っていなかった。

ある日のこと、珍しく二階の喜和の部屋にはいってきた市蔵が、「お前、どうしても教員になりたいか」ときく。そして、いままで教師になることに反対していた父が、どうしてもなりたいなら師範学校にいかなくても市役所の役員に頼めばその道があるとまでいうのだ。翌日喜和は學の勧める学校へ行ってみた。若い女教師に學の教室を教えてもらい、いってみると子どもたちの作文を読んでいた彼はやさしく迎えてくれた。教師になりたいこと、父の手引きで無資格でもその方法があることなどを話すと、「いま、就学児童数が急激にふえてね、師範学校の卒業生だけじゃ間にあわなくなっているんです。しかもこの頃逆にやめていく人が多く教員不足は大きな社会問題になっている」と學はいう。戦争がはげしくなり、教師になっても軍隊にとられてしまったり、給料の安い教員より景気のよい軍需工場で働くほうがよいという状況になっているのであった。

薄暗くなった教室を出て階段のところへいくと、先ほど喜和に応対した女教師が立っている。「その表情は鋭くとがってい」た。學と別れ校門を出た喜和は振り返ってみた。すでに扉はしめられている。彼女の胸のうちには「熱く苦しいかたまりが燃えあがった」。小使室の粗末なテーブルの上の上等の包装紙につつまれた弁当のようなもの、それは今夜宿直をする學のためにあの美しい女教師が買ってきたものだと喜和には思えてならなかったからである。この「いまわしい想念」を振り払うようにして小走りに駆けていった。

このころ国会では「国家総動員法」をめぐる激しい議論がたたかわされており、財界の代表である政友会の牧野良三がこの法案は憲法違反だとして政府を追求するのにたいして、社会大衆党の西尾末広は法案賛成の論陣をはるという奇妙な状況が展開していた。

雨降りの日曜日である。喜和は學の下宿にいった。下宿では勉強会がひらかれていたがそれも終わったのであろう、数人の教師たちが帰っていく。階下で待っていた喜和が見上げると一人の女が立っている。「執拗に繰返されるイメージ」に悩まされてきたあの女教師であった。明るい紺のスーツに長い髪を肩まで垂したその姿は、あのとき学校でみた女とは別人のように思われた。學の紹介によって、彼女が平野恒子といい、教師になったのは「この世から無知と野蛮をなくしたい」と考えたからである、ということを喜和は知る。まだ残っていた金野と彼女との教育観についての議論をききながら、そのきびしい前向きの姿勢に喜和は恐ろしさをおぼえた。

女学校を終えた喜和は代用教員として家から一時間ほどの埋め立て地にある小学校に勤めることになった。そこは「なにもかもごちゃまぜにした猥雑な密集地」であったが、着任地に向かう彼女の心は希望にふくらんでいた。校長室へいき挨拶を終わると辞令を渡され、それには、「代用教員ヲ命ス　月給参拾円ヲ給ス」と書かれている。受け持ちは二年生で一学級の児童数は六〇人をこえるという。

翌日が始業式であった。一時間前に登校すると校庭ではもう大勢の子どもたちが遊んでいる。親の仕事が早いから家を追い出されてくるのだということを小使いから知らされた。きょうから教師としての生活がはじまるのだ。心は浮き立っている。だが、集会がはじまると、この期待にふくらんだ気持ちはいっぺんにしぼんでしまった。校庭の朝礼台からとび降りた週番教師が姿勢の悪い六年生の女生徒の耳をつかみながらみんなの前にひき出してきたのである。その女生徒をよくみると、からだ全体が揺れている。「細いからだがなにか大きな苦痛につらぬかれて痙攣している」ではないか。喜和は「あっ」と思わず声をあげた。交互に突っぱらせるその脚の内側にひとすじの赤いものが流れているのだ。喜和は、いまから新任教師として紹介されようとしているのもかまわず、走り寄って女の子を衛生室に連れていき手当てをしてやった。そこへやってきた同僚の神坂京子にあとを頼むと校庭へ走った。朝礼台に駆けあがると息を切らしながらやっとのことで自己紹介をすませ頭をさげた。週番教師の「気をつけ！」の号令につづいて「礼！」という声がひびいたときには、もう喜和は頭をあげていた。このちぐはぐな姿をみた子どもたちはいっせいに笑い出す。このあと週番教師に喜和はこっぴどく叱られた。「いったいきみには自分のしたことがわかっているのかね、きみは学校の権威に泥を塗ったんですぞ」。こうして喜和の新しい生活がはじまったのである。

市蔵は相変らず「お偉い方」への気をつかいながら仕事に精を出していた。その彼が、芳雄がけがをしていま野戦病院にはいっているという情報をつかんでくる。内地送還になるかもしれないというのだ。一カ月ほどたったころ、芳雄が内地の陸軍軍医学校の病棟に入院しているとの通知があった。

一方喜和の学校へ向かう足は「日一日と重くなっていた」。毎日の授業に集中するようにつとめてはいるものの、うまくいかない仕事のために苛立つ気持ちを抑えることができなくなっていく。それがとうとう爆発する日がきた。昼休みの時間のことである。ひとつの〝事件〟が起きたのだ。子どもたちがいっせいに弁当の蓋をとったとき、金田宗男という生徒が急に泣き出した。それをほかの子どもたちが囃したてる。金田の弁当をのぞいた喜和は思わず息をのんだ。親が貧しい海苔業者の下働きで生計をたてている宗男の弁当には、いつもゆでたさつまいもが三、四本はいっているのだが、いまみると芋のかわりに黒くひからびた犬の糞がはいっているではないか。子どもたちの囃したてるのを大声で制すると「みんな、お弁当のふたをしなさい。食べてはいけません」といった。

金田宗男は金宗慶という朝鮮名をもつ子で、いつも「チョン」というあだ名で呼ばれていたのである。このいやがらせは許すべきではない。これは弱い者いじめであるとともに人種差別なのだ。喜和は子どもたちにきびしく詰問した。そのきびしい表情に教室は静まり返ったが、ただひとりふてくされた恰好で外に目をやっている生徒がいる。待合の仕出屋の倅田端規男である。だれのいたずらかとたずねると、おれじゃないと彼は否定するのだったが、喜和には規男がやったという確信があった。問いつめるとおどけてごまかそうとする。「さあ、たべなさい」、「人にたべろ、といったものを、自分がたべられないはずがない」といって弁当を押しつけた。規男は泣き出してしまった。彼女は神妙に下を向いている子どもたちに話してやる。「自分でもたべられないものを人にたべろという。もしあなたたちが、金田くんの立場だとしたらどう思うの。うちでつくっていただいた弁当の中味のかわりに、犬のふんを入れておかれる、しかも、それをみんなに、たべろ、たべろと囃したてられる、どうなの、田端くん、あなただったら口惜しくないの……」。「それから、あなたたちは、金田くんのことをチョンとかいったわね。もしそれが朝鮮人をばかにした言葉だとしたら、ばかなのはそれを口にしたあなたたちの方よ」。それに加えて、日本に大陸の文化を伝えてくれたのは朝鮮の人たちであり、日本に住みついた人たちは日本人と結婚して日本人になったこと、だからみんなの中にもその血が流れていること、それをばかにすることは自分たちの先祖をばかにすることになるのだということを話してやった。しかし、話をしながらも自分の無力さをひしひしと感じていた。自分の話していることをどれだけうけとめてくれたか心もとなかっただけでなく、それ以上に衝撃をうけたのは、被害者であるはずの金田宗男の態度である。話をしているあいだ彼はじっと下を向いていたが、「ときどきみせる眼差しには、はっと思うようなとげとげしい敵意を含ませてい」たからである。それは「救い出した相手から平手打ちをくらった」ように喜和には思えた。

この〝事件〟については田端の親から抗議をうけただけでなく、あの着任式のときの週番教師であった刈田からもきびしい叱責をうけることになった。「神武天皇以来万世一系の天皇をいただき、日本人はみなその赤子だという、わが国体を汚すようなことをなぜ言ったのか、ということだよ。われわれの祖先が朝鮮なら、このわたしが朝鮮人なのかね」。このような中で高群學をとおしていままでいだいていた教育への理念と情熱は、あまりにそれとかけはなれた現場の重さに圧しつぶされようとしていた。

このころ中国戦線では「徐州を落した北支派遣軍と揚子江を漢口、武昌、漢陽へとむかって進撃している中支派遣軍の両最高指揮官が、中支の某飛行場で『南北戦線・歴史的握手』をしてから戦線は、徐州から敗走する支那軍を追って南下する北支部隊と、揚子江を遡行する中支部隊による武漢三鎮の攻略戦にしぼられたかたちになってい」た。

陸軍病院にいた芳雄が除隊してきた。帰還を祝う宴会で、間近に見る兄の顔に喜和は息をのむ。あごから耳元にかけて縫合した傷のあとが酒にほてって真っ赤に燃えているようだ。戦争の傷痕はそれだけではなく、つき出された手を見ると、親指を除く四本の指が第二関節から切断されている。兄がすっかり変わってしまったように思えたのはこの傷のためばかりではなかった。「眼差しや、その声の調子に、なにかぞくっとするような酷薄なもの」を感じたからである。あのやさしかった兄はもういなくなったのか。戦争が人格まで変えてしまったように思われた。

夏休みにはいったある日のことである。学校に出ていた喜和は校庭で思いがけない兄の姿をみる。それは、青年団員に銃剣術を教えている軍服姿の兄であった。學の話によると、芳雄は在郷軍人会の役員として婦人会や青年団の会合で、戦意昂揚のための講演をしてまわっているともいう。出征前の兄はどこへいってしまったのだろうか、喜和は暗い気持ちになる。戦争が拡大するにつれて「軍隊の徴兵は日毎に激しさを加え」ていき、喜和の学校でも応召していく若い教師がふえていった。金野にも召集令状がくる。學たちは彼の下宿でささやかな送別会をひらく。「決して死ぬなよ。誓って生きて帰ってこい」。これが金野へのはなむけのことばであった。

やがて、校長に嘱望されて公開の研究会で国語の授業をすることになった喜和は「ニイサンノ入営」という教材をとり扱うことにした。作文や絵をかかせての授業は子どもたちの心をうまくつかんだユニークなもので、多くの参観者の共感を得たが、視学官の講評は真っ向うからそれを否定するものであった。「これは全く心外な授業でした。……どこが悪いのか。どこもかしこも悪い。この課で大切なことは、勇躍して出征する『兄』を両親と村の人たちが、銃後の守りを引き受けたから、思うぞんぶんお国のために働いてきてくれ、という気持ちをこめて見送っているということです」。ところが「本課の主旨を否定した上で、それと逆の方向へ児童の純真な心を誘導しようとしているとしか、わたしには思えませんでした。このような授業が今日、日本国民をあげて盡忠報国の精神で励んでいるこの聖戦下において、しかも研究発表というかたちで発表されるとは思いもしませんでした」。

この視学官の講評によると、真実に迫った喜和の授業は国策に反するものだというわけだ。そのうえ、この学校では個人主義的、民主主義的な教育がおこなわれているとして、校長は年度末の異動で僻地の学校へとばされてしまう。喜和も準訓導への昇進が見送られたうえ担任もはずされてしまった。また「アカで非国民」という噂も広まる。耐えられなくなった彼女は學に会いにいき、そのことを話した。學は「視学官の言うことなんか気にすることはないさ」といってはげまし、それより雑誌『生活教育』の編集を手伝ってほしいと頼むのだった。喜和があの「理論家」である平野先生のほうが適任ではないかというと、子どもをしっかりと見すえようという『生活教育』の方針と平野の考え方とが一致しなくなってきていると學はいった。平野の考え方がだんだん国家主義の方向に変わってきているというのだ。あの平野恒子でさえ學たちから離れていっているのだった。喜和は編集を手伝うことにした。

喜和の家では、母のしのが婦人会の役員として国民総動員本部から表彰されるほど国策遂行に協力する運動に懸命になっている。街ではネオンサインが消え、パーマネントや学生の長髪が禁止され、総動員運動が生活のすみずみまで浸透していく。物資不足も深刻になっていった。市蔵は時流にのって婦人服を作るための木綿地を手に入れるためやっきになるがうまくいかない。いろいろと手をつくし、やっとのことで、「海難綿布」とよぶ、一度海水につかった木綿地の調達に成功する。それも闇のルートをつかってのことであった。

学校もだんだん兵営のようになり、子どもの遊びも戦争ごっこや石合戦など、殺伐なものになっていく。もともと農村の遊びであった石合戦も「都会にもちこまれると市街戦のような陰惨なもの」となる。教師たちはその野蛮で危険な遊びを禁止するどころか、石に当って泣くようなやつは強い兵隊にはなれないといって逆にけしかけるような有様であった。このような好戦的な遊びでいつも標的にされるのは、貧乏人の子と朝鮮や台湾など、植民地出身の子どもたちであった。

街頭には私服の刑事や憲兵がうろつくようになり、呼びとめられ身体検査をうける学生の姿をみるのも珍らしいことではなくなっていった。いみじくも「ぼくらは夜を着て歩くのさ」と學がいうように、近ごろは彼らにとって「人の眼が刺すように感じられてならな」いような状況であった。

定例の研究会を終えた喜和と學の二人が暗い通りを歩いていたときだ。懐中電灯が二人の顔を照らした。「どこへ行く」。うしろには二人の私服が立っている。喜和が抗議するといきなり頬をなぐりつけられた。彼女はその場で帰されたが、學は腕をとられ連行されていった。いたたまれなくなった喜和はそのまま下宿へいってみる。學の部屋に通され電灯をつけると、ひどい光景が目の前に展開した。「なにもかもひっくりかえり、ぶちまけられていた。書棚の書物やノート類がページをめくって調べたあと投げ捨てられたかたちで、足の踏み場もないほど散乱している」。三人の刑事があがりこんで家宅捜査をおこなったというのだ。下宿の奥さんは學のことを「もしかしたら、主義者じゃないの」といい、「悪いけど高群さんには、よそへ移ってもらうわ」、「主義者を家においていたと知られたらうちの人だって会社を首にされてしまうもの」となじるようにいうのだった。このことばをききながら、散乱した本を喜和はだまって拾いはじめた。国家権力というものは何をしてもかまわないのか。口惜しさに涙がこぼれてくる。

生活教育研究会の事務所も家宅捜査にあい、『生活教育』の購読者名簿も押収されたという。今回の検挙は広範囲に及んだらしく、教育雑誌『生活綴方』を出している「北日本教師の会」のメンバーにもその手がのびていた。当局は綴方教育運動を「プロレタリア教育運動の偽装した形態」とみて徹底的に弾圧する方針をとったのである。

検挙された學が取締中に血を吐き警察病院に移されたことを知った喜和が見舞にいき、帰ろうとしたときである。校長の使いだという二人の教師がやってきて學に退職届を出すようにすすめる。理由は治安維持法違反だというのだ。若い教師の奥野はいった。「治安維持法というのは、日本の変革をはかったものを取り締まるための法律です。つまり、先生には、万世一系の天皇がしろしめすこの帝国の尊厳をおかしたという疑いがかかっているのです。……そういう先生には、もはや、将来の皇国民を教育する資格はないのです」。奥野は學の後輩でもあり、かつてはその考え方に同調していた教師でもあった。學は退職勧告をことわった。そうすれば免職になることは目にみえていたのだが……。

新学期がきて喜和は高等科の女子クラスの担任になった。あるとき學を見舞うと、患者がふえたから彼を個室に移すようになったと看護婦に告げられる。帰宅してそのことを話すと姉婿の豊次は「医者が、患者を個室に移すということは、その患者は長くないということですよ」と喜和の気持ちを逆なでするようなことをいう。

一九四一年七月、第三次近衛内閣が成立。仏印への進出が国策となり、街には、〝贅沢は敵だ〟の看板が立ちはじめる。

學の病状はますます悪化していった。しかも国賊とののしられ、特高刑事がやってきて、結核患者である彼の前でわざと煙草をふかしていった。「病んだ身体に鞭打つような人々の仕打に耐え難くなっ」た學は、これといった治療もせず、金がかかるだけの病院を出て郷里に帰りたいという。子どもたちを兵隊にすることが教師の仕事になってしまったようないまの状態に希望をなくしていた喜和が、自分も学校をやめて學のいくところだったらどこへでもついていきたいというと、彼はそれを制した。「実情はそうかもしれない。でもね、たとえ軍隊のなかにだって、そこに人間がいるかぎり、人間らしく生きようとする人たちがいるはずだよ」。「表面には見えなくても、そういう人たちがたくさんいるはずなんだ」、「そして、もちろんきわさんもその一人なんだ。きわさんの胸の中には、小さな、しかも消えない炎が燃えているはずだよ。……いまは時代が暗いからこそ、そのかすかな炎を、大切にまもっていかなけりゃいけない」、「それは表面だっては抵抗できないかもしれないよ。いまぼくらに加えられている力は、ほとんど狂気にひとしいものだからね。でも、教師たちは、そのなかでも、意識するしないは別として、ひそかに明日を準備しているのだと思うよ」、「教育という営為そのものが、明日の人間と社会の創造をめざすものですからね……」。學は目をとじた。喜和は「この人を死なせてはならない」と思い、彼の手を「両手でつつみとった。この人こそ炎そのものなのだ、この人の心の中に燃えているものこそ消してはならないのだ」……。

紀元二千六百年の式典、国民学校令による「新東亜建設の大事業に邁進する小国民を育成する」ことを目的とした国民科の設置、国防保安法、治安維持法改悪による予防拘禁という条項の追加……。戦争拡大への波がひたひたと押し寄せていた。予防拘禁という条項が加わったら、だれでもスパイ容疑で引っぱることができる。そうなれば「今度こそ學の生命は確実に絶たれて」しまうにちがいない。

この重苦しい状況の中にも、二人にとってひとときのしあわせがおとずれた。「海難綿布」の買いつけで詐欺にあい、事業に失敗した父の市蔵は相棒の山中十郎と新しい事業をはじめることになった。海水から苛性ソーダをとって石鹼を作るというものである。海辺にある工場のわきの農家を借りて學は静養することになった。二人は朝の浜辺を歩く。「喜和は、大きな幸福感につき動かされて、學の胸にとびこんでいきたいような気がしたが、何も言わず、小さな吐息だけをついた」。學は「体力の回復を誇示するかのように」小石を拾って海に投げるのだった。

秋になると運動会、学芸会、遠足と、行事がつづいた。高等科を受け持っている喜和の学級経営も授業も順調にいっている。學からの手紙によると、工場の仕事を手伝えるほど健康も回復したという。だが時局はますますきびしさを加えていくばかりであった。軍部の圧力によって第三次近衛内閣は崩壊し東条内閣が成立する。ヨーロッパ戦線ではドイツ軍がモスクワに迫る勢いをしめし、日米開戦も時間の問題となってきた。學の手紙には「会社が新しい事業に手を出すと、倒産が目に見えています」と書かれており、それは日米開戦を暗示するものであった。喜和はその手紙を何度も読み返すと裏庭でそっと焼き捨てた。

学校のほうは、高等科の生徒まで勤労動員に駆り出されるようになり、喜和の受け持つ生徒たちはパラシュートや防毒マスクを作る軍需工場で働くことになる。この藤倉工業は、以前読んだ「あの特高警察の手によって殺された作家K」の小説に描かれた工場であったのだ。作家のKが殺されて八年の歳月が流れていたが、そこに何か因縁めいたものを感じないわけにはいかなかった。この小説に出てくる「須山」という共産党員がビラをまいたという工場はどこだろうか。そう思って製造工場のほうに近づいたときである。喜和はいきなり大男に腕をつかまれ道場のようなところに連れこまれた。男は抗議する彼女の髪をつかんでひねりあげ、勤労動員の引卒教師だといっても信用しない。このできごとに滅入った気持ちで帰宅すると、家の中が珍らしくはなやいでいて、肉を焼く匂いもしている。北海道に転勤していた芳雄が出張の途中で立ち寄ったというのである。彼の話によると、軍事国債の発行が近まっており、それは大々的な戦争の準備のためだというのだ。

翌日、学校へ出ると、きょうは勤労動員の引卒にはいかなくてもよいといい渡される。前日の行動を怪しんだ工場側が引卒を拒んだのである。学校に残っていた彼女に山中から電話があり、學のことですぐ会いたいという。帰宅すると帰り仕度をしていた山中は、寝込みを襲われた學が特高に連行されたことを告げる。

学校へ出ても喜和の頭から學のことが離れない。「殺されたあの小説家Kが迫真的に描いた拷問の場面が、思うまいとしても心をとらえて彼女を慄然とさせるのだ」った。

學が検挙されたその日から山中の妻にたいする近所の人たちの態度が急に変わってしまい、遠くからその動静を監視するようになる。學との関係からスパイ容疑をかけられたのだ。山中の息子も学校でなぐられたうえに、からだ一面に赤絵具で「スパイ、非国民の子」と書かれて帰ってくる。それだけではなかった。工場の窓ガラスが割られたり、「売国奴、スパイ、浜から出ていけ」とののしられたりするのだった。學をあずかってもらったばかりに山中の家族を不幸にしてしまったと思うと喜和はたまらなかった。

一九四一年一二月八日、「時計は正しく午前七時を指していた」。そのときラジオは日本軍の真珠湾攻撃を伝える。太平洋戦争の勃発である。この日から二カ月余りが過ぎたが、學の消息は依然としてわからなかった。

二月半ばのある日、突然學の叔父が訪ねてきて姉の死を伝える。學の母が亡くなったのである。そして、病気の學を引きとるようにとの連絡が警察からあったというのだ。喜和は叔父といっしょに警察署に行ってみたが、すでに病院に移されたと告げられる。病院に着いた二人が患者運搬用の台の前に立つと、かけられた白布が医師の手によってはずされた。すると、目の前に「黄色く干からびた男の身体」が現われ、「半開きになった口からは黄色くいやに長い歯がまるで死体であることの証明のようにのぞいてい」るではないか。まさしくそれは拷問によって殺された學の骸である。喜和は気を失ってしまった。――

新しい学期がきた。準訓導に昇格した喜和は神坂京子と校庭に立ち、登校してくる子どもたちをみていた。担任も高等科から六年生にもどされることになっている。教師になってはじめて受け持ったあのときの二年生の子どもたちなのだ。四年の歳月が流れていた。

教室にはいると「わあーっ」と喜びの声があがる。ガキ大将の田端、いじめられっ子だった金田……まぎれもなくあのときの子どもたちである。一人ひとりの顔が生き生きと輝いている。ここにこそ學がいっていた「決して消えることのない炎が燃えている」のだ。喜和は「身体の奥底からわきあがってくる新鮮な力を感じながら」目の前にいる子どもたちを見つめるのだった。

この作品は日中戦争のはじまる一九三七年七月から一九四二年までの戦時下における庶民と教師像を描いたものである。侵略戦争と戦時体制下の天皇制教育、軍国主義教育がいかに人間性をむしばみ、破壊していったかを戦争の進行にそいながら見事にえぐり出した小説である。

また、主人公の若い女教師上田喜和とその家族、學を中心とする喜和をとりまく教師たちの姿をとおして、〈戦争とは何だったか〉、〈戦争の中で庶民はどう生きてきたか〉を真正面から見すえた壮大なスケールをもつ作品であるといってもいいすぎにはならないだろう。

為政者によって多くの庶民がどのように戦争とファシズムという〈狂気〉に駆り立てられていったか。戦時体制の強化とともに天皇制ファシズムの教育がどのようにおこなわれ、たとえひとにぎりではあっても良心的、自覚的な教師たちが辛酸をなめながらどうそれに立ち向ったか。この現代史、現代教育史の重要なテーマのひとつを作者は小説のかたちをかりて糾明してくれているかのようにさえ私には思われる。

庶民を〈狂気〉に駆り立てていったものを作者はどう描いているかをみてみよう。

「南京攻略」を祝う提灯行列の場面がそのひとつである。「狂ったように『万歳』を連呼しはじめると興奮はたちまち群衆にひろがり、男も女もあらんかぎりの声で叫びはじめた」。戦勝ムードに酔った人々の興奮はさらに加速されこれに同調しなかった喜和と學は暴行をうける。集団からはみ出すものは暴力をつかってでも排除しようとする群集心理がうまく利用されるのだ。また、応召される前は學のよき理解者であり、喜和にとってもやさしい兄であった芳雄が、戦争の犠牲者であるにもかかわらず、青年団の銃剣術の指導をしたり、「天皇のもとで人間がみな平等になることのできる新しい日本社会を建設せよ」と戦意昂揚の講演をしてまわるようになっていく。そんな兄に「だから中国に軍隊を送っていいというの?」、「人を殺してもいいというの」と喜和は詰問するのだが、芳雄は、「そうだよ、火事場で人を救うには、その人の家にはいらなければ救えないじゃないか」と中国侵略を合理化し、「お前もだいぶ高群流にかぶれているぞ。だから妙な理屈を言うんだ。万世一系の天皇をいただいて二千六百年の歴史を刻んでいるのは日本人だけだよ。日本の歴史とは、とりもなおさず日本の国民的生命の発現したものなんだ。この生命は神武天皇の肇国以来一貫して発展し続け、いま日本国家と国民のうちに充実し、潑剌と躍動しているんだ」というほど神がかり的な皇国史観の持ち主になってしまっていたのである。

母のしのにしても、動員の声がかかると「真新しい割烹着に国防婦人会の襷をかけ」嬉々として家をとび出していくのだった。

療養生活をしている學へのいやがらせもひどかった。傷痍軍人の下山は、頭に砲弾の破片がはいっているほどの戦傷をうけた人間であるにもかかわらず「貴様が、あの国賊のいろか」と喜和をののしる。ほかの入院患者にしてもそうであった。国をあげて戦争をしているとき、それに協力しない者が病気になるのは自業自得、国賊にやる薬はない、とまでいう。それらは、「互に人を前に押し出しながら全体としてそうした大きな潮流をつくり出しているように」喜和には思われるのだった。まさに「押しもせず、また押されまいとする者は、その流れの中では異端視され、はじき出されてい」ったのである。こうして政府や軍部の巧妙な戦争遂行のための政策は、青年団、在郷軍人会、婦人会、隣組といった組織がたて糸やよこ糸となり、さらに「皇軍」の連戦連勝の報道、皇紀二千六百年の行事、一時的な軍需景気などによって庶民の多くの部分を〈狂気〉へと駆り立てていった。「組織と宣伝」というファシズムの常套手段によって戦時体制が強化されていく様を作者は庶民のくらしと意識を追いながら描き出していくのである。

軍需景気の波にのりながら事業を成功させ、町の有力者にまでなった市蔵の上田商会が一転して破産状態となる。ここにも戦争と戦時体制に翻弄される庶民の姿がある。

作者は「戦争体験をどう描くか――『今日』の視点から」（『民主文学』一九八七年六月号）の中で「炎の暦」のモチーフについて次のようにのべている。「その当時の庶民にとってあの戦争とは何であったかを書きたかったのである。いったいどのように戦争の方向に私の親や兄弟の世代は動員されていったのだろうか」、「いったい私の親たちは、なぜあんなにも警防団や在郷軍人会、または愛国婦人会や国防婦人会の活動に血道をあげていたのだろうか。少年の心に焼きついた彼らの国民服やエプロン姿にたいする素朴な疑問からこの小説は出発したのである」と。

この作者の意図は十分果たされたといってよい。作者とほぼ同年代であり、同じ少年時代を送った私たちにまざまざとあの時代を思い起こさせてくれると同時に、二度とふたたび同じ道を歩いてはならないという強い願いが伝わってくる。ここに過ぎ去った時代の単なる再現でない「今日的視点」があるといえるだろう。

つぎに、すべてが逼塞させられた戦時体制下でどのような教育が、そしてその中でも未来への希望をもちつづけた教師たちの辛苦のたたかいがあったのかをみてみたい。

第二〇回多喜二・百合子賞を受けたときの感想の中で作者は、作品の主人公たちが「戦時下の中でも人間的な生き方をつらぬこうとし、ひそかに受けつがれた民主的な教育をまもり持続させようと積極的にとりくんでいったか」を書きたかったといっている。それは、幾多の試練をのり越えていく主人公喜和の人間的成長の過程と高群學や「生活教育研究会」の意識的な教師たちの姿をとおして浮き彫りにされていく。

女学校を出たばかりの代用教員である喜和をとりまく教育現場の状況はきびしいものであった。新任校である東京市K区の洲崎小学校が舞台となっているが、ここには吹きだまりのような地域から通学する子どもたちが多い。彼女の受け持ったクラスには六〇人をこえる児童がいる。着任式での失敗と、こちこちの皇国思想、軍国主義の教育観をもつ教師刈田からの手きびしい叱責とによって、喜和の教師生活の第一ページがめくられるのである。天皇制教育の推進者であり、学校を牛耳っている刈田は娘への体罰に腹を立て学校にねじこんできた父親に威丈高に説教する。「学校というところは、畏くも天皇、皇后両陛下の御真影のあるところだ」、「われわれ教師は、教育勅語を拝し奉り、畏くも天皇陛下のご意向に従って生活の教育に専念しているのだ。だから、子供がいったん校門をくぐって、われわれの指導下に入ったかぎりは、畏れ多くも陛下のご訓導を受けているのも同じことだ」、「教師のいいつけ、命令は、畏れ多くも天皇陛下のご命令と同じなんだ。したがって、教師のいいつけに従わなかったり、反抗したりすることは、天皇陛下の命に服さない非国民になりさがることだ」。こうして刈田は天皇の権威をかさに父親を追い返してしまう。このような典型的な皇国思想や、権威主義がはばをきかせていた学校の雰囲気が刈田の言動をとおして描かれる。当時の多くの教師の姿を刈田の中にみることができよう。

事大主義と権威主義の充満した学校や教育界になじめない喜和には多くの試練が待っていた。現場では子どもたちの裏切り、刈田や彼に迎合する教師たちからの非難、公開授業にたいする視学官からの手きびしい批判、世間からのアカ呼ばわり……。挫折しそうになる彼女を支え、はげましたのが進歩的な先輩教師高群學たちであった。この試練とはげましの中で人間として、教師としてのたくましさを喜和は身につけていくのである。

この小説で点景として描かれる愛の問題について少しふれておこう。それは喜和が学校に學を訪ねていったとき、宿直室のテーブルの上にあった弁当らしいものが、あの美しい女教師平野恒子からのものだと思う場面がある。「弁当を食べている學とそれをみつめている女教師の横顔がある。彼女はコートの襟をたてると、そうしたいまわしい想念をふり払うように、春先の街を小走りに駈けていった」。ここに愛情の変形である嫉妬に似た喜和の微妙な心理をみることができる。また、研究会がおこなわれていた下宿で平野と顔を合わせたときの喜和のことば「奇麗な人ねえ、小学校の先生にしておくのはもったいないようだわ」──簡潔にして見事な心理描写である。

　この平野もやがて時流にのせられ「皇国民練成の教育のために視学官として」植民地朝鮮へいってしまう。喜和が恐しさを感じるほど急進的であった平野も国策にのみこまれてしまうのである。これは彼女だけにかぎらなかった。學の教育観に共鳴していた若い奥野も「いま求められているのは皇国民を育成することです。個としての人間を育てることではありません。国のため、天皇陛下のために、命を投げだして尽すことのできる立派な国民を育てることです。わたしが教えてきたのは死を恐れない勇気です」とまでいうようになっていた。一人ひとりの子どもをだいじにする教育を実践してきた學の生き方を真向うから否定する天皇制教育の信奉者になってしまったのだ。喜和や學のまわりはこのような教師たちでいっぱいになり、息のつまる思いの日々がつづく。また、理解者であった下宿の松浦の奥さんからも「アカは家におくわけにはいかない」と、追い立てをくう。

　だが、これに屈せず教師としての、いや人間としての良心を懸命につらぬこうとする喜和と學。この良心の炎を燃やしつづけさせたものは何か。それは、喜和が学校をやめ學についていこうとするときの彼のことばに凝縮されている。――学校はどこにでもあるし、教育はそこでやすむことなくつづけられている。どんなに今が苦しくても一人ひとりの人間を大切にする教育がかんたんに消え去ってしまうはずがない。教師は、学校があり子どもがいるかぎりいつまでも炎を燃やしつづけていかなければならない――ということばに、である。だがその彼を待っていた現実は、天皇制ファシズムによる苛酷な弾圧でしかなかった。検挙、病気、そして拷問による死であったのだ。

　學の死によって喜和が半狂乱になる場面は息づまるような迫真性をもって描写される。「あの虚空に向けられた悲しげな双眸は學以外の誰のものでもなかった。必死に抱きとめるしのと佐和を突き放して、喜和はベットに身を投げだすと号泣した。『畜生』『畜生』彼女はこぶしで壁を打ち、頭をたたきつけた」。医者と看護婦がかけつけてきて彼女の手足をベットの枠に縛りつけようとするが、喜和に「歯形がつくまで手首を噛まれた医師」は

「まるで狂犬だ」と毒づきながら、とりあえず鎮静剤を打って帰る。「彼女はもはや泣くことも忘れて、ただ木偶人形のように横たわっているだけ」であった。

世間は戦勝気分に酔っているが、戦死者の家族は泣いている。赤紙一枚で死んでいるではないか。それにくらべれば、高群君は自分の主義に殉じたわけだ。學のこれこそほんとうの戦死というものだ。父のこの「戦死」ということばに彼女の胸は大きくゆさぶられた。學の死は侵略戦争に駆り出されての死ではない。自分の信じる道を歩きとおしての死、自己の思想のためにたたかっての死なのだ。これこそ真の戦死というものだろうと喜和は思った。

火葬場の場面も胸をうつ。彼女は「肌を切るような二月の風の中に立」って「學の肉体の燃える煙」をみつめている。そのとき學の声が聞こえてくるような気がした。明日を準備する炎が喜和のからだの中にも燃えているのだという声が……。「學のなかに燃えていた炎がいま喜和の胸の中に点火された」のだ。その炎で「彼女は凍らせていた悲しみを徐々にとかしていくのだった」。

新学期になり、準訓導となった喜和は六年生の担任として四年前の子どもたちを受け持つことになった。教室で、希望に満ちた喜びをからだいっぱいにあらわす子どもたち。それは彼女にとって「大切な炎」であった。このすがすがしい場面で小説は終わる。

「炎の暦」――ここには二つの炎がある。ひとつは教育を、教師たちを、そして庶民をめらめらと焼きつくしていった戦争とファシズムの業火であり、もうひとつはこの業火に立ち向かう喜和や學のような教師たちの「明日を準備する」炎である。二つの炎が燃えつづけた四年余の歳月、それは文字通り〈炎の暦〉であった。それを一枚一枚めくるようにこの作品世界は展開する。

森与志男氏はこれまで「風を追う日々」、「遺影」、「鏡」、「朝子の四季」、「石の声」、「蜻蛉」、「夜」などの作品で〈戦争〉を、「春ちかき冬」、「荒地の旅」、「砂の教室」、「黙動」、「傷だらけの足」で〈教育〉の問題を追求してきた作家である。この二つのテーマをひとつに結晶したのが「炎の暦」であるといってよいだろう。

昭和天皇が戦争責任も人権抑圧の責任もとらずに世を去ったいま、この小説のもつ意味がさらに大きくなったように私には思われる。（初出は『女性のひろば』一九八五年一月―一九八七年八月、単行本は新日本出版社刊）

5章　プロレタリア文学の短篇

伊藤永之介「万宝山」

『改造』（一九三一年一〇月号）に発表された「万宝山」は、一九三一年七月に起こった朝鮮人農民と中国人との衝突事件を題材にした作品である。

中国東北地方の吉林省には朝鮮からの移住者が多く、とくに間島地方では人口の八割を占めていた。軍閥張学良は共産系の朝鮮人にたいしてきびしい弾圧をおこない、一九三〇年五月の間島暴動後には六〇人の朝鮮人が射殺された。このような弾圧を逃れるために農民たちが「何方を向いても何一つ眼ざわりになるもの」のない「北の方角に万宝山の低い隆起が見えるだけの平野」に入植し、開墾を始めたのは一九三一年三月のことであった。

この地に水田を作るためには伊通河から水をひかなければならない。開墾が終わり水路工事もあとわずかになったときである。突然工事中止の通告がくる。採種の時期も迫り一日を争うときに工事再開の許可を待っておくわけにはいかない。農民たちは工事をつづけた。

「この分じゃ、明日にでも水通せるぞォ」。趙判世《ちょうはんせい》は額の汗をぬぐいながら叫んだ。そのとき、彼は故郷の田を日本人の地主に奪われたうえ、家まで借金のかたにとられ「国境から満州へと流れ出て以来、何年も忘れていた人間らしい気持ちが、ムズムズと全身を流れるのを覚え」た。しかしその喜びもすぐに打ち砕かれることになる。そこへ「悪病」のような中国兵がやってきて工事の中止を命じたのだ。それに抗議した趙は連行され留置場にぶち込まれてしまう。翌日になってやっと日本の黒帽子（警官）がやってきて中国兵と対峙することになった。朝鮮人農民たちが仕事を始めたときだった。万宝山の方角から「一団の黒いかたまり」が動いてきた。一〇〇名ばかりの中国農民たちである。伊通河に堰が作られたら、その上流の地域は洪水に見舞われるという中国官憲の宣伝にのせられた農民たちだった。だが彼らは水路工事の現場まではやってこなかった。

どうにか水路はできあがったが、万宝山に駐屯した中国兵は立ち去ろうとしない。堰止工事が始まったら攻撃してくるにちがいない。緊迫した状態がつづいているのに日本領事館からは一名の兵も警官も応援に寄こさなかった。警戒に当っている黒帽子はわずか五名である。朝鮮人農民たちの不安は「夜霧のように濃くなって」いった。しかも食糧の欠乏は深刻なものとなっていく。

やっと手に入れた堰止工事用の柳条を筏に組んで伊通河を流すことにするが、その一部が中国兵によって毀され鉄橋にひっかかってしまう。それを拾い集めていた朝鮮人の女たちは異様な光景を目にする。自分たちが汗水たらして作った田に中国人たちが種を播いているではないか。部落に帰った女房たちは叫んでまわった。「畜生ども種蒔きしてけつかるぞォ」。

この朝鮮人たちの部落に赤痢が発生する。過労と栄養不良、それに天候不順が重なり、「野火のように炎えひろがっていった」。子どもたちがバタバタと死んでいく。だがそんな中にも農民たちは中国人を追っ払ったあとに種蒔きを終えることができた。そのとき何者かによって、堰止工事用の柳条が燃やされる。こんな妨害をうけながらも工事は夜を徹してつづけられた。「ザッザッと米を研ぐような音」がきこえてきたのは、あと半分で堰止めが完成するというときであった。中国保安隊の馬隊（騎馬隊）が河を渡って突進してきたのだ。銃声がひびく。五人の黒帽子もそれに応じた。柳条のかげにかくれた農民の背後に銃声がひびく。中国農民の銃撃だった。中国兵の銃撃はますます激しくなり、「弾丸の唸りが渡鳥のように低い空をよぎ」る。銃弾に倒れた朝鮮人農民。大混乱におちいった部落から女や子どもたちは逃げ出すほかなかった。「故郷を追われ、国境をさ迷い出で、涯しない満州の曠野をあてもなく歩いてきた」朝鮮人農民たちは、また同じ道を歩かなければならなくなったのである。——

「日本プロレタリア文学集」第一〇巻には伊藤永之助の作品が八編収められており、その中で植民地支配の実態を題材にしたのが「総督府模範竹林」、「平地蕃人」とこの「万宝山」である。この作品は、日本人地主によって故国朝鮮を追われ「満州」に流れてきた朝鮮人たちの苦渋にみちた数カ月をリアルに描く。

日本帝国主義の「尖兵」として「満州」に移住させられた彼らを待っていたのは、水の便のない荒地であった。開墾、そして河から水を引くための水路工事、食糧の欠乏、伝染病、それは苛酷な労働と忍耐を要求されるものであった。さらに将介石の軍隊——当兵や中国農民によるたびかさなる妨害。やっとの思いで堰止工事の完成を目の前にしたとき、中国兵と中国農民の銃弾によってこの地を朝鮮人農民たちは追われるのである。彼らには安住の地はなかったのだ。

「満蒙百数十万の鮮農を手先として日本人は次第に尨大な土地を自分の手に入れるだろう。が黒帽子は鮮農がどんなに圧迫を受けても知らぬ顔をしている。当兵が鮮農を殴ったり蹴ったりすれば、日本はその最も恐れる共産主義者を駆逐できる。だから支那も日本が喜ぶように共産主義取締の名義で、鮮農を荒野にたたき出し」てしまうのだ。作者は一石二鳥をもくろむ日本帝国主義の本質をこのように書く。

日本の大陸侵略の生贄となっていった朝鮮人の姿が「万宝山事件」を題材として見事に描き出された作品であり、ことに最後の場面は胸をうつ。

「満州事変」はこの二カ月後に起こったのである。（「日本プロレタリア文学集」第一〇巻所収）

谷口善太郎「鉄」

この変わった題名の作品は、ひとりの女性活動家が苛酷な拷問に耐え抜く姿を描いたものである。「今にも前へ崩れそうな身体を辛うじて両手で支えている」女の手は、「鉛筆挾みの責苦」によって「石榴のように挫け其処からずず黒い腐肉が全身に拡がろうとしてい」る。それを取りまいてる「眼のとび出した四角い顔の男」、「肥えた背広の男」それに「髯をもった男」の三人。特高刑事たちである。

「どうしても云わんかッ！　あまッ！」。「四角い顔」の刑事は叫ぶと彼女を捻じり倒し殴りつづける。

「畜生ッ！　なめやがって、貴様らのような不逞の徒はブチ殺してやっても罪にならんのだぞッ！」と彼らはわめき立てた。

座りなおした彼女のからだは殴打されたためむくんでいる。「肥えた背広の男」は「どうだね君、せめて名前だけでも言っては……」となだめすかすようにいう。「君は単にビラ一枚持っていると云うだけで捕まったんだ。ビラ位は街を歩いていたって手に入れることがあるんだ。何でもないことなんだ」。

こんなだましにのってはならない。あと三日間がんばれば一週間の勾留期限が切れる。そのあいだ耐えればいいのだ。「組織と、階級の利害を、防衛せねばならぬ」、「落ち着け落ち着け。彼等の陥穽に陥るな。おどしにもすかしにも乗るな、拷問に耐えろ、心を守れ！」と自分にいいきかせるのだった。

「馬鹿にしぶとい女郎だ！」

業を煮やした刑事たちによって、倒れている彼女は髪の毛をつかんでひきずり起こされると、天井の梁から下っている麻縄に両手を縛りあげられ宙吊りにされた。「鮭づり」と称するやつだ。

「どうだ！　畜生ッ！　そのまま二三時間ぶら下って考えろ！」。刑事はいった。着物がはだけ、乳房があらわになる。

「一層、尻からげしてやろうか?」。うしろにまわると着物をまくりあげ、腰巻の紐を引きちぎった。猥雑なことばを吐きながら「前の毛を二三本ずつ引きむしった」。

彼女の気持ちは、はじめの恐怖心から凌辱されることへの怒りに変わり「毛をむしられる」に至って「不思議に冴え」ていった。「最大の凌辱」に負けてはならない、負けることを彼らはねらっているのだと思った。これが「血を血で洗う」たたかいなのだ。肉体的な苦痛がなんだ、女としての屈辱がなんだ、わたしの「鉄のような心」まで屈服させることはできない。そう思って彼女は苦痛に耐えた。

苦痛と凌辱に耐えながらも梁から吊り下げられているからだの重みで手首はちぎれるように痛む。血は足へ下がって吐き気をもよおしてくる。意識が朦朧としてきた。やがてコンクリートの上で意識を回復すると、そばにはホースがあった。水をかけられ、からだじゅうずぶぬれである。

それまで黙秘をとおしてきた彼女ははじめて口をひらく。「わかったかね、わたしたちの力を!」。彼女は拷問に耐え抜いたのだ。

治安維持法下、どれだけ多くの人々が拷問によって言語に絶する責苦にあい、不具になり、あるいは殺されていったか。その尖兵となったのが特高警察であったことはいうまでもない。小林多喜二の「一九二八年三月十五日」をはじめ特高や拷問を描いたプロレタリア文学作品は少くない。

「鉄」はストライキをたたかっている女性活動家が警察に逮捕され、筆にするのもはばかられるような凌辱をうけながらも仲間を守るために耐え抜く姿を描いた作品である。文字どおり「鉄」の心を持って暴力に立ち向かうひとりの女。彼女を支えたのは組織を守るという労働者としての使命感であった。

作品の中に、彼女が捕まる前のことを思い出すところがある。ネオンサインのきらめくカフェー。ジャズの音、電車の響き、円タクの音が交錯する中を着飾った人々が流れていく銀座。その中をチビた下駄をはいて同志との

「連絡」のために歩いた日のこと、露路裏の長屋の二階でビラ作りをしたこと……これらを思い出すのだった。はなやかな銀座の通りを歩くチビた下駄ばきの彼女。その対比は彼女の境遇を示して見事である。

この作品にはストーリーもいわゆるドラマもない。描かれるのは拷問の場面と、それに耐える女の姿だけである。

サディスティックともいえる残酷な拷問をおこなう刑事たちは、肉体的、精神的痛苦に耐えて黙秘をつづける「鉄」の心を持った彼女の姿から見ると、滑稽にも哀れにも思えてこないでもない。大の男が三人かかってもひとりの女性をどうすることもできない姿は哀れでもあり、権力の限界を知らされるようでもある。また、やりたい放題のことをやって一種の快感さえおぼえる彼らは、自ら最低の人間であることを証明しているようでもある。そう見れば、権力をかさにきた人間にたいする痛烈な揶揄と読みとれないこともない。

しかし作者の意図はそんなところにはないと見るのがまともな読み方であろう。拷問の場面だけにしぼって書かれているのは、国家権力と、その手先となって人民を弾圧して平然としている特高への怒りのほとばしりと見るのが正しいのではなかろうか。この作品は『大衆の友』（一九三三年四月号）に須井一のペンネームで発表された。

（「日本プロレタリア文学集」第二九巻所収）

壺井繁治「兵営へ」

詩人・壺井繁治の書いた小説は全集（全六巻、青磁社刊）にも五篇しか収められていない。『戦旗』（一九二九年四月号）に発表された「兵営へ」はそのなかのひとつである。

従兄弟である真一と三吉はA醤油工場の労働者であった。三吉の父親はその工場で作業中に死んだが、会社からの見舞金は三〇円で葬式代にもならなかった。そのときの怒りがいまも消えていない。オルグの狭間が三吉を訪ねてきたのはそんなときであった。争議のため前の会社を馘になった彼は、A醤油工場に職を求めるが断られ、やっとB工場へもぐりこむことになる。「自分たちが資本の鉄鎖に縛られていると云うことを全然自覚していない」労働者ばかりだったが、不平不満がくすぶっていることを知った狭間はなんとか「組織」しようとする。

このB工場の労働者たちが立ちあがる日がきた。この地方のしきたりである「もん日」にはどの工場でも午後は休業することになっていたのに、会社側はその埋め合わせに早朝から仕事をさせることにしたのである。半日休業の意味がなくなったのだ。怒った労働者たちは反対の嘆願書を出す。一蹴されると思っていたのに、「どうした風の吹き廻しか」この要求を会社側はきき入れる。これによって「今まで深い眠りに落ちていた多くの労働者」たちは団結の力をはじめて知ったのである。この要求を組織したのも狭間であった。彼は三吉たちの工場にもオルグの手をのばすことにする。この醤油工場は事業拡張のため海岸を埋め立てたり農民の土地を買いあげたりして工場用地を拡げていた。工業用水が不足してきたため、井戸を掘ることになったが、その工事の最中に「部落民」のひとりと朝鮮人の土工が惨死するという事故がおこる。「部落民」の死体は「頭もない、胴体もない、まるで牛の臓物をでも積み重ねたように、バラバラになった手足と、圧しつぶされた臓腑が、破れた衣服に辛じて包まれて」運び出された。

このできごとを機にA工場にも労働組合ができ、犠牲者への補償を求めるが、「部落民」にたいしては臨時工であることをたてに、また朝鮮人には遺族がわからないことを理由に、その要求は「石塊のように蹴飛ば」されてしまう。真一も三吉もこの争議に参加したために解雇され、狭間も煽動したことを理由に馘になるが、労資の対立があまりにもはげしいものになったため、会社側はそれを取り消さざるをえなくなり、また犠牲者にも相当の補償をすることで争議はおさまった。労働者の勝利におわったのである。

やがて、真一や三吉たちの入営の日が近づいてきた。在郷軍人会の分会長は毎晩のように真一たちを集めて軍人勅諭の暗誦などの特訓をやるが、仕事に疲れた彼らにとっては負担になるばかりであった。

出征する日、壮行会がおこなわれる。学校の教室をぶちぬいてしつらえられた会場は満員となった。演壇の両側の席には一八人の出征兵士が軍服姿で並んでいる。在郷軍人分会長の開会のことばにつづいて来賓の祝辞がのべられると、兵士を代表して村上が決意をのべた。A醤油会社の社長の息子である彼は、「毎日、テニスをやったり、玉を突いたり、料理屋やカフェーを飲み廻ったり、三日にあげず高松の方へ遊びに行くのが」日課となっているようなぐうたらな男であった。

「今や我国は四面敵に囲まれて、何時外国と砲火を交えねばならぬか分かりません。かかる際、我々軍人に課せられたる任務は重且大であります」。歯の浮くような村上のことばに野次がとぶ。「嘘吐けッ！」、「下れ！下れ！」。会場は空々しい決意表明に哄笑の渦となった。

そのとき演壇にあがった真一が演説をはじめる。

「……私の親父は日露戦争で大怪我をして間もなく死んでしまいました。私は親父の顔を知りません。この戦争は、一体、何のためにやったと思いますか？　それは日本の金持連中が自分達の懐をもっと余計にふくらませたいばかりに始めた大芝居に外なりません。この戦争で一番馬鹿を見たのは誰だと思いますか？　云うまでもなく我々貧乏人です。貧乏な百姓と労働者であります」。猛烈な拍手とそれを制止しようとする者たちで場内は騒然となる。真一の演説がおわると群衆は「戦争反対！」を叫びながら外へくり出していく。分会長の音頭で歌っていた軍歌が労働歌へとかわっていくのだった。

「兵営へ」は、資本家の悪辣な搾取にたいして立ちあがった労働者のたたかいと、出征していく兵士たちの戦争に反対する姿とが真一という人物をとおして描かれた力動感あふれる作品である。労働者を虫ケラのようにあつかって平然としている資本家、不満をもつ労働者を組合に結集させ争議を勝利にみちびいていくオルグの狭間、労働者としてのたたかいのなかで目覚めていき、反戦演説をやるまでに成長していった真一。これらをとおして、侵略戦争の元凶は資本家であることを作品は訴える。そして労働者のたたかいが反戦に結びついていくのは必然であることも……。

作品の冒頭で、女手ひとつで育てあげた一人息子の真一が思いもかけず徴兵検査に合格し働き手を兵隊にとられる場面が描かれるが、そのなかでの母親のことばは痛烈である。「一体、年寄一人を残して、どうして暮して行けるんだ！　戦争云うもんは、飯を食わんでもせんならんもんか？　……天皇陛下はわれわれの苦労も知りもせんと、糞たれ奴が！」。戦争の犠牲者を夫に持ち、息子まで天皇の軍隊にとられた悲しみと怒りがここにある。

（『日本プロレタリア文学集』第一七巻所収）

江口渙「三等車」

「貧相な乗換駅のプラット・ホームは、近頃の農村の深酷な不景気をさながらに、ひっそりかんと、情ないほど静まり返っている」。――この東北のローカル線の汽車の中が作品の舞台である。

マッチ箱のような客車に乗っているのは、ほとんどが百姓だったが、その中に背広姿の会社員風の男が二人と黒のコール天の服を着た青年、それに「小商人らしい縞の着物に角帯の男」が四人、「在方の小地主の女房らしい中年の女がまじっている。

百姓たちの話題は不景気のことばかりだった。

「おら、今年、干瓢を一反べい作ってみただが、とてもはあ、えら損しただよ」。股引きに草履ばきの百姓はそう言いながら、雨が多くて腐ってしまった干瓢は馬の餌にもならなかったと悔しがる。そのときコール天の男が口をはさんだ。「年貢はどのくらい取られるんだ」。股引きの男は、一反に一三円、それに金肥代が一〇円、手間代がまる損だ、年貢はせめて半分ぐらいにしてもらいたいと言う。「おめい。いいかげん馬鹿こくなよ。作物が全滅なら年貢は全免にきまっているじゃねえか。せめて半分なんて、つまらねえ料見を出すなよ。トツアン」。

股引きの男は「こればっかしは、そのどうしょうもねえだよ」とあきらめ顔である。「そりゃな。おめい一人の力じゃ、とうてい地主に勝てる見込みがねえから、そんな途方もねえ弱音を吹いて引っこんでしまうけんどよ。貧乏な百姓同士腕を組んで農民組合を作って、その組合の力で押して行きさえすりゃ地主なんて何でもねえだよ」。そう言うと、青年は自分は全農全国会議の者だと名のった。汽車が動き出すと二人の会話はそれで途切れてしまう。

その時だった。モーニング姿の二人づれの紳士が汽車めがけて走ってくる。ひとりは山高帽を、もうひとりは中折れ帽をかぶっている。動き出した汽車に向かって、「その汽車、待たんか」と叫びながら、「乗り遅れたらまさに一生の一大事とばかり」走ってきた二人は、駅長がとめるのも聞かず客車にとびつくと中から窓をあけさせ、やっとの思いではいりこんできた。山高帽は、発車するのを待ってくれなかった駅長と、窓をあけるのをためらっていた乗客に悪態をつく。「近頃の百姓という奴は自分さえよければ、他人はどうでもいいんじゃからな」。

それを聞いていたコール天の青年は怒鳴った。「なんぼ山高帽かぶったって、やたら、大きな面すんな」。山高帽も負けていない。この鉄道は、おれが議会で運動したおかげで出来たんだ、と言い返す。中折れ帽がことばをはさむ。「この方は県下で有名な政界の大先輩、剣持恭司先生です」。青年は立ちあがると車内を見廻した。「こいつが県下で有名な大地主の剣持恭司だってえ。みんなして面を穴のあくほど見てやれよ」。車内にざわめきが起こり、この大地主の悪どいやり方に非難が集まった。年貢を納められずに立毛を差し押さえられたという者、彼が重役をしている銀行が破産したとき、しこたま金をごまかしたこと、おかげで退職金ももらえず首を切られたという背広の男、一生かかってためた預金が破産のため一夜でふっとんでしまったという女。

それを聞いていた剣持は、何か言いかけようとする中折れ帽を制した。「もう、あんな奴らの相手になるな」と言い、だいたい鉄道省がけしからん、支線の一等車や二等車を廃止するから、一等パスを持っているわれわれがくだらん奴といっしょにされてこんな不愉快な思いをしなければならん、とぼやくのだった。「何だ。一等パスだと。そんなぜいたくな物を持ってやがって、誰も頼みもしねえくせに、何だってそんなところへ乗ったんだ。さあ降りろ。降りろ。さっさと降りろよ」と青年は怒鳴った。「ここは三等車だぞ。おらたち赤切符の乗るところだ。おめえみたいな白切符のぜいたく野郎の乗るところじゃねえだ。さあ降りろ、降りろ」。みんな口々に叫び、とうとう次の駅で二人を降ろしてしまう。

「三等車」は、一九三〇年ごろの不況と地主の搾取とに痛めつけられた農民が、その〝加害者〟である大地主の剣持をやりこめる話である。ほとんど会話だけでこの話は進行していく。不作であるにもかかわらず小作料を納めなければならない農民たちには、地主に対抗する気持ちもない。農民運動家の青年は農民組合の必要なことを力説する。そこへやってくる政治家で大地主の剣持。その傲慢な態度にこれまでたまっていた不満が爆発し、その悪徳ぶりが暴露されるが、それでも懲りない彼は、お前たちとは身分がちがうと言って白切符をひけらかす。そのためみんなの怒りがますます強まり、汽車から降ろされる羽目になったのである。その火つけ役と進行役をつとめたのがコール天の青年であった。

百姓を人間とも思わない大地主の姿が剣持をとおしてカルカチュアライズされたところにこの作品の痛快さとおもしろさがある。だいじな会合にでも出るのであろうか、モーニングに山高帽の剣持が動き出した汽車の横っ腹にしがみつき、窓をあけろと怒鳴る姿、やっと窓から中にはいりこむ恰好は滑稽であり、あわれである。

自慢そうに一等パスをみせるが、「おめえみていな、多額納税者の大金持の乗るところじゃねえだよ。……一人で威張ったってしょうがねえだ。へたな文句をいわねえで、さあさあ、早く降りるだ」と言われて駅のホームに降ろされる剣持は、ピエロになってしまったのだ。「ざまあみろ」という乗客たちの声が聞こえるようである。

（一九三三年八月に執筆、「小説十二人集」に収録。「日本プロレタリア文学集」第二〇巻所収）

徳永直「梶川ツルの死」

いまは三〇〇〇人の従業員をかかえるK印刷会社がまだ三〇人ぐらいの職工しかいなかったころから梶川ツルはこの工場で働いてきた。先代の社長のときから二七年間も下積みの職工として過してきたのである。

二七年前の日給は九銭、日曜も祭日もなく、一年のうちに休めるのは藪入りと盆休みの二回であった。仕事も、「解版」もやれば「文撰」もやるし、ランプの掃除までしたものだ。「年中休みなしでよく身体が続いたもんだね」と言う「私」に、「徹夜業がのべつだしさ、楽じゃなかった」、でも「コンクリートみたいに」丈夫だったよ、と答えるのだったが、「腕のいいあて屋（紙差工）」だった夫がひどい労働のため肋膜炎で死んだことをつけ加えることも忘れなかった。

やがて社長も二代目にかわり、三〇〇〇人の大会社になると、ツルは「ひろい海のようになってしまっ」た工場の隅っこに追いやられてしまう。「インテル屋」とよばれる、整版用の道具を必要に応じて出し入れする単純な仕事で、ほかの持ち場にくらべて「軽蔑される」職場である。しかしここでも彼女は不平ひとつ言わず働いた。九銭であった日給も二七年のあいだに一円八〇銭になっていたが、これは一九二四年の争議のおかげであった。K印刷では三度の争議がおきている。一九一八年の第一回目のときは機械場の職工たちが暴れ出し、「鉄棒を振り廻して機械をぶちこわし、事務所に暴れ込んだりし」て、まるで喧嘩のようだったことをツルは憶えている。一九二四年の二度目の争議はちがっていた。三日間のストライキによって賃金はあがり、深夜業も廃止され、労働組合もつくられたのである。このとき、彼女は二割も賃金があがったことへのお礼をだれかに言いたいと思ったものだ。三度目が一九二六年の大争議である。争議団の班委員に選ばれ「俺がかえ？　え？　俺がかえ？」と「よろけながら、顔じゅう膏汗を滲ませていた」彼女も、争議が始まると「猫のように口の廻りの髯を逆だて、跳ねッ尻を振り振り」争議団の詰所へ出かけるようになった。だがこの争議は組合側の敗北におわり、一二〇〇名の労働者が首切られる。ツルもその中のひとりだった。二七年間も働いた職場から追われたのだ。

工場とは縁が切れてしまったが、彼女にはその実感がわいてこない。朝になるといままでのように五時半には目がさめ、用のなくなった弁当箱まで洗うのだった。そして毎日、二、三度は工場の門前に立って建物をぼんやり眺めていた。煉瓦造りの建物を見ていると、そこに何か大切なものを置き忘れてきたように思えてくる。湯呑茶碗や手鏡など日頃つかっていたものはみんな持って帰ってきた。そんなものではない。「もっと大事なもの、心臓みたいなもの」がまだあの建物の中にあるように思えてならなかったのである。

息子夫婦は袋貼りの内職をさがしてきて、何とか気をまぎらわせようとするが、笑うことも、唄うことも、競争することもない、まるで「島流しに逢っているような」仕事に、ツルは堪えられなかった。保養のため温泉行きもすすめられるが「——湯に入る、飯を食う、湯に入る、飯を食う。その間はおらァなんにもする仕事がないんだもの」と言って、二日もすれば帰ってくる。そして相変らず工場の通用門の前に立って工場の建物を眺め、働いていたときのことを思い出すのだった。「喚めく、怒鳴る、駈け出す。断截器を力んで動かす。壁むこうから輪転機がひびいてくる。文撰場の男工達の雑然とした足音、解版場の女工達の笑い声——」を。この情景は「もう一遍みんなの中にまじってぎゃアぎゃア喚ぎながらヘトヘトになるまで働きたい！　そしていつもの終業ベルをききながら、あのホッとした大きな満足に浸りたい！」という意欲を彼女にかきたてさせた。

ある日、ツルは「おらはァ、おらはァ」と叫びながら工場の門をはいっていったが守衛に突き出されてしまう。彼女が死んだのはこのことがあってから四日のちのことであった。工場で着古した筒袖の、濃い空色の作業上被を身につけ首を吊って死んでいたのである。部屋の中は、足継ぎにしたらしいちゃぶ台と小机がひっくり返っているだけで少しも乱れていなかった……。

この作品は『社会評論』（一九三五年三月号）に発表されたものだが、徳永直がこの六年前に共同印刷（この作品ではK印刷）の大争議を描いた長篇「太陽のない街」を『戦旗』に連載したことは周知のとおりである。「梶川ツルの死」は共同印刷争議の中でのひとりの婦人職工を主人公にしたものであり、その意味では「太陽のない街」の挿話的な作品といえるだろう。

三〇人ほどの小さな町工場であったK印刷の時代からいまは三〇〇〇人の大工場となった職場で二七年間も働きつづけてきた主人公が、争議の敗北によって解雇され、いっぺんに緊張の糸が切れる。仕事はつらかったが、こうして職場から離れてみると、働いていたときのことが無性に懐しくなる。いや、懐しさという感傷をこえたものだったといったほうがよいくらい、それは強いものだった。生きる力さえ奪うほどのものだったのである。

ここには自分の首を切った会社にたいするツルのうらみつらみは書かれていない。職場の仲間たちともう一度いっしょに仕事をしたいという切なる気持ちが描かれるだけである。それだけに、仕事を奪われ半狂乱になり、自ら命を絶っていった主人公の姿が余計に痛ましい。ひとりの労働者の死を通して資本の非情さを告発した作品だ。

（「日本プロレタリア文学集」第二五巻所収）

中野重治「春さきの風」

「春さきの風」は、一九二八年八月、『戦旗』に発表された中野重治の初期の短編である。

作品は「三月十五日に捕まった人々の中に一人の赤ん坊がいた」ということばで書き出されているが、「三月十五日」の説明はない。それは、三・一五事件が『戦旗』の読者にとっては周知のことであったためでもあろうが、それよりこの作品のテーマがこの事件を書くところにはなく、不当な弾圧によって犠牲になった一人の労働者の妻とその赤ん坊の死をとおして、非情な官憲の姿を描くことにあったからであろう。その意味では必ずしも三・一五事件でなくともよかったのかもしれない。

三時間半にも及ぶ早朝の家宅捜索のため赤ん坊のからだは冷えきってしまい、官憲に連行されていく母親のふところの中で泣き声さえたてなかった。警察署で両親は切り離され、母親は保護檻に入れられる。あとから一五、六人の検束者が連行されてきて、その中の二人の女が同じ保護檻に入ってくる。三人は赤ん坊の泣き声に隠れて話し合いをする。

連れ出された母親が、保護檻に戻ってきて乳を飲ませようとするが乳は出なかった。泣き声さえたてない。医者を呼んでくれるように頼むが、警察医はもう帰宅したといって看守は取り合わない。赤ん坊の口から泡が出てくるのを見て、やっと医者を呼んだ。医者は署長に容態が危険なことを告げる。それを耳にした母親は「頭の中で大きな水車が回るような気がした。それから手先がしびれ鳩尾の落ち込むのを感じ」、看守のことばもわからないほどであった。

家に帰された二人の乗った車がつくと、やっと医者が来る。もう夜は明けていた。注射にも泣き声をたてない。やっと目を開くと薬を吐き出し、身体も冷えていった。そして息を引き取る。赤ん坊の死に母親は思うのだった。「生から死へ移っていったわが児を国法の外に支え」ようと。

葬式は夫の姉と葬儀屋が取りしきってくれた。母親は小さな柩の中におしゃぶりを添えてやる。赤ん坊の口から「よだれみたいな黒い液」が後から後から流れ出していた。家にいた官憲に、通夜をするから帰ってくれと頼む母親のことばに、やっと彼らは立ち去る。監視の目からやっと解放されたのである。

赤ん坊の追悼会をやろうとするが、官憲によって予備検束されてしまう。そんななか、三・一五事件の記事が解禁になると、共産党弾圧のことが「流行病のように広がってい」く。検束された家族の集会が多くの警官の監視のもとで行われた。その時、一人の子供が歌い出す。「オソデハヌレテモホシャカワク、アメフリオツキサンクモノカゲー」。人々の目に涙がにじんでいる。警官は会合を解散させ、集まったものは検束されてしまう。

警察署では、母親の名前を尋ねた特高が「村田ふく」と答える彼女に、その名前にケチをつけ「それでよく人の女房が勤まるな」といや味をいう。侮辱に耐えかね「わたしは労働者ですから、金持ちのお嬢さんのような教育は受けておりません。これで十分女房の役が勤まります」と毅然として言う彼女の頬に特高の手が飛んだ。

やっと留置場から出された母親は「凍て付いた道」を帰っていく。外は風が冷たかった。四つ角でビラを渡される。それには「日本共産党を天に代わって膺懲《ようちょう》せよ！」と書かれていた。

家に着くと、未決監の夫の手紙がきていて、それには差し入れの書籍の制限がきびしく、読めるものがほとんどなくなった、早く未決から出て赤ん坊の弔いをしてやりたいと書かれていた。返事をしたためる彼女の部屋に風が吹き込んでくる。それは、もう「春さきの風」であった。

この作品は、一九二八年三月一五日の弾圧事件の犠牲となった一労働者の妻とその子の死をとおして、権力の残忍さを告発したものである。母親のふくにくらべて夫のことは、ほとんど書かれていないが、赤ん坊の死が作品のテーマであるから、それでよいのかもしれない。赤ん坊の死因は「消化不良」で片づけられてしまうが、官憲の弾圧で殺されてしまったのである。作者はそのことを訴えたかったのだ。

この作品の中で読むものの胸を打つに違いない場面をいくつかあげておこう。

保護檻にいた二人の売春婦が赤ん坊をあやしながら、「お大事になさいまし」というところは、虐げれたもの同士の心の通い合いが伝わってきて心が暖まる。また、赤ん坊の泣き声を防音壁代わりにして話をするときの母親のつらさは想像するに余りある。そのほか、柩の中におしゃぶりを入れてやり、いつまでも赤ん坊の口のまわりを拭いてやる母親。追悼会の時、子どもがうたう「雨降りお月さん」の切々たる響き、それは亡き赤ん坊への鎮魂歌であった。これらの場面を作者はさらりと書いているが、それだけに余計に胸を打つ。

治安維持法という凶器を振りかざして行なった三・一五の弾圧は一道三府二七県に及び、逮捕者は千数百人にのぼった。この作品はその中のひとつを描いたものだが、いたいけな赤ん坊の命まで奪った官憲の非人間性を告発した短編である。

夫への手紙の末尾に「私は侮辱の中に生きています」と彼女は書くのだったが、それでも春を告げる風は吹き込んでくる。赤ん坊の死を無駄にしない、その時がきっと来ることをいいたかったのであろう。

作者は後に、この作品を「手習いふうの短編小説」と書いている。たしかに稚さは見られるが、プロレタリア詩人から作家へと移っていく中野重治の可能性を示すものといえる。（筑摩書房「中野重治全集」第一巻所収）

6章　短篇を読む

吉村昭「白い壁」

「白い壁」は、「私」が一カ月余りの入院生活をおくった病院の部屋にかまきりがいたことを思い出すところから書き起こされる。都心の病院の八階にどうしてかまきりがはいりこんできたのだろう。多分、上昇気流にのって舞い上り部屋にとびこんできたにちがいないと「私」は想像する。退院したあと、そのかまきりは死んだと思うと悔いが残った。

「私」がこの病院に入院したのは「鼓膜再建術」という、生命には別条のない「悠長な」手術をうけるためであった。見舞い客をわずらわすのは遠慮したいという気持ちから入院のことは伏せていたから、訪れる客はほとんどなかったが、部屋は病院関係者の出入りが絶えない。それは「私」にとって「無聊がまぎれるかと言えば逆で、雑踏の中にこそ孤独があるという言葉どおりのうつろな時間の流れ」であった。

「私」が急性中耳炎にかかったのは幼いときで、適切な治療を受けることができなくて慢性になってしまったのである。その後、自然に治っていたのだが、敗戦の年の初夏に耳のことを「再び意識」するようになった。米軍の爆撃のため「鼓膜がしびれて」から右耳の奥に「蟬が棲みついているような錯覚にとらわれ」るようになったのである。その音はみんみん蟬や油蟬の声のようなときもあり、ときにはひぐらしに似た断続音になることもあった。その後、治っていたはずの炎症が再発したのは、会社勤めをしていた二七歳のときであった。医者から鼓動が裂けているといわれながらも、治療の結果、治っていた。ところがまたしても数年前から中耳炎の症状が出るようになり、風邪を引いても膿が出るといった具合である。悪くすれば脳障害を起こし、いのちの危険さえあるという。そこで「私」は手術を受けることになったのだ。

耳鼻咽喉科は「生死に無関係の症状の者ばかりだ」と思っていたし、多くの患者はそうであったが、なかには悪性の病気におかされているものもいないではない。「頭髪がすべて脱けおち、地肌も黒」く、「額に手をあてて軽い咳をして」いる男。二度目の入院だという前衛演劇の演出家の男は、放射線治療の副作用で皮膚や髪に異常が現われていた。七四歳の「歌舞伎観劇を唯一の趣味としている」患者は、喉頭の癌が転移して助かる見込みがないという。また、「血色がよく逞しい体をした」「中流会社の課長をしている」という中年の男は、ポリープの除外手術を受けたが、退院間際になって放射線治療が必要になり入院がのびたといっていた。さらに、腕のよい大工だったという男は、頰がはれて痛むので歯科の治療をしてもらったが治らず、内科にかかって神経痛の薬を飲んでいたが、そのうちに右の眼球が突き出てきたので耳鼻科にかわってきて診断を受けた結果、頰のなかに茗荷の芽のようなものが何本もはえてきて眼球を押し上げているのだと、その妻が語ってくれた。茗荷状のものは肉腫の一種で放っておくと伸びつづけ、脳にはいったら死ぬということだった。この大工は右の眼を摘出していた。このような重症患者もいて「遺体となって運び去られるのを見送ったりした」ことも「私」にはあったのである。

「私」は三カ月前からこの病院にはいっている一人の少年に目をとめていた。彼は「頭は坊主刈りにしていたが柔かそうな髪が少し伸び、丸みをおびた顔は白」く、「いつもかすかに笑みをうかべ、退屈そうではあったが、明るい顔をしていた」。中学二年生だというこの少年は扁桃腺が悪く、コバルトをかけていると「私」にいった。ある日曜日の午後、外出許可がおりたので看護婦同伴で公園へ遊びに行くが、「疲れた」といって帰ってくる。

退院することになった「私」は看護婦たちに挨拶し、若い患者に見送られて病院を出るが、そのときあの少年の顔は見えなかった。一週間後、外来へ出向き退院後の診察を受ける。切開したあとの傷も治り耳孔内にも異常はないといわれ、入院していた八階の病棟に行ってみた。そのときあの少年が近づいてきて「明日退院していいと言われ……」と明るい顔で「私」にいうと、病室にもどって行った。だが「頭髪はさらにぬけ落ちていて、後頭部の地肌がほとんど露出していた」。

その後、再び外来へ行ったついでに八階へ顔を出し、少年のことをたずねてみた。退院したことはしたのだが、家に帰ってからは吐いたり食べ物が咽喉を通らず、再入院し、いまは重症患者の病棟に移されているとのことだった。扁桃腺に病患があるといっていた彼は、そこの肉腫の放射線治療を受けていたにちがいない。この部位の肉腫は転移する率が高く、生存期間はきわめて短い。退院させたのは最後の時間を家族といっしょに過ごさせるための病院の配慮だったのであろう、と「私」は想像する。診察をおわると、休憩所に集まる患者たちへの慰めのために花を買って飾ってもらおうと思った「私」はそれをためらった。「患者の中には死の不安におびえている患者もいて、鼓膜再建術という生死とは直接関係のない手術をうけ、しかも退院して日常生活にもどっている私の姿に、ひそかに嫉妬に近い羨望を感じる者もいるだろう」という気持ちが「私」を逡巡させたのである。そして「今後、あの病棟へ足をふみ入れるべきではないのだ」とつぶやくのだった。

直接生死と関係のない患者ばかりだと思っていた耳鼻咽喉科にも、意外と死に直面しているものがいることを知った「私」。その眼を通して末期症状の患者への作者の思いを描いた作品である。ことに、やがて死んでいくであろう、いやもう死の床についているかも知れない少年への切々たる気持ちは、読者の胸をうつ。

（初出は『文學界』一九八四年二月号、新潮社「吉村昭自選作品集」第一四巻所収）

楊守愚「容疑」

日清戦争後の一八九五年、下関条約によって台湾を割譲させた日本は、台湾総督府を中心に、連座制治安組織である保甲制《ほこうせい》と製糖業の保護とを特徴とする植民地統治をおこなっていった。日本の統治下におかれた直後から台湾では独立を求める武装蜂起が相ついで起こり、六、七年間に日本軍によって殺害された者は一万二〇〇〇人にのぼったといわれる。

一九二〇年代にはいると日本の収奪政策に反対する労働運動や農民運動が発展していった。二八年に上海で結成された台湾共産党は日本帝国主義反対の運動を展開するが、三一年に大弾圧をうけ挫折した。その前年には原住民である高砂族によって日本人百数十人が殺されるという霧社《むしゃ》事件が起きているが、三七年以降は皇民化政策によって日本の支配体制の下におかれていく。この作品は苛酷な日本統治下の一九三一年に書かれたものである。

「まだ寝床の中で夢心地の」ところを叩き起こされた啓宏《けいこう》の部屋は、大勢の警官でいっぱいになっていた。警部は啓宏であることを確認すると、部下たちに家宅捜査を命じた。理由を聞くが彼はそれに答えず、捜査はつづけられていく。警官たちは「荒々しく動き回り」、本や衣類をかき回したが、目的のものはなかった。「人の家に入ったからには、何か取らないと阿呆らしいと思った」のだろう、文学書一冊だけを押収していった。捜査が終わると警部は拘引状を出し、啓宏は警察署へ連行される。そこはものものしく「巨大で獰猛な動物を思わせる」ようなところだった。

留置場の扉がひらく。入口に机があり、姓名を尋ねられた。「曽啓宏」と答えると、係官は彼のポケットの物を出させ身体検査を行った。その時、ふと黒板を見た啓宏の目にとびこんできたのは「治安維持法容疑・曽啓宏」という文字である。これで三年や五年の禁錮はまちがいがないなと思った。「容疑」というのは「帝国主義者連中の得意とするこじつけ」であり、このことばさえ使えば自由にいつでも拘禁できるのだ。この「容疑」というあいまいなことばでどれほど多くの人々が殺されてきたことだろう……。こんなことを考えていると、突然巡査に引っ張っていかれ、格子戸のついた部屋に放りこまれた。木製の格子のついた監房はまるで動物園の檻のようだ。「これで囚人になった」と、その時啓宏は思った。静まり返った監房から時々恨みのこもった溜息が聞こえてくる。向かいの監房には一六、七人もの囚人がとじ込められているという。

監房の外を見ると、縄を打たれた子供連れの女、若い洋服の男、それに二人の貧しそうな中年の男がいた。子供に「なんの罪があって、母親と一緒にこの生き地獄を味わいに来たのだろうか」と思っていると、「ガチッ」と音がして巡査がやってきた。釈放されるのかと思ったが、その期待は裏切られてしまう。「喚問」だったのだ。腰縄を打たれた啓宏は訊問室へ連れていかれた。中央の壁際の台の上に訊問台があった。査問官はあの警部だ。机のそばには、通訳だろう、台湾人の巡査が座っている。訊問が始まった。

「志雄《しゅう》を知っているか?」

知らないと答える彼に警部はたたみかける。

「おまえは維新の家で彼に会っているのじゃないかね、でたらめを言うな! しかも、お前に黒色連盟に入るように勧めたじゃないか!」

アナーキストの団体「黒色連盟」という名前は啓宏にとってはじめて聞くものであった。そんな団体は知らないと言うと、査問官は瞞すつもりか、会員名簿に捺印しただろうと「怒気満面になって」追及してくる。釈明しても無駄だと思い無言でいる彼に、今度は「子供をあやす時のような口調」で、お前は参加しなかったかもしれぬが、参加した者の名前は知っているだろうと言う。自分で聞いたらいいじゃないかと啓宏が言うと、「言わないと、おまえも巻き添えを食うぞ!」と一転して強圧的になった。

訊問は二時間余りつづけられた。容疑を認めない啓宏に業を煮やした査問官は、「八カ月か十カ月ぐらい入ることになるかも知れないぞ……」と「牙をむき出して」捨て台詞を吐いた。留置場に戻された啓宏は「孤独感と惨めさで、あたかも荒廃した無人島に身を置いているよう」な気持ちになり、人々との隔絶は、「死に他ならない」とさえ思うのだった。確たる証拠も理由もなしに抑圧することはかえって人民を革新へ駆りたて、社会主義の宣伝ビラを撒いているようなものだ。いずれ無罪になるだろうが、今は「悪魔に捕まって地獄へやってきた」のである。「容疑」という「征服者の万能薬」によって。

「夜の帳が徐々に降りて」あたりは暗くなった。どこからか「籠の鳥」の哀調をおびたハーモニカの音が聞こえてくる。

一九二七年二月の早朝、身に覚えのない治安維持法違反容疑で逮捕され、訊問を受ける一日のできごとを主人公の思いを織りこみながら描いたものである。警察権力にとって文字通り「万能薬」である「容疑」という無制限に拡大できる〝一字〟による逮捕、投獄の実態を告発した作品であると言えるだろう。植民地における日本の警察の暴虐さが「内地」における特高と変わらないものであったことを物語ってもいる。描写に稚拙な部分もあるが、苛酷なあの統治下にこれだけのものが書かれたことはひとつの驚きであると言ってよかろう。

（研文出版『台湾抗日小説選』所収）

キム・ウォニル「圧殺」

権力の仕掛けた罠にはまり逮捕された一人の青年が殺されていくまでを克明に描いた作品である。

一九八七年八月初旬、抗日運動の闘士であったチォ・トンジゥンが外出中、何者かの銃弾に斃れる。そのときトナム洞（洞は末端の行政区域）付近を歩いていたフォ・モクチンは三発の銃声を聞いたが、あたりに人影はない。彼は銃声のした方に向かって走った。すると服装も年恰好もよく似た若い男がとび出してきて銃を突きつけた。それを避けているうちに逃げられてしまう。落ちていた拳銃を拾い、後を追ったがもう見当らなかった。二発の銃声が起こり、「逃げるな、停まれ！　停まらんと射殺するぞ！」という声がする。だれのことかとあたりを見廻したが、そこにいるのは自分一人であった。彼は「とんでもない立場に追いやられていることに」気づいた。手には拳銃を持ち、身なりもさっきの男とそっくりではないか。銃をかまえた警官とガードマンが迫ってくる。捕まったら真犯人にされてしまう。モクチンは走り出したがそこには警官隊が待っていて逮捕されてしまった。

この日の昼過ぎ、キム・シンテはミヨン洞を歩いていた。通りではチオ・トンジュン暗殺を報じる新聞を売り子たちが大声をあげながら売っている。彼は喫茶店に入ると客席を見渡し、顔をかくすように新聞をひろげた。その目にとびこんできたのは〈犯人は元山生まれのフォ・モクチン（二四歳）。〇〇党の過激分子として活動し、捜査当局から要注意人物にあげられていた……〉という活字であった。何人かの目撃者の証言まで載せられている。そこへ中年の男が入ってきた。イー先生と呼ばれるその男とキム・シンテは喫茶店を出ると待たせた車でピル洞まで行き、そこで降りて歩き出した。早くこの土地を離れたいが船の手配はいつになるのかとせき立てるシンテに、イー氏は、私が君のことは全責任を持つからあせることはない、「むしろわしらの方で、きみを朝鮮の土地に置くわけにいかんのだからね」と彼の気持ちを落ちつかせながら言った。「まず今晩は、こじんまり祝賀会といこうじゃないか」。

その日の夜、警察の取調室ではモクチンの尋問が行われていた。椅子にぐったり掛けている彼の腕は後ろにまわされ手錠をかけられている。チェ刑事は誘導尋問を始めた。「路地から出てきたのは、まちがいないんだろう。……その程度だけでも返事してくれりゃ、きょう取調べをいったん切りあげて、ぐっすり休めるようにしてやるよ」。そうすれば無罪になることも保証してやると言いながら状況証拠を作ろうとするが、モクチンは拒否した。するとキム刑事は「少し痛い目にあわせてやろうか！」と言いながら手首ほどもある鉄棒を肩に振りおろした。

呻き声をあげていたが、気絶すると水をかけられ意識を取りもどしたモクチンは、「ぼくは通りすぎた、だけなんで……」と否認しつづける。とうとう業を煮やしたキム刑事は「あの世行きにしておくからさ」と言うと長い針を持ってこさせ、爪の中に刺しこんでいった。痛さに耐えかねたモクチンは彼らが待っていたことばを口にする。「路地に入って、出てきました」。チュ刑事は陳述書に筆を走らせた。

留置場の独房にいれられたモクチンは「気絶か眠りかわからない昏睡状態」から覚めると、ひどい喉の渇きをおぼえた。「水を……」と声をあげたが反応はない。やがて落ちつきを取り戻し、きのうのできごとを思い出してみる。「すべてのことがあまりにも計画的であり、自分がその何かの悪だくみに被害者として選ばれた」ということに思い当った。「あまりにも完璧な形で」罠にかかったのだ。

一時間後、再び取調室に引き出され、素裸にされると「四角ばった顔に鷲鼻の」男によってきびしい尋問が始められた。「キム・ヤンソクという者を知っておるな? あの○○党の幹部だ。おまえはそいつの手下だな?」。そんな名前は聞いたこともない。だまっていると横着だといってあらたな拷問が加えられた。両足を縛られ逆さに吊された彼の頭に血が下がってくる。チュ刑事の甘いことばにだまされたことに気づく。強大な権力によって「自分がすでに消されるようマークされているのなら、ただ死ぬ道のほかは残されていないだろう」。そんなことを考えていると、背筋に鉄棒が打ちおろされた。痛みをこらえているうちに意識が薄れていく。最後の力をふりしぼって「おれはやっていない」と叫んだモクチンのからだがだらりと伸びきった。背中を打ちつづけていたキム刑事の鉄棒が頭に当ったのだ。「気絶したらしいな」。落ちついて言うキム刑事に補助係が叫ぶ。「あれ見てください! 目から、耳から、口からも血がふいています!」。

彼の死は三日後の新聞に自殺と報じられる。その記事とともに、北朝鮮に渡航しようとした小型船が沈められ、乗っていたスパイ一人も死んだと書かれていた。それがキム・シンテであることを知っているのはイー氏のほか何人かだけであった。

巧妙なシナリオによって消されいく二人の青年を描くことによって、手段を選ばない権力の非情さを告発して見事である。拷問の場面の描写「初産の妊婦の陣痛のような鋭い悲鳴がフォ・モクチン君の口から出た」、「大地にたたきつけられた蛙が四肢を反らして震わすように、下半身を痙攣させた」などの比喩もうまい。フォ・モクチンが罠にはめられていくまでを推理小説風に描いているのも効果的である。

（同成社「現代韓国小説選」Ⅰ所収）

梅崎春生「日の果て」

一九四五年八月、復員した梅崎春生は翌年、戦争文学の秀作「桜島」を『素直』創刊号に発表。四七年九月、『思索』に掲載されたのがこの「日の果て」である。

暁方、部隊長から呼び出しをうけ花田軍医中尉の射殺を命じられた宇治中尉は、「ふっと涙が流れそうな衝動を感じた」が「射殺します」と答え、ニッパ椰子の葉で葺いた小屋を出た。「地面には梢の網目をのがれた光線が散乱しながら落ちていた」。どこからかイロカノ族の女たちの籾搗き歌が聞こえてくる。

敗色濃い比島線戦の前戦部隊から花田が離脱して一カ月近くたっていた。米軍の砲弾をうけ負傷した彼は、兵士たちを捨てて住民の女と近くの部落に逃げのびたという。足に傷を負ったとはいえ、傷病兵を残して戦線離脱したことへの非難はひろまっていった。

食糧や塩の欠乏はひどさを増し、米軍の攻撃も激しくなっていく中、宇治の大隊は毎夜斬込隊が編成されたが、死傷者より逃亡兵の数が増えていく。

花田中尉射殺の命を受けた宇治は、拳銃を点検し終え弾丸をこめると、低い声で笑い出した。それは苦しそうなひからびた笑いであった。原隊復帰の命令を伝えに行った高城衛生伍長の報告によれば、高級軍医である自分を危険な前戦に出すとは何ごとかと言って花田はつっぱねたとのことである。宇治は花田の行動が「俄かに新鮮な誘ないとして心を荒々しくこすって来るのを感じ」るのだった。高城を連れた宇治は密林の中を歩いていく。「お前は衛生兵だったな。花田軍医の部下だな」、だとすれば「自分の上官を殺すことになる」。そう言う宇治に高城は「命令でありますから──」、「私が悪いのではありません」とあえぐように答えた。宇治は自分に言い聞かせるようにつぶやいた。「殺されなくても皆死んでいく」。

　しばらく歩いたところで宇治は「かさぶたを一気に剝ぐような苛烈な快さを感じながら」言った。「おれはこれきり、原隊に帰らないつもりだ。──花田にあうかあわないか判らん。おれは東海岸に行く」。「中尉殿。それはいけません」、「私は帰ります」。そう言って挙手の礼をすると背を向けた高城は遠ざかって行った。宇治は「鬱々とうなだれて方途もなく」歩きつづける。やがて追手が来るだろうという不安が彼の心にひろがっていった。高城を射殺しておけばよかったと後悔したが、一方では「逃亡」を告げたことで「何か図太いものが身体の芯をじっと摑んではなさなかった」。ところがその高城が戻ってきたのだ。二人は花田のいるという部落へ向かう。歩きながら「俺は花田を憎んでいるのか？　そうだとも言い切れない」、「やがて自分も花田と同じように逃亡する破目におちるかも知れない」──そんなことを宇治は反芻していた。

　夕闇が立ちこめてきたころである。ニッパ椰子の小屋の入口に人影をみとめた。「あの女です」。高城が言う。人の気配に驚き女が振り向いた。「花田中尉はどこだ？」。宇治の激しい問いかけに女は声も出ないほどの狼狽の色を見せ、柱を摑んだその手はふるえている。そこへ水浴をしていたらしく手拭いでからだを拭きながら現われたのは花田中尉だった。「宇治中尉、か」。尋ねる花田に宇治は言った。「──傷は、足の傷はどうなんだ。歩けるのか」。その時、「花田の右手が身体を滑りながら洋袴の方に伸びて行く。何か不自然な身のこなしであった」。彼の手に小さな拳銃が握られている。無意識のうちに宇治の手も拳銃にかけられていた。「宇治を見つめる花田の顔は真蒼で、その瞳はぎらぎら燃え」ているようであった。花田の指が撃鉄を引く。「カチリと冷たい音が落ちた」。不発だったのだ。「全身からふき出た汗が急速に冷えて行くのを感じながら」拳銃を胸に擬した宇治は撃鉄を引く。花田が倒れる。「到頭殺してしまった！」。今朝からの出来事が脈絡もないまま彼の頭をかすめていった。

女が近づいて来た。その手に握られた拳銃が宇治に向けられる。銃口は火をふき彼は胸に「灼けつくような熱い衝撃を感じた」。耳のそばで「宇治中尉殿、宇治中尉殿」と呼ぶ高城の声が遠のくように弱まっていくのを感じながら彼の意識は消えていった。

この作品はいわゆる反戦小説ではない。極限状況でもある戦場における人間の心理と行動を、宇治をとおして回想場面も織りこみながら緻密な筆致で掘り下げた心理小説とも言うべきものであろう。いたるところに心理の複雑な動きが描きこまれているが、たとえば、「逃亡」を告げた時、宇治は帰って行く高城を射殺しようと思い岩かげに身をおき銃を構える。撃てば必ず命中する。その自信はあったがその気持ちは消え、力なく拳銃を下ろす。その時、彼は「ふしぎな表情を浮かべたまま、じっとそこに立ってい」た場面などもそのひとつである。

心理描写だけでなく情景描写にも梅崎春生の卓抜した力量を見ることができる。花田が倒れる場面を引用しておこう。「身体は一旦、うつぶせに倒れ、斜面の反動で少し向きを変えた。……半顔を地面に押しつけた花田の顔は唇をやや開き、瞼に土の色を滲ましていたが、その唇が見ている中にやや動いたと思うと、真紅の血が口の中から少量流出て、顔の下に咲いた黄色い花片にどろりと滴ったのだ。花はその重みで茎を曲げ血を半ば滑り流して、またゆらりと立ち直った」。自然ととけ合った、なんと見事な〝死〟の描写であろうか。「描写力の作家」と言われた梅崎ならでは、の感を強くいだかせる作品である。

（筑摩書房「日本文学全集」第五一巻所収）

堀田善衛「断層」

「時間」、「歴史」、「記念碑」、「夜の森」、「海鳴りの底から」など骨格の太い長篇小説を書いた堀田善衛にはすぐれた短篇も少なくない。「断層」もそのひとつである。

中国語の勉強にあまり熱心でなかった安野にもその機会が何度かやってくる。はじめは、一九四三年、勤務先で中国語学習会が開かれ、中国の留学生から手ほどきをうけたが、召集がきたため中断してしまう。病気のため召集解除となり、翌年、中国に行くことになり敗戦後まで残留することになった。ここでまた中国語の学習を始めるのだが、都合のよいことに下宿の主人が大島健吉という現代中国文学の研究者であった。だが、内地の話をしてやらなければならないためなかなか勉強が進まない。

内地の空襲のことを安野は語った。あんたには想像がつかないだろうがと前置きして、「天皇がね、小磯総理大臣やそのほかの連中をひきつれて深川あたりの焼跡をまわったんだよ。……その満目荒涼とした、瓦のかけっぱしと赤茶けたトタンと、鉄筋や電線のまがりくねったやつだけしかなくなった原っぱのまんなかにね、軍服の天皇がぼんやり立っているのを僕は見たんだよ。その惨めさ、あわれっぽさといったらないんだよ」。この言葉を聞いていた大島は、「とうとう、天皇が惨めであわれっぽくて、というところまで来たか」とくりかえし言った。こんな話のあとは酒盛りになるという具合で、中国語の学習は二回目もうまくいかなかったのである。

三度目の機会がきたのは敗戦後である。日本人は一定の地域に集められることになり、たまたま安野の隣りに純粋な北京語を話す林という女性が越してきた。この林に習うことにしたが、たいへんな酒豪で勉強をやめてすぐ酒を飲み出す。そして、やがてどこかへ引っ越してしまいこれも中断せざるを得なかった。

中国からの引揚げが噂になるころ、安野は国民政府のある機関から徴用されることになった。仕事は中国の新聞雑誌に出ている対日世論の調査である。各紙の論説を切り抜き、分類しスクラップブックに貼りつける作業だった。この仕事にも慣れたころ、彼は大学の教授や学生たちを主とした「日本問題討論会」に参加するよう要請をうける。この会合で共通して出される質問は大体三つのことであった。一つ目は、三・一五や四・一六事件の犠牲者のその後はどうなったか、惨殺されてしまったのか、であり、二つには、中国では漢奸は中国人自身の手で断罪され、二度と支配者に返り咲くことはできないが日本ではどうなのか。三つ目は、日本の知識階級は平和憲法を死を賭してでも守り抜く運動を起こす力を持っているか、であった。第一の質問には安野には答えられないものであったため、みんな衝撃を受ける。このことは「頰がほてるほどの恥しさ」を彼に与えるものであり、「中国の知識階級の、その知識の核心にあるものは、こういう事柄に対する詳細確実な知識とゆるがぬ判断である」ことを知らされるものでもあった。二番目の質問については情報不足を理由に諒解してもらえたが、最後の問題は、武力の行使をしないと誓っただけでなく憲法にも書きこもうとしているのに、彼らはどこまで疑えばすむのかと、彼にとっては不快感をおぼえるものであった。討論会が終わり帰宅すると、どっと疲れが出てくる。そんな時、世界地図を眺めながら「自己嫌悪の時間」が過ぎるのを待つほか彼には方法がなかったのだ。

こんどは隣りに劉という大学生が引っ越してきた。彼に英語を教えてやるかわりに中国語を習うことにする。

敗戦の翌年、ある新聞社の主催で「日本問題座談会」が開かれたが、このなかで戦争中の日本文学界の大家たちが名指しで中国の漢奸文学者とともに参加者によってその背信をなじられる。いたたまれなくなった安野は会場を出ると大島の家へ行った。積み上げられた本を眺めている安野の目に「在日本獄中」という書名がとびこんでくる。それは謝秀英という女流作家が一九三四年に東京の警察署に拘留された時のことを「激烈な怒りを以て克明に描き出したもの」であった。このなかに登場する青年は大島であった。「自分の巻添えをくって逮捕された〈大島〉のその後の運命に思いをはせ、いたく心を痛めていた」作者の心情が作品ににじみ出ている。安野は本を閉じると「冥目した」。彼は戦時中のことを思い出させる座談会に大島が来なかった理由がわかるような気がした。そこにも「恐しい断層」があったのだ。

ある日のこと、劉青年がいなくなった。その頃、上海では「人生の持続感を突然打ち壊すような事件が頻々と起っていた」のである。これで四度目の学習も中途で終わることになり、安野はぼんやりと例の世界地図を眺めるほかなかった。

安野は「日本問題討論会」で間接的なかたちで日本人の戦争責任を問われ、さらに、日本の警官が武装をすれば陸軍の復活だといって再侵略を疑われる。その「不信の念の深さ」は彼に悲しみさえをあたえるものであった。そして「座談会」での戦争中の日本の作家へのきびしい指弾。日本と中国との間にある〈断層〉が何と深いものか。この〈断層〉は大島のような左翼運動によって弾圧をうけたもののなかにも横たわっている。まさに二重の〈断層〉であった。埋めようにも容易なことでは埋まりそうにない深い〈断層〉は安野を苦しめる。敗戦前後の中国における日本の知識人の苦悩を描こうとした作品であるといってよかろう。


（初出は『改造』一九五二年二月号、講談社文庫「現代短編名作選」第三巻所収）

長谷川四郎「張徳義」

ある年の夏、ハイラル河にかかっていた橋が日本兵によって取り壊され、いまは頑丈なものに変わっている。橋のそばにある岩の上には銃剣を持った歩哨が立ち、通行証のない者は通れない。通行証など持っている者はいなかったからだれも近づかなくなった。この橋は、戦車の大部隊を通すために作りかえられた戦略上重要なものだったのだ。

五月のある日のこと、「ぼろぼろの綿入れの短い青い中国服を着」た男が橋に向かってやってきた。岩の上の歩哨にも気がつかなかったのか、銃声を聞いてはじめて彼は立ちどまったが、そのまま突進し一気に橋を渡ってしまった。だが銃声を聞いて追ってきた兵隊に、この男、張徳義は捕まってしまったのである。

彼はもともと百姓だったが土地も農具も持たないため村では食えず、北京へ出て車引きになったり、父がなくなるとまた村へもどって雑役夫として働いた。結婚して子どもをもうけたが、妻子を残してまた北京で車引きをやった。その頃、この町には日本人が多くなり、彼らが車を乗り廻しているのをあてこんでやってきたのである。彼のポケットには少しずつ金がたまるようになっていった。

ひとりの日本人を乗せた時のことだ。それは「日本刀やらピストルやら図ノウやら双眼鏡やらいろいろな物を至るところにぶら下げ」たやたらと重い男であった。やっと軍人会館という所で降ろすと、いきなりその男は刀を抜いて張を追い払い車にまで切りつけたのである。おかげで親方に損料を払わされ、折角ためた金もなくなってしまう。北京の町に労働者募集のビラが張り出されたのはそんな頃であった。

汽車の中に張の姿が見られたのはそれから間もない時である。三昼夜も汽車にゆられ、ジャラントンという町で降ろされた。そこは「ボロをまとい、シラミだらけになって、有金をバクチにうちこんでいる」苦力たちでいっぱいだった。彼らは通行証を持たないため先へ行けなかったのである。張はブハトの町へ行き、伐採苦力としてさらに山中の部落へ送られた。この部落が彼の働き場所である。だが伐採の仕事は賃金が安く金もたまらない。ジャライノールの炭坑で働く決心をした彼は四〇歳を越えていたが、まだそのからだは頑丈そのもので「全身にわたって針金のように丈夫な筋が張りめぐらされて」おり、どんな労働にも耐えることができた。ジャライノールで積込夫となったが、ここでも腹いっぱい食える生活はできなかった。

この炭坑は「入る足跡はあるが出た足跡の見当らないイソップの洞穴に似てい」て、出口のわからない所である。ここを出るためには逃亡以外にないことにやっと気づく。そんなことを考えていたある晩、発電所の事故で炭坑が真暗になる。彼は坑道をつたって地上に出ると、名札のついている作業衣を脱ぎ捨て有刺鉄線をくぐって外へ出た。夜は更けていたが二、三軒の家から明かりがもれている。有り金をはたいてとうもろこしの饅頭を買い、町を出ると暗い道を歩きつづけた。夜が明けるとはじめて、「荒涼たる原野の中」を歩いていたことに気づく。無我夢中だったためどこを歩いているかもわからなかったのだ。人家もなく人もいない。不安になったが、前方に朝日をうけて輝く河が流れている。上流に向かって行った。正午を過ぎた頃であろうか、白い橋が彼の目にはいった。この木の橋を渡ったところを捕えられ、「馬といっしょに飼われ」ることになったのである。

この橋梁監視所で張にあたえられる「飼料」は一日に缶詰の空缶一杯分のコーリャンとミガキニシン一匹であった。やがて「捕えられた記念日」が二度めぐってきた。そのあいだに兵隊たちは何度交代したことだろう。代わらないのは一頭の馬と張徳義だけだった。新しい隊長がくるたびに「家にかえして下さい」と懇願するのだがその願いはかなえられなかった。

八月のある日のことである。炊事兵が用を言いつけようと張を呼んだが返事がない。逃亡したことがわかると、隊長は安全装置をはずした銃を持って捜索に出るが、見つけることができなかった。戻った隊長はウマヤをたんねんに調べてみる。すると馬小屋の横木がなくなっていることを発見した。隊長はすぐさま河岸へ行ってみた。砂の上に足跡が残っているではないか。下流の方は渦を巻いていた。

苦力張徳義の逃亡報告を書かねばならないがどうしても文章がまとまらない。隊長はとうとう眠りこんでしまった。受話器のベルがけたたましくなったのはその時である。緊急の暗号電話だ。「橋梁を破壊して、直ちに全員帰隊せよ！」。

撤退したあとは人影ひとつなかった。そこへ「巨大な戦車」が一台現われ、中から数名の兵隊が自動小銃を構えながら歩哨所の中へはいって行った。河へ水汲みに行っていたひとりの兵隊が何か叫ぶ。「一人の男が橋脚につかまったように引掛って、浮動しているのを見た」のである。その男はもう死んでいた。

職を転々と変え、結局は日本軍に捕まって酷使されるひとりの中国人の生きざまと死をとおして、戦争の酷さを告発した作品であると言ってよい。まさに当時の中国における下層農民の典型を見る思いである。ことに遺骸が埋められる最後の場面は胸をうつ。それはこう書かれている。張の細長い塚は「曾て張徳義が母のためにこしらえた塚の形に似ていた」と。

（新日本文学会編「戦後短編傑作集」所収）

山代巴「機織り」

蕗のとうは　とおになる
子守は　七つの　親なし子
ネンネは　大きな　大息子
……
蕗の　とうは　雪の夜
嫁ごに　行く日の　夢を見た
春に　なったら　チンチロリ
……

この「歌は長い、前後を考えあわせると一つの物語りを教えてくれる。その物語りと言うのは――」ということばで作品は書き出される。

山の中に貧しい百姓の母娘が住んでいた。胃病をわずらっている母親のために、娘は蕗のとうが病気に効くことを知ると、それをさがしてきて与えていたが、その甲斐もなく死んでしまう。家も田んぼも人手に渡り、娘は年季奉公に出される。奉公先は「近郷に知られた旧家で、広い屋敷は白壁にかこまれていた」。娘が守りをすることになった赤ん坊は、この家の跡取り息子であり、「蕗のとう」を歌ってやると機嫌がよくなるのだった。

一〇年の年季奉公が明けると娘は山奥の村に嫁ぐ。婿のウイチは六歳上の利発者で「一生涯、土百姓で終りたくない」というのが口癖であった。夫婦になって子供もできた三年目、彼は朝鮮北端の国境警備巡査になって海を渡ることになる。別離の日、ウイチは言った。「お前の子が可愛いければ、長の年月ではあるけれど、年季奉公のつもりでわしの分まで辛抱してくれ」。

この家の姑は、「私ばかり辛抱して、嫁ごに楽をさせる気はない」と言うようなきびしい女で、「道の途中で便所へ行きたくなったら、いそいで我田へかけこめよ」と嫁に教えるほどのしまり屋であった。また、学校の卒業式がちかづくと、あそこは食いぶちがへってうらやましいなどとも言う。これには老姑も「とぎれとぎれの涙声で」反発した。「そんなら年よりに食わせるのが惜しかろう」。だが姑の家族への態度は変らない。娘が掃除でもしていると、そんな暇があれば仕事をせよと言い、嫁には「わしは七人も産んだが、三日と寝たものでなし」、「産あがりでも、三斗の俵を担いで通う水車通いも人に頼んだものではない。寝とる間のおかずは日に味噌漬一切れで沢山じゃった」と言って、お産で寝ている彼女には日に一度しか食事を与えなかった。

だが、このような姑に反対するものは家族の中にだれ一人いないし、朝は暗いうちから夜中まで賃稼ぎの機織りにみんな精を出すのだ。嫁は三人の小姑たちより仕事が上手であっただけにかえって、便所が長い、乳の飲ませかたがおそい、洗濯などする時間があったら機を織れと言われた。嫁はそんな姑への不平をもらす相手もなく、ただ「きげんよく機を織」るしかなかった。こんなに働いても姑の口から出ることばは、どこかの「帯祝いに嫁ごの親が祝うて来たげな」、「うちの嫁ごらは、親の家からいうて腹帯一本」持ってこない。どこそこでは「箪笥も鏡台も持って来たげな。嫁ごというものは一生涯着るだけのものは親元から持って来るものだそうなが、うちの嫁ごはどうする気か知らん」などと親のいない嫁のことを世間話の材料にした。だが、ウイチのことばを忘れることのできない娘は耐えるほかなかったのである。

つらいくらしの中でも子供は大きくなっていった。よくできた子で、もらってきた草苺の実を母親の口に入れてやる。そんなとき、よその家では親が子供に食べ物を与えるのにと思い、彼女はうれしさに胸が熱くなるのだ。ある時は蕗のとうを取ってきてくれた。この子は小さいときから「蕗のとうはとおになる……」と歌ってやると、何度もこの歌をせがんだものだった。蕗のとうを取ってきてくれたのも歌のせいかもしれないと彼女は思う。

この家に嫁いで一〇年の歳月が流れた。山の中でも、相手が炭焼きでも樵でもいい、いっしょにくらせるなら「心をこめて火もたこう、水もくもう」と思っていたが、そのささやかな夢も今ははかなく消えてしまった。一〇年のあいだ、夫といっしょに過ごした時間はどれほどあっただろう。ほとんど離れればなれのくらしであり、子供を抱いて寝ることもできなかったではないか。養老恩給がつくまでの辛抱だと言って朝鮮へ出て行った夫も、今では村の出世頭になるまで帰らない、警部になるのにあと一〇年はかかると手紙に書いてくる始末である。

ウイチが巡査部長になった時の写真には「鼻髭をたて、眼鏡をかけ、白い手袋に剣を持っている」姿があり、それは百姓をしていたころの夫とは別人のように見え、「そばへもよれぬ人」のように思われた。このやつれた妻を見たらきらいになるのではなかろうか。そんな不安が彼女の心に広がっていくのだった。

「蕗のとう」の歌にまつわる悲しい女の生きざまが物語るような語り口で綴られる。幼い時母と死に別れ、嫁いでは一二人という大家族を切り盛りする姑にいや味を言われながら働きつづける嫁。頼りとなるべき夫も出世を夢見て外地の巡査となり、不満をもらす相手もいない。そんな彼女にとって子供の成長だけが希望であった。その子供が蕗のとうを取ってきてくれる。それは自分が小さい頃、胃病の母親に与えた蕗のとうであり、その場面が二重写しとなって読者に伝わってくる。なんとも切なく哀れである。物悲しい「蕗のとう」の歌が基調音として作品全体に流れていて胸に迫ってくる作品だ。独特の文体も味わいがある。

（初出は『大衆クラブ』一九四八年三月、筑摩書房「日本現代文学全集」第一〇六巻所収）

遠藤周作「最後の殉教者」

中野郷は長崎にほどちかい浦上にある。キリシタンの信仰を守りつづけてきたこの部落に「図体だけは象のように大きいが体に似あわぬ臆病者で何をさせても不器用な」喜助という男がいた。

ある時、酒に酔った若者二人に喧嘩を売られたが、相手になる勇気など持ち合わせない喜助は、下帯まで奪い取られて帰ってきたこともあり、ますます村人から軽蔑されるようになった。こんな喜助を村の総代は「いつかはこの臆病ゆえに、ゼズス様を裏切るユダのごとなるかもしれんのう」と不安をもらしたこともあった。

一八六七年の夏、長崎奉行は浦上地方のキリシタン摘発に乗りだし、中野郷も捕方に襲われる。浦上四番崩れと呼ばれる弾圧のはじまりであった。七月一五日、暴風雨の中をこの村も包囲されていたが、そのことも知らず三人の若者が秘密の聖堂とされていた納屋で茶を飲んでいた。甚三郎、善之助、それに喜助である。突然鋭い笛の音とともに中野郷に捕手たちが殺到し、一〇〇人ばかりの信徒が捕えられ牢に入れられる。病人や女子供は釈放されたが三八名が取調べのうえ改宗を迫られ、応じない者は拷問にかけられた。白州に引き出され「両手両足、首、胸に縄をかけ、それを背の一カ所にくくり合わせ、その縄を梁に巻き上げ、下に立った役人が棒と鞭とでさんざんに打ち叩」くのである。この拷問を彼らは「ドドイ」と呼んだ。その「獣の暗い叫びのような悲鳴」が牢まで聞こえてくる。恐怖におののき、格子にしがみついている喜助に甚三郎は言った。「サンタ・マリア様に祈るんじゃ」。だが喜助は役人に向かって「おら、もう、もてん、ころびます」と叫び、牢から出されると「ころんだ」証拠の爪印を押してしまう。甚三郎は「ユダとなってしまった姿をその寒寒とした背中にみ」るのだった。このあと三人の信徒が改宗したが、拷問にもひるまなかった三四人は長崎の山手にあるバラックに移され、ここで三カ月が過ぎた。

一〇月、幕府が倒れ新しい政府ができたが、キリシタン政策に大きな変化はなかった。中野郷の信徒のうち二八人が石見に移送されたのは翌年の七月、逮捕から一年が経過していた。彼らは長崎から船で尾道へ運ばれ、山越えして津和野へ向かったのである。城下のはずれの寺が彼らの牢獄にあてられるが、はじめここでの待遇はよかった。一日に米五合、薬代七二文。役人は懐柔策をとったのだったが、改宗の見込みがないことがわかるとそれは一変し、ひとつまみの塩と水のような粥になる。また拷問も始められた。裸にされた信徒を薄い氷の張った池の中に突き落とし、上がってくると長柄杓で突く。水責めが終わると三尺牢という身をかがめないとはいれない三尺立方の箱に入れられる。この拷問と寒さで息絶える者が増えていった。仲間の死は彼らに動揺を与え、十数人がころび山を下って行った。残った者、甚三郎、善之助ら一二人。三尺牢でじっとしていると、故郷のこと、家族のことが思い出される。思い出とたたかうのは苦しかった。喜助のことも気になってくる。

肉体的な苦痛にひるまぬ彼らを改宗に追い込むために、役人は新手の手段を考え出した。信徒の肉親、とくに老母や兄妹を呼び寄せ拷問を加えるというものだ。二六人の女子供が送られてきた。きびしい拷問が始められると、その泣き叫ぶ声が三尺牢まで聞こえてくる。息を引き取る者も出てきた。肉親への拷問は自分が責め苦にあうよりつらいことであった。弟を殺された甚三郎は、なぜゼズスさまは助けてくれないのか、と信仰への疑問を抱き始める。「弟や妹まで死なせてなんのための信仰じゃ」。

弟が殺されて四日目、もうこれ以上の苦しみには耐えられぬと思っていた時だった。菰でからだを包んだ一人の乞食がやってくる。あの喜助ではないか。なぜこんなところに? 役人は彼を三尺牢に押し込めた。

仲間たちの「ドドイ責め」にこらえきれなくなりころんだものの、中野郷に帰ることもできず、苦しみを忘れるため酒と女に身を持ちくずした喜助だったが、やがて漁師に雇われ働くことになる。ある日、彼は舟つき場で囚人たちが罵声を浴びながら舟に積み込まれている光景を目にする。中野郷の女や子供たちであった。浜から戻ろうとする彼のうしろから声が聞こえてきた。「みなと行くだけでよか。もう一ぺん責め苦におうて恐ろしかなら逃げ戻っていい」。この声を聞きここまでやってきたというのだ。

翌朝、喜助は取調べのため三尺牢から出される。その彼に甚三郎は声をかけた。「苦しければころんで、ええんじゃぞ。ころんでもええんじゃぞ、お前がここに戻ってきただけでゼズス様は悦んでいる」。

苛酷な拷問にも耐えた甚三郎も肉親の死を目の前にして信仰への疑問を抱き始める。そこへ現われたのが日頃から臆病者とののしられ、拷問の恐怖で真っ先に棄教した喜助だった。かつて、ユダとなってしまい「寒寒とした背中」を見せたあの喜助が、「天の声」を聞き、この津和野までやってきたのだ。拷問によって彼も「最後の殉教者」となるだろう。甚三郎の心のゆらぎを救ったのは喜助だったのだ。女子供たちが舟に乗せられ運ばれていく光景も、彼の心をゆさぶったにちがいない。そんな喜助にとって、いったん裏切った甚三郎たちのもとへ行くことが罪滅ぼしだったのであろう。〝殉教〟が声高に叫ばれていないだけにかえって強い印象が残る。

（初出は『別冊文藝春秋』一九五九年二月、講談社文庫「最後の殉教者」所収）

野呂邦暢「鳩の首」

なんとも奇妙な味の小説である。「いっそ、ひとおもいに……」、「車にこの子を乗せて、海岸など走っているとき……ハンドルを海に切って飛びこんだら……」と思いつめた母が子供の家庭教師を頼みにくるところからこの作品は書き出される。そのそばには母親のことばには何の反応も示さない、体のわりに頭の大きい少年が座っている。サトルという小学五年生の子供だった。成績は上がらなくていいからできるだけ長くお願いしたいという母親に、「私」が「何人目ですか」とたずねると、何人もの名前をあげた。みんな早々にやめていったのだ。今まで何十人もの子供を教えてきた「私」にも、この少年はいかにも手こずりそうに思えた。「よろしく」と挨拶する態度はいかにもなれたといった感じである。だがその時少年の目は「私」の机の上を見ていた。ブックスタンドに使っているの置き物に目がいったらしい。

家庭教師を引きうけた「私」に「後悔」がやってきたのは早くも一週間目であった。反抗的な子供でもなく、きまった時間には机につくのだが、困ったのは部屋中にこもっている異様な匂いである。「獣の糞が乾いたような臭気」と「熟れた穀物の匂い」とがいりまじった何とも形容しがたい臭さなのだ。その匂いのもとは「天井から吊り下げられた鳥籠」のようである。籠にはカナリア、文鳥など幾種類もの鳥がはいっていた。窓の外には鳩小舎まである。「先生、鳩好きかい」。そう言いながら白い鳩を一羽つかみ出し、「鳩にもいろいろあるんだよ、キジ鳩、カラス鳩、アオ鳩……」と名前をまくしたてる。鳩をしまうと、こんどは机の下からガラス鉢を引き出した。亀がはいっている。また亀の名前をならべ立てるのだ。「私」は思った。こんなことをしゃべらせていると彼のペースにはまりこんでしまう、と。

こうして週二回、二時間ずつの家庭教師の仕事をまじめにつとめるのだが、生命保険の外交員をしている母親と顔を合わせることはなかった。いつも出迎えるのは玄関にうずくまっている老犬である。異臭は玄関をあけたとたんに鼻をついた。応接間には猿、廊下にもリスがつながれているのだ。

少年は机についている時もひざの上に猫を置いている。猫を廊下に出すと、「見るだけなら?」といって今度は抽出しからハムスターのはいっている箱を取り出した。動物をいつもそばに置いていないと落ちつかないらしい。箱を置くことだけは許した。だが勉強を始めようとするとすぐ動物のことを話し出すのである。担任の教師は注意力が散漫だといったが、それは正確ではない。散漫なのではなく「教科書に対する注意力など初めからありはしない」し、勉強などには全く興味も関心もないのだから「厭ですらない」のだと「私」は思う。勉強を始めると、亀や猫の寿命、犬やハチドリの話……と彼の話題はつぎつぎと広がっていくのだった。

部屋の悪臭にはなれたものの、体のかゆみには閉口した。鳥につくダニの一種だろう、皮膚の上を小さな虫が這いまわるのだ。「私」は少年の反対を押し切って消毒することをすすめた。

ところで、五年生といえば女の子に関心を持ってもよい年齢だが、少年にはその気配さえ感じられない。彼の「脳細胞は一つ残らず、過去から現在までのこの世に棲息した鳥獣虫魚のために動員されている」ため、生き物以外にはいり込む場所がなかったのであろう。

ある日のこと、「いつまで抱いていても生き返りはしないぞ」という「私」のことばに少年がシャツの下から出したものは、鳩の死骸だった。学校を休んで死んだ鳩を一日中暖めていたのだ。裏庭に穴を掘り墓を作ってやった。

鳩が死んでから五日目、「私」は母親から再婚相手を紹介される。その男は、大掃除をして家じゅう消毒したという。あちこちに白い粉がついているところをみると、大量の消毒薬を撒いたものらしい。カナリアが一羽死んでいた。「薬の撒きすぎにきまっている」という「少年の目がすわって」いて、「ときどき宙に泳がせる目は兇暴な光を帯びているように思われた」。

「私」が所属しているクラブの合宿のため二十日あまり休んでいるあいだに、父親は徹底的に消毒をしたらしいが、生き物たちは相変わらず元気であった。部屋の中も変わっていなかったが、少年だけは別人のようになっていた。勉強にも熱がはいるし、鳥籠にも無関心のようである。「私」は「何か冷たいものを背筋に覚えた」。鳥を見る目が「ぞっとするほどひややか」なのだ。ふと軒下の鳩小舎に目をやると中が空ではないか。床に散らばっている羽毛は自然に抜けたものとは思われない。鉛筆を削っている少年の指をみつめ、「私」は「その手が小舎にさし入れられ、孔雀鳩をねじ伏せて首をひねる情景を想像」していた。

動物好きの少年と家庭教師との交流を描いた奇妙な味わいのある作品である。はじめは愛想がつきそうになる「私」の中に愛情めいたものが生まれてきて、鳩の墓まで作ったりする。この少年の心にも母の再婚で大きな変化が生じた。新しい父親にたいして、「動物が好きそうだから……」という「私」に、「どうだか……」といって「妙な笑い方」をする。この「冷たいものを背筋に覚える」場面は、一種の鬼気さえ感じられる少年の心理を描いて見事である。

彼はだいじにしていた孔雀鳩を自分の手で絞め殺してしまう。これは父親への変形した反抗だったかもしれない。何ごともなかったかのように彼は「紀元節って何？」と聞くのであった。動物への異常な愛情と残忍性とを持つ少年の心理を描いた好短篇である。

（文春文庫「一滴の夏」所収）

小島信夫「アメリカン・スクール」

舞台は敗戦から三年後のアメリカン・スクール。

駐留軍のためにつくられたこの学校を見学するために英語の教師たちが県庁前に集合するところから作品は書き出される。玄関先に腰を下ろしている教師たちは、米軍のジープが来るたびに立ち上がり移動するが、ひとりだけ突っ立っている男がいた。見学の打ち合わせのとき英語の授業をやることはできないのかと言ったり、見学の日は日本語を使わないようにして英語の力を彼らに示そうなどと提案した山田である。その提案をさえぎったのは伊佐であった。彼にはにがい経験があったからだ。それは会話もできないのに、英語の教師という理由で通訳にかり出され、黒人のジープに乗って選挙会場廻りをさせられたときのことであった。挨拶のことばも相手に通じないため、その日は五時間も「釜の中で煮られるような思い」で過ごさねばならなかったのである。

県庁前で待っている教師たちの中で、ひとり山田だけがジープで乗りつける米兵たちに話しかけている。伊佐は弁当を食べていた。飯を食っていれば英語で話しかけられることはあるまいと考えたからである。

学務課の柴山によって集合させられた教師たちは、「ぞろぞろと囚人のように」六キロ先のアメリカン・スクールに向かって歩き出した。米軍の車がひっきりなしに通る。友人から借りた靴を穿いてきた伊佐は、靴ずれで歩けなくなってしまう。女教師ミチ子はおくれてくる伊佐に、米軍の車に乗せてもらうようすすめるが、彼はそんなことをするくらいならハダシで歩いたほうがましだと言って断わる。車に乗ったらいやでも英語を話さなければならなくなるからだ。

とうとう伊佐はハダシで歩き出した。なんと歩きやすいことだろう。ミチ子にはその頑固なところが亡夫に似ているように思われ、出征を見送ったときのことがよみがえってくる。一方、山田は、なぜ「この男はおれの気持を損ねることばかりするのだろう」と伊佐の行動にいらだっていた。

通りがかったジープに呼びとめられ、なぜハダシで歩いているのかと聞かれたミチ子がわけを話すと、そのジープは伊佐のほうに走り出した。それにはなんと選挙会場廻りのとき死ぬような思いをさせられたあの黒人が乗っているではないか。伊佐は道路から畑にとびこみ逃げようとしたが、捕まってしまいジープに放りこまれる。ジープで運ばれた彼は先にアメリカン・スクールに着いた。そのとき目に映ったものは色とりどりの服装で動き廻っている子どもたちの姿である。彼らの「小川の囁きのような清潔な美しい言葉」は、伊佐にとって「この世のものとは思われない」ような感じを与えるものであり、それは自分を「ここへ来る資格のないあわれな民族」であるかのような思いにさせるものでもあった。

おくれて着いた一行が立ち話をしていると、校長のウイリアム氏が現われ、山田を通じて、この校舎は日本の金で建てられたものだが、経費は本国の五分の一程度で、採光も悪く、一クラス二〇人は多過ぎる。一七人が理想の学級定数であり、日本の学校は七〇人だそうだが、それでは団体教育になり軍国主義の温床になるからいけない。給料はこの学校の若い女教師でも皆さんの中の最高給の人の一〇倍はもらっていることもつけ加え、生活水準がちがうから当然のことだとうそぶくのだった。

ミチ子は伊佐のそばを離れなかった。そうすることで日本人教師であることの惨めさからのがれられるような気になったからである。また伊佐は山田のそばにいた。彼のそばにいれば英語を話す必要がないと思ったのだ。ところがその山田が伊佐と二人でティーチングをやろうと言い出したのである。ミチ子が「私が代ってあげますわ」と言うのも聞かず、「いや、こうなったら、僕は山田をなぐるか、職を止めるか、やらされても英語は一言も使わないかです」と言うと山田のあとを追おうとしたが、ミチ子にひきとめられてしまう。

校長は最後に二つのことを教師たちに言い渡した。この学校で日本人教師が教壇に立とうとしないこと、もうひとつは、来校するとき必ずハイヒールを穿いてくること、これを守らない場合は一切参観をさせないというものである。山田はウイリアム氏のことばを通訳しなかった。

英会話をにが手とする伊佐、英語の力をひけらかす顕示欲の強い山田、そしてミチ子。この三人が演じる悲喜劇が巧みに描かれた作品である。ことにアメリカ人から見れば野蛮な行為であるハダシでの歩行や、畑に逃げ出したりしてことごとく山田の自尊心を傷つける伊佐の姿は、滑稽であり哀れでもある。伊佐の徹底した卑屈さとパフォーマンスのかたまりのような山田との対照がおもしろい。常識的なミチ子も廊下で転倒するという悲喜劇を演じてしまう。これらの人物造型はさすがというほかない。それに、アメリカと日本の生活程度のあまりにも大きなちがい。すべてがコントラストをなしていて見事な設定のしかたであると言ってよい。

敗戦後の日本の貧しさ、日本人の劣等感とその裏返しである虚勢とが教師たちの姿に凝縮されていて、当時の日本の縮図を見るようである。登場人物の行動がそれなりにまじめであるだけに余計に諷刺のきいた作品になっていると思われる。伊佐、山田、ミチ子の三人はまさに占領下の日本人の典型だったのではなかろうか。

（初出は一九五四年九月『文學界』、新潮文庫「アメリカン・スクール」所収）

阿部昭「あこがれ」

春の朝である。少年はとび起きると洗面所へ行き、長い時間をかける。鏡に映った顔は、「よくわからない。彼女が好きなのかどうか、これが好きだということなのかどうかも」と言っているようだ。父はその前に出勤しているので朝食は母と二人でとる。その時、母の目は彼にそそがれていた。時間が気にかかる。毎朝、「白百合」の生徒たちが乗る電車の時刻に合わせて家を出るのだ。駅に着くと、向こう側のホームにいる彼女を「あまり見すぎないように意識して見るのであった」。

この朝は、五〇メートルと離れていない彼女の家から出てきたところで会う。「おはよう」と声をかけられた少年はおどおどした。「何分の電車に乗るの?」と聞くと、逃げるようにして歩き出した彼に、「いっしょに走ってあげる」と言って駆け出すが、途中でのびてしまった。

夕方になると、彼女は遊びに出ている弟たちを呼ぶために外に出てくる。その日も少年の家の前まできて弟たちの名を呼んでいた。彼女に話しかけようと思うが、話題がない。しかたなしに映画のことを話そうとするが、あまり観ないという。学校のことに話を変える。彼女は勉強はあまり好きじゃないから大学に進むかどうかはわからないと言い、「うちは父がいないから」とつぶやくと口をつぐんだ。父は南方で戦死したという。少年は彼女が去ってからも、その場を離れず、あと味のわるい会話を反芻していた。

彼の父も軍人であったが、「おれはなにも帰ってきたくて帰ったんじゃありゃせん」というのが母と衝突する時の口癖だった。そんな父も、出征する時の姿は少年にとってあこがれであり、まさか戦争にまけて帰ってくるとは想像もしなかったのである。あんなに勇ましく手を振って出征した兵士たちは、敗戦によって無惨な姿で帰ってきた。「貨車につめこまれ」、「貨車の外にもぶらさがって」送られてきたのだった。それを見たアメリカ兵は口笛を吹いたり野次をとばしたりした。出て行く時と帰ってくる時のなんというちがいであろう。父も変わり果てて帰ってきたのである。これが敗戦という現実だったのだ。

夕食のあと、母が言い出した。「とにかくあの娘とつき合うのは、おかあさんは反対。このごろ急にそわそわして家に居つかなくなったのは」。「ちがうよ」と言うと少年は席を立った。

春休みも終わり新学期が始まると、あまり彼女を見かけなくなった。日が暮れるとあの家の前を行ったりきたりする日がつづいたが、六月のある雨の日、玄関に立っている少年の前を通りかかった彼女が話しかけてきた。その時、父が便所にはいったのが見え「猛烈な咳払い」が聞こえたのである。「しかられるわ」と言うと彼女は去って行った。ポーチには「彼女がのこしたあまい匂い」が残っていた。家にはいると母の小言が始まる。だが父は「話がしたいんだったらちゃんと自分の部屋へあげて話しなさい」と理解を示すが、もう遅かった。二度と彼女と会うことはなくなったのである。この疎開先から一足先に引き揚げ、東京へ移ったことを知ったのは夏休みにはいってからであった。

夏休みも終わりに近づいたある日の夕方、少年は彼女の弟をつれて海を見に行く。姉はもう帰ってこない、そして自分たちも東京へ行くのだという。もう会うことはないだろう。

少年の家では「気まずい空気」が流れていた。父が、半年前にありついたばかりの仕事をやめると言い出したのだ。いや、もう辞表をたたきつけてきたという。両親のいさかいがあってから気づまりになった彼は、外へ出るとタバコ屋へ行き、暗い露路を通ると海へ向かった。むきになってタバコを吸う。はじめてのことである。吐き気が襲ってきた。夕食に食べたものを全部吐いてしまうと、「手足がしびれたようになって川ぷちに出、堤防の上をふらふらと歩い」て行った。川の水は「満潮のため静かに逆流してい」る。少年の投げ捨てたタバコの箱とマッチ箱とが「離ればなれに川をさかのぼって行」った。

だれしも一度や二度は経験したであろう少年時代の淡い異性への「あこがれ」を描いた作品である。

作品の冒頭に「少年はねむいどころではなかった。朝も起こされなくてもちゃんと目をさます」と書かれ、この少女に会えるという期待感が全体のいわば伏線ともなっていてうまい書き出しである。少女の登校時間に合わせて家を出て駅に行く。反対側のホームに立っている彼女を「あまり見すぎないように意識して見る」少年の姿。簡潔で見事な心理描写というべきだ。

異性とのつき合いを快く思わぬ母親と、それなりの理解を示す父親。これも一般的に見られる家庭の姿なのであろう。その父親も元軍人としてのプライドがあってか、今の仕事をやめてしまい、夫婦のあいだにすきま風が吹く。両親のいさかいが生む家庭の空気と、去って行った少女によって断ち切られてしまった「あこがれ」。この絶望感ともいうべき少年の気持ちが、タバコを吸うという行動に走らせてしまう。これが彼にとって精一杯の気持ちの表現だったにちがいない。当時の少年たちの典型といってもよいだろう。タバコの箱とマッチ箱が離ればなれに流れていく場面は二人を象徴しているかのようである。帰還兵たちが貨車につめこまれてくるところなど、敗戦後の姿の点描として効果的であると言えよう。またケレン味のない文章も作品の効果を高めている。

（福武文庫「未成年と12の短篇」所収）

平林たい子「盲中国兵」

昭和二〇年の三月九日、「私」は信越線の上野行きの汽車に乗りかえるため高崎駅で降りた。夕方ちかい待合室は「暗くどよめいてい」る。待合室から出ようとした時だった。警官の一隊が跨線橋からホームへ降りてきて駅員に何か話しかけた。駅員はチョークを持ってきてホームに白線を引く。何ごとが始まるのだろう。

やがて列車がはいってくると、一番目の車輌の出口に警官たちは整列した。白線はそこに引かれていたのである。がら空きだったので乗りこもうとした「私」は警官に制止された。中を見ると、車輌の真ん中に「上品な若い士官」が座っている。それは高松宮だったのだ。「新聞の上にしか現れない架空の人物が実在したことをたしかめたような不思議な感動」をおぼえ、「ここに宮様がいるぞ、真物だぞ」と叫びたくなる衝動にかられるが、そんなことをしていて乗りおくれたら何時間待たされるかわからない。叫ぶのをやめて真ん中の車輌に乗り込む。「こわれた窓硝子、硝子の代りに白木をたたきつけた扉、泣いている子供、荷物の上に坐っている婆さん……」。この混雑は「嫌悪の思いを起させ」るほどであった。

うしろの車輛に乗りかえるために走って行った「私」は異様な光景に出会う。下士官らしい軍人が「汚い白服の兵卒」たちが降りてくるのを数えていた。「剝げるほど垢をつけた」彼らからは悪臭が発散している。その兵卒たちは「前に行く兵卒の背にさわるため」に「ふるえた手を差し出」しているのだった。彼らは盲目だったのである。その見えない目からは涙が流れている。よく見ると五人目ごとに一人ずつ棒を持った「目明き」がいた。そして「快々的！　快々的（早く早く）」と叫びながら棒で「盲兵」たちをつつく。「不可解な容貌」だと思っていたが、それは中国兵だったのだ。五〇〇人もいたろうか、そこへ日本の将校が現われ、「あとのは？」と聞く。このあとからも「盲兵」が運ばれてくるらしい。何ということだろう。乗客の視線から「同情的な疑問」が「激しく発射され」、その光景に、手拭を手にして泣いているおかみさんもいる。

警官が小声で話していた。「毒ガスの試験にでも使われたか、工場で何かの爆発にでもあったという所だろうね」。「毒ガスの試験を、わざわざ内地でやることはなかろう」。

この強烈な印象もすぐ乗客の頭から消えてしまったのか、彼らは雑談をはじめた。「私」が知り合いになった越後から出てきたというおかみさんは、女子挺身隊員として娘を千葉の軍需工場まで連れて行く途中だったが、なかなか通しの切符が手に入らないため、汽車を降りては宿泊しながら乗りついでここまできたのだという。この話を聞き、彼女が盲目の中国兵を見ても感情をあらわにしなかったわけが理解できるような気がした。

「私」はゆっくり休みたくなり、中国兵たちが乗っていた車輛に行ってみたが、臭気に耐えられずすぐ引き返してくる。夕陽が沈むころには、「盲兵」たちが乗っていた車輛は切り離されていた。「そうそう、前の方には宮様がいたっけ」と「私」はそのことを思い出した。

やがて戦争が終わり、高崎駅前の人にあの中国兵がまた汽車に乗ったことがあるかと聞いてみたが、見たことがないとの返事だった。「多分彼等は、永久にこの土地から引返さなかったのではないか」。いま「私」にはそうとしか思えなかった。

この作品は、日本の破局が近まった一九四五年三月九日の夕方の駅で、「百姓のインテリ」である「私」が遭遇したできごとを描いた一〇枚ほどの短篇である。

ごったがえしている駅のホームに突然現れた警官が駅員に指示し、白線を引かせる。そこへはいってきた列車の出口に警官が並んだ。がら空きの車輛に乗っていたのは天皇の弟、高松宮であった。引かれた白線の意味がやっとわかる。乗客をその車輛に近づかせないためだったのである。掃除もよく行きとどき、青いクッションの椅子が置かれ、その車室と「私」たちが乗っている車輛との何というちがい。

この駅で降ろされた五〇〇人もの「盲中国兵」たちは再び汽車に乗ることはなかったという。実験に使われたか、あるいは事故によるものかはわからないとしても、彼らが二度と故国の土を踏むことがなかったことは確かであろう。

敗戦間近の地方の駅と列車の中での数時間のできごとをとおして、混雑をきわめた車内に押し込まれる乗客、挺身隊に入れるために娘を送って行くという母親、そして盲目の中国兵と、特別室にいる「宮様」とが見事なコントラストとして描かれる。まるで同じ列車の中に現出した地獄と極楽を見るようだ。これが戦時下の象徴的な姿であったと言ってよいであろう。

ここには、「私」の目に映った数時間の事実が描かれているだけであり、皇族や軍隊へのうらみごとも批判も書かれてはいない。また、中国兵が毒ガスの実験に使われたと断定されてもいない。だが、失明の原因が尋常なものでなかったことは容易に推察できるし、それを隠蔽するために彼らが消されてしまったであろうことも想像に難くないだろう。少なくとも「私」にはそう思えるのだった。

声高な戦争批判も軍部批判もないだけに、かえって戦争の非人間性をきびしく告発する作者の意図が伝わってくる作品である。すぐれた反戦小説と言えるだろう。

（初出誌不明。潮文庫「日本の短篇小説」［昭和編・中］所収）

井伏鱒二「犠牲」

この作品は太平洋戦争中に、作者が徴用文士としてマレー戦線に従軍したときのことを、「塹壕のなかのことは語らない」という戒めがあるのを「意識に入れながら」、すなわち「遠慮しながら言葉を端折って」語ったものである。

「私」は、新聞記者、画家など一二〇名の中のひとりとして従軍するのだが、この中から五名の犠牲者がでる。その最初の人物が中阪（仮名）という通訳であった。彼は怒りっぽい男で、「青白い顔に強度の近眼鏡をかけて痛ましいほど瘠せ細って」おり、戦地の酷暑に耐えられるかどうか心配されたので、「君は軍医に診察してもらったらどうだ」と仲間から言われるが、「一死報国あるのみです」と答えるだけだった。

一行はサイゴンを出港すると、サンジャック岬で船を乗りかえた。この船には一八師団の兵隊が乗っていて、甲板には重砲や機関銃が据えつけられている。彼らは、中国戦線を転戦してきた気性の荒い連中で、入墨をしたものも多くいたが、徴用者には親切にしてくれた。

兵隊たちは、夕方になると甲板に出て体操をしたり軍歌をうたったりするのだったが、これに加わるのは中阪であった。

タイのシンゴラに上陸した「私」たちは兵隊と別れた。タイピンの軍司令部に着くと、ここで宣伝班に入れられ、各自、仕事の分担が決められる。中阪の自殺の噂を聞いたのはここにきて一カ月ばかりたったときであった。州政府のもとの輸送指揮官を訪ね、「戦争というものに疑いを持って来た」と語り、その帰りに命を絶ったという。この輸送指揮官は、船の中で日本軍勝利のニュースが伝えられるたびに徴用者を甲板に集めて「東方遙拝」をさせるような退役中佐であり、「私」たちへの第一声も「ぐずぐず云うと、ぶった斬るぞ」——であった。このとき、「斬ってみろ」と叫んだのが徴用文士の海音寺潮五郎である。

タイピンは涼しいところで、小鳥のさえずりが宿舎の近くの木々からきこえてくる。宿舎の隣りの運動場で敬礼や歩行訓練などをうけるのだが、海音寺は挙手の礼がうまくできないので、いつも病気だと称して見学していた。「私」も敬礼がにが手だった。この訓練を受け持った准尉は厳格だったが、「千軍万馬の剛胆な上官」だとの評判で、兵隊たちには信頼されていたのである。ところがその信頼が裏切られてしまう。ある月明の夜のこと敵の集中砲火を浴びたときである。兵隊は武装していたのに、真っ先に逃げ出した彼は窪地に落ち、尻餅をついてしまったのだ。「おうい、兵隊、兵隊……」と怒鳴る姿を見た兵隊たちの准尉への信頼は、一挙に地に墜ちてしまったのだ。

この翌日の晩、准尉が、「私」たちが鼠小僧の英訳で「鼠ボーイ」と呼んでいたマレー人の義賊の義妹の家に忍びこんだというのだ。被害を受けた女は報道小隊を訪ね、准尉がお礼として置いていったという軍票三ドルを「自分は看夫の女である」と言って泣きながら返しにきた。憲兵隊に訴えるようにとの言葉に「憲兵隊は恐しい」と言って帰っていった。准尉は憲兵に逮捕される。

つぎに起こったのが大門（仮名）という通訳の死亡事件である。この男は「一ぷう変ってい」て、酒も煙草もやらないのに配給があるときは先を争って受け取るし、救命袋を三つも四つもそばに置いて寝るようなところがあった。しかし、「自分の任務は峻厳に守」るような几帳面な人物でもあった。編成替えにより、戦闘部隊の通訳となって「私」たちと別れていった彼が、その部隊から逃亡したという噂が伝わってきた。そして、パルチザンを組織すると、「現地人を襲撃し、放火、強盗、略奪」を行い、鎮撫に出向いた憲兵の威嚇射撃の弾で斃れたというのだ。このことを知った「私」には「目の前に戦争の悲惨を見て気が狂ったとしか思えな」かった。

大門のあとに死んだのが東京日日新聞記者で通訳の柳である。彼は、日本軍がジョホール水道を渡るとき、報道班員を先導する若い将校が戦闘の激しさのため後方に引き返したあとの代役を買って出たために戦死したのだった。そのあと、戦闘が一段落したことで停戦協定がなったのに、それを知らない敵の敗惨兵の狙撃によって、ひとりの班員が命を落とした。「私」にはその名前さえ思い出せない。

最後に犠牲となったのがジャーナリストの平野だった。喧嘩早い彼は、キャバレーで酒に酔って暴れる海軍士官とあらそい、肩の骨を折ったのがもとでデング熱にかかり、命を落としてしまう。

作者が文士のひとりとして南方戦線での体験や見聞きしたことをドキュメンタリー風に描いたもので、反戦や厭戦がモチーフになってはいないが、五人の報道班員の死をとおして戦争のおろかさが伝わってくる作品である。その死の原因はさまざまであるが、最前線に動員された班員たちの姿が戦争の非情さを物語るものであることに変わりはない。

敵の砲火に真っ先に逃げ出したり、女を犯したりしたことによって「千軍万馬」の勇敢な将校というのが虚像であったことを自ら証明する准尉の行状は滑稽であり、作者の巧まぬユーモアさえ感じられる。また、実名で登場する海音寺潮五郎の「斬ってみろ」との言葉は、反骨の文士がいたことを示したものであろう。悲壮感を排しながら戦争の悲惨さを描く。いかにも井伏らしい。

（新潮文庫「かきつばた・無心状」所収）

長山高之「追跡者」

客待ちをしていた笠松の車に「黒っぽいコートに中折帽子を被った中年の男」が乗りこんできた。客は、二〇〇〇円しかないが、三之宮まで行けるかと尋ねる。それでは無理だ、と言っても、なんとかならないか、「身体の具合が悪くてな」と執拗に迫ってくる。さらに「行ける方法はあろうがな」と言う。それは「天長節」のことを言っているようだ。客が乗っているのに空車の「旗」をあげて走ることから、運転手仲間ではそう呼ばれていた。空車メーターで走れば料金は運転手のものになる。

会社はそんな不正防止のため「街調」(街頭調査員)をつかって監視していたのである。残りは「天長節」で走っても二〇〇〇円分はメーターに記録される。水揚げの少ないこの日の笠松には、それだけでも欲しいと思われた。ともかくこの客を乗せて走ることにする。客は「まだメーターを倒して走っているのかね」と、空車の旗をあげたらどうだと挑発するようなことばをかけてくる。笠松は不正使用になるからと断った。彼にとって、就業規則や服務規定を守り、仕事に責任をもつこと、会社に攻撃の材料をあたえないことが信念でもあったからである。

彼には、十数年前、私鉄に勤めていたときに「合理化という名のレッド・パージ」によってクビを切られるという経験があった。優良乗務員の社長表彰を二度受けている笠松を職務上のことを理由に解雇するわけにはいかない会社側は、会社に非協力であることをそのとき持ち出したが、地労委が不当労働行為の裁定を出したため、復職を勝ちとったのであった。だが会社側は中労委に不服の申し立てを行い、その結果、笠松たちの正当な組合活動を政党の活動だとして、解雇は不当労働行為には当らないとの処分が決定したのである。レッド・パージの嵐が吹き荒れた時期のことであった。

やがて三之宮駅が見えてくると、中折帽の客は二〇〇〇円を助手席に投げこみ車を降りた。メーターは二二〇〇円を示している。二〇〇円の損であったが、挑発にのらなかったことに笠松は満足していた。

「街調」の囮調査は人権侵害の疑いさえあるものだったが、彼の加盟している組合はこのような会社のやり方に抗議することはなかった。「社民党」指導の御用組合だったからである。一カ月ほど前に開かれた組合の定期大会で、笠松は提案された議案について発言した。「社民党」への強制カンパと、ベトナム戦争を「共産主義の侵略に反対するアメリカの正義の闘い」との提案に納得できなかったからだ。彼は「ベトナム戦争は、腐敗・堕落した政府に対する南ベトナム解放民族戦線の抵抗であり」、「アメリカの介入は不当であって」、しかもアメリカ軍はナパーム弾などをつかって大量殺戮を行っている。それがどうして正義の戦いであるのか、議案から削除すべきだと提案したのだが、彼に賛成するものは少数であった。強制カンパ反対の件も少数否決に終わる。

この発言へのシッペ返しはすぐやってきた。

翌日、乗務明けで寝ているところに主任の有川が訪ねてくる。彼は、会社の機密事項だから内緒にしてくれと前置きしながら話を始めた。それによると、労務課長が笠松の乗務する車のナンバーを記入した表を提出することを命じたというのだ。会社に非協力的だから「街調」をつけるためだというのが理由であった。有川は、組合大会での笠松の発言はすべて組合の三役から労務課長に報告されていることをつけ加えた。会社と一体である組合幹部に反対することは、会社に非協力的だということになるのだ。まさに御用組合であった。

その後、おかしなことが続いた。彼は記録をつける。

×月×日、「車輛清掃中、客席床に裸の一万円札が落ちているのを発見、直ちに宿泊者上村主任に届出る」

×月×日、「男の二人組、奈良まで普通メーターで行ってくれたら乗ると言う。今は深夜メーターの時間、行けないと断る」

×月×日、「降した客のあとに革の札入れあり、すぐにその客を呼び止めて、注意を促し、引き取って貰う。……わざとらしい忘れ物――街調に違いない」

×月×日、「順番をずらして乗り込んできた二人組の男客」に「お客さんは、東区の西本町二丁目三十番地にお勤めの方ですね」と言ってやる。そこは自動車調査会のあるところだった。「男は『あっ』と狼狽の色を走らせた」。この客は明らかに「街調」であり、この「逆襲」以来不可解なことは起こらなくなった。公社もあきらめたようである。

最近、笠松はあるグループの会合に参加するようになった。「組合を労働者のために闘う組織にしよう」と考えているものの集まりである。「勝った」という喜びと、これからも困難が待っているだろうという気持ちが笠松の心の中で錯綜していた。

「街調」をつかっての人権侵害ともいうべき攻撃に立ち向かっていく主人公の姿が、推理小説風の筆づかいで描かれた作品である。「五〇年問題」の回想も作品に奥行きを与えているように思われる。

（初出は『民主文学』一九八四年三月号、新日本出版社「民主文学・小説の花束Ⅱ」所収）

7章　葉山嘉樹ノート序章

私にとってプロレタリア文学との出会いは小林多喜二の「蟹工船」でも「不在地主」でもなく、また宮本百合子の「一九三二年の春」や「刻々」でもなかった。それは三十数年前、全く偶然に読んだ葉山嘉樹の「海に生くる人々」であり、「セメント樽の中の手紙」や「淫売婦」であった。そのときの強烈な印象はいまも鮮明に焼きついている。

葉山は小林多喜二や宮本百合子のように著名ではないかもしれないし、『文芸戦線』の作家という一種の限界もあろう。しかし私にとっては黒島伝治とともにプロレタリア文学運動の中での軌跡をたどってみたい作家であった。

1

葉山嘉樹の晩年は決してめぐまれたものではなかった。一九四三年三月、満州建国勤労奉仕班の班長として渡満した葉山は、文化指導員として隊員の慰安や文化向上のための仕事に従事したが、病をえて帰国し、翼賛出版協会の長編小説の口述筆記にとりかかったが用紙不足のため断念、文筆による収入の道がとざされてしまう。

最晩年の年譜（筑摩書房「葉山嘉樹全集」第六巻）にはつぎのように記されている。

「昭和二十年三月二二日、三ヵ村より満州拓士選出運動の嘱託を解かれた。収入の道がとぎれたので、薪運びや松根掘りをした。六月十日、満州開拓団員として山口村を発った。新潟に行き、二週間船を待って新潟開拓団に滞在。白山丸に乗船し、隠岐の島から朝鮮の元山に渡り、北上して羅津に上陸、国境を越えて七月に北安省徳都県双竜泉の開拓団に到着。八月、アミーバ赤痢にかかり、健康を害した。十月十八日、敗戦により帰国の途中、ハルビンの南方、徳恵駅の少し手前の車中で死去。徳恵駅の近くに埋葬された」。この死亡も翌年までわからなかったのである。

葉山嘉樹は一八九四年三月一二日、福岡県京都郡豊津村に、父葉山荒太郎、母トミの長男として生まれた。旧小倉藩の士族の出身である。

一九〇四年、豊津尋常小学校を卒業した葉山は高等小学校に入学。一九〇六年、「呪わしき自伝」(前掲書第五巻所収)の中で「母は私の十三の年だったかに追われて家を出た。その後へ後妻めいた者がきたが、私は徹底的に彼女とたたかった」と書いている。

一九〇八年、高等小学校を卒業すると豊津中学へ入学。豊津中学からは堺利彦や杉山元などがでている。豊津中学時代の葉山は早熟な生徒であった。「文学的自伝」(同前書所収)でこのころのことをつぎのようにのべている。

「私の丈が高いのは、この時代に鰻をフンダンに食った為ではあるまいか、と今でも思っている。学校の弁当のお菜は、自分が釣ってきた鰻を素焼きにして置いて、それを煮つけて持って行ったものだった。鰻を食い過ぎたせいかどうか、は分らないが、私は早熟であった。ちと、早熟過ぎたと思う。早熟過ぎるということは悪徳を伴う。殊に中学生の分際で、女といろんな醜聞を起こすなどと云うことは、余り褒めた話ではなかった。が、私にとっては、どうにも防ぎようがなかった。私は少年の本能に従って行動した。不良少年と云う風なものであったろうと思う。少年時代は、希望に燃えるべきであろうが、私は余り自分に期待しなかった」

また、「略伝」に「上級になると学校に通う事が詰らなくなった。卒業試験の始まる前夜、酒を一升飲んでひどく泥酔したことを覚えている」と書いており、相当すさんだ中学時代を過ごしたと思われる。

一九一三年、早稲田大学高等予科文科に入学。このとき学資がないと父にいわれたので「家を売ればいいじゃないか」といって家を売らせ、その金、四〇〇円をもらって早稲田大学に籍をおいたが、学校にはいかず、二、三か月のうちに金をつかい果たしてしまった。一文なしになると、机、書籍、夜具などを売り払って横浜の海員下宿に転げこみ、ローラースケート場のボーイなどをして乗船するのを待ち、やっとカルカッタ航路の貨物船に見習水夫として乗りこんだ。

一九一六年、日本海員掖済会より海員手帳を交付され、室蘭と横浜とを結ぶ航路の石炭船、万字丸に便所掃除夫として乗りこむこととなる。「三等セーラーで乗って、月給六円だった。船長がおそろしく権柄づくな奴だったので、労働は苦痛をきわめた。生れつき体格が良かったので、断然頑張った。

生来、泣き虫で気の弱い性であったが、この時代から、そろそろ、泣き虫だけでは世の中が渡れないことを覚った。ストライキをやって勝ったが、次の航海には、左足負傷して、職務怠慢の名目で、『合意下船』させられた」と、船員になったころのことを「自作年譜」に記している。

一九一七年、船員をやめた葉山は鉄道院にはいり門司管理局の臨時雇いとなったが、ここも無断でやめ、戸畑の明治専門学校の庶務課に籍をおいた。このころから石炭船、万字丸に乗り組んだ体験をもとに、代表作となる「海に生くる人々」の執筆をはじめたらしい。

庶務課から応用化学の仕事に移ったが、主任の排斥運動をおこして居づらくなり図書室勤務にかわった。ここで、トルストイ、ドストエフスキー、ゴーリキー、アルチバーセフなどロシアの小説を手当り次第に読みあさったという。

一九一八年、シベリア出兵をあてこんだ米の買い占めによって米価が暴騰し、米騒動が起こった。翌年に葉山は六、七人の仲間と、給料は米価によって決めるべきだとして賃金引上げを学校当局に要求し、校長と交渉する。そのときの様子を同僚の一人であった波田国雄はこう書いている。

「一同が通されているところに、やがて老校長が出てきたので、先程の要求文を差し出すと、じっと読み終った校長が『君達はこの頃流行の労働運動かね?』と云ったところ、葉山が『それはですね』と云いながらしきりと左の袂に右手を入れて物をさぐる様子である。と、これに一瞬驚いた老校長が、後にいざりさがったと云うのである。非常に温厚なお方であったので凶器と早合点されたものらしい。葉山にしてみればここは大事な啓蒙どころと彼なりに観てゴールデンバットを探し、一服火をつけて諒々と蕩々とまくしたてようとしたのであったと云う」(浦西和彦「葉山嘉樹」による)。いかにも葉山らしいエピソードではある。「略伝」に「米騒動当時、学校の小使たちと一緒にストライキをやって勝ったことがある」と書いているのはこのことである。この交渉の結果、給料が二倍に引上げられた。しかしこの待遇改善要求交渉や、妻との別居、そして別の女性との同棲などがたたって明治専門学校を解雇された。一九二〇年、二六歳のときである。馘になった彼は、新しい妻と先妻との子を連れて名古屋セメント会社に工務係として就職することになった。

一九二一年、父荒太郎と別居していた母が名古屋へ出てきて同居。この年の六月、セメント工場で一人の職工が高熱の防塵室へ落ちて死亡するという事故が起こった。この災害補償をめぐって葉山は扶助料の増額運動を起こしたが、成功しなかったので労働組合をつくろうとするが、このことが事前に会社側にもれ、馘首された。このときのことをつぎのようにのべている。

「私ガ名古屋セメントヲ辞スルコトニナッタニ就テハ斯様ナ事情ガアリマス　同会社ノ職工村井庄吉トイフ者ガ防塵室トイフ摂氏二百八十度許リノ熱度ノアル室ヘ落チコミ全身ニ火傷シ両三日ヲ経テ死亡シマシタガ夫レニ対シ同会社ハ工場ニ依ル扶助料三百円ト外ニ百円都合四百円ヲ出シタノミデアリマシタ　然ルニ庄吉ニハ多クノ家族ガアリ殊ニ戸主ハ脊髄病デ全身不随トナリ寝テ居ル体デ私ハ気ノ毒ニ思ヒ駒井支配人ニ夫レ以上ノ金ヲ出シテ呉レル様交渉シマシタガ同支配人ハ他ノ都合モアルコトダシ夫レ以上金ヲ出セヌト云フコトデアリマシタ……会社ガ職工ニ対シテハ人情トイフモノガナク労働者ヲ人間的ニ取扱ハナイ風ガアルノデ駒井支配人ニ向ッテ職工

ノ待遇ノコトヲ話シタガ採用シテ呉レマセンデシタ……」（「愛知時計電機争議裁判調書」による）

葉山はここでも解雇され、名古屋新聞社に採用されることになった。『名古屋新聞』の社会部記者として主に労働問題を受け持つ。入社直後、名古屋労働者協会に加入し、労働問題について講演や演説をおこなった。

愛知時計電機の争議が起こったのは一〇月である。会社側が労働者協会に所属しているものは雇用しないという方針を出したり、そのころたたかわれていた横浜ドックのストライキを応援した労働者を解雇しようとしたのが原因であった。葉山らは職工大会をひらき解雇撤回の要求書を提出したが、会社側は重役不在を理由に回答を出さなかったために八〇〇名の職工がストライキに突入。名古屋新聞社に辞表を出した葉山は争議支援の演説をおこない、そのあと争議団は労働歌をうたいながらデモ行進をするが、そのとき指導者五人が検束されてしまう。その中の一人であった葉山も未決監に収監され、訊問をうけたのち、治安警察法違反で裁判に付された。翌年、懲役二カ月の判決がくだり控訴したが棄却され、上告もあきらめ服役。刑期を終えると食うために「労働書店プロレタリ屋」という古本の夜店をひらいたが、社会主義のパンフレットや『赤旗』、『前衛』といった雑誌ばかりだったのでほとんど売れなかったと「自作年譜」に記している。

貧窮をきわめたなかで名古屋労働者協会の執行委員長となった葉山は、ロシア飢饉救援のための演説会をひらいたり、ロシアの惨状を描いた絵葉書を売ったりして募金活動をおこなった。一二月には、非合法に創立されていた共産党の影響の強い労働者の組織である「レフト」を杉浦啓一、渡辺満、山本懸蔵、渡辺政之輔らとともに結成している。「レフト」について杉浦啓一は「予審訊問調書」の中で「『レフト』トハ『モスコー』ノ赤色労働組合国際同盟ニ加盟シタ組合ノコトデアリマスガ公然ソウスルコトハ出来ナイノデ左翼労働組合ノ左翼的分子ヲ以テ『レフト』ヲ作リ結局赤色労働組合国際同盟ニ加盟セントノ方針ヲ以テ其組織ヲ図リマシタ」とのべている。

この年の暮もおしつまった一二月二九日、父が死亡、そのうえ「異端者としての道」をすすむ息子の姿と生活の困窮とに耐えられなくなった母のトミが、自分の舌を鋏で切って自殺を図るという悲惨なできごとが起こった。

母の自殺は未遂に終ったが、この事件は葉山に大きな衝撃をあたえたことであろう。

一九二三年になると、東海普選断行連盟協議会が開催され、その幹事に、さらに「レフト」の中央委員にも選出された。この年には「赤名会」という思想団体を結成しているが、これについてはごく少数の先鋭的なメンバーによる組織であったということしかわからない。三月には名古屋市内の麻裏加工の職工七十余名が工賃値上げを求めてストライキにはいった。葉山はこの争議を応援したため官憲に追われたが、それを逃れて上京した。このころ名古屋で「レフト・プロレタリア会」がつくられ、東京から帰った葉山はこれにも参加している。

六月、早稲田大学軍事教練事件で右翼学生から辞職を要求された四人の教授の一人佐野学が共産党の幹部であったことから共産党員の検挙に発展、佐野は国外に逃れたが、堺利彦、西雅雄、田所輝明、荒畑寒村らが逮捕された。第一次共産党事件である。

この事件に恐怖をいだいた名古屋自由労働組合の倉林次郎が、レフト・プロレタリア会のことを官憲に供述したために、葉山に尾行がつくようになり、六月二七日、小沢健一、三好覚、清水石松らとともに検挙された。いわゆる名古屋共産党事件である。翌二八日、葉山の家は捜索をうけ、「インターナショナルの歌」、「資本主義のからくり」、「一九二一年のロシア」などを押収される。

監房に入れられた葉山は「獄中記」の中でその「くらしぶり」をつぎのように書いている。

六月二十七日　比静かな何等の障害のないように見える監房内に於ても資本論の一分冊は年月を要する！
七月六日　筆墨紙許可。風強く、晴。（この日に「淫売婦」を起稿、十日に脱稿している）
七月九日　昨夜よりしける。安眠できず。診察を受く。水薬だけにしてもらう。非常に天気よし。一日淋しかりき。
七月十一日　朝晴、風あり。浴衣汚る。差入れ来らば下渡さん。マルクス一の二読了。体力衰弱、倦怠を覚

ゆ。午後より元気。難破執筆。(「難破」は「海に生くる人々」の原題である)
七月二十日　晴。ひげ剃り。ジャムパン二十五銭で、二十一日より三十一日まで請求、二円五十銭。資本論第一巻三冊読了、夕、第三巻一冊に移る。残、十一円四十六銭。
七月二十三日　晴、運動。難破第一編脱稿、第二編に移る。診察、若い変った医者。暑い。
八月一日　晴。暑さ甚しく焼場の中に居る心地す。午後発熱か、頭甚しく痛し。神経異常に苛立つ。暑さに悩むため、典獄に面会求む。
八月七日　喜和子(妻)午后面会に来る。家族のことなど聞けば懐しくもあり、うれしくも、また悲しきことも多かった。兎に角飢えぬやう、丈夫でいて呉れることを祈るより外に仕方がない。二、三日差し入れを頼む。子供が丈夫なのがうれしい。何しろ水から今引き上げたやうに汗にまみれて母の背で眠っているのが二人ともさぞ暑いだろうと思ふと可哀想だった。丈夫でいてくれ。
九月一日　昼過強震あり。全被告声を合せ涙を垂れて開扉を頼んだが看守はその姿を見せない。震動が止んだ後、多くの看守僕の処にやってきて静かにして呉れと云った。馬鹿、彼等は逃げ出していたのだ。山崎、飯田、きわ子面会に来て居て僕等の叫声を聞き所長に面会を求めた。その時事務所の連中は皆避難して広庭へ出ていたのだ。畜生！死んでも忘れないぞ。看守長と談判して、看守長が被告へ釈明することにして房へ帰る。(強震とあるのは関東大震災の余波である)
九月二十六日　快晴。午后曇る。きわ子来る。大杉栄殺されたる由。これでアナは全滅だ。パンを持って来たのがおぢゃん。おまけに差し入れは砂糖でいやがる。きわ子裁判所に行く筈。民雄が青い顔をしているので気になった。バーをして笑った。昨夜から隣房が閉がった。ヘッヘッ、夕菜カボチャ。
九月二十八日　予審判事面会、保釈懇願。昨夜から雨が降ったが、起床時やんでいた。強い心、反抗心が些の残渣もなく消え去って、いまはもう弱い淋しい意気地のない泣虫の心だけが、暗く絶望的に胸の中に巣食ってしまって、表面丈けの強がりも云えない。全く淋しい。人間は理論一点張りではいかぬ。感情が非常な力を持っている。矢っ張り俺は作家だ。実際家ではない。午后山崎君来てくれる。保釈は許されるらしい。で、小林弁ゴ士が話しがあるとの事で今から行くが一寸安心するように知らせに来たと。全く感謝す。きわ子は呼出しか又来ない。夕方夕食後きわ子来る。石田予審判事殿へ面会、改心悔悟のことを語り、保釈を依頼する。

九月二十九日　朝雲、朝食きわ子より差し入れ。今日は陳情書を書かう。何だか朝から陰鬱だ。あゝ、今までの生活は誤っていた。自分で自分を苦しめていたんだ。陳情書を書く。午后きわ子来る。

未決囚としての「獄中記」は一〇月五日の「朝晴、差し入れの羽織、肌襦袢、シャツ入る」で終わっている。一〇月二日、治安警察法第一四条「秘密ノ結社ハ之ヲ禁ス」、二八条の「秘密ノ結社ヲ組織シ又ハ秘密ノ結社ニ加入シタル者ハ六月以上一年以下ノ軽禁錮ニ処ス」の条文に違反するとして「名古屋地方裁判所ノ公判ニ付ス」との有罪判決を受けるが、いったん三カ月余りの獄中生活から保釈された葉山は一一月下旬、家族とともに木曾の須原へ行き、ダム工場現場の帳付けとなる。「文学的自叙伝」によると、木曾へ発つ前に彼の原稿を見つけた友人が「青野季吉という文芸批評家を知っているから」といって持っていった。この原稿は堺利彦の手から青野へ渡り、改造社へ持ちこまれるが、出版を断わられている。これが獄中で書きあげた「難破」、のちに改題された長編「海に生くる人々」であった。

一九二四年、名古屋共産党事件の第一回公判がひらかれ、葉山は懲役七カ月、ほかの一一名も六カ月から八カ月の判決を受けた。

この年の五月、妻の喜和子が葉山の同志であった酒井定吉と出奔するというできごとが起こり、彼は、母と二人の子どもを友人にあずけて静岡まで連れ戻しに行った。この妻の出奔を扱ったのが「遺書」という作品である。

「私は、今遺書を書き残す」ではじまるこの作品の主人公である「私」は、この事件が原因で自殺を決意する。「私」は妻の出奔が、自分の知らないところでやられたのなら、許せるし、いつか忘れてもしまうだろうが、相手が親友であることには耐えることができないと考える。

妻のきわ子（小説にも実名がつかわれている）も遺書を残していた。それを読んだ「私」は思うのだった。「六年間、それだけ労苦を共にして来、二人の子供まで儲けた。夫婦の間柄は、矢っ張り他人だったか！」と。

妻の遺書には家出の理由は書かれていなかった。「途方もない、ノラだ」と「私」は呟く。自分はいま裁判を待つ身であり、もし下獄したら二人の子どもはどうなるのだろう。「路傍へ、蛙の児のやうに叩きつぶされるのか」。「私」はいのちを愛し、このいのちを虫けらのようにしか考えない工場や農村の現状をなんとかしたいと思ってたたかってきた。ことに、ここ数年間は「ブルヂョアが避暑を欠かしたことがないやうに、私は投獄されることを欠かしたことがなかった。私は生命を愛するが故に、私自身の生活を泥土に委した」。また「きわ子は、二人の児を育てながら、よく私にも同志にも尽した。あらゆる窮乏を忍んだ。圧迫と戦った」。このあと四行が伏字であり、「私が自殺の決心を固めてから後に判って来た事なんだ」で小説は終わる。

懲役七カ月の判決を不服として上告したが棄却され、葉山は巣鴨刑務所に服役した。獄中では用紙の交付が許可され、「土方の話」、「二人の子供へ。父より」（のちに「誰が殺したか」と改題）、「吹雪の夜、炉を囲んで、土方の生活」、「山抜け」、「鼻を覗う男」、「船の犬カイン」などを書く。

翌二五年三月、巣鴨刑務所を出獄してみると、妻子が家出をして行方不明になっていた。心当りをさがしたが見つからなかったため、以前働いていた木曾のダム工事現場へ行く。五月、「出しようのない手紙」を書きあげる。この月に長男が四歳で、一一月には三歳の次男が死亡。どちらも餓死であったらしい。

出世作「淫売婦」が『文芸戦線』に発表されたのはこの年の一一月のことであった。この作品は前月に発表される予定であったが、浦西和彦氏の「葉山喜樹」によると、「本号は特集創作号として、創作十数篇を満載する予定であったが、誌面の単調をおそれてにわかに計画を変更した。従って当然本号に載せる筈であった数氏の作を、順次々号に譲るほかなかった。特に葉山喜樹君の『淫売婦』と称する作は本誌取って置きの傑作で、既に紙型までとってあるのだが、何しろ五十枚の長編なので、今一回機会を待たなければならないのは遺憾である」と編集後記に記されているという。

こうして「淫売婦」はひと月おくれて一一月号に発表されることになるのだが、ここでも、「編集後記」で賛辞を呈される。「葉山嘉樹の小説は、本号の呼び物でなければならない。『淫売婦』の表題は平凡だが、我々のこの作から受ける示唆と暗示は、殆んど、未発見に近いものだといってもい丶と思ふ。プロレタリア文学に一つの新しい領域を開拓したものであることを信じて疑はない」と。

2

「淫売婦」が発表されたのは、一九二五年、『文芸戦線』の一一月号であった。名古屋刑務所の中で書かれてから二年余りのちのことである。この作品は、小林多喜二が「渾然たる名篇だ。その書き出しの堂々たる、その技巧の清新なる、脈々と人道的意識が全篇をしめている」と評価しているように、「セメント樽の中の手紙」とともに、葉山にとってプロレタリア作家としての出世作となった。

ヨーロッパ航路から帰った主人公「私」は、七月のむし暑い通りを歩いていた。「極道な青年」であり、「此世の中で俺の相手になんぞなりそうな奴は、一人だっていやしないや」と思っていた「私」に声をかけてきた男がいる。「オイ、若けえの」という声に「何だい」と返事をすると、別の男が二人近寄ってきた。てっきり喧嘩を売られていると思った「私」は「こいつあ少々面倒だわい。どいつから先に蹴っ飛ばすか、うまく立ち廻らんと、この勝負は俺の負けになるぞ」と作戦をたてる。ところが男はこういうのだ。「お前は若え者がするだけの楽しみを、二分で買う気はねえかい」。女を買わないかというわけである。「私」はありったけの金をつかみ出した。

どこへ連れていくというのだろう。

男たちは「ホンコンやカルカッタ辺の支那人街と同じ空気」があふれている南京街の中にある「塵埃が山のやうに積んであ」る家に案内した。部屋は「鰮の罐詰の内部のやう」に湿っぽくてかび臭く、ガランとしている。「一つの電灯が落葉が蜘蛛の網にでもひっかかったやうに」つるされているだけで、中は薄暗い。この一〇〇畳もあるような広い部屋に五燭光のランプひとつではよく見えない。だが、だんだん眼がなれてくると、隅の方に「何かの一固り」があるのがわかった。それを見た「私」はからだがふるえてきて立っていられなくなる。蔽いからはみ出しているかたまりは何と人間の下半身ではないか。このようなところへ、金をとって連れてきた男たちを許すわけにはいかない。「私」の中に「自暴自棄な力が湧いて」くる。上着のポケットに入れていたシーナイフを握りしめた。「あそこへ行って見な。そしてお前の好きなやうにしたがいいや、俺はな、ここらで見張っているからな」。男はそういうと段階を降りていった。

「私」は「固り」に近づいた。臭気が鼻をつく。死体と思っていた肉の塊りから吐息が聞こえる。生きているのだ。それは二二、三歳の若い女で、全裸のまま仰けに寝かされている。その肩のあたりには嘔吐したらしい汚物と黒い血痕が散らばっていた。癌患者特有の悪臭を放っているが、その眼はパッチリと見開かれていて、「私」に向けられているように思われた。「哀れな人間がここにいる」「哀れな女がそこにいる」。「幼い時から、あらゆる人生の惨苦と戦って来た一人の女性が、労働力の最後の残滓まで売り尽して、愈々最後に売るべからざる貞操まで売って食いつないで来たのだらう。彼女は、人を生かすために、人を殺さねば出来ない六神丸のやうに、又一人も残らずのプロレタリアがさうであるやうに、自分の胃の腑を膨らすために、腕や生殖器や神経までも噛み取ったのだ。生きるために自滅してしまったんだ」と「私」は考え、彼女の足の方にしゃがみこむ。そのとき女は口をきいた。「あまりひどいことをしないでね」。

強い憤りを感じた「私」は三人の男たちを叩きのめしてやろうと決心する。この「永久に休息しようとしている、この哀れな私の同胞に対して、今まで此室に入って来た者共が、どんな残忍なことをしたか、どんな陋劣な恥づべき行をしたか」を聞こうとした。だが思い直す。聞かなくてもその境遇は十分にわかるし、また苦しみに喘いでいる彼女のことばを聞いても今さらどうなるものでもあるまい。そんなことより、ここから彼女を救い出すことが先決だ。

さっきの男が現われ、「もう時間だ」と告げる。「私」が女に、どうして欲しいかと聞くと、このままそっとしておいてもらいたい、ほかには何も望みはないという。ごろつき共の手から逃れたい、警察に保護を求めたいと願っているにちがいないと思っていた「私」の期待ははずれてしまった。女はそのようなかすかな望みを持つことさえできなくなっているのだった。それでも「私」は、このままでは死んでしまう、病院へいこうとすすめていると、男が近寄ってきて「オイ！　此女は全裸だぜ。え、オイ、そして肺病がもう迚も悪いんだぜ。僅か二分やそこらの金でさういつまでも楽しむって訳にゃ行かねえぜ」という。「貴様たちが丸裸にしたんだらう。この犬野郎！」と叫ぶと「私」はとびかかっていった。格闘の末、相手をうずくまらせると、女にここを出て病院へ行こうとうながしたが、返ってきたのは意外なことばであった。「小僧さん、お前は馬鹿だね。その人を殺したんぢゃあるまいね。その人は外の二三人の人と一緒に私を今まで養って呉れたんだよ、困ったわね」。「お前の肉の代償にか、馬鹿な！」と「私」がいうと、「小僧さん。此人たちは私を汚しはしなかったよ」という。「私」は「ヒーローから、一度に道化役者に落ちぶれてしまった」のだ。一時の正義感からとんでもない茶番劇を演じてしまったわけである。

疲れ切った「私」はいったん街へ出たが、女のことが気になってあの場所へまた戻ってみる。男に、もしお前たちが女をあんな目にあわせたのなら半殺しにしたんだというと、「あの女が誰のためにあんな目にあったのか知りたいのかい。知りたきゃ教えてやってもいいよ。そりゃ金持ちと云う奴さ。分ったかい」。そして、あの女は俺たちの友達だというのだ。じゃあなぜ友達を素っ裸にしておもちゃにするのだと聞くと、そんなことはしたくないが、薬を飲ませたり卵を食わせたりするためにほかにどんな方法があるのかと反論する。「薬を飲ませて裸にしといちゃ差引零ぢゃないか、卵を食べさせて男に蹂躙されりゃ、差引欠損になるぢゃないか」と「私」はいった。「それがどうにもならないんだ。病気なのはあの女ばかりぢゃないんだ。皆が病気なんだ。そして皆が搾られた渣なんだ。俺達あみんな働きすぎたんだ。俺達あ食うために働いたんだが、その働きは大急ぎで自分の命を磨り減しちゃったんだ。あの女は肺結核の子宮癌で、俺は御覧の通りのヨロケさ」、「お前はどう思ふ。俺たちが何故死んぢまはないんだろうと不思議に思ふだらうな、穴倉の中で蛆虫見たいに生きているのは詰らないと思ふだらう。全く詰らない骨頂さ、だがね、生きていると何か役に立てないこともあるまい。いつか何かの折があるだらう、と云ふ空頼みが俺たちを引っ張っているんだよ」。このことばを聞き、「私」は誤解していたのを恥じた。

女のそばへいってみると、からだには浴衣がかけてあり、眼は閉じられている。「私」はそこに「淫売婦の代りに殉教者を見」るのだった。

この小説は作者が水夫時代の体験をもとに書いたものである。ここには「生ける屍」となっても、生きていることが苦痛以外の何ものでなくても、それでも生きていこうとする人間の姿が描かれている。悲惨の極にある人間を描くことにより、最底辺の人々の本能的ともいえる連帯感――これなしには生きていけないということでもあるが――を描いた作品である。淫売婦である女も、それに寄生していると思っていた男たちも、自分と同じ虐げられた階級の人間であることを知った「私」がなめくじと呼ぶ男に一円を渡し、その手を握りしめる結末の部分にそれが見事に象徴されているように思う。

作品の冒頭に、この話は「それは事実かい、それとも幻想かい」と聞かれてもどちらともいえないと書かれているように、幻想とも思われる世界を描き出すことによって、現実の悲惨さをよりリアルに表わそうとしたといってもよい。日常的にはありえないと思われることが実在する現実を、いいかえれば幻想の世界としか考えられないほどのきびしい状況の中で生きている人間がいることを提示したかったのであろう。非日常的な〝現実〟を描出することによって資本主義社会の非人間性を告発した作品でもある。（前掲書第一巻所収）

3

「淫売婦」が掲載され、葉山の活動の舞台となった『文芸戦線』について触れておきたい。

一九二三年九月の関東大震災によって『種蒔く人々』は廃刊を余儀なくされ、その後身として生まれたのが『文芸戦線』であった。大震災から九カ月たった一九二四年六月、創刊号が出される。創刊当時の同人は小牧近江、今野賢三、金子洋文、佐々木孝丸、松本弘二、平林初之輔、村松正俊、前田河広一郎、中西伊之助、山田清三郎、青野季吉、佐野袈裟美、武藤直、柳瀬正夢の一四人。

雑誌『文芸戦線』の財政は、陸軍中将田村治与作の息子で、『中央新聞』の記者をしていた自由主義者田村太郎の出費によってまかなわれた。しかし半年で資金難に陥り、一九二五年一月号で休刊せざるをえなくなった。これが第一次『文芸戦線』である。少し長くなるが、創刊のいきさつについてのべた青野季吉の「『文芸戦線』以前」という文章を引用しておこう。

「旧『種蒔く人』の読者及び後援諸兄に。雑誌『文芸戦線』の同人の大部分は今日までの所では旧『種蒔き社』の同人の一部である。そこで雑誌『文芸戦線』はすくなくとも同人の顔触から見ると旧『種蒔き社』の単なる復活のような印象を与える。しかし『種蒔く人』が『文芸戦線』と変ったのは単に看板を塗りかえたと言うだけではない。そこには『種蒔く人』が、『文芸戦線』と変らなければならぬ理由があった。その理由を述べて旧『種蒔く人』の諸兄及び後援してくださった諸兄に、此際挨拶をしておき度いと思う。

旧『種蒔き社』は昨年の暮に解散し、それと同時に自然『種蒔く人』は廃刊することとなった。解散の理由は、第一、旧『種蒔き社』はそれ以前から漸次に団体としての統制を失って来ていて、『種蒔き社』の成立の約束からするとそれを如何ともすることが出来なかった為めである。統制を失ったというのは、決して『種蒔き社』の仕事、乃至企画の精神が不必要になったということを意味するものではない。打明けて言えば同人中に『種蒔き社』の団体的統制から離反したものが出て来たのを『種蒔き社』の初発の申合せでは如何ともすることが出来ぬために、団体間の統制がこの一角から崩れたのである。そこでこの失われた統制を建て直すためには、そうした離反した同人の自発的脱退を待つか、『種蒔き社』を解散して新たな団体を持つしかない。ところで『種蒔き社』の如き比較的自由な団体の統制にも服せぬほどの、気儘勝手な、投げやりな、悪く言えばぐうたらな人間共に自発的脱退などの正しい進退の道など分る筈はない。そこで執る可き道は『種蒔き社』を解散して新たな団体を持つことであった」

第二の理由として、もともと困難であった財政事情が大震災を機に一段と悪化したことをあげ、第三の理由としてつぎのようにのべている。

「震災中に起った社会的事実の手痛い経験は私たちにいろんなことを教えた。乃至はいろんなことを確かめさせた。そこで『種蒔き社』の同人中に無産階級解放運動の執るべき道に関して、意見の上で多少の距離を生じた。そこで旧『種蒔き社』の如き、行動の一単位としての意義をも持っていた団体は、その場合自ら不便なものとならざるを得なかった。文芸方面に於てはよし共同戦線を張ることが出来ても、無産階級解放運動の他の方面では、特に主として行動に現われる方面では、これまでの『種蒔き社』の行き方で一致することは困難となった。そこで行動の方面では各自が新境地に向って進み、共同の戦線を張るならば文芸方面に局限せねばならぬこととなった。そこで行動の一単位としても意義を持っていた『種蒔き社』という群を解体しなければならぬこととなった。そして文芸的方面で共同の戦線をつくるならつくるでそれは新たな問題としなければならなくなった。それが『種蒔き社』解散の思想的な一つの理由であった」

青野は以上三つのことを「種蒔き社」解散の理由としてあげ、さらに「同人内部から、或は無産階級の運動の裏切り者とも見られる人を出した事は遺憾に相違ない」としながらも、それは「『種蒔き社』の精神の有意義なことを打消すものではない『種蒔き社』は何者によって仆されたのでもなく、新たなものへの躍進のために自ら団結を解いたのである」とのべている（『文芸戦線』以前」は三一書房刊「日本プロレタリア文学大系」第二巻所収）。

こうして解散した『種蒔き社』の後身が前述したように『文芸戦線』であり、つぎの二カ条を綱領とした。

一、我等は無産階級解放運動に於ける芸術上の共同戦線に立つ。

一、無産階級解放運動に於ける各個人の思想及行動は自由である。

『文芸戦線』はこの綱領が示しているように、「芸術上の共同戦線」に限定していて、かなりゆるやかな組織であった。『文芸戦線』という誌名は松沢信祐氏によると、ソビエトの文芸誌『リテラチュアー・プロット』からとったという説と、当時の社会主義関係の人たちが出していた『芸術戦線』からとったという佐々木孝丸の説とがあるという（「連載座談会・プロレタリア文学の時代」第四回「『文芸戦線』創刊からナップ結成へ」、『文化評論』三三九号）。

創刊号には前田河広一郎の戯曲「奈落」が掲載され、翌七月には金子洋文、中西伊之助によって「文芸戦線同人集」が編まれ、三号には「脱走兵とその妻」（佐野袈裟美）、評論「人類的立場と階級的立場」（青野季吉）、五号には葉山嘉樹の「牢獄の半日」、七号には前田河の評論「行動の思想」が載せられている。こうして八号まではなんとか出したものの、雑誌の経営が赤字つづきのため、とうとう出資者である田村太郎も投げ出さざるをえなくなり、休刊のやむなきにいたった。山田清三郎はこのときのことをつぎのように回想している。

「休刊の号になった一九二五年一月号は、佐々木孝丸の編集当番のときで、私がその補助者であった。かさなる借金に印刷所の神田猿楽町の三誠社では、途中で仕事をなげようとしたので、いくらか工面した金を直接工場にわたし、労働者たちになんとか雑誌をつくってもらった。それは一九二四年の暮れのことでその次の号からの見通しはまったくなかった。『残念だな、〝文芸時代〟がのしてきているというのに』と神田小川町の今半という牛鍋屋で、佐々木が、私を相手にくやしがったのを、今もありありとおぼえている」

こうして中心の組織を失ったプロレタリア文学運動はいったん挫折するが、五カ月後には息を吹き返すことになる。それは一九二五年六月の『文芸戦線』再刊であった。このときの資金は前田河が仙台の一中時代の同窓であった横田直から六〇〇円を調達して用意された。横田は弁護士の息子で、国粋主義者であったが、義侠心の強い男であったから立場のちがいをこえて資金を出すことになったらしい。前田河は二〇〇円ずつ三回に分けてそれを借りている。

この第二次ともいうべき『文芸戦線』の編集、経営には山田清三郎があたることになった。余談になるが、この際誌名を変えようということが同人のあいだにもちあがり、当時ゴシップ物を掲載をしていた『文芸春秋』の向こうを張って文壇を野次りとばそうというわけで『ココラキヨウ』という名前にしようと決めた。山田によるとそのときのいきさつはこうだ。「雑司ケ谷の前田河の家に集まった同人会議で『ココラキヨウ』という名前にきまった。同人の名をローマ字に書いて一字ずつ切り、それをみんなでかきまぜ、口でふいて、のこったものを順に綴ると、そういう語呂になったのだ。『文芸戦線』改め『ココラキヨウ』、これで文壇を野次ろうということになり、『文芸春秋』の向うをはることになったが、さすがに、同人たちは反省しあって、けっきょく『文芸戦線』を続刊することになった。が、この挿話は、当時の『文芸戦線』同人たちの気持の、いつわりのない反映であり、プロレタリア文学運動は、まさにそのような、半絶望状態におちいっていたのである」（山田清三郎「プロレタリア文学史」〈理論社〉）。

臼井吉見も「現代日本文学史」の中で「片々たる雑文や、ブルジョア文壇、文士を皮肉ったゴシップ記事で埋めたのは当時の『文芸春秋』の模倣であって、これが日本文学における画期的な役割をはたそうとは信じられないほど低俗なものであった」といっているように、はじめはふまじめな内容が多かった。しかしまもなくそれを払拭し、脱皮していく。それは、体裁も菊判六四ページに衣替えした一九二五年一〇月号からであった。

再刊されたはじめの時期の『文芸戦線』は幅広い人に執筆させる方針をとり、同人以外に、細井和喜蔵、林房雄、高群逸枝、里村欣三、川崎長太郎、平林たい子、江馬修、立野信之、小川未明、壺井繁治、高橋新吉など五十数名にのぼっている。また同人も増えていき、二六年には葉山嘉樹、林房雄、里村欣三、岡下一郎、佐野碩、赤木健介、小堀甚二、黒島伝治、二七年には藤森成吉、村山知義らが加入し、プロレタリア文学運動の中心的組織としての陣容をととのえていくことになる。

4

『文芸戦線』誌上に、指導的文芸理論家として登場したのが青野季吉であった。彼は復刊第二号（一九二五年七月）に「『調べた』芸術」を書き、これまでの日本の小説は、作者が体験した「印象のつづり合せ」であり、それは短編小説のみならず多くの長編においてもあてはまるし、いわば印象小説の枠を出ていないものばかりである、と指摘し、その拠ってきたるところを日本の自然主義の伝統に求める。

「何でも彼でも『本当のもの』といえば個人の狭い、偶然的な経験だけであって、それを『堀り下げ！』さえすれば、何かにぶつかるという風に、まるで神秘的な、奇蹟的な考え方をして、平気でいたのである。それが因をなして、こんにち見るような無意力的な、無尋求的な結果となってしまった」、「身辺の雑印象に満足して、それを描いてさえおれば無意力的な、無尋求的なことでその『堀り下げ』得たものに時代意識が出る筈もないし、時代の苦悶が反映する筈もないのである」と批判した。ではどのような芸術をめざすべきであるのか。そこで青野は、「調べて行く行き方」を提起し、これこそが文学のゆきづまりを打開する道であり、反抗意識や反逆精神も当然その中から生まれてくるものだという。これを「『調べた』芸術」と彼はいい、「調査」を土台としながら、その上に文学を構築しなければならないことを強調する。その例としてエルンスト・トフラーの戯曲やアプトン

・シンクレアの小説「石炭王」を引き合いに出しながら、これらの作品がすぐれたものとなっているのは、鉱山経営、鉱山労働者、労働組合運動の実態が「氷のような調査」にもとづいて書かれているからだという。文字通り「調べて書いた」小説だというのだ。

青野によるこの提唱は、これまでのせまい枠の中にとじ込められていた文学を「広場」へ引き出そうとするひとつの方法論の提示であった。

この評論が書かれた半年後に、シンクレアの「ジャングル」という作品が前田河広一郎の訳で紹介される。「雇用人の数三万、それによって生活している人々は二十五万人、間接に生活している人々は五十万人、その食料品は、世界に至らぬはなく、それを食う人の数は約三千万」というシカゴを舞台に、一移民労働者の歴史を描いたといわれるこの作品が訳出されたのを機に、『文芸戦線』（一二月号）に青野は「再び『調べた』芸術」を書く。「ジャングル」という作品は「資本家社会を調査し、解剖し、批評した結果」によってできあがったものである。とくに「資本の組織と搾取の組織の、真に巨人的とも言ってよい描写に驚嘆しないわけにはいかない」とし、このような努力こそがプロレタリアがなさねばならないものであり、この「調べる」という方法をプロレタリア文学にとりいれるべきだと論じた。「プロレタリアは生産機関を握っている階級だ。この世界こそは、ブルジョア文学の察知を許さない『我々の世界』である。この世界を解剖し、描写することはプロレタリアだけが持つ唯一の特権である」とのべ、その先駆的なものとして細井和喜蔵の「工場」や「女工哀史」をあげている。

このように「再び『調べた』芸術」は、「『調べた』芸術」が一般論として書かれたのをプロレタリア文学の理論として一歩すすめたところにその大きな意味があったといえよう。

前後するが、青野は『文芸戦線』の一〇月号に「文芸批評の一発展型」を発表し、文芸批評のあり方について問題を提起している。それによると、文芸批評には二つの方法があり、その一つは内在的批評であり、もうひとつは外在的批評である。内在的批評というのは、批評家が作品の内部に立ち入って作品の構成要素の分解と結合の具合やその調和・内容と技巧の関係を調べ、批評するという方法であり、いいかえればそれは説明的批評ないし、文学史的批評ということになる。外在的批評は、与えられた芸術作品を一個の社会事象、芸術家を社会的存在として、その現象、存在の社会的意義を決定しようとする批評のあり方であって、これは文化史的批評といってもよいとのべている。

この二つの批評の方法は根本的には矛盾するものではなく、それどころか内在的な説明がなければ外在的な意義の決定はできない。しかしそうはいっても二つは対立するものだともいう。なぜなら「単に説明と観賞でけりがついてしまう批評と、それでけりをつけないで、その存在の社会的意義を決定しなければならない批評である。言いかえると、説明と観賞のためにする批評と、その先へぬけ出て行くために説明と観賞を通過する批評とがある。その意味ではその二つの批評の形態意義は、一を内在的批評として、他を外在的批評として対立的である」からだ。

なぜこの外在的批評を青野は提唱したのか。それは、作品を解釈したり観賞したりすることでこと足れりとしてきたこれまでの内在的批評では、作品を科学的に批評することができないという不満があったからである。

この外在的批評論は緻密に構成されたものではないが、文学作品を「一個の社会現象として社会に照らして」評価すべきだとしたところに文芸批評論としての意義があったとみるべきであろう。

『文芸戦線』(一九二六年九月号)には、文芸理論家としての青野季吉の名を一躍高めた「自然生長と目的意識」が掲載される。この中でプロレタリア文学の起こりはプロレタリア階級が「生長」していくうちに表現意欲がうまれたことにあるとし、たとえそれがインテリゲンチャによって作られたとしても矛盾しない。なぜなら、インテリゲンチャにそれを書かせるということがプロレタリア階級の「生長」を反映しているからだ。ところで注意しておかなければならないことは、プロレタリア文学とその運動の発生は同時ではなかったということであるとし、具体的な例をあげる。プロレタリアを描いた文学は自然主義文学の中にもあり、また長塚節の「土」にしてもそうである。しかしまだそのころにはたとえプロレタリアが描かれたにしてもプロレタリア文学運動は起こっていない。この運動が起こるのはずっと後のことであり、このちがいが問題であるという。プロレタリア階級が自然に「生長」すると同じように表現意欲も自然に育つ。そのあらわれがプロレタリア文学である。プロレタリアの立場に立つインテリゲンチャも、詩を作る労働者も、小説を書く農民も自然に「生長」する。だがそれは「自然に生長したままであって」運動ではない。そこにはまだ目的意識がないからである。「自然生長」の上に目的意識があってこそはじめてプロレタリア文学運動となるわけだ。では目的意識とは何か。「プロレタリアの生活を描き、プロレタリアが表現を求めることは、それだけでは個人的な満足であって、プロレタリア階級の闘争目的を自覚した、完全に階級的な行為ではない。プロレタリア階級の闘争目的を自覚して始めて、それは階級のための芸術となる。即ち階級的意識によって導かれて始めて、それは階級のための芸術となるのである。そしてここに始めて、プロレタリア文学運動が起るのであり、起ったのである」。したがってプロレタリア文学運動は「自然発生的なプロレタリア文学にたいして、目的意識を植えつける運動であり、それによって、プロレタリア階級の全階級的運動に参加する運動である」とのべる。

さらに、運動がなくても、プロレタリア文学は自然に発生し、「生長」するものだが、それはあくまで「自然生長」にすぎないものであって、それが目的意識にまでなるためにはそれを引き上げる力が必要である。それこそがプロレタリア文学運動である。「プロレタリア芸術運動は飽くまで、目的を自覚したプロレタリア芸術家が即ち社会主義プロレタリア芸術家が、自然生長的なプロレタリア芸術家を、目的意識にまで、社会主義意識にまで、引き上げる集団的活動である。そこに運動の意義があり、そこに運動の必然がある」といい、このことを強調する理由として、プロレタリアの文学とプロレタリア文学運動とを明確に分けて考えなければならないのに、「何も彼もごっちゃにして仕舞って、自然発生的なものに随喜して済ましている者がよく見受けられるからである」とのべている。

ここで彼がいっている目的意識の「目的」というのは、社会主義思想、マルクス・レーニン主義によって自然成長的なプロレタリアの文学を引き上げていくということを意味していることはいうまでもない。この理論の背景となっているのは、山田清三郎の「プロレタリア文学史」によると、レーニンが「なにをなすべきか」の第二章「大衆の自然発生性と社会民主主義の意識性」の中でのべている「我々の任務は自然発生性と闘争すること、ブルジョアジーの庇護のもとにはいろうとする組合主義のこの自然発生的な志向から労働運動をひきはなして、革命的社会民主主義（共産主義のこと）のもとにひき入れることである」という部分を文学理論に導き入れたものであるという。

青野の「目的意識論」はあらゆるプロレタリア作家に社会主義思想をもつように意識改造、自己変革を求めた意識変革論であったといえよう。

（青野季吉の論文は河出書房「現代文学論体系」第四巻、「日本プロレタリア文学評論集」第三巻などに所収）

5

葉山がダム建設工事の「雪の降り込む廃屋に近い、土方現場」で「セメント樽の中の手紙」を書いたのは、一九二五年の一二月であった。

木曾川の上流、恵那谷のダム工事現場でセメント樽をあけ、ミキサーにセメントを入れる仕事をしている松戸与三は、鼻の穴につまる粉をとるひまもないほど忙しかった。一日一一時間の労働である。

もう少しで仕事が終ろうというときであった。セメント樽の中から木の小箱が出てきたのである。不審には思ったが、そんなものにかまっていられないほど忙しかった彼は見過ごそうとするが、「セメント樽から箱が出るって法はねえぞ」と思い、「腹かけの丼」の中に投げこんだ。「軽い処を見ると、金も入っていねえようだな」と深く考えることもなく仕事をつづけた。

終業時間がきて、手や顔を洗い弁当箱を首に巻きつけると「一杯飲んで食ふことを専門に考へながら」長屋へ帰った。家には子供がうようよしているのに女房の腹がまたふくれ出している。一円九〇銭の日当の中から毎日一升五〇銭の米を二升ずつ食われて残りの九〇銭で家賃を払ったり、衣服を買ったりしなければならない。これでは好きな酒も飲めない、とむしゃくしゃした気持ちになっているとき、あの木箱のことをふと思い出した。とり出してみると、箱には何も書いていないが、頑丈に釘づけがしてある。「思わせぶりしやがらあ」といいながら石の上にぶつけてみたがこわれない。「この世の中でも踏みつぶす気になって、自棄に踏みつけ」る。するとこわれた箱の中からボロ切れにつつまれた紙片が出てきた。それはこんな手紙だったのだ。


——私はＮセメント会社の、セメント袋を縫ふ女工です。私の恋人は破砕器へ石を入れることを仕事にしていました。そして十月の七日の朝、大きな石を入れる時に、その石と一緒に、クラッシャーの中に嵌りました。

仲間の人たちは、助け出さうとしましたけれど、水の中へ溺れるように、石の下へ私の恋人は沈んで行きました。そして石と恋人の体とは砕け合って、赤い細い石になって、ベルトの上へ落ちました。ベルトは粉砕筒へ入って行きました。そこで鋼鉄の弾丸と一緒になって、細く細く、はげしい音に呪の声を叫びながら、砕かれました。さうして焼かれて、立派にセメントになりました。

骨も、肉も、魂も、粉々になりました。私の恋人の一切はセメントになってしまひました。残ったものはこの仕事着のボロ許りです。私は恋人を入れる袋を縫っています。

私の恋人はセメントになりました。私はその次の日、この手紙を書いて此樽の中へ、そうっと仕舞ひ込みました。

あなたは労働者ですか、あなたが労働者だったら、私を可哀相だと思って、お返事下さい。

此樽の中のセメントは何に使はれましたでせうか、私はそれが知りとう御座います。

私の恋人は幾樽のセメントになったでせうか、そしてどんな方々へ使はれるのでせうか。あなたは左官屋さんですか、それとも建築屋さんですか。

私は私の恋人が、劇場の廊下になったり、大きな邸宅の塀になったりするのを見るに忍びません。ですけれど、それをどうして私に止めることができませう！　あなたが、若し労働者だったら、此セメントを、そんな処に使はないで下さい。

いいえ、ようございます。どんな処にでも使って下さい。私の恋人は、どんな処に埋められても、その処々によってきっといい事をします。構ひませんわ、あの人は気象の確りした人でしたから、きっとそれ相当な働きをしますわ。

あの人は優しい、いい人でしたわ。そして確りした男らしい人でしたわ。未だ若うございました。二十六になった許りでした。あの人はどんなに私を可愛がって呉れたか知れませんでした。それだのに、私はあの人に経帷子を着せる代りに、セメント袋を着せているのですわ！　あの人は棺に入らないで回転窯の中へ入ってしまいましたわ。

私はどうして、あの人を送って行きませう。あの人は西へも東へも、遠くにも近くにも葬られているのですもの。

あなたが、若し労働者だったら、私にお返事下さいね。その代り、私の恋人の着ていた仕事着の裂を、あなたに上げます。この手紙を包んであるのがさうなのですよ。この裂には石の粉と、あの人の汗とが浸み込んでいるのですよ。あの人が、この裂の仕事着で、どんなに固く私を抱いて呉れたことでせう。

お願いですからね、此セメントを使った月日と、それから委しい所書と、どんな場所へ使ったかと、それにあなたのお名前も、御迷惑でなかったら、是非々々お知らせ下さいね。あなたも御用心なさいませ。さようなら。――

手紙を読んだ松戸は「湧きかへるやうな、子供たちの騒ぎを身の廻りに覚え」ながら、茶碗の酒を一気に飲み干した。そして「へべれけに酔っ払ひてえなあ。そうして何もかも打ち壊して見てえなあ」とどなった。それに答えて妻君がいう。「へべれけになって暴れられて堪るもんですか。子供たちをどうします」。彼は「妻君の大きな腹の中に七人目の子供」がいるのを見るのだった。

「セメント罇の中の手紙」は一〇枚たらずの短編である。ここには資本主義の矛盾、資本家に対する直接的な怒りや抗議は書かれていない。だが、松戸の工場現場での苛酷な労働、安い賃金でつぎつぎに生まれてくる子供を養っていかなければならない生活の重荷、やけっぱちになり酒でも飲まなければ苦しみをまぎらわすことのできないその姿をとおして、多くの労働者がおかれていた状況が集約的に示されている。

この松戸より悲惨な人間がいた。セメント樽の中の手紙に書かれている若い労働者である。クラッシャーの中に落ちた彼は石といっしょに砕かれてセメントになってしまったのである。そのセメントを入れる袋を縫わなければならない恋人であった女工。なんという残酷なめぐり合わせであろう。これほど痛ましいことはあるまい。

女工はセメントの一部になってしまった恋人の肉や骨、そして魂のまじったそれがどこに使われるのか気がかりになる。裕福な人たちが金とひまにあかせて観にいく劇場の廊下や金持ちの邸宅の塀になるのではないかと思うとたまらなくなる。しかし思いなおす。「あの人は気象の確りした人でしたから、きっとそれ相当な働き」をするだろう、と。ここに恋人を思う若い女工のやさしいこころ根と健気な労働者らしい気持ちが読みとれる。また、「あなたは労働者ですか、あなたが労働者だったら、私を可哀相だと思って、お返事下さい」と書かれているところに、自分と同じ境遇のものであればきっとこの気持ちをわかってくれるだろうという働くものの連帯感もにじみ出ていて胸をうつ。

手紙の部分が全編の半ば以上を占めるこの作品は、構成のうえで短編小説の常識を破ったものとも思われる。だが、かえってそれが効果をあげているように私には感じられるのである。小説技法としても見事だ。

一〇枚にも満たない作品だが、命をも奪われる危険をおかして働かなければならなかった労働者の悲哀と、それを切々とうったえる若い女工の心情とが、セメント樽に託された手紙をとおして伝わってくる。まさに珠玉の短編である。

最後に、前半に出てくる簡潔で美しい自然描写の部分を書きそえておきたい。

「発電所は八分通り出来上っていた。夕暗に聳える恵那山は真っ白に雪を被っていた。汗ばんだ体は、急に凍えるやうに冷たさを感じ始めた。彼の通る足下では木曾川の水が白く泡を噛んで、吠えていた」

（前掲書第一巻所収）

6

「セメント樽の中の手紙」を発表した一九二六年には葉山はつぎつぎと作品を書いている。二月四日「そりゃ何だ」を、七日には「労働者の居ない船」、二〇日「山抜け」、「住むべき処を求めて」、三月一日「どこも冷たい」、三日、戯曲「どっちに行くか」をそれぞれ脱稿、一四日には「獄中抜書」を『読売新聞』に発表、一五日「散歩」、一六日「赤い荷札」、二三日、「焼けた金で払う」、二五日に「春の悩み」を書く。そして三月二七日から四月二四日まで、五回にわたって『無産者新聞』に「追跡」を分載。この三月には林房雄、岡下一郎、里村欣三とともに『文芸戦線』の同人となった。四月九日に「田舎者が都会を見る」を脱稿。このころ、岐阜県恵那郡中津町に下宿していた葉山はこの町の素封家の娘西尾菊江と結婚し上京、二月に結成されていた林房雄、久板栄二郎、中野重治、佐野碩、谷一、小川信一郎らのマルクス主義芸術研究会に参加する。

七月にはいって、一〇日「浚渫船」を書き、一八日に第一創作集「淫売婦」を出版。八月には「港町の女」を『文芸春秋』、「校正係」を『文章世界』、「子供について（偶感）」を『文芸戦線』に発表した。九月二日「印度の靴」、一〇月一〇日には『文芸市場』に「刺された男」、『女性』に「強からず弱からず」を掲載、一八日には「海に生くる人々」が改造社から出版されている。また、一一月二日「自分を見る――」、七日には「マドロスと鼠」という具合に、いずれも短編ではあるが、つぎつぎに作品を書いていて、その旺盛な創作意欲と健筆ぶりには驚くほかない。

一一月三日に書きあげ、一八日から三回に分けて『読売新聞』に載ったのが「プロレタリア芸術運動の位置と任務」という評論である。

人間の社会が分業によって成り立っているように、プロレタリアの前衛においてもそれがおこなわれる、無産政党、労働組合、農民組合などのように、であるとの趣旨を述べ、無産政党の「政治行動の一部分を受け持つ」芸術運動についてとりあげたい、として葉山は次のように論を展開する。

芸術は特殊な技術を必要とするものであるから、他の分野のようにかんたんにはとりかえがきかないものであり、したがって「個人的な存在権」を主張しやすいという特徴をもっている。

ところで、プロレタリアであり、文芸家であるがゆえに「プロレタリア文士」であるということにはならない。なぜなら貧乏人が必ずしもプロレタリアとしてのイデオロギー（階級意識）をもっているとはかぎらないからだ。たとえば「貧民窟の木賃宿で『今、俺に三十円の現金と、人を訪問するのに恥しくない着物と羽織と、帯とがあれば、俺は立派に今俺を軽蔑している奴等を見返してやる』と、あらゆる時間を考え続ける、飢えた老人はざらにあるのだ」として、ここには自分さえよければよいという気持ちしかなく、なぜいま自分が貧しいのかを考えようとするプロレタリアの眼、階級的視点がない、という。つまり、貧困が必ずしもプロレタリア・イデオロギーを生むとはかぎらない。なぜなのか、それは貧困をもたらす経済の仕組み、資本主義のからくりを知らないためである。

文学についてであるが、プロレタリア文芸であろうとブルジョア文芸であろうと、その根底には生活の問題、経済的条件があり、すべてそれによって裏づけられる。どんなに「精神的生産過程」にある人間でも「物質的生産過程」なしには存在しえない。経済的生活があってこそ精神的生活がある。

では、ブルジョア文芸とプロレタリア文芸とのちがいは何から生まれてくるのか。それは社会をどのように認識するかによるのであって、そのどちらでもない、中間のものなどありえない。すなわち、文芸作品には意識的であるにせよ、無意識的であるにせよ、作者のイデオロギーによってプロレタリアかブルジョアか、そのどちらかの階級的利益が反映されるものである。

作者がブルジョア・イデオロギーをもっていれば、そこから出てくるものはせいぜい人道主義かセンチメンタリズムでしかなく、その眼でしかプロレタリアをみることができない。このような作者には「プロレタリアを哀れな格好で街頭に見せ物を出して、読者のセンチメンタリズムをくすぐることは出来」ても、プロレタリアが「一切の力の根源であり、把握者であること」をみることはできない。「愛」「同情」「憐愍」は「同僚精神」のうえにのみ存在しうるのであり、「人類」という一般的な立場では成り立ちえないものである。

プロレタリアの文学は同僚への「愛」と敵にたいする「憎悪」の感情のうえに成立するものだが、実際はなかなかそうはいかない。われわれの中にあるブルジョア思想の残滓をかんたんに取り除くことはできないからだ。そこで社会の中だけでなく自己の内部でも階級闘争が必要になる。もしこの自己批判や意識の変革がなければ、外形だけがプロレタリアであって、中身は「鼻持ちならないブルジョア・イデオロギー」の持主ということになるであろう。外形だけがプロレタリアであるという「危険」は文学の分野では社会運動などにくらべるとずっと多い。それは文学が特殊な技術を要するものであり、また個人的な営みであるからだ。

どんなプロレタリアでも、個人的な「被圧迫的特殊性」をもっていても「組織に依る経済的圧迫」という「近代的な搾取法」からのがれるわけにはいかない。プロレタリアを解放するためには、さまざまな方法をもたなければならないが、そこには一定の方向があることを忘れてはならない。それと同じようにプロレタリア芸術運動にも一定の方向がある。この方向性をみとめないならばどのような階級に属しようと、「芸術至上主義者」であるといわざるをえない。プロレタリア芸術運動にとってブルジョア・ヒロイズムは無用のものであり、この芸術運動にたずさわるものはあくまで「集団の内部に於ける一兵卒」でなければならないのだ。――

葉山の文章を要約すれば以上のようになろう。このかなり抽象的で舌たらずでもある文章で彼がいわんとしていることは、文学は特殊で個人的な営為でもあるが、それがプロレタリア文学であるためには、プロレタリア・イデオロギーと一定の方向性にもとづかなければならないということである。

この年の一一月一四日、日本プロレタリア文芸連盟は第二回大会で、日本プロレタリア芸術連盟と改称、劇団「前衛団」が創立された。葉山も、青野季吉、林房雄、久板栄二郎、前田河広一郎、村山知義、佐々木孝丸、千田是也、関鑑子、山田清三郎、柳瀬正夢らとともに同人となる。

一二月にはいって、葉山は『改造』に「プロレタリアの乳」、『新潮』に「乳色の靄」、『不同調』に「悪い癖」、『文芸戦線』に「反抗心について」を発表している。

7

一九二六年の五月、『解放』に発表された「労働者の居ない船」はコレラによってつぎつぎに斃れていったため題名どおり労働者がいなくなった船の話である。

「こう云ふ船だった」ということばで書き出される、この強そうな名前をもった船――第三金時丸はコンパスがこわれていて、行きつ戻りつするような老朽船であった。また、胴体を強くこすりでもするものなら穴があいてしまうような代物でもあった。こんな貨物船であっても好景気の時代だから仕事につけたのである。まるで酔っ払いのようにどこへ行くかわらないため、ほかの船は「厄病神にでも出会ったやうに」避けて通るのだった。だが、外から見れば傍若無人に航行しているこの船の中では乗組員たちは人一倍苦労していたのである。

この老朽船は、三池港で石炭を積み込むとマニラに向けて出航した。こんな船でも船長以下石炭運びまで一通りの乗組員を必要とした。というより、酔っ払いのような船であるからこそ「金持の淫乱な婆さんが、特に勝れて強壮な若い男を必要とするように」強健な労働者を乗り組ませなければならなかったのである。

こんな危険な貨物船になぜ労働者たちは乗らねばならなかったのか。「お天道様と、米の飯はどこにでもついてまわる」というのに、なぜ自ら危険を冒さねばならなかったか。彼らには自分の好きな仕事をえらぶ余裕などなかったからだ。

三〇〇〇トンの第三金時丸はマニラに着いた。港に着くと、労働者たちはまるで「家の中の樽」のように駆けずりまわって荷役を終らなければならなかった。荷物を積み込み帰途に着いてほどないころ水夫の一人が苦しみ出す。暑気にでも当たったのだろうと、水夫室へ担ぎ込まれたその男は「南京虫だらけの巣」に入れられた。暑気に当たることなど珍らしいことではないし、そんなことにいちいち構っておれなかったからである。

病人の口と尻から流れ出る液体はすぐにからからに乾き「出来の悪い浅草海苔」のようにこびりついてしまう。「うまくやってやがらあ、奴あ、明日は俺たちより十倍も元気にならあ」、「何でも構わねえ。たった一日俺もグッスリ眠りてえや」などと、酒の飲み過ぎで倒れたと思っているほかの水夫たちはうらやましがった。

船上では、もっとだいじな仕事をしなければならないのに水夫たちはデッキの手入れをしている。この船は「梅毒にかかった鼻」のようにもろくなっているため、錨を巻き上げるとき胴体に穴があくのである。デッキの手入れどころではなかった。もうひとつ肝腎なことがあった。それは飲料水タンクの修理だ。タンクと海水の間を仕切っている船底から「動脈硬化症にかかった患者」のように海の水がしみ出してくるのだった。それがタンクの中にはいってくるから、たしかに中の水が減ることはない。だがその結果、水夫たちは塩水を飲まなければならなくなる。

ところで、乗組員が乗船するときにはきびしい健康診断をうけなければならぬが、船が出るときにはそんなものはない。だから船内で病気になっても「そんな体を持ち合せた労働者が、だらしがない」ということになって雇い主の責任は問われないことになる。労働者は船の蒸気みたいなもので使い捨てと相場が決まっていた。

あのやせ細った病人は苦しさのあまりベッドから転げ落ちた。酒の飲み過ぎなどではなく、コレラに患っていたのだ。ベッドから落ちてのたうちまわる病人のあとには「蝸牛が這ひまわった後のやうに」吐き出された汚物がふりまかれた。苦しむ病人を乗せて第三金時丸は航海をつづける。やがてこの病人は「生きながら腐ってしまった」のか、心臓だけはまだ動いていた。

夕飯の準備のために水夫室へはいった水夫見習はまかれたロープのようなものを踏みつけた。「ロープなんぞ抛り出しやがって」といいながらその上に載ったが、どうもロープではなさそうだ。もう一度踏みつけた水夫見習は思わずとび降りた。それは人間のからだだったのだ。「いくら暑いからって、そんなところへもぐり込む奴があるもんかい」といいながらゆすってみたが動かない。死んでいたのだった。自分が踏み殺したのではないかと思った彼は、かけ出して行き、ボースンに病人が死んでいることを知らせる。ボースンは「死んだ程、俺も酔っ払って見てえや、ほっとけ！　それとも心配なら水でも打っかけておけ！」といった。水夫見習が「一寸行って見てやって呉れよ。確かに死んでる！　そしてもう臭くなっているんだぜ」というと、「馬鹿野郎！　酔っ払ってへど吐きゃ、臭いに極ってら。二時間や三時間で、死んで臭くなりゃ、酒は一日で出来らぁ、ふざけるない」と、相手にしない。怒った水夫見習はどなった。「不人情なことを云うと承知しねえぞ、ボースンボースンと立てときゃ、いやに親方振りやがって……」。

対立やいさかいを乗せて船は航海をつづけた。海に浮かぶ島々は美しい。乗組員たちはパラダイスのような島を「恋人のやうに懐し」んだ。だが「水夫たちを詩人に」する楽園である島々も、いったん船が着けば「資本主義にその生命を枯らされて」しまうのである。

騒々しくなっているだろうと思いながらコーターマスターが水夫室へ行ってみると、そこは意外に静かだった。錨部屋の蓋の上には「茹でられた菜のように、委び」た死体が横たわっていた。死臭が鼻をつく。そのまわりに立っている水夫たち。死人の顔は「もう、どんなものにも搾られはしない」といっているように見えた。翌日、水葬することになったが、それを待たずに二人のコレラ患者が出たのである。狼狽した船長はどなった。「空気室のガットをあけろ。そして死人と、病人を中へ入れろ、コレラだ！……少しでも吐いたり、下したりする者があったら、皆空気室へ入れるんだ」。

空気室は一五、六フィートも下の方にある。そこまでは病人を何かに乗せておろすことも、だれかが背負って降りることもできない。病人の首に綱をつけておろす以外に方法はなかったが、そんなことをすれば病人の死を早めることになる。どうしようもなかった。まず死体が「勝手に飛び降りた」。抛り込まれたのだ。つづいて火夫が「憐みを乞うやうな眼」で飛び込んだ。もう一人の水夫は「俺はいやだ！」と叫び手を合わせて哀願した。

船内の病人は増えつづけ「機関銃の決死隊のやうに、死へ追いやられ」ていくのだった。こうして一七人の労働者と二人の士官、二人の司厨が死の部屋——空気室へはいっていった。あとに残ったのは六人の高級船員と水夫が二人、それに一人の火夫であった。

「痛風にかかってしまった」第三金時丸は、「バルコンを散歩するブルジョアのやうに、油ぎった海の上を逍遙し」ている。船長自ら舵をとらなければならなくなっていた。

やがてこの船は駆逐艦に発見されることになるが、そのとき船内に残っていたのは半狂乱の船長とミイラのようになった労働者、それに労働者の腐った死体であった。——

まるで幽霊船を思わせるような悲惨な話である。コレラに患った労働者たちが「船虫の鳴く」フォアビートとよばれる、船に浮力をつけるための空気室へ投げ込まれ、もだえ苦しみながら死んでいく。

いつ沈没しても不思議ではない老朽船に乗せられた労働者たち。彼らは搾取するためには手段をえらばない資本家によって使い捨てられ、虫ケラのように殺されていく。その血を吸って肥え太る資本家。第三金時丸の中の地獄のようなできごとを描くことによって葉山は資本主義の非人間性を告発したのである。

この作品には悲惨きわまるできごとが書かれているが、それが〈残酷物語〉におわっていないのは、全体に流れる強烈な風刺精神とふんだんにつかわれる比喩のためであろう。文中に引用したもののほか、たとえば「千本桜の軍内」、「火吹き達磨」、「裂かれた鰻」、「豆粕」、「茹でられている卵」、「撥ね疲れた鮪」、「空家の中の手洗鉢」などがそれである。

比喩の多用は、悪ふざけになったり、文章の品位をおとしたり、あるいは主題がぼけてしまうという危険性をともなうが、この作品ではそれが痛烈な風刺となり、題材の残酷さをやわらげる潤滑油ともなっていて効果的であると私は思う。

（前掲書第一巻所収）

8

葉山に「死屍を食ふ男」（初出は『新青年』一九二七年四月号）という作品がある。題名の通り、死屍を食う話である。

「新聞の『その日の運勢』とか、人魂の話とか、世の中には知らねばよかったということが多くあるものだ。しかしこんなことで命を奪われることはないからまだいいが、私がこれから書くことは、あるできごとを知ったために命を落した人間の話である」と前置きしてつぎのような物語を紹介する。もとは藩校であったが、いまは中学校（旧制の）になっている、そこでのできごとである。

この山の中にある中学校のそばには沼があって、毎年生徒の一人が溺死するというジンクスがあった。沼の北側には屠殺場、南には墓地がある。

もともとこの地方には県立の中学校が少なかったので、代議士の選挙に立候補した男が「石炭色の巨万の富を投じて」五校もの中学校を建ててやったため、この山の中の学校では生徒が減り、一部屋に七人もいた寄宿生も二、三人という状態になってしまっていた。この寄宿舎の一室にいたのが五年生の深谷と安岡という二人の生徒である。深谷は「人間嫌ひな、人を避け、一人で秘密を味はふ」孤独なタイプの生徒であったから、同室の安岡にとって親しくなれる相手ではなかった。淋しい寄宿舎生活であったが、あと半年で卒業できるということに希みを託して安岡は辛抱しようと思っていた。やがて卒業後は東京での賑やかな生活が待っていたからである。

一〇月末のこと、練習を終わった野球部員が汗を洗い流すために沼にはいったところ、その中の一人が「うまく水中に潜って見せたが、うまく水上に浮かび上がらなかった」のである。潜水の時間の長いことに、見ていた人たちの間から賞讃の声があがったが、まもなくそれは恐怖の声に変わる。長く潜ったのではなく溺れ死んでいたのだ。この溺死事件のあと、屠殺場の祟りだという噂がひとしきり立った。

このことがあってから安岡は、寄宿舎の淋しさもあって神経衰弱気味となり眠れなくなってしまった。一方、「色の青白い、痩せた、胸の薄い、頭の大きいのと反比例に首筋の小さい、ヒョロヒョロした」深谷のほうはベッドにはいるとすぐ眠ってしまうのだった。

溺死事件があってから一週間目の夜のことである。まだ眠れずにいた安岡はふと顔のあたりに何かが近づくのを感じたが、そのままじっと息を殺していた。すると電灯がつき、深谷がベッドからおりて出て行く。さっき顔に感じたものはやはり人の息だったのだ。だが、なぜ深谷に人の寝息をうかがう必要があるのか。そんなことは考えられない。もしそうであったら、あのように大っぴらに部屋を出て行くだろうか。そんなはずはない。やはり神経衰弱になった俺の幻覚なんだと自分に言いきかせ、眠ろうとした。まもなく戻ってきた深谷は何ごともなかったように電灯を消すとすぐ鼾をかきはじめた。安岡はなんとか気を落ちつかせようと数をかぞえはじめた。「一、二、三、四、……千百十二」。ここまできたときである。彼はまた顔のあたりに人の体温を感じた。「冷水を打ちかけられたやうに、ゾッとしたが、千百十三、千百十四と、数珠をつまぐるやうに数え続ける」。そのときパッと電灯がついたかと思うとすぐ消え、深谷は部屋を出て行った。恋人でもできたのか。しかし「女の方から云い寄られたにしても、嫌悪の感を抱く位な少年であ」る彼に恋人などつくれるはずがない。

二、三時間もたっただろうか、「隙間から忍び入る風のやうに」ドアをあけると深谷は帰ってきた。「凄惨な空気を纏って」いる。決闘でもしてきたのだろうか。そんなことのできる男ではない、と自分の考えを打ち消し安岡は眠りにつこうとした。

次の日の安岡は寝不足のため勉強を早く切り上げベッドにはいったが、どうしても寝つけない。ますます深谷の挙動が気になって仕方がないのである。やがて消灯ラッパが鳴ると二階の自習室から深谷がバタバタとスリッパの音をたてながらドアの方へ行くと、振り返り安岡の方をジーッと見つめるのだった。「その顔の表情は何とも云へない凄いものであった。死を決した顔！か、死を宣告された顔！であった」。安岡が眠っているのを見とどけると、また「風のやうに」出て行った。安岡はあとをつける。便所の方へ行くので「矢張下痢かな」と思っていると、その通り便所へはいる。出てくるのを待つ安岡がしびれを切らして帰ろうとしたとき、便所の扉が音もなく開きはじめた。八分目まで開いたが彼の姿は見えない。ひとりでに扉が開いたように思えてゾッとした。そのときだった。廊下に出てきた深谷は窓をとび越え校庭におりると走り出した。そのあとを安岡は追う。松林の間を深谷は「忍術使ひででもあるやうに、フワフワと」駆けて行く。校庭には身をかくすものがないので、柵の外の街路まで腹匍いになって進んだ。柵の外に出て校庭を見たが、もうそこには深谷の姿はなく、街路を「風のやうに飛んで」いるではないか。安岡は追った。沼に沿って「蛇のやうに陰鬱にうねつてい」る道を、二人は「生きた人魂のやうに」走る。沼は「腐屍の皮膚のやうに」映えて見える。墓地の辺りにやってくると、何本かの卒塔婆が「長い病人の臨終を思はせるやうに痩せた形相で」立っている。匍うように進んで行った安岡は、そこに戦慄すべき情景を見た。沼で溺れ死んだあの野球部員の墓の前に深谷が立っているではないか。彼は墓石を持ちあげ、取り除くと、前もって用意していたのであろう、鍬と鋸を取り出し墓土を掘りはじめた。キー、キー、バリッと棺の釘を抜く音につづいて、鋸で骨を引く音が響いてくる。ブツッという鋸の音がして腐屍の臭いがただよってきた。深谷の手には死人の腕がにぎられ、あたりを見廻すと、「恋人の腕にキッスをするやうに」それを食いはじめた。さいわいに、腹匍いになっていたからよかったものの、もし立っていたら倒れたにちがいない。思わず声を立てそうになった安岡は地面に口を押しつけやっとそれをしのいだ。それからどのようにして寄宿舎に帰ったのか彼には記憶がない。

翌朝、一一時ごろにやっと目を覚ました安岡は深谷に話しかけられた。「君の欠席届は僕が出しておいたよ」、「君は昨夜、何か見なかったかい?」。「いいや、何もみなかった」という安岡に「君は口の周りには、全で死屍でも食ったやうに、泥だらけだよ。洗ったらいいだろう。どうしたんだね」とたずねる。墓地で地面に口を押しつけ泥だらけのまま安岡は眠っていたのである。「どうしたんだい」という深谷の顔には「鬼気が溢れていた」。

このできごとがあってから安岡は床についてしまった。五、六日後にはじまった修学旅行に深谷は行くことになっていたが、安岡は病気療養のため故郷に帰った。何人もの医師に診てもらったが病名がわからないまま、とうとう死をむかえる。臨終の床で枕元の親友に真相をうちあけた。安岡が死んだ同じ時刻に深谷も旅行先で行方不明になってしまう。数日して、「大理石のやうに透明」になった彼の死体が海岸に打ちあげられたという。

このような話は昔の寄宿舎によくあったものである。結核患者が、病気をなおしたいため骨壺に溜った髄液を飲むために墓をあばく話などもそれである。深谷が結核患者であるかどうか書かれてはいないが、それに類した話であろう。

これはプロレタリア文学作品では無論ない。死屍を食う友人の姿を見たためにその〈祟り〉で死んでいくという一種のミステリーである。全編をつつむ陰鬱な雰囲気、ことに死体を食う場面は鬼気迫る。このような作品が葉山にもあるということを紹介しておきたい。

（前掲書第一巻所収）

9

「苦闘」（『中央公論』一九二七年六月号）は一日のできごとをとおして労働者の苦悩と希望を描いたものである。山野歳夫と、二人の子供を連れた広田とめ子は警察署から検事局に向かう押送馬車が来るのを待っていた。山野の同志であり、とめ子の夫である広田敏夫が出てくるはずだが、なかなか現れない。きょうで三日目になる。いつも夫婦喧嘩をしている山野と妻のよし子には広田が警察に「挙げられてから」そのひまもなくなっていた。山野は家をあけるし、よし子は内職の封筒貼りで忙しかったからである。皮肉にも、いま食うことに困らないのは留置場にいる広田たち五人の同志だけであった。

よし子は山野といっしょになって一五年になるが、そのあいだ夫は四度も解雇されていた。なぜ夫が馘になるのかよし子は知らなかったし、山野自身にさえわからなかったのだ。よし子にとって気がかりなのは、夫が争議団に首を突っ込み広田のように逮捕されることであった。

そんな心配をしているときに職人風の三人の男と駐在巡査がやってくる。職人風の男は「水洩りのする氷嚢のやうに、濡れてグタグタになった」息子の辰夫を抱えている。泣く力もなくなった辰夫は小さな肩でやっと息をしていた。「すんでの事でトンネルの中へ流れ込んだところだったよ」という巡査に、よし子は泣きじゃくりながらただ頭を下げるだけであった。そこへ隣の婆さんがやってきて「お前さんの亭主ったら、どこをブラブラほっつきあるいてるんだい。御覧、雪が降り出したぢゃないか、お彼岸過ぎに雪が降るなんてただ事ぢゃ、ありやしないよ。ほんとに辰夫でも殺したら、誰が何てったって、このわたしが承知しないよ」となじるのだった。

そんなこととは知らない山野ととめ子は広田が出てくるのを待っていた。そこへやっと腰縄を打たれた広田が押送馬車に乗せられて現れた。綱笠を被った。広田は、見送りにきてくれた山野と妻のとめ子に気づくと一枚の紙片を落とした。「丈夫で勤めて来い！」。山野が叫ぶと広田は馬車の上からうなずいた。走り去っていく押送馬車。とめ子は「子供が火のように泣き喚くのも、その袖や手をやけに引っ張るのも、通りすがりの人たちが、堰き止められた水のように、溜ってもの珍しさうに眺めているのもしらないで立ち尽していた」。

一丁ばかり先の曲がり角をまがり、馬車が見えなくなると、彼女はやっと我に返った。山野と二人の子供を連れたとめ子は暗く淋しい道を歩いていく。女の子は泥にまみれ、ふるえながら「飢えと寒さと、休息とを絶えず母親に泣いて訴へ」るが何も買ってもらえない。「兎に角、私のうちまで行きませう」。そういいながら山野も泣いていた。

山野の家では息子の辰夫が生死の境をさまよっていた。婆さんは帰ってきた彼をどなりつける。「此の碌でなし奴！　自分の子供を殺しといて、他人の子を拾って来る馬鹿があるか！　辰夫は泥漬けになって死にかけてんのに」。そういいながらも、びしょびしょに濡れた二人の子供を見ると婆さんは「まあ、お前さん、早く、卸さないかい、その子を。その子だって死ぬよ」といって着替えさせるのだった。

山野は唇が紫色に変わっている辰夫を見ると医者を呼びに家をとび出していった。医者を連れてきた山野は、広田が落としてくれた紙片を取り出し火鉢で乾かした。

〈闘はねば、妻子を飢えしめる。
闘えば、妻子を飢えしめる。
どちらにしても、俺たちの現在は飢餓なのだ。
僕は絶望よりも、希望を取る。
妻子、老婆を思へば、胸が痛い。
だが、だからこそ闘ふのだ。
同志よ！　闘え！　最後まで！〉

みんなだまってその紙片を見つめていた。

労働争議のため逮捕、護送される夫と同志を見送るために三日も待ちつづけたとめ子と山野、そしてその家庭の姿が一日間のできごとをとおして描かれている。

これまで何度も馘になった山野と広田との同志愛、夫をおもうとめ子の心情と、子供たちの哀れな姿から労働者の貧困と悲哀が切々と伝わってくるとともに、闘っても闘わなくてもどのみち労働者は飢えるのだ、だとしたら闘って光と希望をもとめようという広田の紙片に書かれた文章が、労働者の前途を照らしだす。このしめくくりは見事である。

（前掲書第三巻所収）

10

「苦闘」を発表した一九二七年の六月九日、日本プロレタリア芸術連盟（プロ芸）は拡大中央委員会を開き「文芸戦線」同人一六名の除名を決定し、一〇日に『文芸戦線』撲滅の声明を出した。

「かつてわがプロレタリア芸術運動方向転換の出発にあたり問題を正当に問題となし得なかった文芸戦線は、その後の対立闘争を通じて我らと鋭く対立してきた。我らが新しき飛躍をこの対立闘争のまっただ中から生まれしめようとしたに反し、この対立物の闘争を単なる混乱とより見得なかった文芸戦線は、正にそのことのゆえに、かかる真実の飛躍を考えることさえも得ず、従って運動の流れの具体的進行の中に彼自身を反動的に凝固せしめて来たのである。彼らは芸術の特殊性を強調することにより、芸術の特殊性の強調を方向転換の唯一の決定的条件であるかに叫びつづけることにより、芸術の特殊性の強調より芸術論確立の必要を引き出すことにより、しかもそのことを、運動の進行を顧慮しつつ、より巧妙に、より洗練された形において提出することにより、より悪むべき反動的結成を形成して来たのである。彼自身を主張するべく彼は、かかる醜悪道以外に道を持ち得なかったのである。……裏切者は我らに取って敵よりも悪むべきである。……雑誌文芸戦線は階級を裏切った。我らは彼を滅ぼすであろう」

葉山は、青野季吉、林房雄、村山知義、蔵原惟人、金子洋文、今野賢三、前田河広一郎、里村欣三、黒島伝治、山田清三郎らとともにプロ芸を脱退する。

プロ芸は、一九二五年一二月に資本主義反対をスローガンとして結成された共同戦線的文芸団体であるプロレタリア文芸連盟が翌二六年一一月に改組されたもので、マルクス主義の立場を明確にする団体であった。委員長は山田清三郎、書記長、小堀甚二、本部の委員は中野重治、林房雄（文学）、久板栄二郎、佐々木孝丸（演劇）、柳瀬正夢（美術）、小野宮吉（音楽）であった。プロ芸の結成と同時にその演劇部門とは別に劇団「前衛座」が創立されている。メンバー全員がプロ芸に所属していながらなぜ別個の劇団をつくったのか。山田清三郎によると、文芸部門において『文芸戦線』がその専門的な芸術活動を維持していくために同人組織を残していたため、演劇の分野においてもその独自性を保とうとしたことによるという（理論社「プロレタリア文学史」下巻）。

ところで、プロレタリア文芸連盟からプロ芸への再組織をうながす原因となったのは、福本主義の台頭であった。天皇制権力と対決するためには、いわゆる分離・結合の理論によって思想的にも政治的にも強固な前衛組織の必要性が強調されたのである。その中心となったのが中野重治、鹿地亘、久板栄二郎らのマルクス主義芸術研究会（マル芸）であった。

中野は「単なる社会主義文芸などではなく、全人民を、全人民の感情を、一定の方向へと激成して行くため又その全身を献げねばならない」、「我々の前に横たわる戦線はただ一すじ全無産階級的政治戦線あるのみである」とし、「芸術戦線なるものはあり得ない」とまでいい切っている（「結晶しつつある小市民性」）。鹿地は一九二七年二月五日の『無産者新聞』に『文芸戦線』の「社説」への批判「所謂社会主義文芸を克服せよ」を書き、つぎのようにのべる。「芸術の役割は其の特殊の感動的性質に依って、政治的暴露に依って組織されて行く大衆の進軍ラッパとなることであり、決定的行為への鼓舞者となることであり、換言すれば、大衆を組織するための契機たる政治的暴露を助ける所の副次的な意義を持ったものに過ぎない」。

このように鹿地は芸術のプロパガンダ性を強調し、その役割は「大衆の進軍ラッパ」になることであり、「政治的暴露」の補助的なものに過ぎないとし、芸術の独自性を全面的に否定したのであった。当然のことであるが、この主張をめぐって激しい論争が起こり、「文芸戦線」派の分裂をみるにいたったのである。

プロ芸は機関紙『プロレタリア芸術』を創刊、除名されたメンバーは六月一九日、労農芸術家連盟（労芸）を結成し『文芸戦線』をその機関紙とした。

11

労芸が結成されたのは一九二七年六月一九日であるが、その直前の事情について若干補足しておこう。

プロ芸の分裂と労芸の発足を決定的にしたのは六月五日におこなわれた文芸講演会であった。このとき演壇に立ったのは山田清三郎、佐々木孝丸、中野重治、鹿地亘、谷一、久板栄二郎、それにソビエトから帰朝した蔵原惟人らである。このときプロ芸の内部事情については触れないことを事前に決めていたにもかかわらず、山田はそれを無視して久板の理論をきびしく批判したのであった。これにたいして嚙み付いたのが中野と鹿地であり、そのためプロ芸内部の意見の対立が頂点に達し和解の道はなくなってしまう。こうして葉山らのプロ芸脱退となったのである。『文芸戦線』（九月号）に「施療室にて」を発表した平林たい子もすこしおくれて参加している。

労芸はすぐプロ芸にたいする声明を発表した。「日本プロレタリア文芸連盟の指導精神を否定し之を積極的に排撃しなければならぬ段階に到達した」。かれらは「感情的、反動的に硬化し」、芸術運動が無産階級運動の「一機能」であることを理解せず、「公式的、理論的拘泥主義的、小児病的」な立場に終始している。それは「芸術に対する無産階級的、マルクス主義的認識をもっていない」ためであり、「マルクス主義的政治闘争理論の公式的、小児病的把持者」として、「その芸術観の上に機械的に、奇妙な、粗雑な政治闘争主義と結合し、徒らなる左翼的外装の下に、観念的に運動を『指導』している輩にすぎな」くなってしまった。無産階級運動が「ブルジヨア民主主義の獲得」のための全勢力を集中しなければならないときに誤った指導理論をふりまわすプロ芸の存在は「一大障害物」でしかない。このように労芸はプロ芸の公式主義を批判したのであった。労芸はこのあと、青野季吉、田口憲一起草の「綱領」(草案)を発表する。

葉山は七月一〇日、読売新聞社講堂で開催された労芸の第一回文芸講演会において講演、八月には「鼻を覗く男」を『新潮』に発表し、「蟻の反抗」も脱稿している。この年、彼は多くの講演会や集会に参加し精力的な活動をおこなった。「社会文芸講演会」、「プロレタリア劇場暴圧批判演説会」、「不当検閲反対演説会」、「文芸講演会」などである。

一〇月、労芸内部が粉糾するできごとが持ちあがった。山川論文掲載問題である。労芸文学部の定期部会において山川均に依頼した原稿「ある同志への書簡」の掲載をどうするかについて討議するが意見が対立する結果となった。葉山は青野季吉、小堀甚二、平林らとともに掲載を主張、これにたいして山川を折衷主義者だとして林房雄、山田、蔵原惟人らが強く反対する。この問題は二転三転したが結局、『文芸戦線』の編集責任者である山田の決断によって一一月掲載は見送られることになった。

山川の論文が載っていない雑誌をみた葉山は怒りをあらわにし、緊急の部会開催を求めた。部会は小堀の家で開かれることになり、林、小川信一、小牧近江、前田河広一郎、今野賢三、里村欣三、鶴田知也、山田、それに葉山が参加する。このときの様子を、はらてつしは「作家煉獄」のなかでこう描いている。

「揃ったようだな」

ざっと顔ぶれを見まわしたあとで、葉山はいった。

「山田、お前にここで、山川さんの原稿をボツにした責任をとってもらおう」

はじめから気まずい空気の中で、葉山の声は威圧するように響いた。

「あれは文戦には載せられないよ」

気圧されたように、ほそぼそと山田がこたえたすぐあと、葉山の巨体が立ち上がったのと、足元で横にはじかれた山田が横腹を押えてその場にうずくまってしまったのと、殆ど一瞬の光景であった。

しばらくは息もできぬ苦しさに山田は呻いたが、見かねた小牧がその山田のからだを抱えて横にするのを林がたすけ、小川は、山田の口に水をふくませた。

一度だけの制裁をくわえたあと、葉山はあぐらをかいて座ると、まだ怒りのおさまらぬ表情で腕組みをした。山川さんを大事にせぬような奴には、このていどの懲らしめではまだ足りないくらいだ、と思いながら。

これが葉山の制裁事件である。労芸の分裂はこの事件から数日後の一一月一一日のことであった。演劇部の村山知義、佐々木孝丸以下三二名、美術部は全員、文芸部は山田、蔵原、藤森、田口、林、中野正人ら一四名、合わせて六〇名近くが労芸を脱退し、あらたに前衛芸術家同盟を結成、労芸の発足からまだ五ヵ月しかたっていなかった。残留組は葉山、青野、金子洋文、今野、小牧、小堀、前田河、里村、平林、黒島、鶴田、岩藤雪夫ら十数名である。

12

労芸の分裂はあらたに前衛芸術家同盟(前芸)の結成をもたらし、ここにプロレタリア芸術運動は、プロ芸、労芸、前芸の三派鼎立の時代をむかえることになった。三団体の声明を抜粋しておこう。

労芸は一一月一一日、いち早く声明を出し『文芸戦線』一二月号に掲載する。

「……プロレタリア芸術連盟との分裂当時の我々の陣営内に、尚少数のプロレタリア芸術連盟的小ブルジョア分子の残存していたことは、当時としては、又止むを得ないことであった。然るに、その後それらの分子は次第に成長してわが連盟創立当時の中心的スローガン――無産階級芸術運動内に於ける小ブルジョア革命主義――の排撃を無視するのみか却って彼ら自身が小ブルジョア革命主義的要素となり終わった。……彼等は形式的には絶対多数派であった。なぜかならば、連盟を構成する各部の中で最も多数の部員を擁する演劇部に彼等は根を下ろしていたからであった。……多数を擁する彼等は総会に於て多数決によって一挙に分裂を決行せんとした。我々は少数派としてあらゆる隠忍と犠牲を忍んで、彼等の分裂政策に反対して来た。然るに本日彼等は突如連盟脱退を通告して来たのである。……彼等はどこへゆくのか？　かっては、否、十日前迄は犬猿の如罵り合っていたプロレタリア芸術連盟と何等かの形式と方法とにより合同せざるをえないことは、これはわがプロレタリア芸術運動の発展が余儀なくする必然であろう。我等は労農芸術連盟創立当時の精神と決意に、新たなる勇気を加え彼等を排撃してゆくであろう。而して我等の運動の実際は、我々の光輝ある機関誌（文芸戦線）に於て展開されるであろう」

プロ芸は一一月一四日、「労農芸術家連盟の分裂に関して我等の態度を声明する」（『プロレタリア芸術』一二月号）を発表、前芸支持を明らかにした。

「その内部に幾多の矛盾と対立とを孕んで来た労農芸術連盟は終に分裂した。……本年六月、青野季吉一派の意識的折衷主義者がわが日本プロレタリア芸術連盟から駆逐されて労農芸術家連盟を結成させた時、それはその結成の機械的なあわただしさの故に雑多な要素を爽雑物として内包した。労農芸術連盟及び雑誌文芸戦線はかかる要素を内包しつつわが無産者階級の政治的台頭を阻む山川均、――北浦千太郎等一握りとの緊密な連絡の上に、全無産運動への参加を拒否し続け、ここに自らの中に、意識的折衷主義の一屯営を設定しようとするに至った。文芸戦線十一月号編集会議への青野一派による山川均の論文の持ち込みの如きは、彼等意識的折衷主義者の陰謀の一露呈に過ぎない。……労農芸術連盟を左右する青野一派の意識と共にこの対立は決定的となった。今回の労農芸術家連盟の分裂――前衛芸術家同盟の成立は、かくて、組織体労農芸術家連盟を介してわが無産者階級の政治的戦列を攪乱しようとする意識的折衷主義者の積極的進出に対して、そこに必然に生産されて来た反撥的要素の奮起であったのである。今回の分裂の必然性がここにあり、それの階級的意識がここにある。……前衛芸術家同盟は意識的折衷主義に向かってますます進撃せよ！……わが日本プロレタリア芸術連盟は前衛芸術家同盟を支持するであろう」

前芸は一一月一二日に創立大会を開き、その声明の中でつぎのようにのべている。

青野季吉を筆頭とする労芸の折衷主義者たちは「口にプロレタリア芸術を称えつつ本質的には小ブルジョア作家と堕し去っていた」とし、「反政治主義的芸術家」として前田河広一郎、葉山嘉樹を名指しで批判、さらに金子洋文、今野賢三、小牧近江らは連盟を折衷主義の指導下におくための反動的ブロックを作りあげた。その「陰謀遂行の第一策として、先ず折衷主義者の頭目山川均の論文（その内容は、悉く、左翼に対する中傷、漫罵、虚構の羅列である）を持ち出して、編集会議に奇襲を試み、一種のクーデターによって、該論文を連盟の機関誌『文芸戦線』誌上に掲載させようとした」。われわれはこの論文の掲載を撤回させたが、これをきっかけに両派の対立は表面化することになり、衝突をひき起こした。なんとか分裂を避けようと努めたにもかかわらず、彼らは「左翼分子への威嚇、切り崩し、個人的中傷、左翼運動全般に対する誹謗漫罵」をおこない、暴力までふるうようになった。こうなった以上、「芸術運動内に頭をもたげた折衷主義者最後の藻掻きを徹底的に打破する唯一の道は、連盟の実質的指導分子及び、構成要素であった左翼分子及びその支持者が、総脱退を決行する」ほかに方法がなくなったのである。折衷主義者とたもとを分かったわれわれは直ちに「前衛芸術家同盟」を結成し、機関誌『前衛』を創刊する。

前芸の成立は真実の無産階級芸術家団体の確立を意味するとし、「声明」はつぎのようなことばで結ばれる。

「今や醜き一塊の屑籠となり、一連の折衷主義者、反政治主義芸術家、及び所謂文壇的ブルジョワ作家共の、陰謀奸策の策源地と化し去り、彼等が相寄って怪しげな民衆欺瞞の呪文を称える伏魔殿となり果てた『労芸』及び『文戦』を、無産階級運動の戦列より、徹底的に駆逐する為、一切の力を挙げて、彼等と飽くまで闘争すること、これ、我が同盟に課せられた当面の最も重大な任務の一つである。全国の同志諸君、来たりて我等を支持し、我等の戦いをして最後まで戦い抜かしめよ！」

このように前芸とそれを支持するプロ芸は、労芸に対してその折衷主義をきびしく批判した。ここには山川均らの労農派の影響下にあった労芸と「二七テーゼ」をみとめそのそれにもとずく運動を展開しようとするプロ芸および前芸との政治的立場のちがいが明確に示されている。分裂後、労芸は『文芸戦線』（一二月号）に山川均の「ある同志への書簡」とともに同じ労農派猪俣津南雄の論文も掲載したのであった。

ちなみに山田清三郎「プロレタリア文学史」（下巻）によって機関誌の発行部数をみてみると、『プロレタリア芸術』三〇〇〇部、『前衛』六〇〇〇部、『文芸戦線』は七〇〇〇部から八〇〇〇部に増えている。山田の指摘のように、少数派であった労芸の残留組の中に、前田河広一郎、金子洋文、里村欣三、平林たい子、岩藤雪夫、鶴田知也、黒島伝治、葉山嘉樹らの実績を持つ作家がいたこともその理由のひとつであろう。

13

一九二八年一月、葉山は「無風地帯を行く船」（『週刊朝日』）を発表した。彼のマドロス物のひとつで「印度洋の、リノリュームのやうにベトベトした、漣一つない凪の上を辷っていく」船の中のできごとをユーモラスに描いた作品である。

主人公の橋本は、ボースンから「お前はどうも、一人前のセーラーにゃなれそうもねえぜ」といわれるような水夫見習であった。なぜなら、ボースンによれば他人のご機嫌を取ることを知らないからだという。橋本は、そんな器用なことができるようだったら「たいこ持ちになるんなら陸の方が便利でさね」と要領の悪さを自認していた。

夕食の跡片づけをしていた彼は「テーコロ」という仇名を持つコーターマスターに「黒砂糖を持って来い」と言われてコック部屋の山田のところへ貰いに行く。山田は外国の女からうつされた梅毒のため鼻が落ちていてうまく発音ができない。「まったくの馬鹿だなあ」というのを「まったくのばはだなあ」と言ったり、「スターボード・バウ」と言っているつもりが「フハーホーホ・ハウ」になってしまう。そんな彼は、鏡があるために鼻が落ちたのでもあるかのように極度に鏡を憎んでいた。こんな船員もこの船には乗り込んでいたのである。橋本は、コックに言った。「黒砂糖をくれなかったら、コックの頭を斬って持って来い、と言ったぜ」。コックは「馬鹿野郎！」と怒鳴るとフライパンの柄が曲がるほど橋本を殴りつけた。そこで巨漢の橋本が思わずコックを突くと彼は両手をうしろにして倒れた。運悪くそこには焼けたストーブがあり、「ジリジリと、ビフテキを最初載っけた時に出るのと、まったく同じ音がした」。両手を火傷したコックは醬油に手をつけ、からだを震わせながら「畜生！　歯の痛てえのと、火傷のいてえのは我慢がならねえ」と叫んだ。そこへやってきたテーコロが言う。「喧嘩両成敗だ、為様がねえさ」、「黒砂糖なんか惜しむからだよ。気前よくやりゃあなんでもねえんだ。それほど倹約したって、司厨司にはなれっこあるめえよ」。コックもまけてはいなかった。「うるせえや、喋舌るな、口を利くな、口を。何も聞きたかねえや。黒砂糖がほしけりゃその棚ん中にあらあ、りん的奴！　持って失せやがれ」。テーコロは「へッ！　プン〱憤ってやがらあ」といいながら黒砂糖を持っていく。このあともコックの悪態はつづいた。

こんな船員たちの「いさかい」を腹の中にしまいこみながら六〇〇〇トンの船は大海原を走っていく。それは「客観的には美以外の何物でもなかった」。彼らは「足の裏ほども固いマドロスたちの手を優しく握りかえして呉れる処の女さえ」いる港に着くのを心待ちにしているのだが、現実の船の中は暑さのため眠れるどころではない。しかも火夫や機械の油差したちは「焦熱地獄の鬼のように」働きつづけなければならなかった。水夫たちは甲板洗い、ボーイ長には朝食の準備など目の回るような朝がやってくるのだ。

橋本は、ボースンの部屋の床板を白くするために苛性ソーダの液を撒いた。だが白く乾し上がるどころか、ドロドロになってしまったのである。そこへボースンが帰ってきた。「何をボンヤリ人の部屋を覗き込んでいるんだい」と言いながら突きとばすようにしたとたん、すべったボースンは「ドシンと後頭部をデッキへ叩きつけた」のである。

インドのカルカッタへ向かう長い航海の中のエピソードを描いたものだが、出世の見込みのない橋本、鼻のもげた山田、火傷をしてわめきちらすコック、すべって転倒するボースン——これらの人物造型が巧みである。とくに会話がマドロス気質をあらわしていて面白い。ユーモラスな話なのだが、その中にも船員たちの仕事のきびしさが描かれていて、葉山ならでは、の好短編である（前掲書第二巻所収）。

彼はこの年の二月、「文芸思想講演会」において、金子洋文、小堀甚二、平林たい子、蔵原惟人、林房雄らと演壇に立ったが、臨監の警官により中止を命じられた。

創作の方では「火夫の顔と水夫の足」、「電燈の油」、「荒れた手萬歳」、「小作人の犬と地主の犬」（以上『文芸戦線』）、「船の犬『カイン』」（『改造』）、「ハンケチ泥棒」（『週刊朝日』）、「暗い顔」（『サンデー毎日』）などを発表、「新選葉山嘉樹集」を改造社から出版している。

14

『文芸戦線』（一九二八年一一月）に発表した「小作人の犬と地主の犬」は、犬の喧嘩をとおして小作人が地主に一矢を報いるというユーモラスな話である。

「東北本線の列車が、上野駅を発車してから二時間半ばかりの辺りに」さしかかったとき、そこには牧場があった。小松田光一郎は一通の電報をポケットに入れながら、その美しさにみとれている。牧場の標柱から標柱へと飛び移っていく一羽の烏。それは汽車に向かって「馬鹿奴！　図体だけ大きく、間抜けな蛇奴！」とでも言っているように思われた。そこへ一匹の犬が吠えながら烏を追ってくる。小松田は「あの犬は地主の犬だろうか、それとも小作人の犬だろうか?」と妙なことを考えた。ここは小作争議の激しいところで、「その階級的対立は、人間同士から犬同士にまで及んでい」るということを聞いていたからである。

地主たちは番犬として土佐犬、ブルドックなどの「無鉄砲に強い」犬や、ポインターやセッターといった敏捷な猟犬を飼っていた。それらの犬が小作人の鶏や家鴨、それに豚の餌まで食い荒らすことがあった。地主に抗議しても、犬が食った証拠を出せ、食われるほうが悪いなどといって〝逆捩《さかねじ》〟を食わせられるのがオチである。かといって泣き寝入りというわけにもいかない。敵の「機関銃隊には味方の機関銃隊」を持たねばならぬ、目には目をというわけで彼らは自分たちの食べ物まで節約して強い犬を飼うことにする。だがそれは「土佐犬ともブルドックとも、ブルテリヤとも狐とも、狸ともつかない」代物であった。そんな半端な犬が地主の犬と互角に戦えるはずがない。土佐犬が「ウー」と一声唸ると沈黙してしまうのである。小作人たちは鉄砲を持ち出そうとするが「雀を嚇かす火縄銃」ではどうにもならぬ。

ところが都合のよいことがあった。地主の犬は雄が多かったのにくらべて、小作人たちのほうは雄雌などかまっておれないから頭数だけは自然に増えていったのである。中には「土佐犬とブルドックの両方に似ている犬」も生まれていた。そんなある日のこと「地主対小作の犬の間に争議が持ち上がった」のだ。農民組合の支部長をしている土屋が飼っている五匹の犬の中の一匹タワリーシはブルドックに似ていた。土屋が組合の連中と話しているとき、地主の土佐犬が入ってきた。彼がタワリーシをけしかけると猛然と土佐犬に向かって飛びかかっていく。凄絶な喧嘩が開始され、五匹の中の一匹は上顎をかみ取られ即死したが、四匹の果敢な攻撃によって土佐犬は「夥しい出血」の末動かなくなった。小作人の犬が地主の犬に勝ったのだ。そこへやった来た地主に向かって土屋は言うのだった。「団結の力で最後には勝ったのだ!」。

この作品は、小作農の地主に対する鬱憤を犬の喧嘩に託したカリカチュアとして読んでもおもしろい。弱い雑種の犬が獰猛な土佐犬に戦いを挑んでいくすさまじい場面は、「四匹の犬は艦隊が訓練でもするように、二匹ずつ両方に分れて……戦闘開始を待っていた」などの比喩を交えた見事な描写である。この犬たちこそ小作農の姿でもあった。

「作者註」として「此作は長編小説『青年前衛隊』の冒頭である」と書かれているように、この作品だけではオルグと思われる小松田のことがはっきりしない。しかし独立した短編としても十分まとまりを持った作品であろう。

（前掲書第二巻所収）

15

一九二九年も葉山の旺盛な活動が続く。主な発表作品は、「海底に眠るマドロスの群れ」（『改造』）、「恋と無産者」（『福岡日日新聞』）、「人間肥料」（『文芸戦線』）、「私の一日」（『文芸倶楽部』）、「悪夢」（『週刊朝日』）、「迷える親」（『新潮』）、「死について」（『文芸戦線』）、「波止場の一日」（『週刊朝日』）などである。

講演活動は、青野季吉、前田河広一郎、平林たい子と「文芸戦線講演会」、金子洋文、高田保、倉田百三、山田清三郎、平林、間宮茂輔、林房雄らとともに文芸家協会主催の「検閲制度批判演説会」、堺利彦、青野、向坂逸郎らとの「文芸思想大講演会」（労農芸術家連盟主催）などである。この年に「新進傑作小説全集」の一冊として「葉山嘉樹集」が刊行された（「葉山嘉樹年譜」全集第六巻、浦西和彦「葉山嘉樹」［桜楓社］などによる）。

二月に発表された奇妙な題の「人間肥料」は最底辺の境遇に呻吟する労働者の無残な姿を描いたものである。

小説家の依田は友人の中山から、組合の研究会で話してくれないかと頼まれる。「俺みたいなヨタリストは組合の人から聞くことはあっても話すようなことはない」と断るが、それでもよいからということになり、二人は会場になっている中山の家に行く。二階に案内されるが、そこは畳表の「残骸も見られ」ず、畳も腐っていて「瀕死の病人を感じさせ」るようなところである。しかも硫黄をいぶしたような異臭が漂っていた。

「消して来いよ」。依田はたまりかねていった。「そいつは急には消せねんだ。搾取が急に消せないように」と、なぞめいたことを中山は言い、そのわけは後でわかるさ、とつけ加えた。そのとき、階段のきしむ音がして一人の人間が入ってくる。「すっかり角の取れた人間であ」り、それは「歯車からすっかり凸起部分が取れてしまった」ような感じの男だった。いや、男か女か判然としないといったほうが正確であろう。「のっぺら棒で、円っこく」、まるで「章魚か海豚」といったほうがよいくらいだった。顔の中で突起しているのは海豚に似た口だけだった。

中山が依田を紹介すると、徳田と名のったその男は依田の愛読者だという。

二人、三人と集まってきた男たちは、徳田のようにのっぺら棒ではないが、「手の指がなかったり、指の爪がなかったり、耳が半分溶けかけている」、「不具者ばかり」ではないか。これまで、労働組合を作ったり、労働争議にも参加してきた依田であったが、「化物屋敷」のような人間の揃っているこんな組合を見るのははじめてであった。

こんな労働者を目の前にして何を話せばいいのか、話を聞くのが依田には精一杯だった。身の上話が始まる。そこへ中山の細君がお茶を運んできた。徳田は「もう何も摑むことが出来ません」と言いながら「擂古木のような両手を、茶碗よりも一尺も先に突き出して、キリンが水を飲むような格好で」畳の上の茶碗に口をつける。指のない手はまさに擂古木だったのである。

「もし、私が今の工場に入る前に労働組合や無産政党」を知っていたならこんなにならなかったのに、と前置きしながら彼は語り出した。この姿を見れば、あなたはきっと悪い病気のせいで、伝染すると思うかもしれませんが、その心配はいりません。私たちの工場にこなければうつることは決してないのです。私たちには歯も爪もないでしょう。工場で働いておれば、まずやられるのが歯と爪だというのだ。

なぜそんなところで働くのかという依田の問いに答えた。自分たちはほとんど「前科者か、それでなければ行き倒れになりそうになった人間ばかり」で、「誰だって、一時間後に死ぬる行き倒れよりも、もう数日間でも助かりたい」と思うのは当然でしょう。また、どうせ死ぬなら「空き腹では死にたくない」。そのために「強盗・無銭飲食、何でもやりました。一度なんかカレーライス三十六皿と、カツレツ二十四皿食ったことがありました。無論、警察へ突き出されましたがね」。その時、刑事は私を殴るとこういいました。なぜおまえはライスカレーやカツレツばかり食うのか、どうせ無銭飲食で捕まるのなら、なぜもっと他のうまいものを食わないんだ、と。そう言われりゃ確かにそうです。「間抜け目！」といってまた殴りました。こんな前科者はどこも雇ってくれないので「もう悪いことはすまい」と決心して行き倒れ寸前まで頑張るのだが、土壇場へ来ると「もう一度腹一杯」と思ってしまうというのだ。

ほかの男たちからも、同じような話が出された。そして行きついたところが「監獄の工場よりもよほど悪い」いまの工場であった。この職場は毒ガスを使う肥料工場で、近くの民家の柱の釘が半年で腐り、植木も盆栽も枯れてしまう。それどころか人間でさえ「溶かし」ていくようなところであった。この家の異臭もそのガスのせいだったのである。

「まるで人間を肥料にする気なんだね」。依田の言葉に徳田は言った。「そうですとも、私たちは、原料費の要らない人間肥料ですよ」と。その声は「空洞を吹く凩のやう」に聞こえた。

なんと悲惨な労働者たちの姿だろうか。失業と貧困ゆえに犯罪まで犯さなければならなかった彼らの過去の生活。その行き着くところは警察であり、そこで紹介されたのが「人間を肥料にする」工場だったのである。歯や爪をなくし、やがて、体まで溶かしていく有毒ガスの充満する中で、体の形が変わってしまうまで働かされた徳田たち。その痛苦を彼のことばをとおしてこの作品は描く。「残酷物語」の一言で片づけられない、あまりにも悲惨な話である。

葉山はこの作品で、利潤追求のためには「人間を溶かす」ことさえ平気でやる資本の非情さを告発するだけでなく、労働者への愛情とさえいえるものを描きたかったにちがいない。芸術性の点では「セメント樽の中の手紙」や「淫売婦」には劣るが、異常な題材を扱った同じ系列の作品としてたかく評価されてよかろう。

（前掲書第二巻所収）

16

一九三〇年、葉山は『改造』（一月号）に長編「誰が殺したか？」を発表。青野季吉は『東京朝日新聞』の文芸時評でつぎのように書いた。

「葉山の作品は、政治的、客観的な材料による構成的なプロレタリア作品の支配的勢力に、意識的に対抗して、一前衛労働者の生活の真情と、その生命に襲いかかってくる社会悪に対する激怒、とを卒直に表現したものだ。彼の常たう的な生き方で、労働者的な生き生きした感覚と、直さい、単純な表現とで、やはり独特の真情性を発揮し、人を涙と力に呼ぶみ力をもっている」

三月一日、「労働内閣の可能性」（『中央公論』）、「暗い出生」（『新青年』）、二〇日、「私のみた私」（『サンデー毎日』）を、六月一日、「無銭飲食者同盟」（『文芸戦線』）、一一月一日、「床屋」（『文学時代』）などの短編を発表する。この中の一編を紹介しておこう。

「暗い出生」は「そこにひとつの黒い影があった。その影はこの地球に存在する無数の『影』と同様に、プロレタリアートの心臓を代表して打ち上げる呪ひと反抗の豊富な醗酵素であった。彼は生まれながらにこの世に対する鋭い呪ひと反抗を植えつけられていた。彼の漸く活動し始めた可憐な胃の腑は飢餓のために縮みあがった。彼は労働者の子として、生まれ落ちるとすぐ、そのがむしゃらな憤怒を泣き声と一緒に吹き上げた。その歴史の第一頁として左に記録しておきたいと思ふ」と、強烈な筆致でこの作品は書き出される。

お初の夫長吉は長い間失業している。毎日職さがしに歩き回るがうまくいかない。食べる米も暖をとる炭もなくなった。お初は、長吉の「襤褸の半天」と自分のボロ羽織を持って質屋へ行き、わずかの金を手にする。帰る途中、八百屋には新鮮な野菜が山と積まれ、魚屋の店先は客であふれているのを目にする。

彼女はふと足を止めた。その呉服屋の前には人だかりがしている。大売り出しの楽隊が囃したて、小僧の威勢のいい声が響いている。やがて生まれてくる子供のことを思うと、彼女の足は自然と店の中へ向かった。しかしここで布地を買えば米を買う金が無くなる。その時、お初の頭に「ひとつの考え」が浮かび、布地に手を出してしまったのである。店を出たところで番頭に捕まり、刑事に渡されてしまう。

警察署に連行されると取り調べが始まった。刑事は、あの店ばかりではなかろう、「どことどこの店で取ったかそれを皆白状してしまへ」と執拗に責め立てる。身に覚えのない彼女が否定すると、その頬に刑事の手が飛んできた。その顔をじっとにらみつけたお初の心は万引きへの自責から刑事にたいする「憤怒の情」に変わっていった。

留置場に入れられた彼女を腹痛が襲う。陣痛が始まったのだ。やがて生まれてくる子供のことでいくらか気持ちが明るくなってきた。だが、「どんな苦しみをしてでも子供を立派に養育していくことだけに一身を捧げよう」と思う気持ちと、いまの惨めな姿に、なんと「浅はかなことをしてしまった」のかとの思いが交錯するのだった。複雑な思いにかられたのである。

陣痛はますますひどくなっていく。「こんな豚小屋の中で可愛い子供を産むことを考えると恐ろしかった」が、「労働者として、あらゆる虐げの中に生きてきた長吉の子」を生むことに「女としての慎ましさをすっかりなぐり捨て」た。

お初の呻き苦しむ様子を見かねた看守が、産婆に電話をかけて戻ってきた時、もう「彼女は忙しい息づかいに喘ぎながら、襦袢の袖を引きちぎって生まれ落ちたばかりの」赤ん坊をそれにくるんでいたのである。

彼女は言った。「この子が仇を討ってくれるんだ」。そして思うのだった。なぜこんなところでこの子は生まれなければならなかったのか、このことを大きくなったらこの子に話して聞かせよう、と。

そこへ夫の長吉がやって来る。これを見て「卒然とした」彼女に「心配するな、随分苦しんだのかね」と長吉は声をかけた。

この作品は一労働者夫婦の一日のできごとを書いたものだが、その中にどれだけ多くのことが凝縮されていることだろう。

今度こそ仕事を、と毎日でかける夫、それもむなしく今日も過ぎていく。米や炭を買う金もない。やがて生まれてくる子供のことも気になる。質屋でわずかの金を手にするが、それを使えば米が買えなくなる。呉服屋に入ったお初の頭をよぎったのが万引きであった。その行為に踏み切る心の動きを作者は次のように書く。

「彼女は恐ろしさに足ががたがた震えた。『高がこれ位のものだもの、分りっこないわ』彼女は自分に言いながら辺りを見回した。他の客たちは熱心に積み重ねられた布地を引っ繰り返したり、行ったり、戻ったりして雑踏した。彼女は目をつぶって手を引っ込めた。彼女の出張った腹が一層醜く不格好に脹れて見えた。彼女は嘔吐を催しさうなむかつく胸を押へながら、そっと他の客の内をすり抜けて表へ出た」。このことは「魔がさしたんだわ。馬鹿なことをしてしまった」と、彼女を後悔させることになる。もちろん万引きという行為は許されるものでないが、米か赤ん坊の布地かという二者択一を迫られた彼女がさしあたって後者を選んだところに、その手段はともかく母親の情愛の強さを見ることができ、同情を禁じ得ないのである。ここに作者の温かい目をみることができよう。労働者への〝愛情〟は葉山の文学の特徴の一つでもある。

これは留置場の看守が、お初の陣痛を見かねて産婆を呼んでやるところにも現れている。これにたいして「権力の手先」である刑事は度し難い悪玉として描かれる。葉山にとって当然のことでもあろう。それが図式的な印象を与えないのは描写の精緻さとリアリズムに徹した手法から来るのではないのか。

野菜が山と積まれた八百屋の店先、呉服屋の大売り出しにあふれる大勢の客とお初の置かれた境遇との対照も見事である。ともかく、いかなる苦しみの中でも、生まれてくる子供への愛情に生きようとする母親の姿を描いた好短編であるといえよう。

（前掲書第二巻所収）

この年の一一月五日、労農芸術家連盟が分裂、黒島伝治、今野大力、伊藤貞助らが脱退し、文戦打倒同盟を結成。この時、黒島らが脱退にともない『文芸戦線』読者名簿などを持ち出したとして憤慨した労農芸術家連盟の岩藤雪夫、井上憲治、里村欣三、長野兼一郎の四名は黒島を呼び出し、岩藤宅へ連れてくると、そこに待っていた葉山、前田河広一郎らは焼ごてをふり回して文戦打倒同盟の宣言書の取り消しを強要した。「焼きゴテ事件」である。この乱闘事件で、黒島は全治二週間の打撲傷を負った。

葉山はほかにこの年、「冬の労働一景」（『文芸戦線』）、「一九五〇年の売笑婦」（『グロテスク』）、「仁丹を追っかける」（「プロレタリア小説戯曲新選集」）を発表、「優秀船『狸』丸」を脱稿している。「けだものの尻尾」を『改造』に発表したのは一二月であった。

8章　小林多喜二作品案内

「失業貨車」

「戦争が始まったら、景気が出る出ると云っていたが――フン、うまく担がれてしまったよ！」

「今に出るベヨ……。」

「戦争ッて云えば、戦争が始まってから、市役所でも俺等ばすっかり見かぎってしまったな！」

「俺ら今日、こゝの洋服野郎の顎ばタ、キ割ってやるよ……」

「……あの野郎こんな事云いやがるんだ。そう〳〵しつこく来たって仕事があるか、満州に出ている兵士の苦労を考えてみろ、二日三日飯を食わないなア当り前だってよ！」


まだ戸のしまっている「職業紹介所」の前では寒さにふるえながら失業者たちがこんな会話を交わしている。こうして毎日やってきているのだがらちがあかない。髭面の男が言った。「……市役所へ出掛けて行って、しっかりした腹を聞いてきた方がえゝと思うんだ！」。このことばに三〇〇人ほどの労働者たちは騒ぎ出し、市役所へ押しかけることになった。

二階の市長室へなだれこんだが、市長は三人の代表としか会おうとしない。みんなはそのままテーブルをはさんで向かい合った。「腹が減っているんだよ！」という労働者に市長のことばが返ってくる。「皆さん！　今わが国は国を挙げて、戦っている時です！……」。その時、下の方が騒がしくなり、「ケイサツだ！」と誰かが叫んだ。

この港町であるO市には浜人足や自由労働者が多く、五〇〇〇人ちかい失業者がいた。戦争が始まり、みんなの気分もそちらに向くだろうと市当局もほっとしたところだったが、かえって職を失うものが多くなったのである。失業者にとっては、騒ぎを起こし検束されるほうがまだましであった。留置場では三度の飯は食えるし、毛布を着て寝ることもできる。軒先や公園の隅でのゴロ寝よりよっぽどよかったからだ。

当局は窮余の策として「失業貨車」をつくることにした。事業不振のため、つかわれない貨車を集めて住みこませ、一日に一回の粥を与えて不満をそらそうというのである。この方策は図に当り、これまで役所に暴れこんでいた連中は「別人のように温しくなってしまった」。「失業貨車」は町の流行語となり、見学者まで訪れるようになった。ところがある夜のこと、「駅員風の男」によってこの貨車にビラが撒かれたのである。粥一杯でだまされるな、我々と連帯しようという「全国協議会」からの呼びかけのビラであった。

「失業貨車」が一時しのぎにはなっても根本的な解決になるはずはなかった。寄付も打ち切られ、貨車の「住人」たちにも当局のごまかしであることがわかってきた。止められていた粥の配給を再開させるための集会がもたれることになり、失業者たちが空地に集まったとき誰かがビラを撒く。「『失業貨車』を『赤い貨車』にするんだ！」、「我々失業者の生活は当然彼奴等の負担だ。全市の失業者に空貨車と飯を与えさせろ！」。

彼らは「ワッショ、ワッショ……と表へ押し出し」ていくのだった。

「満州事変」勃発直後の失業した労働者の楽天性をユーモラスに描いていて痛快である。市当局は戦争の開始を労働者たちの気分転換になる言い訳にしようとするが、かえって失業者は増えその期待は裏切られる。凶作のためO市に出稼ぎにくる農民によってますます仕事はなくなり、貨車に住みたい人間も増えるばかりだ。住めないものは市役所に押しかけてくる。「失業貨車」もそのアイデアはよかったが、結局は厄介なものになってしまう。失業者の不満は高まるばかりであった。そこへ「全国協議会」のアジビラが撒かれ、彼らの不満に火をつけたのである。失業者が「赤く」なることを防ぐための「失業貨車」がかえって彼らを「赤く」してしまったのだ。当局の狼狽ぶりがおもしろく描き出された好短編である。

（初出は『若草』一九三一年三月号、新日本出版社「小林多喜二全集」第三巻所収）

「同志田口の感傷」

「風が少し強いと家がユキ〳〵揺れた。それで家の後に『さきり』をつッかえていた。天井板もなく、梁がムキ出しで、雨が漏った。湿地で床が低いので、雨が降ると畳が足にねばった」――このような家に住んでいた同志田口の幼い頃の話である。

女学校へ通っている姉は、学校がひけると工場で夜業をしながら学資をかせがなければならなかった。田口も近くの火山灰会社のコークス拾いに行った。石炭のかわりにするためである。

この年、小樽の近海は鰊の大漁であった。ふだんは七、八〇銭にしかならない女の日当が「鰊の沖上げ」でもっこ背負いをすると二、三円になる。日曜日の仕事に出れば学校の友達に会うし、大漁となれば大勢の人々が見物にもやってくる。そんなとき「かすりの『刺子』を着て、キャハンをつけ頬かぶりし」た姿を見られるのは堪えがたいことだったが、姉は働きに出ることにした。

いつもは「辺鄙な漁村」も大漁のときは一変する。浜には大漁旗がはためき、沖は小舟でにぎわった。小樽だけでなく札幌あたりからまで鰊場の見物にやってくるのだ。姉はもっこを担ぎながら手拭を深くかぶり顔を見られないようにしている。田口がその近くで遊んでいると、「双眼鏡をかけた海軍服の子供を連れて、立派な夫婦連れが見物」にきた。見たこともない海軍服と珍しい双眼鏡にひかれ思わず近寄ると、男の子は「フイに眉をひそめ」母親の手を引っぱった。母親は「えゝ何に？」という風に田口を見る。あんな子どもにかかわり合うないわんばかりの仕草であった。彼は「何か悪いことでもしたような気持にな」り、淋しくなった。

田口はこの日に喧嘩をしてしまう。海に落ちている鰊を拾っていた彼に、洋服姿の女の子が「それはたゞで貰えるの?」と聞くので「一匹やるゲア?……」と言ったが彼女はためらっている。そのとき兄らしい男の子が「拾いものなんだぜ。――汚い!」と言うなり女の子を連れて行ってしまった。カッとなった田口は男の子のうしろから手に持った鰊で殴りつけた。そのことで姉からこづかれるが、妙になつかしさを覚え涙がこみあげてくる。「姉に身体をもたせながら、鱗の沢山ついた生臭い姉の前掛けで眼をこす」るのだった。

仕事が終わると疲れたからだを姉にもたれさせながら線路道を帰った。見物人を乗せた汽車が岬のかげを廻りながら走っていく。沖には船の火が見える。すれちがう男たちが「よオッ、別嬪さん!」と声をかけていった。姉は「自分たちにもいい時がくる。だまって一生ケン命働いていればいゝんだ」と言う。きっといい時がくるということばが姉の気持ちをささえているのにちがいなかった。

やがて目の下に美しい小樽の夜景が見えてくる。「姉ちゃ、綺麗だ!……」。そのとき彼女は泣いているようであった。――話し終わると、「おかしなもんだ。この日の事だけが妙にひっかかっているんだ」と言って田口は口のあたりをゆがめた。

この姉は女学校を出ると小学校の教師になり、田口を医学専門学校に入れてくれたのだったが、地主の息子との恋愛問題が原因で川に身を投げ悲惨な死を遂げる。

いまは「私」の同志であり、四・一六の弾圧事件で四カ月の「別荘」ぐらしをしてきた田口の少年時代のことが一日のできごとをとおして描かれた作品である。必ず「いい時がくる」ことを信じながら工場で働き、大漁のときには恥かしさに堪えながらもっこ背負いをしてかせがなければならない弟思いの姉の姿には胸をうたれる。大漁の日、田口も二度の屈辱を味わう。これも貧しさゆえであった。

着飾って鰊漁見物にくる人々とそこで働く田口の姉や日雇いの女たちとの対照の妙が見事である。貧富の差という社会の矛盾を二人のくらしを描くことによって告発した作品であるといってよい。疲れ切ったからだで夜の線路道を歩いていく二人の目の下に広がる夜景の簡潔な描写も印象的であり、作品構成にも工夫がみられる。

（初出は『週刊朝日』一九三〇年四月、前掲書第三巻所収）

「残されるもの」

売春婦の「哀切」を描いた短編である。

光代たちのいる「曖昧屋」の向かいの家に銀行員らしい若夫婦が越してくる。近所に配られた引き越しそばが光代たちのところは素通りした。若夫婦の家からは玉子が「ヤソの歌ばかりよ、チャカ〳〵ッて！」と言う、西洋の音楽が聞こえてくる。

夜になると「曖昧屋」の前はにぎやかになり、酔払いたちが女たちを冷やかしたり「下品ないたずらをしたり」していく。そこへ向かいの主人が顔を出し静かにしてくれと抗議する。だが、何日かたつうちに光代たちは細君と親しくなり、赤ん坊を貸してもらったりするようになった。彼女たちは赤ん坊を抱いてあやすのが好きでたまらなかったのだ。若夫婦のくらしをかい間見ているうちに荒んだ彼女たちの心に暖かいものが生まれてくるようであった。

あるとき、光代は赤ん坊を借りにいった。その時主人が帰ってくる。「こういう女に子供をあずけちゃ駄目だよ！」――主人の顔は露骨にそう言っている。その男の顔を見た光代ははっとした。男にも狼狽の色があらわれ「顔が妙にゆがんだ」。三年ほど前に光代を「買った」ことのある男だったのだ。赤ん坊を抱いた彼女は半ば無意識に外へ出ると「おどけた顔をして笑わせることも、身体を拍子づけてゆすってやることも、口笛を吹いたり、頬ぺたをつッついてやって喜ばせることも」忘れて歩いていた。はじめは「臆病気にオズ〳〵していた」あの男は、だんだん女を買うことに慣れてくると「大胆な、淫猥な、ことを女に」平気でするようになっていったのである。そしてこう言ったことも思い出されてきた。「お前達は悲しい哀れな小さい聖女だという気がする。これは世の中の何処かが間違っているからだ」。このことばは光代の心に強く響いたものだ。その男が今では家庭を持ち、りっぱな夫として、また親として自分たちをさげすみ、邪魔者扱いしている。これまでどれだけの男たちが女を買いにやってきたことだろう。彼らは今ではちゃんとした家庭をつくり、しあわせなくらしをしているのだ。この男もその中のひとりではないか。それにくらべて自分の境遇は……と思うと、仰向けに寝かせていた赤ん坊の顔に光代の目から涙がこぼれ落ちた。

小ぬか雨の降る日曜日、彼女は向かいの家の前に家財道具を積み込んだ荷馬車が止まっているのを目にする。見てはならないものを見たような気になった光代は窓をしめた。馬車の音だけが聞こえてくる。若夫婦たちは自分たちを避けて行ってしまったのである。その家にはまた「貸家」の札が貼られていた。その夜、「へべれけになる程酔払った」光代は、「畜生！　火をつけてやれ」「野郎、野郎、殺してやればよかった」と叫ぶが、窓にもたれているうちにいつの間にか泣いているのだった。

この作品について多喜二は一九二七年一〇月の日記に次のように記している。

「自分ではモウパッサンの『脂肪のかたまり』などより自信のあるものであるが、その内容を包んでいるセンチメント、及手法に（微温的なところ）非常に不徹底なプチブル的なものが残っていると思う。揚棄されねばならぬものだ。葉山嘉樹のあの『素地』が必要なのだ」

たしかに葉山嘉樹の「淫売婦」ほどの衝撃をあたえる作品ではない。しかし荒んだ売春婦たちの無邪気なほどの暖かい心根が、赤ん坊への愛情をとおして伝わってくる好短編である。その彼女たちを厄介者扱いして引っ越していく若夫婦。それは赤ん坊を取り上げることであった。引っ越そうにもそれができない光代たち、「残されるもの」の「哀切」が胸をうつ。

（初出は一九二七年『北方文芸』第五号、前掲書第一巻所収）

「ある改札係」

この作品は「解題」によると、一九四四年、中央公論社とともに改造社が解散させられたとき、原稿類の焼却の場に行きあわせた西条寛六によって発見、保存されていたもので、執筆の時期は一九二四、五年代と推定されるという。

南小樽駅の改札係である「彼」には親しい友人もなく、酒を飲んで夜おそく帰ってくるということもない。だから朝は妻が眠っているうちに起き、朝食の支度をするのが日課であった。

ある日のこと、「彼」は「嬶の下になっているから……だんだん意気地がなくなるんだ」、「若し、俺たちにそんな事あったら、嬶を追い出してしまうって……」と同僚から言われたことを妻に話したことがあった。そのとき妻はこう言ったものである。「それァ、その人たちは、お前さんのようなやくざじゃないからねえ」、「わたし貴方のために一生を台無しにしたんだよ」。このことばに「彼」は言い返すことができなかった。

今朝も「彼」は妻が眠っているうちに起きた。雪が吹きこんでいる。外の雪道には人の足跡もない。どの家もまだ眠っているのだろう。「彼」は朝食の用意にとりかかった。「こんなに早く……」と布団の中で不平を言っていた妻が起き出すと、ホッとした気持ちで外へ出た。雪かきを終え新聞を読んでいるあいだも、妻の用で三度も立ちあがらなければならなかった。「受難の朝」にへとへとになり朝食をやっとすましたとき、同僚がやってくる。家事から解放されたあとには職場である停車場が待っていた。

改札口には雪が吹きこんでくる。列車が構内にはいると女学生たちがやってきた。改札係は二人いるのだが、彼女たちはいつも「彼」の前を通り、その「魅惑的な眼」を投げかけるのであった。「彼」は美しい彼女たちがそっと手を握ってくれるのでは……などと想像するのだった。このようなことを想像をするのは妻にたいしてはすまないと思いながらも、ほかの同僚たちが一日の仕事を終えて帰ると妻が優しくしてくれるのに自分はどうなんだ、疲れたからだで妻の手伝いをさせられる、改札の仕事をしているあいだ妻は家でいったい何をしているというのか、という思いもあった。

「彼」のあだ名は「万年さん」である。改札係は初任者の仕事で、三カ月か半年でほかの職場にかわっていくのだが、「彼」は二〇年ちかくもこれをやっているからであった。万年改札係である。同僚に言わせると、昇進するための「ロープ」、つまりコネがなかったのだ。上役に取り入ることもできなかった。これまでどれだけの同僚が「彼」の前を「ロープ」で登っていったことか。

三時になると女学生たちが帰ってくる。「彼」は待合室へ行き、新聞を読むふりをしながら彼女たちの話すのを聞いていた。

「なんでも十何年も改札をしているんですってねえ」、「何んとなく置き残された人のようねえ」、「あんな人の奥様不幸なことねえ。一生あんな人は出世出来ないんでしょう」、「何処となく淋しいような変な頼りない所のある人！」、「だから私何時でもあの人の方ばかり通るの！　慰めてやりにねえ」。

こんな会話のあとに笑い声が起こった。彼女たちが「彼」の前を通るのは軽侮の気持ちからであり、万年改札係へのいくらかの憐憫の情から出たものであったのだ。なんという人の好い想像をしたものだろう。「彼」は「一枚の手紙をめっちゃめっちゃに裂いてしま」うのだった。

家では妻に頭があがらず、職場でもうだつのあがらない改札係の「彼」。「魅惑的な眼」と思っていたのが実は「軽侮の眼」であり、楽しい想像も妄想となってしまう。コネを持たずに〝出世〟できない男の姿が見事に描き出されている。また「一枚の手紙」も暗示的だ。

（初出は『芸術』一九四八年八月号、前掲書第一巻所収）

「最後のもの」

お恵一家の不幸が、船の材木の積み下ろしの仕事をしていた父の事故死によって始まるところから、この作品は書き出される。母親のお仙は通夜の晩に五人の子供たちを他家にやったらどうかと言われ、はじめはいやがっていたが、長女のお恵と秀雄を残して他人にやってしまう。

親類の世話で通っていた女学校をやめたお恵は、母といっしょに青豌豆の手撰工場へ働きに出ることになった。仕事場では女たちの猥雑な話を聞くのがたまらなくいやだった。

帰り道でのことである。ひとりの女が近寄ってきて話しかけた。「あんな豆撰りなんか金にならないんだよ。ねえ、この婆さんがいい所を世話してやるよ」。お恵がだまっていると「五、六円は確実だ。いい所だよ、そして面白くてさ……」と持ちかけるのだった。おもしろくて金が稼げるところがどんな場所か。お恵はその女から逃げるように走り出した。こうした経験が彼女に〝世の中〟を見せてくれたように思うと空恐しくなる。

母はときどき家をあけることがあった。三人の子供たちの様子を見に行くのである。そのなかで哀れだったのは美津子である。ボロボロの着物を着てお布施をもらいに行く坊さんのあとをついていく姿をお恵は見たことがあった。やがてせっぱつまった母は子持ちの浜人足と再婚するが、義父の秀雄への虐待、そしてある時彼が言った「自分の娘だったら、お恵の行李の中のものを質屋へ持って行ったって何とも云わないだろうなぁ……」という言葉が二人を別れさせることになった。

青豌豆の手撰りの仕事も少くなっていき、お恵たちは一カ月も風呂にはいれない日がつづく。母は子供たちのことと窮迫した生活のため、ぼんやりしたり、脈絡のないことを口走ったりするようになっていき、子供のところを廻る回数も増えていった。三人のうち喜代のことが気がかりでならない。食べ物も碌に与えられず、やがては売りとばされてしまいそうだったからだ。そこで取りもどそうとするが、相手は今までの養育費を返せと言って聞き入れてくれない。こんなくらしのなかでお恵の気持ちも荒んでいき、「自分が育てもしない癖に沢山の子供を生んだのが悪いのさ。この貧乏も皆お母さんが悪いからだ」となじることもあった。しかし一方ではこんな母が哀れにも思えてくる。この揺れ動く気持ちが恋人の哲夫との結婚に踏み切ることをためらわせ、彼からはげましの手紙をもらってもお恵の気持ちは「泥濘《ぬかる》み」にはまりこんでいくばかりであった。

「雪道がギュン〳〵なって、厳しい寒波《しばれ》」がやってくると、母も秀雄も流行性の感冒に罹ってしまう。お恵はどうしていいかわからなくなったが、じっとしているわけにもいかない。残された道はただひとつ、あれほどいやだった「一日五、六円になる」仕事しかなかった。どうすべきか、彼女の心は死ぬことと生きることのあいだを「循環少数のように往き来」するのだが……。

哲夫が、「淫売のために拘置された」お恵のことを知ったのは、三カ月ほどの講習のため出張していた東京からの帰りに駅で買った新聞を見てからであった。

悲惨な話である。父親の事故死によってお恵の家族は、ばらばらになり、困窮のどん底に呻吟しなければならなくなる。他人にやった子供たちのことで気がふれたようになる母親のお仙。なんとか生きていかなければと懸命になるお恵も生活の重圧には勝てず絶望的になり、恋人のはげましにもかかわらずあれほどいやだった売春婦に堕ちていく。

多喜二は日記のなかに「通俗小説であるかも知れない」と書いているが、通俗小説どころか、世の中の非情さと人間性を蝕む貧困をきびしく告発した作品だと私は思う。

（初出は『創作月刊』一九二八年創刊号、前掲書第一巻所収）

「駄菓子屋」

一九二四年、多喜二が二一歳の時に創刊した同人誌『クラルテ』（第二集）に掲載された初期の作品である。

「お婆さん」は小さな駄菓子屋をひらいている。中年の男が店先に立ち止まった。てっきり客だと思ったが、その男は筋向いの駄菓子屋へ行ってしまう。「愛嬌のいい女房が何か笑いながらべんちゃらをふりまいている」のが見えた。男は大きな袋をもっている。七、八〇銭の大口の客のように彼女には思われた。彼女の店には朝から五銭の飴玉、一〇銭のアンパンなどの客が五人あっただけだ。一日に二円位の売り上げがないと四人の生活はできないのに、きょうはまだ三〇銭より売れていない。品物もたくさん揃えている向かいの店に客を取られたようで「お婆さん」は気が重くなった。

新しくできる店には「綺麗な折が二、三十もてかくと光って並んでいて」、「総ガラスの立派な陳列棚、ズラリとならべてある煎餅罐」の〝豪華さ〟にくらべると、「マンジュウとパンと、それから三、四種類の駄菓子」しか置いてない彼女の店のなんとわびしいことだろう。これではとても太刀打ちできるはずはなかった。一五年前に店を出した時には競争相手もなく、毎月二、三〇円も貯金ができたことを考えると、くやしくてたまらなかった。折角の蓄えも減っていき、いまでは質屋通いをしなければならなくなっている。

「お婆さん」が饅頭を作っていると、子供の声がするので出てみると笑い声をたてて彼等は逃げて行った。子供にまで馬鹿にされたため、大声を出して怒りをぶちまけている時、息子の健が帰ってくる。その姿を見た彼女は泣き出してしまった。息子に向かいの店のことを話すと、「おっ母さん、そんないやしい事なんか止すんだなあ、窓から覗くなんて……」とたしなめられるのだった。それがわかっていてもくやしい気持ちだけは吐き出しておきたかったのである。

その時、工事現場に駄菓子を売りに行っている「お爺さん」が帰ってきた。どうだった、と聞く「お婆さん」に、「俺の方か?……パンが余った……くたびれ損だったよ。それになァ、今日何処かの餅屋が来たもんだから、すっかり駄目よ……」という言葉が返ってくる。ここにも商売敵が現われたのである。

夜の食卓で、強盗にはいられた向かいの荒物屋のことが話題になった時、健はわが家のことを言った。「なあに、開けっ放して寝たって……誰も唾もかけないさ」

「お婆さん」はみんなが寝静ってから銭箱の中味を出してみる。銀貨が三、四枚、あとは銅貨ばかり、明日はまた質屋へ行かねばならないと思った。

駄菓子屋一家の貧しいくらしを素朴な筆づかいで描いた作品であり、そこには〝叫び〟も〝怒り〟も書かれていない。一五年前には競争相手もなく、店先を離れられないほどの客があり、楽なくらしもできたのだが「新しい店」のため苦しくなっていくありさまが、「お婆さん」の姿をとおして切々と伝わってくる。結末の部分で娘からの手紙のなかの「もう少しの我慢ですよ」という言葉に「淡くはあるがちょっと明るくされ」る彼女。ここに、ささやかな希望を託す駄菓子屋の「お婆さん」を見て救われる気持ちに読者はなるだろう。いずれにしても、零落していく駄菓子屋を淡々と描いた好短編である。

（前掲書第一巻所収）

「暴風雨《あらし》もよい」

S教授の講義は脱線することが多い。妻というものは単なる性の対象ではなく「トンガラシに火をつけたようにせちからい現実」のなかで傷ついた夫の心を慰めてくれる存在である、といった「夫婦論」を開陳するのだが、そんなとき眼には涙が浮かんでいた。家に帰っても、本を読んでいる妻は「お帰り」と言うだけであり、そこには「権利と義務の立場からのみ応待する」姿しかないのが彼にとっての現実だったからだ。妻への怒りはS教授の「夫婦論」にますます熱をおびさせた。「諸君は何も妻をめとるのに、それを友としては貰わないでしょう。夫婦生活の基調をなしているものは、……温かい情だ」、「夫に口をとんがらして、つっかゝってくる女を──妻を……あぁ、それアたまらないことです。とても悲惨なことです」。

鬱憤を吐き出したあとの「軽い気持を感じ」ていた彼は、きょうもKが出席していないことに気づくと、いやな気持ちに引き戻された。Kはほとんど自分の講義に出てこないのだ。たしかにタイプライターやコレスポンデンス（商業通信）といった実用的な科目が、哲学や経済学という理論的なものにくらべて学生に軽く見られていることは理解できないでもなかった。しかし、Kの「文学をやるものによくある傲慢さ」にがまんがならなかったのである。

呼び出されたKが教授の部屋にはいっていくと、「文学をやり絵をやっているものにとっては、あんなきまりきったコレポンやタイピストのやるようなものは随分くだらなく見えるでしょう」、「僕自身僕の教えている学科に失望しているんです。くだらない学科だと思っているんです」、「君が僕の時間をサボる理由が分るんです……だから僕は時間中によく外のことをしゃべって、そんな退屈な事をなるべく無くしようとしてるんです。漫談をやってお互のイヤな気持をなくしようとつとめる。僕が脱線するのはその為めだったんです」と、グチとも言い訳ともつかぬことをしゃべりつづける。聞いていたKの眼に「かすかに涙が浮かん」でいたのに教授は気づいた。

S教授は学生大会のことを思い出す。人気のある教授は壇上にあげるという催しのとき、同じ科目を受け持っているA教授は真っ先に名前を呼ばれたが、自分の名を呼ぶ者はひとりもいない。その屈辱が逆に彼をますます人気取りへ駆りたてた。それは予算会議で頂点に達する。部長をしている野球部の予算を獲得するため、ほかの部を認めないような発言をしたのである。それがA教授によって「傲慢」とのそしりをうけ、激しいやりとりのなかで、「君のようなものが、教授としてこの学校に……」と存在を否定されるような言葉を耳にしてしまう。S教授は叫んだ。「君は僕が邪魔なんだろう……」。

Ｓ教授は学校を出た。外はもう薄暗くなっている。帰路につく彼を待っているのは「氷の穴倉のような冷たい家庭」であった。

担当科目が禍いして学生に人気のない一教授の孤立していく悲哀を描いた作品である。冷たい家庭であることの裏返しとして、温かい家庭、夫婦のあり方を説く、講義中の脱線も新鮮味はなかった。予算会議では「野球万能」を主張し強引に部費を要求し学生の人気を得ようとするが、所詮それもピエロを演じるだけでしかなかった。常識さえ疑われ、教師としての適格性まで否定されるＳ教授。あがけばあがくほど自分を窮地に追いつめていく姿はアリ地獄に落ちたアリのような感じさえする。孤独の切なさが「洋行帰り」のＡ教授との対比の中でより強く伝わってくる作品といえよう。

（初出は一九二四年『クラルテ』第一集、前掲書第一巻所収）

「飴玉闘争」

「『独房』の一部である」と付記された「飴玉闘争」は、戦旗社、プロレタリア科学研究所、ナップなど九団体の共同編集による「三・一五、四・一六公判闘争のために」というパンフレットに発表された短い作品である。

東京の留置場は、食事も麦飯に沢庵二切といった大阪のそれとはちがい、白い飯が食え、味噌汁付き、時には魚さえ出されるようなところであり、まるで極楽だった。三・一五事件で捕まった同志などは、刑務所は自分が住んでいる「床の低いジュクジュクした長屋」とは雲泥の差で「嬶や子供の方が可哀相でならな」いと云っていたくらいである。

「俺」が廻された刑務所もそのとおりだった。よく「俺」のところにやってくる看守がいて、君らには「獄内闘争」と称してハンストをしたり、皿を割ったりして抵抗をこころみているつもりなのだろうが、こちらにとってそんなことは痛くも痒くもない。おれたちにとって恐いのは「君たちが何時でも呑気そうにしている」ことだ。そんな姿を見ていると、「勝負では負けているということが分るんだ」。呑気にかまえられていると、君たちに「せゝら笑われながら、無駄な骨折りを」繰り返しているように思えてならない、と言うのだった。「俺」は「呑気にしている」ことが「最大の獄内闘争だ」ということに気づいた。

「俺」は飴玉を一日おきに五銭ずつ買っていたが、ここのやつは味もまずいうえに値段も高く、日によって量もまちまちである。そこで飴玉の件で所長に面会を申し入れた。「飴玉の大きいや小さいやで、一々やって来てもらっては困るんだ」という所長に「此処では、飴玉の大きい小さいが大問題なんだ！」と「俺」は言い返す。それからというもの、飴玉を「顕微鏡にかけるように一々手にとって丹念に検査をする」ことが独房での楽しみとなったのである。そして、〝欠陥〟を見つけては所長に面会を申し入れるのだ。所長は「又今日も飴玉か？」とうんざりするが、それでも、数は多くなっているが、粒が小さいなどと文句をつける。このやり方は、独房から出られることのほかに、同志たちの監房の前を通るとき話かけられるという余得があった。まさに一石二鳥だったのである。

この方法は連鎖反応を呼び起した。「皿のふちがかけたから直ぐ取りかえてくれ」、「味噌汁の中に虫が浮かんでいた」、「暗いから転房させてくれ」、「発声運動を許可してくれ」といった要求がつぎつぎと出てきたため、看守は音をあげたのである。一石三鳥になったわけだ。これを知って「俺」は「飴玉という搦手から彼奴等がマンまとしてやられたのだと思うと」、「口笛でも吹いてみたい程、内心ウキ〳〵し」てくるのだった。

「獄内闘争」といえば悲壮なものを思いがちであるが、「俺」は逆の方法で相手を困らせる。それが看守の言葉から思いついた「呑気にしている」ということであった。刑務所の規則を破らず、いわば合法的に搦手から抵抗するというやり方である。飴玉にいちいちケチをつけるために所長に面会を求め、それを根負けするまでつづける。所長は「だまってにらみつけ」ても拒むわけにはいかない。相手にとってこれほどいやな抵抗はないだろう。「俺」の戦術が見事に効を奏したのだ。しかも同志たちに話しかけることもできる。「この円るい、ユーモラスな、子供の日の夢を思い出させる飴玉」が「獄内闘争」の有力な手段になったのである。なんという着想だろう。これも独房ぐらしの智恵が生んだものにちがいない。ともかく子供だましのようなやり方によって相手を困惑させることに成功したのだ。

作品としても凝縮度が高く、たたかう者の痛快ともいえる楽天性が、さわやかな読後感として残る。

（前掲書第三巻所収）

9章 間宮茂輔の短編を読む

ことし（一九九五年）は間宮茂輔没後二〇年である。

四〇年近く前になろうか。当時、新日本文学会会員であった間宮と国分一太郎を招んで話をきいたことがある。そのときどんな話をしたのか記憶にないが、間宮の痩せた姿だけが妙に印象に残っている。

間宮が、静岡県の古河鉱業久根鉱山に職を求めたのは慶應大学仏文科を中退した一〇代のおわりのころであった。それは、予備役軍人であった父の反対を押し切って文学の道を歩むためには家を出て自立するほかないという強い決意のあらわれでもあった。鉱山の現場に向かうときのことを同人誌『碑』にこう書いている。

「私は東海道線を豊橋まで来て、さらに豊川線の長篠まで乗り継ぎ、そこから乗合馬車に揺られて、三河と遠江の国境を北へ北へと入って行った。長篠の古戦場がはるか脚下になるころから、山嶽地帯は雪になり、乗合馬車はプープーとひっきりなしにラッパを吹き鳴らした。雪が舞いこむ馬車に乗っているのは、樵らしい男たちや、山間部落へ物を売りに行く旅商人や、一と目でわかる淫売婦など、それまでわたしの生活圏内には見かけたこともない人間たちばかりだった。

鳥打帽を目ぶかに被り、オーバーの襟に顔を埋めた十九歳の青年はその時何を考えていたのだろうか、愚かなことに、わたしは、トルストイの『コサック』に描かれたシーンを一心に思いうかべていたのである。トロイカに乗って、雪の広野をカザック地方へと入っていく主人公と共に——。

しかし、ともかく、わたしの人生はこうしてはじまった」（間宮武「六頭目の馬——間宮茂輔の生涯」）。

「日給六十銭を給す」の辞令を手にして久根鉱山で働くようになった間宮は「この山深い一帯に広がる隔絶されたような企業社会」の一員となる。家庭と学園生活を捨ててとびこんだ鉱山は「企業集団という巨大なエネルギーに満ちた管理社会」であり、この中に「はびこる俗吏性、無気力、事勿れ主義といった退嬰的な空気に耐え難い思いを抱くようになるのに、そう長い時間はかからなかった」が、労働者には「はじけるような生命力を感じ」られた。彼らは「貧しく、無知であり、しかも粗野であ」り、「よく飲み、怒り、わめ」き、「女を求めて歩く、彼等の住む棟割長屋は荒れはて、子供たちの泣き声」が四六時中きこえてくる。「臭気を放つ共同便所、共同浴場、彼等の落とす排泄物はどんなに手をつくしても、常に不潔をまき散らした」。だが労働者たちは「いつも健康的な汗を光らせてい」て、「そこには、不正はなく、怠惰も、退屈も、姑息な一切の欺瞞もなかった」のである（前掲書）ここでの体験をもとに二〇年後に書かれた長編小説「あらがね」が一九三七年度下半期の芥川賞候補作として有力視されたが、時局柄ということもあってか、火野葦平の「糞尿譚」が受賞したことはよく知られている。

三年足らずの鉱山生活に材をとった短編のひとつが「鉱山の私娼窟」である。

この作品はつぎのような歯切れのよい見事な自然描写ではじまる。

「春であった。季節の風が日毎に吹いて、南の峠から、花が吹雪のように舞い落ちて来た。太陽は輝き渡り、冴えた山気に新芽の香りが仄々と漂い籠った。

——谷底に町があった。

周囲の山々は、陰影の多い新緑に蔽われ、その突忽とした山頂は靄然と霞んで見えた。

山々の遙か上に、塵埃のない透明な空が、明るい洞窟のように覗かれる。或日、山蜂の大群が北側の森林地帯から浮塵のように飛び立った。谷底の町は蕩然と浮き立っていた。鉱山の山神祭が旬日に迫っているからだ」

山神祭には、旅芸人の群、香具師、曲馬団、露店商人、渡りの売笑婦たちが大勢乗りこんできてにぎわいをみせる。私娼窟では「夜毎に、血醒い闘争が演じられる」ほどであった。

祭礼提灯の明かりが家々の軒先を照らす祭の前の晩になると、鉱夫たちも大挙してこの〈谷底の町〉にやってくる。この日は雨だったが、午後には止み「町は俄然として蘇返」り、前夜祭の花火が打ちあげられた。「子供等は狂喜して跳ね廻」り、また「博徒の目は血走」り、「香具師は貪欲に舌舐めずりして歩き廻わる」のだった。

真夜中のことである。ひとりの男が「蝙蝠のように音もなく歩いて来る」と私娼窟の前でとまった。男は瀬木兵介といい、この興根鉱山で起した労働争議のリーダーであったため、三年前にここを追われていたのである。彼のこころに刻まれた「激しい憤怒」は消えることなくいまも煮えたぎっていた。

〈谷底の町〉にもどってきたのは、のこり少ない命を虐げられた鉱夫たちのために捧げようと決心したからである。「人肉市場は、深い疲労の色を陰惨に湛えて眠」っている。不意に犬が吠えた。「黒か……」といって立ちどまる彼にとって、この犬は昔馴染みであったのだ。走り寄ってきた黒犬を見ると、過ぎた日のことがよみがえってくる。それは一〇年余りの前の鉱山暮らしの中でいっしょに過ごした売笑婦のことだった。美しかった加代というこの女も、いまは、じん肺のため死を待つ身である瀬木と同じく、肺は結核に冒され、血は「梅毒菌を浮かべた汚水」となり、当時の面影はなかった。犬は加代の家に案内するかのように、先を歩いていく。家に着くと、「もう来て呉ないと思っていた……」といって彼女は手をさしのべるが、部屋の中には入れようとしない。そのとき瀬木は部屋の隅でうごめく「黒い物体」を見た。先客がいたのだ。彼は「憤怒を氾濫させた全身から、自制の消えてゆくのがわか」ったが、気をとりなおし、「俺は戦ってやる。あらゆる搾取者を相手に戦ってやる」と決心するのだった。

木賃宿の一室で眠っていた彼は町のざわめきで目をさました。破れた雨戸からもれてくるひとすじの光を見ていると、苦しみに満ちた過ぎし日のことが思い出されてくる。私生児として木曾の寒村で暮した幼年時代のこと、九州を流れ歩いた少年時代、採鉱夫からたたきあげ、興根銅山屈指の現場労働者となるまでの十数年間のこと……。このあいだに彼の反抗心と闘争心は培われたのである。

朝食を運んできた女が「今朝からえらい騒ぎやった」といいながら、私娼窟で女が胸を突いて自殺したこと、そのとき死化粧までしていたことなどを話してくれた。瀬木は一瞬ドキッとするが、加代ではなかった。

山神祭の夜、〈谷底の町〉は「沸騰したボイラーのように沸き返」り、露天商人たちの呼び声、曲馬団や仁輪加の楽隊囃子、料理屋から聞こえてくる鉱山の社員たちの歌声などで、喧騒は頂点に達していた。銃声が聞こえたのはそのときである。鉱山を逃亡した鉱夫を狙う銃の音だ。これまで何人の鉱夫が逃亡をくわだて、そして捕まったことか。逃げおおせることが不可能だとわかっていても、逃亡をはかる鉱夫はたえなかった。

銃声につづいて「火事だ」という声。私娼窟の辺りらしい。半鐘が鳴り出す。瀬木の部屋にいた鉱夫たちは私娼窟へ走った。加代を救い出すためだ。だが、瀬木の願いは救出することではなく、あの生地獄から一日も早く天国へ送ってやることだった。やがて鉱夫たちは加代を担いでくるが、着いたときはもう冷たくなっていた。泣きながら申訳ないと詫びる彼らに瀬木はいうのだった。「死んだ方がいいのさ……」と。

火が消えると、焼け出された売笑婦たちは襦袢一枚の姿で杉林の中に集められる。焼け残った売笑窟はくまなく飯場頭によって調べられ、逃亡した鉱夫たちも捕えられた。彼らを待っているのは「半殺し」というリンチであった。

空が白みはじめた。燼っている焼跡からは「毛のない生白い脚」が出ている。逃げおくれた売笑婦の死体だ。「毛を焼き焦らした」鉱夫と思われる男の頭がトタン板の下から覗いている。あたり一面にはまだ人肉の焼ける匂いがただよっていた。——この場面で小説は終わる。

一九三〇年、『文芸戦線』(一二月号)に発表された「鉱山の私娼窟」は、苛酷な労働から逃れようとすれば銃に狙われる鉱夫たちと、苦界に身をおとした売笑婦の悲哀が、山神祭の日という短い時間設定の中で描かれた作品である。

鉱夫たちにとって年に一度の息抜きの日である鉱山の山神祭。〈谷底の町〉にこの日を目当てにあつまってくる人々。彼らによってかもしだされる退廃と喧騒は、鉱夫たちにひとときの安楽をあたえてくれるものであった。この祭は彼らに苦しみを忘れさせ、不満を発散させる鉱山経営者の巧妙な労働者操作の手段であったことはいうまでもない。

苛酷な労働に耐えかね逃亡する鉱夫たちの姿から、その状況を想像することは容易だが、労働の現場が描かれていたら、もっと迫真性をもつものとなったであろうことが惜しまれる。

瀬木は何度かの労働争議を指導したことによって鉱山を追われたが、何とかして鉱夫たちを救いたい一心で舞い戻る。彼には昔馴染みの売笑婦がいて、わざわざ訪ねていくが、部屋に入れてもらえない。失望とともに彼女の宿命を身をもって知る。

文字通りの苦界であった売笑窟と、ここでからだをむしばまれていく女たちの悲惨な姿をとおして、資本主義社会の〈悪〉をきびしく作品は告発する。世の中の吹きだまりともいうべき当時の鉱山と私娼窟を描くことによって企業の非人間性を糾弾する作者の姿勢に、強烈なヒューマニズムを私はみたい。また、冒頭で描かれている美しい自然の中で、一皮むけば残酷な搾取のドラマが演じられているという、この対照の妙も見事というべきであろう。

＊

「搾る為の工事」（『文芸戦線』一九三〇年一〇月号）は掌編ともいうべき短い作品である。

安芸の宮島の南西一里「黒髪島と濃美島を東望するA島」の「沖では鰯がわんわと群れていた。段畑では芋の葉が風にそよいでいる。稲は真黄色く熟れ」ていた。手が八本欲しいという意味で「章魚を羨ましがる季節」がやってきたのである。「若い者は海へ出た。女子供は畑へ行った。中老以上の老人達が田を泳ぎ廻った」。

「島司」の名村は、海軍建築部に命じられ、人集めのためにこの多忙な島民の家々をまわるのだが、「そうよ喃」というあいまいなことばが返ってくるだけであった。どの家にも残っているのは老婆と猫だけだったのである。だが軍の命令には逆らえない。A島の住民は「老人と女子供を残して」全員工事に駆り出されることになった。俗称小太郎と呼ばれる岬の岩石を掘り崩し、海軍の実弾射撃場の無人島であるK島との中間、西平という暗礁の上に投げ入れるのである。この年におこなわれるという海軍大演習のための予行演習で、A島付近の空と海とが呉鎮守府の軍艦や飛行機によって「引っ掻き廻」されていた。

工事は毎日、午前四時から夜の八時までおこなわれ、それは島民たちにとって「血を吐くような労働」であった。日給は後払いで六五銭。鰯漁に出れば二円にはなる。三分の一の賃金で彼らは長時間縛られたのである。「美しい松林の繁った小太郎岬」は突貫工事のためにまたたく間に「梅毒患者の鼻のように欠け落ちて」しまったのだ。

ある夜から降り出した雨が幾日もつづいた。島民たちは芋が腐りはじめないかと心配になる。田も冠水した。沖の鰯はとられることがないため「安心して、ぼうふらのように群れて泳いでいた」。このような状態に業に煮やした老人たちから「島司」の名村にたいして苦情が出る。「若え者を取られて、俺等アが家庭、いってえどうすればよいのじゃ、工事にゃ俺等がゆくけに、若え者を戻してお呉れんか」。一方、工事現場でも若い者たちが「鰯を獲りに出れア、日に二円余りにアなるんだ」、「芋を腐らしたら来年の食物をどうするんだ」といって仕事を放棄した。驚いた海軍の将校たちは軍港へ帰ってしまう。島民たちは胸をなでおろした。

ところが二日後のことである。二〇人余りの水兵がこの島にやってきたのだ。まるで戒厳令がしかれたようになり、ふたたび島民たちは工事に駆り出された。一カ月間の工事が終ったときには鰯は成長し、島の沖から姿を消していた。

この小品は三つの部分からなっている。ひとつは、鰯漁と畑作によって生計をたてている半農半漁の島にやってきた海軍建築部の軍人によって島民が動員される場面である。一年中でもっとも忙しい時期であったため、

「島司」の懇願にもかかわらず、返ってくることばは「そうよ喃」という生返事であった。現に島の働き手たちは出払ってしまっていたのである。だが、島の事情を斟酌するような軍ではない。「我々を一体何だと考えるのか、要塞地帯の住民は、何時如可なる場合にも鎮守府の……」という軍人のことばの終わらないうちに「島司」たちはほうほうの体でとび出していく。「頼むけ喃!」との哀願にも応じようとしない島民たちと、強制的に彼らを駆り出そうとする軍とのあいだで哀れにも右往左往する「島司」の姿が想像される。

つぎは、軍の圧力に屈した島民たちが工事に駆り出され、低賃金で長時間労働を強いられる場面である。掘り崩した岩石を暗礁の上に投げ入れる作業も、やがておこなわれる海軍大演習の準備のためであると思われる。戦争の訓練のためには島民の犠牲など無視してことを運ぶ軍の横暴を暴くとともに、美しい自然が破壊されていくことへの批判もそれとなく書かれている。

最後の場面では、結局軍の武力によって圧しつぶされる島民たちが生活まで破壊されていく様子が描かれる。降りつづく雨に畑や漁のことが気になるが、軍の命令には逆らえない島民のいらだちがとうとう鍬やモッコを投げ出させる。仕事を放棄したのだ。狼狽した将校たちが島を去ったことに「胸を撫で下ろ」すのだったが、その安堵もつかの間、二日後には水兵たちが上陸してくる。その銃剣によって島民たちは押えこまれてしまい、工事は続行される。それは彼らの労働力だけでなく、生活そのものを「搾る為の工事」だった。

手段をえらばない軍部の横暴と、それに圧しつぶされていった島の悲劇が、正面切っての軍部批判をさけながらも厳しい告発となっている。もっとも、島ぐるみの組織的な抵抗が描かれていない点は作品の限界ともいえようが、簡潔な文章と凝縮度の高さにおいて好短編といってよい。

*

『文芸戦線』(一九三〇年六月号)に発表された「闇」は三つの短編の中ではいちばん長いものである。「発電所の白い近代建築物が、静寂な山峡の風景の中に、際立って新鮮さを添えているのが見え」、それは「美しい瀑布を背景にして木の間隠れに眺められる白亜の建物は、旅人の足を留めるに充分な点景物」であった。一方、川下にある小作農の家々では、発電所が近くにあるというのに、まだ、「昔ながらの薄暗いランプ」をつかっていた。電灯は発電所ができたとき強制的につけさせられたのだが、電灯料が払えないため、このN村の地主であり電灯会社の社長でもある大倉が送電を止めてしまったからだ。

二五〇〇坪の大倉の屋敷の中は石垣の上の塀によって小作人たちには見えなかった。この屋敷に住んでいるのは、大倉夫婦、それに息子と娘の四人。夜になるとこの家から「煌々と電灯の光が洩れて、山峡の低い空を明るく染め」るのだった。

「月のない暗い夜」のことである。小作人の久作が酔った足で大倉の屋敷を通りかかると、呻き声が聞こえてくる。声のする桑畑に足を踏み入れると、女が「桑の木を両手で摑むで犬のように四ン這い」になっているではないか。提灯をちかずけた久作の口から驚きの声があがった。女は青ざめ「血の一滴もない顔を振り向けて」絶叫する。「誰じゃ、女子が児を産むとこを見る奴は！」。「久作じゃ」という声に、ほっとした表情をみせた女の目から涙が流れている。彼女は、大倉の家に奉公に出されていた小作人権十の娘美津だった。引き起こそうとする久作に「産ましておくれい。産まして……児には罪はない……」と陣痛に耐えながら語るところによれば、奉公先の息子にだまされたのだという。久作は呻き声をあげる美津を抱きかかえながら桑畑を出ると大倉の屋敷に向かった。「死んでも厭じゃ、久爺！死んでも大倉の屋敷では厭じゃと云うに……」と彼女は叫びつづけていた。

久作の知らせで百姓たちは大倉の屋敷に詰めかけてくる。二年前のことが思い出された。発電所建設工事のとき二人の若者が事故で死んだのだ。大倉は二人の犠牲者にたいして金一封でことをすませようとするが、若者たちの抗議の結果、しぶしぶ二〇〇円ずつの慰謝料と葬儀の費用を出してなんとか納得させたのである。

百姓たちがやってきたときには、美津が赤ん坊を産んだ台所の板の間はもう「何事もなかったかのように拭き清められていた」。そこへ集まってきた百姓たちに大倉の息子はいった。「誤解しては困る……美津は陣痛の苦しみに耐え兼ねて、家を飛び出したのですよ。それを久作が誤解して、担ぎ込むで来た」と。百姓たちは無言である。「大倉家は先祖代々、熱心な信者として続いてきた家だ」と、クリスチャンであることを理由にいいのがれようとしている息子に、百姓たちのあいだから怒りの声があがった。「それがどうした」。息子は「だから人間に対する愛は、必要以上に抱いて居るというのだ。美津は静かに眠っている。……だから君達も安心して引取って欲しいという。すると冷笑する声があり、「若旦那！　俺達がお訊ねに上がったのは、あんたの説教を聞く為じゃなくて、美津ちゃんの産むだ児は、誰の児か?、と云う事でがすよ」と百姓はいった。「それは此処で云うまでも無い事じゃないか」。このことばに「激しいどうようを見せ」た百姓たちは「ハッキリ云え！」、「誰の児だ」、「親爺を出せ」と口々に怒りをあらわし息子に詰め寄った。その勢いに、息子は「それは君、勿論、僕の児だ」と白状せざるをえなくなった。これを聞いて彼らは引き揚げていく。

この「山峡の暁は、暗く寒」い。ランプの油を節約するために百姓たちは暗い板の間に座り、ぼろぼろになった芋めしをかきこむのである。省吉はこの固いめしを呑みこめず二度も吐いた。姉のことが気がかりであったのでもあろう。だが、「美津姉は……」と尋ねる彼は父親に、「子供は余計な口叩くな」と怒鳴られる。なんとか食事を終え、仕事に出かけようとした省吉は突然貧血を起こして倒れた。「水飲め、水飲め……」という母親の声が、ゴザの上に寝かされている省吉には遠くのほうから聞こえてくるようだった。姉のことを思うと涙がこぼれてくる。仰向けに寝ている彼の顔に母の涙が落ちてきた。

みんなが仕事に出かけていったあと、ひとりになった省吉は、きのうのことが強い怒りとなって思い出された。やがて、眠っていた省吉が目を覚ますと「干した唐辛子をござの上で叩いている母親の姿が、斜に見えた」。唐辛子を腰巻に縫いこんでおけばからだが暖まるといい、それができあがると美津に届けてくれと頼むのだった。「何も云うでないぞ」という声を背に聞きながら省吉は大倉の家に向かった。

この村は、大倉の屋敷を中心にして上、拝殿下、下の三つに分けられている。米や麦だけで生活を支えるにはほど遠く、薯を常食とし、養蚕が唯一の収入源であった。養蚕のあいまに上と拝殿下の百姓たちは、近くの町や村へ働きに出かけ、下の小作人だけが村にのこって山の萱刈りにいくのである。刈り取った萱は、屋根の葺きかえのため大倉が買い取ることになっていた。萱を刈るために百姓たちは朝の三時に家を出て、帰るのは日が暮れてからであった。この日も疲れ切って帰ってきた省吉の父の手には二カ所の傷があった。鎌で削いだのだという。「萱を刈りながら父が、姉の事を思悩むで鎌で二度も指を削いだ光景」を省吉は思い浮かべる。

「羽場の親爺さん!」という声とともに数人の百姓たちがはいってきたのは、省吉親子が床についたばかりのときであった。彼らの話では、萱の値段が一把一五銭に引き下げられたとのことである。一日、一家三人で一六時間働いても五把も刈れたらいいほうである。これまで三〇銭から二五銭で引き取ってくれたのを、ことしは一五銭にするというのだ。美津の件で大倉の家に押しかけていったのを根にもってのことではないか。親爺さんの腹ひとつで萱の葉一枚売らない覚悟もできているというのだ。だが羽場権十はそれをさえぎった。「大倉に立突いちゃいけねえ。地主と喧嘩して小作が勝った試しが在るかい? よし勝ったにした所で、小作は死ぬまで小作じゃねえか……」。さらにつづけた。「俺あお前達の心持を有難度えと思う。本来なら憎まれる筈の俺を、そうやって立てて呉んなさるのも、百姓同志だからだと有難度えと思う……じゃが、お美津の事はお美津の事、萱の値は萱の値だ。俺にあ俺の考えも在るけど、其奴は今此処では云わねえ。皆の衆、俺の腹あそれだけよ」。省吉の父親が美津のことで激怒して立上がることを半ば期待していた彼らは、そのことばに失望した。

「そうすると親爺さん! お前はどうでも、云い値で泣寝入りせいと、そう云うのじゃな?」という市郎に、「うむ、そう云えあ角が立つが……そいじゃ、市! 十銭でも五銭でも要らんと出られた時にあどうするのか?」と権十はいった。「其時にあ喧嘩だ」。「ふむ、喧嘩すれあ萱が売れるかの」そういいながらも権十は大倉への怒りをぶちまけ、とうとう泣き出してしまう。だが、いま自分たちに必要なものは蚕の印紙を買う金だ。「俺も耐える。お前達も耐えてお呉れい。腹あ立てては元も子も無いようになるけにのう……」。このことばにみんな沈黙する。萱が大倉のところに運びこまれたのは翌朝のことであった。省吉も父親に代って萱を運び入れた。

近くの町や村に出稼ぎにいっていた上や拝殿下の人びとが帰ってくる。村の家々では蚕が孵化しはじめるころになった。忙しくなるのだ。蚕室には「炭火のガスが籠って、夜でも汗が流れ出た。日中は蒸されているように暑く、女達の顔は青くむくんで来た」。そんな忙しさの中、K製糸から養蚕の講師が、改良飼育法を教えるためにやってくる。彼は、K製糸が長年の研究の結果、開発した「菰技法」を採用すべきことを強調する。それは、蚕が成長したあと、下に敷いた新聞紙を取り去る。すると新聞紙に付着した汚物が取り去られるために繭も汚れず、光沢を帯びた生糸が取れるというものだ。さらに彼はつけ加えた。「菰技法を履行せぬ繭は、一切ボイコット……即ちそう云う繭は一切買わない事になった。その代りに、諸君！　次の如き恩典を与える」として、繭の品質により優等組には二〇〇円以上の賞金を出す、と。村を三組に分けて優劣を競わせようというのである。

彼らは半信半疑だったが、ともかく菰技法をやってみた。K製糸から立会検査の技師がきて、大倉の家で繭の取引きがおこなわれるとの触れが廻ってくる。その日、大倉の当主は技師と帳場係を従えて出てきた。全員が「本能的に御辞儀をした中で」ただひとり頭を下げない男がいる。羽場権十であった。

技師は検査の基準になるのは繭の光沢と目方であることを告げ、現在の相場は三〇銭だというと取引きを開始した。そのときである。電報がきた。技師は読みあげる。「何！　ヨコハマシカボウラク、二〇センサイコウ……」。横浜における糸価が大暴落し、上物が二〇銭、中物はそれ以下だというのだ。「そんな莫迦な事が！」と大倉の息子は叫んだ。大倉の当主は、なんとかならないか、二五銭でも二三銭でもよいからと技師に頼むが、彼は拒否する。そして、百姓たちに、「此の電報通りの値で取引するか、でなければ糸価が上って会社としても高値で買えるようになる迄、待って貰うかです」と引導を渡すようないい方をした。

門の外に待機していた家族たちは「良人や伜達の不甲斐なさ」に苛立ち、じわじわと門の内側にはいってくると、安値でも仕方ないから売ることをすすめる。「髪の乱れた蒼白く痩せた女」が姿を見せたのはそのときだった。その場を離れた権十はやがて女の帯をつかんでみんなの前に現れた。それを見た「大倉も、倅も、番頭も、棒を呑むだように立上った」。女は美津だったのである。娘を引きずりながら「何もかも、からくりじゃ」と権十はいった。糸価暴落の電報は、大倉とK製糸とがしめし合わせて打ったものであることを美津から聞き出したのである。繭は持ち帰られた。村人たちが前後策を話し合っているとき仲買人たちがやってくる。彼らの買い取り値も上物、二三銭、中物は二〇銭、下物は一七、八銭であり、ほとんどの家が下物で買い取られたが、それでも百姓たちは満足する。それは、相手が頭を下げて買ってくれたというささやかな満足感からであった。「時の氏神」として仲買人たちに感謝したのだったが、彼らもK製糸や大倉と結託していたのである。そのことをN村の百姓たちはだれもしらなかった。

一軒だけひっそりと雨戸をとざしている羽場権十の家では、美津が産後のからだを横たえていた。「乳が張ろうが喃……」、「産むと直ぐ死んでしもうたと諦めるんじゃ、喃！　それがええぜ」。こんな母親のことばにも、美津は黙って涙を流しつづけている。どこかで赤ん坊の泣き声がした。その声に、美津は「耳を澄ますようにして、視線を宙に、じっと凝結させた」。「文左衛門がどこの児よ……」そういった母も泣き声に耳を澄ますのだった。そのとき突然立ち上がった父の権十は「莫迦奴、此の上末だ玩弄物されてえのか！」と叫んだ。その手には火箸が握られている。省吉はその腕に飛びついた。

川の瀬音がかすかに聞こえてくる。「その絶えだえな瀬音を聴きながらお互いの顔をみつめ合っていた」。

「闇」は、電灯会社の社長であり、萱の買い取り、繭の取引所をも兼ねる地主、大倉一家と農民たちとの矛盾を暴き出した力のこもった作品である。二里も三里も離れた町や村では電灯を点しているのにN村では発電所があるのにランプを使っている。電灯料をひと月でも滞納すると送電を止められてしまうからだ。

「五戸前の倉と、三棟の納屋と拝殿風に葺いた萱屋根の母屋と、数寄屋好みの広い庭」をもつ二五〇〇坪の屋敷からはいつもピアノの音と賛美歌の合唱の声が聞こえてきた。この屋敷に奉公していて、大倉の息子から手ごめにされた権十の娘美津は桑畑で子を産もうとしているところを久作によって大倉の家に運びこまれる。彼女は台所の板の間でしか出産することができなかった。このことを知った百姓たちは大倉の屋敷に押しかけ詰問する。息子が「自分の子だ」というと、彼らは「おい、若旦那の児だとよう！」と大声で囃しながら引き揚げていった。これは、二年前の工事での事故死のこともあり「無意識に団結した」ことによる小さな〝勝利〟であった。だが、美津の家族にとって子を産んだという傷は癒せるものではなかった。このことはことに省吉の胸を痛めつけたのである。作者はつぎのように描いている。

「――土間で喚いていた久作の声、血相変えた父の顔……そうした昨夜の強烈な印象が、省吉の冷たい脳裡に浮沈した。省吉は姉が好きであった。大倉から所望されて、姉が『奉公』に上ってからは、省吉は何日も寂しかった。姉が妊娠しているらしいと云う噂を聴いた時、うそだうそだ……と云って口惜しがった。その噂は真実であった。真実であったばかりでなく、男からは惨酷に胎児を否認され、実家へは戻れず、姉は桑畑へ行って児を産もうとした。十四歳の省吉にも、何が、そして誰が、姉をそうさせたか、朧気ではあるが解った。大倉の野郎、畜生、小作の娘だと思って莫迦にするな、口惜しい、美津姉、美津姉、お前は何故大倉の我鬼なぞ胎むだのだ……終夜一睡もせずに省吉は暗い壁に向って声無き罵言と呪詛とを叫び続けた」

省吉の心を語って余りある、その怒りと恨みとが胸を打つ個所である。また娘のからだを気づかって腰巻に唐辛子を縫いこむ母親。胸の内が伝わってくるようだ。

押しかけてきた村人たちへの仕返しは、萱の買い取りのことで始まった。これまでの半値でしか引き取らぬというのだ。一日一六時間も働いて、一把一五銭というのは馬一頭分の働きにもならぬ安値である。「俺達あ親爺さんの腹一つで、萱の葉一枚だって売らねえ積りで来た」といって決断を迫る村人たちに向かって、地主に盾ついて勝ったためしがあるか、もし勝ったとしても小作から抜け出せるか、という権十。そういわれればたしかにそうかもしれない。だが「省吉の父が激怒して立上る事を、無意識にもせよ、予期して」いた彼らの顔には失望の色が浮かんだ。さらに権十はつづける。地主と「喧嘩すれあ萱が売れるかの……俺だって大倉は憎いんじゃぞ。お前等の百倍も憎いんじゃぞ……だがのう俺達の今欲しいもんは、印紙を買う金じゃないかの?」と。ここには、百姓はいかに理不尽な仕打ちを受けようともそれに忍従するほか生きる道がないという、体験から生まれた人生観があった。耐えることでしか生きることができないという諦めの人生哲学ともいうべきものかもしれなかった。同時に「糞野郎! 取れるもんなら馬の糞でも摑みくさるが、出すもんなら鼻糞でも惜しみやがる」と怒鳴る小作人たちにもうひとつの姿をみることもできよう。怒りと諦めの相剋が見事に描き出された場面である。

繭の取引きでは、地主と資本家との結託による糸価暴落が〝演出〟される。菰技法というやり方を強制、上質の繭を作らせ、相場の暴落を自作自演という卑劣な手段によって買い叩こうというものであった。しかし、そのペテンも、立ち聞きしていた美津によって暴かれる。美津による大倉への復讐でもあったのだ。資本家と地主の策略にひと役買い、甘い汁を吸う仲買人たち。三位一体の搾取を、いささか図式的とはいえ、この作品は暴露する。

だが、そのカラクリに気づかず「頭を下げて買いにきた」というだけで百姓たちは彼らに安値で売ってしまう。それどころか「時の氏神」としてほめたたえ、祝い酒さえ飲むのである。いままで頭を下げられたことのない小作人たちの、ささやかな自尊心をくすぐられ、ペテンにかけられる姿はなんとも哀れである。もっと悲惨であったのは美津の一家だった、火箸を握って立ち上がる権十。その姿に自分たちを踏みつけ、肥え太ってきたものへの怒りと無念さが凝縮されている。

——三編とも、権力や資本によって圧しつぶされていく庶民の姿を描いたもので、それに組織的に立ち向かっていくという積極的なテーマを追求したものではない。そのことが作品の限界といえなくもないが、底辺に生きる人々をリアルに描き出したプロレタリア文学作品の佳作であるといってよかろう。

(「日本プロレタリア文学集」第一四巻所収)

10章　新井紀一の反軍小説——「競点射撃」と「怒れる高村軍曹」

新井紀一の最初の反軍小説「競点射撃」が掲載された『黒煙』は、一九一九年三月、小川未明愛読者の会である青鳥会を後援団体として藤井真澄と坪田譲治が創刊したもので、はじめは新浪漫主義的、反資本主義的傾向の雑誌であったが、坪田が会を去ると性格が変わり、第四号から「民衆芸術を主張する」労働文学雑誌となった。

新井がこれに参加するのは七号からであり、わずか一年でこの雑誌は幕を閉じるが、加藤一夫らの『労働文学』とともに大正期の労働文学、初期プロレタリア文学の拠点として果した役割は決してちいさいものではなかった。

「競点射撃」は異常なほど功名心の強い中隊長S大尉の悲喜劇を描いた作品である。

彼は競点射撃での中隊の成績が気になってしかたがなかった。優勝するために朝は起床ラッパとともに、夜は点呼の時間まで寸暇を惜しんで射撃練習をやるように部下を督励するのだった。少しでも気に入らぬことがあると、当り散らしたり演習の時間を引き延ばして懲罰を加える。ときには重装備をさせて早駆け競争をやらせ、兵士たちが苦しむのをみて楽しむような嗜虐的ともいうべき性格の軍人であった。

彼は少尉のとき「××戦争」に出征し、勲章をもらった「名誉ある士官」である。「軍人は戦争がなくちゃ駄目だ」というのが口癖であり、実際この戦争では弾雨の中を駆けめぐった経験の持ち主だった。彼の勇敢な行動を支えていたのが〈人間は死ぬ時が来なけりゃ決して死ぬもんじゃない〉という死生観であった。

塹壕戦をやっていたときのことである。望遠鏡に向かっていると敵の弾で反射鏡が壊されてしまう。修理を待つあいだも彼は塹壕から顔を出し肉眼で敵情を監視しつづけた。やっと修理が終わったころ、司令部から参謀が前線視察にやってくる。敵情説明をしていたとき手榴弾が参謀のそばに落ちた。近くにいた兵士たちはとっさにからだを横転させ難を逃れたが、参謀は「四肢を異にして」即死する。このとき彼には、ここで死ななくても他の場所で死んでいたのではないか、寿命がつきるときがきていたのだとしか思えなかった。それにくらべて、おれにはまだ寿命があるのだ。〈神の定めた死の時〉がくるまでは、どんな危険に直面しようとも命を落とすことはない、という自信が逆に強まるのだった。

そんな彼にとって平穏な今の生活が、まるでぬるま湯につかっているように思えてならなかったのは当然のことであったろう。戦争のない軍隊でなんとか功名心をかきたてるものといえば年中行事である「競点射撃」しかない。この射撃競技で優勝し「名誉中隊」になることを目標にし、またそうなることを信じて疑わなかった。優秀な成績をあげることは自分の名誉であり、昇進にもつながる……。

「競点射撃」の日がやってきた。S大尉は期待に胸をふくらませながら、いつもより早く兵営に着くと、出鼻をくじかれる。他の中隊が射撃場に向けて出発しようとしているのに、彼の中隊の兵士たちは二、三人ずつかたまりながらのんびりした顔で出てくるではないか。頭に血がのぼった大尉は「広い営庭をまるで飛ぶように突っ切って」兵舎に駆けこむと、大声で「整列！」と叫んだ。時計をみると六時一〇分前である。自分の軽率に気づいた。集合時刻は六時だったのだ。だが他の中隊におくれをとったことへの怒りはおさまらない。射撃場に着くまでにはまだ一時間ある。早駆けの懲罰を加えたくなった。

「目標――ッ。お手植の松！　往復三回ッ――早駆け用意――ッ」。一列に並んだ一二〇名ばかりの兵士の顔には「必死の覚悟」があった。ビリから一〇人までには「やり直し」が待っているからだ。目標に向かって走って行くうしろ姿をみていると、さすがの彼も「苦痛圧迫を自分の胸に感じ」て「やり直し」を命じる気にはなれなかった。

早駆けが終わり時計をみると針は六時を二〇分もまわっていた。七時までに一里余りもある射撃場に着かなければならない。時間をつぶしたことへの「後悔と自責の念」に「胸を怯やか」された。悲痛な声で叫ぶ。「駆け足――ッ」。

目的地に着いたのは七時三分前、一里余りの道を三〇分で走ってきたわけだ。到着したことを連隊長に報告して戻ってくると、まだ隊員は三分の二ほどしかいない。落伍者たちが歩いてくる。先に着いた兵士たちも「血の気の失せた土色をして呻いていた」。彼らの姿をみて大尉は思った。これでは優勝などおぼつかない。

競技が始まり、他の中隊から五点や八点が出るのに彼の部下の撃つ弾はみんな標的をはずれる。左右に振られるのは「零を表わす旗のない棹」ばかりであった。「眼に泪を滲ませたまま無意識に」歩き出したS大尉には、銃声が退屈な音にも聞こえ、また捕えられた間諜が銃殺されるときのあの弾の音のようにも思えてきた。「眼を白布で覆われ、粗末な木の柱に後手に縛られて首を垂れて」いる間諜が「怨むように自分の顔を睨んでる」ような幻覚に襲われる。我にかえったその目にはいったのは、あいかわらず的をはずれた弾に振られる「旗のない棹」であった。

「怒れる高村軍曹」は「競点射撃」の発表から二年後の『早稲田文学』(一九二一年八月号)に載った作品である。

八年間の軍隊生活をおくり、満期も近い連隊きっての古参下士官である高村軍曹は曹長への昇進を信じている。ただ気がかりなのは、隣村出身で「地方的の反感」から自分を何かにつけ貶しめようとしている連隊副官の存在であった。今回の、第八中隊から一二中隊への突然の編入も、彼のさしがねであるとしか思えないのだった。

消灯ラッパが鳴っても、高村はこれから二年間教育する初年兵のことが気になって眠れなかった。内務班教育で、勇敢で従順な、しかも射撃、銃剣術などの実技や学課にもすぐれた軍人に育てる責任の重さを考えると、彼らのことが夢にまで出てくるのであった。模範的な軍人に育てあげることは高村自身の気持ちを満足させるだけでなく、天皇にたいする忠勤をはげむことでもある。中隊一の兵士から大隊一へ、そして連隊一の模範兵へと、その夢は大きくふくらんでいった。

そんな高村にとって、古参兵が「まるで牛か馬かを殴るように面白半分に兵卒、ことに新兵を殴るのを見る」のはつらいことだった。たとえ軍隊のしきたりとはいえ、理由のない制裁が許されていいものか。一五人の新兵には「理解ある広い同情をもって」接しようと思う。第一期の検閲までの四カ月が成績をあげるチャンスである。親身になって初年兵教育に取り組むのだったが、内務班でただ一人、宮崎という兵には手を焼く。名前を呼ばれても返事をしないし、その目は「いつも蝙蝠を明るいところへ引き出したようにおどおどしてい」て、軍人勅諭もなかなかおぼえられない。消灯後、見廻りに行くと、いつも宮崎だけが寝苦しそうに溜息をついている。兵営生活に慣れない一期の検閲前に逃亡する兵隊が多く、それも宮崎のような「無智な人間が、殊に何か屈託があるらしい溜息をついたり眠れなかったりする時」であることを高村は長い経験から知っていた。困った奴を背負いこんだものだと、彼のほうが溜息をつきたくなる。

日曜日のこと、高村は新兵を引率し、野外訓練を兼ねて外出する。駆け足をさせても、靴が合わないといって「跛をひくように」みんなのあとからついてくるのはやはり宮崎だった。ところが、わき道にはいり山へさしかかると「陰鬱な萎びたような」顔は別人のように生気を帯び、いつのまにか先頭に立っていた。入隊前の職業を尋ねると木挽をしていたといい、その生活の楽しかったことを語りながら笑みを浮べる。それが入隊してからはじめての笑顔であった。

やがて懸念していたことが現実となる。日朝点呼のとき宮崎がいないことがわかったのだ。これまで起きた兵士の脱走や自殺事件が高村の頭をよぎり、不吉な予感に襲われた。あの男は自殺するようなタイプではないし、その理由も思い当らない。脱走したとしか考えられなかった。捜索隊が出されたが、手がかりさえつかめない。

この事件は高村の昇進の夢をうち砕いてしまったのである。なんのための初年兵教育だったのか。思考力を喪失したような状態で半日を過した。

さらに彼の怒りに火をつけるようなことが起こる。飯を盛った高村の食器の中に鼠の糞がはいっていたのである。部下が故意に入れたものとは思えないとしても、少なくとも注意を怠ったことはたしかだ。そのことに腹が立った。

朝食が終わると、「演習整列!」と怒鳴る週番士官の声に中隊内は騒がしくなり、兵士たちが営庭に飛び出してくる。それを見ていた高村には、自分の部下だけが動作がのろく、顔つきまで「野呂間げに」みえてしかたがなかった。片っ端から張り倒してやりたい衝動に駆られたが、その対象となる者がいない。そこで最後に出てきた一〇人に早駆けを命じるが、指示された目標を廻って戻ってきた彼らは、ひとかたまりとなって集合した。おくれた者には「やり直し」が待っているのを知っていたからである。高村はその行動に強い屈辱を覚えた。

教練が始まったが、号令の声が聞き取れないほど風が強い。高村は兵の一人に号令をかけた。「立ち撃ちの構え——銃ッ」。そのとき突風が吹き、声が聞き取れなかったのか、その兵は膝撃ちの姿勢をとった。号令に従わなかったと思った高村は、「礫のように飛んで行」くと、その右手は兵の頬を殴りつけていた。殴られた新兵は倒れたまま「ギラギラと光る眼」でみつめている。「馬鹿野郎!」と怒鳴り、倒れている兵を蹴りつけた高村は、それまで「胸の中にたまっていた悪い瓦斯のようなもの」が消しとび爽快な気分になった。しかし、それもやがて不安に変わっていく。殴られた兵卒は、学歴のある者の特権である一年満期のTという志願兵だったのだ。不安は「その大きな黒い翼を拡げて」いった。

午後の教練が始まったがT志願兵の顔がみえない。ますます不安がつのっていく。

教練の最中に中隊当番が呼びにきたので、週番士官の部屋へ行くと、包帯をしたT志願兵が「冷たい皮肉な笑いを湛えて」彼を迎えた。鼓膜が破れたらしく、そのことを週番士官に報告したようだ。高村の頭の中を軍法会議、重営倉、官位剝奪、除隊……これらのことばが走り抜ける。宮崎の脱走と、このT志願兵によって八年間の労苦が水泡に帰してしまったのである。高村は「この野郎！」と叫びながら志願兵にとびかかっていった。

この二つの短編は一九一〇年代の軍隊生活に題材をとった作品であり、現役兵として入隊した作者の経験をもとに書かれたものであろう。

前述したように、「競点射撃」は「××戦争」に下級将校として従軍し、実戦の体験から〈神の定めた死の時が来るまでは、如何なる弾丸裡に入っても決して死なない〉という狂信的ともいうべき死生観を持ち、「軍人は戦争がなくちゃ駄目だ」というのが口癖である典型的な軍人S大尉が、その功名心と部下にたいする狂暴性ゆえに立身出世の夢を打ち砕かれるという筋立ての作品である。

派手な手柄もたてられない軍隊生活など、彼にとっては退屈なものでしかなかった。成績をあげるとすれば、さしずめ「競点射撃」で連隊一の名誉中隊となることぐらいしかない。中隊の好成績は彼自身の昇進にもつながることになる。優勝できると信じ、訓練に血道をあげる姿を描くことによって、作者はその醜さと滑稽さを嘲笑しているのだろう。戯画的でさえある。

自信と期待に胸をふくらませて競技の当日を迎えたS大尉が、おくれて出てくる部下をみて早駆けを命じるところは、いかにも嗜虐的であり、その後の展開を予測させる。早駆けで疲れた兵士たちに追い討ちをかけるような射撃場までの駆け足。疲労困憊した彼らの撃つ弾が的に命中しないのは当然であり、惨憺たる結果に終わる。恥を曝すために出場したようなものであった。文字どおり自業自得、「泣くにも泣かれない苦しい苛々した気持を味」わうほかなかったのである。

戦場では勇敢な軍人であるS大尉も、無惨な結果に「軍人なんか辞めて了って此処から姿を隠して了いたいとさえ思」うほどのショックを受ける場面は哀れでもあり、痛快でもある。そんな彼にとって、射撃をつづけている部下が「図太い反逆者」に思えるのだが、もちろん中隊長への反感から故意に的をはずしたのではなく、疲れ果てたためであるとみるべきだろう。作者は兵士たちの反抗という視点では描いていないとするのが妥当ではなかろうか。競技の直前に早駆けという懲罰を課したおろかさに気づいたから「泣くに泣かれない」気持ちになったのであり、このことばは自己の行為にたいする悔いを表わしているとみるべきであろう。

それにしてもなんとも哀れなのは虫けらのように扱われた兵士たちである。彼らが「怨むように自分の顔を睨んでる」処刑直前の間諜の姿と二重写しとなって迫ってくる結末の部分は一種の凄みさえ感じさせられる。

作者は主人公のS大尉に（客観的には）喜劇を演じさせることにより、それが彼自身にとっては悲劇となっていく滑稽さを描き、軍隊という機構の矛盾と、名誉心のとりことなったエリート層軍人の醜悪さとおろかさを告発したかったのであろう。その意図が十分伝わってくる作品である。

「怒れる高村軍曹」の主人公は、昇進を望む軍人であるということでは共通しているが、他の面ではS大尉と対照的な人物である。高村は八年もかかってやっと軍曹になったという、いわば落ちこぼれた下士官であり、満期も近まった、どうあがいても将校になれるような軍人ではない。軍隊の中での苦労人というべき存在であり、それだけに温情味も持ち合わせた人物である。だから古参兵が理由なしに新兵を殴るという順送りの悪しきしきたりに疑問をいだくのだが、不合理と形式主義のまかり通る帝国軍隊では異端者でしかなかった。

高村は初年兵に「自分の実子」のような気持ちで接し、文字通り親身になって内務班教育に当たるのだが、そこには自分の部下を優秀な兵に育てることが昇進にもつながるという功名心もないではなかった。階級制度と差別によって成り立つ軍隊では、自分を引き立ててくれる上官がいないどころか、折あらば貶しめようとする連隊副官がいるような周囲の状況の中では、それ以外に昇進の道は高村にはなかったのである。ここに昇進コースからはずれた軍人の悲哀をみることもできよう。このささやかな主人公の希望も二人の部下によってうち砕かれてしまう。

宮崎は脱営し行方もわからない。内務班から脱走者が出ることは責任者である班長にとって致命的な落度であり、譴責処分を免れ得ない重大事である。これで昇進の道は閉ざされてしまった。高村にとって第一の悲劇である。これまでの内務班教育はなんだったのか。恩を仇で返されたようなものだ。やり場のない憤りが彼を「怒れる高村軍曹」に変えていくのである。しかも飯が盛られた食器にはいっていた鼠の糞。なんという屈辱だろう。ますます部下に対する不信が増幅していった。この朝食の場面はつぎのように描かれる。

「今は鼠の糞を他の同僚たちに見られるのをより以上恐れた。高村軍曹の奴、甘いもんだから新兵にまでなめられてやがる――と思われるのが辛かった。……彼は勃然と心の底から湧き出て来る憤りを押さえて、卓子の上に肱を突き両手で頭を抱え込んでいた。食器を下げに来るその食事当番に対してなんと云って自分の怒りを浴びせかけてやろうか――と考えていたのであった。

『軍曹殿、どうかしたんですか？』

つい最近伍長になった許りのIが、どこか人を小馬鹿にしたような色を、顔のどこかに潜ませながら心配げに訊いた。

『なに、少し頭痛がするもんだから……』

彼は努めて憤りをかくして余り気乗りのしない声で云った。間もなく当番が食器を下げに来た。彼は咄嗟に首を拾げて、顔中を峻しくしてみたが、予期していたような呶鳴り声がどうしても喉から出なかった。……彼は爆発する許りに充満した胸の中の憤怒をじっとこらえた」

恥辱、憤怒、それに劣等感がないまぜになった屈折した心理のなんと見事な描写であろうか。

こうして部下の一挙手一投足まで高村の憎しみの対象となっていく。動作がのろいといっては早駆けさせるが、それもおくれた者の「やり直し」をのがれるためにみんながひとかたまりとなって戻ってくる。彼にとっては嘲弄されているようなものであった。部下の嘲りほど上官としての屈辱はあるまい。これを第二の悲劇とみてよいだろう。

決定的なできごととなるのがT志願兵殴打事件であった。初年兵を殴り傷を負わせてしまっては身の破滅である。「前半生を捧げて築きかけた幻影」が消え去ってしまったのだ。これで、昇進どころか軍隊からはじき出されることが確実となる。志願兵殴打事件が第三の悲劇となり、高村軍曹の命運が決定づけられることになったのだ。

「競点射撃」が、自己の立身出世のため部下を狂暴なまでに酷使したため、結果的に裏切られる中隊長を主人公にした比較的直截な筋立ての作品であるのにたいして、「怒れる高村軍曹」は、たたきあげの下士官であり、直接兵卒と接する内務班長という中間管理職的立場の人物を主人公とすることによって、その心理描写とともに作品の奥行を深いものにしている。

また、「競点射撃」では表面に出なかった兵士の抵抗が、「怒れる高村軍曹」では、いびつなかたちではあるがはっきりと描き出されてもいる。このことは反軍小説として主題の積極性を示すものといえるだろう。作者の一歩前に踏み出した姿勢をここにみたい。

いずれにしてもこの二つの作品は、帝国軍隊という巨大な機構の中で翻弄される軍人を描くことでその非情さと非人間性をきびしく告発した反軍小説といえるだろう。

またこれらの反軍小説が、黒島伝治の「渦巻ける烏の群」や「雪のシベリア」、「橇」などシベリア物といわれる一連の短編や、長編「武装せる市街」といったすぐれた反戦小説の先駆的作品となったといっても過大評価にはなるまい。

（『日本プロレタリア文学集』第四巻所収）

11章　『炭鉱地帯』と『通信』の中から

笠原美代「幼い喪主」と「羽毛ぶとん」

笠原美代さんを知ってから二〇年あまりになろうか。そのあいだ、文学関係の会合や、久留米市で開かれていた「民主主義文学を読む会」などで、何度か顔を合わせ、そのやさしい人柄に接してきた。一九九一年の秋、青磁社から刊行された「幼い喪主」は笠原さんの人柄のにじみ出た作品集である。

「幼い喪主」には表題作のほか一一編の短編が収められており、村中利行氏の分類（『短篇・掌篇の世界』二〇号所収）に従えば、炭鉱・戦争・党活動を主題にした三つに分けられるだろう。ここでは「幼い喪主」と「羽毛ぶとん」の二編について述べてみたい。

「幼い喪主」（『民主文学』一九八七年の支部誌・同人誌優秀作品）は八三人もの犠牲者を出した有明鉱の大災害に題材をとったものである。

その日「大牟田市は三十九年ぶりの大雪で」あった。事故のニュースを伝えるテレビにかじりついていた保子の目にとびこんできたのは受け持ちの生徒次郎の父親の名前であった。大雪のため自家用車で行くことをあきらめた保子はバス停に向かう。満員通過するバスを見送りながら次郎のことを思い出していた。先日の掃除の時間、「成績は目立たないが、生活態度のよい」次郎が話しかけてきたのだった。父親は炭鉱労働者で、彼も将来は

「家も水道も只」である炭鉱で働き、金を貯めたいという。父子家庭で、家事は祖母が切りもりしていることもこのとき保子は知る。噂によると、母親は次郎の父が長距離運転手をしていたころ病気したため、内緒でサラ金から借金し、その返済に困って自殺したという。

学校へ着くと、保子は災害で親をなくした子供の家庭を訪問するため、午後の授業カットを提案する。教頭は「冷ややかな眼で保子を見て」いたが、校長はそれに同意した。

すっかりさびれてしまい「普段は、ひっそりしていた社宅」も今日は人や車で混雑している。「畳一帖ほどの玄関に、大小雑多な履物がひしめ」き、「線香の匂いが外まで流れて」くる次郎の家には、二つのお棺が置かれていた。もう一つは父親の弟のお棺である。次郎は父と叔父の二人を事故で失ったのだ。

祖母は次郎の母親の写真を見ながら、「あんひとが元気やったら、息子も事故に合わんでよかった」と嘆く。大阪で運送店を持つまでになっていた息子も、嫁の自殺がなかったら、帰ってきて炭鉱で働くこともなかったろうに、と言うのだ。事故死をニュースで知ったのだろう、サラ金会社は弔慰金をあてこんで、早速借金の返済を催促してきたことも話してくれた。保子は「死金までむしるサラ金の冷酷さを、まざまざと見せつけられ」る思いで祖母の話を聞いていた。

会葬の日がくる。「山間の谷底に地を這うように在る次郎の社宅に」入れない保子は、生徒たちを連れて小高い丘に登ってみた。そこからは次郎の家が真下に見える。柩のあとから父の遺影を胸に抱いた次郎が出てきた。泣きとおしたのであろう。真っ赤にはれた顔。体もやせ細ってみえる。白い粉雪が舞っている。二台の霊柩車を見送ると、保子たちは白くなった道を帰っていった。

保子は火の気のない部屋に座り、事故発生のとき夫が言った言葉を思い出していた。「明けない夜はなかけんなー」。だがいまはこの言葉にもどかしさをおぼえるのだった。次郎の家族にとって必要なものは、いますぐ役立つものだ。そう思いながら保子は「会葬御礼」の包みを開けてみた。喪主の名は中学一年生の次郎である。それは「自分が喪主であることも知らない喪主で」あった。

この作品は、炭鉱事故で父親を失った教え子とその家族の悲しみをとおして災害の悲惨さを描いたものである。ここには会社側の手落ちについては「救援が早ければ助かった生命である」という一行があるだけで、真正面から安全対策の不備を批判することばは出てこない。

大阪で運送店をしていれば死ななかった次郎の父親、夫の病気がなかったら自ら命を絶たなかったはずの次郎の母親、二人の息子を一度に失った次郎の祖母、そして何よりも父の死にうちひしがれている次郎とその弟。これらをとおして次郎の家族の悲しみが切々と伝わってくる。死亡見舞金にまで目をつけるサラ金会社の非情なやり方に、現代社会の縮図をみることもできよう。

ことに作品の結末――「自分が喪主であることも知らない幼い喪主である」――なんと感動的な一行であろうか。見事な作品のしめくくり方である。この作品が秀作であるゆえんも、読者の胸を刺すようなこの一行にあるといっても過言ではないように私には思われる。饒舌によるどんな会社への批判もこの言葉にまさるものはあるまい。感傷を排した簡潔な文章も効果的である。

＊

「羽毛ぶとん」（『民主文学』一九八八年七月号）はサラ金の借金返済に苦しむ主婦が、共産党の市会議員の援助で立直り、やがて入党していく話である。

「陽ざしもすっかり衰えた、ある晩秋の日曜日」、多喜の家に一人の主婦が「相談」にくる。多喜の夫は共産党の市会議員で、生活相談を受けることが多い。訪ねてきたのは由子といい、まるまるとふとった「朝潮関そっくり」の主婦であった。彼女の話によると、宣伝につられて一〇万円もする羽毛ぶとんを二枚も買ってしまい、ほかの月賦の支払いも重なったうえ、悪いことに追突事故による夫の入院もあって、サラ金に手を出してしまったという。利息がかさんで返済できなくなり、「夜逃げするか、一家心中でもしなければ、どうすることもできなくな」って泣きついてきたのである。

多喜の夫は、どんなことがあっても「私にまかせた」と言えばいいと言って請求書を全部あずかる。破産宣告によって借金を帳消しにしようというのだ。由子は「はよう、先生とこさん来るとよかったとに、――共産党はえすかよ――と人が言うもんで、ほんなこと死ぬとこでした」と喜ぶ。「自己破産」が決まりサラ金地獄を脱することができたのも束の間、気の弱い夫は精神異常をきたし、入退院をくり返したあげく自殺してしまった。いまは「生活と健康を守る会」の班長をしている赤田も多喜の夫から「救われた一人」である。夫が死んだとき、由子が真っ先にとびこんだのが、この短気だが気前のいい赤田のところであった。赤田は「こげんかときに、おれがおるとたい」と言って葬儀一切の面倒をみてくれたのである。

統一地方選がはじまった。「護民官と慕われる」多喜の夫を是が非でも当選させなければならない。赤田は由子に協力を依頼する。議員定数の削減もあって、これまでにないきびしいたたかいを強いられているのだが、終盤戦をむかえても多喜の夫の陣営はいまひとつ盛り上がらない。赤田は選対事務所の落ち込んだ雰囲気を盛り上げようと、市内パレードを提案する。

雨の中のパレードが始まった。先頭に多喜の夫、そのうしろを「大牛のようにでっかい」由子が歩く。つぎが「軍備はいらない　生活守れ」と書いた旗を担いだ赤田。しんがりは「核兵器反対」の旗を握った多喜である。団地にさしかかると、あちこちの窓が開き、小さな行列に声援がとぶ。「共産党ガンバレー」。

多喜の夫はこの地域でトップ当選を果たした。選挙づかれを癒すため家にこもっていた多喜は、そのあいだも赤田と由子の入党のことを考えていた。反共ムードの強いこの地域で共産党に入る者などいるはずがないと思っていた彼女も、いまは地方選をたたかったことで「新入党者をたやすく迎えられそう」な気持ちになっていた。赤田が入党の申し込みをしてきたのは、そんなときである。支部の会議では彼の気性の激しさを心配する声もあったが、結局入党が承認される。新米支部長としての多喜がはじめて迎え入れる、いわば新入党員第一号であった。つぎは由子の入党を、と考えていた多喜がそのことを赤田に話すと、彼は「おれが入党せれ、言うと、いやちは言わんです」と言う。多喜は「義理に噛せて」入党させるのはよくないと思った。

一〇月に入ったある日、多喜は由子の入党のことで赤田を訪ねた。そこへ由子が偶然やってきたのである。赤田は「共産党に入ってくれんか?」。単刀直入に言った。由子は学歴がないからと躊躇するが、そこは赤田である。「学校の先生からお医者から、大工から、男に女、いろいろおってな。おれんごつ若いとき遊んで、ようと勉強しとらんともおるとたい。えらか人もみいんな一緒での、だあれも威張らんのが、またこの党のよかとこでな」。理屈抜きの説得である。赤田は入党呼びかけのパンフレットを、こんどは「何度も汗をふきながら」熱心に読みはじめた。読み終わった彼は言う。「共産党は、学校しとるとか、しとらんとかじゃなか。みんな学習ちゆう勉強して、世の中や、世界の雲行きまで知らんなんとたい。そしてな、おどんたちのような弱いもんや働くもんが、みいんな幸せになる……」。なんという説得力のあることばだろう。赤田のあとをバトンタッチした多喜は長崎に原爆が投下されたとき、従軍看護婦として救護にあたったときの惨状を語った。「私ね、あのとき、うらみの一言もいえないで死んだ被爆者に代って、生命のつづく限り、核戦争に反対しようと考えて、共産党に入ったのです」。

由子は入党申込書を書いた。入党式の日、彼女は「……私のような無学なもんを仲間にかてでもろて、ありがとうございました。よろしくおねがいします」。多喜も赤田も涙ぐみながら聞いている。「由子の胸には日本共産党のバッヂが宝石のように光ってい」た。

「羽毛ぶとん」は、サラ金の借金返済、夫の自殺によって苦しむ主婦由子が、共産党議員の「生活相談」がきっかけとなって入党するまでを描いた作品である。深刻なものになりがちな題材をあつかいながら、暗い作品にならなかったのは、筋の展開にもよるが、生活の重い荷物を背負いながらその容貌のせいもあってユーモラスでさえある由子、一本気でものにこだわらない「青年のような」赤田という二人の人物造型にあると思う。会話をとおして二人の性格がうまく描き出されていておもしろい。また、数人のパレードの場面にも、どことなくユーモアがただよう。あくまで脇役に徹した多喜の夫の設定も巧みである。ともかくさわやかな読後感の残る作品であった。

徳永直「戦列への道」とその「評価」について

この作品は一九三〇年一〇月、『大東京インターナショナル（世界大都会尖端ジャズ文学V）』に「裏切者」の表題で発表したものを「戦列への道」と改題して、『ナップ』（一九三一年一月号）に掲載したものである。この号に徳永は、評論「プロ文学に於ける感情の問題」を書き、中条百合子の連載論文「五ケ年計画とソヴェートの芸術」（第一回）が掲載されている。

「戦列への道」の主人公虎公は仕事中でも仲間と賭け事をするほどバクチの好きな印刷工である。植字工だけでも一〇〇人もいる工場で彼の右に出るものはいないほどの職人であったし、このバクチ好きが工長に信頼される理由でもあった。それは「バクチと女郎買いばかりする男」は工長のにらみがきくし、何より「決して赤ではない」からである。御しやすいタイプの人間だというわけだ。

工長は、職工たちを三つのタイプに分類していた。第一が「赤」、つぎが「品行方正な奴」、第三が「バクチを打つ奴」である。第一の「赤」の職工は、頭がよく、手なぐさみや女郎買いもしない。仕事も相当にやるが、工場内に仲間をつくり、統制上もっとも困る連中である。第二の品行方正の職工は、頭が悪く、ケチで仕事もできない。心配はないが能率が上がらない。第三の連中は、品行はよくないが、仕事もできる。遊ぶ金の無心はするが、それも「赤」にならないための「必要経費」と思えばよいというわけである。

虎公が第三の部類にはいる男であることはいうまでもない。仕事は人一倍できるが、「女郎屋に十日間いつづけて、間借りしている家へ帰ったら、自分の室には『貸間』の札が貼ってあったというエピソードを持」つほどの男であった。もちろん、社会情勢などわかるはずもなく、労働組合員らしい仕事仲間が持ってくるビラも、彼にとってはハナ紙でしかなかった。

ある日、メーデーのビラを見た虎公は、珍らしく「こいつあいい行ってやろう」と呟く。それを聞いた仲間が「ヘエ、おめえメーデーに行くのかい？」と言うと、彼は、今夜、賭場へ行くと答えた。「今夜は吃度勝てるぜ、見な、ほらメーデー！　芽出る……だ。どうだ畜生ッ、幸先きいいだろう」と喜ぶような男だったのである。

その晩は「メーデーる」で、最初はついていたが結局は元のもくあみになってしまった。間借りの部屋に戻って「天井を眺めて、ポカンとしてい」ると、壁一重の二階の部屋から話し声が聞こえてくる。その部屋は黒木という独身者が住んでいたが、話し声から一〇人ほどの人数のように思われた。虎公はそっと壁に耳を押しつけた。聞こえてくる声は同じ工場の職工たちのものではないか。「――要するに、産業合理化てえのは、大資本家が吾々労働者をより搾取せんがための代名詞だ。社長の先日の演説は、大量馘首の前触れだ、……対抗して罷業を起こすだけの準備をしなくちゃならん――」。黒木の声だった。虎公は、興味なさそうに「ストライキなんかやったらなお馘首になるじゃねえか、阿呆共が――」と呟くと銭湯に出かけた。

そこでいっしょになった工長は虎公をすし屋にさそうと、労働組合員たちのことを非難する。その中で黒木の名前が出てきたので、さっきのことを思い出した虎公は、彼らがストライキのことを話し合っていたこと、黒木のほかに子沢山の阿部の爺さんや、文選工上がりの長さん、差換工の浦木などがいたことを話す。翌朝、黒木は刑事に捕まり、阿部、長、浦木らは解雇されてしまうが、それを虎公には知る由もなかった。

賭場が手入れをうけ、逃げおくれた虎公は捕まってしまう。警察へ連行される彼は「ドキン、ドキンとうつ胸の動悸が、頭脳までひびいた。虎公は警察に捕まったのは今度が始めてだった。梯子段を下りて、十丁あまり、小石川の××警察署まで歩きながら、ふるえがとまらなかった」。

署に着くと、かんたんなことを聞かれたあと演武場に連れていかれ、坐らされているとき、特高課の刑事が一人の労働者を引っ張ってきた。虎公はそれに気づかない。刑事はバクチ仲間のことを聞き出そうとして、もし「云わないとホラ、あの通りだぞ」と言って隅の方を指さした。見ると、あの黒木ではないか。虎公は、工長に話したことが逮捕の原因だとはまだ気づいていなかったが、「直覚的に背すじがズーンと走るような、気味悪い驚きがあった」。

黒木への拷問が始まる。「サア云えよ、ちゃんと貴様の家で話し合ったことを聞いた奴があるんだ」と言う刑事の声を聞き、虎公はやっと気がついた。あの工長が警察に報告したのだ。

拷問がつづけられたが黒木は一言もしゃべらない。口数も少なく、日頃おとなしいあの男が無言で耐えている。「鈍い電灯の光の下で、仰けている青白い顔、死を賭して眼を閉ざした黒木の形相」を見ていた虎公は、「自分の吹けばけし飛びそうな愚かで弱い自分の正体に唾をひっかけたくな」る。黒木のあの「鋼鉄よりも強いもの」はいったい何だ、と思いながら、いま拷問をやっているのはほかでもない、俺なのだと虎公は自責の念にかられるのだった。ぐったりして引き立てられていく黒木のうしろ姿に「勘弁してくれ」と頭を下げた。

一週間ほど警察にとめおかれていた彼が工場に戻ってくると、もう懲戒解雇となっていた。やっと小さな工場に職を得ると、バクチと縁を切るが、この職場でも臨時休業がつづいたりする。大資本のあおりをくったのだ。職工の間に工場解散の噂がひろまっていったが、それを阻止しようというものはなく、自分の再就職の算段をするものばかりだ。自分さえ仕事口がみつかればいいという連中に虎公は腹を立てるが、ともに立ち上がろうというものはいない。どうしていいかわからなかった。

職場内に、総支配人から話があるとの触れがまわる。解散のことが告げられるのだろう。従業員たちは仕事に手がつかなくなる。そこへ、暴力団がきているとの知らせがあり、「皆は袋の鼠のように、押し固って」いた。

そのときビラが撒かれた。「××堂従業員諸君。だまされてはいけない。××堂は解散するのではなく、東京××印刷会社と合併するんだぞ。……諸君はこの際一致して、賃金値下、馘首、解散に反対して闘争を開始せよ」と書かれている。「全国協議会××出版労働組合」のビラだった。それを撒いたのは黒木であったが、暴力団に捕まり組み敷かれてしまう。喧嘩に慣れている虎公は、馬乗りになっている男の眉間にメリケンをくれると、黒木を逃してやるが、自分は捕まってしまう。倉庫に入れられると、後手に縛りあげられ、逃がした男の名を執拗に聞かれるが最後まで言わなかった。「共産党がどんなものかしらなかった。黒木が共産党であるかどうかも知らなかった。しかし、何にしても云ってはならないと思った。こいつらが、労働者をいじめる奴らが、資本家の番犬どもが、眼の敵にするのなら、それはたしかに俺達にとってそれだけ真実の味方にちがいない、虎公はそれだけ判断できた」からである。

口を割らない彼にたいして拷問が加えられ、意識が遠くなり、黒木の名前が口から出そうになるが、「云っちゃいけねえ、骨が砂利になっても口を開いちゃいけねえ」、そう思いながら耐え抜く。

警察に渡された虎公は二九日ぶりに釈放され、疲れ切ったからだを蒲団の上に横たえていた。「『バクチ』で引張られたときの弱かった己れと、今度強くなっている己れとの差が、いったい何処にあったのか？」、「押しつけられればより強くなるあるものが、あの暴力団に拷問されたときから、ひょっこりと生れたのだ。……いや、あの拷問によって、自分が気付かずにいたものを掘り出されたのだ。……ではあるものとは何だ？」、「そうだ『労働者の正義』だ！。そいつが、俺を頑張らせた。腕を捻じられれば、『畜生！』と思い、咽喉をしめられれば『覚えてろ！』と思う。そしてその『あるもの』は自分達仲間は、皆持っているんだ」、「それを皆ゴマかされていたんだ。俺もすっかりゴマかされていたんだ。『バクチ』や『女郎買』なんかで、すっかり『馬鹿』になっていたんだ。そして俺はまったく取り返しのつかぬ『裏切』をしているのだ。『密告』をやったのだ」との思いが「深い暗渠」となって彼を責める。枕元には、××堂印刷所からの解雇通知があった。

帰宅して三日目、虎公は黒木のいる「××出版労働組合」をたずねてみようと思う。そこへ職工服のままの黒木がやってきたのである。「ひどい目にあったね、豚箱は二十九日か？」。虎公がうなずくと黒木はニヤリとした。「その瞬間だけ、虎公と黒木の眼が真正面に会った。独りぼっちでいた虎公の心が、おのずとなごやかに二人の間を交流」する。それは虎公にとって「初めての『同志的愛情』の交流」であった。

組合加入をすすめる黒木に、かれはうなずいた。労働者の現状や組合の困難なたたかいについて語る黒木にたいして、「密告」したことを隠しておくのがつらくなり、とうとうそのことを口にする。「黒木、先達ておめえや阿部爺さん達の話合を密告したのは俺だ」、「何とも申訳ねえ、どんな制裁でもしてくれ！」。痛むからだを起こし、手をついて謝った。「室じゅうの空気が、急に冷たくなった」が、しばらくたって黒木は口を開いた。「おめえ知らねえだろうが、あのとき馘首になった人達は、どんな苦しい思いをしたか、とりわけ、阿部爺さんなんかは六人の子供をかかえて、長い失業の揚句、いまじゃ、病気で寝ついている……」。さらにつづけた。「同志は同志、裏切の罪は罪だ。同志であればなお一層罪は重い。おめえ阿部爺さんの前に行って謝れッ」。

二人は、貧民窟にある阿部爺さんの所へ向かう。そのあいだ、無言であった。破れた蒲団の上に寝ている爺さんはやせて別人のようだ。虎公は自分が密告したことを告げ、畳に手をついた。それを聞いた阿部爺さんのこぶしはぶるぶる震えだし、激しい怒りをあらわにした。

「うーむ、ちくしょーう。」

阿部爺さんはうめくように、どなりながら、虎公の横つらをハリ飛ばした。――畜生、畜生――つづけざまに、阿部爺さんは歯を剥いて、身体をのし起こしながら殴りつづけた。

「裏切者め！　なんでおめおめやって来やがった。出て失せろ、とっとと消え失せろ……」

狂人のようになった阿部爺さんは、殴るたんびに自分でヒョロつきながら

「労働者の恥さらし、裏切者、出てゆかんかッ、恥さらし。」

虎公は平蜘蛛のように畳に顔を擦りつけて泣いた。生れて始めて、虎公は男泣きに泣いた。虎公が生れて今日まで受けた拷問のどれよりも、それは痛かった。殴られるたんびに、虎公はおいおいと泣いた。

「出て行けッ、出て……」

阿部爺さんはヒョロつきながら、虎公を蹴飛ばした。

「わるかった。俺がわるかった。」

泣きながら、虎公は土間におりて、上がり框に手をついて詫びた。

二人は家を出ると黙って歩いていたが、黒木がやっと口を開いた。「おめえ、身にしみたか！　うかつに云ったとしても罪は大きいんだ！」。そして、そばへ寄ってきて言う。「これからガンばって、とりもどすんだよ、な！」。虎公は、涙を拭きながら「がくん、がくんとうなず」くのだった。

――仕事はできるが、バクチと女郎買いだけが道楽であるという主人公が、どのようにして目覚め、戦闘的労働者である黒木たちの「たたかいの道」を歩き始めたかを描いた作品である。

バクチの現行犯として捕まった虎公は、そこで偶然、特高の拷問をうける黒木の姿を目撃する。それまで「とるに足らない野郎」だと思っていた黒木がじっと耐え抜いている。黒木のどこにあの強さがあったのか。それにくらべて、自分はビンタ一つでペラペラしゃべってしまったではないか。自分の不用意なことばが「密告」となって黒木は拷問をうけている。自分のとった行動への後悔の念にさいなまれる主人公。ここに虎公の意識の変化のきざしをみることができよう。

二度目の職場で、暴力団の介入とたたかい、黒木を助けたことから彼らに捕まり痛めつけられるが、もうそれまでの虎公ではなくなっていた。黒木の献身的な活動にたいする共感と人間的な尊敬の気持ち、それに「密告」

の自責がそうさせたのであろうが、そこに労働者としての自覚と成長をみることができる。

二度の解雇、暴力団まで利用する資本家、理不尽な警察権力、未組織労働者の状態、そして自己の弱さへの自覚などをとおして行くべき道を肌で学びとっていく主人公の生きざまが具体的に描かれていく。それは「戦列への道」をたどる一労働者の姿であった。

この作品が掲載された『ナップ』九・一〇月号に蔵原惟人は、前・後編に分けて谷本清のペンネームで「芸術的方法についての感想」を書き、批判する。

偶然と必然の問題について、「プロレタリア作家は、あらゆる過程の中にこの必然性を見、それを描かなければならない」。もちろんこのことは、偶然について書いてはならないというわけではないが、「偶然をも必然的過程の一つの動機として見、また書かねばならないのである。しかるにわがプロレタリア作家の作品を見るとその大部分がこの偶然に基づいて構成されているのである」として、立野信之の戯曲「小作人」や村山知義の「血と学生」とともに「戦列への道」をあげ、つぎのようにのべる。

「ヨタ者」である職工の虎公が「或る時自分の間借りの二階で目を覚ますと、隣の部屋で同じ工場の黒木という職工を中心にしてストライキの相談をしているのが聞こえる」。そのことを工長に喋ったため黒木は捕まる。つぎに、虎公がバクチをしているところに「偶然巡査が踏み込んできて、偶然かれだけがつかまって、しかも警察で偶然黒木が拷問されている部屋で取り調べられ、そこで彼は自分の悪かったことを知って、左翼に転換してくる。こういうことが実際あるだろうか?」。たしかに広い世間のことだからないこともないだろう。「しかしどんなことがあっても、この偶然は『ヨタ者』が左翼に転換する唯一の、もしくは重要な原因ではないのである。虎公が左翼に転換したのは『ヨタ者』であった虎公の中にすでに彼が左翼に転換する原因があったからである」。たとえば、「一人のルンペンが何かで留置場にぶち込まれて、そこで共産主義者というものを知り、彼に感化されて闘士になったとしよう。そういうことはよくありそうなことである」。だが、よく考えてみると、留置場で共産主義者から「その話を聞くルンペンは何百人、何千人という数に達しているはずであ」り、その話を「理解」するだろうが、「十中八、九、否百人中の九十九人までは共産主義者にならないのである」。もしだれかが「共産主義者になったとするならば、その基本的な原因は、彼がたまたま共産主義者に会ったということに求めるべきではなく、彼の生活そのものの中に求められなければならないのである。これがマルクス主義的な見方であり、これがまた事物の本質的な認識であるのだ。プロレタリア作家はただ表面の現象を撫でまわしているのではなくて、この本質にまではいってゆかなければならない」。

この蔵原の批判にたいして、宮本顕治は「文芸評選論集・第一巻」の「あとがき」の中で、蔵原の「芸術的方法についての感想」は「『虎公』の転換は、黒木と同じ場所で調べられたという『偶然』によるもので、其の原因は『彼の生活そのものの中に求められなければならない』と批判している」が、作品を丁寧に読めば「作者は虎公の転換を生む条件をかなり意識的に描いている」としてつぎの点をあげている。

黒木を苦しめた自分の告げ口への自責、大会社を首切られたあとの、『××堂』での首切への態度での仲間の不満、黒木を助けようとしたことでの会社、暴力団からのテロへの抵抗、北越の雪国の農民の子の耐え忍ぶ性格、留置場から出たあとの孤独、黒木と再会したときの心情的交流などなど。

蔵原は、留置場でのルンペンの例を上げているが、「虎公は、共産党に入ったのではなくて、労働組合に入ることを同意したのである。この作品は、この時代の印刷工場と労働者の意識の状態、首切りがどんなに安易に労働者に襲いかかって居るか、その中での左翼労働運動の困難さ、ビラまき一つが検挙になる野蛮な支配、警察の拷問、左翼労働組合と資本家との関係等を短編の中に描き出している。こうした時代への強い不同意、抗議がその底にある」と、宮本顕治は蔵原の批判に反論しながらこの作品を評価したのである。

たしかに蔵原が指摘したように、虎公の成長の過程には「偶然」の積み重ねがあるが、それが必ずしも不自然とも思えないし、リアリティを欠いているとも思わない。最後の場面に多少のクドさを感じるのが不満といえばいえなくもないが、ともかく主人公が生き生きと描かれた作品であることはたしかであろう。

昨年（一九九八年）は徳永直没後四〇年であった。ことしは宮本百合子とともに彼の生誕一〇〇年である。

笠原美代「早春暗譜」を読んで

「早春暗譜」は、一九九五年一月の阪神大震災の惨状をテレビで観ながら、主人公の鶴子が五十数年前、戦時下の一時期を過ごした神戸を思うところから書き起こされる。惨状を映し出すテレビの画面に「自衛隊は何ばしょっとか。在日米軍は五十年も日本に居座って、こんなときに何の役にも立たん戦争屋か」と怒りを覚えながら、五十余年の歳月と大震災で「すっかり変貌した神戸であっても」、「かつての面影がどこかにあるに違いない。それぞれの歳月を神戸に生きた人々の証しがあるはず」であり、「人生の早春とでも言うべき当時の鶴子が見た神戸も、やっぱり残っているに違いない」というプロローグのあと、作品は当時の回想部分にはいっていく。

四年前の日中戦争開始の日にあたる「一九四一年七月七日。鶴子は母親の従妹で元看護婦の光子に連れられて関西汽船『こがね丸』の船上にあった」。船底の丸窓から見える夜光虫の美しさに感動しながらも、沈みがちな心で神戸港に着くと、二人は看護婦会に向かい、そこに荷物を預けると市内見物に出かけた。町の電柱には「花柳病・専門病院」の広告が出ている。この広告の描写は当時の社会状況を反映していて効果的であり、花柳病をハナヤナギ病と読むところもユーモラスで、いかにもうぶな田舎出の鶴子を描いていておもしろい。

鶴子が働くようになった山手病院には伝染病患者用の隔離病棟や看護婦養成の施設まであった。この近代的な病院と青年会館との間の谷間のようなところには木造の娼家がある。

鶴子は同室の松田婦長を好きになることができない。「あんたはん、大きに鼾をかきはるやろ、眠れしまへん。

あたしが寝てからベッドに入って下はれ」と言うのだ。だが、読書好きの鶴子にとって、それはかえって好都合であった。婦長が眠るまで本が読めるからである。「掛け布団がベッドからずり落ちないよう、兵児帯で体ごとしっかりと固定した」り、水洗式のトイレに驚く場面などは、田舎育ちの主人公を見事に描いている部分であろう。

東条内閣が成立すると、戦時色はますます強まり、米や医薬品も配給制になった。青物屋にも行列ができるようになる。

この病院には鶴子にとって嫌いな人物がもう一人いた。華北戦線から帰り、車夫をしている馬田である。彼は中国での婦女暴行、殺人をさも手柄話でもするように自慢げに語るのだ。それは、隣りの物干台で日光浴をする娼婦たちの姿以上に嫌悪をもよおすもので、鶴子にとって我慢ならないことであった。

大阪にいる兄の二郎が神戸にやってくる。二年間の兵役が終わったら自転車の販売店を開く計画を立てている彼は、アカ抜けしていて、妹として自慢できる兄に思えてならなかった。

日米開戦の日がくる。この日のことを「一九四一年十二月八日。日本政府は鬼畜米英と扇動し、世界の連合軍を相手に戦争を開始した」と書かれているが、ちなみに、このころ戦争合理化のために使われたのは「ABCD対日包囲陣」ということばであり、「一億火の玉」とともに「鬼畜米英」が戦争遂行のための宣伝文句となるのは敗戦の前年あたりからである（神田文人編「昭和史年表」）。

開戦のニュースをきいた鶴子は、「支那大陸で勝負のつかん戦争を、米英など全世界を相手に拡大して、ちっぽけな日本が勝つのだろうか」と思い、徴兵検査を控えた兄のことが気にかかるのだった。

開戦から数カ月間、日本軍の快進撃がつづいていた東南アジア戦線も、一九四二年六月のミッドウエー海戦の敗北、八月の米軍のガダルカナル島上陸などによって戦局は逆転していく。この年の四月には、空母ホーネットを発進したB25一六機が本土に飛来、東京、名古屋そして神戸が空襲をうけていた。そんな中、日光浴をしていたあの娼婦たちの姿は消えていた。馬田によると、慰安婦として従軍させられたのだという。

二郎が入隊して間もないころ、山手病院に娼婦の千代が入院してくる。これまで、いわば上流階級に属する患者を相手にしてきたこの病院としては、貧しい娼婦の入院は珍しいことであった。社会状況の変化によるものだろうか。鶴子は文盲の千代に文字を教えてやるのだが、あまり効果はあがらない。

宮崎の航空隊に入隊した二郎が戦地に赴く前に千人針を持たせてやりたいと思う鶴子は、寅年生まれの婦長にも頼みにいくが断られる。「虎は千里行っても、必ず帰る」という諺にちなんでのことであったが、寅年のあんたがやったらよかろう、忙しくて齢の数ほど縫えないというのだ。それでは自分で縫ってしまおうと決心するが、最後の一針はどうしてもほかの女性に頼みたかった。鶴子のこの願いに快く応えてくれたのが千代であった。だがこの千代も急死してしまう。女郎屋の使用人が葬儀屋を連れてきて千代はお棺に入れられる。

「千代のお棺は漬物樽のような粗末な座り棺であった。鶴子は座り棺を初めて見た。田舎では、どんなに貧しい家でも等身大の寝棺が使われていた。鶴子の父親も母親もそうであった。死んでも横に眠ることのできない千代が哀れで、鶴子は身内の者のように悲しんで泣いた。葬儀屋は千代の座り棺に太い荒縄をかけて、軽々と運んで行った」。

死んでも横になれない座り棺、それにかけられた太い荒縄、軽々と運べるまでやせ細っていたであろう彼女の遺体……これらのことばから、千代にたいする鶴子の切々たる気持ちが伝わってくる。娼婦の末路を象徴するような場面である。

ところで、苦労して送った千人針が返送されてくる。二郎はすでに戦場へ出てしまっていたのだ。このことはいつまでも鶴子のこころにわだかまっていた。

作品は、二郎の日記が挿入され、鶴子が震災後の神戸へ旅立つというエピローグでしめくくられる。

「招魂の船」(『炭鉱地帯』一二号)と同じく、この作品も戦死した兄への思いがモチーフとなっている。その思いを軸に、主人公の鶴子とその周囲の人々をとおして、戦争がもたらしたものが何であるかを描き出そうとした、いかにもこの作者らしい作品である。「静かなる戦争告発」といってよい。

主人公が勤務する病院でのできごとも具体性があるし、それぞれの人物もリアルに描かれている。ことに馬田と千代の人物造形はすぐれているし、松田婦長も個性的に描かれていておもしろい。

強いて難を言えば、結末の日記の部分が必要かどうかという点である。必要だとすればもっと簡潔でよかったのではないか。

小説としてまだ未発酵の部分があるとはいえ、戦争とその後遺症を追求しようとする作者のひたむきな創作態度にいつものことながら心を打たれる。敗戦から半世紀が過ぎたが、「戦争」は民主主義文学、いや文学全体にとってもっとも重要なテーマであり続けるだろう。次作を期待したい。

笠原美代「従軍信玄袋」への感想

〈……民主文学七月号の『従軍信玄袋』を興味深く読みました。……エネルギッシュで、こまめに動く、きりりシャンとした方を想像したりしています。文章に漲る独得の張りは、彼女の精神的な若さでしょうか。日常生活も気持ちをひきしめ、一定のリズムを保って生活して居る人の余裕のようなものを感じてしまいました。……〉

これは、先日、京都の知人から届いた手紙の一節である。

「従軍信玄袋」という作品のタイトルにまず私はひきつけられた。「読んでみたい」という気持ちを起こさせるような魅力ある表題である。それだけではない。作品全体を象徴しているとともに、そこはかとなく哀愁さえただよっているからである。この袋には、主人公池田明子の青春がつまっていた。

両親をなくしている明子にとっての青春は日赤看護婦としてのそれであった。彼女は、「昭和十六年、『日支事変』が始まる一年前から、日本赤十字社が、地方の看護婦を採用し、短期の補習教育によって、戦時体制に応える臨時救護看護婦を養成するコース」(「日支事変」が始まる一年前は昭和一一年である。誤植ではあるまいか)に合格する。そして、青春の幕開きである。待ちに待った召集令状がくる。

出征の日、明子は「花嫁衣装を身につけるように」救護看護婦の制服を着る。所持品は赤十字のマークの入った信玄袋につめこんだ。この日は雪であった。「バンザイ」の声と、激しく振られる日の丸の小旗に見送られながら出発する彼女だったが、一方では不安が広がっていく。それは、あとに残していく肉親のことであり、これから自分を待っているものへの言い知れぬ不安であったのだろう。作者は、ここに明子の前途を暗示したかったのかもしれない。

諫早の海軍病院に着任した彼女は、ある日、所属する愛媛班の崎山婦長から呼び出しをうける。不安を抱きながら婦長室へ行くと、意外にもねぎらいのことばをかけられ、皮膚科が新設されることになったので、そちらにまわってほしいというのだった。明子は、自分を選んでくれたことにたいして報いようと思うが、それがたいへんな勤務であることを知る。泌尿科が併置されていたのだ。

性病患者の予科練習生たちが、「何の恥じらいもなく」廊下を歩きまわったり、「流し目や笑顔を向け」るのに明子は腹が立ったし、まだ「少年の面影を残している彼たちが、性病を病んで入院していることにも納得がいかなかった」。また、若い予科練習生たちが、「父親のような補充兵」をこき使うのを見ていると、「修身」で習った「長幼の序」など軍隊にはないことを知らされるようであった。こんな姿を見ていると、予科練志望の弟三郎のことも心配になってくる。

ここに描かれる夜尿症の補充兵の姿はなんとも悲惨である。「煮しめたような汚い褌をしめた補充兵が、老人のようにうな垂れて立っている。女性の生理のように尿が、しまりなく流れて褌をじゅた、じゅたに茶色に染めて、股から足へ伝わっている」ではないか。便所の戸を引き、暗い空を見ていると、明子は「一気に故里へ帰りた」い思いに駆られるのだった。

春がきて、新しい病舎ができると、彼女は外科の病舎勤務となる。戦局はますますきびしさを加え、空襲も日常的になっていった。そして八月九日、長崎の原爆投下の日を迎える。

諫早の病院には被爆者たちが集まってきた。その情景は、丸木位里の「原爆の図」でも見るかのようにリアルに描かれていて迫真性があり、作者の筆力を感じさせる。病院に戻ると、そこにも地獄図があった。廊下は、病院からあふれ出た負傷者でいっぱいである。修羅場に一変していた。母親と向かいあったまま死んでいる赤ん坊。「アイゴー、アイゴー」と泣き叫ぶ朝鮮人の青年……。「霊安所の死体置場のコンクリートの上は、芋の腐ったような蛆虫だらけの死体が、天井までうず高く重なっていた。腐った人体の漬物のような中から、黒い汁が流れ、床に溜まっている。悪臭、死臭が鼻を衝く」。大宗が、背負ってきて、なんとか元気をとりもどさせようとしたが、死んでしまった赤ん坊の死体をここに置いた。このときのつらい気持ちが、「遺体の山に、そうと乗せてやった」というさりげないことばにうまく表現されている。

まもなく戦争が終わった。明子は「玉音放送」なるものを聞き、天皇の「忍び難きを忍び、耐え難きを耐え……」ということばに「空々しい。この生地獄を、忍んで耐えられるというのか。天皇はこの生地獄を知らないで、耐えよとは、神様のことばではない」と思う。戦争は終わっても、この病舎の地獄は変わらなかった。

病舎に戻った明子は、姉からの電報を受けとる。それは、兄二郎の戦死の通知であった。兄の死は信じられない。いや信じたくなかった。そんな中でも負傷者はつぎつぎと死んでいき、九月になってやっと病院は静けさを取り戻す。

敗戦によって瀬戸内海の定期便もなくなり、帰れなくなった明子たち愛媛班も、家を失った被爆者たちも、病院にとどまっていたが、やがて最後の日がくる。進駐してきた米軍兵士たちが病院を兵舎として使用することになったのである。ジープを乗りまわし、病院内を闊歩するその靴音に明子は敗戦を実感する。

諫早駅から帰郷する、信玄袋を肩にした愛媛班の一行を、ホームに足を投げ出した米兵が見上げている。信玄袋には被爆者たちの死臭が染みこんでいた。

作品の軸にぶれがなく、よくまとめられた小説である。筋の通った作品構成といってよいだろう。「赤十字の旗の下に死なん」と決意を作文に記し、〈池田家の名誉に恥じない立派な赤十字の看護婦として働いて来ます〉と父母の墓前で誓って出征した明子だったが、その前に展開する現実はきびしく、悲惨なものであった。性病に罹り、それを恥じない予科練習生、夜尿症に苦しむ補充兵、美徳として教えられた「長幼の序」も無視される階級制度に貫かれた軍隊、そして被爆によって修羅場と化した病院、追い打ちをかけるような兄の戦死……。これらはすべて明子の夢を打ち砕いていく。まさに、戦争に翻弄された青春であり、それが赤十字のマーク入りの信玄袋につまっているのであった。信玄袋はあまりにも切ない青春のシンボルであったのだ。見事な作品のタイトルである。

作品の中に二通の姉保子への手紙が挿入されているのが、情況と心情を描き出すのに効果をあげているように思われる。また、張りつめた中にもほっとする部分でもある。「音の無い寒い夜」、「蟬しぐれが立ちこめて、日中の暑さを予告していた」、「被爆者が地面に撒いたように寝ている」などの表現もおもしろい。

この作品で気になるのは、大宗のことである。この人物のことが、かなりくわしく書きこまれているが、主人公とのかかわりがいまひとつわかりにくい。私の読み込み不足だろうか。

いずれにしても、救護看護婦の暗い青春をとおしてきびしく戦争を告発した作品であり、「青春暗譜」を一歩も二歩も前に進めたものといえよう。

橋爪勝子「青春の市電スト」を読む

父の事業の失敗のため女学校へ進学できなかった〈私〉は九州軌道株式会社に入社する。一九三七年、数え年一七歳のときであった。当時、女子の就職先としては紡績工場か電車の車掌ぐらいしかなかった。女工は胸を悪くするからとの父の反対で、車掌の仕事をえらんだのである。

市電の勤務は二交替制で、早番は朝五時に集合し、遅番と午後二時から三〇分のあいだに交替するのだが、欠勤者があれば、夜の一二時半に帰宅し、翌朝はまた五時に出勤しなければならない。職場では「廟行鎮の敵の陣、われの友隊すでに攻む、折から凍る二月の、二十二日の午前五時」という「爆弾三勇士」の歌詞をとって「廟行鎮」と呼んでいた。勤務中の食事は一二分間の休憩中にとらなければならなかった。このようなきびしい労働条件の中でも、電車はのんびりと走った。

離合地に入ると、向こうから電車が入ってきて、運転手同士がタブレットを交換しないと離合地を出られない。早くついた方が待つのだが、急ぐ客はイライラする。すると客慣れした運転手が、「お客さん、大牟田の電車は降りて歩いた方が早かですばい。追いつきますけん、歩きなっせ」と冗談を言って笑わせる。乗客の方も「降りって、電車ば押してやろかのも」と受ける。

こんなゆっくりした電車でも、荷馬車や自転車との接触事故を起こすことがあり、運転手は始末書を書かされ、勤務成績にも影響するのである。

車掌は乗務が終わると、残った切符と現金とを照合させられ、金額が足りないとその分だけ給料から差し引かれるのだ。また、乗務中にいきなり監督が乗りこんできて、車掌の声の出し方までチェックするのだった。

入社して一年ほどたったころのことである。〈私〉の親しい仲間の一人が身体検査を受け、制服の上着やスカートのポケットにまで手を入れて調べられる。その車掌は運賃をごまかすような女の子ではなく、ポケットからは何も出てこなかった。そのことを「みんなから信頼されている古参の岡崎運転手」に話すと、それは合理化のためのいやがらせであり、おとなしい者のほうが辞めさせやすいので、彼女が標的になったのだ、自ら辞めれば退職金も少なくてすむからだという。会社側の巧妙で卑劣なやり方であった。屈辱に耐えられなかった彼女は、会社を自ら辞めていく。

〈私〉が入社して三年目の九月頃であった。乗務員の溜り場になっているうどん屋に、古参運転手の八田がやってくる。「八ちゃん」の愛称で呼ばれている彼は、今月の残業日を数えながら、「うーん、四回か、いや五回だ。『廟行鎮』は三回ぐらいしたばい。それでも今月は四十円ちょっとぐらいばい。会社に言うて賃金上げさせんと、女房に逃げられるばい」と言いながら、団結して会社に賃上げの要求をつきつけることをそれとなくにおわせる。それが「偶然の愚痴話でなかったこと」が半月後にわかったのである。

その日の早朝、母から起こされた私が玄関に出てみると、運転手の小柳がきていて、今朝の早番からストライキにはいることを知らされる。突然のことに〈私〉は「わけのわからない緊張感」で頭の中がいっぱいになり、朝食もとらずに集合場所になっている岡崎の家に向かう。

諏訪神社の森の樟の大木が、こんもりと夜目にもさらに黒く星空に広がっていた。諏訪橋の辺りまで来ると視界が開けて、星明かりで川岸の家の屋根がぼんやりと見えてきた。屋根の上のあちこちに、上の方だけ葉を残した高い杉の木が何本も見えた。葉の下に日の丸の旗が結びつけてあるのだが、はっきりは見えない。兵隊さんを出している家が誇らしげに立てている杉の丸太だった。

このような所を通り、岡崎の家に着くと、もう四〇人近くの従業員が集まっていた。やがて全員がそろったところで岡崎がスト決行理由の説明をする。他社と比べて賃金が安く、車掌は嫁入り支度どころか銘仙の着物一枚も作れないし、所帯持ちの運転手は家族を養うのも困難である。そのため、賃金引き上げを要求するというものだった。反対する者はいない。

交渉のため代表団を送り出してしばらくしたときである。警笛が鳴り、電車の走る音が聞こえてくるではないか。一般の乗務員が勤務についているはずはない。だれが運転しているのだろう。見にいった者の話によると、一台目の車掌は笑顔を見せたことのないあの「笑わん監督」で、二台目の車輌の運転手が人事課長、車掌は専務だという。この場面は、滑稽でもあり、痛烈な風刺ともなっている。

代表団と会社側との交渉の結果、「善処する」との回答を引き出し、ストライキは収拾されることになった。このあと数回の交渉ののち妥結する。代表団への処分も行われず、中心人物だった岡崎が清算係に、小柳は操車係に昇格し、五〇銭だった〈私〉の日給も五五銭になった。ストライキは成功したのである。やがて市内電車は廃止され、今はない。

この作品は、おそらく作者の体験にもとづき「若き日の思い出」として書かれたものであろう。私は、戦時下のストライキという題材にひかれた。戦後、労働者の争議権が認められている中でさえ、中小企業でのストライキには大きな困難や犠牲さえともなうことが少なくない。まして日米開戦をひかえた時期にストライキに立ち上がることは至難のことだったにちがいない。しかも、労働組合もなく官憲が介入する中で、一人の犠牲者も出さずに要求を勝ちとったのだ。当時の社会状況の中では稀有のことだったにちがいない。しかし不自然さは感じなかった。ことさら悲壮感にとらわれることもなく、ユーモアさえ感じさせるタッチで描かれているからかもしれない。この作者のケレン味のない文体が作品にリアリティを持たせるのに効果を上げているようにも思われる。

また、応召された家の杉の木に結びつけられた日の丸の旗や、「お前らあ、今、日本がどうなりよるか知っとるかっ。支那大陸じゃあ、兵隊さんたちが日本の生命線を守って戦こうとるとぞっ」という刑事のことばに時代相も描きこまれている。「あれから四十七、八年経っているのに、私の頭の片隅には、今でも線路が消えずに残っている」という結末の部分はことに印象深い。

ただ、スト突入の理由として「賃上げその他待遇問題」として片づけられているところは、やや薄手の感をぬぐいえない。ストの核心部分である要求書の内容が具体的に示されていたら、作品の説得力も厚みも増したであろう。

12章　田宮虎彦と短編一、二について

一九八八年四月九日の『朝日新聞』は、田宮虎彦の死についてつぎのように報じた。

九日、午前九時十六分ごろ、東京都港区北青山のマンションで、十一階から飛び降り、三階のベランダに落ちていたのを近くの人が見つけ、一一〇番した。男の人は同マンション十一階に住む、「足摺岬」などで知られる作家の田宮虎彦さん（七六）で、同十時半亡くなった。

田宮さんは三十一年に妻千代さんをガンで亡くし、以来一人暮らしだった。

3DKの室内はきちんと整理されており、書斎の机の上に、縦書きの原稿用紙にフェルトペンで三行、落ち着いた字で書かれた遺書があった。遺品は、旧制中学時代の友人で元大学教授の鈴木悌一さん（七六）あてで、「手足がしびれてきた。病気が再発したらしい。鈴木悌一さん、先立つことを許して下さい」との内容。

田宮さんは、この一月二日、脳こうそくのため東邦大学付属病院に入院、さらにリハビリテーションのため世田谷区の厚生会病院に入ったが、「どうしても仕上げたい仕事がある」と言って三月末に退院したばかりであった。症状は比較的軽かったが、脳こうそくになって思い通りに執筆ができないことを悩んでいる様子だったという。

田宮さんはヒューマニズムにあふれた「銀心中」「異端の子」「足摺岬」や「落城」「霧の中」といった歴

史小説で知られる。

東大国文科在学中に高見順の『日暦』に参加、卒業後は武田麟太郎らの『人民文庫』の執筆グループに加わった。多くの職場を転々とし、持病の結核に悩みながらも、社会の重圧に押しつぶされている人々の声を描き出す、ヒューマニズムにあふれた作品群を発表してきた。出世作となったのは昭和二十二年に発表した「霧の中」。二十六年には、そうした思いをさらに強めた「絵本」で毎日出版文化賞を受賞。三十二年には、妻千代さんとの往復書簡を集めた「愛のかたみ」を出し、その深い愛情が感動を呼び、当時のベストセラーとなった。

1

七六歳で世を去った田宮虎彦について年譜風に記しておきたい。

田宮が文学に関心をもつようになるのは病弱であったうえ、肺結核が再発した神戸一中の上学年になった頃であった。一九三〇年、旧制三高に入学、フランス語の教師が桑原武夫であったため、その影響によりスタンダールに親しむようになった。三三年、東京大学国文科に入学すると『帝国大学新聞』の編集に参加。同級生に花森安治、岡倉古志郎らがいた。このころ森本薫らと同人誌『部屋』を創刊、武田麟太郎を知るのもこの年のことである。

一九三五年、新田潤らの紹介で同人誌『日暦』に参加、同人には高見順、矢田津世子、円地文子らがいた。翌三六年、大学を卒業するが、この年の三月に『人民文庫』が創刊されると執筆者グループの一人となる。『人民文庫』は同人制をとらず、武田が資金、経営の面において独力で出した雑誌で、二年足らずのあいだに増刊号を含めて二六冊を刊行、編集事務は本庄陸男、のちに那珂孝平が担当した。執筆者グループは、高見らの『日暦』、本庄の『現実』のメンバーに加え、「プロレタリア作家同盟」に属していた作家たちが中心で、新田潤、荒木巍、平林彪吾、井上友一郎、田村泰次郎、円地文子らもいた。

『人民文庫』発刊は、その頃、保田与重郎らの「日本浪曼派」によるファッショ的文学運動への反発によるものであり、「日本浪曼派」の「詩精神」の主張にたいして、「散文精神」を対置した。この人民戦線的文学運動への弾圧が強まり発禁がつづくと、執筆者グループの中に意見の対立がうまれ、廃刊に追い込まれたのである。『人民文庫』の廃刊は田宮にとって社会にたいする自己の限界を知らされるものであり、一時、小説を書くことを断念させるほどの衝撃を彼に与えた。以後、一〇年ちかく作品は書きつづけながらも、さまざまな職業を転々とする。そのあいだ、野口冨士男、青山光二らと「青年芸術派」をつくったりしたが、肺結核が再発し、気胸療法は五年間に及んだ。

一九四五年、敗戦直後、『文明』の編集にたずさわり、四六年に「かるたの記憶」、「天人」を書き、翌年には「霧の中」を『世界文化』に発表。四八年に「此のひとすじ」、「三界」、「囚人」、「天路遍歴」などを書き作家生活に入る。四九年には「落城」、「異母兄弟」、「末期の水」、「足摺岬」などの代表作をはじめ、「梟首」、「落人」、「土佐日記」、「琵琶湖疎水」を、一九五〇年には「菊坂」、「絵本」、「鷺」、「幼女の声」、「檜沢市左衛門」を発表している。『世界』に掲載された「絵本」は第二三回芥川賞候補作品となるが、芥川賞以上の作家だとして受賞が見送られている。

それ以後もつぎつぎに作品を発表する。「朝鮮ダリア」、「ぎんの一生」、「会津白虎隊」、「非運の城」（五一年）、「異端の子」、「銀心中」、「寛永主従」、「父という観念」、「徴兵検査」、「童話」、「女の顔」（五二年）、「一人息子」、「養老」、「忠義物語」、「夜」、「老女のはなし」、「比叡おろし」、この五三年、「再軍備と憲法改正の是非」についてのアンケートに「のどもと過ぎても熱さ忘るな」と回答。なお、「都会の樹蔭」が第三〇回直木賞候補作品となるが該当作なし。一九五四年、「少年と蛇」、「千恵子の生き方」を書き、「足摺岬」が映画化される。翌年には「千本松原」、「異母妹たち」、「母の死」、「野を駆ける少女」を、五六年に長編「沖縄の手記から」（第一部）を発表。この年から随筆を書くことが多くなる。妻千代の死後、「私たちの愛のかたみ――亡妻記」と、妻との共著「愛のかたみ」を刊行。これが話題を呼び、批判も少なくなかった。ことに平野謙の「誰かが言わねばならぬ――『愛のかたみ』批判」が発表されると、田宮への原稿依頼取り消しが相次いだという。それらの批判には一切反論することなく文壇から遠ざかっていった。

一九六三年から六七年にかけては「崖の上の木」、「牡丹」などの小説を書いているが、その後はまた随筆の発表、作品集などの単行本発行が多くなっていく。八〇年頃から図書館へ蔵書を寄贈しはじめている。相変わらず随筆や文庫本の解説を書くことが多かった。一九八八年四月九日、投身自殺。絶筆となったのはマルタン・デュ・ガール「チボー家の人々」についての長編評論（未完成）であった。

2

田宮は歴史小説についてつぎのように書いている。

「時代をはなれて人間はあり得るだろうか。具体的な人間は、具体的な時代をバックにすることによって生きることが出来る。だからこそ、その人間を通じて、人間の意味が追求できるというものである。いわゆる歴史小説でない小説、つまり現代の人物を描いた現代小説だって、生きている人物を描けば、そこに現代が浮かび上がって来なければならぬ」

「伝記は小説ではない。伝記を書くとなれば、史実に忠実であることが、その根本において要求されねばならぬことは、ここに改めて書く必要もあるまい。だが、それがもはや小説とは無縁であることも、また、書くまでもない。しかし、鷗外の歴史小説が、それにつづけて書かれた『渋江抽斎』などの史伝作品とともに我が国に於ける近代文学の余りにも傑出した金字塔であったがために、歴史小説と史伝の区別を越えて、その後のあらゆる歴史小説の規範とさえなった。そして、そのことが、ひいては、歴史小説というものがあくまで史実に忠実でなければならぬという定義を生み出してしまったのではないだろうか」

「歴史の真実とはあったがままの事実を言うのでは決してない。たとえば画家ゴオギャンの描いたタヒチは決して現実のタヒチではない」

「では帰結するところ歴史小説とは何か。私は、その問に対して、私がいままで到達することの出来た私見を、かりに答えとして書いてみるにすぎないが、『歴史』と『小説』とが重なりあったところに生まれる作品しか、真に『歴史小説』というには価しないと思う。単に歴史的時代や人物を『小説』のためにかりてきただけでは、歴史小説は成り立つはずがない。『歴史』の本質と、『小説』の本質とが、完全に重なりあったところにだけ、『歴史小説』は成り立つ。逆にいってみれば、その作品の中に、『歴史』が追求されていなければ、『歴史小説』とはいえないのである」（引用は山崎行雄「田宮虎彦論」〔オリジン〕による）。

この歴史小説観が作品として形象化されたのが「霧の中」、連作「落城」（「物語の中」、「落城」、「末期の水」、「菊の寿命」、「檜沢市左衛門の最後」、「梟首」、「落人」）であったといってよい。「霧の中」について田宮は「三年前の夏、私が『霧の中』を書いた時、私には、歴史小説を書こうなどというつもりはさらさらなかった」、「『霧の中』は維新戦争に父母を失った幕臣の幼い孤児の生涯を描いたものだが、孤児である主人公中山荘十郎の八十余年の生涯をたどって、私は歴史小説でなく、むしろ現代小説を書いたつもりであった」と書いているが、たとえ作者の意図がそうであり、全くの虚構であっても、史実よりも深い歴史の真実を作品として形象化した〝正真正銘の〟歴史小説であるといってよい。

「霧の中」の主人公中山荘十郎には、母のかねに背負われて江戸の旗本屋敷から会津若松に逃げ落ちたときの記憶が残っている。

彼の父や兄が参加した彰義隊が敗北すると、西国兵は東北へなだれこんできた。会津へ帰ったかねは荘十郎の姉の菊をつれて町家に隠れるが、薩摩の枝隊に捕まり縛られてしまう。やがてかねと菊は縄を解かれ母屋へつれていかれる。すると母屋から菊の泣き叫ぶ声がきこえ、二人はそこで死んだ。このとき、荘十郎には辱めをうけたことなどわからなかったが、菊の胸元に突きささった刀の創痕は、彼の心に焼きついてはなれなかったのである。

「お前は六つにもなっているのだから、よく覚えておくのだよ、中山の家の者はみな徳川様と一緒にほろびてしまったということをね」といった上の姉の八重も、荘十郎の前から去っていった。

一〇歳まで母方の遠縁の老女に育てられた荘十郎は彼女の義理の子である土井良作につれられ、会津降伏人に分与された土地の開墾のため北海道に渡るが、そこで土井が行方不明となったため、また会津に戻った。荘十郎が抜刀無形流の手ほどきをうけたのがこの土井良作であった。この剣が彼の一生を決めることにもなる。

戦いのあとが残る会津の町を見て、一三歳の荘十郎は「背中から冷たくつきさされる痛みの様な淋しさにめい」るのだった。それから彼は、「長岡藩士の果てだという小間物商」河辺といっしょに東京へ出る。ここで引き合わされたのが神道無念流の剣客鎌田斧太郎であり、彼は父も兄も死んだと思うほうが確かだと告げ、土井良作より「親父を知っている儂が育てる方が本筋かもしれん」と言った。

斧太郎の従兄だという剣客岸本義介は、露地の奥で版木を彫って生計をたてていたが、斧太郎の裏庭に集まってくる剣客たちと「挑み合う様な一刻をきざん」でいた。荘十郎も時折、義介から稽古をつけられることがあった。

ある日、日本橋のたもとを通りかかった荘十郎の耳を聞き覚えのある声がかすめた。斧太郎の居合である。その夜、斧太郎は言った。

「徳川譜代のさもしいところを見たな」、「お前のみたのは旗本御目付衆筆頭鎌田斧太郎源重光のなれの果てというわけだよ」、「荘十郎、貴様の父親を殺したのは誰だったか知っているか、西郷吉之助の配下だよ」、「儂はその西郷の一味を討ちに薩摩に行くことにした、土百姓の集まりの鎮台に何が出来るものか、巡査でもなんでもよいよ、大道の居合抜きより生身の奴を斬りたくなった」。

斧太郎たちがそれを実行すべく西下していったあと、荘十郎は義介の家に移った。その妻みよの横顔は美しかったが、一方の頬にはひきつった傷あとがあった。義介が語ったところによると、土足で乱入してきた西国兵によって手ごめにされようとしたが、抵抗したため焼火箸を頬に当てられたのだという。この話を聞いたとき、母と姉が薩摩の徒士に引きずられていったときのことを思い出していた。

年が明け、東京に戻ってきた斧太郎が薩摩の連中を斬殺した話を聞いていた義介は、「それで気が晴れたか、晴れはすまい」、そんなことをしても「奴等には何のかわりもありはせんのだ」と冷たく言った。

一八八四年、群馬事件、茨城県の加波山事件、埼玉県では秩父事件と、つぎつぎに自由民権運動の激化事件が起きる。これらの蜂起に参加し縛についた「自分と同じ星の下を歩いている」人びとに荘十郎の思いが重なり、二〇〇〇人という秩父の「暴徒」の多くは斧太郎と同じ心境にあるのではないかと思うのであった。それは「一寸先きの見えぬ霧の中をさまよっている」ようなものだ。そこから抜け出さなければならぬが、鎮台兵や巡査隊に立ち向かったとしても「所詮夏の夜の花火にすぎぬこと」であった。義介が言うように、そんなことで今の政治がびくともするものではなかったのである。荘十郎にもそう思われた。

老いが深まっていく義介はやがて仕事もしなくなっていった。荘十郎は神社の境内に出かけて行き、剣舞を見せ、いくばくかの金をかせぐようになる。

荘十郎の頬に「どす黒い隈がかげおちているると誰にもわかる様になった」のは、義介が死んでからであった。日銭をかせぐために舞う剣舞は殺気をおび、妖気さえただようようになっていく。いつしか観衆も去っていったが、彼にはどうでもよいことだった。何か見えないものに向かって長刀を振りつづけた。そんなある日、同じ境内に剣舞を見せる男が現れた。谷口という新撰組くずれの男である。荘十郎は谷口とともに大阪へ出ることになる。一八八九年も秋になっていた。裏長屋に落ちついた荘十郎は芝居の一座に入った。彼にとっては自由民権などどうでもよいことだったが、舞台で政府の悪口を言うのは痛快であった。こんなときに抜刀無形流の型が殺陣の立回りに役立った。殺陣の腕を見込まれて川上音二郎一座からも声がかかるほどになり、寄席仲間にも名前が売れてきて、彼は薩摩や長州の士族を見ると喧嘩を吹きかけるようにもなっていった。彼らの「言葉の訛りは荘十郎の耳を棘のように刺」したのである。

殺陣の振り付けなどで実入りも増えたが、その金は遊郭での遊びに消え、彼の生活をますます荒んだものにしていった。相手の女もつぎつぎにかえていき、酒に酔っては喧嘩を売る。そんな生活が自分にふさわしいものだと彼は思っていた。

一八九四年、日清戦争が始まると、川上一座の芝居が異常な人気をよび、壮士芝居の役者たちは大挙して東京へ移っていく。荘十郎もその一人であった。大阪へ出てきてから八年がたっていた。一〇月も半ばの頃、銀行の落成式の余興に出たあと振舞酒に酔った彼は、ある光景を見て「ふと釘づけにされた様に足がとまった。酔いがさっとさめていった」。伝導歌をうたっている救世軍の中の一人にその目は引きつけられたのである。一〇歳ぐらいの女の子を連れたみよではないか。その娘はまぎれもなく自分の子である。荘十郎は、長身のからだを支えきれないほど「全身が虚脱になる思い」にとらわれた。このことがあってから彼は毎晩みよの姿を見に行くのだった。そのみよの姿が救世軍の一団から消えてしまう。吉原の茶屋に荘十郎が入りびたるようになったのはこの頃からであった。

救世軍の宿舎で、みよが前橋へ行ったことを聞くと、彼はわずかの衣類を金にかえ前橋に向かった。駅に着き、雪に埋もれた夜更けの町をあてもなくさまよっていると、聞きなれたラッパの音が流れてきた。道端にうずくまった荘十郎の方に七、八人の集団が近づいてくる。「おみよさん」という声に「どなたですの」と聞き返すと、「いつも伝導士がすると同じ様にみよの手が軽く荘十郎の肩にのびた。ああという荘十郎の声が咽喉からしぼり出されたのと、声とも叫びともつかぬかすかな言葉がみよの唇からもれたのと同時であった。二人の身体が転がりあうように雪の上に倒れあったが、瞬間、みよは二三歩とびすざっていた」。伝導士たちの口から賛美歌が流れ出す。「神様」、みよの口の中ではこのことばがくり返されていた。「さあ、しげのちゃんもおうたい！　お母さんも神様のお歌をうたうのよ」。娘に賛美歌をうたうことをうながす「みよの声は上ずったまま、そして上ずったその調子だけが荘十郎を過去のものとしてしりぞけることが出来る様な、そんな調子で雪の上を遠ざかっていった」。

そんなことがあって三、四年の間、荘十郎は門付けをしたり人夫をやったりして糊口をしのいでいたが、やがて幼いときの思い出の残る北海道へ渡る。役場でたずねると、軍夫になることをすすめられ、満州へ行くことになった。奉天で軍の雑用人夫として働いたが、そこをやめ日本人町の旅館にやとわれる。ここには九州や中国出身者が多く、宿帳で鹿児島出身者だとわかっても、もう四〇歳を過ぎ昔の血気のなくなった荘十郎には、「自棄に熱い湯を入れたり」して嫌がらせをするのが精一杯であった。

荘十郎がぶつぶつ独り言を言うようになるのはこのころからで、「それをいいつづけることによって心のわだかまりを吐きすてているようであった」。

彼には清丸という馴染みの女ができた。この病弱な女を連れて日本に戻ってくるとき、もう明治は去り大正にかわっていた。彼女はそのとき笑いながら言ったものだ。「あんたの仇の親方が死んじゃったじゃないのか」と。天皇の死は、荘十郎にとって「半生をかけて闘いいどんで来た相手」を失ったことを意味するものであり、「振りあげた長刀のうちおろしようがな」くなった現実をつきつけるものであった。

「煤煙の中の長屋」での清丸とのくらしがつづく。六尺近い荘十郎の長身に似つかわしい工場の守衛をしながら細々と生きていた。「町には欧州大戦景気が氾濫していた」。その光景は、斧太郎たちが「今に俺達の世の中にさせてみせる」と言っていたことが夢になってしまったことを見せつけるものでもあった。

一〇年近く病んでいた清丸が死ぬと、荘十郎は守衛をやめ、剣道の稽古に出かけるようになり、それが唯一の生き甲斐になってしまった。「支那事変」が起こり、「尚古の精神に通う錯覚に人々をおとしこんでいた」のである。稽古をつけていたある日、突然「今日はやめよう」と言い、防具をとると力なく言った。「私は七十のとしを越して了うていたよ」。

やがて空襲が激しくなり、荘十郎が下宿していた駄菓子屋の近くに焼夷弾が落ちる。彼にはすでに歩く力もなく這って逃げる。無事に戻ってきた荘十郎に駄菓子屋のお内儀は言った。「爺さんつらかったろうねえ」。「なに、非道を重ねて来たやつがいい気味さ」。これが彼の返事であった。

荘十郎が、みよやしげのの名を呼びながら息を引き取ったのは、敗戦の日から三日後のことであった。

久しぶりに田宮の歴史小説の何編かを読み返し、新たな感動を覚えた。そのひとつがこの「霧の中」である。一九四七年に発表されたこの作品は彼の出世作であるが、それにふさわしくその迫力は強烈である。ぎっしりつめこめられた中身と多くの登場人物は、短編というより長編小説を読むような錯覚を起こさせるほどの重量感をもって迫ってくると言っても過言ではあるまい。

戊辰戦争の敗北によって孤児となった中山荘十郎の八十余年の生涯を年を編むように作者は描いていく。彼の生き方を決定したのは官軍である西国兵によって辱めをうけて殺された母と姉とのことであった。それが一生を支配するほどの怨念となり、明治政府への憎悪となっていく。八十余年の生涯は、その「仇」への復讐のために費されるのである。たしかに、彼の反抗の仕方はあまりにも古武士的であり、時代錯誤というほかなく、強大な権力にとっては蟷螂の斧でしかなかったが、それゆえかえって時代に翻弄される荘十郎の姿が感動を呼ぶのではないかとも思う。

所詮成功の見込みなどない反抗であったが、薩長士族にたいする憎しみは彼の生きる支えであった。常軌を逸した、サディスティックなまでの憎悪と反抗は、徳川幕府を滅ぼし、家族を奪った明治政府への怒りの表現であったのであろう。斧太郎らにしても同じであった。

これに対置される人物が同じ幕臣であった岸本義介である。彼にしても、手込めにされかけ、焼火箸を頬に当てられた妻のことを思えば薩長にたいする憎しみは荘十郎らに劣るものではなかったであろう。だが、薩摩まで出かけ「西郷一味」を切って戻ってきた斧太郎の自慢話に、そんなことで「気は晴れはすまい」と冷やかに言い、自分たちを倒した奴らにとって何のかわりもない、「ただわかったのは俺たちの力がたったそれだけのものだというだけじゃないか」と突きはなすのである。そして荘十郎に言うのだった。「負けたものの強がりほど見るにたえんものはない、荘十郎、ひかれものの小唄っていう言葉があるが、あれどころじゃないぞー」と言ったあと話をつづける。「徳川家の世の中にかえることなどあってたまるものか、たとい十六代様になったところで、旗日旗日に出せ出せと触れてまわる日の丸がもうちっとましなやつに変わるぐらいが関の山さー証書買いでためこんだ安田の高利貸をぶった斬る方が巡査や鎮台を斬るより余程身の助けになることぐらいわからんで、斧太郎の奴も可哀そうな死にざまだろうな」。下っ端の人間を何人斬っても権力にとっては痛くも痒くもない。そんなことで世の中がかわるものか。それより維新のどさくさを利用して金や太政官札の買占めをやり巨利を得た安田を斬ったほうが、どれほどましかわからないと、時代を冷めた目で見る人物として岸本義介は設定される。ここにこの作品の厚みのひとつを私は見たい。

作者は「明治維新にはじまる日本の近代史が、ほんとうに歩むときの姿勢を維持したまま、正しく展開されていったとすれば、それがかならず到達すべきところは勿論、私たちがそのため苦しみもだえたあの悲惨なアメリカとの戦争ではなかったはずだ」（岩波文庫「落城・霧の中」あとがき）と書いている。

田宮は明治維新に始まる日本の近代の歪みを荘十郎ら生き残った敗残者の生きざまを通して描き出したかったのであろうか。それは明治政府、ひいては天皇制にたいする批判になるはずだが、主人公に明確な天皇制批判という思想的背景を作品から読み取るのは困難である。しかし、明治が終わったとき、「半生をかけて闘いいどんで来た相手が姿を消して了った」というところに、彼の「仇」が天皇であり、明治政府以来の日本の為政者であったことが容易に読み取れる。ともかく、先の見えない「霧の中」をさまよい歩いた中山荘十郎を通して、天皇制に貫かれた日本近代のゆきついたところである無謀な戦争と悲惨な結果を告発したかったのではないか。だからこそ、それを見届けるまで荘十郎は生きつづけねばならなかったのであろう。戊辰戦争の敗残者である幕臣の側から見た日本の近代批判であるといってもよい。

3

「絵本」は一九五〇年六月、『世界』に発表された作品である。

「私」が大学にはいり下宿した家には近衛三連隊の起床ラッパの音が「青山墓地の崖肌を這い、木々の下枝をぬって、切なくかなしげに聞え」てくる。その音が聞こえてくるのは、いつもアルバイトの謄写用の原紙を切り終え、「冷たい布団にくるま」る頃であった。

大学にはいったとはいえ、父にさからって家を出た「私」には学資を出してもらうあてもない。父にかくれて、近所の縫い物や手紙の代筆をして得た母が送ってくれるわずかの金に頼ることは、身を切られるようにつらかった。何度送金をやめてくれといっても、母はひと月かふた月に一度の送金をやめなかった。「無事に大学出て偉い人」になってもらいたかったのである。

「私」の隣の部屋には中学生が下宿していて、毎日三連隊の起床ラッパが聞こえるまえに起き出し、出ていくのだった。「私」は中学生が出て行く足音が消えた頃、筆耕の仕事をやめ、寝る支度にかかるのである。

この下宿を世話してくれたのはアルバイト先の謄写印刷会社に勤めている老人であった。下宿代をまけてほしいというと、そこの「内儀さんは、さっと暗い翳をその頬に走らせて、へたへたと私の前に腰を落とし」ながら、「高すぎるでしょうか、物は高いしー」、「それに子供がわずらったりしているもので」と言ったが、二食付きで一三円という決して高いとは思えない下宿代から五〇銭を引いてくれることになった。とはいえ、この五〇銭がこの七人の家族にとっていかに大切なものであるかを「私」はお内儀の頰の歪みに感じとっていた。一三歳になる男の子が脊髄カリエスで寝ていたのである。

毎朝、「私」が下の部屋におりていく頃には主人も二人の女の子も出て行ったあとで、病気の子がじっと見つめるだけであった。その少年と口をきくようになったのは一〇日ほどたってからである。「―さん」と「絹糸のように細く澄んだ声」で呼び、「戸棚の中にいつものように用意してありますから、お上がりになってください」と言う。

少年の話によると、カリエスになったのは学校で友だちから煉瓦を背中に投げつけられたのが原因で、一年余りギブスをはめて寝たままだという。いつか、少年は「私」がおりていくのを待つようになっていた。

隣の部屋の中学生は受験勉強をしながら新聞配達で生活費を稼いでいる。彼は早朝に出かけて行き、夕方は夕刊配達のためいないので、「私」はひと月近くも顔を合わせることがなかったが、彼に宛てた小包が届いたことから話をするきっかけができた。小包は母親からのものであったので、なぜいっしょに住まないのかと尋ねると、父も兄も死んで、母は姉や弟をつれて親戚を頼って田舎に行っている、父親は小学校の教員をしていたが、半年ほど前に病死した、兄が上海事変で戦死したことを悲しみ、病気となり「兄の名を呼びつづけて死んだ」のだという。そこまで言ったとき中学生の頰から血の気がひき、しばらく無言であったが、やっと悲しげに語り出した。「兄貴の死んだというのは、あの肉弾三勇士の廟行鎮の敵の陣だったんです」、「兄貴は、ほんとは捕虜になって、銃殺されたんだそうです。それがわかって、親爺は死ぬ前、天皇陛下に申しわけない、申しわけないとくりかえしていました」。

梅雨になっても相変わらず中学生は、三連隊のラッパが聞こえてくる前に部屋を出て行く。足音をひそめるようにして階段をおりていくと、地下足袋のビタビタという音がしばらく聞こえた。ある夜のこと、隣の部屋からひどい呻き声が聞こえてきた。翌日、そのことを尋ねると、リューマチの痛みだと答え、母親から送られてきた炒り大豆をすすめるのだった。そして、自分は田舎へ帰らずにこのまま東京の学校に行きたい、母親は小学校の教師の資格をもっていて先生をするつもりだったが、兄があのような死に方をしたため、それもできないと言うのだ。「私」には「福井君、兄さんは運が悪かったんだよ」と言うのが精一杯だった。そのことばに中学生は「にっと笑う」と、「―さんもそう思いますか、お母さんも、いつもそう手紙に書いてくるんです」と言いながらも、村の人は、兄は赤だったんだろう、そんな子供を育てた母親も赤だといって、だれも雇ってくれないんです、とつけ加えた。この日は日曜日だというのに外出を許されなかった兵隊たちの行進が下宿のほうに近づいてきた。引きずるような軍靴の音が下宿の前までくると、急に軍歌が「廟行鎮の敵の陣」にかわったのである。中学生の頬に涙が流れ出したのに「私」は気づいた。

「梅雨は降ってはやみ、やんではまた降った」。「私」は以前患った肋膜の痛みを感じる。「それは、厚いけだものの皮でむねをしめつけられるような痛み」であった。しぼったタオルを胸に巻き、その苦しみに耐えるほかはなかった。筆耕の仕事もできない。肋膜炎が再発しないように願うほかなかった。

収入の道を断たれた「私」は友人の西野をたずね、一〇円の借金を申しこむが、「―に貸すなんて、シンパにやるほどの意味もないじゃないか」と言うと、背を向けて読みかけの本に目を移す。とりつくしまもなかったのである。下宿に戻ると、二階へ行く「私」についてきた内儀さんが、今朝、下宿の中学生が追剝をして警察に捕まっていると言って新聞を出して見せた。「新聞配達追剝」の記事が出ている。だが、あとで真犯人が捕まり、冤罪だったことがわかると、中学生は内儀さんにつれられて帰宅する。隣の部屋にはいった彼は「虚脱したように、じっと暗闇に坐っていた」。電灯をつけると、その「頰には真黒い痣が残り、唇は裂けたザクロのように割れている」。中学生の口から「―さん、新聞配達の追剝―という記事よんだでしょう」、「金が欲しかったんだろうといって、竹刀で打ったんです。それから、兄貴が捕虜なら、貴様は赤だろうって、また打つんです」ということばが出た。

中学生が青山墓地で首をつって死んだのはそのことがあってから二日後の雨の夜のことである。「私」が「留守居」のアルバイトを見つけてその下宿を出たのは、梅雨が明けてからであった。下宿を出ようと思ったのは仕事のためだけでなく、中学生がいなくなってからは「夜になると耐えがたい淋しさが私の胸に重くのしかかって来るように思えた」からでもある。「留守居」の仕事が決まり、前払いとしてもらった金の中から二円をさいてアンデルセンの絵本を一冊買った。病んでいる少年にやるためである。少年はその本を受け取ると、「しっかりと胸にだきしめながら」、「―さん、また遊びに来てくださいね」と言う。「私」はうなずきながら、「涙に光っている少年の瞳をじっとみつめかえ」すのだった。


作者を思わせる「私」と、捕虜になり銃殺された兄を持つ新聞配達の中学生、それにカリエスで寝たきりの少年との交流をとおして、一九三〇年代初めの重苦しく鬱々とした時代を描いて見事な作品である。戦争と軍国主義の波が押し寄せてくる時代相が庶民の姿に結実されているといってよい。

父と義絶同然の境遇にある「私」に「無事に大学を出てくれ」と、なけなしの金を送ってくれる母。「私」は筆耕のアルバイトさえ思うようにいかない。入学時に聴講届けを出していた講義もその大半は出たくないものになっていた。仕事のことや胸の痛みもその理由でなくもなかったが、それより大学を出て「偉い人」になりたかった「私」に幻滅を与えたのが、ある教授の講義だった。その教授がヨーロッパ留学の思い出話をしたときのことだ。毎月二〇〇円もあれば十分であった留学費をごまかし、母親から五、六〇〇円も送らせてはオペラ見物や旅行の費用につかったというのである。学生たちの間に笑い声が起こったが、「私」は笑うどころか憎しみを覚える。「偉い人」がこんなことをしていたのか。「私」には「真黒な陥穽が私の眼の前に深く掘られていたことに気づき思わず力のない吐息をつ」くしかなかった。「偉い人」という権威にたいする痛烈な批判をこのエピソードに見ることができるだろう。滝川事件に抗議する学生たちが逮捕される場面の追想も効果的である。なにはともあれ、中学生の死は痛ましい。捕虜になり銃殺された兄、それが原因で病死する父、アカのレッテルを貼られ職につけない母、そして彼自身にかけられた追剝の嫌疑、拷問。それは中学生にとって苛酷過ぎるものであったにちがいないし、その死を絶望の結果と見ることもできるが、私は無言の抗議と思いたい。

この作品を流れているのが、あの三連隊の起床ラッパの音である。まるで基調音のように作者は執拗にこの音を流す。やがて庶民はラッパと軍靴に押しつぶされていくのだ。なんと見事な〝象徴〟であろう。

この作品には声高なファシズム批判はないが、「私」の暗く重苦しい青春を描くことによって、戦争への道をつき進む時代を鋭く抉った秀作と言ってよいだろう。田宮の作品が「庶民的リアリズム」といわれるゆえんも、このあたりにあるのかもしれない。

（「新潮日本文学」第三六巻所収）

13章　「右遠俊郎短篇小説全集」の中から

「遠い春」

一九九九年の一月、本の泉社から刊行された「右遠俊郎短篇小説全集」には、一九五七年から一九九七年までの四〇年間に書かれた作品、五一編が収められている。その中からいくつかを紹介したい。

「遠い春」（一九五七年）は、旧制高校生の白線帽への愛惜と、それにまつわるできごとを題材にした作品である。

主人公である〈ぼく〉の白線帽への憬れは、大連中学の上級生黒川亮吉によって植えつけられたものであった。亮吉は一高志望であったが、担任のすすめもあって五高に入学し、九州へ渡っていく。夏休みに帰省した彼の頭にはその白線帽があった。いっしょに散歩しながら〈ぼく〉は、五高の逍遙歌をうたう亮吉の白線帽を仰ぎ見るのであった。やがて彼は「五高へ来いよ」と言い残して九州へ発って行った。

四年生で五高の受験に失敗したが、〈ぼく〉は憬れを捨てきれなかった。だが、担任の「内地のナンバースクールだけが高校じゃない」とのすすめもあり、旅順高校への受験を決める。試験の時期が近づくと、旅順高校生が中学へ勧誘にきた。その話は平凡で、教卓の上に置かれた白線帽も、その「洗いたてのような白々しさには、夢を入れる余地さえない」ように思われた。

このとき、一人の中学生が、旅順高校の制帽は戦闘帽で、白線帽は副帽としても禁止されていることについて質問する。旅高生の佐々木は、自分が旅高に入学した理由の大半は白線帽への憬れであり、それが禁止されたときの気持ちを語った。「高校生から白線帽を取り去って、いったい何が残るでしょうか。ぼくらは世界にかけがえのないこの恋人を奪われようとしたのです」、「ぼくは、月に向かって誓ったのです。どんなことがあっても、白線帽は守りぬく、と」。

〈ぼく〉は旅順高校の理科に入学する。敗戦の前の年であった。理科をえらんだのは徴兵猶予の特典があったからである。〈ぼく〉は、外套の頭巾を仕立て直して白線帽を作り、入学式にはそれをかぶって出席する。ほかの新入生の頭には戦闘帽がのっていた。

寮にもどると佐々木が待っていて、公式の場では戦闘帽をかぶるべきだと言い、「悪法はやはり法だし、法の否定は秩序の否定につながるからね。ぼくらにはまだ、白線帽を愛惜するという感情だけで、その法を否定するだけの確信も力もない」、「学校、学校と、いっているけど、その後ろには関東軍がついているんだ。軍隊てのは狂犬みたいなものだから、相手が悪い。ま、三年は鳴かず飛ばずで行くんだな」と付け加えた。勧誘のときの話とまるでちがうではないか。それはちがう、と思いながら〈ぼく〉はだまって佐々木をにらみつけていた。

こうしてはじまった高校生活には、一日三度の点呼、外出泊の許可制、教授の体罰などのしめつけばかりで、亮吉が話していた自由な雰囲気など、どこにもなかった。高校生活の夢は崩れていく。高校は士官学校と同じだと言った藤崎教授に抗議した大久保は、その場で張り倒されるといった有様であった。

五月の末、白線帽の全面禁止が言い渡されると、全寮生の抗議集会が開かれた。藤崎教授の監視つきである。大久保が禁止反対の意見をのべると、〈ぼく〉も同感の意思を表明しようとしたが、途中で絶句してしまう。結局この集会は、議長の「われわれは愛国青年の熱意をもって、国策に沿うべく、白線帽の旧態を捨て、新しい戦闘帽の誇りのもとに再出発する」ということばでしめくくられてしまった。抗議集会が、戦闘帽着用を確認する集会になってしまったのである。

夏休みが終わると、消えかかっていた白線帽への熱い思いが再び燃えあがってくる。上級生は工場動員のため、学校には一年生しか残っていない。一〇月一日の午前零時を期して、全員が白線帽をかぶり、関東神宮の前でストームをやろうというのである。彼らはこの「新しい冒険に文句なく酔った」。ところが、あの大久保の姿が見えない。寮にもどると〈ぼく〉は寝ている大久保を起こし、外に連れだすと集まりにこなかったわけをたずねた。

彼は、ストームなど愚行だと非難し、話し出した。教授たちがくるはずのない深夜の神社の前で踊るのが、果たして勇敢な行為なのか、自虐的なお祭りさわぎに過ぎないのではないか、幼稚でロマンチシズムと悲愴なムードに酔いしれているだけだ、と言い、さらにつづけた。「校長や生徒課の教授なんて、高が知れているけれど、その後ろには関東軍がいた。こいつは、おれたちのこましゃくれた反感だけではどうにもならない。でかすぎる存在なのだ。おれはそれとも知らずに、あのとき、真実と情熱さえあれば負けはしないと思っていたんだ。でかい敵とたたかう方法を、だれも教えてくれない……だから、おれは今、自分が卑怯なのは、自分にもっともふさわしいと思っている」。〈ぼく〉は何も答えなかった。説得することばがどこかへ消えてしまっていたのだ。それでも「明日の夜は、決めたことだけはやる」ということだけは伝えた。

その「明日の夜」、異常なできごとが起こった。裏のりんご畑に集まった寮生たちが関東神宮の大鳥居にさしかかったときである。黒い人影が叫んだ。「帰れ、みんな帰れ。くだらんことはやめて帰れというんだ」。大久保の声だ。その手にはさかさにした木銃がにぎられている。止めるのも聞かず歩いて行く〈ぼく〉の頭に木銃は振りおろされた。「暴力はよせ」という声に大久保はわめく。「国をあげて暴力にいそしんでいる時代じゃないか。ばかもの。戦争は暴力じゃないのか。おまえたちには何もわかっていないんだ。さあ、来い。白線帽への愛情がどんなものか教えてやるぞ」。そのことばに、〈ぼく〉は大久保との「共通の悲しみを感じながら、むしろ安らぎに似た気分に浸っていた」のである。

——比較的自由な雰囲気が残っていた旧制高校も、敗色が濃くなっていく中でしだいに息苦しくなっていく。

高校生の憬れであり、誇りでもあった白線帽の着用も禁止され、戦闘帽が正帽として強制されることになった。白線帽に憬れて高校にはいった彼らにとって、それは青春の証しどころか、高校生としての存在を否定されるようなものであったろう。その存在を主張するために抵抗を試みるが、所詮それは蟷螂の斧でしかなかった。大久保や佐々木が言ったように、学校の後ろには関東軍という巨大な組織があったのである。

だが、白線帽への一途な思いにかられて彼らは抵抗しようとする。それが、子供じみたものであり、結果が見えている大久保は、体を張って集会を阻止しようとする。白線帽を愛することでは人後におちない彼は、自らを窮地に追いこむような仲間たちの行動をなんとしてでもやめさせようとしたかったのであろう。

「暴力」を非難された大久保は「戦争が暴力ではないのか」と叫ぶ。これは、作者のきびしい戦争批判ではあるまいか。ここに描かれているのは、戦時教育に抗がった若者たちの青春の一ページであり、見事な青春小説ともなっている。また、三〇年余りのちの長編「風青き思惟の峠に」の原型ともいえるだろう。

（初出は『学生新聞』一九七三年一月）

「雨上がりの道で」

この月、仕事にありつくのは一五、六日。きょうもお島は仕事にあぶれていた。こんなことになるのなら恭助のゆかた地など買うんじゃなかったと思うが、彼も二七歳、「嫁の手に渡すまえに、せめてゆかたの一枚なりとも……」と、「高いところから飛び降りるような気持ち」で買ったものである。

仕事にあぶれたからといって家でゆっくり休んでいるひまなどない。家事に追われるお島であった。畳の上に並べた洗面器やたらい、鍋には雨垂れの音がひびいている。そんな中で、針を動かしている彼女にも、母親らしい気持ちがわいてくるのだった。ゆかたを縫いながら市会議員選挙の演説を思い出す。地元から出ている自民党候補は「岡山市民のみんなの夢である百万都市を一日も早く実現して、郷土の繁栄を花咲かせましょう」と言い、彼女の所属する自由労組が推薦する共産党の候補は、「現段階での百万都市計画は、アメリカ帝国主義と日本独占資本の企図した新しい搾取形態である」と演説していた。共産党の候補のことばはむずかしくてよくわからなかったし、自民党候補の話も信用する気になれない。まだ、だれに投票するか決めかねていた。それにしても、高校生の二男三吉はちかごろえらそうなことを言うようになったものだ。「資本主義社会ではな、貧乏になる自由はあっても、貧乏から抜けだす自由はないんじゃ」などと語っていた。「成績はべっとこのくせに言うことだけは一人前じゃ」とお島は思いながら、ゆかたを縫う手を休めなかった。

「ごつごつした木の根っこのような、労働にひびわれた、どす黒い垢のかたまりにすぎない」ような手を見ていると、「桃の果実のような指を持った娘時代」が自分にもあったことが思い出される。また、戦死した夫のことでグチを言いたくなるのだった。「戦争やこうに忠義立てして死なあでもええのに」、「ええとこ見せようと思うて、隊長が突撃いうたら、馬鹿正直に真っ先に飛び出したんじゃろう。あほうな父ちゃん」。お島は、出征前の一夜のことを思い出していた。

三吉が生まれたのはその翌年、もう戦争は終わっていた。浮気もせず待っていた彼女のもとに戻ってきたのは、だれのものともわからない髪の毛だけであった。それから一八年、働きつづけてきたお島は、もう五十路の坂をこえている。娘の孝子は好きな男を見つけて結婚、長男の恭助はパチンコのプロになり、二男の三吉は高校生。この一八年間の苦労の中で、自分もずい分変わったとお島は思い、「わたしのような無学の女は苦労のなかで、手と足を使っていろんなことを知るんじゃ。貧乏がわたしの先生じゃった」とつぶやく。

いつしか雨垂れの音がやんでいた。そのときである。大きな音とともに家が揺れた。荷物を積んだ大型の三輪トラックが家のひさしを引っかけて通り過ぎようとしている。お島が「待てえ」と叫ぶと、若い男が車からおりてきた。「ま、待って、兄さん。わたしの家をこわしてしもうて、どないしてくれるんじゃ」。男は「おばん、こんなぼろ家なおしてもしようがないで。どうせほっといても倒れてしまうんじゃ。いっそ新しい家建てたらどうなら」とあざわらうように言いながら去って行く。怒りをおさえきれないお島は「石のように立ちつくし」ていた。

大きな物音に、飛び出してきた近所の人たちは、「あの男じゃて、かねもちじゃなかろうにのう」、「貧乏人なら、同じ貧乏人の気持ちぐらい分かりそうなもんじゃ」と口々に言う。それを聞きながらお島は落ちつきをとりもどした。三輪トラックによる傷というより、「家全体が一つの傷であり、交差する二本の道にはさまれた三角地帯の七軒の家全体が、みすぼらしく古ぼけた、それでいて生々しい傷口にすぎなかった」ものであり、一五年間もこの「化膿した傷の中に生活してきた」からである。

「ひでえのはお島さんの家ばあじゃねえ」、「市営住宅とくらべてみい、はげしいちがいじゃ」、「わしらだって、税金払うとる。権利は同じじゃ」。近所の人たちのことばを聞きながら「胸の中に、形のないものがゆっくりと流れだしていた」お島は、「今、ここに、だいじなものが生まれようとしている」と思う。それは、市当局に交渉して新しい家を建ててもらうことだった。

お島はみんなに言った。「わたしらの家はあたり前の人間の目から見たら、家いうもんじゃねえ。地震でも一揺れ来たら、人間もろともつぶれるんじゃ。……市営住宅を建てて入れてもらおう。人間らしい家に住む権利はあるはずじゃろう」。それを、だれにも頼らず自分たちだけでやろうというのだ。

家に戻った彼女は縫いかけのゆかたを仕上げると、食事の用意をしながら、三吉がそばにいるかのように言うのだった。「とことんやるんじゃ。見とれや、母ちゃんが何やるのか」。そして「父ちゃん、わたしゃ、投票は共産党に決めたよ」と言うと、また米をとぎつづけた。

——「土方殺すにゃ刃物はいらぬ、雨の三日も降ればいい」ということばが生きている自由労組の労働者であるお島は、この日も雨のために仕事がない。この月は、一五、六日しか働く日がなかったのだ。

夫は戦死、長男はきまった職がなくパチンコのプロ、夫の忘れがたみである二男の三吉はまだ高校生だ。今は好きな男と結婚して家を出ている娘、この三人の子供をかかえて働きつづけた一八年間であった。木の根っこのような手がそのことを物語っている。夫が生きてかえってきたら、こんな苦労もしなくてすんだのに……。だが、その経験が「口先だけのきれいごとと、心からの真実の言葉の見分け」ができる人間にしてくれたのだった。からだをとおして真実を見ることのできる人間に成長したのだ。

市会議員選挙で、共産党の候補に投票することを決意させるきっかけになったのが、三輪トラックによる家の破損というできごとであった。近所の人たちと話しているなかで、人の住める住宅の建築を市に要求することをお島は心に決める。腹はたったが、運転手が言った「こんなぼろ家なおしてもしょうがないで」ということばどおりではないか。自分たちにも人なみの家に住む権利があるはずだ。こうしてお島の決意はかたまっていった。それは、だれにも頼らず、自分たちの力でやっていくこと、もしそれで駄目だったらだれかに相談してもいいが、それはあくまで次善の策だった。自力でやっていくという意欲がお島のからだに満ちていくのである。それは彼女にとっての〝目覚め〟であった。

三輪トラックによってあけられた壁の穴から夕焼け空が見える。明日は晴れだ。仕事もできる。この部分は、お島のこれからのたたかいの行先が象徴されているかのようである。明るい展望が示されているといってもよい。これは、一日のできごとの中に、主人公の半生が凝縮して描かれたもので、そこには多少の「無理」を感じなくもないが、さわやかな読後感の残る作品である。

（初出は『生活と文学』一九六三年七月、「泣き寝入りはしないお島」として有馬やすしのペンネームで発表、のちに改題）

「水の上の足跡」

この作品は、「私」が同僚の老教師の急死を知ることになるプロローグと、組合結成とその停年制反対のたたかいを描いた部分、エピローグにあたる老教師の葬儀の場面とで構成されている。

その日、いつになく早く出勤した〈私〉が出勤簿に印を押したとき、「逝去」の文字が目に飛びこんでくる。竜地先生が死んだのだ。教務主任の杉野によると、酒に酔って自宅の前の川に落ち、死んだのだという。そのとき、「人間の命いうもんは、ほんまにはかないもんじゃのう」という小橋の声が聞こえた。この言葉に、〈私〉は竜地先生の死を「はかない」の一言で片づける彼を許せないと思う。

〈私〉は竜地先生と特に親しかったわけではなかったが、同じ国語科の教員であり、主任教諭でもあったこの老教師は、授業のことで質問すると、親切に教えてくれたし、その知識の広さや確かさには、これまでの見方を変えさせるものがあった。だが、〈私〉にとって彼は「長い教員生活のなかに若いころからの望みや張りをすっかり埋め尽くしてしまった哀れな存在にすぎなかった」し、「竜地先生に残されているのはもはや余生だけであり、その余生を彼は生活のために日一日丹念につぶしていっているにすぎない」存在のように思われた。

このK高等学校に組合が結成されるが、「理事会や校長にたいする思惑もあって」役員のなり手がなかったので、若い教師たちが執行部を作ることになった。〈私〉もその一人に選ばれる。

この学校の労働条件は劣悪で、初任給も定期昇給も校長を兼務する理事長の匙加減ひとつで決められていた。給料も県立高校よりずっと低かった。昇給の不公平は、当然のことながら教師たちの間に反目を生んだ。教師たちを分断するための手段である。組合には全員が加入し、結成の推進役であった数学担当の谷本が書記長となった。

はじめは、組合のボーナス要求をほぼそのまま受け入れていた理事長が、そのワンマンぶりを発揮するのにそう時間はかからなかった。停年制の実施を通告してきたのである。六〇歳を超える教師は退職願いを出せというのだ。該当者は一二名、突然の通告に彼らが反発したのは当然のことであった。だが、定年まではほど遠い若い教師たちにとっては「対岸の火事を見るよう」なもので、ともに反対してたたかう意思など見られない。組合の中にくさびを打ちこむこのやり方に、谷本は頭をかかえた。

この通告をめぐって組合は臨時大会を開いたが、討論はかみ合わず、結局、停年制は認めるが「退職金の規定ができるまで実施を見合わせよ」との申し入れをすることで落ちついた。その提案も理事長に一蹴される。さらに、停年制実施の一年延期を譲歩案として団体交渉にのぞむが、それも決裂してしまう。どうしても理事長側の厚い壁を打ち破ることはできなかった。

新年度が始まると同窓会が動き出した。同窓会をつかって組合攻撃を行うのは管理職側の常套手段である。この学校の教師の中にも同窓生がいる。その一人が小橋であった。彼は、理事長の不当な通告には反対だが、同窓生として「学園の恥を世間にさらすのは忍びない」ので、地労委への斡旋申請は取り下げるべきだというのである。世間体を持ち出すのも組合の足を引っぱる手段だ。小橋は、「理事長も人間だから、誠意をもって話し合えば、かならず妥協点を見いだすことができる」ということをつけ加えることを忘れなかった。谷本をはじめ小橋の意見に反対する声が出たが、採決の結果は斡旋申請の取り消しが多数を占めた。

その後も小橋の画策はつづき、とうとう〈私〉は彼と衝突する。「組合の方も最後の一線は譲れんなどといわず、もう少し柔軟な姿勢を取ったらどうじゃろう」と言う小橋に、〈私〉は「おっさん、理事長に飲まされたんとちがうか」と言ってしまう。これが口論のきっかけとなり、小橋は開き直ったように突っかかってきた。「谷本やおまえのような赤の三下やっこが、大きな顔してのさばってはおられんように、わしは断固たたかってやる。生意気な。ふん、ちんぴら赤めが」。〈私〉も「だまれ、おいぼれ」と机をたたきながら言い返した。このやり取りを聞いていた竜地先生のことばには重みがあった。「わしら、おいぼれじゃがな。そう扱われてきとろうが」。ここには理事長へのきびしい批判がこめられていたのだ。

その後も組合にとって局面は進展せず、暗礁に乗り上げた状況がつづく。一方、小橋の反組合的言動はますます露骨になっていった。やり場のない怒りを抱えながら、〈私〉は竜地先生や谷本たちと学校の近くのどぶろく屋へ行く。竜地先生は、酒を飲んでいるときが極楽であり、「酔生夢死」が理想だと言う。いかにも酒好きの竜地先生らしい言葉であった。酔いがまわってくると、その口から日頃の不満が出る。「理事長と言うのは、ありゃ人間じゃないぞ。人間の皮をかぶったけだものじゃ。わしらは長いあいだ、安うねぎられてきた……」、「わがK高校は現在、二千人を超える生徒を抱えて未曾有の盛況じゃ。わしらはこの日のために辛抱させられてきたんじゃ……」。その口調はおだやかであった。

竜地先生の葬儀は小雨の中でとり行われた。〈私〉たちが着いたときには多くの生徒たちが来ている。生徒代表が告別の辞を読んだ。「静かな涙が頬を伝うのにまかせながら」、酒を飲んで歌ったこの老教師の〈妻を愛する歌〉を思い出していた。

この作品は、市立高校での教職員組合の結成と、停年制反対闘争をたて糸に描いたものだが、輝かしいたたかいや勝利に終わるといった話ではない。むしろ、袋小路に追いこまれていく話である。停年制の実施という理事長の攻撃に立ち向かう谷本を中心とする若い教師たちと、減給されても一年でも長くクビがつながることを希望する老教師たちとの分裂、それに苛立つ〈私〉。たたかいの展望は見えてこない。

組合結成のとき、「わしらはな、今日という日を待っとったんぞ。やっぱり、若いもんの力じゃ。組合の力で理事会のこちこち頭の目を覚まさせてやらにゃおえんわい」と言っていた小橋は理事長の走狗となり、組合の分裂を画策していく。どこの職場にもいるタイプの人間である。小橋を否定的人物のひとつの典型だとすれば、竜地隆男は旧制中学校的教師の残党とも言うべき人物であり、これも一方の典型と言えるだろう。〈私〉が「わずかばかりの敬愛の情を抱くその裏がわにそれと等量の軽侮の念をも隠しもっていた」この老教師は、小橋の分裂工作にものらなかった。それどころか、理事長を評して「ありゃ人間じゃないぞ」と言ってのける反骨の気概も持ち合わせていたのである。酒をこよなく愛し、酒のために死んでいったこの老教師の人物造型の彫りの深さは見事と言うべきであろう。

組合運動を軸としながら、その中での利害の対立と葛藤、そして人間の悲哀を描こうとした作品であるといったら見当ちがいになろうか。一老教師をとおして、教師とは何か、人間とは何かを問いかけているようにも私には思えてくる。

（初出は『民主文学』一九六八年九月号）

「アカシアの一枝」

「ハハキトク」の電報を旅順の学校で受け取った〈私〉が家に帰ると、そこにいたのは三歳上の友人山本であった。召集令状がきた彼は、〈私〉の外泊の許可を得るためウソの電報を打ったのだ。米軍が硫黄島に上陸した一九四五年二月のことである。

このころになると、ラジオの大本営発表のニュースも、戦果を報じるときの「軍艦マーチ」から「海ゆかば」の曲に変っていた。戦果どころか、いよいよ日本の敗色が濃くなっていたのだった。〈私〉のまわりにも戦死の公報が届くことも珍しくなくなっていたし、空襲こそ受けなかったが「街路にも、家庭にも、学舎にも、死の予感は満ちていた」のである。

徴兵適齢が一年引き下げられていたため、徴兵検査も終わり、文科の学生である〈私〉には徴兵猶予の特権もない。「戦場におもむくまでの、死の猶予の日」が残っているだけであった。

翌日、山本はためらう〈私〉を無理に遊郭に誘った。そこは彼の行きつけの娼家らしく、女たちから歓迎を受ける。娼婦たちが朝鮮人であることは〈私〉にもすぐわかった。

山本のなじみの女は照美といった。山本の応召のことを聞かされると「一瞬顔を曇らせた」が、つとめて明るく振る舞った。その姿を見ていると、「出征兵士の妻」ということばが思い出されてくる。

照美の部屋を出た〈私〉は、相手の和美のところへ行ったが、彼女のさそいを拒否した。そこには「純潔」へのこだわりがあったからである。和美の半生を聞こうとするが、そこには「敵意さえ感じられる」ような「拒絶と沈黙」があるだけだった。沈黙に耐えられぬ思いで廊下に出ると、山本も照美の部屋を出てきたところであった。その背中に、あとを追ってきた照美が顔を伏せると、「顔を揺すって笑いつづけ」ていたが、顔を上げるとその目からは涙がしたたり落ちていた。〈私〉の視線に気づくと「はにかんだように笑おうとした。が、一瞬の笑顔のあとに、彼女は声を上げて山本の足元に泣き崩れ」た。この場面は、照美の激しい心の動きを描いて見事である。彼女の様子を見ていた〈私〉は、娼婦への先入観を「みじんに打ち砕かれて」しまう。

山本から軍事郵便が届いたのは「米軍が沖縄本島に上陸してまもない、小磯内閣の崩壊が報じられた」四月上旬のことであった。〈私〉はこの四月に退学する。三月半ば、政府は、国民学校初等科以外の授業を四月から一年間停止するという「決戦教育措置要綱」なるものを決定しており、学生は勤労動員にかり出されることになったからだ。やがてくる入隊の日まで、その前に徴用がくればその日まで、〈私〉は好きな本を読んで過ごしたかった。

「元気で軍務に励んでいます」、「照美は元気でいますか、よろしく」と書かれた山本からの手紙を持って彼女を訪れる。手紙を渡すと、彼女はそれに目を落としたが、あの日の「激情の狂乱」のかげは、もうなくなっていた。

彼女と八〇分という限られた時間での対座であったが、「満足と未練」を残して、〈私〉は「死の予感に満ちた」日常に戻っていった。

五月にはいるとナチス・ドイツは無条件降伏したが、日本では、六月、最高戦争指導会議において本土決戦方針を決定する。〈私〉は、「残り少ない猶予の日々」を「死との対面の瞬間」のために「心の調整」についやそうと思うのだが、たとえ「どんなに美しい正義」を振りまわされようとも、「自分の命と取り代え」る気持ちにはなれなかった。そうはいっても、〈私〉より若い者が「戦争という一つの民族的な狂気、『死にいたる病』」の中に投げこまれている。自分も所詮その運命から逃れることができないのなら、あとを追うしかないだろうとも思う。だれもが沈黙して、この苦悩から解放してくれる者はいない。それを作者は「カーキ色の疾病」と書く。〈私〉にも入隊命令がくるが、まだ心の調整はできておらず、心は乱れる。父や母は出征の準備の忙しさにまぎれて、「息苦しく口を閉ざしてい」るだけであった。

入隊の前の日、「一時の静かな時間を求めて」照美を訪ねた。そのときの情景はつぎのように描かれる。

アカシア並木の白い花房の下を通って、私はゆっくりと歩いた。私の横の車道を馬車が、馬のゆっくりした早足に引かれて通り過ぎた。明るい五月の陽光が街路の上に氾濫していた。街角に消える憲兵の姿さえなければ静かな午後であった。

美しいアカシアの並木、ゆっくりした馬の足どり、五月の陽光、この静かな午後と対照的な憲兵の姿。それは一幅の絵の中の黒点でもあるかのようだ。さりげない描写の中に作者の痛烈な批判を見る、といったら読み過ぎになろうか。

照美の部屋の机の上にはアカシアの花の一枝を挿した小さな花瓶が置いてあり、この「季節の白い花はひときわ鮮やかに映え」ていた。

対座した彼女は、〈私〉が山本からの手紙を出すのを待っていたが、それがないことを告げると、失望が「彼女のからだの緊張した線を、かすかに崩して」いった。「今度持って来てください」と言う彼女に、今度は自分の応召のことを告げなければならなかった。「今度といっても、ぼくはもうここに来ません。明日入隊します」。そう言う〈私〉に彼女の口から「可哀そうに」と吐息のようなことばがもれる。このひと言に「偽りのない真実の心」を感じた。

それは日本人の口から出ることばではなかった。日本人の口から出るのは哀れみを隠した励ましのことばではないか。それが何になろう。〈私〉はそれを憎んできたのだ。日本人でない彼女からの、日本人である自分にたいする真実のことばであったのである。朝鮮人であるからこそ真実のことを言えたのかもしれない。また、山本のことと重なっていたのかもしれなかった。

〈私〉は照美から視線をそらすとアカシアの花の一枝を見た。それが「水に濡れた水彩画のようにぼんやりとにじん」でいる。彼女はゆっくりと言った。「あなた可哀そう。山本さんも可哀そう。わたしも可哀そう。みんな可哀そうね」。このことばに、彼女の今の思いのすべてがこめられているようであった。

翌朝、〈私〉は大連駅を発つ。見送りにきていた国防婦人会の人たちの振る手旗に応えながら、「アカシア並木の白い花」を「私は手ざわりのある実感でもって確かめていた」。

死を意味する応召の日を待たなければならない〈私〉の苦悩を描いた短編である。重苦しい日々の中で、ささやかなやすらぎをあたえてくれたのが朝鮮人の娼婦であった。彼女との心の交流がこまかな筆づかいで描かれていく。朝鮮人であり、虐げられた女であるがゆえに真実のことばを口にする照美。そこに「厭戦」を読み取ることができる。

この作品にはまるでキーワードでもあるかのように「死の予感」、「死の猶予の日」、「死との対面の瞬間」などのことばが出てくる。死と向き合わざるを得ない応召の日をひかえた若者の苦悩の日々をあらわしてあまりある。だが出征の日には「死への恐ろしさ」も「生への焦り」も〈私〉から消えていた。切々たる主人公の心情がアカシアの花に託されているかのような作品である。

（初出は『民主文学』一九七一年六月号）

「弟」

「実は、相談なんじゃが、わし、往生しとんじゃ」、「金貸してもらえんじゃろうか」。岡山の弟から借金の電話がかかってきたのは七月半ばのことであった。電気工事請負の工務店をやっている弟の得意先が倒産して五〇万円の手形が不渡りとなり、その肩代わりをしなければならないというのだ。工事請負の仕事にも信用ができ、工務店経営も軌道に乗りかけた矢先のことである。

五〇万円という金額を聞いたとき、「私は自分の全財産を守る姿勢にな」り、「兄弟は他人の始まり」と自分に言い聞かせると、「そんなには、とても」と断りたくなったが、事情を知ると、そうもいかない気もしてきた。返済期限について尋ねると、ほかにも借金があるから一年半ほど待って欲しいと言う。

〈私〉はそのことを妻に告げた。すると妻は、「ちょうどよかったじゃない。五十万円で」、「だってアキオさん、困っているんでしょ。弟じゃない。貸してあげなさいよ」、「あら、貸したくないの?」、「わかった。惜しいのね。けち」とかんたんに彼女は言う。〈私〉にとって五〇万円は、作品を書くための資料や、取材旅行の費用として積み立てていたのだ。それをけちとはひどいではないかと思うが、「小説もだいじだけど、アキオさんの場合は生活のフチンがかかっています」、「貸しておあげなさい。手形には期限というものがあります。小説はまたいつでも書けます。あなたに本気で書く意志がおありなら」という「最終的な宣言」に〈私〉の気持ちも動かされる。

その夜、床についた〈私〉に、弟についての記憶がよみがえってくる。まだ小学校に入る前の弟を〈私〉は責めたてていた。言うことを聞かなかった弟に激昂した〈私〉は、そばにあったはさみを無意識に投げつけたのだった。

それは、音を立てて畳の上に落ちるはずだった。ところが、はさみは落ちずに、片方の刃が弟の腿に突きささり、ぐらりと傾いてぶらさがった。私は自分の目で見ていながら、何が起こったか分からずに茫然としていた。弟も泣かなかった。泣くのを忘れたように、困ったような顔をしてぼんやりしていた。しばらくしてから、はさみは畳の上に落ちた。

〈私〉の行為にたいして父は諄々とさとすのだった。「弟というものはだいじに守ってやらねばならんのぞ。分かるな」と。この父の態度は〈私〉の心に深く残ったのである。

やがて敗戦を迎え〈私〉たちの家族は引揚げてくる。中学三年生であった弟は岡山市の電気器具店に勤め、〈私〉は東大に合格する。だが苦しい生活の中で学資を父に出させるわけにはいかない。東京でのくらしは、いずれ何とかなるとしても、当面の生活費は用意しなければならない。その五〇〇〇円がどうしても都合がつかないのだ。弟は「わしがなんとかすらあ」と言って、友人に貸してある五〇〇〇円を返してもらうために何度も督促に出かけるが、そのたびに手ぶらで帰ってくる。出発の日がきた。〈私〉は半ばあきらめながら岡山駅へ行き、東京行の切符を買うと改札口の所で弟を待った。この日こそ必ず取り立ててくるから駅で待つように言って出かけたからである。

発車の時刻が迫ってくるが弟はこない。もし間に合わなければ大学へ行くのをやめてもいいという気になっていた。そのとき、混雑している中を走ってくる弟の姿を見つけた。発車一〇分前である。「荒い息のすきまを縫って、弟は声にならぬ声で呟」く、「間に合ってよかった」。「五千円の札束を握ったまま、ものもいえずに茫然と立」ちつくす〈私〉の頬に涙が流れ、「声を噛み殺し、顔をあげたまま泣いた」のだった。

奨学金とアルバイトでの寮生活は苦しかったが、そこには語り合える仲間がいた。それがどれほど〈私〉の心を満たしてくれただろう。一つの救いであった。

卒業まであと半年というころ、弟を東京によんで共同生活を始めることになった。弟は昼間は働き、夜間高校へ通うという生活であった。そのころ奨学金は二〇〇〇円になっていたが、〈私〉はその大半をパチンコ代に使い、弟を落胆させたりもした。

大学を卒業した〈私〉が肺結核に罹り岡山の療養所に入ると、一人残された弟はいろいろのアルバイトをしたあと、定時制高校もやめ、〈私〉が四年間の療養生活ののち、教師の職を得たころ「喘息だけを身につけて」岡山に戻ってくる。しばらく静養すると、喫茶店につとめたが喘息のため長くつづかず、店を何度も変えるという生活であった。

ある日、弟は喫茶店のバーテンダーをやめ、生涯の仕事として電気関係の仕事に戻りたいという。給料は三分の一に減ったが、何とかその仕事につくことができ、彼は若者たちに混じって働く。

〈私〉が「人間というものの可能性について考え」、共産党に入党したのはそのころであった。そのことを知っているようであった弟は何も言わず、『赤旗』をすすめても読んでみるという様子も見せなかった。ところが、そんなある日、「わしもバスの切符買うたで、兄き同志よ、よろしく」と弟は言ったのである。〈私〉には、「平静にその道を選びとったの」であり、「彼の歩いてきた道程からすれば、極めて自然な進路」のように思われた。「こちらこそ」と言うと、弟の手を握る。それは生まれて初めてのことであった。〈私〉が「小説を書く志を立てて東京へ出た」のはその後のことである。

弟からの借金の電話に承諾の返事をしたのは翌日のことだった。

この短編は、借金の申し込みに逡巡していた〈私〉がそれを承諾するに至る弟の思い出を描いた作品である。それは決して楽しいものばかりではなく、というより弟への申訳なさで占められているといってもいいようなものであった。些細なことで投げつけたはさみが弟の腿にささった幼いころのできごと、引き揚げのため中学三年生で学校をやめ、電気器具店で働いていたあのころの弟、〈私〉が上京するとき、無理を重ねて用意してくれた五〇〇〇円のこと、生計を支えてくれた東京での共同生活、その後、持病に苦しみながら電気器具店で働いていた弟。その彼もいまは共産党員となり、二児の父親となっている。そして多額の借金をかかえているのだ。

〈私〉にとって、教師となり、さらに作家としての道を歩いているのも弟あってのことではないか。過去のできごとがその思いを強くさせる。それが快い承諾の返事にもなったのであろう。「弟」という題名が作品のすべてを物語っているかのようである。

（初出は『民主文学』一九七二年九月号）

「赤いシクラメン」

この小説は、短編集「赤いシクラメン」（一九八六年）の表題作である。「Yさんからシクラメンの鉢をもらった。Yさんのことを書いて見ようと思う」との書き出しで始まる。ペットブームで、犬猫のホテルや散髪屋は流行っているが、獣医のYさんの仕事は少なく、英語の塾で生計を立てている。Yさんは一〇年前から小説を書き始めた。今は還暦をむかえる年齢であるから、五〇歳になって小説の勉強を始めたことになる。そのとき〈私〉はある文学学校の講師をしていて彼を知ったのだった。「自分の生きて来た跡を真面目に振り返る気持ちさえあればいい、それだけで少なくとも小説一つは書ける」と思っていたし、また文学学校に集まる人の中に「これはだめだ」と思ったことのなかった〈私〉も、Yさんには一縷の望みも持つことができなかった。文学学校では、週一回、三カ月のコースが終わると、試作品を提出することになっていたが、彼の作品は「てんで小説の態をなして」おらず、「トンチンカン」というほかはなかったからである。

〈私〉はそんな彼に小説を諦めるように言いたかったが、それもできず、数年間少しの進歩もないままYさんは文学学校へ通いつづけた。しかし、いつしかYさんの姿を見ることもなくなり、彼のことを忘れかけていたころのことである。一冊のサークル誌が送られてきた。そこには彼の作品が掲載されていて、それが「何とか小説の形になっているのだ」。それだけではない。「中身にずっしりとした重さがあ」るではないか。作品は「兵隊の話」であり、これまでYさんの小説の題材が全部兵隊のことであったことを〈私〉は思い出し、彼が自分の戦争体験を書きたいために小説の勉強をつづけてきたことを知る。

彼の作品を読んだ〈私〉は「小さな感動」を覚え、「小説を書くのに何も無頼である必要はなく、実直一筋でいいのだ」という感慨を抱きながら「文学の世界でも、努力は、社会的にはともかく、すくなくとも文学的には報いられるものだ、と改めてしみじみと思」うのだった。それからサークル誌や同人誌に掲載された作品がYさんから送られてくるようになる。

あるとき、地方紙に佳作入選した作品が送られてきた。それは自分の戦争体験を題材にしたと思われる短編で「ある兵隊の末期と遺骨の話」であった。Yさんがシクラメンの鉢を持って〈私〉の家を訪ねてきたのは、それから一週間ほどのちのことである。

四方山話のあと、話題はこの作品のことに及んだ。この小説には、敗戦後、酷寒の「満州」の陸軍病院で、日本の兵隊が「餓死とも凍死ともいえるような形で病死して行き、その望郷の思いもろとも、生き残った戦友が、凍った土を掘り返して埋める場面」が描かれていたので、陸軍病院に入っていたのかとたずねると「ええ」という答えが返ってきた。〈私〉の、病気かそれとも負傷かとの問いに、しばらく顔を伏せていたYさんは、右の掌を目の前に突き出した。よく見ると、掌の引きつれが真ん中にあり火傷の痕のようになっている。「自傷」だという。銃口を掌に当て自分で撃ち抜いたのである。この暴発をよそおう行為がいかに困難であるかは〈私〉も知っていた。暴発に見せかけるためには、自分の掌を故意に撃ち抜く勇気だけでなく、「短編小説のように、暴発事故の架空物語を作る」必要があるからだ。自傷行為ではなく、小銃の暴発による事故と見せかけるのは容易ではない。

Yさんはそのへんの事情を話してくれた。彼の部隊は中支で川をはさんで「八路軍と対峙していた」が、戦線は一進一退の状態がつづき、八路軍から投降を呼びかけるスピーカーの声が聞こえてくる。逃亡を考えたが、それが困難なことを知ると、「自傷」を考え始める。なかなかそれは思うようにいかなかったが、やっとその機会がやってきた。銃の交換があり、三八式歩兵銃の代りに八路軍からの戦利品である「チャン銃」が貸与されたのである。さいわいなことに、この銃には負い皮もなく、安全装置もこわれていた。これは、まさに「Yさんが考えて来た物語に、画龍点睛ともいう具合に、うまくはめこまれる小道具であった」。Yさんは斥候に出ることになる。それはこのように描かれる。

Yさんは切り立った、背丈ぐらいの崖に突き当り、そこによじのぼるのにはたと困惑した、という物語を組み立てたのだ。崖は実際になければならず、現にそこに突き当っていた。片手に銃ではその崖は登れない。おまけにその「チャン銃」は負い皮が切れている。やむなくYさんは銃を崖に立てかけ、両手で崖を登る。崖の上にはい上り、崖の上から右手をいっぱいに伸ばし、銃口の先をやっとつかむ。銃を引き上げようとした瞬間、引き金が草の根か木の枝にからみ、暴発する。

Yさんはその物語を何度か点検し、これでよしと思ったとき、崖の下に身を横たえて右掌を銃口にあてがい、目を閉じ、左手で引き金を引いた。瞬間痛みはなく、右手がハンカチか何かのように軽く、ふわっと宙に浮き、漂うような感じがした。

恐るおそる目を開くと、右手の甲にポカンと穴があき、蒼白い色の細い骨が何本も見えた。

こうして彼は暴発の「物語」を実行し、完成させたのである。語り終わった彼に、マルクス主義の影響をうけていたのかと言うと、そうだと答えた。

流行らない獣医の仕事のかたわら、英語の塾をしながら、何年も文学学校に通い、箸にも棒にもかからない作品を書きつづけるYさん。〈私〉は書くことを諦めさせようと思うが、その実直で真摯な態度を見るとそれが言えない。そんな彼の姿もいつしか文学学校から消えていく。そのことを忘れかけていたころ彼の作品が掲載された雑誌が送られてくる。それは軍隊のことを書いたもので、これまでも同じ題材であったことを思い出した。Yさんは体験した軍隊のことを書きたかったのだ。〈私〉には執念にも似たその気持ちを理解することができた。

Yさんは帰り際に、「自傷」のことを書きたくて小説の勉強をしてきたが、やっと二五〇枚の作品を書き上げたと言い、右手を肩のあたりにかざした。その掌を眺めながら、やっと万年筆を握れる右手でその作品を書いたのだと〈私〉は思う。そのために、小説を書き始めてから一〇年の歳月が費やされたのである。この場面は読む者の胸を打つ。

自己の信念をつらぬくために、自らの手で掌を撃ち抜くという行為によって戦争に背を向けようとした体験を書き残しておきたかった気持ちも切々と伝わってくる。静かなる反戦小説といってよいだろう。また、Yさんの、戦争体験を書き残すための努力と執念の中に、文学にたいするありようを作者は示したかったのかもしれない。

結末の、日が当ると、「血のような色になる」深紅のシクラメンの花と、銃弾に撃ち抜かれた掌から滴る血の色とが重ね合わさるように描かれる場面はなんとも見事である。

（初出は一九七九年二月『独楽』二号、題は「Yさんのこと」）

「話を売る男」

東京郊外の町に転居した〈私〉は、そこで出されているミニコミ紙を知る。その中に「告知板」という欄があり、ある日不思議な広告を見つけた。「話売ります」というのである。売り物などにならないはずの話を商品にするからには、何か特別のものかもしれない。〈私〉はその男に会ってみたくなり、電話をすると、駅を出て坂道を下ったところに一本のさるすべりの木がある、そこに三時に来いというのである。八月初旬の暑い日であり、そんなところを指定したことに「変わった人だ」と思ったが、そこが恰好の場所であることがわかった。坂道そのものが木蔭になっていて、風通しもよく「立っている不快を除けば快適だった」し、喫茶店などで会うとしたら目印になるものが必要だが、こういう人のこない場所ならお互いにすぐわかるからだ。

男は約束の時刻どおりにやってきた。六〇代半ばという年格好である。名前も名乗らず早速話を切り出した。一五分ものが五〇〇〇円、三〇分もの一万円、一時間ものは二万円だという。〈私〉は三〇分ものを注文し、手付け金二〇〇〇円を払った。領収書は出さないという。それは「この売買では、商品が雲をつかむような話ですから、信用取引に依存するしかありません。できれば、売買が完了した段階で、売り手も買い手も消えてしまう、つまり、売買はなかったことになる、というのがわたしの理想」だからだ、というのだった。話の内容は「昭和二十年八月十五日前後」ということにして、一週間後またこの場所で会うことにして別れた。

約束の日、彼はきっちりその時刻に現れる。立ち話もできないからと言って二人は歩きだした。この仕事を始めて三年になるという彼に、どんな人が話を買いにくるのかと尋ねると、主な客は小説家と高校生だという。レポートを書くために高校生が話題を求めるのはわかるが、小説家と聞いて驚いた。最近の小説家の中には、力量を欠くものがいることを彼はひとしきりのべたてた。それを聞いていた〈私〉は「それらの小説家と同じに見られるのは迷惑であ」り、「なにやらいたたまれない気持ち」をいだく。

人気のない公園に着き、ベンチに腰を下ろすと、彼はメモを取るのはかまわないが録音するのはだめだという。〈私〉には先ほどの小説家の話を聞いて、メモもテープにとる気もなくなっていた。もともと話を売る男という人間に興味を持っていただけで、話そのものには期待していなかったからでもある。だが、話を聞いているうち、「私は、おやあ? と思った。どこかで聞いたような話なのだ。どこで聞いたのかは思い出せないが、その中身の一部あるいは大部は、私の知らないことではなく、話の途中で見定めがたいけれども、むしろ私の経験と近いものであるように思えた」からであった。それはつぎのような話である。

終戦の一カ月前、旧満州で輜重部隊に入隊し、教育内務班に入れられた宮原五郎（仮名）は、軍人勅諭の暗誦がうまくできないため、よく班付と称する教育係に殴られる。覚えられないのではなく、「単純に覚える気にならなかった」のである。彼はすべてのことを自然に振る舞おうとしたために、のろまで横着だと思われたのだ。いつも怒声と殴打の的となったが、わりと平気であった。

ある日、班内に帰った宮原は、学徒兵の日高（仮名）二等兵が班付から殴られているのに出くわす。日高は何度も殴り倒されていた。宮原はそのことに何の関心も示さなかったが、やがてゆっくりとその間に割ってはいり

「班付殿、日高は自分の戦友であります。自分を殴っていただきたくあります」と言って自ら殴られることを買って出たのである。このことがあってから、二人はときどき話をするようになった。

八月一五日、兵士たちは「重大放送」を聞かされ、「無敵皇軍が敵の軍門に降った」ことを知る。内務班では新兵たちのあいだで、どこの国の捕虜になるのかが関心事となった。アメリカかソ連か、それとも中華民国か……。

三日目の朝、彼らは移動することになり、装具をまとめ、遺書を書かされる。天涯孤独の身であり、死ぬ気もなかった宮原は、便箋に「愛しているぞ」と記し、宛名は「日本の全女性殿」と書き、横で泣きながら「先立つ不幸をお許しください」と書いている日高を見ながら思わず笑ってしまう。

ソ連軍と一戦まじえるつもりで移動してきた兵士たちは武装解除され、銃剣はトラックの荷台に投げ込まれてしまったのである。あとには日本兵が「去勢されたように残っ」ているだけであった……。

この話を聞いていた〈私〉には自分の体験したことのように思えてきた。そういえば、一〇年余り前にある同人誌に自分の経験にもとづいた小説を発表したことがある。男はそれを読んでいたのだろう。だとすれば、自分の書いたものを題材にした話に一万円を払ったことになるではないか。腹立たしくなった〈私〉は相手に電話を入れたが、今は使われていないという。

二カ月ほどたったある日のこと、〈私〉は酒場で偶然その男と出会う。彼はもう話を売る商売はやめたといい、そのわけを語る。それによると、あの話は、小説を読んだのではなく自分の体験を語ったのだというのだ。それを聞いて、「四十年前の一人の兵の、不敵ながらも悲しそうだった顔を思い出したのである。……それは彼に違いなかった。宮原というのは仮名ではなかったのだ」。〈私〉があのときの日高二等兵、本名高木だと名乗ると、彼は両手で〈私〉の手を「いとおしむように包んだ」。

しばらくすると、彼は再会を約して酒場を出て行った。

奇妙な題名のこの作品には、ドンデン返し的手法が使われていて、構成のうえでも作者の力量が見事に示されている。「話を売る」という商売の珍しさにひかれて半ばおもしろ半分の気持ちで買った話が、奇しくも売り手と買い手の共通の体験だったのである。

なぜこれまで作り話を売ってきた男が事実にもとづく話をしたのか。それは酒場での彼の言葉によって明らかにされる。

「八月十五日前後の話」を注文された男にとってこればかりは作り話というわけにはいかなかったのだ。また、初めて体験を題材にした話をしたのだが、はたしてあの「八月十五日」の体験を売り物にしていいのか、という思いにかられ、これを機会にこの商売をやめたというのである。

この彼の述懐ともいえることばの中に「八月十五日」を売り物にすることへの自責の念がこめられている。この日のことがいかに重いものであったかを、宮原をとおして作者はいいたかったのであろう。

彼が出て行った酒場で一人飲んでいる「焼酎の味が口に含む度に変っていて、私には七色に感じられた」。ここに、「八月十五日」の話を最後に、いかさま商売をやめた宮原と自分の来し方、そして、これからの生き方が暗示されているといえばいい過ぎになろうか。私にはそう思えるのである。

（初出は『民主文学』一九八五年八月）

「百日紅」

八月にはいり、異常な暑さがつづく中、ことしも駄目かと思っていた庭の百日紅の花弁が増えていった。流平はその鮮紅色の花を見ながら「安堵と満足の思い」に浸っていた。昨年の不作を枯死の前触れだと思っていたからである。

妻にそのことを話すと、ことしは雨が少なく暑かったため病原菌が減ったからではないか、という。このことばに、流平は反論する気はなかったが、「物事をただ科学的にだけ見る見方は、この場合少々気に入らなかった」。流平は「百日紅の盛んな開花に、気象条件とは別に、花自身の意志の作用を合わせて見たかった」のである。

流平が妻と二人で東京のこの建売りの家に移ってから六年になる。せまい宅地の庭は、友人から送られてきた庭木でいっぱいになった。百日紅もその中の一本である。彼は、あまりの密植に共枯れの心配とともに、そのことに期待もしていた。家のことについては妻に発言権を認められていなかったし、密植への不満もあったからである。ところがぎっしりと植え込まれた木には四季折々の花が咲いたのだ。

だがそれは長くはつづかず、三年目にはほとんど花をつけなくなってしまい、共枯れさえ始まったのである。それは密植のせいというより、南側に建った家のために朝のうちだけしか陽がささなくなったからだ。その中で百日紅だけがなんとか「貧弱な花を抱いて、よろめき立っていた」。

その年には天安門事件、ベルリンの壁の崩壊などが起こった。流平には、民主化や自由の復権などは喜ぶべきことだと思われたが、社会主義体制の崩壊は「民衆の勝利」だと、いちがいにいえない気持ちも一方にはあった。また、日本はどうだろう。消費税やリクルート事件などにたいして、「民主化を含めての政治革新」が必要なのに、反対の大集会やデモも起こらない。「日本の民衆は働いて金を得た余暇では、ひたすら飽食と遊興を貪っているように見える。理想なきスノビズム文化に首まで漬かっ」ているのが現状ではないか。流平は苛立ちを覚えるのだった。

そんな中での百日紅の開花は彼を興奮させた。

その鮮紅色は梢に波打ち、広がり、午後の暑熱をさりげなく吸い取って静かに冴えたまま盛り上り、うねる。そこには、中年の女の気品と色香が漂っている。と流平はたいした根拠もなく思った。

テレビが終戦記念日のニュースを流していたので、彼はふと「四十五年前の今日、おまえはどこにいた」と妻に尋ねてみた。彼女はそれに答えると、「それで、あんたはどこにいた」と問い返す。結婚して三〇年余りにもなるのに、こんな話はあまりしてこなかったのだ。

流平は敗戦前後のことを話し始めた。

当時、陸軍輜重二等兵であったおれは旧満州の錦州にいた。他の部隊と同居していた仮兵舎でおれの目をひいたのは、幹部候補生の見習士官たちと朝鮮出身の若い輜重特務兵である。朝鮮人の若者たちはみんな立派な体格をしていて、歩兵や砲兵にしてもいいはずなのに輜重特務兵だった。特務兵というのは、食料や弾薬を運ぶだけの「兵隊ならぬ兵隊」である。帝国陸軍の幹部にとって、彼らの戦闘力は信用できなかったのだ。

敗戦の二日前、朝鮮出身者との交歓対抗演芸会が開かれた。日本人の兵隊はみなやくざ調の流行歌を歌うのに、朝鮮の若者たちは流行歌はもちろん、故郷の歌や民謡も歌おうとはせず小学唱歌を歌うのだった。しかも見事な歌いぶりである。勝敗は明らかだった。

翌日の午後、輜重特務兵たちは仮兵舎から出ていった。それは一五日の「玉音放送」を聞かせないための措置であったことを後で知る。

八月一五日の夜、見習士官たちは酒を飲み荒れに荒れる。仮兵舎のおれたちが格好の標的になった。「この期に及んで、卑怯未練な奴は、おれが叩き切る」と叫びながら抜刀する士官もいた。おれはその場を逃れるために戦友と二人で外へ出たが、やがて消灯時間が近づいたので戻ろうとした。そのときである。「上半身裸の、抜身をぶら下げた見習士官」が突然斬りかかってきた。二人は体をかわして危険を逃れたが、そのときにぶい音がして、赤い花をつけた一本の小枝が落ちる。それは百日紅の一枝だった。その士官は「これは百日紅。ミソハギ科の落葉喬木、中国南部の原産。色鮮やかにして匂い少なく、花の命は長し。カエリナン、イザ。デンエン、マサニアレナントス」と、もつれた舌でいうと、その一枝を持ちながら、ふらつく足で闇の中に消えていったのである。

話し終った流平が二階へ上がろうとすると、妻が追ってくる。二人は窓辺で百日紅を眺めた。しばらく沈黙がつづいたあと、妻がつぶやく。「花の命が長ければ、働くことのみ多かりき」。

妻が階下へ降りて行ったあとも流平はひとり「百日紅の花群を思い浮かべていた」のだった。

この作品は、せまい土地に建てられた住宅の庭に密植されたうえ、南側に家が新しく建てられたため陽がさえぎられ、ほとんどの樹が枯れたり、花をつけなくなった中で、百日紅だけが鮮やかな赤い花を咲かせた喜びと、主人公の敗戦の日の思い出を描いたものである。

終戦記念日のテレビニュースがきっかけで、四五年前の今日はお互いに何をしていたかが初老を迎えた夫婦の話題となる。妻は水虫がひどくなり傷痍軍人療養所の看護婦生徒寮で寝ていたため、「玉音放送」は聞かなかったという。輜重兵だった夫の流平は旧満州で終戦を迎え、そのときの事を語るという筋立ての小説である。

日本国民と呼ばれながらも、昔は「輜重輸卒が兵隊ならば電信柱に花が咲く」といって馬鹿にされた輜重特務兵として労働力だけを提供する朝鮮の若者たちを通して、軍隊内の差別を告発し、流行歌も故郷の民謡も歌わず、小学校の唱歌しか歌わなかったことで、その複雑な心境を作者は描く。

また、「玉音放送」を聞かせないために、どこかへ移動させてしまう軍の幹部のやり方や、敗戦という衝撃に耐えられず泥酔し、部下に当たり散らすことしかできない見習士官の姿からは、日本軍隊の醜さを読み取ることができよう。しかし、流平たちに斬りかかったが失敗し、百日紅の枝を切り落とした士官に、その植物の特徴をロレツの回らぬ口で語らせてもいる。「……花の命は長し」と。ここに学徒兵である見習士官の悲哀めいたものも感じ取れるし、作品の結末での妻のことば、「花の命の長ければ」と重なってもくる。それは、作者の分身と思われる流平の百日紅へのこだわりでもあったのであろう。

過ぎ去ったあの敗戦の日のできごと、そして目の前にある「社会主義の崩壊」とスノビスムにどっぷりとつかった日本の現実。それをしばし忘れさせてくれるのが百日紅の花であった。夫婦の心理の動きも十分に読み取れる作品である。

（初出は『民主文学』一九九〇年一一月号）

「脱走」

植民地、大連や旅順で学生生活をあの「忌まわし戦争の季節」の中で過ごした〈私〉はこれまで同窓会への参加を敬遠してきた。このことへのこだわりのない同窓会の雰囲気にこだわっていたこともある。ところが今度は旧制旅順高校の同窓会に出てみたくなったのである。それは角川から電話があったからだ。

彼は小、中、高をとおしての同窓生であり、入隊した部隊も内務班もいっしょだった。とはいっても、級友とか戦友というほどの親しみを持っていたのではなく、単なる顔見知り程度のものでしかなかった。その二人を結びつけるできごとが起こったのである。終戦後のある日、捕虜集団から二人は脱走したのだ。

会場には一〇〇人ほどの同窓生が集まっている。〈私〉は胸に「五回卒、理乙、左近流平」という名札をつけて会場の隅に座っていた。見覚えのある者は二、三人しかいない。角川もきていないのである。みんな六〇代の男ばかりで、髪は「それぞれの比率で白くなっていたが」意気盛んである。

一人の男がそばに寄ってきた。名札を見ると「北帰行」の作詞・作曲者として知られた男だった。彼はだれにいうともなくいった。「安西冬衛に、てふてふが一匹韃靼海峡を渡って行った、という詩があるが、こいつらはみな蝶々なんだよ」。〈私〉はその暗喩に感心した。もちろんそれは詩人の心象をうたったものであろうが、韃靼海峡がタタール海峡のことであれば、たしかに自分たちの祖父なり父なりが海を越えて大陸へ渡ったのは事実である。そして私たちは敗戦により海峡を渡って帰ってきた。それは、「『渡って行った』一匹の悲痛。『帰って来た』群蝶の無残」であり、ともに「『韃靼海峡』は苛酷な空間であったにちがいな」かったのである。

会は進行していき、室内には「酔語と談笑の濃度が増し」、盛り上がっていた。やがて閉会の時間がきたのであろう、幹事の一人が寮歌を歌うことを呼びかけた。歌いながら〈私〉の胸も熱くなっていく。その時である。肩をたたかれて振り向くと角川が立っていた。所用で遅れたという。

散会した後、二人は酒場に腰をおちつけた。四六年ぶりの再会である。角川は、〈私〉のことを忘れていたわけではなかったが、あえて連絡をとる気もなく、会いたいとも思わなかったが、六〇の坂を越して気弱になったのか、脱走したころの夢を見るようになったという。

角川は割箸の袋の裏に脱走した五人の名を書いて渡し、このうち生き残ったのは〈私〉と彼の二人だけであることを告げる。その夜、彼は「おれの戦後はこの歌から始まった」といいながら、何度も「かえり船」を歌った。泥酔して帰宅した〈私〉はまた飲みなおしながら敗戦前後のことを思い出していた。

角川や〈私〉が遼陽の輜重部隊に入隊したのは、敗戦を一カ月あまり後にひかえた七月初旬のことであった。八月一五日の「玉音放送」は錦州の仮兵舎で聞いた。その数日後、私たちは武装解除され、七〇キロほど離れた海城の捕虜収容所へ向かう。丸腰で歩きつづけ、鞍山にさしかかった時である。沿道の向こうに日本人の女や子供、それに老人たちが小机のようなものを出しているのが見えた。近づいてみると食べ物が置いてあり、ねぎらいのことばをかけられた。〈私〉は両手で握り飯をつかんだが、角川はじゃがいもしか取っていない。その目は恨めしそうに〈私〉の手にある握り飯を見ている。〈私〉はその「視線に誘われるように」握り飯を彼に渡した。

元日本軍の兵舎である海城の捕虜収容所での話題は、もっぱらこれからの行先のことであった。シベリアに連れて行かれるか、帰国できるかの二つしかない。五人のうち最初に脱走を実行したのは西条だった。九月にはいって私たちは突然移動を命じられる。貨車に詰めこまれた時はシベリア行きを覚悟したが、なんと着いたのは旅順ではないか。残りの四人にとって逃亡の機会がやってきたのである。その夜、野口が消えていった。

その一週間後、ソ連兵の監視下での移動が命じられる。〈私〉は「意志も思考も中断させ、ただ疲労の塊となって」一〇里の道を歩いた。大連の町へはいると私たちが卒業した中学校の前を通る。校門の前には校長と二人の教師が立っていた。懐かしさがこみあげてきたが「重い足取りで素通りする」だけであった。

途中で大休止となる。すると物珍しげに日本人や中国人が話しかけてくる。その見物人の中に角川の父がいるのに気づいた。父のところへ行き、立話をしたあと戻ってきた角川の手には、風呂敷包みが握られている。その中には食料や煙草のほかに黒い二本のズボンがはいっていた。これをはいて二人で逃げろという意味だったのだ。

集団が動き出して小休止にはいった時、今度は岩佐が脱走する。彼は軍袴を脱ぐと袴下姿のまま高粱畑の中に姿を消して行った。こうして三人が脱走し、角川と〈私〉の二人だけが残った。だがその二人にも機会が訪れたのである。ある日のこと、私たちの宿舎が断水したため、二人は近くの日本人社宅に水をもらいに行くことになったのだ。社宅の主人にかくまってもらうと、翌朝黒いズボンをはいた二人はそのまま逃亡したのである。こうして五人は脱走に成功したのだった。

このことを思い起こした夜〈私〉は夢を見る。それは一人で脱走した自分が捕まり、銃殺される夢である。

――これは、角川の誘いによって同窓会に出席したあと、主人公の〈私〉が捕虜集団から脱走した時のことを回想するという構成で書かれた小説である。半世紀あまりたっても思い出されるあの時の体験の重さが伝わってくる。それは、角川が湾岸戦争のテレビ放送をひとしきり批判するところにも描出されているといえよう。

「空爆の凄まじい火矢、巡航ミサイルの走り、油にまみれた海鳥」などをまるで手柄話のように写し出す。それは「顔をしかめて、一日も早い終結を祈ればそれですむ」。だが観ていてこたえたのは、捕虜となったあのイラク兵の姿だ。彼らは「一列になってぞろぞろ歩いていやがる。一列だぞ。捕虜になったって兵隊だ。おれたちが捕虜になったときだって、四列の隊伍を組んで歩いたぞ」。

角川は、テレビが映し出すイラクの捕虜たちの屈辱的な姿と敗戦時の自分とを重ね合わせていたのであろう。それを聞きながら〈私〉を同窓会に誘った彼の気持ちを「からだの芯の部分で受けとめていた」。敗戦、捕虜、脱走という経験をした二人にとって、それは共通の思いであったのだ。

脱走は角川の父のはからいで成功し、いまこうして生きているが、〈私〉が見る夢の中では「簡単につかまり銃殺され」てしまう。

脱走兵は捕まれば銃殺されるというあの時の恐怖が潜在意識として残っていることを、「夢」を書くことによって作者はいいたかったように私には思われる。戦争の傷痕は半世紀たっても消えないことを……。

（初出は『月刊民商』一九九一年八月）

「短篇小説論」

五一編が収められている「短篇小説全集」の中から九編の作品を紹介してきた。最後に右遠氏の「短篇小説論」とでもいうべきものを紹介しておきたい。

私は『短篇・掌篇の世界』という雑誌（一九九四年一〇月号）につぎのように書いたことがある。

「短篇小説とは何か。長篇とのちがいとは？　ということになるとその線引きはむずかしい。とはいっても目安になるものはあったほうがいい。文学事典によるとこのようになろうか。四〇〇字詰原稿用紙、一〇〇枚ぐらいまでの作品で、なかでも一〇枚以下のものを掌篇とか小品という。（筒井康隆は「短篇小説講義」〈岩波新書〉のなかで、現代作家の短篇は一二〇枚、一五〇枚と増えてきているといっている）。一般的な短篇の形式は二〇枚程度のものと五〇枚ぐらいのもので、前者はテーマやモチーフのおもしろさを中心とし、後者はそれに加えて構成、叙述、描写にも厚みと深さが求められる、と。あるいは阿部昭のように『短編小説とは他の何であるよりもまず〝短い話〟である。〝短い〟にも別に区別はないが、是非とも短くなくてはならぬことだけは確かであろう。……また〝話〟というのも、どういう話でなくてはならぬという約束はないだろう』（「短編小説礼讃」〈岩波新書〉）というのもひとつの〝定義〟かもしれない。いずれにしても長篇小説とくらべて、より密度の高さと凝縮度、切り口のするどさなどを要求されるのが短篇小説ではなかろうか」。今もこの考え方は変っていない。

短編の名手といわれる右遠氏は短編小説についてどう考えているのか。『学生新聞』（一九七七年一〇月一二日）に書いた「短編小説の再評価」という文章がある（「右遠俊郎短篇小説全集」付録）。それによると本来、文学的表現というものは、素材の本質を抜き出してきて、それに形を与える作業である。しかも、事象の本質はいつでも単純なものである」として、つぎのようにのべる。

もともと短編小説といい、長編小説といっても、ともに小説である。ともに虚を通して実に至る、文章表現の様式である。けれどもその共通性を持ちながら、それぞれに独立し、しかも相補う関係にある。素材やテーマを抜きにして、その優劣を断ずることはできない。……

短編小説と長編小説も、その機能や性格を截然と分つことはできないが、強いて図式的にいえというならば、短編小説は空間的であり、長編小説は時間的であると、ひとまずいっておくことにしよう。その意味は、長編小説の場合、主人公および重要な登場人物の人生に紆余曲折があり、それらを取りまく人間関係、生活環境、社会状況に変動があり、なかんずく主人公に思想的な成長があるということ、つまり、生成発展の法則がつらぬかれている、ということである。

短編小説にそういった性格、法則性はない。あるいは、ないとは断言できないけれども、弱い。むしろ、流動する人生その他の流れを一瞬に切りとり、その断面の相において永遠や普遍をかいま見せるのだ。「落ち」は個別的な現実を、一瞬に普遍化するための技術である。だから短編小説では、短歌における抒情のように、事実だけでなく、事実とともに「想い」が重要になってくる。

さらに、長編小説を読む場合、気になるのは主人公の運命であり、「穏やかな日常」のつぎには「劇的な展開」が待っていて、その決着を見ないうちは、本を伏せることができないのだ。では、短編小説の魅力とは何か。それは、主人公が知人であったり、友人であったりして親しみが持てることである。しかも、長編小説はその魅力にとりつかれると途中で手離すことができないが、短編の場合はいつでもページを閉じることができるし、どこから読み始めてもよい。「たまたま出会ったその場面の美しさに感動することがある」ものだ。

短編小説では「一つの行為、一つの心理を描くにも簡潔である」こと、「むだな修飾語や常套的な比喩を捨てて、対象そのものの本質を見抜いた表現」が必要だ。「簡潔な文章は、きちんとかたづいた部屋のように気持ちがいいものだ」。

短編小説の構成についてはこのようにのべている。

事件の展開にしても、長編小説のような千変万化は望めない。因果関係にしても、せいぜい二、三回の展開で終る。その簡単な事件展開のなかに主人公が立つだけで、その人間の生涯がそこに写し出される。多くを語らないことで、その人間の凡てを語る。それこそが短編小説の魅力だろう。

なんとも含蓄と示唆に富んだことばである。そしてつぎの例をあげる。

「奉公に出てゆく姉が、踏みきりのところで見送る弟に、汽車の窓からみかんを投げる。それだけの話」で、農村の貧しさと姉弟の愛情を描いた芥川龍之介の「蜜柑」。「田舎の田んぼ道での簡単服の主婦とその日傘の回転だけで、三年という闘病生活、それに打ち勝った喜び、そしてさわやかな性の暗示とを鮮やかに示し」た太宰治の「満願」、「プロシャ兵に占領された村の小学校で」、老教師がフランス語で子どもたちに「民族の誇りを教え」黒板に「フランス　万歳」と書くドーデーの「最後の授業」、「狼に襲われる恐怖」におびえる幼い子どもを一人の農民が抱いてやるというできごとを通して「ロシアの大地のような広く豊かな農民の心」を描いたドストエフスキーの「百姓マレイ」。

また、短編小説は、「自由な判断力とナイーブな感受性でもって」、「その世界に分け入るならば」、「無限の宝庫として、その扉を開くだろう」。そこには「社会と歴史を背景にした、人間に関するすべてがある」からだ。

短編小説を読むのには、「少しばかりの注意深さ」と、「人生にたいするまじめな探求心」、「自由な感覚」があればいい。できれば「短編小説を好きになることだ」。こちらが好きになれば向こうも好きになってくれる。短編小説は「静かに寄りそってくれる優しい恋人のようなものだから」と、右遠氏はこの文章を結んでいる。

「短篇小説全集」の解説を書いている稲沢潤子氏は、その中で右遠氏の作品について、「作品世界の構築力のみごとさ」、「鋭くたたみかけるように迫ってくる文章の気迫」、「散りばめられた細部のリアリティの緊密さ」に驚かされるとのべている。そして、右遠氏はこの四〇年、「戦争と結核病棟という二つの極限状況がきざんだ傷痕と人間の条件とを、作家としてあくことなく見つめつづけてきた。いまなお氏は、この二つのテーマから解き放たれてはいない」という。的確な指摘であり、評価であろう。

この「全集」は短編小説を読む楽しさを与えてくれるとともに、短編にとってテーマの明確さや切り口の鋭さがいかに重要であるかを具体的に示すものである。民主主義文学の大きな成果の一つであろう。

14章　中山義秀の歴史小説について
——「碑」、「落武者」、「土佐兵の勇敢な話」

1

「碑」は芥川賞受賞作「厚物咲」（一九三八年）より早く書かれていたが、陽の目をみるのは、かなりのちのことである。このあたりのいきさつを中野好夫の「日本文学全集・中山義秀」（集英社）の解説によってみておこう。「厚物咲」が一カ月ほどで一気に書き上げられたのにたいして「碑」は三、四年かけてできあがった作品である。一九三六年に中山義秀は雑誌『作品』に同じ題材で「原物と怪物」という作品を発表した。これは三〇枚ほどの短いものであったが、それを六〇枚の作品に書き改め、さらに九〇枚に加筆してできあがったのが「碑」である。これは中央公論社に持ち込まれたが発表されずそのままになっていたため中山は返却を求め、掲載されない理由を尋ねると「会話が少ないから」という答えが返ってきただけだった。取り返された原稿は文藝春秋社に渡されたが、ここでも三カ月間引き延ばされ、やっと一九三九年の六月、『文藝春秋』に発表されたという。

「碑」の主人公茂次郎は「故里の土」の中で「私は祖父の墓所に行ってみた。墓は丘の台地の西に向かって建てられてあった。戒名の下に撃剣道具の面と竹刀が彫刻されている。天保時代、陣屋侍の次男に生まれて水戸の剣道師範の家に養子にやられ、そこを出奔して江戸府内を放浪し、桜田の変、筑波の天狗党などに加盟して、郷土にちかいこの山里に六六年の一生を終わった。名もない浪人の生涯ではあったが、三兄弟のうちともかくも中央で活躍して、広い世間をわたりあるいたのは、この祖父一人。その次男坊であった私の父もまた、兄弟のうち唯一人故郷の村をでて、県内の町々を転々とした後、やはり郷土近くの町で晩年を終わった」と記されているように、中山の祖父であり、その兄弟も実在の人物である。長男の中山広胖が作中では斑石高範、又十郎が茂次郎、三男の代次が平太であり、事件そのものも多少の修飾はほどこされているが、ほぼ事実にそって書かれたものであると見てよい。

「斑石高範と茂次郎の兄弟は、小さい時分から反りがあわなかった。高範はねちねちした気質であるのに、弟は無類のせっかち者であ」り、喧嘩もしたが、どちらかといえば兄弟仲はよいほうであった。斑石家は、奥州の山間にある小藩の微禄の家柄であるうえ、早く夫をなくした母の梶は傘張りの内職で生計を立てていた。父の死んだあと生まれた三男の平太は泣き虫で、茂次郎からよくいじめられた。

茂次郎は領主の本家の剣道師範から養子に望まれ江戸へ上ることになる。一二歳のときであった。血を吐くような一〇年間の修行に耐え養家の娘と結婚するが、二年足らずで病弱だった妻が死ぬと、養家でのくらしがいやになり、家を出てしまう。出奔したものの「絶望の苦しみは、到底単純な修行の辛さの比ではな」かった。

茂次郎が江戸へ出てから郷里にも時代の波が押し寄せてきていた。高範が勘定方を勤めるこの小藩でも尊王攘夷派と佐幕派の対立が激しさを増してきたのである。高範は尊攘派の勧誘に応じなかったため、襲われて片目をつぶされてしまう。性格も変わり、「ぶきみな異相」もあって、はた目にも冷酷非情な感じを与えるようになった。尊攘派の襲撃は彼を佐幕派に走らせることになり、槍術に長けたこともあって、やがて微禄の勘定方から三十数カ村の目付役に出世する。ところが、尊攘派が末弟の平太を仲間に引き入れ牽制しようとしたため、高範は彼を母の隠居所に蟄居させる。はげしい性格の平太にとって蟄居は耐えがたいことであり、母とも口を利かず、食事にもほとんど箸をつけなかった。「月代はのびるにまかせ、額には縦に大きく青筋が残り、眼窩はくぼみ両頬はそぎ落とされて髯が深かったから、一層凄惨な光りに感じられ」るようになった。

母の梶にとってもつらかった夏が過ぎ、初秋の訪れを感じるようになったころ、高範の家来の老爺が隠居所へやってきた。その声を高範のものと錯覚した平太は白刃をさげて飛び出してくる。危険を感じた老爺は、梶に「高範様の所へ」と促す。高範の所に馳せつけたが、老爺の身を案じて隠居所へ戻ってきた梶に「鬼婆、見つけた」と叫ぶと、平太は母親を斬ってしまう。急を聞いて駆けつけた高範と死闘の末、瀕死の傷を負った平太は正気に返り、「兄上、なぜ私を殺すのだ」というと、「お母さん、御免なさい」と呟き、前のめりになったとき、とどめを刺されたのである。

江戸で、門付けをしたり、大道剣舞や居合抜きをやって口に糊する浮浪生活をつづけていた茂次郎は、勤王の志士たちと交わるようになり井伊大老の暗殺計画に加わるが、同志によってあっけなく殺されてしまったことに「武門の世の終わり」を予感し、下町の商家に再び婿入りしてしまう。だが「平穏無事な生活」にもあきたりなくなる。藤田小四郎ら水戸藩の尊王攘夷派が筑波山に挙兵した天狗党の乱が起きたのは、そんなときであった。一八六四年三月末のことである。茂次郎は養家を飛び出し天狗党に投じ、「ただ剣を揮って人を斬る悦びに憑かれ」たかのように相手を斬りまくった。「長年もとめていた『生活』の渇」を癒すことができたのである。このころが彼の生涯の中での「華」であった。六十余名で挙兵した天狗党に榊原新左衛門、武田耕雲斎らが参加し、その勢力は一〇〇〇名を超えるものとなるが、一二月になると形勢不利となり、越前において加賀藩に投降、藤田・武田ら三五二名が斬罪、他は遠島、追放となった。

落武者となった茂次郎は「昼は山林にひそみ、夜は月あかりを頼りに里近く出てきては小田の稲穂をついばんだりして、飢えと疲労に困憊しながら十日間も山路を彷徨した。そしてとうとう山中に倒れていたところを、きのこ狩りの老婆」に助けられ、宿場問屋の入り婿となり、名も藤木利右衛門と改めて「一介の土民」となった。だが世の中が変わると、参勤交代の要路であった街道筋も衰退していき、宿場や問屋はさびれていくばかりであった。藤木の一家は宿場問屋をやめ、田畑仕事に頼らざるを得なくなるが、茂次郎は「子供等の半分も仕事がはかどらな」いほど苦手な仕事であった。彼は仕方なく村の若者たちに剣術を教え、村に流れこんでくる無頼の輩から村人を守ってやったため、信頼を得るようになっていく。また、村へやってくる流民の群れを「病的なくらい深く愛し」、家族を犠牲にしてまで彼らの世話をする。それは「行商人、旅芸人、かたい、乞食からハンセン病患者」にまでおよんだ。

一方、高範は天狗党を筑波から追い払った功績によって勇士として称賛されるが、維新後は貧民街に住み、日歩金貸しをはじめる。「藩中第一の勇士」が一転して貧民相手の金貸しをはじめたことで、元藩士だけでなく親戚からさえ義絶同様の扱いをうけるが、高範にとってそのことは覚悟のうえであったし、「侍あがりが何でえ、一両たらずのはした金に、こちとら毎日五銭十銭の高い利子をはずんでやるのだ」とののしられ、「我利鬼」といわれようと彼の借金取立てのきびしい姿勢は少しも揺らぐことなどなかった。息子に逃げられ、若妻の不倫を疑い、その首を刎ねたといわれ、「ただ一人、暗い屋敷内に起き伏している高範の孤独な姿は、しんしんたる鬼気をはなっているように感じられた」。

貧民相手の金貸しで成功すると、実業家や豪農を相手とする金融業者になっていく。その体面や過去の栄光を切り捨てた生き方が「市内の有力者が頭があがらな」いほどの名士にまで押しあげたのである。財をなした高範のくらしにくらべて、茂次郎のそれは悲惨をきわめた。田畑の収穫だけでは生きていけない一家は、蚕を飼い、炭を焼き、荒地に馬鈴薯やそばを植えた。生活の困窮は茂次郎の一家だけではなかった。旧街道筋一帯が衰微の一途をたどっていたのである。

そんな中でも茂次郎は村人に頼まれて連帯保証人となり、養家の財産を取られそうになる。困った妻は高範に泣きつき金を出してもらう。このことが、少年時代以来、四〇年ぶりに兄弟の交わりを再開させることになった。「よく思いきって、金貸しをやる気になったな」という茂次郎にたいして、「ガキの時分から槍刀をひねくりまわしては、外に能とてない者に、商人と競争して何ができる。金貸しぐらいが手頃なところさ」と答えるのみであった。そのことばは「時勢に対する憤りを、逆な行為であらわした、高範の当時の心持ちを、ありありと想い描くことができるよう」に茂次郎には思われるのだった。

茂次郎のくらしぶりを知った兄は、家族を犠牲にしてまで旅の者の面倒を見ても何の功徳にもならないときびしく忠告する。それに逆らうようなことは何もいわなかったが、茂次郎にはそれまでの生き方を変える気はなかった。

茂次郎が居合の型を見せたときである。居合の型を見せるその姿には、気魄や技の衰えなど毫も感じられなかった。「切っ先からほとばしる殺気は、彼が生きぬいてきた血腥い時代のはげしさを、まざまざと思い描かせ」るほどであった。茂次郎が倒れたのは、その見事な太刀さばきにみんなが見惚れていたときである。波乱に満ちた六六年の生涯はこうして終わった。

葬儀は盛大に行われ、高範もからだの不自由をおして参列する。弟の死顔を見ながら「お主は我が意どおりに世の中を渡ってきた。何も思い残すことは御座るまい」とつぶやく彼の目から死骸のうえに涙がこぼれ落ちた。

「碑」は、幕末から明治維新後の激動の中に生きた小藩出身の「三兄弟」をほぼ事実にそって描いたものである。それは時代に抗い、あるいは背を向け、あるいは結果的に時流にのった三人三様の生き方であった。

槍術に長け、天狗党の乱で功績をあげることにより「勇士」として称賛された長男高範は、維新後は武士の体面も矜持も捨て細民相手の金貸しから莫大な資産家となるが、家庭的には恵まれなかった。その若妻の死とひとり息子の失踪について、高範に痛めつけられた貧民たちが「復讐的にこしらえあげた妄説」であるが、「いかにも真実らしく感じられるところに、この風聞のミソがあった」としてつぎのように書かれる。

父に反発した息子が金を持ち逃げするが、そのとき「若い義母にぬれぎぬをきせたような不倫の告白」を書き残していく。

「高範はその書き置きを証拠として妻を責めた。妻は覚えのないことだから、高範に詫びようがない。といって息子が逃亡してしまった以上、身のあかしをたてる方法もみつからぬ。結局妻は白無垢の花嫁姿を死装束にして、三宝にのせた短剣で自裁をせまられたが、当時まだ二十歳そこそこだった彼女にはその決心がつかなかった。それで奥の仏間でひとときあまりもためらい続けていると、高範はぬきうちに彼女の細首をきりおとしてしまった。覚悟をつけかねていたところを、不意に斬られたので血は天井まで噴きのぼり、今にその後が黒くまだらに残っている、という尤もらしい話なのだが、真偽ははたしてどうであろうか」。いずれにしてもこのときの高範は「地獄のような孤独」と苦しみに苛まれたであろう。

晩年こそ、ひさ女を得て、はたからみれば幸せそうに思えたとしても、はたしてそれは心の底からの満ち足りたものであったろうか。弟の死骸に向かって「おまえは我が意どおりに世の中を渡ってきた」といって涙する彼のことばは、「おれもそのように生きたかった」といっているように思われる。

茂次郎は剣に生き剣に死んだが、その秀でた武術のたしなみが生涯の節目では身を救うことになる。芸が身を助けたともいえるのだろう。時代の波に翻弄され、地の底を這いまわるような生活ではあったが、意地をとおし、生きたいように生きたのである。それは、辛酸をなめつくした男の美学であったのかもしれない。

悲惨をきわめたのは末弟の平太であった。幼いころは茂次郎からいじめられ、「頭を殴られれば殴られたなり、また地べたへ顔をこすりつけられればこすりつけられたなり、顔色を蒼くして強情をはりとおした。かわりに我慢の度を越すと彼の青い顔色がみるみる変わってきて、目を白く吊り上げ手足をはげしくわななかして癲癇を起」こすほどであった。

成長してからの平太は、二刀流の天才といわれるほどの使い手となり、部屋住みの身ながら家中の指南番となったが、攘夷派に与したことから高範の怒りをかい母親の隠居所に蟄居。発狂した平太は母を斬り、無惨な死を遂げる。死に際に言った「兄上、なぜ私を殺すのだ」、「お母さん、御免なさい」ということばは、高範の心情と重ね合わせるとき胸を打つ。

作者は、斑石《まだらいし》家の三兄弟の波乱にみちた生きざま、さらに二、三男の死にざまをとおして、幕末から明治維新という激動期を描きたかったのであろうか。そこには「御一新」にたいする批判はひとことも書かれていないが、旧藩士たちはもちろん、庶民のくらしまで押しつぶされていったことが簡潔な文章で見事なまでに描き出されている。

この作品が「残酷物語」とならなかったのは「うらみがましさ」を極力排したことと、その文体によるところが大きいと思われる。中山義秀の歴史小説の文体は鷗外のそれとくらべられるが、一切の装飾を省き、一分のスキもないほど凝縮された無駄のない文体は、太い柱と厚い壁で作られた建造物を思わせる。そのぎりぎりまで張りつめた文体からは一種の迫力さえ感じられるのだ。ちなみに、よく引き合いに出されるところであり、中野好夫も指摘している（前掲書）箇所を引用しておこう。ここには一つの形容詞も使われていない。

「彼は朝だちする旅人たちを、村境の峠上までかならず見送っていった。旅人達は一夜の世話にあずかったうえに、見送りまでうけていずれも恐縮したが、茂次郎は礼儀や形式でそうするのではなかった。彼は旅人の姿が峠を下り、曲がり角に消え、ふたたび下方に小さく現れ、麓の杉木立の中に見えなくなって、やがて遠くの川の橋上に一点の黒影となり、ついに野のはてに失せてしまうまで、峠の野石に腰をおろしてじっと見送っているのが好きなのである。遠ざかって行く旅人の姿と一緒に、彼の心もまたはるばると広い世界へ運ばれてゆくような思いがするものらしい。余生を山里へ埋める覚悟を定めた故、漂白にたいする憧れはひとしお強くなったものであろう」

なんとたんたんとした描写であろう。形容詞も形容句も切り捨て、感傷を排した文体であることが臨場感を強烈にかもし出す効果をあげているように思う。まさにリアリズムの文体そのものであるといえるだろう。

2

「落武者」は「那須のほうから白河の関所跡へ、九十九折の急坂をのぼってくる浪人がある。齢の頃は、三十

二、三、額と左頬に、刀創がある。木綿の黒紋付に裁著の袴、大小をさし、編笠をかぶっている。この道は、昔の鎌倉街道である。谷が深く、道が険しい」と、たたみかけるような緊張度の高い文章で書き出される。

この旧道を通るものは、郷民、山賊、それに世をしのぶ旅人ぐらいしかいない。「若葉が青葉にかわった、旧暦五月末の午さがり」のことであった。浪人は、落ちてきた雨をさけ、からだを休めるために明神の社殿の格戸をひらくと腰をおろした。旧道の坂を登りつめたところは下野と岩代の国ざかいであり、関東と奥州を分ける分水嶺となっていて、この玉津島明神は道から左へはいった山の中腹にある。老杉にかこまれた一帯には「寂しさを通りこして、鬼気人をおそうようなすごさがあ」った。

雨がひどくなり、それをさけようとして浪人が立ちあがったときである。「槍の穂先が後ろから流れてきて、彼の小袖を縫った」。とっさに身構えると、そこに野伏と思われる怪漢が立っている。二人が無言で向かい合ったとき、怪漢は「やァおぬしは弥左衛門ではないか。珍しや、杉浦弥左衛門」と叫ぶと槍を捨て、解しかねている浪人につづけていった。「作兵衛だよ。大坂の陣の浅倉作兵衛、よもや忘れはしまい」。

久しぶりの再会に、作兵衛は豪雨の中を酒を買いに走った。弥左衛門は一二、三年も前になる大坂の陣のことを思い出していた。そのころ一八、九歳の若武者であった二人は豊臣秀頼の譜代木村長門守重成の郎等として戦功を競い合った仲だったのだ。

一六一五（元和元）年五月、天王寺、茶臼山の戦さのときである。まっ先に敵陣に突入し、相手の首をあげ本陣の首帳場へ持参すれば、一番鑓、一番首として懸賞がもらえる。帳場にはせつけたのは作兵衛のほうが早かった。敵を討ちとった場所が近かったからである。帳場の記録係は「首一つ、浅倉作兵衛」とだけ記した。一番首と思っていた作兵衛は不満であった。首帳場に抗議しているところへ弥左衛門が首を持ってくる。二番首になったことをくやしがっていると、首帳場は二つの首を見比べながら「一番首、杉浦弥左衛門、二番、浅倉作兵衛」と記帳し、首をみればどちらが一番かわかる。首を取った場所からの距離も考慮にいれなければならぬ、それが故実だといってゆずらない。「それならば、遠方の冷え首でも、拾ってきたほうが手柄になる」といった作兵衛のひとことは弥左衛門を怒らせた。二人は刀を抜き合ったが、ちょうどそのとき大坂方の敗残兵や徳川方の先鋒隊がなだれこんできたため二人の争いは終わった。顔の傷はこのとき受けたものである。一二年たった今、またここで刃を交えることになりかねなかったことに因縁めいたものを弥左衛門は思わずにはいられなかった。

大坂落城のあと行われた残党狩りはきびしかった。さがし出しては斬る。弥左衛門は乞食になって山陰に落ちのび、因州あたりの田舎で手習師匠などをしながら生きのびたのである。作兵衛のほうは奥路を流れていき野伏となった。こうして一二年の歳月が流れたのである。

酒を求めて作兵衛が戻ってきたとき、雨はもうやんでいた。二人は向かい合って酒を飲みながら波乱の来し方を語り合った。弥左衛門が仕官するつもりだというのに、作兵衛はそんな気持ちはない、もし野伏だったことが知れたら首を刎ねられるにきまっている、それより「残党は残党らしく、生きていくのも小気味がいいぞ」と、野伏の仲間にはいることをすすめるが、弥左衛門は、時勢が変わり、とても「事をおこす」ことなどできる世の中ではなくなったのだ、まともな生き方をすべきだという。だが、「天下は広大で、乱を望む浪人の群れも、沢山いる」という作兵衛には、その忠告を受け入れる気持ちなどなかった。「一所不在の手前のこと、再会は期しがたかろう」と弥左衛門はいい、二人は別れの盃を交わす。

仕官して一八年、五〇歳になった弥左衛門はふたたび浪人になり、禅門にはいる。彼が仕えた加藤家では、嘉明の死後、その子明成は功臣堀主水と争い、高野山に隠れた主水を殺し、鎌倉の妻子まで誅殺してしまう。寺法を破って堀一家を殺害したことが幕府の忌諱にふれ、会津四〇万石を自ら放棄してしまったからである。由比正雪が乱を起こしたのはそれから八年後のことであった。丸橋忠弥一味は捕縛され、市中引き回しのうえ処刑される。引かれていく行列の中に一人の老人がいた。見物人のささやく声が聞こえる「ああ、槍の作兵衛が行く。両国の見世物に出ていた、やり遣いの作兵衛だ」。そこにいた「顔に刀創のある黒衣の老僧」の口から思わず声が出る。「おお、浅倉!」。だがその声は相手には聞こえなかった。「両腕を麻縄で背後にきびしく括《くく》られ、幟、捨札、朱槍、刺股《さすまた》、袖搦み、などをかつぐ非人達にとり囲まれながら」行列は通り過ぎていく。そこには、いつまでも合掌している老僧の姿があった。

この作品は、一六一五年の大坂夏の陣から一六五一年の慶安事件(由比正雪の乱)までの時代の転換期を背景に、二人の落武者の生き方とその末路を描いた作品である。

大坂の陣で一番首を競った杉浦弥左衛門と浅倉作兵衛は一二年後に山中の社殿で再会する。弥左衛門は仕官口を求める浪人であり、作兵衛は野伏に身をおとしていた。再会を喜び、来し方を語り合うが、これからの世過ぎについては考えがちがっていた。伊予松山から加藤嘉明、明成親子が会津へ国替えとなり、二〇万石から四〇万石の大名になったため浪人の仕官の道が広くなったという噂を聞いて上方から下って来たのだという弥左衛門に、徳川の味方を俺は信用できぬし、もともと嫌いだといって作兵衛は反対する。宮仕えなどより「天下の大乱」に乗じて「中原に旗をた」てることに賭けるというのだ。こうして二人の生きる道はわかれるが、共にその行く末は幸せなものではなかった。弥左衛門が仕官した加藤家は内紛のため改易となり、再び浪人となった彼は家族を捨て出家する。作兵衛の末路はもっと悲惨であった。たしかに、一六五一年、「天下の大乱」は起きたが、由比正雪は自害、丸橋忠弥は鈴ケ森の刑場の露と消える。作兵衛も一味の一人だったのである。「中原の旗」は立てられることがなかったのだ。

後ろ手に縛られて引かれいく行列に合掌する弥左衛門の姿からはその心情が切々と伝わってくる。時代の波にのみこまれていった二人の武士を描いて見事である。いや、二人の落武者の来し方を通して時代を描いた、といってよいのかもしれない。中山の無駄のない、格調ある文体が対象を描くのに大きな効果をあげている作品であるといえよう。珠玉の短編といっても過言ではあるまい。

3

一八六八年の旧暦一月一一日、神戸の外国人居留地付近（三宮あたり）で、岡山藩兵が前方を横切った外国人三名を負傷させる事件を起こしたため、英、米、仏の守備兵が応戦し、居留地付近一帯を占領。明治新政府は、責任者滝善三郎に切腹を命じ事をおさめた。これを神戸事件あるいは備前事件と呼ぶ。フランス軍艦からの上陸兵と土佐藩士が衝突、フランス兵一一名を殺害した堺事件が起きたのはこの神戸事件から一カ月しかたたない二月一五日のことであった。

この事件を題材にしたものには、古くは森鷗外の「堺事件」（一九一四年）があり、戦後では大岡昇平「堺港攘夷始末」、日向康「非運の譜――神戸・堺浦両事件顚末」、そして中山の「土佐兵の勇敢な話」がそれである。これらの諸作のうち鷗外の作品との若干の比較を試みながら「土佐兵の勇敢な話」についてみてみたい。まず中山の作品についてあらすじを追っておく。

二月一五日の午前、役人に付き添われたフランス人が堺にやってくる。これを堺港の警備にあたっていた土佐藩の六番隊長箕浦猪之吉と八番隊長西村左平次は部下とともに追い払うが、海上から汽艇とボートに分乗した二〇名あまりのフランス兵が港内にはいり、その一部は上陸してきた。その中の士官と二人の技師が市内にはいる。だがその時期が悪かった。幕府の直轄地であった堺は「奉行や役人の逃亡で無政府状態となり、紀州をさして敗走する募兵やごろつきの放火、掠奪による不安と恐怖から、まだ醒めていなかった」からである。

はじめて紅毛人をみた市民たちは騒ぎだし、警備隊へ注進におよんだ。数十人の部下を連れて箕浦と西村はフランス人二人を捕らえたが、ことばが通じないために、もたもたしているうちに逃げられてしまう。「犬が獲物をおうように」あとを追いかけた藩兵たちは、碇泊していた汽艇に乗りこもうとしているフランス人に一斉射撃を加えた。船に乗っていた六、七名のフランス兵が射殺されるとともに、海中にとびこんだ乗組員も銃弾を浴びせられ、あわせて一一名が死亡した。この事件に対するフランス側の態度は強硬で、一五万ドルの賠償金、隊長と藩兵二〇名の処刑、土佐藩主じきじきの陳謝、それに開港地からの土佐藩兵の追放などを要求してきたのである。

隊長の箕浦と西村は、禄高は低いが学問もあり分別もあったが、当時の若い武士たちの多くがそうであったように攘夷論者であり、抵抗もせずに逃げるフランス人を射殺したのであろうが、それが理不尽なことであることにはちがいなかった。

六番隊と八番隊とを合わせると隊士の数は七三名になる。銃撃したと自ら名乗り出た者二九名の中から相手側が要求する二〇名はくじで決められた。くじに当たったが奇跡的に助かった隊士の一人が書き記した「殉難実記」によると、切腹が決まった後、食事ものどを通らず、隊長にうらみごとをいう者、発砲しなかった、発砲しても弾は出なかったと弁解するものなどさまざまで、「いまのような御時勢では、討死ひっしをきわめても、口とちがって実際に、痛い腹をきらねばならぬ段になると、なかなか一時に死のうとする者はいない」有様であったという。

いったん大阪の土佐藩邸に監禁された藩兵二〇名は、切腹の場所である堺の妙国寺に移送された。本堂前の庭には検死のフランス艦長、士官、海兵二〇名、日本側からは肥後と芸州両藩の重役、新政府の外事係、土佐藩の家老と目付などが控えている。

切腹の一番手は六番隊長箕浦であった。彼は「胴をくつろげ短刀を上下左右にひきまわすと、ほとばしる血潮の中に手を入れて腸をつかみだし、正面のフランス艦長を睨みつけながら、投げつけようとした」。あわてた介錯人は首を落とそうとするが手元が狂い、三度目にやっと斬り落とした。二番目が八番隊長の西村、つぎが小頭の池上弥三吉、四番目が小頭の巨漢大石甚吉。彼は十文字にかき切るとそのまま両手を前につき姿勢をくずさない。七太刀目に首が落ちた。「大石の巨体は、血だるまと化した。……首をうち落されてからも、両手をしっかと地につけた」ままで「肉のはじけた首穴から、ごぼごほと血を噴きだしながら」もまるで生きているかのような姿で座っていた。一一番目となった柳瀬常七は右手と左手で二度も腹を突き刺しかきまわすと、大きく口を開けた腹部から大腸がはみ出す。その目はフランス人を見据えていた。

凄絶をきわめた切腹の場面をみていたフランス人たちは、一一人目が終わると一斉に席を立つ。あとを追いかけてきた役人に艦長はいった。「お国のサムライは勇敢だ。これ以上、死なせるのは惜しい。後は助けてやり給え」。こうして残りの九名は助かったのである。二月二三日、射撃事件から八日目のことであった。一一名というのは射殺されたフランス人と同じ数である。

もともと、隊長の箕浦や西村をはじめ、藩兵たちはだれ一人としてこのようなきびしい処分があろうとは思っていなかった。「首尾よく夷人を撃退して、町の安寧と秩序をまもることができたのを、内心手柄に」さえ思っていたのである。それが「皇国のお為と信じこみ、有難くお受け仕るべく候」という一片の「御沙汰書」によって文字通り詰腹を切らされてしまったのだ。

われわれは「隊長の命により、天朝のためと思って、これを撃退した。それにもかかわらず、何の罪科があって」処刑するのか、といった隊士たちの抗議も一顧だにされない。そこには藩の安泰のみを考える上層部の論理だけがあったのである。しかも、切腹による刑死は侍としての待遇ではないか。士分でもない一般の隊士に切腹の沙汰があったことを誇りに思えといわんばかりの藩の態度であった。藩の安泰を図るための切腹、いいかえれば支配層の生き残りと引きかえの刑死だったのだ。

一方、土佐藩兵によって殺されたフランス人の死体も無残なものであった。脳天を打ち抜かれた者、銃弾を口にぶちこまれた者、両眼を撃たれた死体……。これらの死骸から「至近距離から、ほとんど相手の身体に銃口をおしつけるようにして、惨殺したことが明らかになった」のである。

藩士たちの切腹を見たフランス人やこの事件を知った外国の公使たちは、「こぞって卑劣と野蛮を憎む」のであった。この最後の一行に作品のテーマではないにしても、作者の事件にたいする一つの見方が示されているのではあるまいか。

ところで、鷗外の「堺事件」では、フランス兵の行動についてこのように書かれる。「神社仏閣に無遠慮に立ち入る。人家に上がり込む。女子を捉へて揶揄ふ。開港場でない堺の町人は、外国人に慣れぬので、驚き懼れて逃げ迷ひ、戸を閉ぢて家に籠るものが多い」。フランス兵を「両隊長は諭して船へ返さうと思ったが通辞がいない。手真似で帰れと言っても、一人も動かない。そこで隊長が陣所へ引き立てよと命じた。兵卒が手近かにいた水兵を捉へて縄を掛けやうとした。水兵は波止場をさして逃げ出した。中の一人が、町衆の戸に立て掛けてあった隊旗を奪って駆けて往った」。鳶頭の梅吉は「隊旗を奪って行く水兵に追い縋った。手に持った鳶口は風を切って彼水兵の脳天に打ち卸された。水兵は一声叫んで仰向けに倒れた。梅吉は隊旗を取り返した。これを見て端艇に待っていた水兵が、突然短銃で一斉射撃をした」。

事件の発端となったこの場面は「土佐兵の勇敢な話」では「隊長の箕浦と西村は、部下の歩卒や鳶の者数十人をつれて港の方にむかい、折柄市街を散歩中の仏人二人をつかまえた。しかし言葉が通じない。そのうち、二人が逃げだした」ため「土佐兵はときの声をあげて後を追いかけ、二人があわてて汽艇に乗りこもうとするところを、隊長の号令一下、兵は折敷いて一斉射撃をあびせかけた」と描いている。ここには隊旗を奪われたことも、フランス兵が先に発砲したことも書かれておらず、その非は強調されない。また、「堺事件」では「両隊長が咄嗟に決心して」発砲を命じたとしているが、これは「決心して」ということばを挿入することによって「仕方がなかった」ことをいいたかったのであろう。一種の正当化がここにもみられる。

さらに鷗外は、土佐藩兵はもともとフランス人にたいして悪感情をもっていたとして、以前、土佐人が錦旗を本国へ運ぶ途中、神戸で「フランス人が其一行を遮り留め朝廷と幕府との和親を謀るためと通弁に言わせ、錦旗を奪はうとしたと言う話が伝はっていたからである」としている。これも土佐藩兵の襲撃に理があることを暗にいいたかったのであろう。

処刑前夜のことは「土佐兵の勇敢な話」ではつぎのようになる。処刑されることになっている一六名の隊員は、自分たちだけが処刑されることの理不尽さを重役に抗議する。我々は隊長の命により「天朝のためと思」い、相手を撃退したのになぜそれが罪になるのか理由を聞きたい、と。「事実、隊長の指揮にしたがって行動した彼らに、とががあるはずはなかった。しかも彼らは藩士とはよばれぬ、侍以下の軽輩者である。国もとをはなれ、この地へ出征してきていても、月々の手当はわずか二両そこそこ、それすら半分に減らそうとするので、隊長の箕浦がみかねて、かかりの役人に注意している。そのような手薄い待遇をしながら、死ぬことばかり藩士なみにするとは、不公平もきわまっている」、「切腹の刑死は、侍の待遇だ。それで土佐一国をひきかえにできれば、これほど安価な代償はない。十六人のあわれな犠牲者達は、こんな安っぽい言葉にだまされて、その光栄に感激さえして、おとなしく自分の運命にしたがった」と、藩のいけにえにされた隊士たちに憐憫の情をあらわし「明日堺表において切腹仰せつけられる旨、御沙汰これあり候条皇国のお為と存じこみ、有難く受け仕るべく候」との御沙汰書を出した藩の上層部をきびしく批判している。

「堺事件」ではどうか。隊士の抗議にたいして大目付小南五郎衛門は「黙れ。罪科のないものを、なんでお上で死刑に処せられるものか。隊長が非理の指揮をしてお前方は非理の挙動に及んだのぢゃ」と一喝したが、納得しない隊士たちに小南はいい過ぎだと思ったのか、「いや、先の詞は失言であった」というと再評議を約し奥へはいった。しばらくして出てくると「此度の事件では、お上御両所とも非常なご心痛である」、「君辱しめらるれば臣死すとも申すではないか」、「皇国のためを存じ、有難くお受けいたせ。又歴々のお役人、外国公使も臨場せらるる事であるから、皇国の士気を顕すやう覚悟いたせ」といいきかせる。これにたいして「互いに顔を見合わせて、微笑を禁じ得なかった」隊士たちを代表して竹内民五郎は、士分の扱いを条件に「恩命難有くお受」けすることを誓うのである。ここには殉国への称賛はあっても「土佐兵の勇敢な話」のような処刑の不条理にたいする批判はみられない。

「土佐兵の勇敢な話」の冒頭に「私は少年の日にこれを読んだ。砂をかむような印象であったが、その内容はあとあとまで私の記憶にのこっていた」とのべているように、鷗外の「堺事件」を意識して中山はこの作品を書き上げたのであろう。それが、のちに大岡昇平が「堺事件」を国家権力のイデオロギーによって史実を歪めた作品であるときめつけたような強いものではないにしても、あえてこの事件を取りあげたのは、一つのアンチテーゼを提示したかったからではないだろうか。作品がそのことを物語っている。

「碑」、「落武者」、「土佐兵の勇敢な話」の三編は、いずれも時代に翻弄され、あるいは犠牲になった人物が描かれているが、そこにじめじめしたものは感じられない。それは、人物造型のきびしさと、たんたんとした文体によるところが大きいからだと思われる。装飾をそぎ落とした文体は無味乾燥になりがちだが、中山の文体からは一種の暖かみさえ伝わってくる。それは作中人物についてもいえることだ。中山義秀の歴史小説が透徹した史眼に裏づけられていることも見落としてはなるまい。

15章　初期のプロレタリア文学作品案内

『黒煙』と『労働文学』

文学同盟第一六回全国研究集会に「プロレタリア文学と現代」分科会が設定され、岩渕剛氏が問題提起を行っている（『民主文学』二〇〇〇年五月号）。

文学同盟一八回大会における幹事会報告の中の、「二十世紀の日本文学の発展にとって、プロレタリア文学と戦後の民主主義文学運動は重要な役割を果たしてきた」、「日本文学は、プロレタリア文学運動の誕生・発展によってはじめて文学・芸術の階級性や、政治と文学の関係などの解明に光を当てる機会を得た」という箇所を引用しながら、岩渕氏はつぎのようにのべる。

「今回の研究集会で『プロレタリア文学と現代』という題目が決定されたのも、そうした積極面を擁護し、発展させていくところに、現代の民主主義文学運動の意義のひとつがあるという認識がある。その、プロレタリア文学の積極面の擁護というところに、文学同盟の原点もあることを忘れてはいけないのだと、いまあらためて考える」、「プロレタリア文学運動の経験は、今の民主主義文学運動に対して示唆を与えている。それは、現在において、現実を深く見すえてそれをリアルにえがくことの大切さなのである」。

日本のプロレタリア文学運動の時期は、一九二一年の『種蒔く人』の発刊から、一九三四年の日本プロレタリア作家同盟の解散までとするのが最大公約数的な考え方であるが、ここではその先駆的な一九一〇年代の『労働文学』、さらにその土壌となった『近代思想』にまでさかのぼって対象とする作品を取り上げてみたい。

「労働文学」という用語が使われるようになるのは一九一九年の『労働文学』や『黒煙』が発刊されたころからであるとされるが、その成立の時期は、宮嶋資夫の「坑夫」が近代思想社から自費出版される一九一六年あたりに置かれるのが一般的であるといってよかろう。

『近代思想』は、大杉栄を編集兼発行人、印刷人を荒畑寒村として発刊された文芸、思想雑誌で、一九一二年一〇月から一四年三月までつづき、全二三冊が発行された。執筆者は、大杉、寒村をはじめ、堺利彦、土岐哀果、上山草人、上司小剣、荒川義英、相馬御風、小山内薫など多彩であり、三〇ページから四〇ページの雑誌で、発行部数は三〇〇〇から五〇〇〇部であった。

『黒煙』は、小川未明の愛読者のグループ「青鳥会」の機関誌的なものとして藤井真澄、坪田譲治が企画したもので、一九一九年三月から翌年二月までに一〇号が発行された。はじめは新浪漫主義的、反資本主義的傾向の強い雑誌であったが、第四号からは明確な労働文学を標榜するものに変わった。坪田がこのグループから去ったことがその理由といわれる。その第四号は刷新号とされた。同人は藤井のほかに内藤辰雄、吉田金重、丹潔、渡平民、そして七号からは「競点射撃」、「坑夫の夢」を書いた新井紀一が参加している。

第四号から雑誌の性格が大きく変わった事情について、祖父江昭二氏はつぎのような藤井の「身の上話」を重引している。

……坪田が東京を去り、其後を私が引受け、青鳥会の過激分子だけを結合して、『黒煙』は社会的文芸雑誌となり、民衆芸術を主張することになった。……当時千住の毛織物会社で守衛をしていた吉田金重は酒を断ち、同じく倉庫係をしていた内藤辰雄は菓子を断って、一頁壱円の同人費を払ったものだ。……その間に物価は暴騰して、同人費は一頁壱円のがしだいに上がって二円となった。吉田は酒がたちきれないで、姿を隠した。困ったところへ表はれたのが新井紀一である。十月号から新井が助けてくれたので、雑誌もやや重みを残していた。(中略)

大正九年に入ってから、笹野という若い本屋の主人が表はれて、経営方面を全部引き受けてくれた。……二月号には加藤一夫、西村陽吉、井田秀明等のも差加へて、やっと雑誌らしい形を成した。ところが、肝心の経営者が本屋を止めて田舎へ帰ってしまった。……それが『黒煙』の最後であった。

(この文章は「日本プロレタリア文学集」第四巻の解説や「二〇世紀文学の黎明期」に所収)

労働者出身の作家と進歩的知識人との提携を目的として生まれた『労働文学』は、一九一九年三月、編集発行人を宇佐美文蔵として発刊されたが、中心的人物は加藤一夫で、メンバーには福田政夫、新居格、富田砕花、白鳥省吾、百田宗治、内田賢治、稲田東声、工藤信、賀川豊彦らがいた。この中の新居格については、「第二号に評論を一本発表しただけで、同人消息の欄にも顔を出していないのでおそらく同人の扱いではなかったと思われる」と、大和田茂は「社会文学一九二〇年前後」(不二出版)の中で書いている。

この雑誌はわずか四号をもって廃刊せざるをえなかった。なぜ四カ月余という短い期間で終刊を迎えなければならなかったのか。大和田は前掲書の中で、加藤の「思想的な落差による目論見の食い違いと資金難」をあげ、つぎのような加藤の一文を引用している。

私は前年二三の友人と共に、「労働文学」と云ふ小雑誌を発行しました。それは労働している人の思想なりを表現する所の、そして労働者に読んでもらうと云ふ意味の雑誌でした。その結果、文壇の一隅に「労働文学」又は「労働文学者」と云ふ今までに決して存しなかった名称を創造せしめた外、私達の企ては失敗しました。私達が無資本でやり出したと云ふ事もその理由だったでせう。資本主義の出版界の傾向に圧迫された事もその理由だったでせう。しかし何よりも大きな理由は私達同人が真の労働者でなかった事だと思って居ます。兎に角、私達のその計画は失敗しました。……労働運動では火花を散らす有様になりました。で、私なんかは当分用もなささうに思えて来ました。

この雑誌の目的は「労働者の思想や感情を発表する機関となり、労働者の声を代表」することであり、「労働者向きに通俗と平易と実際とを主とするものにす」ることにあった。だが加藤は「労働者の大会に出かけ実際の運動に近づけば近づくほど」自分が労働者とかけ離れた小市民階級としての知識人であることを痛感させられ、挫折感を味わねばならなかったのである。このことが廃刊の主たる理由であったと思われる（大和田茂・前掲書）。

こうして『労働文学』は短命に終わったが、『黒煙』とともに、「民衆によって民衆の為めに造られ而して民衆の所有する芸術」をめざした「民衆芸術」と『種蒔く人』の運動とをつなぐために果たした役割は決して小さくなかった。また「労働文学」という概念を文学に持ちこんだ功績も見逃すことはできない。

荒川義英「廃兵救慰会」

これは小品ともいうべき短い作品である。

「勇将も奸臣のために退けられたのか」少佐を最後に「名誉昇進」の陸軍中佐として予備役に編入された勝田勇三は、新築した邸宅の門に「廃兵救慰会本部」という看板をかける。日露戦争の傷痍軍人を救援しようというのだ。

その彼も退役した後、しばらくは家族ともほとんど口もきかないほど落ちこんでいたが、二、三年たつと恩給を担保に「期米」に手を出すようになった。だがそれに失敗し、また「書斎に閉じこもる」ようになった。戦場を駆けまわった勇将としてのプライドが許さなかったのである。

やがて気を取り直した勝田は「闘う者は自然は見すてない」という信念のもとに奮闘するようになり一〇年が過ぎた。その甲斐があって成功した彼は妻にいうのだった。「是だからそう人を見くびるものではない。現役でいる奴等の妻はお前より何れだけ好いものを着ている？　ええ？　オイ」。妻は今の境遇に満足していた。それは「濡れ手に粟」といったやり方での蓄財ではなく、「友人の財産を、世の需要者の希望に任せて貸し与える仲介という、全く正しい方策」による結果であり、東奔西走した努力のたまものだったからである。

その資金を元に、彼は幼い頃からの願いだった廃兵救援活動を始める。そして「廃兵救慰会」創立の集まりでこういった。「衣食足って礼節を知ると申しますな、いや私共も衣食が足りませんので、一向どうも不愉快な事を敢て――まあ敢てでありますな――して過ごしてきたのです、まあ今日じゃ何うかこうか、ハハハハハハ、それで私等が、此の挙に出でたのは、別に賞すべき事では全然御座いません、まあ当然の事と思うてやるつもりであります」。

やがて、さまざまな人たちがやってきた。片足や片腕のない者、「唇に銃丸をうけて、一寸見ると口が耳まで裂けたようになった者」……。彼らはみんな「昔年の忠臣であり、勇卒」であったのだ。このような人々が世の中から忘れられていく。それは勝田にとって「憂うべき現象」であり、これらの戦争犠牲者を救うことが使命でもあると思われたのだった。

廃兵たちが訪ねてくると、豪華な邸宅の応接間にとおされ、勝田自らが応対する。

「貴郎は何方から?」

中佐殿が一兵卒に向って、貴郎と云われるのである。その男は忽ち椅子をはなれて片足と腋杖とで直立した。

「はあッ。」

「足がお悪いようじゃな、いや立たんでも好い、もう此処は軍隊ではないからな。」

中佐は大きく笑った。

「手前は埼玉でございます。――得利寺の戦いに、へえ。」

「ははあ得利寺、大隊長は誰方じゃったな?」

「突貫少佐殿でありました」

「突貫君なら士官学校での同期じゃ戦争には無暗に強い男でな、ハハハハハハ。」

「左様でございます。」


このようなやりとりを勝田は訪問者と必ず交わすのだった。

対話を終えたこの男が「救慰会本部」の門を出てきた時の姿は一変していた。「白い看護服に、大黒帽に赤の十字の付いたのを冠り、大きな鞄を肩にしていた」のである。彼は松葉杖ではあったが、颯爽と歩きながら中佐にいわれた通り一軒の家にはいっていった。「何うも御たたせ致しまして失礼でございますが、私は日露役の時、得利寺に於きまして、足をとられました者でございます。御買い置きはございましょうが、何うぞ一つ何なりとお救い下さるおつもりで、お求め下さいまし。へい。薬種と化粧品でございます」と口上をのべたが、細君に断られてしまう。

並べた薬をしまうと、その家を出た。「顔に火がつくようにほてる」。次の家でも断られるのではないかと思うと気が滅入ったが、思いなおして歩きだした。足を棒にして夕方まで歩きまわったが、売上げは一円八五銭であった。中佐の自家製である「軍国丸」、「救国散」、「富国歯みがき」は一つも売れなかった。報酬は二七銭。一日、痛む足を引きずり、松葉杖で歩きまわった結果がそれである、男は「泣きたくなった」。

「中佐殿は?」と勝田の居所を尋ねると、事務員は「御主人は奥へ行かれた」というと、二七銭もあれば一晩は楽に過ごせるという場所を教えてくれた。男は呆然としながら、その道を歩いて行った。今朝持って出た十五円から一〇円の保証金を取られ、汽車賃などを差し引くと残ったのは三円四〇銭、それに報酬の二七銭を入れても四円足らずの金しか懐にはない。涙が出てくるのも当然だった。

勝田の廃兵救済の事業は成功し、その邸の「門は、なお毎日二三人ずつの旧勇士を呑ん」でいったのである。廃兵たちの中には、「木賃宿の薄暗いランプの下」で、一日の労働の報酬の大部分を濁酒代に当てる者が多かった。彼らの酔眼には中佐にたいする感謝の気持ちがあらわれていた。

松葉杖をたよりに不自由な足で一日中歩きまわった結果が二七銭の報酬である。男は中佐に会おうとするが、奥にはいったまま出てこない。一〇円もの保証金を取られ、泊まる場所は木賃宿である。男にとってはまさに踏んだり蹴ったりであった。

それでも多くの廃兵たちは、寝る場所と、どぶろくにありつけることに満足し、中佐に感謝するのだった。日露戦争の犠牲者救済という名目で始めた勝田の事業は成功し、希望者もあとを断たず、救慰会本部の門は「毎日二三人ずつの旧勇士を呑」みこむほどであったのだ。

作者はこの作品で何をいいたかったのか。一つは、戦争犠牲者にたいして国や社会が何の手もさしのべようとしないことへの不満であり批判であろう。もう一つは、豪邸に住む退役中佐と、わずかな日当に甘んじ、木賃宿でどぶろくを飲むことに満足している廃兵たちを対照的に描くことによって、その境遇のちがいを明らかにしたかったのではあるまいか。しかし、そこにきびしい批判の目は見られない。それどころか勝田の一見善意と思われる事業を賛美しているようにも読み取れる。いずれにしてもテーマが明確に伝わってこないのである。ここに、この作品の時代的限界があるといっていいのではなかろうか。

だがこうした限界があるとはいえ、廃兵の問題を取り上げ、彼らを生み出したものが戦争以外の何物でもなかったことを暴露した点は評価すべきであろう。反戦文学とはいえないにしても、一種の厭戦気分は伝わってくる作品である。

（初出は一九一四年七月『近代思想』、三一書房「日本プロレタリア文学大系」序巻所収）

宮地嘉六「佐吉」

「雨がザーと地を打ちつけるほど激しく降ってきた」。佐吉は、ある家の冠木門の下へ駆けこんだ。そこへ一人の男がとびこんでくる。帽子には廃兵院の徽章がついていた。つづいて学生がやってくる。雨は容赦なく降りつけてくる。そのとき、中へはいりなさいという声がして、その家の奥さんらしい顔がのぞいた。三人はそのことばに救われたような気持ちになり家の中にとびこんだ。

廃兵は煙草を取り出し、二人にすすめた。そのとき佐吉は彼の片腕がないのに気づく。そして、その男が戦争の手柄話を始めるような気がした。この雨やどりはそんな話を聞くのに恰好の雰囲気を作り出していたのだが、彼の口からはなにも語られなかったのである。

怠惰で遊び好きの佐吉にとっては、こうして雨やどりにかこつけ何もしないでいることが「一種の勝利であり、また幸福さえ意味」するものであった。とはいえ、今は親類の家に居候している身であり、仕事口を捜しまわってはいたのである。

雨がやむと廃兵と学生はそれぞれ別の方角へ歩いて行った。佐吉も街路へ出る。午後の太陽が照り輝き、道路の小砂利はきれいに洗われていた。空は明るくなったが、彼は晴れない気持ちで歩いて行った。「天どん八銭」

の文字が目にはいる。だが蝦蟇口には五銭銅貨が一個あるだけだった。そこで彼はパン屋に立ち寄りジャムパン五個を買った。そのとき、パン屋の内儀さんは何を勘ちがいしたのか一五銭のおつりをくれたのである。

佐吉は其の場で作られた大胆に任せて、平気な顔でそれを受け取った。併し遉がに身内がぞくぞくした。後方から呼びかけられはせまいかと急いで横町へ曲がった。胸がもうドキドキした。不安と嬉しさとが絡み合って呼吸さえくるしかった。やっと一町ばかり行った所で後方を振り返った。

「なんて間が好いんだろう……」

彼は安心して斯う云った。そして三個の五銭銅貨を掌の上にのっけてニッコリ笑った。

「明治二十五年――明治十七年――明治三十五年……」

と佐吉は一個ずつ銅貨の年号を読んだりした。

佐吉は仕事口を捜すつもりで歩きまわるのだが、その実は公園あたりをうろついて木蔭で昼寝を楽しんだり、テニスに興じたり鉄棒をやっている中学生を眺めたりして過ごした。こうして中学生を見ていると、一日でもいいからあんな生活をしてみたいとの思いがこみあげてきて、自分の不幸な生い立ちがあらためて思い起こされてくるのだった。

鉄棒を上手にやっているのを見ていると佐吉は自分もやってみたくなり、練習を始める。ところがある日のこと、「目を白黒させながら眉の根を苦しそうにピクピクさせ」、「鼻からはだらだら血を流」して倒れているのを学生に見つけられる。鉄棒から落ちたのである。何とか自分で起き上がったが、そんなことがあった数日後、親類から追い出されてしまう。「お前のような人間は東京で飯は食えない。早く国へ帰れ」といわれるが、佐吉には郷里へ帰る気はなかった。

田舎の駅前旅館の子として生まれ、継母に育てられた彼は、一二の頃学校をやめ駅の弁当売りをやらされる。腹違いの妹が大きくなるにつれ、継母はますます佐吉につらく当たるようになった。弁当売りの仕事を怠けると締め出しをくらい、停車場の貨車の中で寝たこともあった。

やがて仕立屋の叔母に引き取られたが、その亭主に冷たくされ、二人の子供にもいじめられる。そのころの佐吉には寝小便の癖があり、それが年下の子供たちから馬鹿にされる理由にもなった。仕立ての仕事のおぼえも悪く、叔母からもてあまされるようになっていく。そしてとうとう親元へ帰されることになり、また駅弁売りを始めるが、継母におもねる父の冷たい仕打ちはつづいた。

こうして東京へ出てきたのだったが、親類からも追い出された彼は安下宿にもぐりこむことになった。同宿の男のすすめで、ある小さな新聞社の外交員に応募するが、その風采を一目見ただけで社長らしい男は取り合おうともしない。それからあちこち歩きまわったが彼を雇ってくれるところなどなかった。

疲労と空腹で「足はナマリのように重」い。公園で水をがぶ飲みすると、ベンチに腰をおろし吐息をついた。そこへやってきた若い紳士は「つと、何物か、それはさも厭わしい物でも見付けたように」別のベンチの方へ行ってしまう。

公園を出ると、佐吉はめし屋へはいった。懐中には四銭しかない。ふと向こうを見ると、そこに見覚えのある男がいるではないか。あの公園をうろついていたときによく見かけた男だ。それが今は「傲然ととぐろを巻き込んで、三本目の徳利を傾けつくし」ている。その眼は「俺が今斯うやって酒を飲み、肴を並べて飯を喰っているのをお前は意外と思っているのだな、ふん、俺はお前ほど困らなくて済む人間だ。俺には手段がある」といっているように佐吉には思われるのだった。飲み終わったその男は五円札を出し釣銭をもらうと悠然とその店を出て行った。

めし屋の中では労働者たちがコップ酒を飲みながら今日のできごとを語り合っている。

「なあに、ひと思いにやっちまえば痛いも苦しいもねえやな、あれこそひと思いだ、死ぬにゃ汽車が一番好いや」

「そりゃ然うよ。だけど、あの場を見ちゃ好い気持ちはしねえぜ。俺が行った時にゃ身体にゃ菰が被さってたが、はぐって見ると首が無えだろう。誰かが向うの方で首があったあったて、それこそ鬼の首でも取った気で手柄顔で提げて来るから、見ると矢張首だあな、ハイカラらしい長え髪の毛の首っ玉がよ、五六間も向うへおっ飛んでるんだから凄じいや……」

この二人の会話は「……死ぬ奴もなくっちゃお米の値段も下りこねえぜ。大抵働くのが嫌えの奴か、でなきゃ田舎から飛び出しの喰いはぐれ者かさ、定ってらあ」ということばで終わる。佐吉には自分のことをいわれているような気がするのだった。

生まれた家では継母から冷たくされ、叔母の家では子供にまで馬鹿にされ、東京の親類からは厄介者扱いをされ追い出される主人公の佐吉。その行きつく先は安下宿であった。

ここに描かれた主人公は、いわば人生の落伍者である。その拠ってきたるところは生い立ちによるそのひねた性格と怠惰であった。そんな彼も、めし屋での鉄道自殺の話にはショックをうける。自分を待っているものが何であるかを突きつけられたような気がしたのである。

ここには、主人公はもちろん社会の壁を突き破ろうとする人物は一人も登場しないが、生きるための出口さえ見出せない男をとおして、当時の社会の底辺を描き出したかったのであろう。佐吉という「余計者」の典型を見事に描いた作品といったらいい過ぎになろうか。

（初出は『新公論』一九一五年二月、「日本プロレタリア文学集」第三巻などに所収）

宮嶋資夫「老火夫」

真黒な闇の中に冷たい風がごうごうと吹いていた。その風が汽缶室の扉に吹きつけてくるたびに、押さえにしてある大きな石炭の塊を動かしながら、扉はぎい、ぎい、と少しずつ開いて来た。そしてやがてその押さえが外れると、がたあんと烈しい音を立てて開いてしまった。氷のような冷たい風がむっとした室の中に流れ込んだ。

この作品の冒頭の部分である。
「ううっ寒い、おい野口はやくしめてくれよ」という火夫頭の青木の声に、ボイラーに寄りかかって居眠りをしていた新米の人夫野口は扉を閉めにいく。外は「漆のような濃い闇が広々とした工事場から、遠くの森の方までを息もつけないように塗りこめてい」た。昼間は大勢の火夫や人夫たちでさわがしい部屋も真夜中を過ぎると「野原のように静か」になる。ピストンの音が聞こえるだけで、それが余計に静けさを強調しているようであった。

青木はときどき石炭をすくって火床の中に投げ入れる。「禿頭とそのふちに残っている白髪や顔」が真赤に照らし出され、野口は幼いころ見た地獄の絵を思い出した。彼が青木の口から二度目の細君が死んだことを聞いたのはこのときである。

交替の時間だというのに替わりの者は起きてこない。野口が交替の声をかけると二人の男がやっと起きてきた。その一人が小原である。三五、六の背の高いこの男の自慢話は、日露戦争のあと、潜水夫をしていたころ、沈没船にもぐりこみ、向かってくる鮫を銛で追い散らしたことと、ハルビンで火夫をしていたときロシア人の火夫と喧嘩をして、その脇腹をナイフで刺したことであった。その真偽のほどはわからなかったが、彼が三、四人力と思わせるほどの力持ちであることはだれもがみとめていた。その強さをかさに、青木をはじめ火夫頭たちを何とも思わない傲慢なふるまいをするのだった。

小原の傲慢さに我慢ができなくなった野口は、「なあおい、力が強いって威張ったって、あんまり癪な真似をして、人間が口惜しくて堪らなくなったら、何をするか解らないんだ、貴様が油断している時に、こいつを心臓に打こんで見ろ、いくら強くったって一遍だから」といって太い火箸を出して見せた。小原が野口にたいして文句をいわなくなったのはこのときからであった。

朝の交替時間が近づくと釜に火を入れる仕事でボイラー室は忙しくなる。力の強い小原は、仕事を早く済ますと、相方の青木に「爺さんしっかりしねえか」といい残して風呂場へいってしまう。「俺がいなくなりゃ自分が火夫頭になれると思って、俺ばかり邪魔にしやがる」と青木はくやしがるのだった。

細君をなくして気落ちしていた青木もしだいに元気を取りもどしてきた。そんなある日の昼食時間に青木の再婚のことが話題になる。切り出したのは青木の社宅の隣に住む川島だった。「なんでもあの爺さま女でせえありゃ好いだもの」。小原がいうと、「ちょっ、助平爺だな」、「ひゃあい、あの禿が」という声が若い人夫たちのあいだからあがり、胴上げでもしてやろうということになった。

四、五日たって嫁がやってくる。茶屋の女中をしていたという四〇過ぎの女で、かなりのあばずれのように見えた。新しい嫁をもらった青木は、「どうだ爺さん、婆さまにいじめられちゃ腰が利くめえ」などと冷やかされながらも満足げに工場に通うのだった。

やがて暮れになり年も明けたが、「昼と夜とを取り違えて働いているような彼らには、暮も正月もありはしなかった。生活はいつも暮のように苦しく夜働くときは昼間寝て、昼働くときは夜寝るだけより外には何の変化も起りはしなかった」。

一月も終わりに近づいたある日のこと、青木は交替時間になっても現われなかった。「あのずぼらな野郎休むのかな」、「なあにあん爺さま、婆さまに逃げられてから気違え見たいになっているだよ。あるものは皆な質に入れちゃ女郎買ばかりに行ってやがるだもの」、「もう婆さんに逃げられたのか、だってまだ幾らもたたないじゃないか」。そんな噂をしているとき青木が息せき切ってとびこんできた。禿げ頭に向う鉢巻きをしたその胸には大きな目覚し時計をぶらさげ、「ああこりゃこりゃあい」と手をたたきながら汽罐室の中へはいってきたのである。その足は「何処に中心があるのか分からないようにふらふらし」ている。こうしてやけ酒をあおるだけでなく、青木は仕事場を抜け出して博奕にまで手を出すようになった。賭場は工場の奥まった洞穴のようなところで開かれていた。そこでとうとう技手につかまってしまい、機械室へ連れていかれる。ほかの連中はそっと逃げ出してしまっていた。

翌日、機関長に呼び出され青木は蒼ざめた顔で戻ってきた。クビを言い渡されたのである。その口からは「しようがねえや、なるようになれだ」ということばが吐かれたが、「その眼には涙が浮かんでいるようであった」。それを聞いていた小原は「年げえもない真似をするからだ。好いざまだ」といいながらせせら笑う。このとき野口はいった。「お前だって年を老って、使えなくなりゃあんな風にして追い出されるんだよ」。「何を余計なことを云いやがるのだ」と小原はうそぶいた。

その小原も呼び出されるが、火夫頭代理になることを知っていた彼は威勢のいい返事をしながら機関長室に向かう。野口はそのうしろ姿を見ながら「ぺっと唾を吐」くのだった。

工場のボイラー室というせまい舞台を中心に展開する労働者たちの言動をとおして、その一人ひとりが個性的に描かれた作品である。二度も細君に先立たれ、三度目の妻には着物まで売りとばされたうえ逃げられてしまい、酒に溺れる老火夫の青木、人情味に富み正義感の強い新参者の野口、出しゃばりで調子のよい川島、腕力で人を押しのけようとする出世欲の強い小原……。それぞれの人物がリアルに描き出される。ことに、はたから見ればユーモラスともいえる行動をとおして悲哀をにじませる青木の人物造型は作者の描写力の確かさを示すものであろう。何とも見事である。

祖父江昭二氏は「解説」の中で、この小説は「青木の内部にも分け入って描くのではな」く、「野口の眼によりそい、それゆえ青木は、野口の眼に映り耳に聞こえる限りにおいて、つまり外から描かれ」ている。「淡彩的な客観小説の印象を与えるゆえんであろう」と書いている。

確かに祖父江氏が指摘するように、青木の半生はペーソスに満ちたものだが、じめじめしたところがないのは「淡彩的な客観小説」として仕立てられているからであろう。また野口の眼をとおして「外から描かれ」た作品であるという点も大枠ではうなずける。だがそう割り切ってしまっていいだろうかという気もしないではない。淡々と描かれているとはいえ、青木への作者の共感と内部への「分け入り」もそれなりに感じとれるからである。さらに、老火夫の青木がかんたんにクビを切られていく結末と野口の小原へのことばに、資本の非情さにたいする作者の怒りも読み取りたい。

（初出は『太陽』一九二一年四月号、『日本プロレタリア文学集』第三巻所収）

平沢計七「御主人様」

一〇枚ほどの短い作品である。

織っ子のお菊は、はっきり覚えていた。「お月様がまん丸く西瓜のように出ていたこと、鎮守の森からお化けが出そうであったこと。母親が自分をしっかり抱きしめて、涙の一ぱいたまった眼で自分を見た事」、とくに「御主人様の言う事は何でもよく聞くんだよ」ということばを。

母親と別れたときには出なかった涙も、このことばを思い出すとお菊の目からにじみ出るのだった。

お菊の働く工場は信州にあったが、彼女の知っている信州は、「工場の窓から見える山と空と森と町」、月に一度ほど工場の門の外に出て見る近くの小川や橋や畑である。そんな彼女がいつも思うのは「あの山の傍に行ったならばきっと良い所があるに違いない。行ってみたい」ということだった。だが、織っ子にとってそれは空しい願いでしかなかった。工場は高い塀で囲まれ、その傍へ行っても見えるものは空だけだったからである。その塀の蔭で、星を眺めながら母親のことを思い出してはいくたび泣いたことだろう。

そんなお菊を慰め、ときにはいっしょに泣いてくれたのが織っ子のお作であった。一八になる彼女は、おきゃんな陽気な娘で、こんな唄をうたっていた。「親が承知で機織させて浮気するなはよく出来た」。お菊は、このお作から唄を習うのがいちばんの楽しみであった。そんなときのお作は、いつもの「投げつけるような声」ではなく、「寂しい悲しい声」でうたうのだった。「機織する身と空飛ぶ鳥は何処のいずくで果てるやら」。そしてあるとき、「唄の通りだよ、お菊、俺あもお前も別々に何処かへ行って仕舞うんだあや」としみじみいった。このことばに、「俺あ厭だよ、俺あ厭って言うに、俺あいつ迄経っても別々になるのは厭だよ」といったが、「だって」といったままお作はだまってしまう。

それから三、四日たった夜のことである。六〇人ほどの織っ子たちが、食堂に使われている板張りの部屋に集められた。何があったのかと思っていると、一人の女が素裸でみんなの前に引きずり出されてきたのである。なんとそれはあのお作ではないか。その場面はこのように描かれる。

「此阿魔主人の言う事をきかないから、みんなのみせしめに折檻してやる。みんなはよく見ていて、主人の言う事をきかなくってはだめだぞ」と、監督の宮原が言って其真裸のお作をびしりびしりと打った。左様して暫時経ってから、

「さあお作、御主人様に悪かったとあやまれ、あやまらないともっと打つぞ」と宮原はお作に言った。お作は初め恥ずかし相に頰っぺたを赤くして下うつむいていたが、だんだん口惜し相な眼で宮原をにらみつけ、

とうとうしまいには、

「さあもっとぶてもっとぶて、殺せ殺せ」と怒鳴った。

「此阿魔生意気言やァがって」と、宮原は猶もびしびし織切で真白なお作の身体を打った。打たれた所は見る見る赤くなった。お作は打たれれば打たれる程夢中になって怒鳴りたけった。……「之でもか之でもか」と宮原はお作の髪の毛を摑んで蹴ったりぶん殴ったりした。それでもお作はあやまらなかった。

これを見ていたお菊は泣き出す。あちこちですすり泣きの声がきこえた。

お作の姿が工場から消えたのは、このできごとがあった夜のことである。色男がいて、どこかへ逃げたのだとか、ほかの工場に売られたなどという噂がたったが、数日後に彼女は「怨み死に死んだ」ことがわかる。女として耐え難い恥辱をうけた会社側にたいする無言の抗議であったのだ。

お作が自死して一〇日過ぎた日のことである。工場にやってきた宮原は、織っ子の中から一〇人ほどの子供たちを集めてどこかへ連れ出した。お菊もその中の一人だった。自分たちもお作のような目にあうのではと、その「小さな胸をびこつかせた」。

連れ出されたお菊たちは押入れの中にとじこめられてしまう。「だまっていろよ、ちっとでも声を出すときかないぞ、声を出すとお作のようなめにあうぞ」という宮原の声に、彼女たちは押入れの中でおびえるのだった。それは、工場法が守られているかどうかを調査するために工場監督官が臨検にやってきたので、工場の不正行為がもれないようにとった措置であったが、お菊たちにはその理由がわかるはずもなかった。工場側の巧みな口封じだったのである。

その日の夕方、押入れが開けられると、そこには珍らしく宮原の笑顔があった。思惑どおりにことが運んだからである。お菊は、母親のいったとおりに、御主人様のいうことを聞いて押入れの中でじっとがまんした甲斐があったと思い、全身に喜びが満ちてくるのであった。「コロコロコロ、コロコロコロ、何処かで虫の鳴く音が聞こえて」いた。

なんとも切ない題材の作品である。年端もいかない主人公の女工お菊は母親の「御主人様の言う事は何でもよく聞くんだよ」ということばを後生大事に守りながら工場で働く。そこは高い塀に囲まれ、そこで働く女工たちは文字通り「籠の鳥」であった。そして彼女たちを待っているのは「機織する身と空飛ぶ鳥は何処のいずこで果てるやら」という運命だった。これが「女工哀史」の中で呻吟する彼女たちの姿であり、生きざまだったのである。

工場のやり方にたいして従順でなかったお作は、残酷なリンチをうけ自ら命を絶ったのである。何と悲しく切ない抵抗であったろう。そんな彼女を姉のように慕っていたお菊もまた憐れである。この二人は対照的に描かれるが、工場側＝資本にたいする怒りを呼ぶ存在としては共通した人物といえるだろう。

作品には一種メルヘン風なところもあり、それが物悲しさを表わすのに効果をあげていることも指摘しておきたい。たとえばつぎのような場面である。

お作の行方がわからなくなった翌日の夜、お菊は塀の蔭で一人、「機織する身と空飛ぶ鳥は……」をうたう。

それからお作を思い、母親を思い、……そして又唄を唄つた。世の中はもう秋、いろいろの虫がお菊と声を合わせて、方々で悲しく唄い鳴いた。コロコロコロ、コロコロコロ。

この虫の声とお菊の心との響き合いが、この作品の基調となっているように私には思われる。わずか五円で売られてきた少女をコロコロコロと秋の虫の声が哀れんでいるようにも、また娘を売らなければならなかった母親の悲しみの声のようにも聞こえてくるのである。

作者は、一九二三年九月三日、関東大震災の際、習志野騎兵連隊によって亀戸署で刺殺される。三四歳であった。

（初出は『労働及産業』一九一八年一〇月号、『日本プロレタリア文学集』第二巻所収）

伊藤野枝「火衝け彦七」

全二巻の『伊藤野枝全集』（学藝書林）には一一編の小説が収められている。その一つ「火つけ彦七」は、関東大震災の直後、大杉栄、甥の橘宗一とともに、憲兵大尉甘粕正彦によって虐殺される前の年、二七歳のときの作品である。

話は二〇年前にさかのぼる。北九州のある村はずれに一人の年老いた乞食がやってきた。「風雨に曝され垢にまみれたその皮膚は、無意味なひからびた色をして、肉が落ちとがり切った骨を覆って」おり「砂ぼこりにまみれたその白髪の蓬々としたひたいの下の奥の方に、気味の悪い眼がギョロリと光ってい」た。

彼は竹杖にすがりながらよろよろと森の中にはいって行く。そこには鎮守の森があった。あとをつけて行った子供たちが見たのは、この鎮守の森でいちばん大きな楠の古木の根が燃えている光景であった。そこにはあの乞食の顔があった。子供たちは悲鳴をあげながら逃げ去る。そこへ通りかかった村の巡査はお宮の近くで仕事をしていた男に水を持ってこさせ火を消した。

その夜のことである。このあたりでは珍しく火事が起った。火元は荒物屋である。翌日の晩も火が出て居酒屋と隣りの床屋が焼けた。放火だった。二晩つづいた火事に、村人たちは夜廻りを始めるが三日は何事もなく過ぎる。夜廻りを終わった連中が、もう火をつける奴などいないだろうといいながら番小屋に戻ってひと休みしていると、いま廻ってきたばかりの所から火の手があがっているではないか。また放火である。だが今度は犯人が捕まる。あの乞食だった。

彼は、「その村の片隅にある」未解放部落出身の彦七という男で、放火はこれまでうけてきた差別への復讐だったのである。

彦七は「穢多ん坊！　穢多ん坊」と蔑まれて少年時代を過ごした。同じ人間であり、だれの世話もうけていないのに生まれた地域によって特別な目で見られるのがくやしくて家出をする。城下町へ出たがなかなか仕事がない。足を棒にしてやっと見つけたのが町はずれの瓦屋の仕事であった。ここで、はじめて普通の人間として扱ってもらうことができた。一六歳のときのことである。

一年ほどたったある日のこと、一人の若い職人と祭見物に出かけた。そのとき若い二、三人の男たちがやってくる。顔見知りの者であった。「こら！　彦七！　誰も知ってるものがないと思って、いやに生意気な面をしているな。穢多の分際でこんな処を押しまわすと承知しないぞ。こんな処、貴様みたいな畜生がウロウロする処じゃないや」。

このことばを聞くと、彦七は血が頭にのぼってしまい、物もいわずに打ちかかり、下駄で相手の顔を殴りつけた。だが相手から足を払われ倒れたところを殴られ踏みにじられ血だらけになる。虫の息になった彦七はやっとのことで瓦屋の近くまで逃げてきて、一晩中そこで呻きとおしていた。しかし彼の「生まれ」を知った瓦屋の職人たちは、「何か汚いものをいじるように」その瀕死の体をムシロの上に転がした。

このことがあって瓦屋をクビになった彦七は、「復讐心に燃えながら傷ついた体」で郷里へ帰って行く。そして彼は考えるのだった。何の罪もない自分を死ぬような目にあわせた世間の奴らを苦しめるためにはどうしたらいいかと。

健康を取り戻した彦七は、暇を惜しんで働いた。変人といわれながらも、部落の者との交際も断ち、すべての慣習も無視した。こうして四年半働いた彼は、その部落から姿を消す。自分を苦しめた町に戻り、金貸しをはじめたのである。金儲けのためではなく、それは世間の人びとを苦しめるためにはじめた商売だったから、平気で残酷なことをやった。「世間の人間を泣かせて思う存分楽し」みたかったからである。あるとき、彦七は、借金取り立てのため往来で恥をかかせた鍛冶屋にヤットコで殴られ大ケガをする。傷を負わせた鍛冶屋は監獄に入れられてしまう。

それから半月ほどたったときである。まだ傷も癒えない彦七は鍛冶屋の家へ出向き、女房の哀願を無視して子供たちが眠っている布団を剝ぎ取り、釜まで持ち去ったのである。彼女は自分の兄弟に二人の子供を託すという書置きをして家を出る。

彦七の家に火がつけられたのはその夜半過ぎであった。だいじな手文庫だけは持ち出したものの、転んだ拍子に誰かに奪われ火の中に投げこまれてしまう。「鍛冶屋の女房はとうとう、彦七を素裸にしてしまった」のである。

作品の結末はこのように書かれている。

彼は火のために、彼が命をけずるようにして築き上げた彼の今までの生涯を跡かたなく失くしてしまったので、彼は、激しい落胆のために失神したようになって、二三日間はただ焼け跡をうろうろしていたのです。しかし、やがて、彼の目にあの盛んな何物をも一気に焼きつくしてしまう火災が不断にチラつくようになりました。彼は今までの金による復讐を、今度は魅力にとんだ火災と取り換えました。そして、長い間あちこちを徘徊しながら、その呪いを止めなかったのです。

彼が生まれた村に帰ってきたのは、最後の思い出に最初に彼の呪いを培った土地に呪いの火を啣わすためでした。

「部落」に生まれ、幼い頃から差別されて育った主人公は身分をかくすために町に出て働く。まわりの者にも知られず過ごしていたが、町の祭りに出かけたとき、顔見知りの若者たちと出逢い、差別的なことばを投げつけられる。我慢できなくなった彦七は彼らに殴りかかり大喧嘩となり瀕死の重傷を負ってやっと瓦屋の近くまでくるが、血だらけの彼の姿を見ても誰も助けようとはしない。「部落」出身だということを知った職場の者は手のひらを返したように冷たくなったのだ。

痛みをこらえて水を飲もうとした彦七の手からひしゃくを取り上げると、「まあ汚い！　お前なんかの唇つけられてたまるものかい」と下女からもいわれる始末であった。彦七の体は怒りのためにブルブルふるえ「燃えるような目で、下女の真赤にふくらんだ顔をにらみつけ」るのだった。

世間の蔑みにたいして金によって復讐しようとするが、自分の家が放火され、手文庫まで焼かれてしまった彼は、火事のほうが世間を困らせるのにより効果的だと考え、自分を苦しめた村へ帰り「呪いの火を侚わ」せようとしたのである。

この小説は復讐譚ともいうべきものだが、主人公のやってきたことを作者は弁護しようともしていないし、また非難する立場でも描いてはいない。しかし、作品の底に流れている主人公にたいする暖かい気持ちと、彼をここまで追いつめた世間を告発しようとした意図は十分読みとれる。小説としての結晶度はいまひとつというところであるが、少なくない「部落」や部落問題をテーマにした作品の中では佳作といってよいのではなかろうか。

（初出は『水平』一九二二年七月号、「伊藤野枝全集」上巻、「日本プロレタリア文学集」第二巻などに所収）

江口渙「馬車屋と軍人」

つぎのような情景描写でこの作品は書き出される。

一群の鴨が低く空を渡って行く。冬の山国の、晴れた日の出前の空である。鋼のように青い空はいかにも気持ちよく澄んでいる。渡り行く鴨の群だけが、眼に入るたった一つのものであるほどまでに澄んでいる。

その空の真下のだらだらとした坂道を、今しも大勢の人が峠の方へ歩いて行く。峠といっても格別高くはない。城下の町と隣村とを界する一連の小山があって、その鞍部が峠である。坂道は城下のはずれと峠との間に、ものの五、六町もゆるい迂曲をなして続いている。小さな城下の町の西側とを囲むように小山の二つの鎖が走っている。それが町はずれのあたりから互いに迫り合って来て、いつか鈍角をなして結び着いて、さらに大きな小山の鎖にからんで行く。そのからみ合っている間を、一本の街道が山の懐へ誘い込まれるように上って行って、ついに中央の鞍部を横切るのである。

この山の坂道を長い行列が通って行く。その先頭には「祝諸君之入営」と書かれた旗が風になびいている。そのあとには、この小さな城下町の在郷軍人会会長の退役歩兵中佐やカーキ色の軍服を着た連中がつづく。そして「黒木綿の五つ紋付に小倉の袴をはいた」一二人の若者が行く。入営する壮丁たちであった。そのあとから、東北本線の駅まで壮丁たちを運ぶ田舎馬車がついていった。

城下町の家並を眺望できるところまでくると太陽が山の端から顔を出し始める。一行は、しばらくすると退役中佐の合図で足を止めた。そこは「道の左側に山を後にし崖を前にし」た場所で、ここが送別の会場となる。壮丁たちを乗せる馬車は崖の近くに置かれた。

特務曹長が号令をかけると一二人の壮丁たちは不動の姿勢をとった。帽子やズボン下はまちまちであったが、黒木綿紋付の羽織と小倉の袴だけは見事に統一されている。それを見た中佐は満面に笑みを浮かべていた。「すべての不均整を除いた後の均整のみが特に彼の眼に入って」いたからである。この羽織と袴に統一したのは彼だったのだ。

送別の行事が終わると、壮丁たちは馬車に乗り込み、兵営まで引率する特務曹長だけが馭者台の横に座る。そこは崖に近い方であった。二頭立ての馬車が動き始めると、大勢の見送人の列から万歳の声があがり、「何十本かの旗が一様に烈しく頭上で翻え」る。「万歳の叫びが前からも後ろからも嵐のように襲いかかる。狂うばかりに上下する旗の波は、幾色もの縞となって眼の前の空を彩る」。万歳の声は二度、三度とつづいた。馬車の中からもその声が起こる。その声と旗の波は馬を驚かせるのに十分過ぎた。あばれる馬を馬車屋は必死になって抑えようとするが、手におえるものではなかった。馬車は、特務曹長と一二人の壮丁を乗せたまま崖からずり落ちていく。

麦畑に落ちた馬車は車輪がはずれ、二頭の馬はおお向けになり「四肢で虚空を掻いてい」た。送別の会が思わぬ惨事になったのである。中佐は馬車屋を怒鳴りつけるが、彼は地面に這いつくばってただおじぎをするだけだった。

人びとは下の麦畑に降りていって怪我人を助け出す。幸いにも死者はなく、多くは軽傷ですんだが、馭者台の横に乗っていた特務曹長だけが人事不省に陥るほどの重傷を負っていた。やがて、呆けたようになり頭を下げながら歩き廻るだけの馬車屋に向かって罵声が浴びせられる。怪我人が運び出され、みんなが帰ったあとも馬車屋だけが一人その場に残っていた。

警察でさんざんしぼられた馬車屋は病院へ怪我人を見舞いに行くが、そこでも中佐から怒鳴りつけられる。「貴様は今日帝国の軍人を十三人までも怪我させたのだ。……みんなわが日本帝国の軍人だぞ。……国家に対して不忠を働いたと同様だ。貴様は取りも直さず帝国の国賊だ」。馬車屋には「国賊」の意味が理解できなかったが、悪いことであることは何となくわかった。そのことばに、彼はまわりが真暗になったような気になるのだった。

その夜、馬車屋は女房を連れて失踪してしまう。「国賊」の烙印を押されたこの哀れな男のことは、城下町の笑い種にはなっても、気の毒に思う者は一人もいなかった。

この小説は、慶事であるはずの出征兵士送別の会が、事故により一転して惨事となる顚末を、ペーソスをまじえながらユーモラスな筆致で描くことによって草の根の軍国主義を風刺した作品である。その中心人物が、出征兵士や在郷軍人、青年団員にまで黒木綿の紋付きの羽織と小倉の袴をはかせて悦に入っている在郷軍人会の会長である退役歩兵中佐である。その姿は滑稽でさえあった。

「先頭にいる在郷軍人会の中佐は、麦酒樽のような上半身を短い両足の上に載せて歩いている。胴の太い割合に足が短いので、とかく脚がちょこちょことなりたがる。それを強いて加減をとってどうにかして軍人らしい几帳面な足取りで歩こうとしている。それがかなりに骨である」

彼の自慢話はいつも日露戦争のときのことで、とくに出征兵士を送るこの日などは「気持ちよく記憶の底に甦り、そして勢いよく口をついて迸り出るのであ」った。

事故を起こした馬車屋にたいしては「貴様は平生から我が帝国の軍人を軍人とも思わない不心得な奴に違いない。だからこんな大事件を平気で仕出かすのだ。……」、「……貴様みたような国賊はとうていそのままに捨て置くわけにはいかん。……一カ年位の営業停止をさせてみせるぞ。誰がなんといって詫びたって、きっとこの我輩がやってみせるぞ。いいか。我輩は帝国の軍人だ。……」。そして口を開けば「国賊」呼ばわりである。ここに、退役したとはいえ、骨の髄まで「帝国軍人」である中佐をとおして日本軍隊を風刺し、一方、不可抗力の事故のため夜逃げせざるをえなくなった哀れな馬車屋を描くことによって、当時の風潮を作者は批判したかったのであろう。また、情景描写のこまかさ、人物造型の巧みさには江口渙の面目躍如といった感がある。

この作品は『星座』(一九一七年二月号)に「貴様は国賊だ」という題名で発表されたが、のちに改題された。芥川龍之介は作者宛の書簡の中でつぎのようにのべている。

「毎度星座を有難う……岡目八目だと思って笑って読んで下さい。……『貴様は国賊だ』が一番いいやうですが作者自身は途中から使い出した仄筆によって大分効果が弱められていはしませんか馬車の落ちる所迄と同じ行き方でどこまでも正筆で夜逃げまでまっすぐに書いた方がもっと力強くなりそうな気がします……それから君の了斎（尾形了斎覚え書）評には賛成です実際ミラクルはもっと長く書く気でいたんですがいろんなことに妨げられて時間がなくなりあんな風に圧縮してしまったのですあれも仄筆の罪です暇があったら書き直したいと思っています……」（筑摩書房「芥川龍之介全集」第七巻）

（新日本出版社「江口渙自選作品集」第一巻、「日本プロレタリア文学集」第一巻所収）

新井紀一「坑夫の夢」

「一体誰が首唱者なのか、俺は知らない。が、坑内の空気は、この四五日と云うもの滅っ切り変って来た」。今まで長い間「どんよりと曇っていた坑夫達の眼が、急に眠りから覚めたようにぎらぎら輝き出して来た」。そのぎらぎら光る眼がどこからか集まってくる。

「駄目駄目、始めからそんな大きな事を要求したって容れられるもんか」

「何故駄目なんだ、始めからそんな小さな事を云っててどうなるいッ、いつの日が来たって此の坑から出られゃしないぞ！」

「なんでもいいからやれやれ！　成るべく楽をして成るべく多く金を儲けて、早く此の地獄を抜け出す工風をしないでどうなるんだ。手前達ちゃ娑婆の風に当たりたかァねえのかい」

〈俺〉は彼らの声を聞きながら家族のことに思いをはせていた。親は元気でいるだろうか。俺のことを心配してくれているだろうか、それとも俺がいなくなって清々したと思っているのだろうか。「年寄った親父の姿、お袋のしょぼしょぼした眼と曲がりかけた腰」が浮かんでくるのだった。

〈俺〉がこの鉱山にきたのはつぎのようなできごとがあったからである。

俺の眼には五年前の秋、K川が長雨の為め汎濫《はんらん》して堤防が決潰した時の、物凄い光景が描かれた。同時にSの顔が――血に染まった青醒めたSの顔がにょっきりと、渦まいて流れるK川の濁流を背景にして現れた。そのSに対して更にもう一人他の青年が現れていた。青年は手にした鋤を握って顔を真青にし、唇をぶるぶる顫《ふる》わしていた。凝乎と見ていると、その青年はまぎれもない俺自身であった。

〈俺〉の家は、村一番の豪農であるSの家から田畑を借りている小作農であった。Sにたいする怨みは、苛酷な小作米取り立てだけでもなく、〈俺〉の家が借りている土地を取り上げ、「仇敵のような間柄のY」に貸そうとしているためでもなかった。〈俺〉には許婚の従妹がいたが、S家から彼女を嫁に所望され、それを断ることができなかったため彼女を取られてしまったのである。〈俺〉のS家への最大の怨みはそのことだったのだ。

村が洪水に見舞われたのはそんなときであった。〈俺〉は堤防工事に出ているところをSに「手前のような奴がうろうろしていると却て他の者の邪魔になる許りだ。腑抜け!」と罵声を浴びせられたのである。そこで〈俺〉は持っていた鋤で彼の頭を殴りつけた。Sの頭から「湧き出してくる血」を見ながら呆然としていたが、やがて我に返るとその場から逃げ出した。後を振り返るのもこわくて走りつづけたのだった。

この五年前のできごとを思い出していた〈俺〉は、宮川の声によって現実に引き戻された。この男は、一五、六年前に入営したが、一〇日ももたないうちに脱走したのである。あと五、六年もすれば軍隊の籍もなくなるからおおっぴらに娑婆に出られる、というのが彼の口癖だった。〈俺〉も五、六年たてば一〇年以上になるから世間に出られることを彼には打ち明けていたのである。

宮川はいうのだ。お互いにこんな所で一生を送るのは本望じゃないだろう。おおっぴらに娑婆の風に当たりたい。そのためには金もいる。だが、ここで俺達がもらうのは現金ではなく世間では何の役にも立たない切符じゃないか。あの秋山など、かなりの切符を貯め、金に換えてくれといったが、会社側はそれもしてくれなかったし、山からも出してくれなかった。そして、あげくの果てにはあんな死に方をしたじゃないか、と。秋山はダイナマイトの爆発で「どれが鼻だか眼だか見分けがつかないような無惨な死に方」をしたのだった。

真暗な坑内でのやりとりはつづいた。

「若し会社の方で鼻もひっかけねえような態度に出たらどうする?」

「……俺達の頭銭をはねて、ぶくぶくに肥った飯場頭をぶん殴っちまう。それから事務所でも何でも片っ端から叩きこわすんだ」という宮川の声。

「フン、俺にゃ鶴嘴があらァ」

「へえ、お手前もののダイナマイトもなァ」

そのとき足音が近づいてくる。「黒い影」は一斉に立ち上がると、反対の坑道に消えていった。

〈俺〉は「悲愴な感激に胸を顫わせ乍ら」山を下り麓へ向かう。「冷たい氷の塊のような月」が山の間からのぞいている。麓の谷間の町は「まるで人の地膚に吹き出た腫物のように黒々と地上にこびりついていた」。

〈俺〉のポケットには四寸ほどの筆の軸のようなものがはいっている。飯場頭の家が爆破されたときの光景を思い描いた。その建物が近づいてくると、いつの間にか屋敷内にはいりこんでいた。どうして塀で囲まれた屋敷の中にはいったかわからない。ポケットから例のものを取り出すと、縁の下にさしこみ導火線に火をつけ〈俺〉は駆け出したが、高い塀がつづき、どこにも出口がないではないか。爆発の時間は迫ってくる。息は苦しくなり、冷や汗が流れてきて、口はからからに乾いた。

「オイッ、どうしたんだ!」

そのとき誰かに起こされた。〈俺〉は「布団の中で暴れたと見え、布団皮はビリビリに裂けて胸から背にかけてじっとりと脂汗をかいていた」。

ある鉱山のたたかいを描いた小説である。主人公の〈俺〉は許婚を奪われた怒りを、Sの「錐のような言葉でもって突っ衝いてほじくり出」すような罵声に爆発させ、鋤で殴り大けがをさせてしまう。鉱山に逃げ込んだ〈俺〉はそこで宮川を知る。起こした事件はちがっていたが、世間をはばかる身の上であることに変わりはなかった。

作品の中では、鉱山労働の実態についてはこまかに描かれてはおらず、坑内の様子から想像するほかないが、会社側のやり方が賃金の切符制から見ても不合理極まるものであったことは十分に理解できる。その犠牲者の一人が秋山であった。彼はかなりの切符を貯めていたが現金に換えてもらえず、鉱山をやめることもできず、無惨な死を遂げる。

このような会社側の仕打ちにたいして坑夫たちは立ち上がる。彼らの怒りは搾取の先兵である飯場頭に向けられ、その家を爆破する役目を引きうけたのが〈俺〉であった。作品では、この緊迫した部分は「夢」として描かれる。「夢の世界」としてしか書けなかったのである。

このことについて祖父江昭二氏は「こういう夢の世界での展開でも、戦前の官憲は許すことができなかったらしく、次の号には『社告』として〈本誌新年号所載の新井紀一作『坑夫の夢』は秩序紊乱の恐れがあるとの警告を受けました〉と告げられている」とのべている。「夢」として描くことさえ弾圧の対象とされたのである。ちなみに、七個所を伏字としている。この作品が掲載された『黒煙』は、翌月の第一〇号を最後に廃刊された。

小説の結末は題名どおり「坑夫の夢」として描かれているが、そのことが作品のリアリティを損なうものとはなっていないことを付言しておきたい。

〈初出は一九二〇年一月、「日本プロレタリア文学大系」第一巻、「日本プロレタリア文学集」第四巻所収〉

丹潔「玩具の閃き」

若い四、五人の火夫たちが機関室へ石炭を運んでいく。「機関室には大きな車が白い蒸気を吐いた狂人のように恐ろしいほど早く回転してい」たが、昼休みの合図でその音も止んで職工たちは仕事場を離れて行った。

そんな日の午後のことである。五歳ぐらいの子供が道路に立って何かをさがしていた。その手には風呂敷包みが握られていて、今にも泣き出しそうな顔をしている。一人の女が近づいて来て、「お母さんをさがしているの」とたずねると、その子はうなずき、「汽車や軍艦の本を買ってやるから一緒においでといって、ここまで来て、うしろを振り向くと急にお母ちゃんいなくなったの」と言う。

その子はちょっと歩いては振り向くが、見知らぬ人ばかりで母親の姿は見えない。自動車は「魔物のように」走り過ぎ、飴売りは太鼓を叩きながら子供たちを集めようとするが、飴を買おうとする者はいない。その子は少し歩いてはあたりを見廻すが、やはり母親の姿は見当たらなかった。

街の雑踏の中を歩きつづけながらふと振り向くと、母親と同じ年格好の女がいる。駆け寄って見るとそれは別人だった。「病院から吐き出された患者のように力がぬけ」、とうとう泣き出してしまった。そんな子供の姿をよそに、頭を垂れて考えこみながら歩く人、お金をめくりつつ微笑を浮かべながら歩く人、芸者に寄り添って行く若い男、そんな人々が無関心に通り過ぎて行く。

子供の泣き声はますます大きくなっていき、やがて十数人の人たちが取り囲んだ。一人の老人が、なぜ泣くのかとやさしくたずねたが、泣き止もうとしない。「泣いていてはわからんよ」、老人は頭をなでながら言うのだが、それでも泣きつづけている。取りまいた人々の中からいろいろの声がとぶ。中には「あんまり泣きやがると、打ち殺すぞ」という声まであった。老人は子供の風呂敷包みを開けてみることにする。

きちんとたたまれた着物の上に一通の手紙があった。「皆様へ」という文字の下に「御願い」と表書きがしてある。まわりから「開封してしまえ」という声がかかる。だが老人は開けることをためらいながら言った。「この手紙と風呂敷包とはいまこれから直に警察署へ持って行くのだ。誰がお前達の眼前であけてたまるか、たわけものめが」。だがまわりの連中は承知しない。仕方なしに老人は開けてみることにした。子供はまた大声で泣き出した。

開封するのを見つめる「群衆の瞳は鏡のように座って手紙を睨みつけ耳の穴は老人の口と平行線を画い」ている。それはつぎのようなものであった。

みなさまにつつしんで申し上げます。この子の名は勇吉といいます。父は大工を職としておりましたが、あるおやしきのふしん最中あしばから落ちて五年前に死にました。それから家運がかたむいて、おはずかしいながらその日のご飯にもこまるようになりました。わたくしは実家をはじめとして親類からもお金を少しずつめぐんでいただきましたが、それもとうとうかなわないようになりました。わたくしの内職が三度の御飯も二度もしくは一度にもありつくように骨を折りましたが、どうしても身体が悪いので三日も働くと二日ぐらいは必ずねるようになるのです。…そんなわけでわたしは身体をなおしに実家へかえりますから、長くとは言いませんが少しの間この子供をお世話して下さいませ。…袷が一枚と自分がいつでも手からはなさない汽車のおもちゃを入れておきました。この手紙をお読みになったお方は因果とあきらめて、どうぞこの子供をつれて行って下さい。かさねがさねに御願いいたします。

どうぞ自分の子供のようにかわいがってやって下さい。わたしがまたこちらへまいりますれば、じきに受け取りにまいります。

手紙を読み終わった老人の目は涙でぬれていた。「かわいそうに。じいさんこの子を貰ってやんな。お前さんが読んだのだから仕方がないぜ」と言う車夫。「私も大いに相談にのります」と言いながら名刺を出す商人風の男。老人が風呂敷包みの中の着物に手を入れると「ペンキのはげた一台の汽車の玩具が閃いた」。

老人は「汽車は坊やのように泣かないよ。さあ、これからお母さんのところへつれて行ってやるよ」と言うと子供の手を握った。

この作品は、捨て子という悲惨なできごとを通して当時の世相を描く一方、老人の行為に見られるような世間の人情にも目を向けている。さらにつぎのように老人に語らせることによってきびしい社会批判を行っていることにも注目したい。

この子を「孤児院や育児院におあずけしても駄目ですよ」。今の世の中にまともな孤児院や育児院などありゃしない。五、六歳の子供を預かって彼らは何をしているか。物売りをさせて儲かっているのである。売れ行きが悪いと、子供たちは殴られたり、飯を抜かれたりしている。「○○は如何してこのような弱者をすくわないのでしょう。東も西もろくにわからない哀れむべき弱者を、たとえ大臣方の月給をさいてもこのような子供を救わなければなりませんよ。これから世の中にはこのような子供は沢山出来ますよ。皆さん。この子供の母親の心になって御覧なさいよ」。

このことばに、捨て子を救った老人の行為を単なる美談として描かなかった作者の意図を読み取ることができるように思う。

象徴的に書かれた最後の二行、「磨き澄んだ剃刀のように空には涙のような小さな雲が何処からともなくあらわれて傷をつけた」という部分は見事である。

この作品の文体について若干ふれておこう。たとえば、「機械室には大きな車が白い蒸気を吐いた巨人のように」、「赤子が泣いて顔にひびの破れたような靴」、「涼しい風はようように街道を洗い初めた」、「自動車は魔物のように叫びながら」、「小さな屋台車を数珠のようにからんだので」、「驚いて自転車や荷車を斜めによけて」、「病院から吐き出された患者」、「言葉を惜気もなく街道へ投げ捨て行く」、「口には出さないが鼻や眼で物語った」、「いろいろの声色の矢が彼の肉体を射った」、「群衆はたかぶって罵言の矢を投げた」、「群衆は輪になったり多角形になったりした」、「群衆の瞳は鏡のように座って手紙を睨みつけ耳の穴は老人の口と平行線を画いた」、「老人は読んで瞳をしめらした」、「群衆も多角形の微笑を浮かべた」、「群衆はぬか雨のように湿った」、そして最後の二行は、のちの新感覚派の文体を思わせるものだ。

祖父江昭二氏は「日本プロレタリア文学集」第四巻の解説の中で、堺利彦のこのような文章を紹介している。「文章という点については我々の如き古い筆を標準にして云えば、今一いき消化した字句をほしいと思う節も少なくないが、さすがに若い人の書いた物には到る処に新味が溢れている」。けだし、妥当な指摘であろう。

（初出誌は不明。「日本プロレタリア文学大系」第一巻、「日本プロレタリア文学集」第四巻所収）

水守亀之助「万歳」

米騒動のとき、妻子を残していくのは心配だったが、従兄との約束もあったりして夏期休暇を利用して東京見物に出かけた小学教師のHは、予定を早く切りあげて帰ってくると、従兄への手紙を書きかける。

「……東京駅乗車の際、召集になっていた人々は△△師団でした。新橋でも、品川でも、やはり万歳の声が起こっていました。何れシベリア増兵問題の結果であろう。ああして、勇ましい声にかこまれている時は緊張していましたが、夜が更けて汽車の中が静かになると、皆沈んだ、寂しい顔になっていました。私はまだあの顔が見える様に思われます……」

ここまで書いたとき、彼は筆をとめた。「蒼ざめた沈んだ顔を、力無げに俯垂れていたあの人達が一斉に顔をあげて、こちらをじっと睨みつけているような気がした」からである。

二学期が近まり、Hは子供たちにどんな土産話をしてやろうかと思うと浮き浮きしてきた。遊就館、動物園、泉岳寺などの話をしようと思う。

夏休みが終わり、いよいよ待っていた始業式の日がきた。教師たちの口からも夏休み中のできごとや思い出話が出る。中でもHの東京見物の話に花が咲いた。その日の帰り道で校長とH、それに二人の同僚がいっしょになる。校長が牛肉屋へ三人を誘った。三人は「形式ばかりの躊躇を見せた」が、校長のあとにつづいた。

やがて酔いがまわってくると、米騒動や物価騰貴の話、そして戦争のことになっていった。Hが東京から帰る汽車に召集された人たちが乗っていたことを話題にすると、校長はこれからこの町でも出征軍人を乗せた汽車が通過するようになるだろう、そのときは児童たちに「誠意と敬意を以て見送る」ことを訓示しておく必要があるという。これにたいしてHは「無闇に万歳を唱えることを奨励するのは考えものですよ」といい、「万歳万歳と云われるのはうれしいでしょう。併し、その声が絶えると寂しくなります。それは反って行を盛んにするのではなく、勇気を沮喪させ悲哀をひき起こしはしませんか」、「如何に日本の軍人でも、親もあります。妻や子もありましょう。そりゃ、人間ですからな」と校長に反論した。その顔は興奮のため紅潮していた。

このとき一人の教師がいう。「多くの戦友などと一緒に汽車に乗っているのだから淋しいようなことはないでしょう。身既に戦場にのぞんだも同じ気概をもっていますからな」。もう一人の教師も同感の意を表わした。Hはしどろもどろになり「いや思い違いをしていた。僕の云ったのは軍人達のことではなくて、僕自身が寂しくなったからでした」と弁解する。そして彼は突如として「万歳!」と叫ぶと「大いに万歳を唱えよう。国民は暫くこの声にうえていた。御覧なさい。いや、お聞きなさい。今、世界は至るところに大砲の響きと共に、戦場に傷ける軍人の叫びと共に、いやそれより大きく、征途を送る万歳の声が響き渡っている。吾々だって大いに叫ばねばならん」というのだった。

Hは以前と何ら変わることなく学校へ通い、快活に振る舞った。帰宅しても優しい妻と可愛い赤ん坊がいて幸福感に浸ることができ、何の不満もない。だが、ぼんやり机に向かっているときや眠れぬ夜など、言いようのない感情にとらわれるのであった。それは「突如、空中に破裂するような光弾のような真赤な光がぱっと頭脳の中を照らすような、または、遠くで太鼓でも叩きながら騒いでいるような、それが、また段々と近づいて来るような、そうした怪しいことが……何とも云えない気味悪い寂しさと、恐ろしさを伴うて来るのだった。……稀には、例の沈んだ蒼褪めた軍人の顔が見えたり、万歳を叫ぶ声が聞こえたりするの」だ。

なぜこんな状態になったのだろう。いかに弱い自分でも、あの程度の旅行や汽車の中で出征軍人からうけた印象ぐらいで狂うような神経は持っていないはずだとHは思った。

地理の授業のときである。彼がある師団が出征したことを話すと、一人の子供が「先生！　昨夜、駅を汽車で通ったのは、その師団でありますか」と質問した。「それは違う」と言いながら「彼の心には怪しい思いが忽然として、沸き起り」、質問した子供に言った。「森田は軍人の乗った汽車を見た時、万歳と云ったろうな。よろしい。皆なも、そんな時は万歳を叫ぶことを忘れてはならん。国家の為に多くの軍人は命をすてて吾に代って戦争にゆくのだ」。さらにことばをつづける。「大いに万歳を唱えなければいかん。三唱じゃない。千唱も万唱もやるのだ」。放課の鐘がなり、Hは我にかえったが何をしゃべったのか自分にもわからなかった。

やがてこの町の駅を多くの兵士を乗せた軍用列車が通過するようになり、学校からも職員や生徒が見送りに行くことになった。Hの頭にまとわりついていたあの幻影が現実となったのである。

この作品は米騒動とシベリアへ送られる兵士たちへの「万歳」を題材に、揺れ動く小学教師の屈折した心情を描いたものである。夏休みを利用して東京見物に出かけた小学教師のHは、米騒動のこともあって予定を切りあげて帰ってくる汽車の中でシベリアへ出兵する兵士たちといっしょになる。そのときのことを手紙にしたためるのだったが、途中で兵士たちの顔を思い浮かべると「許されていないことを調子に乗って書き続けていたよう」な気がしてきて筆が止まりそうになる。彼のまわりから万歳の声が聞こえてくるような気持ちがしてならなかった。また、あの列車の中での光景が幻影となって彼を悩ませるのであった。

それから数日後の始業式が終わっての帰り道に立ち寄った牛肉屋で「万歳」のことが話題となり、話を切り出したHにたいし校長は、軍用列車にたいして「誠意と敬意」とをしめすように訓示すべきだと言う。Hはそれには疑問を呈した。「万歳」の声がかえって出征兵士に寂しさを残し、逆効果だというのだ。だが校長の、日本の軍人にそんなことはないとの一言にHの矛先はにぶってくる。まだ軍人になっていない人たちが召集されていくことにたいして言ったのだ。僕自身がその光景を見て寂しくなったのにちがいない。思い違いをしていた、という具合に反対の主張は後退してしまい、突然「万歳」を唱え出すのである。こうしてHはいかにも軍国教師らしい言動を示すようになり、出征して行く兵士たちに万歳を唱えるように子供たちにも徹底させる。

彼自身も、兵士を乗せた列車が通ると「帽子を振って『万歳』を連呼するのだった」。そのような自分にHは満足していた。だが一方では、この光景が過ぎ去ると、彼は「妙にさびしい痛むような心持に陥るのだった」。また出征兵士たちの姿に、彼らが自分から万歳の声を求めているようないじらしい気持ちが現れているようにも思えてくるのだった。

軍国教師のような言動の裏側にまとわりつく幻影、勇ましい「万歳」の声のあとに襲ってくる言いようのない寂しさと切なさ。この屈折したHの心の動きを通して厭戦気分が伝わってくる作品である。

（初出は『新公論』一九一八年一二月号、『日本プロレタリア文学集』第四巻所収）

16章　黒島伝治の反戦小説

小林茂夫氏は「プロレタリア文学運動と反戦・反軍国主義小説の系譜――一九三〇年まで」（『民主文学』一九六七年九月号）の中で、この「目録の列挙は、それぞれの作家にとっての代表作・佳作・問題作のいずれかにかぞえられるものをあげたにすぎない」が「当時の反戦・反軍国主義の作品系譜の傾向がどのようなものであるかを大づかみな位相がわかるのではないかと思う」としながら、一九一〇年代から二〇年代にかけての作品をつぎのように分類している（この論考は林重一の名で発表）。

①廃兵問題を主題とした作品――荒川義英「廃兵救慰会」、中村星湖「廃兵院長」、須藤鐘一「廃兵院」、江口渙「中尉と廃兵」、金子洋文「廃兵を乗せた赤電車」

②反戦の思想を主題を主張した作品――武者小路実篤「ある青年の夢」、小川未明「戦争」

③軍人軍隊批判を対象とした作品――菊池寛「ゼラール中尉」、江口渙「馬車屋と軍人」、志賀直哉「十一月三日午後の事」、宮地嘉六「佐野中隊長」、芥川龍之介「将軍」、藤森成吉「草間中尉」

④軍国主義のもたらす生活の破壊をえがいた作品――吉田絃二郎「清作の妻」、上司小剣「英霊」

⑤捕虜、脱走兵などの問題をとりあげた作品――秋田雨雀「捕虜の妻」、金子洋文「眼」、綿貫六助「捕虜」

⑥労働運動と反戦活動との結びつきを主題とした作品――平沢計七「二人の中尉」、壺井繁治「兵営へ」、高見順「出世送別会」

このような「軍隊もの作家の出現は、近代文学のなかに軍人・軍隊・兵営生活・戦場を内部からえがきだしたところに最大の功績がある。それらの作家たちが自己のなまなましい体験をとおして、反戦・反軍隊主義の文学へと高めたことの現代的意義ははかりしれないものがある」と小林氏は評価している。さらに新井紀一の「怒れる高村軍曹」、細田民樹「或る兵卒の記録」、越中谷利一「一兵卒の震災手記」、立野信之「標的になった彼奴」などの作品紹介をおこないながら、黒島伝治についてつぎのようにのべる。

「以上に紹介してきた作家と作品は、いずれも反軍国主義の文学であった。黒島伝治の文学は、それらの立場とはちがって反戦作家としての特徴をもつものであり、反軍国主義的立場をふくめた反戦文学のいわば集大成を試みた作家である。ここには、プロレタリア文学運動の到達点とその成熟がどのようなものであったかを意味している。たとえば、それまでの作品にあらわれなかった戦場の描写をとりあげるだけでも、新しい文学創造の到達点を意味する。しかもその創造的描写が、記録的客観的であると同時に、叙事詩的格調をもって活写されている点で、リアリズム文学の成熟を意味している」と。

1

一九一八年一月、日本は二隻の軍艦をウラジオストックに居留民保護を名目に派遣した。シベリアを勢力圏内におこうとした日本は、前の年に成立したソビエト政府への干渉を開始したのである。この軍艦の派遣は、シベリア出兵が結局は日本だけに利益をもたらすものだとしてイギリスとの共同出兵に反対していたアメリカにも、軍隊の派遣を踏み切らせることになり、英米連合軍は北ロシアのムルマンスクに陸戦隊を上陸させ、ペトログラードに向けて進撃を開始する。四月、日英は共同してウラジオストックに軍隊を派遣した。

五月にはいると、ウラジオストックに向けて送られてきたチェコスロバキアの捕虜が突然反乱を起こし、ソビエト軍に攻撃をしかけ、シベリア各地を占領すると、その機に乗じた日英連合軍はウラジオストックに反革命政府を樹立する。シベリアにおける日本の勢力が拡大するのを恐れたアメリカは、七〇〇〇の兵力を送ることになり、英仏は合わせて五八〇〇、日本は一万七〇〇〇〇の派兵を決め、干渉戦争は本格化していった。

日本は一〇月にはいって七万三〇〇〇に兵力を増強し、バイカル湖以東のシベリアの要地を占領。ところが翌一九年の秋、三〇万の兵力を有したコルチャックの反革命政権がソビエト赤軍によって倒され、干渉戦争の失敗が明らかになると、英米仏は撤兵する。その後も日本軍は居座っていたが、住民のパルチザン闘争によって多大な犠牲を払い、兵士たちの中にも厭戦気分が広まったため、一九二二年、撤兵を余儀なくされた。一〇億円という巨額の戦費をつかい、四年間におよんだシベリア出兵はロシア人と日本軍兵士の多くの命を奪っただけで、何の益するところもなく終わったのである。

一九一九年、二一歳で早稲田大学予科の英文科に入学した黒島伝治は、同年、徴兵検査に合格し、一二月、姫路歩兵第一連隊に入営、衛生兵となる。二一年四月、シベリアへの派遣が決まり、五月一日、姫路連隊を出てウラジオストックに向かったシベリアのラズドーリノエ陸軍病院に勤務したが、二二年三月に肺尖炎の疑いで入院、その後ニコライエフスク陸軍病院に移ったが、ウラジオストックに後送され、四月に広島の衛戍病院、五月には姫路衛戍病院にかかわり、七月まで治療をうけたが兵役免除となる。二四歳であった。彼はこのシベリア出兵の体験をもとに多くのシベリア物といわれる反戦小説を書くことになる。ここでは、その中の数編と、長編「武装せる市街」を取り上げてみたい。

2

「シベリアは見渡す限り雪に包まれていた。河は凍って、その上を駄馬に引かれた橇が通っていた。氷に滑らないように、靴の裏にラシャをはりつけた防寒靴をはき、毛皮の帽子と外套をつけて、彼等は野外へ出て行った。嘴の白い烏が雪の上に集まって、何か頻りにつついていたりした。雪が消えると、どこまで行っても変化のない枯野が肌を現わして来た。馬や牛の群れが吼えたり、呻いたりしながら、徘徊しだした。やがて路傍の草が青い芽を吹きだした。と、向こうの草原にも、こちらの丘にも、処々、青い草がちらちらしだした。一週間ほどするうちに、それまで、全く枯野だった草原が、すっかり青くなって、草は萌え、木は枝を伸ばし、鵲や鶩が、そこここを這い廻りだした。……十一月には雪が降り出した。降った雪は解けず、その上へ、雪は降り積もり、降り積もって行った」。この曠野が「雪のシベリア」の舞台である。

三年兵の吉田と小村は上官にたいして従順な兵であったため帰還を延期され、シベリアの陸軍病院勤務として残されることになった。一方、銃剣を振るってロシア人を斬りつけたり、勤務不良を注意した軍医に拳銃をぶっ放したりして「一年や二年、シベリアに長くいようがいまいが、長い一生から見りゃ、同じこっちゃないか」とうそぶく屋島や、ロシア語習得のため自ら志願してきた福田、三日間も病院を抜け出しロシア人の家に泊まった兵士などが帰還者名簿にその名を記載されたのだ。軍規に違反した者が帰され、まじめに勤めた吉田と小村がこの雪のシベリアに残されることになったのである。「君等は結局馬鹿なんだよ。——早く帰ろうと思えや、俺のようにやれ。誰だって、自分の下に使うのに、おとなしい羊のような人間を置いときたいのはあたりまえじゃないか」。この屋島のことばの通りだった。

二人は帰還兵たちを見送るために駅の待合室で小さくなっていた。まじめな者が残される——間尺に合わぬことだったが、今さら嘆いてもしかたがない。出しゃばりの吉田と内気な小村とはもともと反りが合わなかったが、これからは助け合っていくほかなかった。

帰還兵を乗せた汽車を見送った二人は、五、六日のあいだ勤務を休んでいたが、吉田は兎狩りに行こうと言い出す。これからは好き勝手なことをやろうという気持ちからだった。彼等は、非常時以外には持ち出すことのできない銃と実弾をもって出かけた。面白くなった彼らは連日雪の中の兎を射ちまくった。やがて雪が深くなり、兎も少なくなってきたので、「遠く丘を越え、谷を渡り、山に登り、そうして連隊がつくりつけてある警戒線の鉄条網をくぐりぬけて」まで兎を追いかけるようになっていった。だがなかなか獲物にありつけない。やけくそになり、空に向けて銃をぶっ放すのだった。

そんな日がつづいたある日、二人は、いつもの山と谷を越えて遠くまで行ったが、まだ一頭も射とめることができなかった。谷間の向こうの沼に二、三軒の民家が見える。気味が悪くなった小村は帰るようにうながすが、それを聞かず吉田は沼の方へ下って行った。大きな兎がとび出したのはその時である。二人の発射した弾は同時に当たったらしく、兎の胴体はちぎれていた。血のしたたる獲物を前にしてしばらく休んでいたときである。山の上を見上げると目にとびこんできたのは、銃を構え取り囲むようにして降りてくるロシア人の姿であった。パルチザンだ。二人は銃を発射しようとしたが、手が震えてどうにもならない。銃を振り上げて近づいてきた彼らを殴りつけようとしたが、相手は屈強な男たちである。銃をもぎ取られてしまった。パルチザンのリーダーだろうか、「大きな眼に、すごい輝きを持っている」老人が、取り押さえた二人にロシア語でたずねた。ことばはわからないがその目つきと身振りで、駐屯している日本兵の人数を聞いていることは察せられる。吉田は聞き覚えのロシア語で「ネポンマーユ」(わからない)を繰り返した。老人は若者たちに二人の衣服をぬがせるように指示した。裸にされ雪の中に立たされた吉田と小村は射殺されると思い「スパシーテ」(助けてくれ)と叫んだが、相手には「スパシーボ」(ありがとう)と聞こえたのである。雪の中を駆け出した吉田のあとを小村が追う。「助けて!」、「助けて!」と叫びながら走ったが、ロシア人には「ありがとう!」、「ありがとう!」と聞こえるばかりであった。まもなく二発の銃声が響いた。老人は言った。「あの、頭のない兎も忘れちゃいけないぞ!」。

三日目、二個中隊総出で捜索が行われる。二人は「背に、小指のさき程の傷口があるだけで」、「生きていた時のままの体色で凍っていた」。それを見て「俺が前以て注意したんだ。——兎狩りにさえ出なけりゃ、こんなことになりゃしなかったんだ!」と言う上等看護長の頭には、俺には彼らが死んだことに責任はない、ただ二人分の衣服を失った理由書をどう書いたらよいかということしかなかった。——

胸をうつ作品である。勤務良好であったがゆえに一年間のシベリア残留延期となる二人の兵士、一方では上官に反抗し、軍規違反をおかす兵が内地へ帰される。軍隊の不条理を絵に書いたようなものだ。それにしても吉田と小村の死は痛ましい。獲物を深追いしたため、パルチザンと遭遇し、衣服を剝ぎ取られ雪の中で射殺される。それも聞き覚えのロシア語「助けて!」が相手には「ありがとう!」と聞こえて殺されていくのである。一見ユーモラスに見えるのが余計に哀れさをさそう。一方、部下の死にたいして、責任をのがれることに汲々として、その死よりも衣服や兵器の紛失のほうに気をつかう上等看護長。ここに人間性のかけらもない日本軍隊の姿が描き出されている。

3

「橇」は『文芸戦線』(一九二七年九月)に発表され好評を博した作品である。

ロシア人の農家から下手なロシア語が聞こえてくる。御用商人が日本軍の使う橇の調達にきているのだ。ペーターはなかなかその話にのろうとしない。田を荒らされたり、豚を徴発されたりしたことのある彼にとって、日本人は「用事もないのに、わざわざシベリアへやって来た」厄介者だったからである。だが、いろいろな理由をつけて交渉に応じようとしなかった彼も、結局は御用商人に承諾させられてしまう。息子のイワンが橇に乗って行くことになった。御用商人はつぎつぎとロシア人の農家を廻り橇を集めていく。もちろんそれは日本軍が戦闘に使うためのものであった。

日本軍の駐屯地では各中隊が出動前の忙しさの中にあった。炊事場では当番兵たちが食事の準備に追われている。「豚だって、鶏だってさ、徴発して来るのは俺達じゃないか。それでハムやベーコンは誰が食うと思う。みんな将校が占領するんだ」と兵卒の吉原は不平をならした。農家に育った彼は、「徴発されて行く家畜を見て胸をかき切らぬばかりに苦るしむ」ロシア人の姿を見てきていたのだった。また彼は、大隊長の従卒をしていたとき、将校の食う物と兵卒のそれとがあまりにもちがっていたこと、大隊長が外泊するときは靴を磨き、軍服にブラシをかけ、髯までもあたってやらなければならなかったことなど、軍隊のなかでの階級の差をいやというほど味わってきていたのである。

不満をもらす吉原に、「おい、そんなこた喋らずに帰ろうぜ。文句を云うたって仕様がないや」と言うのは安部という兵卒だった。そばでは木村が「また殺し合いか、——いやだね」と言っている。彼は軽い咳をしていた。シベリアへ来るまでは健康だったが、酷寒の土地での生活、そして空中にとびまわる乾燥した糞の粉を吸っているうちに咳が出るようになっていたのである。彼はこのシベリアの地でロシア人を殺しもし、また殺された同年兵の姿を見てきてもいた。木村が殺したロシア人は「唇を曲げて泣き出しそうな顔をしている蒼白い」「いひげが僅かばかり生えかけていた」青年であった。何のうらみも憎しみも感じないひとりの若者の命を奪ったのである。

果てしない雪の曠野を兵士達を乗せた数十台の橇が走っていた。ペーターの息子イワンが手綱を取っている橇には大隊長と副官が乗っている。ハムとベーコンを食って肥った大隊長のからだには血液があり余っているようだった。彼はもらったばかりの給料のことが気になっていた。旧ツアー大佐の娘にやった金が今になって惜しくなったのである。考えてみれば、その金は郷里に残している家族の一カ月分の生活費に相当する額だったからだ。「近松少佐！」、副官が言った。「中佐殿がおよびです」。「左手の山の麓に群がってるのは敵じゃないかね」と言う中佐の声。銃声が響いた。パルチザンだった。縦隊で行進しているのは敵に腹をさらしているようなものである。兵士たちは橇からとび降りた。一時間ばかりの銃撃戦ののちパルチザンは逃走したが、日本軍はあとを追う。二人の子どもを連れたリープスキーも逃げたが取り残されてしまった。「パパ、おなかがすいた。……パン」。防寒靴を雪にとられそうになりながら足を引きずって行く弟が言う。リープスキーは黒パンをひと切れ取り出して息子にやった。そのときとんできた銃弾が彼を雪の中に倒す。一二歳の兄が父を抱き起こそうとしたとき二度目の銃弾が弟に当たり、流れ出る血が白い雪を染めていった。

兵士たちはそんな殺し合いにいや気がさしてきた。勝ったところで彼らにとって何の利益があるというのだろう。酷寒の中での戦闘によって兵士たちは「急行列車のように」急速に体力と気力を消耗していったのである。二つの死骸を見た兵士たちは殺し合いの非情さに胸を突かれる思いにかられる。戦争をしているのは俺たちではないか、その俺たちが戦いをやめればこんな悲惨なことは起こらない。戦争をやらせている奴に勲章をやるため、なぜ俺たちが人殺しをしなければならないのか、こんなことはもう沢山だ。兵士たちはそんなことを言いながら、内地でぬくぬくとくらしている者たちのことを思った。そこへ軍刀をひっさげた中隊長がやって来る。「進まんか！　敵前で何をしているのだ！」。

一方、大隊長は橇を走らせるようイワンをうながした。疲れ果てた馬にこれ以上橇をひかせるのはしのびない。イワンはやっと同胞を殺すために自分たちが連れてこられたことを悟るのだった。

イワンの橇が兵士たちの群がっているところへ来たときのことである。五、六人の兵士と将校が口論している。将校に向かって口答えしているのは吉原であった。将校から事情を聞いた大隊長が「不軍紀な！」と怒鳴ると、それに勢いをえた将校は吉原を殴りつけた。イワンはそこを去り、しばらくしてうしろを振り返ってみた。すると、大隊長が浅黒い男のそばにたっていて、そこから一〇間ほど離れたところにいる将校が銃口を向けているではないか。男から離れた大隊長が合図すると銃口は火をふき「丸太を倒すように」男は地面に転がった。つづいて「豆をはぜらすような音」がするとあの「血痰を喀いている男」が倒れる。吉原と木村であった。さらにもうひとりの男が悲鳴をあげながら雪の中を走り出すと、その背中に向けて銃声が響いた。この情景を見ていたイワンはそのとき思った。「日本人って奴は、まるで狂犬だ。馬鹿な奴だ！」と。

御用商人にだまされたことを知ったロシア人の馭者たちは兵を橇からおろすと、馬をとばして銃弾のとどかないところまで逃げて行った。銃弾の射程距離から出ると、今までつけることを禁じられていた鈴を馬につけた。「さわやかに馬の背でリンリン」と鳴る鈴の音を響かせながら橇は走って行く。

雪の曠野は果てしなくつづいている。大隊は深い雪の中を「コンパスとスクリューを失った難波船のように」さまよっていた。食料もなく水筒の水も凍ってしまっている。橇が助けに来るはずもない。待っているのは死だった。なぜ俺たちが意味のない戦争のためこんなところに駆り出されなければならないのか。死を前にした彼らにも、まだ怒りや反抗心だけは残っていた。兵士たちの銃剣は「知らず知らず、彼等をシベリアへよこした者の手先になって、彼等を無謀に酷使した近松少佐の胸に向って、奔放に惨酷に集中して行」くのだった。

――見事な反戦小説である。御用商人にだまされて日本軍に使役されるロシア人の馭者、抵抗するパルチザン、将校と兵卒との対立と抗争がこの作品の内容となっていて、これらを通してシベリア出兵という大義名分のない干渉戦争の無意味さ、悲惨さ、そしてむなしさが描き出される。

戦争で犠牲になるのはいつも民衆であった。この作品では、それはロシアの農民であり、はるばる酷寒のシベリアへ送られてきた兵士たちである。彼らのあいだに厭戦気分が広がり、怒りは将校への反抗となってあらわれる。吉原がそのひとりであったが結局は射殺される。木村にしても同じ運命をたどったのである。

やがて兵士たちの銃剣は彼らを死へ追いやろうとする大隊長へ向けられていく。この近松少佐の死が暗示されているだけで終わっているところに余韻が残る。

この兵士たちの前に広がっているのはシベリアの大地であった。それを作者はこのように書く。「雪の曠野は、大洋のようにはてしなかった。山が雪に包まれて遠くに存在している。しかし、行っても行っても、その山は同じ大きさで、同じ位置に据っていた。少しも近くはならないように見えた。人家もなかった。番人小屋もなかった。嘴の白い烏もとんでいなかった」。この情景は、兵士たちを待っているものが何であるかを物語っているかのようである。

4

「渦巻ける烏の群」（『改造』一九二八年二月）は日本軍兵舎に残飯をもらいに来る場面の簡潔な描写で始まる。「子供達は青い眼を持っていた。……娘もいた。少年もいた。靴が破れていた。そこへ、針のような雪がはみこんでいる」。

彼らは日本軍の駐屯地の近くに点在するロシア人の家からやってくるのだ。子どもたちと親しくなった松木、武石、吉永たち兵士は、上官の目を盗んで彼らの家に遊びに行くようになる。「はてしない雪の曠野と、四角ばった煉瓦の兵営と、撃ち合いばかり」の単調な生活のため、シベリアに来て二年しかならないのに一〇年にも感じられる兵士たちにとって、貧しいながらもそれは家庭の暖かさを味わえるひとときであった。

松木はロシア人の娘ガーリヤと親しくなり、この日も食べ物を手土産に彼女の家に行ったのだが、がっかりして兵舎に戻ってくる。ガーリヤがどうしても家に入れてくれなかったのだ。

やがて「丘の家々は、石のように雪の下に埋れてい」った。兵士たちは酷寒の中、パルチザンの襲撃にそなえ、歩哨に立たなければならない。飢えた狼が群れをなして襲ってくることもある。兵士たちは寒さとパルチザン、それに狼ともたたかわなければならなかったのである。そんな毎日を送る彼らにとっての楽しみは、女と会うことだけであった。

吉永の所属する中隊にイイシへの出動命令がくだる。鉄道と軍用列車をパルチザンの襲撃から守るためであった。吉永は「俺が一人死ぬことは、誰も屁とも思っていないのだ。ただ、自分のことを心配してくれるのは、村で薪出しをしているお母だけだ」と、投げやりな気持ちになる。

酒保から砂糖や煙草を買い込んだ松木は深夜、先日は入れてくれなかったガーリヤの家を訪れる。「今晩は、――ガーリヤ！」。窓の外で叫んでいるとき雪がとんできた。投げたのは武石だった。彼は「誰れかさきに、ここへ来た者があるんだ」と言いながら家の中を指さす。先客がいたのだ。二人は耳をすました。サーベルの音が聞こえる。しばらくして窓のそばにガーリヤが現れ、少佐が来ていたことを告げる。彼は勝手口から出て行ったが、兵士たちがここに来ていることを知り、「屈辱（！）と憤怒に背が焦げそうに」なる。帰りかけた大隊長はまた戻ってきて窓からのぞきこむ。中では二人の兵士がテーブルに向かい合って座っており、ガーリヤの顔は上気し「薄荷のようにひりひりする唇が微笑している」ではないか。嫉妬にかられた少佐は兵舎に帰ってくるなり、副官に不時点呼を命じ、それにおくれた者がいたら、その中隊をイイシの警備に出動させるように指示した。松木たちへの報復の手段であったことはいうまでもない。

果てしない雪の曠野を疲れた兵士たちが歩いている。乾パンをかじり、雪でのどをうるおしながらイイシへ向かって進んだ。斥候に出ていた松木は、道がわからなくなったことを中隊長に報告した。彼は武石とともにロシア人の女の家に行ったみせしめに斥候という危険な任務につかされていたのだった。道に迷ったことに気づいた中隊長は、案内役のロシア人を疑ったり、イイシ行きを命じられたのは松木たちのせいだと八ツ当たりする。方角がわからないまま中隊は「蟻にも比すべき微々たる」歩みで行軍をつづけた。

夕暮れが迫ってくる。このまま歩きつづけたら疲労と寒さで全員凍死してしまうだろう。兵士たちには「何のためにシベリアへ来たのだ」という疑問さえわいてこない。そんな気力などなかったのだ。ただ、死にたくない、早くこの深い雪の中からのがれたいということしか頭になかった。だが行けども行けども目の前に広がっているのは白い雪のじゅうたんである。斥候に出され疲れ果てていた松木と武石が、まっ先に倒れた。松木の「四肢は凍った。そして、やがて、身体全体が固く棒のように硬ばって動かなくなっ」てしまった。やがて「散り散りに横たわっている黄色い肉体」は雪の下に埋もれていくことになる。松木と武石につづいて一個中隊全員が死亡してしまったのだ。大隊長は他の中隊を捜索に出すが、内心では喜んでいた。松木たちがいなくなったからである。

「雀の群が灌木の間をにぎやかに囀り、嬉々としてとびまわ」る春がやってきて雪が解け出したころ、「夕立雲のように空を蔽わぬばかり」の無数の烏が舞っていたが、地上に降りてくると雪の中をつつき出した。ロシア人の知らせで兵士たちが現場に行ってみると、そこには悲惨な情景が展開していた。「屍が散り散りに横たわって」おり、その「顔面はさんざんに傷われて見るかげもなくなってい」たのである。兵士たちは群がる烏の群れを追いかけまわすのだった。——

なんと悲惨な話であろうか。大隊長である少佐の嫉妬のため中隊全員が雪の中で死んでいく。これほど惨酷なことはあるまい。黒島は、少佐の行為とその犠牲となった兵士たちをとおして、日本の帝国主義軍隊の退廃と無意味な干渉戦争を告発したのである。反戦小説の秀作といえよう。

壺井繁治は岩波文庫版「渦巻ける烏の群れ」の「解説」(『壺井繁治全集』第四巻所収)でこの作品が「彼の反戦小説として第一級の傑作であるばかりでなく、恐らく戦前までの日本の反戦小説中でも第一位に推すにあたいするものではないかと思われる」理由として、「第一に作品そのものの構成がしっかりしていて、いささかのくるいもないこと」、「第二にここに描きだされている現実をみつめる作者の眼が、浮わついたところがなく冷静に澄みきっていること、しかもその眼の底には怒りが燃えていること」をあげている。さらに「題材とテーマとレアリスティックな追究のなかに、自然と人間との姿を読者がじかにそれにふれたとおなじようないきいきとした形象性をもって浮き彫りしている」ことによって「自然にひろがってゆく叙事詩的なスケールの大きさと立体性が、読者に忘れがたいほどの重量感をあたえ」ているとのべている。壺井の指摘の通りだと私も思う。

ところで一九二八年八月、伝治は『文芸戦線』に「葉山嘉樹の芸術」を発表、文芸戦線一派を「徹底的に撲滅する」として「労芸」を排撃しながらも、その一員である葉山の影響をうけているものが少なくないとのべ、そのすぐれた点を指摘する。

小説は作者自身が表出されるものであり、頭だけでいかにプロレタリア的な小説を書こうとしても「一年や二年でプロレタリア意識は『戦い取る』ことが出来る程そんな生優しいものではな」く、一〇年、二〇年の蓄積がなければならない。葉山の「淫売婦」や「セメント樽の中の手紙」、「海に生くる人々」、「牢獄の半日」という作品には、「十年、二十年の、血の出るようなプロレタリア」としての生活が裏打ちされているのだ。さらに、葉山の小説の特徴として、それは、これまでの「小説作法を踏みにじった」もので、「時には庇がなかったり、窓が多すぎたり、梁を通してない場合がある。しかし道具立てが揃っていなくても、必ずそこにヒラメキがある」という。

葉山はドストエフスキーの影響を強くうけていて、ことに「淫売婦」の幻想的なところなどにそれが示されている。彼の作品は「翻然と、抜き身を振り上げて、徹底的に勇敢に斬り込んで行くところ」など、ドストエフスキーとよく似ていると、その特徴を指摘し、これに匹敵する作品はあまりないだろうと、その代表作「海に生くる人々」を激賞している。

さらに葉山の表現にふれ、それは「思い切って大胆、奔放であり、殊に形容詞においてすぐれて」おり、「当時まだ余映を残していた新感覚派の表現にもまさる、清新潑剌たる」ものだという。たしかに葉山の作品には、新感覚派を思わせる比喩的表現が多用されており、伝治の指摘は当を得たものといってよかろう。

同月、伝治は「渦巻ける烏の群れ」、「橇」、「雪のシベリア」、「農夫の子」、「村の網元」、「二銭銅貨」、「電報」などを収録した単行本「橇」を改造社より出版した。

5

ここで、「パルチザン・ウォルコフ」（『文芸戦線』一九二八年一〇月号）について紹介しておこう。作品の舞台であるユフカ村は、このように描かれる。

牛乳色の靄が山の麓へ流れ集りだした。

小屋から出た鵝が、があがあ鳴きながら、河ふちへ這って行く。牛の群れは吼えずに、荒々しく丘の道を下った。汚れたプラトオクに頭をくるんだ女が鞭を振り上げてあとからそれを追って行く。ユフカ村は、今、ようよう晨の眠りからさめたばかりだった。

そこへ馬蹄の音をひびかせながら、「羊皮の帽子をかむり、弾丸のケースをさした帯皮を両肩からはすかいに十文字にかけた男」がやってくる。牛追いの女が声をかけた。「ミーチャ！」。だが男は「ナターリイ」と叫んで彼女の前を走り抜けていった。

しばらくすると一〇頭ほどの馬が近づいてくる。日本軍に追われたパルチザンであった。遠くの方で「豆をはぜらすような」銃声がひびく。ミーチャの愛称で呼ばれていたウォルコフは百姓家が建ち並んでいるせまい道へはいっていくと、一軒の家の前で止まり、馬を降りた。扉を叩くと、中から三〇過ぎの女が彼を招きいれる。そこへ一人の老人が「どうした、どうした。また日本の犬どもがやって来やがったか」といいながらやってきた。「ワーシカがやられた」というウォルコフのことばに、「かわいそうに」を連発しながら十字を切った。

ウォルコフは、物置へいくと身につけたものをぬぎ捨て、百姓服に着替えると銃をかくした。「豆をはぜらすような鉄砲の音が」が近くで聞こえるようになると、パルチザンたちはこの村へやってきて家々に散らばっていく。

ユフカ村から四、五露里離れた部落を「カーキ色の外皮を纏った小人のような」日本兵が進んで行く。草原を転びながら歩いて行く兵士たちの軍服は露で濡れ、それは襦袢の袖まで滲み通っていた。逃げて行くパルチザンの姿は靄のため見えなかったが、彼らはむやみに銃弾を放った。

栗本の一隊は行軍を一時休止した。兵士たちは銃剣を投げ出したり、土の中に突っ込んで錆を落としたりしている。その銃剣は、豚を殺したり、鵞鳥の腹を裂いたりしたものだった。栗本の剣はゆがんでいた。それは、ロシア人を刺し殺したからだ。くの字にゆがんだ剣身はもとに戻らない。休止の時間が終わると、兵士たちはまた腰のあたりまである雑草の中を歩き始めた。その時、永井がロシア人の部落を見つける。そこをパルチザンがひそんでいるユフカ村だと思い込んだ兵士たちは射撃を始めたが、小屋の中にはだれもいないことがわかった。数時間前に百姓たちは村を出て行ってしまっていたのだ。

栗本につづいて兵士たちは小屋の中になだれこみ、部屋中を物色し、金目になる物を捜しまわるが、すでに百姓たちが大事な物は持ち去ったあとで何もない。産みたての卵が残っているだけであった。

「山の麓のさびれた高い鐘楼と教会堂の下に麓から谷間にかけて、五六十戸ばかりの家が所々群が」っている。「静かに、平和に息づいてい」るこの部落がユフカ村だった。兵士たちは射撃をやめ、草叢の中に散らばった。

永井はこの村を見て「掠奪心」と、ロシアの女を「引っかける」ことへの欲望に駆られる。「いくら露助だって、生きていかなきゃならんのだぜ。いいものばかりをかっぱらわれてたまるものか！」という栗本に、「なあに、上官が許していることはやらなけりゃ損だよ」と彼はいい返した。「珍しい、金目になるものを奪い取り、慾情の饉えを満すことが出来る、そういう期待は何よりも兵士達を勇敢にする。……そこの消息を見抜いている指揮官は、表面やかましく云いながら、実は大目に見のがした」のである。内地では許されぬことが、戦地で半ば公然と見逃されることになるのだ。兵士たちはその「詭計に引っかかって」勇敢になるのだった。

丘の中腹に一軒の小屋があった。そこへやってきた百姓に通訳が何かを尋ねている。兵士たちが目を向けると、一〇人ばかりの百姓たちが丘へ登ってきた。「中隊長は、軍刀のつばのところへ左手をやって、いかつい目で、集って来る百姓達を睨めまわしてい」たが、彼らには少しも恐れる様子がない。通訳は、パルチザンがここへ逃げ込んできたはずだが、それを知らないかと聞いているのだった。「いくらミリタリストのチャキチャキでも、むちゃくちゃに百姓を殺す訳にゃ行かな」かった。

村へ逃げこみ、百姓に化けていればパルチザンであることはわからない。そこをつけこんで彼らは日本軍の様子を探っていたのである。そのことを知っている中隊長も、みんな百姓姿をしていれば見分けがつかないから捕えるわけにはいかなかった。

百姓たちは何度も日本軍と戦いをまじえた経験を持っていた。襲撃と逃走をくり返していたからである。こうしたゲリラ戦の中で、「日本の犬」にたいする彼らの闘争心はますます強くなっていき、初めは日本兵を招待していた百姓も、やがて銃をとるようになっていった。

ウォルコフの村も「犬ども」によって略奪され、破壊されてしまう。その時のことを彼はよく覚えていた。ある日の夕方のことである。

一人の日本兵が、斧で誰れかに殺された。それで犬どもが怒りだしたのだ。彼は逃げながら、途中、森から振りかえって村を眺めかえした。夏刈って、うず高く積重ねておいた乾草が焼かれて、炎が夕ぐれの空を赤々と焦がしていた。その余映は森にまで達して彼の行く道を明るくした。

家が焼ける火を見ると子供達はぶるぶる顫えた。

「あれ……父うちゃんどうなるの……」

「なんでもない、なんでもない、火事ごっこだよ。畜生！」

彼は親爺と妹の身の上を案じた。

翌朝、村へ帰ると親爺は逃げおくれて、家畜小屋の前で死骸となっていた。胸から背までぐさりと銃剣を突きさされていた。動物が巣にいる幼い子供を可愛がるように、家畜を可愛がっていたあの温しい眼は、今は、白く、何かを睨みつけるように見開れて動かなかった。異母妹のナターリイは、老人の死骸に打倒れて泣いた。

村中の家々はこうして破壊されていく。日本兵は軍隊というより「略奪隊」と呼ぶべき集団だったのだ。大隊長はじめ将校たちは、村を襲撃する様子を丘の上から眺めていた。カーキ色の軍服を着けた集団に追いまわされ、右往左往する百姓たち。「カーキ色の方は、手当たり次第に、扉を叩き壊し、柱を押し倒した。逃げて行く百姓の背を、うしろから銃床で殴りつける者がある。剣で突く者がある。煮え湯をあびせられたような悲鳴が聞え」てくる。この修羅場を大隊長や将校たちはまるで「野球の見物でもするように」眺めていたのである。

パルチザンの巣窟と見られていたユフカ村を「掃除すること」を命じられていた大隊長にとっては、過激派だけではなく、それに類する者も皆殺しにすることが昇進につながることでもあった。だから彼はできるだけ派手な方法をとった。派手というのは「残酷の同義語」である。

やがて、あちこちから日本兵の銃声とちがった音がひびいてきた。百姓たちの射撃が始まったのである。日本軍は狙撃砲を撃ちこみ、村は焼き払われていく。村に攻めこんだ歩兵たちは引き上げると、村を包囲した。逃げ出すパルチザンを捕らえるためだ。炎に包まれた村には機関銃が「雨のように」撃ちこまれた。逃げ出してくる村人たちが日本兵の銃弾によって「人形をころばすようにそこに倒れ」る。女や子供もその標的になり、「セルロイドの人形のように坂の芝生の上にひっくりかえった」。

あまりの悲惨さに栗本は叫んだ。「撃方やめろ！　俺等は誰のためにこんなことをしてるんだい！」、「百姓はいくら殺したってきりが有りゃしない。俺達はすきこのんで、あいつ等をやっつける身分かい！」。機関銃のねらいをきめる役目を受け持っていたその兵士は銃口を上に向けた。弾をそらすためである。「撃てッ、パルチザンが逃げ出して来るじゃないか、撃てッ！」。将校は怒鳴る。兵士たちは銃身が熱くなるほど撃ちまくるが、上を向いた銃口からは弾が「一里もさきの空」へ向かって飛ぶだけだった。機関銃だけでなく、歩兵銃の銃口も空に向けられているのだった。「撃てッ！　撃てッ！」と叫ぶ将校の声がむなしく響いた。この射撃の場面は、兵士たちの無言の抵抗と、それを知らずに躍起になって射撃を命じる将校の姿が対照的に描かれていておもしろい。

いや、「痛烈」といったほうがいいかもしれない。

戦闘が終わると、「今度こそ、金鵄勲章だぞ」と軍曹はいった。中隊長の目の前で三人のパルチザンを刺殺したからである。看護卒も、少尉の傷を手当したことで、上層部へよい報告をしてもらえるものと思っていた。彼らは「幸福な気分を味わいながら」駐屯地へ引き上げていった。また、大隊長はユフカ村のパルチザンを殲滅したとの報告を司令部にたいしておこなうと、年金がついてくる勲章をもらい、俸給のほかに三〇〇円か五〇〇円の年金をもらうことになるだろう。しかも中佐に昇進できることも考えた。彼が幸福感に浸っているときである。銃声が聞こえると、一発の銃弾が彼の鼻先をとんでいった。驚いた馬が走りだし、すべり落ちそうになった大隊長は「おォ、おォ、おォ！」と悲しげな声をあげた。山かげからパルチザンが射撃を始めたのである。その銃弾は逃げ出した兵士たちに命中した。「短い脚を、目に見えないくらい早くかわして逃げて行く乱れた隊列の中から、そのたびに一人また一人、草ッ原や、畦の上にころりころり倒れ」ていくのだった。

この作品は、シベリアに出兵した凶暴な日本軍と、それに抵抗するパルチザンのたたかいを主題としたものであると同時に、日本兵の中にもいるロシアの農民に同情を抱く兵士たちを描いたものである。その一人が栗本であった。彼の剣身がまがったのは、ロシア人を刺し殺したためであったのだが、その部分を引用しておこう。

栗本は剣身の歪んだ剣を持っていた。彼は銃に着剣して人間を突き殺したことがある。その時、剣が曲ったのだ。突かれた男は、急所を殴られて一ッぺんに参る犬のようにふらふらッとななめ横にぴりぴり手足を慄わしながら倒れてしまった。突きこんだ剣はすぐ、さっと引きぬかねば生きている肉体と血液が喰いついてぬけなくなることを彼は聞いていた。が、それを思い出したのは、相手が倒れて暫らくしてからだった。彼は、人を殺したような気がしなかった。彼は、人を一人殺すのは容易に出来得ることではないと思っていた。が実際は、何のヘンテツもない土の中へ剣を突きこむのと同じようなことだった。銃のさきについていた剣は一と息に茶色のちぢれひげを持っている相手の汚れた服地と襦袢を通して胸の中へ這入ってしまった。相手はぶくぶくふくれた大きい手で、剣身を摑んで、それを握りとめようとした。同時に、ちぢれた鬚を持った口元を動かして何か云おうとするような表情をした。しかし、何も云わず、ぶくぶくした手が剣身を握りとめないうちに、剣は、肋骨の間にささって肺臓を突き通し背にまで出てしまった。栗本は夢ではないかと考えた。同時に、取り返しのつかないことを仕出かしてしまったことに気づいた。銃を持っている両腕は、急にだらりと、力がぬけ去ってしまった。銃は倒れる男の身体について落ちて行った。

この栗本は、つぎつぎと銃弾に倒れていくロシア人を見ながら「撃つな！」と叫び、「こんなことをしたって、俺達にゃ、一文だって得が行きゃしないんだ！」という。そして農民たちを村から逃がしてやろうとするのだった。さらに、機関銃の銃口を上に向けさせる上等兵、それに呼応して空に向けて発射する兵士たち。

これと対照的に描かれるのが将校たちである。成績をあげるためにウソの報告までして、年金付きの勲章をもらうことや昇進を思い描き幸福感に浸る大隊長は、その典型である。罪もないロシア人を殺戮し、兵士の犠牲のうえに自分だけの栄進を求めるその姿は醜く、卑劣である。正義のない戦争と日本軍隊の腐敗した姿を描き出そうとした作者の意図をここに見ることができよう。

ちなみに、この作品の伏字となっている箇所をあげておこう。「手あたり次第にポケットに摑み取」、「掠奪」、「乱暴狼藉」、「上官」、「指揮官」、「詭計」、「日本人」などがそれである。新日本出版社刊「日本プロレタリア文学集」第九巻（「黒島伝治集」）ではこれらの伏字は起こされているが、筑摩書房「黒島伝治全集」（一九七〇年刊）では××のままである。また、この作品が掲載された『文芸戦線』は発禁、一九三〇年三月に「現代暴露文学全集」の一冊として出された短編集「パルチザン・ウォルコフ」も発禁となった。

6

一九二九年の『中央公論』（一月号）に発表された「氷河」はシベリアの野戦病院を舞台とした作品である。

丘の上の病院では病衣を着た負傷兵たちがベッドに横たわっていた。凍傷により足の指が落ちたため長い間ふろにもはいれず体から異臭を放っている伍長、弾丸に上唇をかすり取られ、冷えた練乳と七分粥をまるで「火でも飲むように」おずおずと食道へ流しこんでいる若い兵士、片耳がちぎれかかり、それをとめるための白い包帯が痛々しい兵士……。

栗本はこれらの負傷兵への同情は消えてしまい、むしろ彼らをうらやましくさえ思っていた。やがて「不快な軍隊の勤務」から解放され、内地への帰還が待っているからである。彼は、内地へ帰れるなら負傷してもいいと思いたくなるほどだった。負傷兵たちにとっても、除隊できることにくらべれば「肉体にむすびつけられた不自由と苦痛にそれほど強い憤激を持つ」ほどの思いはなかった。彼らの頭には内地での生活以外なかったのだ。

福地は、恩給のことなら「百科辞典以上に知りぬいてい」る看護長に尋ねた。傷の度合いからみて二二〇円だろうという。福地は太腿の貫通銃創のため片足を切断しなければならない兵士である。片足を失って二二〇円の恩給に甘んじなければならない。「何だい！　跛や、手なしや、片輪ものにせられて、代わりに目くされ金を貰うて何うれしいんだ！」と栗本には思えた。

自分はいつまでこのシベリアにいなければならないのかわからない。パルチザンと撃ち合ったり、捕らえた彼らを白衛軍に引き渡したり、村を焼き払ったりすることに栗本はあきあきしていた。白衛軍の頭領カルムイコフに引き渡されたパルチザンは虐殺されるのである。その惨状はこのように描かれる。

森の中にはカルムイコフが捕虜を殺したあとを分からなくするため血に染まった雪を靴で蹴散らしてあっ

た。その付近には、大きいのや、小さいのや、いろいろな靴のあとが雪の上に無数に入り乱れて印されていた。森をなお、奥の方へ二つの靴が、全力をあげて馳せ逃げたあともあった。だらだら流れた血が所々途絶え、また、所々、点々や、太い線をなして、靴あとに添うて走っていた。恐らく刃を打ちこまれた捕虜が必死に逃げのびたのであろう。足あとは血を引いて、一町ばかり行って、そこで樹木の間を右に折れ、左に曲がり、うねりうねってある白樺の下で全く途絶えていた。そこの雪は、さんざんに蹴散らされ、踏みにじられ汚されていた。……森のまた、帰る方の道には、腕関節からはすかいに切り落とされた手や、足の這入った靴が片足だけ、白い雪の上に不用意に落とされてあった。手や足は、靴と共にかたく、大理石の模型のように白く凍っていた。

このような反革命派の白衛軍による残虐な行為にたいするパルチザンの憎悪は日本軍に向けられた。栗本は、自分たち兵卒をシベリアまで派遣し、侵略戦争の矢面に立たせていながら「内地で懐手をしている資本家や地主」への反抗心が湧き上がってくるのを抑えることができなかった。それは栗本だけではなく、ほかの兵士たちにも共通した怒りであった。彼らは銃口を空に向けて発射したり、「進め!」の号令を無視したり、中には上官に銃剣を突きつけることでその気持ちを示したのである。

栗本がイイシの警備を命じられたのは、寒暖計が零下二〇度を超える日であった。彼は町はずれの線路警備の歩哨に立つが、警戒所のペチカで暖をとっても、それは「二分も歩かないうちに、黒龍江の下流から吹き上げて来る風に奪われてしま」うのだった。そこへ一台の馬橇が灯火もつけず線路づたいに走ってきた。停止を命じた栗本に、「心配すんねぇ!……えらそうに!」という声が返ってくる。若い女を乗せたアメリカ兵だ。栗本は馬の背中に銃をふりおろした。

共同出兵という名目でシベリアへ派遣されているアメリカ兵は、戦争は日本兵にやらせ、自分たちはペチカのある兵営でぬくぬくと午前中を過ごし、午後は若いロシア女をあさりに出かけて偽札を湯水のように遣っているではないか。パルチザン討伐という危険な仕事を押しつけているアメリカ兵への怒りが爆発したのだ。殴られた馬がとび上がり橇が走りだすと、アメリカ兵は拳銃をぶっ放し、闇の中に消えて行った。

丘の上の病院に負傷兵を乗せた五、六台の橇が着く。三角巾で傷口を縛った兵士たちの顔は「蒼く憔悴してい」る。栗本もその中の一人だった。看護卒が彼の服を脱ぐと「血で糊づけになっている繻絆が現れた」。病室のあちこちから呻き声や痛みを訴える声が聞こえてくる。大腿骨を折られた兵は「間欠的に割れるような鋭い号叫を発し」ている。隣の病室からも「呻きわめく騒音が上がりだした」。

栗本はベッドに横たわりながら内地のことを思い浮かべていた。「そこは、外には、骨を割るような労働が控えている。が、家の中には、温い囲炉裏、ふかしたての芋、家族の愛情、骨を惜しまない心づかいなどがある。地酒がある」。彼はなんのためにシベリアへきたのか、溜息をつくとまた呻き声を出した。看護長は「どいつも、こいつも弱みその露助みたいに呻きやがって!」、「痛いくらいが何だい! 日本の男子じゃないか!死んどる者じゃってあるんだぞ」と病室を見廻りながらいった。栗本はそれを聞きながら列車が転覆したときのつぎのような場面を思い出した。

遠いはてのない曠野を雪の下から、僅か頭をのぞかした二本のレールが黒い線を引いて走っている。武装を整えた中隊が乗りこんだ大きい列車は、ゆるゆる左右に目をくばりつつ進んで行った。線路に沿うて向こうの方まで警戒隊が出されてあった。線路は完全に、どこまでも真直に二本が並んで走っている。町は、間もなく見えなくなり、列車は速力が加わってきた。線路は谷間にかかり、やがてそこを通りぬけて、また曠野へ出た。……いつか列車は速力をゆるめた。と、雪をかむった鉄橋が目前に現れてきた。

「異状無ァし!」

鉄橋の警戒隊は列車の窓を見上げて叫んだ。

「よろしい！　前進。」

そして、列車は轟然たる車輪の響きを高めつつ橋にさしかかった。速力は加わったようだった。線路はどこまでも二本が平行して完全だった。ところが、中ほどへ行くと不意にドカンとして機関車は足を踏みはずした挽馬のように、鉄橋から奔放にはね出してしまった。

四角の箱は、それにつづいてねじれながら雪の河をめがけて転覆した。

と、待ちかまえていたパルチザンの小銃と機関銃が谷の上からはげしく鳴りだした。


線路は爆破されたのでも、ことさら破壊されたのでもなかった。パルチザンは枕木の下に油のついた火種を入れておくだけで、それが雪の中で点火され、枕木はくすぶりながらやがて炭になってしまう。雪の中であるため外には火も煙りも出なかった。しかも、上から見れば何の故障もない線路としか見えないのである。そこを通りかかった列車はまるで「綿を踏んだように」脱線してしまうのだ。こうして栗本たちの乗った列車は転覆したのである。きわめて巧妙な方法であった。

負傷兵たちには一日も早い内地への送還を願わない日はなかった。病院の窓からは、凍った黒龍江を横切って向こう岸の林へ行く橇が見える。列車転覆とパルチザンの銃弾の犠牲になった兵士たちの死骸が運ばれて行くのだった。それを見ながら栗本は、おれたちは運がよかったと思った。とはいえ、負傷者には不具者としての生活が待っている。それをだれが弁償してくれるのか。だれもしてくれはしない。そう思いながらも、彼らは林へ向かう橇を見て自ら慰めるほかなかった。病室はどの部屋も負傷兵たちで満員だった。

やがて、二〇台ほどの橇が病院の庭に着いた。傷病兵の携帯品が橇に運びこまれる。いよいよ待ちに待った内地送還の日がきたのだ。一台の橇には五、六人が乗りこむ。久しぶりに吸う外の空気は新鮮だった。降る雪まで心地よく感じられる。そこへ伝令の兵士が到着する。彼は一通の封書を看護長に渡した。セミヤノフカへ派遣する兵隊が足りなくて困っているというのだ。それを読んだ軍医が看護長を連れて出てくると叫ぶ。「みんないっぺん病院へ引っかえすんだ」。内地送還が見送られたのでは、と思うと栗本は「脚がブルブル慄えだした」。日本の将校がアメリカ兵と悶着を起こし、斬りつけたことからアメリカ側との間が険悪になったため、兵士不足になったのだという。兵士たちはまた病室に戻されてしまった。あの伝令が持ってきた一枚の紙切れが彼らの希望を打ち砕いてしまったのである。

病室へ戻った栗本は、郷里のなつかしい茅葺きの家も、囲炉裏も、地酒も、親爺もおふくろも「自分から背を向けて遠くへ飛び去ってしまった」と思った。一人の将校が起こしたトラブルと兵員不足が、みんなの運命をかえてしまったのだった。馭者だけが乗った橇が丘を下っていくのが病室の窓から見えた。

「錆のついた銃をかついだ」兵士たちが病院のある丘をくだっていく。空は晴れ渡っていたが、彼らの顔は「苦りきっていた」。傷病兵たちを待っているのは、セミヤノフカへの派遣か、アメリカ兵に備えるための部隊への編入かのどちらかであった。彼らの中には腰に銃弾がはいったままの兵士もいる。満足に歩くこともできない者まで前線へ引き戻されていったのである。

そこには、パルチザンによる列車転覆、銃撃戦、雪の中の歩哨、それにアメリカ兵との悶着などが待っているのだ。また負傷するか、「黒龍江を渡って橇で林へ連れて行く屍の一ツにな」るか、この二つの道しかなかった。パルチザンの抵抗によっていつ命を落とすかもしれない酷寒のシベリアへ派遣された兵士たちにとって、唯一の希望は一日も早く内地へ帰ることであった。たとえ病気になっても、足一本失ってもよい、そこには貧しさが待っていようとも、故郷の家族のもとに帰ることであったのだ。主人公の栗本もその一人であった。

だがその希望は一人の将校の行為によって無惨にも打ち砕かれてしまう。内地送還の日、橇から病院へ引き戻され、軍医のいいかげんな診断によって前線へ駆り出されることになる。落胆する兵士たち。彼らを待っているのは負傷か死であった。

戦傷者は野戦病院へ運ばれ、そしてまた戦場へ引き戻される。まさに野戦病院は兵士という戦争の機械の再生工場であったのだ。そのことを作者は「病院は負傷者を癒すために存在している。負傷者を癒すと弾丸がとんでいるところへ追いかえすのだ。再び負傷すると、またそれを癒して、又追い返すだろう。三回でも、四回でも、五回でも。一つの機械は、役にたたなくなるまで直して使わなければ損だ。それと同じだ」と怒りをこめて書く。しかもこの場合は直ってもいない機械まで使おうというのである。

「氷河」は、野戦病院を描くことによって日本軍隊の非情さと、正義のない干渉戦争の実態を暴露した反戦小説の力作といってよい。また、戦争の元凶である資本家と地主にも目を向け、共同出兵の矛盾を突いた点も評価すべきであろう。

すぐれた自然描写とともに、橇に乗せられた戦死者が凍りついた黒龍江を渡り、林の中へ送られていく場面は胸を打つ。それは、病室の窓から見守る傷病兵たちの明日を暗示しているかのようでもある。いずれにしても、前作「パルチザン・ウォルコフ」を一歩進めた作品であるといってもまちがいあるまい。

この作品について小林茂夫氏は「日本プロレタリア文学集」第九巻の「解説」の中でつぎのような伊藤永之介の評を紹介している。

「この作品に至って作者は易々として数多の個々のそれぞれの具体的な面様を書き分けることに依って、病院内の集団生活の複雑多様な種々を描き上げて居る」と同時に「シベリア駐屯の一支隊と日本軍全体との関連が忘れられて居る。随ってこの作品は剪り離された枝であって、根幹からの栄養を充分に摂取して居ない感じを免れない」(この「解説」は同氏の「プロレタリア文学の作家たち」にも収められている)。

また、池田寿夫は「黒島伝治小論」(『イスクラ』一九二八年七、八月合併号)の中で、その反戦小説についてこのように述べている。

黒島伝治の評価を決定づけるのはいわゆる反軍国主義的作品であり、その特徴は「直接に軍国主義の階級的本質を暴露するのではなくて、如何に軍隊生活が非人間的生活の集約的表現であるかを、例の自然主義的手法で描き出すのである。氏は決して叫ばない。叫ぼうともしない。軍国主義が何ものであり、民衆を駆って戦場に走らしめる者の正体が何であるかを決して理論的談理を以て裏づけようとはせず、ありのままなる軍隊生活の生々しき描写を以てひた押しに押してゆく。ここに卓れたリアリズムのもつ迫真力が、心憎いまでに軍隊生活、従ってその支柱たる軍国主義への反逆を駆り立てる」。

しかし、その「軍国主義への反逆も決して軍国主義そのものへは向けられず、兵卒の端初的憤懣の直接的対象たる上官にのみ全注意が向けられる。このことは反軍国主義を取り扱うに際して最も注意すべきことで上官に対する憤懣を憤懣として留めておくばかりでなく、上官を操る糸をも暗示的になり示すことが必要である」。

池田の批評は一九二八年の段階における伝治の反戦小説の特徴を的確にとらえたものであろう。伝治の反戦文学についてもっと掘り下げて論じたのが同じ池田の「過去の反戦文学の批判と今後の方向」(『プロレタリア文学』一九三二年四月号)である。

彼は、戦争を扱ったものとして林房雄の「鎖」、村山知義の「沙漠で」、細田民樹「或る砲手の死」、里村欣三「シベリアに近く」、小堀甚二の「パルチザン」などをあげ、これらの作品は「偶然戦争反対が入り込んだに過ぎない」のであるが、黒島伝治は「計画的に」反戦作品を数多く書いている。いわゆるシベリア物と呼ばれるものだが、それは「プロレタリア文学としての反戦文学の発展を集約的に、典型的に代表」するものといってよいとのべる。

伝治の反戦小説の特徴はそのリアリズムにある。抽象的、観念的な反戦思想を出すのではなく「兵卒の生活を具体的に描き、兵卒を操る者への反感を描き、その悲惨さを強調することによって反戦的効果を狙っている」。このことは、黒島がその階級性をより明確にし、「プロレタリア的観点に近づきつつある証左ではあるが」としながらも、つぎのような点を池田は指摘する。

（一）シベリア出征の必然的根拠が描かれていない。

（二）シベリアだけを切り離し、シベリア出征兵士と国内とのつながりを見ていない。特に出征による遺族の生活だけでなく、資本主義そのもの、労働者農民の生活への影響等が些かも考慮の中に入っていない。

（三）下級の兵卒の反抗が、自分達をシベリアに寄越した日本帝国主義の侵略戦争に向けられずに上官に向けられている。上官への個人的反抗を階級的反抗に昂めるための組織的活動が欠除している。

（四）パルチザンの生活、その階級性が描かれていない。日本帝国主義の侵略的攻勢に自己自身武装せるソヴェートの農民や赤衛軍の階級的本質を単純な敵にすり換えることは、許し難き誤謬である。（尤も後の「パルチザン・ウォルコフ」では此の点注意して、パルチザンの本質を描くことに努力しているが）こうした諸欠陥は「リャーリャとマルーシャ」の如き非階級的作品を生みだし、「渦巻ける烏の群」「氷河」の如き力作にも見落とすことが出来ない。

このように池田は伝治の「シベリア物」の限界を批判しながらも、「氷河」のスケールの大きさを評価し、「穴」において朝鮮人虐殺を描いたことにたいして、「戦争と民族との関係にメスを入れた」として、その作品の広がりに注目している（この評論は池田寿夫「日本プロレタリア文学運動の再認識」や「日本プロレタリア文学評論集」6に収録）。

7

「氷河」につづいて「捕虜の足」（『近代感情』一月号）、未完の作品「崖下の家」（『文芸戦線』一月号）、「野田争議の敗戦まで」（同、四月号）、「顔を××にした小説」（同、五月号）などを発表、七月に出版された「プロレタリア芸術教程」第一輯に「反戦文学論」を書きおろした。

伝治は、一、反戦文学の階級性、二、プロレタリアートと戦争、三、反戦文学の恒常性の三つの章立てによって論を展開する。

〈反戦文学の階級性〉においては、「戦争には、いろいろの種類がある」として、侵略的征服戦争、防御のための戦争、民族解放戦争、さらに革命などをあげる。そして戦争反対をテーマにした文学作品は以前からあったが、ブルジョアジーと現代プロレタリアートの戦争反対の文学は「原則的に異なったもの」であるという。

近代文学には戦争反対の意図をもって書かれたものがあるが、戦争による犠牲や悲惨さを一般的な観点から批判したものでしかない。しかしプロレタリアートはそのような一般的な戦争反対を主張するものではなく、場合によっては戦争の「悲惨をも、残酷さも、人類の進歩のために肯定する」こともある。吾々が断固として反対するのは帝国主義戦争であり、侵略的、「強盗的戦争」であって戦争一般を否定するものではない。

ブルジョアジーの戦争反対の文学が描くのは、戦争による「個々の苦痛、数多の犠牲、悲惨」であり、それにたいする個人的感情や人道的精神でしかない。その例として田山花袋の「一兵卒」、与謝野晶子の「君死にたまふことなかれ」、武者小路実篤「或る青年の夢」をとりあげる。

「一兵卒」は、従軍した兵士が脚気にかかり入院するが、病院の不潔さと粗食に堪えかねてそこをのがれて、もとの所属部隊に戻ったが、そこで死亡するという話であり、ここでは「戦争に対する嫌悪、恐怖」と、個人を束縛する軍隊生活の残酷さが強調され、戦場は一兵卒にとっては「大いなる牢獄」であることが描かれている。ここに「自然主義の消極的世界観」を見ることができるとのべる。

戦争は悪である。なぜならそれは非人間的なものだからだという戦争観は、「個人主義的立場からの一般的戦争反対であ」り、「自我に目ざめたブルジョアジーの世界観から来」たものだ。これをもっと明確なものにしたのが「君死にたまふことなかれ」である。ほかの短歌や詩は「恋だとか、何だとかヒネって、技巧を弄し、吾々は一体虫が好かんものである」が、この詩だけは「自分の心のまことを、そのまま吐露したもの」で「真情」があふれているとしながらも、「生活の中心がすべて個人にあ」るために死をもっとも恐れるという個人主義の立場から戦争に反対した作品であると断じるのである。これが人道主義の立場に立つ作品になると「五十歩百歩」であるとはいえ、戦争の原因を追究しようという芽が見えてくる。「或る青年の夢」がさしずめそれに当たるだろう。この作品も死の恐怖や戦争の悲惨さを強調しているが、前二作とちがうところは、個人ではなく国家の問題として戦争がとらえられているところである。戦争は個人と個人の問題でなく、国家と国家の問題であり、それは国家による他国家の侵略という国家の利己主義がもたらすものであるから、戦争をなくすためには人間が国家という立場ではなく、人類という利己主義を超えた視点に立って考えなければならない。国家という意識に立つことが、人類の意志に背いて戦争をひき起こすことになる。このように見るのが人道主義的戦争観であると伝治は述べる。

要するに、ブルジョアジーは「眼前の悲惨や恐怖から戦争に反対はしても、決して徹底的に戦争を絶滅することは考えていない」のであって、たとえ考えていたとしても、それは「生ぬるい中途半ぱなもの」であり、「反動的な役割」しか果たさない。この「理想主義か現状維持の平和主義」に過ぎない考え方は文学作品にも反映しているときびしく批判する。

伝治はさらに近代ヨーロッパにおける戦争反対の文学作品として「恒久平和の企画」(ルソー)、「黎明」(ヴェルハアレン)、「セバストポール」「戦争と平和」(トルストイ)、「卑怯者」「愚かなイワノフの覚書」「四日間」(ガルシン)、「赤い笑」(アンドレーエフ)などのほかモーパッサン、ロスニイ、ロマン・ローラン、バーナード・ショウ、ホイットマンなどをあげたうえ、ドイツ表現派の作品「アンティゴオネ」(アゼンクェフェル)、「トロヤの女」(ウェルフェル)、「独逸男ルケルマン」「変転」(トルレル)、「海戦」(ゲエリング)「士官」「プロシャ王子ルイ・フェルディナント」（ウンルウ）なども取り上げている。表現派については、彼らは戦争に反対し、その暴虐を呪詛しているが、結局それは主観的であり、唯心論的なものであると、その限界を指摘する。

では、プロレタリアートの反戦小説とはいかなるものであり、いかにあるべきか。まずアンリ・バルビュスの「クラルテ」をあげる。バルビュスは戦争の責任者にたいして「嫌悪を投げつけ」、インターナショナリズムを高揚させる。「君たちは祖国の武装を解かなければならないのだ。そして、祖国観念を極度に萎縮放棄して、重大なる社会観念を持たねばならないのだ。……君達自身のために戦争をやるようなことはないのだ。……世界平和は、この人生に於て、万人の権利を平等たらしむるための避くべからざる結果なのだ。平等の観念に立脚して進むならば人民のインターナショナルに到達するであろう。……」と書いているとして伝治は彼を高く評価するのである。

また、マルセル・マルチネは、第一次大戦を背景に、戦場に向かう兵士たちに呼びかけた詩集「呪われた時」、戦時下における民衆の悲惨な生活を描いた小説「避難舎」、ドイツ革命に暗示を受けて書いた戯曲「夜」を発表しているが、中でも「夜」を「今日もっともすぐれたプロレタリア文学作品である」と伝治は称賛している。

資本主義がつづく限り戦争はなくならない。戦争を根絶するためにはプロレタリアートだけでなく、すべての人々が階級制度のくびきから解放されなければならないのだ。そのためには革命戦争を経過しなければならず、吾々は帝国主義戦争に反対しそれを根絶するためにこの革命戦争を肯定する。マルチネは「夜」の中で帝国主義戦争を否定し、革命戦争を肯定しているのだ。

さらにアメリカの社会主義作家、アプトン・シンクレアの作品「義人ジミー」のあらすじを紹介しながら、これはプロレタリア階級のたたかいを描いたものであるとして、そのインターナショナリズムと帝国主義戦争反対の意図を評価している。

つぎの〈プロレタリアと戦争〉においても、階級社会からの脱却、すなわち社会主義社会の実現以外に戦争は根絶できないとして、被支配階級と支配階級との闘争には進歩的価値があることを強調する。

ブルジョア平和主義者や無政府主義者は戦争一般に反対するが、戦争に残虐行為や窮乏、苦悩がともなうものであるとしても、反動的な制度を打破するために役立つ戦争であれば人類の進歩のために肯定されなければならない。奴隷と奴隷主との闘争、領主にたいする農奴の闘争、資本家と労働者のたたかいがそれである。たとえば、フランス革命からパリ・コンミューンまでの民衆のたたかいは「ブルジョア的進歩的な国民解放戦争」であった。この部分はレーニンの「社会主義と戦争」（一九一五年）をもとに書いたものと思われる。少し長くなるがレーニンの文章を引用しておこう。

社会主義者は、諸国民間の戦争を野蛮で残酷なものとして、いつも非難してきた。しかし、戦争にたいするわれわれの態度は、ブルジョア平和主義者や無政府主義者の態度とは原則的にちがっている。われわれとブルジョア平和主義者とのちがいは、戦争が国内での階級闘争と不可避的な関連をもっていること、階級をなくし社会主義をうちたてずには戦争をなくすることはできないことを、われわれが理解していることであり、さらに、内乱、つまり抑圧階級にたいする被抑圧階級の戦争、奴隷主にたいする奴隷の戦争、地主にたいする農奴的農民の戦争、ブルジョアジーにたいする賃金労働者の戦争の正当性、進歩性、必然性を、われわれが完全にみとめていることである。われわれマルクス主義者が平和主義者とも、また無政府主義者ともちがうところは、それぞれの戦争を個別的に歴史的に（マルクスの弁証法的唯物論の見地から）研究する必要を、われわれがみとめることである。どの戦争にもかならず惨禍と残虐行為と災厄と苦痛が結びついているにもかかわらず、歴史には進歩的であった戦争、すなわち、とくに有害で反動的な制度（たとえば専制とか農奴制）やヨーロッパで最も野蛮な専制政治（トルコとロシアの専制政治）を破壊するのをたすけて、人類の発展に貢献した戦争が、いくどかあった。

フランス大革命は人類の歴史に新しい時代をひらいた。そのときからパリ・コンミューンまで、つまり一七八九年から一八七一年までに、戦争の一つの型として、ブルジョア進歩派の民族解放戦争があった。……それらは進歩的戦争であって、すべてのまじめな、革命的な民主主義者ばかりか、さらには社会主義者もみな、そういう戦争のさいには、封建性、絶対主義、他民族抑圧の最も危険な支柱をくつがえすか、掘くずすのをたすけた国の勝利に、つねに共感を寄せたのである（大月書店「レーニン一〇巻選集」第六巻）。

では、いま吾々の前に迫りつつある戦争とはいかなるものか。伝治はレーニンの「資本主義の最高の段階としての帝国主義」、いわゆる「帝国主義論」を援用しながらつぎのようにいう。

それは縄張り争いであり、領土の奪い合いであるところの帝国主義戦争である。近代資本主義から独占へと進み、小資本が大資本によって吸収される。そして産業資本と銀行資本の結びつきが始まり金融資本が生まれるのである。独占資本は国内市場の分割からさらに世界市場の獲得へと進み、「国際資本団体は夢中になって、敵手から一切の競争能力を奪わんと腐心し、鉄鋼又は油田等を買収せんと努力している。而して、敵手との闘争に於ける一切の偶発事に対して独占団体の成功を保証するものは、独り植民地あるのみである」（レーニン）。したがって資本家は「植民地の征服を熱望」し、「金融資本と、それに相応する国際政策とは、結局世界の経済的政治的分割のための強国間の闘争をもたらすことになる」（同）。これが帝国主義戦争であり、略奪者と略奪者との戦争である。資本家は国内の労働者から搾取するだけでなく、植民地からも収奪するのだ。

帝国主義戦争は、何ら進歩的役割を持つものでなく、世界の多数の民族を抑圧するとともに、国内ではプロレタリアートをも抑圧するものであるが「狡猾なるブルジョアジーは、うまい、美しげな大義名分を振りかざ」してそのことをごまかすのである。プロレタリアートはこの縄張り争いの戦争にまきこまれてはならない。そのためには、戦争の本質をつかむことが大切である。

反戦文学は、その戦争の本質を暴露し「真実を民衆に伝え、民衆をして奮起させるべきである」。資本家どもが資本主義制度維持のためにやっていることの実相を吾々は「白日の下に曝」さなければならない。

吾々の文学は「プロレタリアートの全般的な仕事のうちの一分野であ」り、「プロレタリアートの持つ、帝国主義戦争反対の意志、思想を感情にまで融合さし、それを力強く表現することによって、一般の労働者農民への、影響力を広く、確実にしなければならない」。

帝国主義戦争はプロレタリアートによってブルジョアジーにたいする内乱に転化する可能性を持つ。したがって吾々の文学は帝国主義戦争に反対するだけでなく、その「最後の目的」のために「全煽動力、宣伝力」を傾注しなければならない。「最後の目的」がプロレタリア革命であることはいうまでもないが、そのことについては発禁を配慮してのことであろう、「ここで詳しく書く場合ではない」と明言するのを避けている。ともかく、労働者農民の力と敵国へ向けていた兵士の銃剣を資本家や地主に向けさせるため吾々は文学の持つ宣伝、煽動力の発揮に全力をつくさなければならないことを彼は強調するのである。

〈反戦文学の恒常性〉では、戦争反対の文学は平和な時期においては必要でないのか、と問い、いや恒常的に必要であるという。なぜなら資本主義が存続している限り戦争はなくならないからである。戦争が終わって平和が戻っても、またつぎの帝国主義戦争が起こる。たとえば、第一次世界大戦が終わって平和がやってきた。だが、今度は中国をめぐって「資本の属領争奪戦」が起きている（三次にわたる山東出兵のことをさしているのであろう）。平時においてもブルジョア政府は戦争の準備に「余念がない」のであって、資本主義的平和はつぎの戦争の準備期間でしかない。資本主義制度がつづく限りプロレタリアートの反戦文学は存在しつづける。

反戦文学は、兵営や、軍隊生活だけを対象とするものではない。資本主義は、戦争を準備するためにあらゆるものを利用する。「労働者、農民の若者を営舎に引きずりこんで、誰れ彼れの差別なく同じ軍服を着せ」、人間をひとつの型にはめこんでしまう。こうして、労働者や農民たちは「鉄砲をかついで変装行列」をやり出すのだ。

そのほか、「学校も、青年訓練所も、在郷軍人会も」「戦争のための道具」となっていく。また「映画や、演劇まで
も」戦争や「好戦思想を鼓舞するために」使われるのである。あらゆるものが軍事力強化のために利用される
のだ。彼らは軍国主義によって、現在の制度を維持しようとする。軍事力は外国との戦争のためだけにあるので
はなく、プロレタリアートの蜂起にも備えているのである。そこで、プロレタリア文学は「軍国主義的実質を暴
露し、労働者農民大衆に働きかけ、大衆をして蜂起させる」という任務を持つものであり、反軍国主義文学でも
あるのだ。しかしこのことは、作品の内容を固定化したり限定したりするものではない。力点をアンチ・ミリタ
リズムにおくということである。また、戦時においては「帝国主義戦争を内乱へ！」のスローガンを強調し、反
戦文学の主要力点をこのことにおかなければならないが、これも「これだけを独立して取扱うべきものと限って
はいない。ただ、主として力点をそこに置くのである」とのべる。

このように、伝治は、戦争にはさまざまな目的と性格を持つものがあり、十把一絡げにしてはならないと同時
に、戦争を一般化して心情的、観念的に反対論を唱えることは戦争の本質を見ないという誤りをおかすことにな
る。戦争には帝国主義戦争もあれば民族解放や革命のための戦争もあり、それを峻別することが大事である。前
者が否定され後者が肯定されなければならないことはいうまでもない。このように反戦文学は帝国主義戦争に反
対するものであることを強調したのである。

人道主義や個人主義の立場から戦争一般に反対するのはブルジョア的戦争観であるとして、田山花袋や与謝野
晶子、武者小路実篤の作品をとりあげ、たとえそれがヒューマニズムにもとづくものであったとしても真の反戦
文学とはいえないことを指摘したのだ。

これにたいして、バルビュスの作品はインターナショナリズムと反軍国主義の立場に立つものだとして高く評
価し、マルセル・マルチネ、シンクレア・ルイスも同様であるという。

つぎに、レーニンの論文に依拠しながら帝国主義と帝国主義戦争についての定義を行い、プロレタリア文学は

それに反対するとともに、戦争を根絶するためには経済制度の変革、すなわち資本主義の打倒と社会主義社会の実現以外にない。そのためにプロレタリア文学は「全煽動力、宣伝力」を集中しなければならないというのである。この「反戦文学論」が、戦時下における戦争反対のための文学の重要性はもちろん平時においても不断に書かれなければならない(反戦文学の恒常性)ことを強調している点に注目すべきであろう(「反戦文学論」は『黒島伝治全集』Ⅲ、『日本プロレタリア文学大系』4、『後期プロレタリア文学評論集』1などに所収)。

8

この年の一〇月、伝治は『文芸戦線』に「材料について――ノートとして」という、短いが興味ある文章を書いている。

「尖端的な、ストライキや、小作争議を題材として、その中に、闘争せる労働者農民を書き、プロレタリアの希望や、その先鋭なイデオロギーや、亡び行くブルジョアジーの姿や又、蜂起するプロレタリアを弾圧する××や、××、なお、それに反抗して立つ者等を書くことは容易であ」り、「争議を書いてプロレタリア文学とすることはたやすい」との書き出しで、これまで吾々のプロレタリア文学は「その一番たやすいこと」をやってきたのではないかと問いかける。

炭坑のストライキを書いたゾラは自然主義作家といわれてもプロレタリア作家と呼ばれることはない。ハウプトマンもゴルスワージーも反ブルジョアジーの立場の作品を書いているが、プロレタリア作家ではなかった。このようにプロレタリア作家でなくともストライキや農民の争議を書くとなれば、資本家や地主の側に立った扱い方はしないであろう。「戦闘的な題材を扱って、それが戦闘的になる」のは当然のことである。

ところが、ストライキや小作争議という劇的な場面が展開するまでの身辺的なことが描かれるときには「美しい衣がぬげて、素裸体になってしまう」ことが多い。もっとも、日常的な生活の中に「先鋭なイデオロギーを盛ること」は並大抵ではないとはいえ、吾々が身辺のことを描く場合、イデオロギーが抜け落ちて小ブルジョア文学と何ら変わらないものになってしまうのは何とも情けないことではないか。「工場でも農村でも、軍隊でも、どこでもよい。そこから、日常生活的な題材を取ってきて、そこに、闘争を見出し、吾々の希望や、又、争議を扱った場合に負けない先鋭なイデオロギーを盛る」ことこそ吾々の大事な仕事ではないかと思う。なぜなら、争議は労働者や農民の生活の中の「一部分のうちの一部分」に過ぎないからだ。それまでの「長い間の隠忍や、苦痛や、悲惨や、その他のいろいろのことがそこに存在している」。それを見逃してはならない。「一粒の籾の中にも革命を見よ」といい、「物の尖端は、たいてい錐のさきのように形が一種か二種にきまってい」るものである。しかしそこへ行くまでの過程は「千変万化」であり、その生きている現実こそ興味あるものであって、いくら追求してもしきれるものではないとのべる。

たしかに、プロレタリア文学作品には多くの労働争議や小作争議が登場するが、それを労働者や農民の側に立って描くことこそプロレタリア文学のプロレタリア文学たるゆえんである。しかし、伝治が指摘するように、労働者農民の生活の中の「一部分のうちの一部分」であり、「錐の先端」のようなものであって、そこにいたるまでのプロセスを描くことによって作品の厚みも増し、よりリアリティのあるものになることは確かであろう。この提起は注目すべきものであった。

9

伝治は一九二九年の一〇月から翌月にかけて済南事件の取材のため中国を旅行し、「支那見聞記」の中にそのときの済南についてかんたんに書きとめている。

「支那はどこへ行ってもなかなか乞食が多い。その中でも済南に最も多い。済南の名物は、五・三事件（済南事件）ではなく、乞食である。ゴミ捨て場から、何か食えそうなものを拾い出すのは、犬ではなしに、乞食である。犬よりも乞食の方がそれにかけては敏捷である。萎れた菜葉一枚でも彼等は拾い上げて、それを口に入れるのである」。つぎに多いのが洋車という俥である。洋車に乗っていると乞食がついてきて、金をねだる。「三人も四人もが、歯糞のついた歯をむき出し、息を切らしながらつけて来る」。

済南城は二重の城壁に囲まれており、源門には大きな文字で「誓ってこの恥を雪ぐ」、「汝はこれを見よ！」、「汝はこれを覚えておけ！」などという意味のことばが門の左右に掲げられている。この調査と取材によって書かれたのが済南事件を題材とした彼の唯一の長編小説「武装せる市街」であった。

この題名について浜賀知彦氏は「最初に『黄風』という題名を考えていたようである」が、このことばには「中国の風土的特徴を表現している」ものの「どうしようもないというイメージもある。黒島伝治にとって済南に結集する三軍団と日本帝国主義下の在外資本、民衆との諸関係を描くには、〈黄風〉のイメージでの作品展開はむずかしかったのではないかと思われる。この叙情的な題名から即物的な『武器をもつ市街』になって出版社に渡された。八月四日付の編集部の日付印のある朱筆校正のゲラ刷りでは『武器をもつ市街』を『武装せる市街』に改題している」と書いている（「黒島伝治の軌跡」）。

この作品の題材となった山東出兵、済南事件について略述しておこう。

一九二六年七月、国民党は国民革命軍の編成を決定、將介石を総司令として北伐を開始した。北伐が華北や「満州」に波及することを恐れた田中義一内閣は一九二七年五月、日本の居留民保護を名目に旅順駐留の関東軍二〇〇〇名を山東省の青島に派兵。六月から七月にかけて東方会議を開き、権益擁護の立場から対支強硬方針を確認する。七月に二二〇〇名を増派したが、国民政府は北伐を停止し、攻撃の矛先を中国共産党に向けたため、また内外の批判が日本に集中したこともあり、九月にいったん撤兵した（第一次山東出兵）。

一九二八年、国民革命軍が北伐を再開すると、四月再び派兵を決定し、支那駐屯軍から第六師団を派遣、青島、省都済南に進駐、五月三日、国民革命軍と衝突、済南事件を引き起こすことになった（第二次山東出兵）。八日には全面的戦争となり、日本軍は済南城を総攻撃、革命軍を済南から追い出したのである。中国では「五・三惨案」と呼ばれる済南事件による中国側の死者は軍民あわせて三六〇〇人、負傷者は一四〇〇人にのぼったという。この五月、日本はさらに第三師団を派遣（第三次山東出兵）。この三回にわたる出兵による総数は一万五〇〇〇名に達している。三次に及んだ出兵の名目は在留邦人の保護であったが、軍部の狙いは軍閥の総帥、張作霖を援助し、「満州」における日本の権益を擁護することにあった。これらの度重なる出兵にたいして中国人の反日感情はますます高まっていった。

ちなみに、五月九日、中国共産党は「日本軍の山東占領に反対し全国民衆に訴える」というかなり長文のアピールを出しているので抜粋しておこう。

「……日本帝国主義が、ついに中国の南北軍混戦の機会に乗じ、軍隊を派遣して山東省の省政府所在地済南および膠州鉄路の青島に至る間を占領した。……五月三日の済南事変の勃発およびその後の事態の発展は、今回の事変が全く日本帝国の予定の計画であったことを明白に証明している。……今回の済南事変は、明らかに日本帝国主義の予定の計画である。だが日本は、なに故に、まさにこの時期に中国を武力で侵略する計画を実現したのであろうか。一言でいえば、つまりは国民党の反革命化のためである。……今度の日本の出兵は、中国の軍閥混戦から山東の日本人居留民を保護するということを口実にしている。今回の混戦は民衆を犠牲にしてますます激化した軍閥間の地盤争奪戦争であり、いささかの革命的意義もない。……張作霖の北京政府は、もとより日本帝国主義の走狗であり、……将介石の南京政府も、これまで英日米仏の各国帝国主義にそれぞれ別々に屈服し投降し、『親善』関係を結んできたのであった。今度の済南事変は、もとより将介石のいわゆる『北伐』にとっては一つの手痛い打撃であり……今度の事変の発生は将介石の北伐の末日であるとさえいわれているが、しかしわれわれは、最近国民党が宣伝しているように、日本帝国主義が反革命勢力を代表する張作霖を援助し、そして、『革命』勢力を代表する将介石に打撃を与えているとは、決して考えてはならない。将介石の『北伐』からは、われわれはいささかの革命のにおいも嗅ぎだすことはできないのである。今度、日本が済南事変を起こしたことには、主として、中国の軍閥混戦の機会に乗じて日本に山東の利権を占領させるという働きがあるとともに、付随的には次のような働きがある。（一）田中内閣は、重大な『対支問題』を起こすことによって、反対派の視線をそらせ、国会での不信任をもみ消そうとしている。（二）張作霖は、結局、多年飼いならされた昔からの走狗であり、しょせんは将介石よりもずっと駆使しやすいものであり、この事変を起こすことによっても張作霖の部分的政権を保持することができるのである。（三）国民党軍閥をびっくりさせておいて、たとえ国民党が『北伐』に成功したとしても、彼らがやはり日本の在華既得権を承認しなければならないようにさせることである。……」（勁草書房「中国共産党史資料集」第三巻）。

貧民窟の掘立小屋の高粱稈の風よけのかげでは、用便をする子供が、孟子も幼年時代には、かくしたであろうと思われるようなしゃがみ方をして、出た糞を細い棒切でいじくっていた。

紙ぎれ、ボロぎれ、藁屑、玻璃のかけらなど、――そんなものの堆積がそこらじゅう一面にちらばっていた。纏足の女房は、小盗市場の古びた骨董のようだ。頭のへしゃげた苦力は、塵芥や、南京豆の殻や、西瓜の噛りかすを、ひもじげにかきさがしつつ突ついていた、彼等は人蔘の尻尾でも萎れた葉っぱでも大根の切屑でも、食えそうなものは、なんでも拾い出してそれを喰った。

ここが「武装せる市街」の舞台となる済南の貧民窟である。ここを「五、六台の一輪車が追い手に帆をあげ」横切っていった。その方角には北方軍閥張宗昌の兵営がある。反対の方向には「白楊の丸太を喰うマッチ工場の機械鋸が骨を削るようにいがり立て」ている。この福隆火燐公司の工場こそ日本の植民地資本の象徴であった。ここでは黄燐マッチを作っていて、大人の工人たちにまじって「塵埃と、硫黄と、燐、松脂などの焦げる匂い」

の中で「灰黄色の、土のような顔」をした幼年工たちが「歯の根がゆるむような気ぜわしさ」に追いまくられていた。幼年工たちは売られてきたのである。

猪川幹太郎は監督の立場にあったが、すれっからしの日本人より中国人のほうに好意を持つ良心的な青年であった。彼の父親竹三郎は郷里の四国で村会議員をつとめた男であったが、汚職事件にまきこまれて村にいるのがいやになり、中国に出てきたのだが、いまはヘロインのために身を持ちくずしている。中国へわたってきた人びとの中には郷里で食いつめたり、犯罪を犯したりしていづらくなり居留民としてくらしている者も少なくなかったが、中には一旗あげるためにやってきた者もいた。

幹太郎は「汚ない、ややこしい、褌から汁が出るような街」のおやじの家に住んでいた。そこには、彼の両親のほかに、母親のいない一人の子供と、すずと俊という二人の妹がくらしている。彼のつとめるマッチ工場での労働者の状態は苛酷きわまるもので、一日一五時間という長時間労働に加え、有毒の黄燐を使うため骨壊疽になったり、歯ぐきが腐ったりしてからだがボロボロになるまでこき使われるのだった。賃金も安いうえに、逃亡を防ぐため支払いが引き延ばされる。また、職場では鞭と拳銃を持った職長が巡回していた。中国人労働者の搾取のうえにあぐらをかく典型的な植民地工場だったのである。

支配人の内川は「三ツ股かけ」と呼ばれ、マッチ工場の経営者という表向きの仕事のほかに「硬派」という武器の密輸、「軟派」と称する麻薬の売買という三つの顔を持つ男であった。山崎は、現地の企業をいくつも渡り歩き、中国語もうまく、中国服をいつも身につけている情報屋である。もう一人の「悪党」が北軍の軍事顧問で、殺人や強姦、強盗を平気でやってきた馬賊あがりの中津であった。

やがて将介石の軍隊が済南の市街にはいってくるという噂が広まると、マッチ工場の工人たちは、逃亡を恐れる経営者によって給料も差し押さえられ、寄宿者に閉じこめられてしまう。幹太郎は一人の工人から給料を支払ってくれるように哀願される。彼の女房は出産してから三日も食事をとっていないというのだ。工人の顔が、反抗もしないのにどうして俺たちが殺されなければならないのかと訴えているように幹太郎には思えた。何とかしてやりたいと思うのだが、支配人の内川をはじめ、職長の小山、会計係の岩井たちは、中国人労働者など人間とは考えていないのだ。小山などは「燐や、塩酸加里、硫黄、松脂などが加熱された釜の中でドロドロにとけている」液体を工人の頭からかけるような男である。幹太郎の工人への給料支払い要求は「君は一体、支配人かね」のひとことで一蹴されてしまう。

将介石軍（南軍）による済南への本格的進撃がいよいよ現実のものとなってきた。日本人居留民はパニックに陥る。「家も、安楽椅子も、飾りつきの卓も、蓄音機も、骨董も、金庫も、すべて、ナラズ者の南軍に略奪、蹂躙されてしまうだろう」。そうなればこれまでの苦労も水の泡だ。だが、家財道具より命がだいじである。青島へ避難する人びとで駅はごったがえした。

将介石軍の進攻は一方で中国人労働者たちを勇気づけた。工人たちは給料支払いを求めてサボタージュにはいり、これを銃で押えこもうとする会社側に怒りを爆発させる。彼等は工場を占拠し、暴動を起こしかねない緊迫した雰囲気になった。そこへ日本軍がやってくる。居留民たちにとって「自分たちを窮地から救い出して呉れる」日本兵が到着したのだ。しかし救世主であるはずの日本軍への期待は裏切られた。兵士たちは居留民保護のためでなく、銀行や工場の警備にやってきたのである。出兵を求める嘆願書まで出したのに、居留民の要望は無視されたのだった。

兵士たちによって銀行や工場はまたたく間に鉄条網と土のうで囲まれてしまった。機関銃が据えつけられ、街のあちこちには歩哨が立ち、済南は「平常着の上へ甲冑をつけたような」姿に一変した。工場は日本兵の宿舎となり、数日のうちに済南は将介石の南軍と北軍、それに日本軍という三軍が対峙する「武装せる市街」となったのである。

日本軍の進駐によって勢いづいた小山たちは、前にもまして「棍棒の暴力」をふるうようになった。彼は兵士たちの前で、押えつけられた工人の指先の肉と爪のあいだに木綿針を突き刺し、濡らした革の鞭で殴りつけた。悲鳴があがる。「リンチだ!」という声に一人の兵士がとび出し、小山の腕をねじあげる。高取という兵士だった。「俺等もブルジョアジーの手先に使われてたまるかい、くらいなこたァ知っているが、ブルジョアジーもまた、俺等の出兵反対に敏感になってる。三月十五日の検挙はやる、四月十日の左翼三団体の解散は喰らわす。それから出兵。何から何まですべてが、ブルジョアジーの方が、はるかに用意周到で組織的じゃないか」、「兵タイって、何て馬鹿な奴だろうね。自分が貧乏な百姓や、労働者出身でありながら、詰襟の服を着るというだけで工人や百姓の反抗を抑えつけているんだ」というほどの、彼は意識の高い兵士だった。

日本軍兵士の多くは、中国人と同じように内地では貧しい農民であり労働者だった。ここではもっとひどいことが行われている。賃金不払い、足止め、そしてリンチ。金で売られてきた幼年工の中には六歳の子供までいて、その小さな手でマッチの軸木を箱に詰めている。このような中国人の姿を目の前にした兵士たちのあいだに国境を越えた連帯感が生まれてくるのは当然でもあった。日本軍の兵士も中国の労働者も搾取され、虐げられた人間であることにかわりはなかったからだ。

ところで馬賊あがりの中津は、日頃から目をつけていた幹太郎の妹を奪おうと計画をたて、手下を連れて家にやってくるが、それに感づいたすずは姿を消していた。失敗した中津はその腹いせに家財道具をぶち壊し、目ぼしい品物を略奪する。この狼藉ぶりを見た南軍兵士が家を壊してしまう。それを知った日本軍が駆けつけ両軍の撃ち合いが起こり市街戦となる。中津の略奪が両軍衝突の引き金となったのである。

この市街戦を日本の新聞は煽動的に書きたてた。このとき一四人の居留民が殺されたが、それを二八〇人と書き、「婦人を裸体にして云うに忍びざる惨酷なぶり方の後、虐殺した」、「貴重品や被服は勿論、床板、畳、天井板をひっくりかえし、小学生の教科書までかっぱらった」などとの報道によって、日本人の敵愾心を煽った。

やがて市街戦が終わる。街には中国人の死体が転がり蝿がたかっている。死体のあいだをうろつく野良犬の群。

「黒土のような人間が、その下にころがっている頭蓋から脳味噌をバケツに掻き取ってい」る。これが市街戦の跡の光景であった。

久しぶりに休息を与えられ、やっと戦いの疲れがとれたばかりの兵士たちに、出動命令がくだる。夜が明けきらぬうちに起こされた彼らが、破壊された市街へはいり、大通りへ出たときであった。兵士の隊列に向けて銃弾がとんできた。病院の二階から狙撃されたのである。兵士たちは病院へ突入し、「泥靴でベッドにとびあが」った。壁を背にして銃剣で突かれた子供の胸から血が吹き出し、ベッドに寝たままの若い女も殺された。

いよいよ済南城攻略戦が開始されると、出動する兵士たちはマッチ工場の隅に集合させられた。ところが、彼らのあいだに異様な空気がただよっているではないか。兵士たちの顔には上官にたいする命令拒否の気持ちがあらわれていたのである。敏感な重藤中尉はその背後に高取がいることに気づく。小山を殴り、工人たちに給料を払わせた高取。人事担当の特務曹長も「支那の共産党員と、何か共謀して事をたくらんでいる」のが彼であると目をつけていた。

中尉は最後に列に加わろうとした高取に向かっていった。「なまけるな!」、「お前は、国のために働くのが嫌いなのか? そんな奴は謀反人だぞ」。そして殴りつけた。殴られた高取の目は中尉に向かって「突進してくるように燃えてい」る。険悪な空気がただよう。兵士たちは自分が殴られたような気になった。「自分たちが苦しめられるために、働いてやりたくはないんであります」。高取のこのことばには、たとえ上官の命令でも聞けないものはきくわけにはいかないという意思がこめられていた。この場面は作品のひとつのヤマ場であり、息づまるような情景が展開する。

済南城にたてこもる南軍は頑強に抵抗し、日本兵は「藁人形のようにバタバタと倒れ」た。城門は固く、城壁は厚かった。南軍の青天白日旗はいつまでも翻っている。攻める日本軍の上官は功をあせり、かえって多くの犠牲者を出した。やがて南軍の射撃がいったん止んだので、兵士たちは疲れきったからだで工場の宿舎に帰ってきた。夜中、彼等は首を締めつけられる夢にうなされる。不吉な予感に兵士の柿本は高取をさすがどこにも見当らない。負傷者の中にも戦死者の中にもいなかった。兵士たちの赤化を極度に恐れていた上官たちによって消されていたのだ。それを知った兵士たちは口々に卑劣な上官をののしるのだった。その場面はつぎのように描かれる。

高取らの指揮者の、重藤中尉は、ひひ猿に頬ッぺたをなめられたような顔をして、どこからか帰って来た。室の隅の木谷と柿本は、身に疵があるのに、強いてそれをかくして笑うような中尉の笑い方に目をとめた。木谷の直感は、その笑い方に、ぴたりとかたく結びついた。彼は、中尉の心の状態が手にとれるような気がした。

「どうだい、今日は源門の攻撃だぞ……。」

「そうですか。」

木谷は、ご機嫌を取るように近づいてくる相手の疚しげな顔つきに、平気な、そッけない声で答えた。

「今日、お前らが、ウンときばればもう落ちてしまうんだぞ。」

「そうですか。——中尉殿！　高取なんぞ、どうしたんでありますか。一昨日から帰らないんであります。どこを探しても見つかりません。」

「なに、それを訊ねてどうするんだ！　木谷！　お前、高取に何の用があるんだい？」

急に、重藤中尉は、険しい眼に角を立てて声を荒だて木谷に詰めよってきた。木谷をも、また銃殺しかねない見幕だった。

「用があるさ。戦友がどうなったか気づかうのはあたりまえじゃないか！」傍で、中尉と木谷の応酬を見ていた柿本は、決意と憤怒を眉の間に現わしながら、ぬッと、銃を握って立ちあがった。

巻脚絆を巻いたり、煙草を吸ったりしていた兵士たちも緊張した。向うの隅でも銃を取って立ちあがると、ガチッと遊底を鳴らして弾丸をこめる者があった。

「こら、柿本、そんなことをして何をするんだ?」と中尉は云った。

「何をしようと、云う必要はないだろう。」

重藤中尉は正真正銘の、力と力の対立を見た。中尉は、一個小隊を指揮する力を持っているつもりだった。だが、今、彼は、一兵卒の柿本の銃の前に、一個の生物でしかなかった。ちょうど、一昨日、武器を取り上げた高取や、那須や、岡本などが、一個の弱い生物でしかなかったように。そこで、彼はまた、翻然と、狡猾な奥の手を出した。彼は、柿本から、五六歩身を引くと、

「さあ、整列！　整列！　皆な銃を持って外へ出ろ！」

と叫びながら、寄宿舎から逃げるように駆け出してしまった。

「畜生！　将校の面さげて糞みたいな奴だ！」

兵士たちは、口々に、憤って罵った。

最後の攻略戦が行われ済南城も陥落した。だが、中国人の反日感情はますます強まっていくのだった。

「武装せる市街」には、これまでの伝治の反戦小説にない、いくつかの特徴を見ることができる。

第一に、湯池朝雄も「日本資本主義の中国に対する帝国主義的進出と、中国人民に対する植民地的支配・非人道的搾取の実態を具体的に語り、暴露している点で、まず評価さるべき作品である。それらをこのようにドキュメンタルに描き出している作品は、プロレタリア文学の中にも私の知る限りほかにはない（「プロレタリア文学運動　その理想と現実」）とのべているように、第一に、日本の「資本」が半植民地の労働者をどのような苛酷な手段で搾取したかを、マッチ工場の実態をとおしてえぐり出していること。第二に、内川、山崎、小山、中津

という植民地タイプともいうべき負の人物像を造型し、彼らも所詮は「資本」におどらされた人間であるということを示したこと。これは作者の資本主義、植民地主義にたいする理解の深さと分析の鋭さの証でもある。第三は、その言動に唐突さと観念的感じもしなくはないが、高取という反戦兵士を中心とする日本兵たちと中国人労働者との心の通い合いが階級的視点からとらえられていること。第四に、戦争は偶発的に起こるように見えても、それは帝国主義の必然的結果であるという彼自身の「反戦文学論」、ひいてはレーニンの「帝国主義論」の立場を明確に示すとともにその犠牲を蒙るのは一般民衆であり下級兵士であることを戦闘の具体的場面をとおして描出していること。第五に、絶対的な上下関係が貫徹されているはずの「天皇の軍隊」の中にも少数であっても革命的な反戦兵士が存在しており、「朕の命令」である上官の命令に服しなかったため殺されていくという実態を暴くことによって、日本軍隊の組織悪を告発していること。「橇」の中で「彼等の銃剣は、知らず知らず、彼等をシベリアへよこした者の手先になって、彼等を無謀に酷使した近松少佐の胸に向かって、奔放に惨酷に集中して行った」と、やや暗示的に書かれている上官への抵抗が、この作品ではより高い緊迫度をもって描かれていること。第六に、一九三〇年に書かれたこの作品が、翌年に起こる満州事変を予見しており、日本の大陸侵略政策についての洞察がうかがい知れること、などがそれである。

「武装せる市街」の刊行から二年後、さきに「黒島伝治小論」を発表した池田寿夫は「過去の反戦文学の批判と今後の方向」(『プロレタリア文学』一九三二年九月)を書き、この作品について論じている。

「済南出兵に取材した『武装せる市街』は、黒島にとっても最大の力作長編で注目すべきのみならず、恐く今日迄現れた反戦文学として最高の水準に到達したものと評価すべきだろう」とのべ、「在来の反戦文学に比して、明確に階級的観点を確立し、戦争に対するプロレタリアートの態度を描き得」ているとして、つぎの四つの点をあげている。

一、戦争が偶然に突発するものではなく、深い政治的経済的根拠を有していること。したがって生産、企業とその資本主義的矛盾が抉り出されている。
二、戦争が被支配階級の意志によってではなく、ブルジョアジーの利益を擁護伸長するためになされること。（而も軍隊到着と共に工人は一層劣悪な生活に陥しいれられた。日本軍は日本工場の警備はしたが、在留の貧乏人は保護しなかった）
三、日本の兵卒と支那の工人との交渉を描き反戦の気運が兵卒の過去の生活から必然することを描いたこと。（この見地は人道主義を遙かに越してプロレタリアートの基本的観点に到着していることを示す）
四、従って反感憎悪の向け所が上官である将校や下士官でなく、自分等を山東に寄こした者に向けられている。この正しい見地を作品の上で生かしたものは従来皆無と云っていい。

池田のこの評価は正鵠を得たものであるということができるだろう。しかし、この高い評価と同時に、作品の不十分な点や欠点をつぎのように指摘している。

一、山東省と日本資本主義発達段階、従ってプロレタリア運動の情勢が描かれていな過ぎる。だから兵卒中の前衛分子の反戦活動が国内の階級運動との有機的関連で捉えられていない。
二、軍隊出動による山東省の騒然たる物情が、特に工人の生活条件の悪化によって描かれているが、国内に於ける出兵の影響が些かも描かれていない。国内に於ける企業への影響が充分考慮さるべきである。
三、工人の蜂起する前後がやや不明瞭で、若干唐突の感を伴わせる。
四、南軍、北軍の階級的性質が些かも描かれていない。衝突の必然性特に将介石軍の北伐を階級的に見る必要がある。

五、幹太郎一家のことが必要以上にとりいれられ過ぎていること、市街戦勃発のキッカケとなる前後はクド過ぎる。

六、最も致命的なことであるが、兵卒の間に於ける反戦活動組織として描かれないこと（尤もこれは、伏字が多いせいもあるが）。

池田のこの批判には首肯できる点もあるが、あまりにも階級的視点にかたより過ぎていて作品のテーマからずれた、ないものねだりと思えるところも少なくない。湯池朝雄は「『山東省と日本資本主義とのつながりが明瞭に形象化されていない』とか『山東出兵前後の日本資本主義の発展段階やプロレタリアート運動の情勢が描かれていない』とか言っているが、それらはこの小説がその本来の性質上包括しうる領域の範囲外のことに属する」とのべている（前掲書）が、妥当な指摘だと思う。

池田の視点は資本主義の発展段階を論じる際には必要であろうが、この小説の題材から見て、ここでは余計なものになりかねない。また、プロレタリア運動の情勢や国内における出兵の影響を書けというのも無理な要求であるどころか、テーマを拡散することにしかならないだろう。ただ、福隆火燐公司などの植民地的企業と日本の国内資本との関係についてはもっと記述がなされていいのではないか、という気はする。

いずれにしても、「武装せる市街」が植民地的企業と侵略戦争の実態に迫ることによって日本帝国主義の本質を暴露し、民族や国境をこえたプロレタリアートの階級的連帯を描いたことは高く評価しなければならない。それまでの反戦文学の「到達点」を示すものであり、伝治にとっても画期的な作品となったことは確かである。

「武装せる市街」は一九三〇年一一月に刊行されたが、発禁のため敗戦後まで陽の目を見ることがなかった。敗戦直後、新日本文学会によって刊行の運びになったが、校正刷りの段階でGHQの検閲にひっかかった。反帝国主義的作品であるという理由からである。やっと青木文庫版として刊行が実現したのは一九五三年七月であった（「黒島伝治全集」Ⅲの小田切秀雄「解説」。現在この作品は筑摩書房「現代日本文学大系」第五六巻、「日本プロレタリア文学集」第九巻、「黒島伝治全集」Ⅲなどに所収）。

伝治はこの作品を書いたのち、反共色を強めていた「労芸」を脱退し、「文戦打倒同盟」を結成、機関誌『プロレタリア』に「彼等の面皮を引きはごう」を発表した。そして「ナップ」所属の「日本プロレタリア作家同盟」に参加することになる。

17章　資料に見る三・一五事件と小林多喜二

はじめに

今年（二〇〇三年）は、一九三三年、西田信春ら五〇〇人あまりが検挙された九州における弾圧事件から七〇年、治安維持法が牙をむいた一九二八年の全国的な大弾圧、三・一五事件から七五年、そして小林多喜二没後七〇年、生誕一〇〇年にあたる。

ここでは、三・一五事件と小林多喜二の作品「一九二八年三月十五日」を重ね合わせながら考えてみることにしたい。

未曾有の弾圧、三・一五事件

「日本共産党の八〇年」は、三・一五事件を次のように記している。

「日本共産党は、総選挙後、『二七テーゼ』の具体化と全党的な態勢を確立するために、第四回党大会開催の準備を進めました。

そのさなかの一九二八年三月一五日、天皇制政府は、総選挙を通じて国民の前に姿をあらわした日本共産党の前進を恐れ、全国一斉に大弾圧を行い、一六〇〇人に及ぶ日本共産党員と党支持者を検挙して野蛮な拷問を加えました。更に、天皇制政府は党の大弾圧の報道を四月一〇日まで差し止め、記事解禁と同じ日に、日本労働組合評議会、労働農民党、全日本無産者青年同盟の三団体の解散を命じました。

そして二八年六月、緊急勅令によって治安維持法の最高刑を『死刑』に引き上げ、七月には全国に特別高等警察の組織を広げて、革命運動、民主運動を根こそぎ破壊する弾圧体制の強化をはかりました」

「党は、また、弾圧によって破壊された労働組合の再建につとめ、評議会加盟組合の地方別再組織に取りかかりましたが、これも禁止され、二八年一二月、日本労働組合全国協議会（全協）がつくられました。全協の活動と組織は、最初から事実上の非合法状態におかれました」

この弾圧の意図について「日本共産党の七十年」は次のように述べている。

「日本共産党と民主諸団体に対するこの弾圧は、国民の犠牲の上に中国に対する侵略戦争を強行しようとしていた日本帝国主義の戦争計画と、切り離しがたく結びついていた。天皇制政府と支配階級は、差し迫った侵略戦争の『銃後』を固めるために、侵略戦争反対、自由と民主主義の旗をかかげ、人民の利益を擁護して不屈に戦う日本共産党を暴力で圧殺しようとしたのである」

三・一五事件前後の日本はまさにこの指摘のとおりであった。

一九二八年四月一九日、第二次山東出兵、そして五月三日には、黒島伝治の「武装せる市街」に描かれた済南事件が起こった。六月四日、張作霖爆殺事件。翌二九年三月五日、右翼による山本宣治刺殺、四月一六日、共産党員一斉検挙、三三九名が起訴されるという四・一六事件、三〇年二月から七月にかけて共産党関係者約一五〇〇人が検挙、四六一人が起訴される。一一月一一日、政府は海軍軍拡六カ年計画を決定、三一年九月一八日、関東軍、奉天郊外の柳条湖の満鉄線路を爆破し（満州事変）一五年戦争の幕が切って落とされたのである。

一九二五年の治安維持法公布、ことに三・一五事件は侵略戦争への地ならしであり翌年の四・一六事件とともに、日本共産党を中心とする戦争反対勢力を一掃することにその目的があったといえるであろう。「邪魔者は殺せ」を地でいくものであったのだ。この事件の一年余り前の一九二六年一二月の共産党再建大会ののち、コミンテルンの日本問題小委員会において一九二七年七月、「日本問題に関するテーゼ」（二七テーゼ）が決定される。その骨子は次のようなものであった。

①日本の国家権力は資本家と地主の手に握られ、資本家は家父長制や貧困などの封建的残存物を搾取の手段としている。

②従って日本の場合は、君主制（これが三二テーゼでは天皇制という、より明確な概念規定となる）や封建的残存物に対する民主主義革命から強行的速度を持って社会主義革命に転化しなければならない（二段階革命論）。

③しかし、日本の共産党は思想的に未だ弱体であり、山川主義（日本では共産党の結成は無理なので、解党し、合法的な無産政党として活動すべきだとする、いわゆる解党主義）と福本主義（山川主義の解党主義を批判し、前衛的分子の結合こそ当面の急務だとし、結合の前には分離が必要であり、そのためには徹底した理論闘争が必要だと主張した。その結果、実践より理論を重視し、また前衛党と大衆団体の任務を混同し、大衆団体の分裂を合理化した）はレーニン主義と矛盾する左右の日和見主義であり、党はこれを克服し、公然と工場を基礎に大衆化されなければならない。

このように「二七テーゼ」は日本の現状について指摘し、「君主制の廃止」「帝国主義戦争の危機に対する闘争」「支那革命の擁護」「ソビエトの擁護」「八時間労働制」などのスローガンを示した。

そして翌二八年二月二〇日、初の普通選挙に、日本共産党はその強い影響下にあった労農党から徳田球一ら一一名を立候補させ、山本宣治、水谷長三郎の二名を当選させた。日本労農党、社会民衆党などの無産政党を含めると八名の当選者を出したのである。総得票数の四七万票は当時としては画期的なことであり、田中義一内閣を脅かした。東京駅のホテルの一室で極秘の会合がもたれたのは、この選挙が終わって間もない頃のことである。

松本清張は纐纈《こうけつ》弥三《やぞう》の「手記」をもとに「昭和史発掘」の中でこう書いている。

「当局の大検挙の準備が固まったのは大体、二月末である。すなわち、三月初旬に東京ステーションホテルの一室で警保局長山岡万之助を中心として、検事局から松阪次席検事、平田思想主任検事、警保局から友部保安課長、三橋、宮野両事務官、警視庁からは纐纈特高課長と浦河特高係長が集まり協議している。その結果、三月一五日を期して全国一斉に日本共産党の大検挙を行うことに決したのである」（「松本清張全集」第三二巻所収）。

こうして三月一五日午前五時、内務省は警察を総動員し、三府一道二七県、百数十カ所を急襲、共産党、労農党、無産青年同盟などの活動家の一斉検挙を行い、一五六八名を逮捕、拷問によって自白を強要し、その後四八三名を治安維持法で起訴したのである。

のちに、山本宣治は国会でこのときの拷問の実態を暴露するが、それによると、取調官は逮捕者の指の間に鉛筆を挟んで締めつけたり、床を舐めさせたりした。またある女性は一五歳になる娘の前で目を覆いたくなるような辱めを受けたという。

拷問の生々しい実態について、日本共産党に資金と家屋を提供したというだけで一九三〇年七月に検挙された、作家中本たか子は次のように述べている。

「その日、私は捕縄で後ろ手に結わえられ、炎天下、トラックの荷台に積み込まれて、昔の仕置き女さながらに、晒し首にされて、府中署に連行された。留置所に二、三日置かれたあと、上野公園裏の谷中署に移された（略）。警視庁から三人の特高が来て、私を二階の調べ室に連れ出した。青木警部、栗田巡査部長、もう一人の姓名は覚えていない。青木が小さな机の向こうから尋問を始めたが、私は何一つ答えない。すると、栗田が私の髪をワシづかみにして、憎々しげに怒鳴った。（略）そして髪を引っ張って自分のほうに手繰り寄せ、私の顔を力まかせに殴りつけた。それからは二人がかりで、ところかまわず、なぐる、ける（略）。暫くして、青木が立ち上がった。そして炎天下で開け放たれた窓のカーテンを引いた。（略）特高は私を素裸にした。そして手と足を縛り上げた。（略）逆さづりにしようとしたが、私の四五キロ足らずの体重を支える釘がない。口惜しそうに私を畳の上に投げつけた。それから青木は、部屋の隅にあった手箒を持ってきて、その柄で、私が女であるが故の辱めを与えようとした。私は気が転倒するほど驚き、もがいた。彼らはもう人間ではない。気がとがめることなど感じる様子も見せず、平然と、むしろ楽しみながら、連中はこんな恥ずべき行為をやってのけたのだ（略）」

（『赤旗』社会部編「証言・特高警察」）

プロレタリア文学運動と三・一五事件

当時乱立状態にあったプロレタリア文学団体が蔵原惟人の呼びかけによって、日本左翼文芸家総連合に結集したのは一九二八年三月一三日のことである。参加団体は労農芸術連盟（労芸）を除く、前衛芸術家同盟（前芸）、プロレタリア芸術連盟（プロ芸）、全国芸術同盟、左翼芸術同盟、闘争芸術連盟、日本無産者文芸連盟、『辻馬車』などであった。この統一戦線組織によってプロレタリア芸術運動が統一へ踏み出した二日後のことである。

「ドカドカと、靴のまま警官が合同労働組合の二階に、一斉に駆け上がった！　組合員は一時間ほど前に寝たばかりだった。一五日には反動的なサアベル内閣の打倒演説会を開くことに決めていた。（略）ようやく二時になって、ひとまず片付いたのだった。そこをやられた。七、八人の組合員はいきなり掛け布団を剝ぎ取られると靴で蹴られて跳ね起きた」と小林多喜二は小説「一九二八年三月十五日」で書いた。

また、谷口善太郎が「三・一五事件挿話」のなかで「村山は久しぶりに、我が家に泊まると、赤ん坊の看護よりも疲れがいっぺんに出た。戦線を離れると革命戦士の心の緊張が緩む。彼は、病妻の心尽くしに、馴れた自宅の床の中ですこぶる深い眠りに陥ちたのだった。――と明け方近く――といっても三時ごろかも知れぬ。

物凄い音響を家の前方に聞いて目を覚ました。ハッと思って飛び起きたときは既に遅かった。数人の刑事たちは蹴倒した表戸を踏み越えて泥まみれのまま彼らの寝室へ踊りこんでいた。有無はなかった。彼は防衛する暇もなく寝巻きのまま取り押さえられてしまった」と書いた三・一五の嵐が吹き荒れたのである。

この事件はプロレタリア文学運動にも大きな衝撃を与え、統一戦線的組織を更に進めて、組織そのものの統一を急速に促すことになった。この未曾有の弾圧事件が基本的な路線に大きな違いのない「プロ芸」と「前芸」の分立をもはや許さなくなったのである。もともと「プロ芸は労芸から分裂した前芸との合同を推進することのほうにむしろ熱心であった。日本左翼文芸家総連合の提唱にも賛成したが、総連合を一つのステップとしても『全無産芸術家連盟のごときものの形成』に向かうことがプロ芸の当初からの構想であった。

それは、総連合のような形態での『芸術運動の統一戦線』よりも、前芸との組織的合同をいそぐものであった」(津田孝「ナップ形成まで」、『民主文学』一九八八年七月号)のである。

三・一五事件の一〇日後の三月二五日「プロ芸」と「前芸」は合同声明を出し、全日本無産者芸術連盟(ナップ)を結成、五月には「密集せよ! 汝プロレタリアの諸戦列!」と表紙に書かれた『戦旗』創刊号を発刊することになる。

「ナップ」は四月二九日に創立大会を開き、正式に発足することになったが、その前に左翼芸術同盟、闘争芸術連盟が合流、のちに日本無産者文芸連盟が加入した。マルクス主義の立場に立つ「ナップ」と社会民主主義の立場をとる「労芸」の対立の構図が明確になり、いわゆるナップ・労芸並立時代となった。

マルクス主義の立場をはっきりと打ち出した統一組織「ナップ」の成立は、天皇制絶対主義政府の弾圧に対する芸術運動の面からの反撃と抵抗を意味すると共にプロレタリア芸術運動自体にとっても画期的なことであった。

また機関誌『戦旗』の創刊は飛躍的に運動をもりあげることになる。創刊号(一五六頁、七〇〇〇部)には蔵原惟人の評論「プロレタリア・レアリズムへの道」、立野信之「軍隊病」、森山啓「火」など六編の小説と蔵原惟人訳のファヂェーエフ「壊滅」が並んでおり、「編集後記」は「労働者農民戦線の統一も一日と二日とになされるものではないでしょう。それは、信念と敢意と自己犠牲とのなかに、ようやく築かれていくであろう」と粘り強い戦いの必要性を訴えている。

森山啓、佐多稲子、武田鱗太郎、本庄陸男、鶴田知也などとともにプロレタリア作家として小林多喜二が登場するのは、この「ナップ」成立の前後からである。

「一九二八年三月十五日」と多喜二虐殺

一九二七年一二月、「防雪林」を起草した小林多喜二は、戯曲「女囚徒」を「労芸」の機関誌『文芸戦線』に投稿、掲載される。この月「放火未遂犯人」、「その出発を出発した女」、「営業検査」、「残されるもの」、「最後のもの」などの小説、戯曲「山本巡査」、評論「マルクスの芸術観」を書く。翌年、三・一五事件が起こり、小樽でも二カ月間にわたり約五〇〇人が検束、逮捕された。四月には「防雪林」を完成させ、五月中旬に一〇日間の予定で上京、蔵原惟人を訪ね、理論的影響を受けるようになる。

五月二六日「一九二八年三月十五日」の執筆にとりかかり、八月一七日に完成、『戦旗』の一一、一二月号に発表するが両号とも発禁。しかし、八〇〇〇部を発行。特別の配布網によって多くの人々の手に渡った。特高の実態を徹底的に暴露したこの作品によって多喜二はプロレタリア作家として地位を不動のものとするとともに、特高の憎悪の的となる。翌二九年九月、この作品は単行本「蟹工船」に収録され、発禁にもかかわらず配布網を通じて半年間に一五〇〇〇部を売り尽くしたという。

特高による残忍な拷問の場面を多喜二はどのように描いたのか。その部分を引用しておきたい。

渡は裸にされると、いきなりものも言わないで、後から竹刀でたたきつけられた。力いっぱいになぐりつけるので竹刀がビュビュッとうなって、その度にその先が、しのりかえった。彼はウン・ウンと、身体の外面に力を出して、それに堪えた。それが三十分も続いたとき、彼は床の上へ火にかざしたするめのようにひねくりかえっていた。最後の一撃（？）がウムとこたえた。彼は毒を食った犬のように手と足を硬直さして空へのばした。ブルブルッと、痙攣した。

そして次に彼は気を失っていた（略）。水をかけると、息を吹き返した（略）。渡は、だが、今度にはこたえた。それは畳屋の使う針を身体に刺す。一刺しされる度に、彼は強烈な電気に触られた様に、自分の身体が句読点位にギュッと瞬間縮まると思った。彼は吊るされている身体をくねらし、くねらし口をギュッと食いしばり、大声で叫んだ。

「殺せ、殺せーえ、殺せーえ！」それは竹刀、平手、鉄拳、細引きで殴られるよりひどく堪《こた》えた（略）。針の一刺し毎に、渡の身体は跳び上がった。

「えッ、何だって神経なんてありやがるんだ」渡は歯を食いしばったまま、ガクリと自分の頭が前へ折れたことを、意識の何処かで意識したと思った。――

「覚えてろ！」それが終わりの言葉だった。渡は三度死んだ。

息を三度目にふき返した。渡は自分の身体が紙ッ片のように不安定になって居り、そして意識の上に一枚の皮が張ったようにボンヤリしているのを感じた…。

終いに、警官は滅茶苦茶に殴ったり、下に金の打ってある靴で蹴ったりした。それを一時間も続けさまに続けた。渡の身体は芋俵のように好き勝手に転がされた。彼の顔は「お岩」になった。そして、三時間ずつ続けの拷問が終って渡は監房の中へ豚の臓物のように放り込まれた。

多喜二はこのあと、九月に「東倶知安行」を完成、一〇月、「蟹工船」を起稿（完成は翌年三月）。二九年、四・一六事件が起こり、小樽署に連行され家宅捜査を受ける。一二月には「工場細胞」を書き始め、三〇年二月に書きあげている。

五月二三日、日本共産党への資金援助をしたとの嫌疑で検挙される。この時特高は「お前が小林多喜二か。お前は三月一五日とかいう小説の中で、よくも警察のことをあんなに悪う書きよったな。よーし、あの小説の中にある通りの拷問をしてやるからな」と言ったという。六月七日、いったん釈放されるが二四日に再検挙され、七月一九日に「蟹工船」の問題で不敬罪に問われ起訴された。作中の「天皇陛下は雲の上にいるから俺たちにゃどうでもいいんだけど、浅川ってなれば、どっこいそうはいかないからな」という部分と、天皇の献上品について「俺たちの本当の血と肉を搾り上げて作るものだ。さぞ、うまいこったろ」「石ころでも入れておけ」という箇所が、天皇陛下と献上品という言葉を編集者が伏せ字にしていたにもかかわらず不敬罪で起訴されたのである。更に八月二一日には治安維持法違反で起訴され、豊多摩刑務所に収容された。

三一年一月に保釈出獄して一〇月に日本共産党に入党、日本プロレタリア作家同盟の共産党グループの一員として活動していたが、三二年三月の左翼文化団体に対する弾圧を逃れ、宮本顕治らと共に地下に潜行することを余儀なくされたが、翌年の二月に逮捕される。

そのときの拷問による虐殺の生々しい事実を松尾洋「治安維持法と特高警察」、手塚英孝「小林多喜二」、川口浩編「ドキュメント・昭和五十年史」、米原昶《いたる》他「特高警察黒書」、橋爪健「多喜二虐殺」などをもとに再現しておこう。

一九三三年二月二〇日、この日は薄曇りで寒かった。渋谷羽沢町の隠れ家を出た多喜二は絣の着物に羽織、その上にトンビを引っかけ、灰色のソフトに変装用のロイド眼鏡をかけて市電の赤坂山王下を降り、ブラブラ歩いていく。街頭連絡のため詩人の今村恒夫と落ち合うと、共産青年同盟の責任者三船留吉に会うために指定された場所に向かった。多喜二と今村は赤坂花柳街の狭い路地裏を通っていく。ここには古びた芸者屋が軒を並べていて昼間はひっそりとしており、地下活動者たちの街頭連絡にはかっこうの場所であった。二人は三船の指定した飲食店に入った。ところがそこには三船の代わりに築地署の特高たちが張り込んでいたのである。三船は警察のスパイだったのだ。

「泥棒！泥棒！」という言葉を連呼しながら追いかける。電車通りまでは逃れたが「泥棒」の声にガレージから飛び出してきた二、三人の男に押さえつけられてしまった。警察の車に押し込まれた二人はそのまま築地署に連行される。

築地署での取調べに多喜二は山野次郎と称して本名は言わなかったが、顔見知りの水谷特高主任に人相書きを突きつけられ、やむなく名前だけを告げ黙秘を通した。やがて警視庁から中川成夫特高警部、須田巡査部長、山口巡査の三人がやってきて多喜二の取調べを担当する。多喜二は今村に「おい、こうなったら止むをえん。お互いに元気でやろうぜ」と声をかけた。多喜二の拷問は残忍な性格で名を売っていた須田と山口によって行われ、三時間に及んだ。橋爪健の「多喜二虐殺」は次のようにそのときの模様を書いている。

　二つの部屋から肉のきしむひびき、骨の折れる音、うめき声、拷問具の音、悪鬼どもの叫び声や荒い息づかいなどが、地獄からの物音のように響き渡った。それでも多喜二は頑として口を割らなかった。

　六時——警察の建物もとっぷりと暮色に包まれた頃、ようやく拷問室はひっそりとなった。と思うと、やがて下の留置場の扉があいて、二つの肉体が運び込まれた。最初に背広服の男がうめきながら第一房に投げ込まれた。今村だった。二番目に二、三人の特高に手取り足取り担がれた和服の男が第三房へ「豚のように」放り込まれた。多喜二だった。一坪半ばかりの監房に詰め込まれた二十、三人の男たちはハッと目をむいた。

多喜二は苦しげな虫の息で身もだえしながら「苦しい……ああ苦しい……息が出来ない」とかすかにうめいていた。同房者の一人岩郷は、やはりスパイ三船の手引きで逮捕された左翼の同志だったが、この虫の息の男が有名な小林多喜二とも知らず、ただ細くしなやかな指にペンだこがあることから文章の人であることを察しながら、胸を広げてやったり、手を握ってやったりして懸命に看病した。やがて多喜二は腹痛に耐えかねて、便所に行きたいと告げた。

岩郷たち二人は看守にそういってそっと背負って行った。便所に行ったと思うまもなくギャーッと腹からしぼり出す様な叫び声が起こった。一人がとびこんでみると、便器の中は血だらけで外にも点々と血しぶきがあった。

ひどい腸出血らしかった。二人は看守を促して多喜二を保護室に担ぎこみ、毛布の上に寝かせて着物をはだけてみた。二人はあっと目を見張った。覗き込んだ看守も「おう……」とうめいた。それはもはや「人の体」ではなかった。

阿佐ヶ谷の家で同志たちがみたあの凄惨なすがたがそこにあった。

「冷やしたらいいかも知れない」と岩郷は看守に言って、濡れタオルで下腹部や大腿を冷やし始めた。やがて疲れ果てたのか、少しは楽になったのかうめきも苦痛の訴えもなくなった。「――同志は目を閉じて寝る様子であった」と岩郷は記している。「留置場に灯が付いて、夕食が運ばれた、私は一人でかれの枕辺に座って弁当を食い終わった。そして再び彼の顔をのぞいた時、容態は急変していた。半眼を開いた眼はうわずって、そしてシャックリが……。私は大声でどなった。看守は慌てて飛び出していった。まもなく医者と看護婦がきた。注射したらしかった。担架が運び込まれた。同志を乗せた担架がまさに留置場を出ようとするときであった。奥の第一房からひきさくような涙混じりの声が叫んだ。『コーバーヤーシー……』そしてはげしいすすり泣きが起こった」

こうして築地署裏の前田病院へ運び込まれた小林多喜二は、まもなく絶命した。午後七時四五分であった。あわてた警察は検事局と協議したり、新しいシャツを着せたりしたが、翌日午後三時のラジオ放送まで、多喜二の死体をほうりっぱなしにした。

（このときの状況は手塚英孝の「小林多喜二」にも詳しい）

二一日の夕刊は多喜二の死を一斉に報じたが、死因は心臓マヒということになっており、警察側は次のような談話を発表し、事実を糊塗しようとした。

「あまりの突然のことなので、もしやと心配したが、調べてみると決して拷問したことはない。あまり丈夫でない身体で必死に逃げ回るうち、心臓に急変をきたしたもので警察の処置に落ち度はなかった」（警視庁毛利特高課長）

「殴り殺したと言うような事実は全くない。当局としては出来るだけの手当てをした。長い間捜査中であった重要な被害者を死なしたことは実に残念だ」（市川築地署長）。この談話がそらぞらしいうそであり、全くのでたらめであることは、安田徳太郎が、多喜二の死体を検査したときの記録である江口喚の「作家小林多喜二の死」を読めば明らかである。

これも長くなるが引用しておきたい。

安田博士の指揮のもとに、死体の検査が始まった。物凄いほどに青ざめた顔は、激しい苦痛の跡を印した筋肉の凹凸が険しいので到底平生の小林の表情ではない。頬がげっそりこけて眼が落ち込んでいる。左のコメカミには二銭銅貨大の打撲傷を中心に五六ヶ所も傷跡がある。それがみな皮下出血を赤黒くにじませているのだ。首には一巻き、ぐるりと深い細引きの痕が有る。よほどの力で締められたらしく、くっきりと深い溝になっている。そこにも、無残な皮下出血が赤黒く細い線を引いている。左右の手首にもやはり線の跡が円くいこんで血がにじんでいる。だがこんなものは、身体の他の部分と比べると大したものではなかった。さらに帯を解き、着物をひろげ、ズボンの下を脱がしたとき、小林の最大最悪の死因を発見した私たちは思わず「わっ」と声を出していっせいに顔をそむけた。「これです。これです。やはり岩田義道君と同じです」

前年、警視庁の拷問室で鈴木警部に殺された日本共産党中央委員岩田義道の屍体を検診した安田博士は、沈痛極まる声で言った。私たちの眼は、再び鋭く屍体に注がれた。何という凄惨な有様であろうか。毛糸の腹巻に半ば覆われた下腹部からは左右の膝頭へかけて下腹といわず、尻といわず前も後ろも何処もかしこも、まるで墨とベニガラを一緒に混ぜ塗りしぶしたような、なんともかともいえない程の陰惨な色で一面覆われている。その上、よほど多量な内出血があると見えて、股の皮膚がぱっちりハチ割れそうに膨らみあがっている。そしてその太さが普通の人間の太股の二倍もある。更に赤黒い内出血は陰茎から睾丸に及び、この二つのものが異常な太さにまでハレ上がっていた。

よく見ると赤黒く膨れ上がった股の上には左右とも、釘か錐かを打ち込んだ穴の跡が一五、六以上もあって、そこだけは皮膚が破れて、下から肉がじかに顔を出している。その肉の色が、また、アテナインキそのままの青黒さで、他の赤黒い皮膚面からはっきり区別されているのである。

股から更に脛を検べた。向こう脛にも深く削ったような傷の痕が幾つもある。それよりももっと陰鬱な感じで胸を締め付けたのは、右の人差し指の骨折だった。それはいわゆる完全骨折であって、人差し指を反対の方向へ曲げると、らくに手の甲の上へつくのであった。指が逆になるまで折られていたのだ。

こうして虐殺された多喜二の遺体解剖は当局の圧力に屈した東大や慶大から断られる。安田徳太郎の交渉によって慈恵医大で行われることになったが、ここでも突然拒絶され、仕方なく自宅へ帰ることになったのである。小説「一九二八年三月十五日」の中で暴露した治安維持法の先兵、特高の野蛮な拷問どおりのやり方で多喜二自身、二九年四カ月の若い命を奪われたのであった。

18章　平沢計七の作品から

死者・行方不明者一〇万人を出したといわれる、マグニチュード七・九の直下型地震が関東一帯を襲ったのは一九二三年九月一日の午前一一時五八分のことであった。関東大震災である。

この大混乱のなかで、「社会主義者の煽動により朝鮮人が暴動を起こそうとしている」「朝鮮人が井戸に毒物を投入した」などといったデマが流され、警察、軍隊、自警団よる虐殺が行われた。犠牲になった朝鮮人は六〇〇〇人といわれる。そのどさくさのなかで、労働組合にも弾圧の手がのびたのである。

九月三日、亀戸警察署へ一〇名の労働者が連行されてきた。戦闘的労働組合であった南葛労働会の川合義虎、北島吉蔵、加藤高寿、近藤広造、山岸実司、鈴木直一、吉村光治、佐藤欣治、サンジカリスト系労働組合の中筋宇八、平沢計七らであり、彼らはその翌日の深夜から未明にかけて習志野騎兵十三連隊の手により刺殺された。亀戸事件である。

一〇月一一日付（この事件についての新聞発表が解禁されたのは一〇月一〇日であった）の『読売新聞』はつぎのように報じている。

（前略）亀戸署では四日夜まで何事もなく一〇名の検束者を階下の留置所に入れて置くと隣の監房に気がくるった一〇人が大声に何事かを叫ぶと平沢等はこれをきっかけに監房の中で××（革命）歌を高唱する騒ぎ、当時亀戸署では一日の震災当時から四日までに検束者が七七〇名程いて、これらが事あれば騒ぐような危険な状態であった事とて署長が平沢等の騒ぎが他に及ぶのを恐れて署の前の亀戸郵便局に駐屯していた近衛騎兵第十三連隊（習志野）から少尉一名兵卒五、六名が来て、平沢等を同署の留置場前の廊下外で署長室と演武場でかこまれた一〇坪程の中庭に連れ出して兵士等は「静粛にしろ」と云うと、平沢等は一斉に「資本家の走狗として俺達を殺すのだろう」と叫び、問答が二三続くと思うや平沢等は「××（革命）を見ずして死ぬのは残念だ」と絶叫し、またまた一斉に××（革命）歌を高唱したと思うまに銃剣が三本ひらひらと思う瞬間、平沢を第一に悉く胸部を突刺されてばたばたと重なり合って死体を横たえたのである。

（藤田富士男、大和田茂「評伝平沢計七」に収録）

こうして平沢計七は三四歳の若さで命を断たれたのである。大杉栄・伊藤野枝夫妻と甥の橘宗一が甘粕正彦憲兵大尉らによって虐殺されたのはその一二日後のことであった。

平沢は多くの文章を書き残しているが、作品目録によると、その中に五四編の小説があり、二八編が藤田、大和田編「平沢計七作品集」に収められている。なお、「日本プロレタリア文学集」②所収は八編。「作品集」と「文学集」から数編を紹介したい。

「石炭焚」

大旦那は梅毒を患っていたが、肝っ玉の大きいほがらかな男であった。吉岡は、のちのちまで面倒見てくれるというこの大旦那のことばを信じて、骨身を削って働く。工場はますます大きくなっていき、いろいろな人間が入りこんでくる。職工長もその一人で、頭の切れる男だったが吉岡は好きになれなかった。

工場の拡張とともに新しい規制や機械が導入され、その一方で職工の賃金は引き下げられていくのだった。

吉岡の仕事も少なくなり、収入も減っていったが、それは職工長や事務員のせいであり、大旦那に頼めば何とかなると彼は思っている。だが、なかなか口には出せないでいた。

そんなある日、職工長から石炭焚《たき》にならないかと持ちかけられる。収入が増えるといわれた吉岡はそれに応じることにする。この仕事は、工場の三カ所にある大暖炉に鉄を熱するための石炭をくべてまわるという重労働であった。

勤務時間も、朝の四時から夜の八時までであり、月に二日の休日以外は休むことができない。工場長に、こんな長時間の労働をする者は世界中にいないだろうといわしめるほどのものであった。時間が長いばかりではない。「真赤な口をくわっと開けて噛みつくようにぶるぶる怒っているなかに石炭を投げ込むと、黒煙が反抗の渦を巻いて熱気と共に」とびかかってくるような過酷な状態の中での作業であった。

この過労が彼の心身をむしばんでいく。

だんだん尖《とが》って来た彼の心が窪んだ眼やら高くなった頬骨やらに表れて来た。朝の九時頃にはやや仕事が閑になるので其時分睡魔は一番激しく彼を襲った。（略）物置小屋の小蔭の赤っちゃけた煉瓦の壁にぐったりと身を凭《もた》らせてうつらうつらとしている彼を、彼を馬鹿にしきっている仲間が見付けだしていつものようにちょっとした悪戯をしようものなら、彼は猛獣のように暴れだすようになった。其時、彼の眼、それは実に恐ろしいものである。何でも無鉄砲にやっつけると云う凄さが光っていた。特に若い折に怪我をした左の頬の疵痕が恐ろしく此世の中を呪っているようで、仲間はそんな折には慌てて逃げ出さずにはいられなかった。

肉を削るような過酷な仕事のおかげで職工長の給料を上回る賃金を得ることもあったが、彼の一家は貧乏から抜け出すことはできなかった。貰ってきた金がどのようにつかわれているかわからない吉岡は妻に当たり散らすが、子どもが多いから仕方がない、とあしらわれるだけだった。こんなとき起こる夫婦のいさかいを「お止しよ父ちゃんだらしないよ」といって止めるのはいつも一三になる娘のお由であった。彼にとってたった一人の味方がこの娘だったのである。

そのお由が呼吸器病で倒れる。病気の原因は、鬼門にあたる方角に家の便所があるためだと信じて疑わない吉岡は転居したいといい出した。いつもは夫を馬鹿にして相手にしない妻も、このことには賛成するが、おいそれと転居する金などあるはずもない。

診察にきた医者はこのあたりの環境の悪さを指摘した。あたりには工場から出るガスが漂っている。呼吸器病で多くの人が死ぬのはそのせいだと。医者のことばを聞いても吉岡は家相の悪さにこだわっていた。

さらに医者はつづけた。この町には花柳病患者も多い。生まれた赤ん坊がつぎつぎに死んでいく家の両親を診察したら二人とも梅毒患者だった。親の病気を治すことが先決だ。そして、「こんな社会や国家は放任して置く、何事もないように月日は経って行く」といって帰っていった。

お由は死んだ。吉岡も妻も泣いた。「あんなに、食いたいってたものを、食わせなかったのが心残りだ」といってはまた妻は泣く。そして仏の前には、生前食べさせられなかったバナナが供えられる。パイナップルも供えられた。「小さな葬式の出た時には空に黒煙が漂っていた」のである。

最愛の娘の死に気落ちした吉岡は、一週間ほど仕事を休む。するとからだも太り、顔色もよくなり、「心も嵐の吹いた後の野原のように静かにゆったりとなっ」たのである。だがいつまでもそうしてはおられない。また、もとの仕事に戻ると、以前のようにやせていく。疲れて家に帰っても、お由の姿はない。「彼を馬鹿にしきっている女が、だらしのない風をして寝そべってい」るだけであった。この自嘲とも皮肉ともいうべきことばで作品は終わる。

合理化によって追いつめられる労働者、工場から吐き出される有毒ガスを含んだ煤煙が原因と思われる呼吸器疾患を家相のせいにする一労働者の「無知」がもたらす娘の死。資本がつくり出す悲劇が主人公吉岡と、その家族をとおして描き出された作品である。救いは、国や社会の無策を批判する若い医者のことばであろうか。

（初出は一九一六年九月『労働及産業』、「日本プロレタリア文学集」②、「平沢計七作品集」所収、以下「文学集」「作品集」と略記する）

「工賃」

この作品は、ほとんど会話だけですすめられる母子三人の家族を描いた短い話である。

勘定袋を懐に忍ばせて、工女さん達はいそいそと工場の門を出た。其華やかな顔！　其大勢の人波、丁度ぱっと咲いた桜の花が清い水に美しく流れて行くようであった。

だが、お静の顔は晴れない。給料の少ない彼女にはうれしい日どころか、辛い勘定日だったからである。彼女の一家は、お静が女工、妹のお園は酒場の女給、母親は手内職で生計をたてていた。酒場で働く妹より給料の安いお静にたいして、給料日になると母親はいつも機嫌が悪くなるのである。それを思うと、お静は気が滅入るのである。お前も酒場で働けといわんばかりの母親に怨みさえ覚えるのだった。きょうがその給料日なのだ。お静は暗い気持ちで場末の道を歩いていた。そのとき、「姉さん」という声がして、路地からお園が出てきて、紙包みをそっと渡すと、だまって姿を消してしまう。紙包みの中から、五円の金と手紙が出てきた。「姉さん、此お金を姉さんが働いたお金と云って、阿母さんに渡して下さい。左様したら屹度阿母さんの御機嫌が直るわ」と書いてある。それを読んだお静の目から涙がこぼれた。

いつもより多い給料を見た母親の機嫌はよかった。その喜ぶ顔を見て、お静はいつになく心が安らぐのだった。

「初夏の風が爽やかに吹き、手狭な庭に紫陽花の一本が傾いている夜である」。

ところがそのなごやかな雰囲気は一変する。お静が床に就いてどのくらいたったころだろうか。母親の声に目を覚ますと、その前にお園が座っている。どうして五円少ないのかを難詰されているのだ。姉にやった金を、落としてしまったのだといって手を突き謝るお園。だが、母親は「男でも出来たんだろう」となじる。とうとう泣き出したお園が「いくら酒場の女だからって、心の底迄腐りはしないわ」というと、「そんな立派な口が利ける位なら、さっさと五円のお金を出したらいいじゃ無いか」と母親はかさにかかったようにいい返す。

口争いがしばらくつづくと、母親は娘をなぐり出した。それまで眠ったふりをしていたお静はたまらなくなり、とび起きると事実を打ち明けるが、お園はあくまで落としたのだといいはる。あくまで姉をかばおうとしたのだ。

しかし、それを理解しようとしない母親は「わかった、両人がグルになって阿母さんをいじめようてんだね」といい、「阿母さんの為めに、お嬢様達に難儀をかけてすみませんでしたね。いいからさ、阿母さんが死んで仕舞えば、それでいいんだよ。阿母さんの心も知らずにさ」ということばさえ投げつけるのだった。それを聞いた姉妹の目から涙がこぼれ落ちた。

「月はあれど雲に隠れ、川波の音もの凄く聞える真夜中の八郎堤の上に」あるのはお静とお園の姿であった。「何故、工場で働いたお金が、酒場の女より少ないんだろうねえ」。そんな会話を交わしながら、川岸の石を拾って袂に入れる。「人を呑む悪魔のように吠えている六郷川は白歯のような波頭を起こしながら、直ぐ眼の前に底も知れずに流れている」。二人はからだを縛り合った。そのときである。「待って」といって母親が駆けつける。そして謝るのだった。

「わ、わ私がわるかった。私がわるかった」というと二人を抱きしめ、「いくら貧乏したからって、お金にばかり眼がくれて、邪険な事ばかり云ってすまなかった」。そういって母親は泣いた。二人の娘も泣いた。夜明けも近い。

作品はつぎの文章で終わる。

母子三人、今は貧乏ながらも睦じく暮している。妹は酒場の辛い稼業に、姉は工場へ、けれどももう工賃が少ないからとて、叱られる事は無くなった。けれども何故工場の工賃が、酒場の女の稼ぎ高より、少いのだろうと云う事は、姉も妹も未だわからない。

貧しい母子三人の愛憎が激しいいさかいと自殺未遂というできごとによって、やがて母娘の情愛に変わっていくという話である。

賃金が安いために母親につらく当たられる姉を見かねた妹が、自分の手当から五円をやったことで母子のいさかいとなり、姉妹は入水自殺を図るが、間一髪で母親に止められる。

母と娘のはげしいいさかいは、このできごとによって終わり、貧しいながらも一家三人はおだやかな生活をとり戻す。だが、酒場の給料より安い工賃に姉妹は疑問を持ちつづける。

作品の中には工場の様子は何も書かれてはいないが、妹より安い賃金に女工の実態が暗示されているとも読めるだろう。この安い賃金が原因で母と娘が争い、自殺未遂にまで追いこまれる。ここに資本の搾取がもたらす縮図がある。家庭の悲劇をとおして、それを作者は告発したかったのであろう。結末の部分にそれが示されている。

（初出は一九一八年六月『友愛婦人』、「作品集」所収）

「苦学」

「悲哀やら苦悶やらがしかみっ面をして、よなよなした、其くせ掴まえ所のないつよい力で重太郎の心臓にしがみつくと、彼は狂人にでもなったように無茶苦茶に労働した」。そのあとは、それまでのもやもやが吹きとび、すっきりした気持ちになる。労働は、重太郎にとって「慈雨に満ちた母親」のようなものだった。生まれながらの労働者とでもいうべき彼にとって働くことは心身を生き生きとさせる回復剤であり、清涼剤でもあったのである。

ところが、ひとの二倍の仕事をしても疲れることを知らない旋盤工の彼は「之れからの職工は腕一本では世の中は渡られない、しっかりした頭がなければ駄目だ」という思いにかられるようになっていく。

苦学するために重太郎は、親友の倉と二人で北海道から上京した。二十歳の春のことである。石川島造船所に職を得た二人は夜学の工手学校に通うことになるが、優秀な倉とは反対に、重太郎は勉強についていけなかった。工場でも学科のことを考えていて失敗することもあった。当然、職工長から叱責される。

勉学に向いていないことを悟った彼は、夜学の帰り道、どうせ「俺は馬の子だい」と自嘲をこめながらいうと、退学することを倉に告げた。そして涙を流した。そのときの情景はつぎのように描かれる。

重太郎はいつの間にか駆け出したのであった。何処をどうして駆けて来たのか、波除堤の上に立っている自分を見出した。

遠くに品川の灯が美しく煌めいていた。彼の眼から新しい涙が又しても滲み出た。それでも云おうと思った事を云って仕舞ったので重荷を下したように気が軽くなったのを覚え、ホッと吐息を吐いた。波除堤の下では波がさらさらと鳴っていた。

勉強についていけないくやしさと、それを親友に告げたことによって背中の荷物を下ろしたような気分とが、周囲の情景との対比の中で見事に描かれている部分であろう。

夜学をやめてからの重太郎はもとの頑健なからだに戻り、仕事も順調にいくようになる。やはり労働が、彼のからだに合っていたのである。一方、勉強のできる倉は病気がちになり、病院にもいかなければならなくなる。「身体の肉を削って脳みそを増しているかの」ようであった。しかし、彼にとって「慈愛の深い母親」である勉学を投げ出そうとはしなかった。

辛いことがあると、倉はこの「母親」のところにのがれるのだ。学問は彼にとっての避難所だったのである。

二人は下宿で兄弟のように暮らしていたが、倉が学校にいっている間、ひまを持てあました重太郎は近所の踊りの女師匠の元へ通うようになる。工場で仕事をしているときも、踊りの唄が口から自然と出るようにさえなっていった。

だんだん倉の病気は重くなり、夜学も工場も休むようになる。肺結核と診断された。そのため重太郎は二人分の生活費を稼がねばならなくなったが、少しも苦労とは思わなかった。それどころか、ときには唄をうたいながら仕事を楽しむのだった。

ある日のことである。仕事を終えた重太郎が下宿の部屋に戻ると、床に臥していた倉があわてたように布団を頭から被った。ふざけてでもいるのかと思って布団をめくってみると、「僕はね、もう駄目だよ」と倉はいい、これまで世話になったことを詫びる。そして、「苦学するって事は死ぬことだったんだな」、「学問が僕を殺すんじゃ無いが、苦学が僕を殺すんだ」というと、息を引きとったのである。

労働運動の陣頭に立ってたたかっている今の重太郎を励ますのは、死にぎわにいった親友のこのことばであった。

典型的な労働者である主人公、重太郎といっしょに苦学するために東京へ出てきた倉との友情を軸に、その死までを描いた作品である。

どんなにつらい労働にも耐えられるが、学校での勉強についていけない重太郎と秀才肌で病弱な倉。昼間は工場で働き、夜学に通うという生活が倉のからだをむしばみ、肺結核で倒れてしまう。苦学が彼を死に追いやったのである。その彼が最後にいったことば「苦学が僕を殺したんだ」には、貧しさが自分の命を奪ったんだという怨嗟がこめられていた。なぜ貧しい者には学問ができないのか、という世の中にたいする叫びであったのである。このことばが、労働運動の先頭に立つ主人公の心の支えになっていく。ここに、テーマの積極性を見たい。

ちなみに、この作品を発表する前年（一九一八年）に平沢計七は、野坂参三が英国に留学したため、その後任として友愛会の出版部長となっている。

一九一八年は、第一次大戦後の不景気による労働者の首切り、賃下げなどで労働争議が続発、さらに米騒動が全国に広がった年であった。このような中で、鈴木文治を会長とする友愛会は労使協調路線の見直しを迫られるようになっていく。

一〇月には東京鉄鋼組合が結成され、平沢は理事に就任、城東連合会結成に尽力し、会長空席のため主務に就き、運動の先頭に立つことになったのである。

（初出は一九一九年五月『労働及産業』、「作品集」所収）

「二人の中尉」

この作品は、平沢計七の小説の中では「暴風雨の前」とともに比較的長いものである。

〈私〉は「自由をすっかり奪われた××（奴隷）のように、しかも一回の抗議も申し立てる」ことのできない兵営の門をくぐった。

ある朝、召集されてきたばかりの後備兵たちは練兵場に集められる。いったん兵営の門をくぐれば、いくらあせっても満期になるまでどうにもならないことを、現役経験のある〈私〉は知っている。〈私〉たちは中隊単位に編成されることになったが、一人の将校がやってきて〈私〉の姓名を尋ねる。予備役召集のとき、〈私〉が仕えたことのあるH中尉ではないか。彼は〈私〉と語り合いたかったらしく、自ら後備兵係を希望したのだという。

〈私〉は彼の中隊に編入された。

練兵が始まった。山に囲まれた練兵場は、夏とはいえ、「涼しい青葉の風が吹」き、「地上一面に芝が生えて、埃のたたないのが気持ちよかった」。

練兵のあい間に、円陣を組ませた後備兵たちに中尉は「講話」をする。それは、人間は何事も自分の意思でやることが大切だ、練兵でも、命令されたからやるのではなく、自分自身の中から湧き出る気持ちでやらなければならない、というようなものだった。しかし、後備兵たちの中には自分から進んでやるような心構えなど持っている者はいるはずもなかった。そのことを十分知っている中尉である。その人生訓は自分自身にいい聞かせているように思われた。

彼は在郷軍人会のことも後備兵たちに尋ねた。幹部は金持ちによって占められ、小作人は彼のいいなりになっていることを知る。中尉は、今、日本はドイツにならって民衆を押さえつけるために在郷軍人会を利用しているのだという。

彼が週番のときなど、〈私〉を士官室に呼び、思想的なことがらまで話題にした。労働運動や民衆の動向にまで話は及び、シベリア出兵については「特権階級の侵略的野心」だとまでいうのだった。

〇〇在郷軍人会の総会が〇〇兵営で行われる。兵卒たちは、知事や将軍など来賓の長ったらしい話を炎天下で聞かされるのだ。この催しが、在郷軍人会を利用して民衆を押さえこむことを目論んだものであるのはみえみえであり、その滑稽さに〈私〉は苦笑せざるを得なかった。

その夜のことである。H中尉が士官室にこいという。士官室に行ってみると、そこにはH中尉の異様な姿があった。「顔は真赤になって、身体は急速に息をしていた。シャツのボタンは外れ、手はしっかりと、机の片端を摑んでいた。酒気が激しく漂ってい」る。「どうしたんですか」と聞く〈私〉に、シベリア行きを命じられたのだ、という。そこには不安と狼狽があった。

彼は、もしシベリアでボルシェビキと戦わねばならなくなったらどうしたらいいか、と〈私〉に意見を求める。

もし敵から殺されそうになったら、相手を殺すしかないでしょうとしか答えられなかった。敵を殺すことができないならば軍人をやめるがよい、といいたかったが、そこまではいえなかった。

やがて落ち着きを取り戻した中尉はこんなことをいい出した。「命令は絶対だ。精神も奪われる。軍隊は人間を「人殺し」の機械にする所だ。時代を知らない人間の機械が威張っている。その機械にはもう人間の言葉は通じない。……」

まだ多くのことを語りたい中尉。だがそのとき点呼のラッパが鳴る。軍隊でのラッパは何事も中止させる絶対のものであった。

シベリア出兵の噂が連隊中に広まる。いちばん気の毒なのは、ことし除隊になるはずの二年兵たちであった。故郷へ帰るどころか、「何の為に戦争するかわからない戦場」へ赴かなければならなくなったからである。

ある中隊の内務班の柱に小さなカレンダーが掛けられていた。それには除隊の日までの日数が書かれていて、二年兵たちは毎朝カレンダーをはぎ取りながら、その日がくるのをまちこがれていたのだ。そんなとき、シベリア出兵がそれを無意味なものにしてしまったのである。

シベリア行きとは関係のない後備兵は、これまで同室であった現役兵とは別の部屋に入れられた。あと十日もたてば兵営ともお別れできる彼らにとってはしあわせな日々であった。ところが、一日とはいえ自由の身になれる日曜日の外出が止められたのである。ほかの中隊だけが外出できるというのに、この中隊だけが禁止となったのである。彼らの怒りは週番士官であるK中尉に向けられていく。

出兵を間近にひかえた夜、〈私〉が親しかった現役兵の見舞いにいき、部屋へ戻ってくると、そこにはK中尉を罵る後備兵たちの姿があった。点呼のラッパが鳴る。みんな整列したが、中野がいない。週番士官がやってくる。そのとき、ぐでんぐでんに酔払った中野が帰ってくる。なんとかその場はつくろったが、週番士官のK中尉は見逃さなかった。「そんな行動の姿勢があるかッ、貴様酔払っているな」、「後で士官室へ来い」というと部屋を出ていく。

後備兵たちは「野郎、後備兵と現役兵をごっちゃにしたら間違いだぞ」、「戦争に行くと思いやがって、サカリのついた馬のように荒っぽくなっている」と口々に罵倒するのだった。

K中尉には、出兵に関係のない後備兵たちの呑気な態度が許せなかったのであろう。それは「戦争を目的としてある兵営の空気と、平和を好む民衆の心との相違である。極度に圧し馴らされている現役兵と、外来者である後備兵との気持ちの相違」であるかのように〈私〉には思えた。

翌朝、この中隊でごたごたが起きる。洗面場で、兵卒に汲ませていた水を後備兵が使っているのを見た現役曹長がその顔を殴ったことから二人のいい争いとなり、そのことが彼らの団結を強める結果となった。明日の夜は出兵祝いの無礼講だ、
今日は歩哨斥候の演習である。場所は天神森の涼しい木蔭である。その情景はつぎのように描かれる。


よく晴れた日だ。前面遠く重なり合っている山と山との間に、海が見えるかと思われるような日である。直ぐ眼の下に深森があって、其尽くる所に、兵営の瓦屋根が、キラキラ白く輝いて、其先に村松の町が、呑気に昼寝をしていた。練兵場ではどこかの中隊が頻りと突撃演習をやっていた。射的場からは、時々、ポンポン射撃の音がする。私は一人の同僚と共に第一歩哨に立てられたが、歩哨に立てられているような気はしなかった。鶏が何所かの民家から欠伸でもするように鳴いた。

そこへ見廻りにきたのがH中尉である。異常はないか、と尋ねると、自分は残留に決まったという。シベリア行きからはずされたのだ。理由を聞いても答えなかったが、その顔には「どことなく、もの足らぬ、淋しい微笑」があった。

演習が終わり、営兵所付近にいってみると、そこには人々の群れがあちこちにあり、悲しそうな顔をしている。〈私〉は、木蔭で腰の曲がった老爺が泣いているのを慰めている現役兵の姿を見た。草鞋をはいたこの老人は「恐らく汽車も通らぬ山奥から出て来たのであろう。食糧を包んであると思われる弁当袋を背負っていた」。〈私〉は慰めのことばをかけようと思ったが、それもできず、営庭に立ちつづけているだけだった。

出兵祝いの夜である。夕食には珍しく一人一合ずつの酒が出るが、ほかにも酒保などから持ちこまれていた。後備兵たちは、曹長を殴る計画を立てていたが、彼が先手を打って謝罪したのでそれは中止される。

酔いがまわってくると、兵士たちは歌い、踊りまわる。K中尉は宴会の場には姿を見せなかった。彼らが歌うのは出陣祝いの歌ではなく、多くは田舎の盆踊りの歌であった。

K中尉弾劾の声が後備兵の中であがってくる。連隊長に彼の言動を上申しようというのだ。弾劾を強く主張したのは一等卒であり、それに反対したのは上等兵たちである。それは、工場のストライキのとき、会社側に強硬な態度をとるのが職工たちであり、それに反対するのが管理職クラスの連中であるのと似ていた。

兵営内の対立をなんとかしてほしいという要望にたいして傍観者としての態度をとっていた〈私〉も、やっと乗り気になり、兵卒会議を開くことにする。連隊がシベリアへ行く前日であった。〈私〉は議長に選出され、議事を進行させることになる。会場にやってきた下士官やH中尉、それに現役兵たちを〈私〉は追い出し、後備兵だけの中で議事を進めた。その結果、K中尉弾劾が議決された。

その議長ぶりは、偉いもんだ、中隊長や大隊長よりも偉い、連隊長並みだと評判になったが、この高い評価に〈私〉は苦笑した。そして、こういったのである。みんな自分の力、民衆の力を知らない。少しも偉くない私に議長がつとまるようにしてくれたのは労働者として、また小作人としての自覚があったからであり、境遇が私を育ててくれただけだ。と。

シベリア出兵のため連隊の現役兵たちが兵営を出て行ったのはその翌朝のことであった。町では花火が打ち上げられ、後備兵たちが見送る中を彼らは行進する。万歳の声が起こったが、それは何と弱々しい声であろう。「口の先で義理に云っている声で」あった。だが、後備兵たちも、自分の中隊の現役兵が通るときは笑顔で見送った。

曹長につづいているK中尉が、いかにも軍人らしい姿を見せながら歩いてくる。「万歳ッ」、後備兵たちが叫び出した。「万歳ッ、ばか万歳ッ」。だが彼には「ばか」ということばは聞えなかったらしく、「肩を聳びやかし、得意な顔をして、挙手の礼を返しながら」見送りの兵の中を通り過ぎていった。ここで作品は終わる。

作者の分身と思われる、労働運動の経験を持ち、後備兵として兵営の門をくぐった〈私〉、インテリ出身らしい、ボルシェビキとたたかうことに心の痛みを感じ、シベリア出兵に疑問を抱く、良心的で部下思いのH中尉、それと対照的なK中尉や現役曹長……それぞれの人物像が見事に描き出された反戦、反軍小説である。

又、現役兵と後備兵との対立と交流、上官風を吹かせる将校や下士官と後備兵との〝抗争〟がことさら悲壮感などを混えず描かれていく。それは痛快であり、ユーモラスな軍隊批判の手法のひとつであろう。

H中尉と〈私〉との人間的交流は、すべてに階級がものをいう軍隊では異例のことだろうが、そこに不自然さを感じさせないのは、作者の力量といってよいかもしれない。このことは、K中尉との違いを際立たせるのにもきわめて効果的である。ちなみに、二人の中尉にはモデルがあったという。

小説の大事な要素である「面白さ」も十分にそなえているうえに、それまでの生硬な文章にくらべてよくこなれていて作家としての質的向上を示す作品である。

なお、結末の部分はなんとも痛快である。「ばか万歳ッ」と叫ぶ兵士たち。これまでのささやかな、だが精いっぱいの報復であった。それも知らずに得意気に行進して行く中尉の姿は滑稽であり、哀れでもある。ひいては、シベリア出兵にたいする批判ともなっている。

作品の中で少し気になるのは、軍隊内で公然と「兵卒会議」が開かれることであるが、フィクションとして読めば、不自然さも違和感もないし、作品のリアリティを欠くものでもあるまい。

いずれにしても、シベリア出兵までの連隊内の将校、下士官、兵卒のドラマティックな動きと葛藤を見事に描いた作品であるといってまちがいなかろう。

この作品を発表した三カ月後に平沢計七は虐殺された。

（初出は一九二三年六月『新興文学』、「作品集」「文学集」所収）

19章　水上勉の戦争小説二編

水上勉の『日本の戦争』には七編の作品が収められている。この中から二編を紹介したい。作者の体験をもとに書かれたと思われる「比良の満月」は一九六四年の四月に『週刊文春』に発表された作品である。

「満州国」がつくられて七年後の昭和一四年のことである。当時、満州開拓のため多くの日本からの移民が必要とされていた。とくに農民の移住が当局から強く求められていたのである。日本のせまい山間地であくせく働くより広大な大陸の開拓のほうがどれほど希望があるか、まるで楽土にでもいくように宣伝されていたのであった。

満州開拓少年義勇軍は、一五歳から一八歳までの少年たちで構成され、文字通り銃を持ち開拓民と軍隊をかねたようなものであった。これは当時「私」が京都府で義勇軍の募集の仕事をしていたときの話である。

「私」が就職したのは府庁の職業課で、もともとこの課は失業者の就職斡旋が仕事で、職業紹介所のようなものであったのが、戦争の拡大によって満州や中国への移住者も取り扱うようになったのである。

「私」の上司は、「金ブチの眼鏡をかけて、チョビ髭を生やした四〇年輩の、温厚な人で」Oという主事補であったが、たいそうな「満州通」で京都府庁の中でこの人の右に出るものはないといわれていた。彼は満州開拓の重要性を府内のあちこちを回りながら説いて歩くのである。このO氏の下で「私」は補佐として働くのだが、その仕事というのは宣伝用の映写機を担いだり、パンフレットを配ったりするいわば雑役だった。会場へ着くと

「私」は映画の宣伝をスピーカーやメガホンで村中をして歩くのである。「私」がフィルムをまわすと、O主事補が名調子で説明する。「今や、大陸は、日本人のすぐれた農耕技術の手と汗を待っているのであります。大陸の開拓民として、先に根城をもたれた数千の同胞は、いまや新しい移住者のくることを心から待っているのであります……」。この名調子のことばに会場からは感嘆の声がもれ、帰りには移住申請書に署名するものが何人かいた。

二人は大布施村に入った。ここは京都府と滋賀県との境にある五、六〇戸の寒村である。それはこのような村であった。

家々も大堰川の上流の奥ぶかい谷間に散在していて、十戸あるいは、二十戸そこそこの部落の集まりであったが、不思議なことに、どの家も杉皮ぶきのひしゃげたような粗末な小舎みたいなもので、山かげの陰湿な土地に連なっていた。聞けば陽あたりのいい土地は田畑にしなければならないので、人間の住む家は、つとめて日陰の死地をえらんだという。田畑に限界があったから、長男夫婦のほかは家にいる者はなく、次男、三男は、必ず異郷に出て暮らすという習慣だという。

このようなところであったため、少年義勇軍の勧誘には最適の村だったのだ。会場となった村役場の広場には百人ほどの村人が集まった。上映される映画のシーンに涙ぐみ拍手するものもいる。そのあと例によってO主事補は満州開拓について熱弁をふるったが、どうしたことか移住申請書をもらいにくるものが一人もいないではないか。それは全く予想外のことであった。

ところがその夜、二人が泊まった小さな宿で思いがけないことが起こったのだ。九時ごろになってからのことである。二〇歳ぐらいの娘が男の子を連れて宿をたずねてきたのである。彼女は男の子の姉だといい、弟を是非義勇軍に入れてもらいたいと懇願するのだった。姉は節子といい、自分たちのことを語り出した。

「月形の部落は、この大布施から山へ一里も入りこんだところにあって、ほとんどが炭焼きを業としています。耕作地といっても山の斜面の三日月形の狭い村なので、水田はわずかしかなく、陸稲、芋、野菜類の少々をつくる段々畑はありますが、これとても村人が食するのに足りないくらいですから、貧しい家ばかりです。父母は一年置きに、四年前と二年前に死にました。弟と私のふたり暮らしなのでございます。私は、弟が満州へいってしまうと、家に、ひとりぼっちになり淋しくなりますので、勇の義勇軍入りには反対してきたのですけれど、勇は学校で、満州の稲つくりにゆくことは、国策の見地からいっても、これからの日本農村男子の務めである。やがては軍隊にとられて出征せねばならないことを思うと、かえって、いまのうちに、満州へいって広い耕地を貰って、自作田の所有者として、満州に生きた方が自分のためにもよい。狭い、月形のような村にいてはうだつがあがらない……といいます。なるほど、兵隊にとられるよりはその方がいいと思いますので、わたしは勇の説得に負けてしまいました。どうぞ、勇の希望をかなえてやって下さい」

O主事補はこの姉の願いにたいして、この弟さんならきっと合格するだろうし、内原の訓練所で農業技術の指導をうければ、満州では自作農になれることまちがいなしとの太鼓判を押した。そしてこうつけ加える。このまま内地におればいずれは兵隊にとられることはまちがいないし、少年義勇軍になれば満州の関東軍の管轄になるので徴兵は免除されることになるだろう。そのほうが弟さんにとって明るい将来が期待できることになる、と。

このことばに姉は満州行きにふんぎりがついたようだ。「姉はこっくりとうなずいたが、うしろに直立して、私とO主事補をかわるがわるみつめている、時岡勇の生えぎわの狭いこめかみのあたりはぴくぴくけいれんしていた。緊張しているのであった」。

申請書類をもらうと二人は一里離れた家へ帰っていく。暗い夜道であった。「私」とO主事補はその姿をいつまでも見送っていた。

この場面は貧しいうえに徴兵が待っている弟のことに思いをはせる姉の切ない心情を見事に描いていていて胸にせまるものがあり、また、国策とはいえ、少年たちを遠い満州の地へ送らなければならない募集係の切なさも伝わってくる。

満州開拓少年義勇軍を養成する内原訓練所の所長は加藤寛治という国家主義的農本主義者で「満州開拓の父」と呼ばれている人物であった。この施設では「軍隊の内務班のような厳格な生活」が強制され、半年間、滅私奉公の戦時教育がおこなわれるのである。

この訓練所での教育を終えた時岡勇の最後の姿を「私」が見たのは、彼が満州のハルビン近くの開拓団に入所する前の壮行会のときであったから昭和一五年の秋、一六歳のころのことだったろう。彼の家を見たのもそのときだった。杉皮の屋根に石を置いた小舎で「まるで、貝殻のひっついたように、陽かげの傾斜地に建って」いて、部屋は六畳と四畳半のふた間しかなかった。これから先、この家で姉の節子が一人で暮らしていくことを思うと「私」は切ない思いにかられた。

やがて戦争が終わる。府庁の仕事をやめたあとの二六年間、転々としたがいまはやっと物書きのはしくれとして東京で生活をしていけるようになっている。終戦直後は勇少年の消息を訊ねてまわったがだれもそれを知らなかった。ただ、わかったのは、奉天の近くを歩いてくる少年の一団と会ったことのある、という人の話である。それによると、彼らはボロボロの服を着て、倒れては歩きながら奥地の方に向かっていき、栄養失調で死んだということだけだった。それが開拓義勇軍の少年たちにまちがいないと思われるというのだ。

この春「私」は小説の取材のため近江に旅行した。比良にはまだ雪が残っていた。この山はいつか見たことがあるような気がして案内人にたずねるとやはりそうであり、あの山の向こうは丹波の山奥の大布施のあたりになりいまでも小さな部落がいくつもあるという。時岡勇の故郷だ。その彼がここへ帰ることはなかったのである。

この夜、「私」は比良の満月を観る。相変わらず勇の消息もわからないし、姉の節子とも会っていない。だが、ひまがあれば近江に旅してはこの月をときどき観にいくのである、というところで作品は終わる。

「馬の話」（初出は『新潮』一九八三年一月）は馬好きである「私」と戦時中の軍馬にまつわる物語である。「私」は手紙のやりとりはしているがその相手の祐天寺才蔵さんとはまだ会ったことがない。才蔵さんの住んでいる村は釧路の近くの門脇というところで、海に近く何万本ものコスモスが咲いているとのことだ。その土地は火葬場の所有であり、そのコスモスは人を焼いたあとの灰で育てものだという。同じコスモスがさまざまの色の花を咲かせているのを見ていると人間と同じように思えてくるのだそうだ。この才蔵さんが「私」に馬を送りたいといってきたのである。彼の村は馬の産地で、昔は軍馬を育てていたというのだったが、いまは農業用の駄馬を飼っているとのことだ。

彼を紹介したのは崎山という人で、「私」が冬の間を軽井沢で生活するようになり、ひまつぶしに馬の写生をしているとき観光客向けの乗馬クラブのこの人物を知ったのである。この崎山さんのことはつぎのように書かれている。

細君と娘ふたりの四人ぐらしで、四人とも甲斐甲斐しく馬の守りに精出している。飼糧は近くの馬取村の農家から運んでくるが、藁を押切り機できざんだり、糠をまぜたり、水をやったりするのは、通勤の男衆がやっているけれど、生き物のことなので、通いの者より傍にいる家人の方が何かと手間をかけねばならぬことも多いようだった。雪のあがり間をみて、散歩させたり、吹き込んだ雪でぬれた馬房の寝藁をとりかえる仕事は、家の女性達の分担である。上が一九で下が一六の娘さんも、母を手伝って馬の尻をふいているのを見たことがあった。観光客の少ない秋末の軽井沢は、眠ったようで白樺と赤松の木立にかこまれたクラブには殆ど人影はない。その林の中で、二十頭ばかりの馬が、馬房前のつなぎ場で、つなぎ紐を地面にずらせてあそんだり、時にはすねたようにしゃがんだりしているのを眺めるのが私は好きだった。

崎山さんが話しかけてきたのもそんな馬をスケッチしていたときのことだった。馬が好きとはいえほとんど知識のない「私」にかかわりがあるといえば、昭和一九年四月から八月にかけて京都の輜重隊に召集され、馬卒をつとめていたときの経験ぐらいであったろう。馬卒とは軍隊で最下級の兵科で輜重輸卒と呼ばれている。そんなこともあって、四〇年もたったいまも短期間ではあったが忘れられない思い出となっていた。「輜重輸卒はつらい兵科だったようですね」という崎山さんのことばにあの時代のことが話題となっていった。

「私」には馬の習性について聞いてみたいと思ったことがあったのだ。それは馬の寝藁を干して乾かし馬小屋に敷きつめるとどの馬も小便する理由についてだった。せっかく朝から陽に干して乾かし、快適にしたはずなのに必ず小便してしめらすのである。崎山さんによると、馬は敷き藁に適度のしめり気がないと眠れないのだという。このことは二千年以上も前にギリシャの学者で馬術家でもあったクセノホンの書物にくわしく書かれていることだというのだ。

「私」はもうひとつの質問をした。それは行軍の途中で足をとめて、てこでも動かなくなるのはどうしてかということだった。それは「馬は神経質な動物で、たぶん、そのときの光線が、馬の遠い記憶にのこる何かとかさなって脅えてるんでしょうね。馬にはそういう特性があって、ある時間の光線だとか、あるいは、似たような場所にきて、ある音がすると、古い記憶をよびもどすそうです。こういう場合は、きつくひっぱるというよりは、やさしく語りかけて、馬の気分をほぐしてやらないといけません」といって、このこともクセノホンの本に出ているはずだという。

この方法を聞いて、日本の軍隊では馬のいやがることを馬卒にさせていたことを知った。こうしたつき合いの中で崎山さんやその家族とも親しくなっていった。釧路の祐天寺才蔵さんのことを聞いたのもこのように崎山さんとのあいだが親密になっていったからだったように思う。

戦時中の軍馬にかわって競馬用のサラブレッドの飼育がさかんになったが、そう駿馬が多く育つはずがなく、候補馬を出したあとの何十頭はカンヅメにして食用にするのだという。それに驚いている「私」に、よかったらあなたが一頭飼ったらどうか、値段もそう高くないし、めんどうになったら自分がひきとってもよいという。

このような話になった原因は、殺されて食用にされてしまう馬のことを考えると一頭ぐらい飼ってもしかたがないという気がしたし、またそれは四〇年前に馬卒の経験をしたということもあったからだろう。「あの当時の軍馬は、みな天皇の所有にかかわり、私たちは、召集令をうけて、伏見の部隊に入った際、班長の軍曹が『お前たちは、一銭五厘で狩り集められるが、馬はそういうわけにはいかんぞ、今日からお前たちのあずかる馬は天皇陛下の馬だ。……』と念を押した」のである。そんな馬だから世話はたいへんだった。

私たち馬卒は「持ち馬」とよばれる二頭ずつの馬をあずかることになっていた。「照銀」と「大八州」という名の馬で、二頭とも体格がよかったが「蹴りぐせ」がひどく、厄介だった。時には逃げ出して営庭を馳けまわることもあった。こんなとき、馬が勝手に逃げたのに「放馬」として兵卒の罪になり、上官に叱責されたり、度重なると営倉行きとなるのである。天皇の馬だから仕方がないと思うしかなかった。「私」はこんなことを思い出していた。

崎山さんは祐天寺才蔵について、彼の父親のことから若いころのことまで話してくれ、「私」のことについても知っていて著作を読んだことがあるといっていたことも付け加えた。こうして才蔵さんとの文通が始まったのである。

「貴殿がむかし輜重輸卒をしておられたことは他人事ではないなつかしさをおぼえました」と書き出されたその手紙は「私も、輜重兵をつとめ、ながらく満州牡丹江におりましたが、敗戦後兵役免除となり、二等兵でもどって家業に専念しました。輸卒はいくらご奉公いたしても、星一つが限界で、昇進しないのは情けないことでございました。（中略）四年間も銃砲隊で働かされたつらい満州の日々は、人にも語れない屈辱にみちたものでござります。私は幸い命ながらえ帰国できましたけれども、いくたの戦友が馬と共に凍傷で死んだ飢餓行進の日を思いおこしております」

このあとに、馬喰をしていた父のことがくわしく記され、「私ははあなたが、崎山さんに、伏見の兵舎から、神戸の港まで、愛馬を送り出される話をされたのを電話でききましたが、まったくそのとおりでした。馬が輸送船に乗るときは、かならず、ひと声啼きました。かわいそうな瞬間でございました」。そして、このあとの何度目かの手紙に、コスモス畑の話がでてきたのだった。「私」が軽井沢で馬を飼うと思いこんでいるようで、それを考えると「身じろぐ思いもして」くる。馬を飼うのは犬や猫を飼うのとはちがう。周囲の人に迷惑もかける。「私」にできるかどうか、まことに心もとないことであった。

だがそのあと、才蔵さんからは何の連絡もなかった。適当な馬が見つからないからだろう。「私」が輜重隊の馬を神戸港から運んだことを崎山さんに話したことについて才蔵さんは感想をのべていたが、このときのことは「私」にとってどうしても頭にこびりついてはなれないのであった。

それは昭和一九年八月の暑い朝のことである。隣の兵舎の兵隊たちが早朝の起床ラッパで起こされた。彼らは第一装に着がえている。外地へ向かうらしい。私たちより一カ月しか早くない入隊なのに古参兵であり、先に外地に出かけていくのが、その服装や雰囲気からわかった。私たちは馬舎から馬を出し営庭に並べると馬具一式を着けた。「只今より神戸港に向かって進発ーッ」という隊長の号令によって私たちは出発した。

神戸にはよその部隊の馬もきていて輸送船に乗るのを待っていたが、やがてクレーン車によって馬を積みこむ作業が始まった。その場面はつぎのように描かれる。

クレーン車は、カマキリのような細い身を空へつき出し、頭から鋼鉄のロープをたらして、先に、黒い釣り針状のひっかけがゆれていた。自分のひいてきた戦友の持ち馬に、腹帯をかけて、クレーン車の釣り針にロープの輪をひっかける。これは、教育期間中に、将校から習ったのだった。馬の輸送についてはいろいろ方法があったが、輸送船に積むときは、周到な用意がいった。革帯の幅はひろかった。背中でつりあげるから馬体の重みで、革が皮膚にくいこむので、革のあたるところに、毛布やボロを固定させることが必要だった。(中略)

クレーン車のロープは、ゆったりとゆれてくるけれども、兵卒が釣り針状のさきをとって、背中のロープの輪にひっかけると、すぐカラカラと滑車がまわり、ロープは上へあがった。馬は、いやおうなく、ひきあげられるのだが、急に背中をひっぱられて、腹をしめていた革帯がくいこむので痛いのかよくあばれた。到着した時から、船腹がそこに見えているのだし、他の馬たちがいななきながらつるしあげられるのを見ているから、いざ自分の番になるといやがるのであったろうか。蹄鉄のついた足裏で、コンクリートを蹴る。パッパッ火花がちる。必死にこの土地にしがみつこうとしているのだが、冷酷なクレーン車は、みるまに、馬を宙にうかせる。啼くのはこの時だった。空にむかって、こんな理不尽なことはないといいたげに啼くのだ。私たちは空を仰いだ。馬は、白茶の腹を光らせ、四肢をばらばらにうごかしてもがいていたが、やがて、前肢を合掌させておとなしくなった。おとなしくなった馬は、宙につりあげられた一個の物体だった。私たちは目頭があつくなった。

軽井沢は一二月末になると朝夕の気温は零下になり、霜柱も立つほどの寒さになる。その後も才蔵さんからの音信はなかったが、「私」のために馬をさがしてくるているのだと思うとうれしかったし、馬がくる日のことを思うしワクワクした気分になった。自分の馬である。馬卒であったときのように叱責する上官もいないし処罰もないのだ。

だが、とうとう才蔵さんからの手紙はとだえたままだった。「私」は崎山さんのところの馬の写生と見舞状を送ろうと思っている、というところで作品は終わっている。

この作品集の「編集者のまえがき」の中で、「比良の月」について不破哲三氏は「一九九九年一一月、『一滴の力水』にまとめられた対談」の中でとしてつぎのような水上勉のことばを紹介している。少し長くなるがこの作品の中心部分になるので引用したい。

「チョビ髭を生やした主事補の手下となって『大陸の稲つくり』という映画を持って農村をまわりました。その主事補が行ったこともないくせに、大陸の稲が育ちがよいとか、土地をもらえるとか、捏造の話をうまく言うんですよ。ウソをついていることは目に見えて分かっているんですが、いっしょにやっていると、私自身、なんとなく隊員を大勢募集することに真剣になってしまうんですね。そうならざるをえない仕組みにできているというかな。あの時期のことは、どう考えても自分では解決つきませんけど、私をそうさせたものは天皇制なのかな。何か見えない力があって」。このあと不破氏はこうのべている。「水上さんの口調には、まだ十九歳の若い時代であったとはいえ、国策仕事の末端をになって子どもたちを『満州』(中国の東北部)へ駆り出す加害者の一人になったことへの痛切な反省の気持ちと、そういう道を選ばせた自分の心のなりゆきを探る思いが強くこめられていました」

この「比良の月」は、「五族協和」「王道楽土」「大東亜共栄圏」といったもっともらしいスローガンをかかげ、満州開拓の名のもとに侵略を合理化していった国策の犠牲となった満蒙開拓少年義勇軍の少年と彼らを満州の曠野へ送り出した京都府庁職業課のO主事補の下でその末端の役割を担ってきた「私」を描いた作品である。

「私」は上司のO主事補と少年義勇軍募集のための宣伝をしてまわる。この国策遂行に一役買った「私」はとりもなおさず侵略戦争の協力者となったのである。その後悔もそれとなく描かれる。

この中には声高な戦争批判も悲惨な戦場も出てこないが、貧しさゆえに巧みな宣伝に動かされ義勇軍に応募した少年とあとに残された姉の姿に、戦争の非情さがじんわりとにじみ出てくる。ことに、「私は、その後、時岡勇が生きて帰ったという消息はきいていない。そうして、まだ、その姉節子に会っていない」という最後の部分は胸をうつ。

「馬の話」はまったく題材のちがった作品であり、馬好きの「私」は崎山さんを介して祐天寺才蔵さんを知る。顔を合わせることはなかったが、手紙のやりとりでおたがいに輜重輸卒だったことを知り、親しみを増す。軍隊という階級制度の貫徹した集団の中には、さらに兵科による差別があった。その中でも最低の階級が輸卒で昇進もなく二等兵どまりである。しかも「お前たちは、一銭五厘で狩り集められるが、馬はそういうわけにはいかんぞ。」といわれ、「天皇陛下のものだからだいじに扱わんと申訳がたたん」と馬以下に扱われるのである。これが天皇の軍隊であった。

満州開拓という美名のもとに侵略に駆りたてられる庶民の姿をとおして戦争の非情さを告発する「比良の月」、軍馬と馬卒を描くことによって軍隊の不条理と人間性を一顧だにしない「皇軍」という名の集団の実態を暴いた「馬の話」。そのどちらからも「静かなる戦争批判」がにじみでてくる。

（初出『週刊文春』一九六四年四月二〇日号、『新潮』一九八三年一月号、「水上勉作品集・日本の戦争」所収）

初出誌一覧

1章　黒島伝治「二銭銅貨」と「豚群」
『民主文学』一九八七年一一月号

2章　プロレタリア文学の新発掘
『民主文学』一九八八年三月号

3章　プロレタリア文学作品の中から
『多喜二・百合子研究会・会報』一九八九―九一年、「私が読んだプロレタリア文学」を改題

4章　森与志男「炎の暦」について
『民文通信』一九八九年八月

5章　プロレタリア文学の短篇
『短篇・掌篇の世界』一九九二年三―九月（ただし、中野重治「春さきの風」は『民文通信』一九九七年二月）

6章　短篇を読む
『短篇・掌篇の世界』一九九二年一〇月―一九九五年五月、「私の読んだ短編」を改題

7章　葉山嘉樹ノート序章
『民文通信』一九八九年五―一九九六年七月

8章　小林多喜二作品案内
『多喜二・百合子研究会・会報』一九九三年一月―一一月

9章　間宮茂輔の短編を読む
『九州民主文学』一九九五年九月（「鉱山の私娼窟」は『多喜二・百合子研究会・会報』［一四九号］に発表したものに若干の手を加えた）

10章　新井紀一の反軍小説
『民主文学』一九九五年二月号

11章　『炭鉱地帯』と『通信』の中から
『炭鉱地帯』、『炭鉱地帯通信』一九九二年四月―二〇〇〇年一月、断続的に発表

12章　田宮虎彦と短編一、二について
『炭鉱地帯』一九九六年一〇月

13章　「右遠俊郎短篇小説全集」の中から
『炭鉱地帯通信』一九九九年五月―二〇〇〇年五月

14章　中山義秀の歴史小説について
『炭鉱地帯』一九九七年五月

15章　初期のプロレタリア文学作品案内　『炭鉱地帯通信』二〇〇〇年六月―二〇〇一年三月、「紹介・初期のプロレタリア文学作品」を改題

16章　黒島伝治の反戦小説　『九州民主文学』一九九二年、のち、大幅に加筆

17章　資料に見る三・一五事件と小林多喜二　『耳納』二〇〇三年六、九月

18章　平沢計七の作品から　『炭鉱地帯』二〇〇五年九月

19章　水上勉の戦争小説二編　『炭鉱地帯』二〇一〇年一〇月

あとがき

この本〈初版〉を出してから一〇年がたち、この際、少し手直しをし数編を加えて新たに増補版として出版することにしました。そのあいだに政治の貧困による非正規雇用労働者、派遣労働者、ワーキング・プアの増大がますます格差を生み、プレカリアートということばさえ造られました。小林多喜二の「蟹工船」がベストセラーとなったのも「むべなるかな」です。「蟹工船」だけでなく、葉山嘉樹の「セメント樽の中の手紙」なども広く読まれているとのことですが、このことが一時のブームに終わらないよう願いたいものです。

これまで厭戦、反戦、反軍、抵抗を主題とした文学作品は数多く書かれてきましたが、ここにとりあげたのはその一部でしかなく、「文学に見る反戦と抵抗」というタイトルは大仰でもあり、またその範疇にはいらないものもありますが、あえてそれにしました。

ここにとりあげた中には広く世に知られた作品だけでなく、あまり読まれてこなかったものも少なくないと思います。しかしその中には珠玉のようにきらりと光る作品や強く胸をうつ佳品もあり、それらに陽を当てることも〈批評〉の役割のひとつではないかと思ってきました。この本でそれが十分にできたなどとは思いませんが、少しでも意図するところに近づけたとしたら満足しようとひとり考えています。

この本には、現在では好ましくないとされていることばをつかっている個所がありますが、作品の中の表現を生かすためであることを付記しておきます。

この本を出すに当って、今回も海鳥社の杉本雅子氏にお世話をかけました。感謝の意を表したいと思います。

二〇一一年四月

山口守圀

山口守圀（やまぐち・もりくに）
1932年生まれ。
1953年，同人誌『文学世代』同人。
1970年，同人誌『渦流』同人。
日本民主主義文学会会員
著書「文学に見る反戦と抵抗――私のプロレタリア作品案内」（2001年）、「文学運動と黒島伝治」（2004年）、「短編小説の魅力」（2005年、いずれも海鳥社）

［増補］文学《ぶんがく》に見《み》る反戦《はんせん》と抵抗《ていこう》

■

2001年12月20日　初版第1刷発行
2011年5月1日　増補版第1刷発行

■

著　者　山口守圀
発行者　西　俊明
発行所　有限会社海鳥社
〒810-0072　福岡市中央区長浜3丁目1番16号
電話092（771）0132　FAX092（771）2546
印刷・製本　九州コンピュータ印刷
ISBN 978-4-87415-817-3
http://www.kaichosha-f.co.jp
［定価は表紙カバーに表示］

海鳥社の本

短編小説の魅力　『文芸戦線』『戦旗』を中心に　山口守圀

鋭い切り口で人間や社会の一断面を鮮やかに描き出す短編小説。時の支配権力をも揺さぶったプロレタリア文学から15編、そして敗戦後の1950年代の作品を中心に15編を紹介。濃密な文学世界へ案内する。

四六判／205ページ／上製　1365円

ボタ山のあるぼくの町　山口勲写真集

“風呂に入っとる人、露地で赤ちゃんあやしてる人、そして遺体になって柩に入ってる人も、全部自分の姿ですよ”。ヤマで生まれ、ヤマで育ち、ヤマで働き、ヤマを撮り続けた、ヤマの写真家イサオちゃんのヤマ。

B 5 判／160ページ／並製　2940円

戦争と筑豊の炭坑　私の歩んだ道　「戦争と筑豊の炭坑」編集委員会編

嘉穂郡碓井町が募集した手記を集録。日本の近代化の源として戦後の急速な経済復興を支えた石炭産業。その光と影──そこでの様々な思いを庶民が綴る。

A 5 判／324ページ／並製　1429円

筑豊炭田に生きた人々　望郷の想い【近代編】　工藤瀞也

かつて石炭は，産炭地としての地域形成を促し，北九州工業地帯の発展を支え，日本の近代化の推進力となった。筑豊地域社会の歩みとそこで培われた独特の風土と文化を，庶民生活の観点から問い直す試み。

四六判／232ページ／並製　1680円

水俣病の50年　今それぞれに思うこと　水俣病公式確認五十年誌編集委員会編

水俣病は終わったのか。1956年、公的に確認された水俣病。未曾有の産業公害であり、防止を怠った行政の責任が明確になった今、患者、行政、医師、弁護士、支援者などが問う水俣病の50年、そして未来。

A 5 判／408ページ／上製　3360円

カネミ油症　終わらない食品被害　吉野髙幸

発生から40年余、未だ解決されない日本最大の食品被害。この事件はどうして起こり、どんな経緯をたどったのか。当初から弁護団の一員として被害者と共に救済を求めてきた著者が、18年に及ぶ裁判の意味を問う。

A 5 判／238ページ／上製　2415円

＊価格は税込

海鳥社の本

上野英信の肖像　岡友幸編

「満州」留学，学徒出陣，広島での被爆，そして炭鉱労働と闘いの日々。筑豊の記録者・上野英信の人と仕事。膨大な点数の中から精選した写真による評伝。

四六判／174ページ／上製／２刷　2310円

キジバトの記　上野晴子

記録作家・上野英信とともに「筑豊文庫」の車輪の一方として生きた上野晴子。夫・英信との激しく深い愛情に満ちた暮らし。上野文学誕生の秘密に迫り，「筑豊文庫」30年の照る日・曇る日を死の直前まで綴る。

四六判／200ページ／並製／２刷　1575円

蕨《わらび》の家　上野英信と晴子　上野　朱

炭鉱労働者の自立と解放を願い筑豊文庫を創立し，記録者として廃鉱集落に自らを埋めた上野英信と晴子。その日々の暮らしをともに生きた息子のまなざし。

四六判／210ページ／上製／２刷　1785円

サークル村の磁場　上野英信・谷川雁・森崎和江　新木安利

1958年、上野英信・谷川雁・森崎和江は筑豊に集い炭鉱労働者の自立共同体・九州サークル研究会を立ち上げ、文化運動誌「サークル村」を創刊。そこで何が行われたのか。サークル村の世界を虚心に読み説く。

四六判／311ページ／並製　2310円

松下竜一の青春　新木安利

家族と自然を愛し，“いのちき”の中に詩を求めつづけたがゆえに“濫《らん》訴《そ》の兵”たることも辞さず，反開発・非核・平和の市民運動に身を投じた，松下竜一の初の評伝。詳細年譜「松下竜一とその時代」収録。

四六判／378ページ／並製　2310円

百姓は米をつくらず田をつくる　前田俊彦（新木安利編）

「人はその志において自由であり，その魂において平等である」。ベトナム反戦，三里塚闘争，ドブロク裁判。権力とたたかい，本当の自由とは何かを問い続けた反骨の精神。瓢鰻亭前田俊彦・〈農〉の思想の精髄《エッセンス》。

四六判／340ページ／並製　2100円

＊価格は税込

海鳥社の本

松下竜一未刊行著作集【全５巻】

新木安利・梶原得三郎編

1 ── かもめ来るころ

歌との出遇い，そして別れ──。『豆腐屋の四季』の頃のこと，蜂ノ巣城主・室原知幸の闘いと哀しみ，そして新しい命を迎える家族の日々。「作家宣言」の後，模索から自立に至る70〜80年代，"模範青年"像を脱皮し，作家宣言から暗闇の思想に至る経緯を伝える瑞々しいエッセイ群。「土曜童話」併録。【解説】山田　泉

四六判／390ページ／上製　3150円

2 ── 出会いの風

諭吉の里・中津に"居残って"しまった者の屈折は，環境を守ろうとする運動の中で解放され，「ビンボー暇あり」の境地へと至る。そして，上野英信・晴子，伊藤ルイ，前田俊彦，砂田明，緒形拳らとの出会いと深交。"売れない作家"の至福と哀感を伝える80年代から20年間のエッセイを集録。【解説】上野　朱

四六判／406ページ／上製　3150円

3 ── 草の根のあかり

『草の根通信』に1988年３月〜89年11月，2002年２月〜03年６月の間連載されたエッセイ及び「朝日新聞」に1999年４月〜2004年６月の間掲載された「ちょっと深呼吸」を収録。著者が一番大切にした家族との日常，仲間たちとの様々な活動を綴る。【解説】梶原得三郎

四六判／430ページ／上製　3150円

4 ── 環境権の過程

海は誰のものでもない，みんなのものだ──。明快な主張を掲げ，「環境への権利」を世に問うた豊前環境権訴訟。「裁判第一準備書面」（初出）を含め，その経緯を記した文章を集成。環境権訴訟から35年，環境問題の急迫した今こそ読まれるべき，松下竜一・草の根思想の出発点。【解説】恒遠俊輔

四六判／458ページ／上製　3465円

5 ── 平和・反原発の方向

反対だと思うのなら，反対の声をしっかりあげよう。──環境権訴訟から出発し，命と自然を侵すものにその意志を屹立させ続けた30年。自分の中の絶望と闘いつつ，一貫して弱者・少数者の側に立ち反権力を貫いた勁き草の根・不屈の足跡。【解説】渡辺ひろ子【編集後記】新木安利

四六判／450ページ／上製　3150円

＊価格は税込